有爱的青春陪伴者

怯喜

著

QIEXI

没送你花

上

四川文艺出版社

图书在版编目（CIP）数据

没送你花 / 怯喜著 . -- 成都：四川文艺出版社，
2023.11
ISBN 978-7-5411-6709-6

Ⅰ . ①没… Ⅱ . ①怯… Ⅲ . ①长篇小说 – 中国 – 当代
Ⅳ . ① I247.5

中国国家版本馆 CIP 数据核字 (2023) 第 191750 号

MEI SONG NI HUA

没送你花

怯喜 著

出 品 人	谭清洁
责任编辑	叶竹君
特约编辑	欧雅婷
装帧设计	刘 艳 唐卉婷
责任校对	段 敏

出版发行	四川文艺出版社（成都市锦江区三色路 238 号）
网 址	www.scwys.com
电 话	0731-89743446（发行部） 028-86361781（编辑部）

排 版	长沙大鱼文化传媒有限公司
印 刷	长沙鸿发印务实业有限公司
成品尺寸	145mm×210mm 开 本 32 开
印 张	19 字 数 632 千字
版 次	2023 年 11 月第一版 印 次 2023 年 11 月第一次印刷
书 号	ISBN 978-7-5411-6709-6
定 价	65.80 元

上 册 目 录

CONTENTS

下 册 目 录
CONTENTS

M E I S I I H U A

第一章
时隔六年

晚上九点，飞机即将降落。

透过舷窗，望见下方灯光闪耀的钢铁城市，街道和黑色建筑的光点连成线，构成闪耀的星图。

空姐温声提醒乘客即将抵达东川市。

头等舱内，两个女生第一次坐飞机，新奇地挤在一起往窗外看，叽叽喳喳讨论着那几幢标志性建筑连起来像某个星座。

空姐看向另一个座位——灰毯盖住蜷缩着的纤瘦身体，几缕鬈发露在外面，发梢细软。

空姐弯下腰，正想说话，灰毯底下的人忽然动了，一只白皙的手掀开薄毯，露出睡眼惺忪的面容，微微发怔。

"到了？"懒洋洋的女声。

施翩胡乱揉了揉长鬈发，却越揉越蓬松，干脆放弃，打着哈欠看了眼窗外。看见城市星图后，她移开了视线。

临下飞机，夏日热风吹进舱门。

等待下机的时间里，施翩歪着身子站着，听后面两个女生正在争论着。

"肯定是天鹰座，物理课上老师不是说过？"

"不像，我看像蛇夫座。"

"肯定不是蛇夫座！"

施翩迈开步子朝前走，身后的脚步声窸窸窣窣，女生们跟上来，一路走一路争论，谁也说服不了谁。

听了半路，她烦了，丢下一句："天鹅座。"

两个女生看着她走远的背影，愣愣对视一眼，恍然大悟。

机场出站口，高大的黑色越野车停在路边。

副驾驶的窗上搭着一只纤细的小臂，女人看见来人，脸上扬起笑，挥了挥手："小羽毛，这儿。"

施翮靠近车，"哇"了声："桃子，这车真够酷的。"

窦桃倾身出去，隔着车窗和施翮来了个拥抱。

冷硬的触感贴上后背的肌肤，施翮顿时清醒了——和属于人类的右手不同，这是一只浑体漆黑的机械仿生手臂，灵活有力，行动发出的声音充满冷酷感。

施翮轻轻"嘶"了一声："这更酷。"

窦桃笑笑："感谢科技。"

说完，她拍了下驾驶座上的人："余攀，下车搬行李。"

余攀没打扰她们叙旧，下车把施翮的行李搬上后备厢。等两人说完，他和施翮击了下掌："欢迎回来。"

施翮艰难地仰头看面前的"巨人"，说了句脏话："我 ×，你这都两米了吧？吃什么长的？"

余攀哈哈大笑："吃夜宵长的。走，先吃饭。"

夜市灯火璀璨、人声鼎沸。热闹的摊位一望无际，绵延至长街尽头。

施翮支着脑袋看周围，端上桌的小龙虾鲜红辛辣，切开的西瓜露出红艳艳的果肉，铁板上鱿鱼滋滋作响……烧烤摊的老板热得狠了，买了根冰棍坐在角落里躲凉，一只小白猫伏在他脚上。

窦桃见她打量，指了指周围："东川变化不小，你多少年没回来了？认得出来吗？"

余攀阴阳怪气地接："能认得我们就不错了。"

施翮听出两人话里话外的挤对意味，淡淡一笑。

三人是高中同学，关系亲密。那年他们高中毕业，那段本该最轻松、自由的时光，施翮离开了东川，什么话都没留下。

这一走，就是六年。

酒过三巡，窦桃问："还走吗？"

施翮拎着啤酒罐晃了晃，眸光澄净："不一定，查总说了算。"

窦桃轻哼："你那个经纪人眼里只有钱，以你现在的名气，去南极也碍不着他卖你的画挣钱。他管不着你。"

被人戳穿，施翮一点心不心虚，无辜地眨眨眼："没定呢。"

"这趟回来干什么？"窦桃拉下脸。

施翮一顿，干巴巴道："……相亲？"

"……"

窦桃和余攀同时呛住，剧烈的咳嗽声过去，两人对视一眼，谁都没先开口，跟忽然吃哑药似的。

"相什么亲？"余攀重重搁下啤酒罐，"现在都什么年代了？小羽毛，这不是你的性格。"

施翮："家里老太太闹，没办法。"

窦桃："呵。"

施翮凑上去讨好地蹭蹭窦桃的肩膀："我这阵子准备在全国各地采采风，肯定待满一年。"

窦桃："这样最好。"

接近凌晨，他们这摊散场。

余攀叫了代驾，问施翮："真不用送？"

施翮："不用，你们回。"

窦桃喝得最多，醉醺醺地抱过来，小声嘟囔："小羽毛，东川也挺好的，至少还有我们。"

"知道。余攀，把她安全送到家。"施翮安抚性地拍拍窦桃的后背。

余攀扶着窦桃上车，临上车前看了施翮一眼，问："过阵子有同学聚会，你去不去？"

"不去。"

"就知道白问，他们非让我问。"

施翮笑了笑："走吧。"

越野车消失在车流间，施翮面上的笑意慢慢淡下来，仰头看林立明亮的高楼，喃喃道："东川啊……"

久违了，东川。

回来两天，施翮痛苦地倒时差。

查令荃打开1101室的门，就见她在沙发上哈欠连天，客厅里堆满杂物，纸箱散落，没人去拆。

他开门见山："东川市美术馆邀请你参加艺术交流会，我推了。"

"美术馆？"施翩纳闷，"我和他们又没交情。"

"我送了一幅画给他们。"

"……"

查令荃是施翩的经纪人，在她七岁那年一眼看中她的画，直到现在，两人合作已有十七年。他因施翩在圈内名声大噪，日程排得比她还满，这样一个人，有一个尽人皆知的特点——抠门。

一个极度抠门、爱钱如命的人，居然白送一幅画给美术馆，太不可思议了。

施翩慢吞吞地"哦"了声："《仲夏暗恋故事》？"

查令荃刻薄道："看来你很清楚自己水平下降。"

"这顶多叫瓶颈期。"她嘟哝了句，"你就这么讨厌这幅画，钱都不要了？"

"为了最快打开国内的渠道。"查令荃快速道，"美术馆馆长是你的粉丝，馆内有两幅你的画，送他一幅他当场就想给你办展。"

"哇，那你省钱了。"她没心没肺道。

查令荃翻了个"优美"的白眼："找你就是说展的事，场地出了点问题，我会解决。至于你，我要的画呢？"

施翩含糊道："快了快了，快画好了。"

"Liz。"冷冷的语调，听得人心一跳。

"真没骗你。"她被喊得一个激灵，坐起身，严肃道，"开展前一定给你，毕竟是我的展，对吧？"

查令荃轻哼一声，暂时放过她。他扫了眼乱糟糟的大平层，嫌恶道："以后就住这儿？"

"为了能自己住，你知道我付出了多大的代价吗？"她幽幽道。

"不就是相亲？你们家老太太最宠你，糊弄糊弄就行了。"

"不乐意听，赶紧走。"

查令荃走后，施翩苦闷地看着整屋子的纸箱，想念她的小天使助理了。

两天后，施翩没等来助理，等来了相亲对象。

晚上八点，堂哥推送了一个名片给她。名片上是一个狗的头像，昵称是东川市藤原拓海。

她回复三个点。

堂哥："见面后奶奶叫你回家吃饭。"

她回复六个点。

施翮回完消息，随手丢了手机，从一堆杂物中找到工具和颜料搬到画室，整理完出了一身汗，洗完澡出来再看手机，收到一条好友请求——来自东川市藤原拓海。

通过好友后，对面很快发来信息："明天早上九点，约在东川美术馆见？"

她回复："OK！"

简单的交流结束，两人从简短的话语中窥见对方的心思：互相都不想扯上关系。

这很好。

八月的东川，热得让人绝望。

施翮一早出门去见相亲对象，这会儿站在美术馆门前的绿荫下，百无聊赖地数着地上的光圈，晃动的光影交织出虚幻的图案。

"施翮？"有人喊她的名字，嗓音年轻。

施翮抬头，看见一脸拽的男人，戴着墨镜，从头到脚连头发丝儿都写着"潮人"两个字，一股子败家味。

魏子灏也打量着施翮——女孩子戴着顶太阳帽，一袭纯白吊带裙，素面朝天，只涂了口红，冷白皮，狐狸眼微微上挑，天生冷感的长相。

不是他喜欢的类型。

"魏子灏。"他友好地伸出手。

施翮没看他："抓紧时间。"

魏子灏跟上去，慢悠悠道："都是应付家里人，配合一下就过去了。不过这个展来了肯定不亏。"

"什么展？"

"现代抽象艺术展。"

魏子灏："我听你哥说你是学艺术的？应该对这方面有了解，这两天到了一幅 Liz 的新画，票一秒就卖空了。"

"……你品位还不错。"施翮对相亲这件事释然了一点。

"你听过 Liz 吧？国内出身的天才画家，新生代抽象派大师……"

他滔滔不绝地说起自己的偶像。

美术馆一侧。

一辆商务车在停车场停下，车上下来两个男人。技术部的同事往后座看了一眼，问谭融："哥，这是什么大单子，老大都来了？"

谭融翻白眼："大个屁，他就是瞎折腾。"

下车没几分钟，谭融热出一身汗，这破天气到底为什么要出门？他直接打开后座车门，对着里面的男人说："别敲代码了，热死我以后谁替你管公司？"

"最后一行。"

清晰，干净的声音，朔风一样冷。

美术馆内隔绝夏日暑气，温度适宜。今天的现代抽象艺术展较往常人多了不止一倍，天才画家 Liz 的新画展出，许多人慕名而来。

馆内很安静，人群有序赏画。施翩没什么兴致，这些画她看了无数次，走到最外圈才有几幅没见过的新作。

魏子灏径直朝最里走去，停在那幅《仲夏暗恋故事》面前。

明快的夏日拥有世界上最亮眼、浓郁的色彩，画布却被黑色占据，线条扭曲灰暗，沉重感侵袭。

他失了神。

约莫半小时，施翩溜达着去找魏子灏。那人还站在 Liz 的画前，静立成一尊石膏像，似乎想为她的画作增添一丝的艺术性。

施翩停下来，打了个哈欠："画得不怎么样啊。"

魏子灏顿时像炸了毛的猫，瞪起眼睛："你这个破烂审美，学艺术是没出路的，早点转行吧。"

她被逗笑，相亲也没那么糟糕嘛。

魏子灏还想继续输出，边上忽然停下个小机器人，它举着托盘，上面放着几杯清水和两颗糖，供客人取用。

他拿了一杯水降火，可气死他了。

小机器人转过方方正正的脑袋，眼睛闪烁两下，靠近施翩，托盘举得更高。

施翩扫了眼机器人，移开视线。她对机器人没什么好感。

魏子灏看不下去："给人家一个面子。"

施翩："什么？"

魏子灏："你这人怎么这么刻薄？"

施翩："正常发挥。"

魏子灏翻翻白眼，他们果然八字不合。

　　开展第一天，美术馆馆长也在场，除了庆贺 Liz 新画展出，他顺道等 Proboto 科技的负责人。

　　Proboto 科技的人工智能芯片领域是东川市风投项目的明星项目之一，D 轮募资刚结束。前阵子，美术馆和 Proboto 科技合作一个项目，他们赠予美术馆五个小机器人，服务性和艺术性兼具。

　　今天，负责人来洽谈最后合同，顺便调试机器人。

　　场馆门口，技术部的同事一脸茫然地看着画展介绍，问谭融："哥，你认识吗？"

　　谭融说了句笨，招来一个小机器人，他看了眼介绍上最大的名字，问："Liz 是谁？"

　　小机器人熟练地应答："Liz，中国抽象派画家。法国评论家曾说：东川的山与水，米兰的日与夜，作为实实在在的粉本，'穿越'了这位年仅二十四岁的学院派女画家的艺术人生。当燃烧的热情遇见似水的笔触，马克·罗斯克般鲜明的色域愈显清明柔和，威廉·德·库宁式缠乱的线条尤为纵横灵动，亦能遇见类似卡门·赫蕾拉解构空间时的几何视界……"

　　技术部的同事："……"

　　谭融："……"

　　"哥，你听懂没？"

　　"没。"

　　"陈寒丘？姓陈的……"谭融往周围扫了一圈，没看见人，也不敢大声喊，"他人呢？"

　　技术部的同事无辜道："不知道，拿了调试板就走了。"

　　谭融纳闷，这人到底干什么来的？

　　馆长作为 Liz 的粉丝，和谭融两人打完招呼，美滋滋地把他们带到 Liz 的画作前，兴致勃勃地介绍。

　　施翩和魏子灏说着话，忽然瞥见三个人朝他们的方向走来。

大夏天的，一群人西装革履，嫌命太长。

馆长见他们停在 Liz 的画前，难掩自豪："这幅画是 Liz 赠予我们馆的，是国内头一个。子灏又来看画了？"

整个东川市，他们馆藏 Liz 的画数最多。艺术圈来来回回就这么些人，馆长和魏子灏早就相识，这会儿简单打了声招呼。

馆长介绍："这是 Proboto 科技的总经理谭融，我们最近在合作。"

显而易见，馆内的机器人是他们公司的产品。

馆长说完，感觉气氛不太对。

谭融和魏子灏对视一眼，双双移开视线，看这两人的脸色……像见到了仇人。

魏子灏把水杯往托盘上一搁，对施翮道："我给你道歉，你不刻薄，是我眼睛坏了。"

谭融冷嗤："看来今天我们运气不好。"

馆长不懂他们之间的恩怨，赶紧领着谭融两人往别处去，徒留小机器人巴巴地看着施翮。

"你不走？"魏子灏踢踢它的腿。

施翮瞥它一眼，把两颗糖拿了。小机器人的眼睛闪起红光，显然很高兴，终于肯离开。

"给你。"她随手把糖塞给魏子灏。

美术馆外，绿荫底下站着一个男人，白衬衫黑西裤，骨感的指节在平板上点了两下，退出机器人操控程序，随手往后一丢。

"我去！"从后面悄无声息过来的谭融见状，手忙脚乱地接住平板，"这都知道是我？"

陈寒丘："影子。"

谭融："回去吧？热死了，靠海的地方不应该凉快点？"

陈寒丘轻轻淡淡地"嗯"了声，打开车门，俯身往里坐，坐下后座位稍显拥挤，长腿委屈地缩在后座。

谭融："可太委屈您了。"

"给我换车。"

"想换车还浪费时间来这儿？"

"……"

美术馆内，施翩似有所觉，隔着落地玻璃朝一片绿荫处看去，稀疏的树叶间，她看见一道清瘦的身影。

那日相亲结束，施翩在画室里关了几天，依旧没有进展，正逢周末，窦桃叫她出去吃晚饭，就当出去散心。

夜市热闹喧哗，街道两边扎满小摊，灯光和火焰填满夏日的东川。

三人坐在角落里，关心起施翩的相亲情况。

施翩大致说了下情况。

窦桃问："然后呢？"

施翩："他问我要不要将就两个月，糊弄家里。"

余攀翻了个白眼："你不会答应了吧？"

"……我说考虑考虑。"她托着腮，慢吞吞地说。

窦桃心里有股说不上来的感觉，她踢了余攀一脚，移开话题："最后一个菜还没上？都多久了。"

余攀指指周围："你看多少人？"

窦桃两眼一黑。

周末本来就热闹，这里又毗邻商业区，这个点挤得人都坐不下。他们隔壁桌人刚站起来，几个年轻女孩灵活地抢占了位置，她们飞快地点完菜，原本小声说着话，忽然一阵沸腾，声音大得施翩这桌都能听到——

"快看热搜，Proboto科技要出伴侣型机器人了？"

"真的假的？那我要定制一个陈寒丘那样的。"

"啧，Proboto科技能让我们定制他们老板？"

……

角落里的小桌一片沉寂。

窦桃和余攀没敢吭声，小心翼翼地看施翩的反应。

施翩用鼻音轻哼一声："真以为我不知道啊？这几年他名气够大的，我远在几千里外都能听到他的名字。"

全球编程网站排名第一，各大热门算法竞赛的纪录保持者。这样的履历不管在哪里都是被议论的存在，施翩身在艺术圈偶尔也会听到陈寒丘的名字。

施翩见这两人心虚的模样，懒声道："行了，不就是前男友？我都不在意。"

余攀轻咳一声："大家现在都挺好就行。"

施翩哼了一声，道："这机器人真能定制他那样的，那返厂率估计最高——迟早被他气死。"

窦桃忍不住解释："伴侣型机器人不能按照真人标准定制。"

施翩看她一眼，问："你怎么知道？"

窦桃："……"

窦桃和余攀对视一眼，她镇定地解释："在业内多少听到过点风声。"

窦桃计算机视觉专业，目前在一家公司当工程师，新兴领域就那么一个小圈，大家低头不见抬头见，有消息很正常。

余攀本来在装死，又被踢了一脚，只好道："这么看，我们学校的计算机社还挺传奇，社团除了学神和桃子在计算机领域，杨成杰也还在，在做游戏，市面几款热门 MOBA 手游都是他们公司的。就我，还在打篮球。"

冷不丁听到"学神"两个字，施翩有一瞬的晃神，她太久没有听到这两个字。

等回过神，听窦桃问："不等了。小羽毛，去不去看余攀打训练赛？就在附近体育馆，不远。"

"行啊。"

三人隔着不远不近的距离往体育馆走。

夜色下灯火燃烧，窦桃搭着施翩的肩，有一句没一句地说着这几年他们这群人的去向和变化。

走过两条街，他们到达体育馆。

体育馆在商业区，附近立着几幢东川市地标建筑，即便是周末也灯火通明。欢呼声从高高的窗口飘下来。

余攀是篮球运动员，今晚有训练赛。

"我去换衣服。"余攀指了个方向，"你们从那里进。"

施翩和窦桃摆摆手，走了。

篮球馆很热闹，她们在观众席挑了靠后的位置，主要是避免麻烦，窦桃的机械臂太显眼，她懒得解释。

下面三个场地，都有人，碰撞声和摩擦声在阔朗的馆内回音明显。

施翩虚虚看了眼，指向人均身高一米九五的队伍问："余攀他们队？哟，帅哥还挺多。"

"都是省级运动员。"窦桃常来这里和同事打球，偶尔来看余攀。

两人说着话，余攀换了篮球服出来，大高个在底下一站，昂起脑袋找着她们，再咧嘴一笑，指了指场内，示意他上去了。

施翮懒懒地挥了下手，她不知道几年没看人打球了，看两眼，偶尔和窦桃说句话。

不知道说到哪儿，窦桃忽然拉着她起身。

"嗯？"施翮纳闷。

看到什么的窦桃找理由："我好像来'姨妈'了。"

"门口有超市。"施翮按住她，"你去卫生间等我，我去买。"

——来不及了。

窦桃急匆匆拉着人往外挤，刚到走道楼梯，听到底下洪亮的喊声："桃子！这里！"

她身体一僵。

施翮下意识地转头，隔着人潮和喧闹的场馆，遥遥对上一双深黑色的眼睛。

他的目光平静、疏离。

时隔六年，施翮和陈寒丘无声对视。

场内的光线明亮到刺眼，人潮因场上的分数变化爆发出巨大的喊声，夜晚在沸腾。

他们周身的温度却迅速下降，到达绝对零度。

下一秒，他淡淡移开视线。

人群中，男人清冷淡漠的气质出类拔萃，场馆内过半的女生都在看他，全场瞩目的人不为所动，侧耳听同伴说话。

谭融："他们打完我们就上。"

技术部小 A："老大，你上不上？"

陈寒丘漫不经心道："你们打，我今天没状态。"

谭融不爽："叫你的时候怎么不说？"

技术部小 A 没敢说话，整个公司敢这么和陈寒丘说话的，就谭融一个。他们是大学同学，一起创业，一起过最艰辛的日子，关系非同一般。

陈寒丘拍拍谭融的肩，转身走了。

过道上，窦桃缓缓松开手，她看了眼施翮面无表情的侧脸，咽了咽口水，正想解释，底下同事欢快地对她挥手："桃子！一起打球啊？"

窦桃："……"

施翩一顿，眯了眯眼，问："你们认识？"

窦桃滞住，硬着头皮道："就……就是……"

施翩："什么？"

窦桃一口气说道："好吧我坦白我其实在 Proboto 科技上班他就是我老板！"

说完，她小声补充："毕业后就直接去了……"

施翩半天没应声，窦桃小心翼翼地问："和余攀说一声，我们先回去？"

施翩："不用。"

说完，她们又坐下来。

一整场比赛下来，窦桃比施翩还心不在焉。

余攀打完，拎着两瓶水上来找她们，坐下便道："桃子，看见你同事了。你……"

窦桃瞪他一眼。

余攀忽然意识到什么，闭上了嘴。

"我去回个电话，查总找我。"施翩晃了晃手机，顺便夸余攀，"比赛打得漂亮。"

余攀尴尬地笑了两声。

离开热闹的场馆，施翩舒了口气。她垂下眼，静静想了想刚才几秒男人冷淡的眼神，走出通道，在尽头的露台停下。

站在栏杆前往下看，东川繁华的夜景尽收眼底。

施翩给查令荃回拨了电话，电话接通，他一口气说了画展进度，又说："给你安排了一个采访，你定个时间。"

"没空，不接。"她嗓音较往常冷淡。

查令荃："你接下来，画展之前我不找你麻烦。"

施翩没出息地妥协了，换了个姿势倚着栏杆，脚尖对着地面画着圈，问："什么主题？"

查令荃："东川市十大杰出青年。"

施翩："……"

"我形象不够端正。"她严肃道，"你尽找我麻烦。"

查令荃："定个时间，挂了。"

回来不到一周，施翮想立马坐飞机回去。她烦躁地揉了揉头发，正准备回篮球场，忽然瞥见角落站着一道利落的影，不知道在那里听了多久。

停顿间，角落里的人走出来，站到光里。

六年过去，男人干净的眉眼没什么变化，眼神更冷，唇线绷成一道锋利的直线。他单手插兜，另一只手握着手机，指骨泛白，微冷的视线轻轻笼罩下来。

施翮停下脚步，上下打量他一眼，语气自然地开口："过得挺好啊？"

陈寒丘："勉强。"

"……"

这气人的样子和以前一模一样。

施翮憋了一口气，没兴趣和前男友叙旧，说了句"有事"就走出了露台，没走几步，有脚步声跟上来。

"刚回国？"不轻不重的嗓音传过来。

她"嗯"了声。

陈寒丘看着她的背影，又问："准备长住？"

"没打算，待阵子就走。"

两人心平气和交谈的模样惊掉了其余人的下巴。

余攀睁大眼看朝他们走来的两人，压低声音问窦桃："这两人现在什么情况？"

窦桃："我比你更摸不着头脑。"

边上 Proboto 科技的人也在八卦。

技术部小 A："老大居然能走得这么慢？"

技术部小 B："你不看这是什么级别的仙女！"

谭融直接问窦桃："你和老大都认识的人？"

窦桃："高中同学。"

谭融："关系怎么样？"

窦桃："……不怎么样？"

刚说完，话题中心的两人停下来。

施翮不知道这群人堵在门口干什么，看了眼时间，问窦桃："打完了？打完回去了。"

窦桃看向余攀，使了个眼神，示意他说点什么。

余攀看来看去没处看，慌不择路，居然看向陈寒丘："学神，巧啊。你也来打球？"

"……"

窦桃不忍直视地移开眼。

谭融见大家都认识，提议道："既然大家都认识，一块儿吃个夜宵？"

施翮刚想拒绝，就听陈寒丘淡声道："行，你去订地方。"

这人怎么回事？

施翮一转头，对上两双炯炯有神的视线——窦桃和余攀都盯着她看。

施翮："……"

她刚在这两人面前轻描淡写地说她早就不在意了，这会儿拒绝会不会显得她口不对心？

"……你们怎么说？"她挣扎着问。

窦桃："我可以？"

余攀："正好饿了。"

"……"

于是，一群人浩浩荡荡地去吃火锅。

谭融订的火锅店就在附近，临时订还有包厢，正好八个位置。

施翮先进门，挑了个离门口最近的位置，方便走。

谭融想起窦桃说这两人关系不怎么样，随手一指最里面的位置，对陈寒丘道："老大，坐那儿，我去点菜。"

陈寒丘一顿，看了他一眼。

谭融被这冰冷的眼神看得背后一凉，自己说错话了？

菜上得很快，红艳辛辣的锅逐渐沸腾。这么热的天，开了空调也热得人满头大汗，尤其是吃辣锅，辣得人都顾不上说话。

施翮和窦桃吃清汤锅，两人有一搭没一搭地聊。

"班长要结婚了。"窦桃说。

施翮诧异道："那个书呆子啊？我以为他以后会和建筑图纸过一辈子，他现在干什么？"

窦桃："在本地当高中老师，教物理。"

施翮举起大拇指："在东川有体制内稳定的工作，还'英年早婚'，一等大孝子啊。"

窦桃翻白眼。

余攀听到这儿，想起来件事，问陈寒丘："学神，你还忙不忙？前几年你都没来过同学会，今年来不来？"

陈寒丘："什么时候？"

余攀："说是十一假期，班长婚礼的时候顺便团建。"

陈寒丘的视线扫过从头到尾没看他的女孩子，垂下眼，不紧不慢地倒了一杯水，指节轻点着玻璃杯，嗓音微低："不一定有时间。"

谭融一听，也不聊工作了，推推陈寒丘："去啊，真把公司当家啊？你知道每天一睁眼就看到你这张脸的感受吗？"

陈寒丘："我对你没兴趣。"

谭融："什么？"

"呵。"

一众嘶哈嘶哈的吸气中，这冷笑声极其刺耳。众人停下来，齐齐看向独自吃清汤锅的施翩。

施翩筷子一停，干巴巴地问："……我笑出声了？"

窦桃低下头没眼看，余攀沉痛地点头。

面对来自 Proboto 科技几位员工惊疑不定的视线，施翩镇定道："我在刷微博，你们说你们的。"

谭融心说乖乖，这何止关系不怎么样，看起来像是结仇多年。他看了眼陈寒丘，这人气定神闲，闲散地靠着椅背，视线不偏不倚地落在对面的人身上。

"老同学，你去不去？"陈寒丘不经心地问。

余攀抢答："小羽毛回来第一天我就问了，不去。她和班里一半以上的人都有仇，学神你又不是不知道。"

"也是。"他笑了一下。

陈寒丘性子冷淡，长相更是——黑发、冷白皮、单眼皮，眼尾勾得很长，安静注视人的时候没有任何情绪，忽然这么一笑，薄唇随意勾起，更显嘲讽。

施翩和陈寒丘对视一眼，搁下了筷子。

窦桃用机械臂摁住她，她抽出手，平静道："去个洗手间。"

施翩走后，窦桃蹙眉问："你激她干什么？当时……"

算了，这么多人在，不方便说这个。

当时施翩和陈寒丘在一起得突然，分开得更突然。除了两位当事人，谁也不知道发生了什么，但看他们这六年间老死不相往来的模样，显然场面不会好看到哪儿去。

陈寒丘低下眼，嗓音微哑："出去透透气，你们吃。"

两人一前一后走了。包厢内先是静了一阵，几秒后忽然响起议论声，你一言我一语地问起八卦来。

谭融："这两人不对劲吧？"

技术部小 A、小 B、小 C："桃子姐，他们之前什么关系？"

谭融想了一阵，忽然福至心灵："不会是他前女友吧？"

窦桃慢悠悠靠向椅背，下巴微抬，指了指自己的碗。几个人立马行动，很快把她的碗填满了。

"够了吗？"

"桃子姐再来点黄喉？"

窦桃淡定地抛出炸弹："她把老大甩了。"

"哦喔。"

"惊了，老大居然谈过恋爱？还被甩了？"

趁着众人震惊，窦桃快速地打了个补丁："也可能是老大把她甩了，两种可能性一半一半，到底谁甩谁，我们不知道。"

谭融无法接受："陈寒丘会喜欢人？我一直觉得他是我们公司的最强代言人——像 AI，没有人类的感情。"

技术部小 A："也不至于，我们还有单休。"

余攀摊手："我们当时比你们还震惊。小羽毛是高二来的转学生，像那种从天而降的小说女主你懂不懂？她当时一头金发，漂亮得不像人类，我们都以为她是混血。"

谭融："这机器人谈起恋爱来是什么样子啊？我完全想不出来。"

窦桃："每天接她上下学，给她写作业，教她学语文。她说不能和别的女孩子说话，他就装哑巴。"

众人目瞪口呆："……骗我们的吧？"

窦桃轻哼："不信拉倒。"

包厢内聊得热火朝天，洗手间内水声哗哗作响。

施翩低着头，认真清洗着自己的每一根手指，冷水流过纤细的指尖，她慢慢抬起脸，看镜子里苍白的女人。

"好丑。"她拍了拍自己僵硬的脸，等这阵猛烈的情绪过去。

施翩从洗手间离开，没立即回包厢，进门时她看到过几幅装饰画，想仔细看看。

经过某个包厢，门忽然从里面打开，她和出来的男人撞在一起，男人正说着话："我对你真没兴趣……嘶，施翩？"

施翩冷漠地抬眼，对上魏子灏诧异的脸，这是她今晚第二次听到这句话，听着就火大。

魏子灏："你怎么在这儿？"

魏子灏甩开身后女孩子的手，灵光一闪，拉住施翩："我都说了，我有女朋友了。"

施翩："什么？"

她正想说他们一点关系都没有，余光忽然瞥到一道清瘦的身影走近，嘴里的话顿时咽了下去，对着满脸警惕的女孩微微一笑："他正在追求我，我暂时没答应，你可以尽情地纠缠他。"

魏子灏："……"

他朝她挤眉弄眼：就不能配合一下我？

施翩眨眼：不能。

说话间，那道身影停在施翩身后。显然他存在感极强，魏子灏见到来人，顿时变了个模样，阴阳怪气道："人怎么能连着几天倒霉。你们公司要破产了？只能接美术馆的小项目？"

在新兴领域，他天天被人和陈寒丘比较就算了，上次合作没成，直接合作伙伴变仇人。

陈寒丘："松开。"

淡漠的嗓音，像含了冰粒子。他的视线停在魏子灏拉着施翩的手上。

魏子灏还没反应过来，施翩率先抽回手，往边上站了点，免得影响这两个人发挥。

陈寒丘侧头，略带嘲讽的目光直直对上施翩，他问："你品位差成这样了？"

施翩勾起弧度完美的微笑："再怎么差也比上一个好。还有，让让，挡着我路了。"

"你们认识？"魏子灏惊疑不定。

施翩没心情在这儿听两个男人吵架，越过陈寒丘往外走，也没了心思看画，直接给窦桃发了个信息说先走了。

陈寒丘单手插兜，视线在魏子灏身上停留片刻，忽然问："你哪位？"

"……"

杀人诛心不外如是。

店门口，施翩叫了辆车。她还没去换国内驾照，暂时没法儿开车。这个点，路上还是很堵，车挤在路上半天不动，她叫的车久久未至。

施翩站得久了，干脆往门口一蹲。

火锅店是国风设计，灯光多是红色，她数着地上暗红色的纹路，线条在脑中逐渐变成立体的模型，她渐渐出了神。

陈寒丘走出来，就见门口小小的一团。

路口停着的车喇叭接连不停地响，司机降下副驾驶的车窗往外看，她的电话随之响起，可是无人理睬。

他垂眼看了片刻，走到路口和司机说了几句话。

不多时，车开走了。

不知过了多久，施翩再回过神，注意到身边落下的影子。

影子没动静，她仰头看去，他懒散地靠在墙边，侧脸疏冷，浑身上下都写着"别靠近我"四个字。

"你站这儿干什么？"她纳闷，说着又去看自己的车，诧异地发现在半小时前订单就取消了。

她在这里蹲了这么久？

陈寒丘低头，对上她清透的琥珀色的眼睛，动了动僵硬的胳膊，随口道："车走了。这个点车不好打，我送你？"

施翩拒绝："不用，余攀他们吃得差不多了。"

"行。"他应得利落。

没多久，余攀一行人下楼。

技术部几个人一看门口那两个人，互相看了看，有人大声喊："余哥，你这车不错啊？正好顺路，我们坐你的车回去。"

余攀没看见施翩，一口应下，说完，一道幽幽的视线看过来。

余攀诧异道："小羽毛，你怎么还在这儿？没打到车？"

施翮："没，发了会儿呆。"

窦桃无语："你确定是一会儿？读书那会儿一走神就是半节课，连考试都这样。蹲这儿这么久，有灵感没？"

"……没。"

这是施翮的习惯，一想画画就容易走神。

谭融看了眼从施翮走后就没回来过的陈寒丘，心里有数，多半是施翮甩的陈寒丘。他自然道："我就住附近，走回去就行。"

于是，余攀的车坐满了，陈寒丘的车又恰好空着。

施翮："……"

"住哪儿？"陈寒丘直起身，看她不情愿的脸。

事已至此，施翮也不扭捏，话也说了饭也一起吃了，干脆报了施家的地址。她不想让他知道她住哪儿，这样的距离正好，再近就不合适了。

陈寒丘点头："我去开车。"

上了车，陈寒丘没开导航，熟练得跟他住那儿似的。

施翮六年没回东川，看着窗外陌生的街道，犹豫片刻，忍不住道："你别开错了。"

陈寒丘紧握方向盘，指节绷紧："不会。"

高三一整年，他在三个地点来回。

自己家，施翮家，学校。每天骑车到她家需要半小时，再从她家到学校需要十五分钟，晚上重复路线。

除了这两句话，一路上他们都没再说话。

车在小区门口停下，施翮飞快地解开安全带，还没说谢，他微凉的视线看过来，她听他不紧不慢地问："上一个，是哪一个？"

施翮茫然一瞬，什么上一个？

陈寒丘一瞬不瞬地看着她，重复道："你说，再怎么差也比上一个好。上一个，是哪一个？"

在施家，施翮照旧睡到日上三竿。

家里老太太不舍得叫她，她爸出差没回来，她妈远在国外，还有比这更舒服的日子吗？不失眠就更好了。

直到施翮被饿醒，睡眼惺忪地下楼，她看了眼餐桌上的两人，懒懒地打招呼："奶奶，堂哥。"

施文翰看她哈欠连天的模样，凉凉道："倒时差的滋味不好受吧？"

奶奶忙道："小乖，快来吃饭。"

施翾一脸痛苦："几百年没人喊我小名了，这像狗的名字！"

奶奶嗔道："又胡说，文翰快给小乖倒杯牛奶。"

施文翰习以为常，只要施翾在，他们家人眼里就没别人，毕竟家里就这么一个女孩。

施翾喝了半杯温牛奶，挑了点吃的，清醒了点。

奶奶忍不住打听起相亲的情况来，笑眯眯地问："小乖，那个男孩子怎么样啊？"

施翾："……就这样。"

奶奶给施文翰丢了个眼神。

施文翰淡声道："魏子灏自己创业做新能源汽车，私生活简单，人品方面也过得去。最重要的是，他是你的粉丝。"

施翾翻了个白眼，一副"懒得理你"的模样。

施文翰换了个话题，问："房子住着怎么样？"

"还行，门牌号我喜欢。"

"特意给你留的 1101 室。"

施翾的幸运数字是"1"，从小到大就喜欢带"1"的东西，车牌是"1"，门牌是"1"，连喜欢的人都得是第一名。

奶奶见缝插针道："小乖的男朋友也得是这个！"

她竖了个大拇指。

施翾："……"

她飞快吃完，卖乖道："奶奶，我最近在忙画展，要回去画画了。让我爸回来陪你。"

施翾火速溜走，再留下去，这老太太不知道又会说出什么吓死人的话来。

司机送施翾回海上花境。这里是前几年新建的小区，离市中心有段距离，房价高得令人咋舌，胜在安静、私密性高。

施翾打了个哈欠，泪眼蒙眬地走出电梯，耷拉着脑袋输入密码，一打开门，她顿时不困了。

散乱的客厅焕然一新，所有物品归整地待在自己的位置，沙发后杏白的墙上挂着目前收藏界 Liz 价值最高的画作《极光》。

施翩来了精神，脱了鞋往里跑："冬冬！我的家养小精灵！"她的助理来了！

不多时，卧室里走出来一个金发的年轻男人，他有着精灵般的面庞，眼球像雪山松林下那一汪冰湖，是极浅的碧蓝色，令人迷醉。

于湛冬是他给自己取的中文名。

于湛冬性情温顺，爱干净且守时，典型的瑞士人，比施翩大四岁，兼任她的工作和生活助理。施翩换助理的速度堪比查令荃换女伴，于湛冬是唯一一个被留下来的，一留就是四年，他像爱护妹妹一样爱护施翩。

于湛冬温声问："饿不饿？"

施翩摇头，立马和他吐槽了这几天自己的不如意，包括相亲和在篮球馆偶遇前男友这件事。

"那个编程天才？"

于湛冬一直对陈寒丘抱有极大的好奇心。

施翩撇撇嘴："是啊。这人明明讨厌我，还能装成普通同学的模样，当老板就是不一样。"

"讨厌你？"他更新奇。

施翩轻哼："……不提他，烦。"

施翩抱着枕头在沙发上滚了两圈，躺下正对着那幅巨大的画作，迷炫的色彩和线条让人错觉去往另一维度。

她现在画不出这样的画了。

"最近状态怎么样？"于湛冬给她倒上提前煮好的冰奶茶，"在家闷不闷，陪你去看展馆？"

施翩不愿意："好热。"

于湛冬哄她："我给你打伞。"

"……那好吧。"

场馆位于东川市中心，抬头还是那几幢地标建筑。

一下车，施翩便皱起眉。她紫外线过敏，最讨厌东川的夏天，每次白天出门都把她折磨得不轻。

于湛冬为她撑着伞，看她一溜小跑躲进阴影里。

"查总说场馆出了点问题。"施翮边打量着馆内设计边往里走，"但他没和我说问题解决没有。"

于湛冬："这里看起来不错，够空旷。"言下之意就是够地方造作。

门口没有安保，走过中庭，他们被拦下来。

安保问："来干什么？"

于湛冬说明来意，拿出查令荃给的通行证。

安保看了两眼，道："你们等会儿，我去请示一下。"说着，嘀咕了句，"怎么那么多通行证，到底租给谁了？"

施翮轻挑了挑眉："看来画展办不成了。"

于湛冬皱眉："Liz。"

"……好吧，当我没说。"

施翮鼓鼓脸，收起那点不想画画的心思，躲在伞下，又打了个哈欠，这阵子她总睡不醒。

于湛冬看她："又有失眠问题了？"

她没说话，左顾右盼，不想回答这个问题。

僵持间，安保小跑着出来，先让他们进去。

施翮趁机躲开这个话题，于湛冬无奈，她不愿意说的事谁问都没用。

馆内设计更为简单，线条干净，空间自由。

施翮这么挑剔的人也挺满意，但显然满意的不止她一个。走进大厅，不远处站着三男两女，一副商务洽谈的模式。

于湛冬过去问情况，施翮四处晃荡。

没一会儿，于湛冬回来了，他道："这个展馆由三个老板共同经营，查总和另外两方同时找了不同的租用方，三人都答应了，所以有了纷争。"

于湛冬简单说了一下两个竞争者的身份。

一个是上市公司，租来办周年展；另一个也是办画展，圈内称他为"东川小凡高"。

"哈。"施翮笑了一下，嘀咕，"现在的凡高也太多了。"

于湛冬拿了张名片出来："这是其中一位女士给我的名片。"

施翮随手接过来，看了一眼：Proboto 科技，行政部，阮梦雪。

"……"她同意魏子灏的话，人怎么能连着几天倒霉。

施翮面无表情地把名片塞回于湛冬手里："告诉查总，不惜一切代价，把这个地方拿下来。"

于湛冬眨眨眼："啊，不会是——"

"不是，不许提。"

话音落下，名片上的主人向他们走来。

精致的妆容，得体的职业套装，细细的高跟鞋踩在地上充满韵律，靠近时，施翩闻到她身上淡淡的香水味。

"……"

更生气了，是她没买到的绝版香水。

阮梦雪坦然大方，温声问："你们也是要办画展？我祖父是画国画的，我从小就崇拜画家艺术家们，如果可以，时间方面我们可以协调。"

于湛冬："我们只是助理，不能做主。"

作为交换，于湛冬给了她一张查令荃的名片。

阮梦雪诧异地看了施翩一眼，笑道："你看起来不像助理，像艺术家，我从小到大直觉都很准。"

施翩："I can't speak Chinese.（我不会说中文）"

阮梦雪闻言，客套了几句，没再打扰他们。

施翩嘀咕了句倒霉，没心情再看。

于湛冬叹气："看来你还有事没告诉我。"

"哪有？"

"你看起来特别生气，'新鲜'的那种。"

"……"这古古怪怪的中文，却该死的精准。

施翩沉默了一会儿，把昨晚陈寒丘送她回家的事说了。

昨晚在车里，一片暗色，车窗外的碎光照进来，让他大半的轮廓隐在暗中，只有一双深黑色瞳孔映着光。

他平静地问："上一个，是哪一个？"

施翩漫不经心地回："忘了，十几个男人哪记得过来？其实魏子灏不错，长相能力……唔，还有身材。"

他像是扯了下唇："我认识一个不错的眼科医生。"

"呵，我这是高中落下的病根，治不好。"说完，她摔门扬长而去。

两人不欢而散。

"就这样。"施翩摊开手，一脸无辜。

于湛冬揉了揉眉心，斟酌着道："看来你们的关系确实很恶劣，但他不一定讨厌你。"

施翩："这还不讨厌我？"就差没指着鼻子骂她是个瞎子。

"说到他就烦，回去了。"

她顺便抢过名片，路过垃圾桶时毫不犹豫地丢进去，她不想再看到这个公司的名字。

于湛冬无奈地跟上去："干吗编十几个男人？"

"太少了？"

"容易露馅，毕竟我一个都没见过。"

"他又不知道。"施翩得意地吹了声口哨，心情渐好。

阮梦雪回到公司，先去找了谭融，告诉他场馆的纷争。

谭融问："他们都要办画展？"

"一个是富二代办画展，另一个我没打听出来，嘴很严。"

"你跟我去找老大。"

谭融向来比别人多个心眼，毕竟刚认识一个艺术家，他后来问窦桃，她说施翩是个画家，贼牛的那种。

他们没去办公室找陈寒丘，他这阵子不知道抽哪门子风，跑去技术部待着。

公司除去技术方面的事，基本上由谭融负责，陈寒丘成日与代码做伴，可能这就是天才的世界，他们不懂。

到了技术部，谭融在角落找到陈寒丘。

男人懒懒地靠在办公椅上，白T黑裤，细长骨感的手指灵活地敲着代码，一副不食人间烟火的出尘模样。

谭融三言两语把事说了，刻意提了"画家"两个字。

陈寒丘没抬头，随口应："喜欢就定，这点事不用问我，我不干涉你们做决定。"

阮梦雪松了口气，她应下就准备走。

"等等。"陈寒丘叫住她，抬眼道，"以后别动我的东西。"

阮梦雪："……抱歉，下不为例。"

两人一前一后离开。

阮梦雪一出门，拍了拍胸口："吓死我了，能和老大对视的都是勇士。"

谭融："你拿他什么东西了？"

她郁闷道："之前买了香水，那天下楼拿快递看到礼盒放在前台以为是我的。拆了才发现拿错了，只是同个品牌，不是一个味道。"

谭融："居然是香水，这人越来越闷骚了！"

傍晚，落日西沉。

施翩坐在高脚椅上，无聊地转着画笔，黄昏的光影晕染画布，已然画出最美的景。还要她画什么？

她随手把笔一丢，去地上乱糟糟的一团中找手机。

画室是家里最乱的地方，她不允许别人进来，查令荃和于湛冬也不例外，自然没人帮她整理。

施翩摸出手机，看了一眼，想立即把手机丢回去。

东川市藤原拓海给她发了十条信息，略去没用的，重点是他们晚上得一块儿吃个饭，拍个照片糊弄家里。

施翩回复："不去。"

魏子灏："听说施文翰在物色新的相亲人选了。"

施翩："……"

等到夕阳最后一缕余晖消散，施翩随便穿了条吊带裙出门，脚下拖鞋踢踏踢踏响，连口红都懒得涂，要多随便有多随便。

魏子灏约在一个小酒馆，走过繁华的商业区，再七拐八拐绕过一万个精致的店铺，最后掀开帘子，走进一个破破烂烂的店。

店里视线昏暗，魏子灏坐在前台和人聊天。

施翩自顾自地走过去，没喊他，点了杯酒，顺手在他碟子里摸了一把花生剥着吃。

"来了？"魏子灏回头。

施翩抬抬下巴算是回应。

魏子灏打算速战速决："先拍照。"

施翩不情不愿地往他身边靠，对着镜头弯唇一笑。

平时骄矜难以接近的女孩子笑起来，眼睛弯弯，雪白的面庞在夜晚熠熠生辉，不夸张地说，她的笑点亮了小酒馆。

前台调酒师送了她三杯酒。

魏子灏打量着照片，啧啧摇头："我要是长你这样，天天换男朋友。

话说回来，我不值得你化个妆？"

"天刚黑，别说梦话。"

"别说，你这说话方式还挺像一个人。"

施翮忽然生出一股不好的预感，下一秒，她听魏子灏问："你和陈寒丘认识？还一块儿吃过饭？"

她否认："不认识。"

"可他在看你。"

施翮一愣，魏子灏朝某个方向看了一眼，她顺着望过去，先看到杨成杰激动的笑脸："小羽毛！"

他边上的男人一脸淡色，白色衬衫解开两颗扣子，领带松垮，那双毫无情绪的黑色眼睛正看着她。

施翮："……"

她现在离开还来得及吗？

五分钟后，他们四个人莫名其妙坐在一张桌上。

方方正正的小桌上，施翮和陈寒丘面对面坐着，魏子灏坐在陈寒丘边上，臭着一张脸。

杨成杰太久没见施翮，有点陌生，视线在她和陈寒丘之间转了一圈，感叹时间过得真快。

施翮没往对面看，问杨成杰："回来没几天，桃子说你现在做游戏呢？"

杨成杰笑笑："一点小生意，和老大没法儿比。"

魏子灏冷不丁插了句："你们俩又不是一个公司的，你喊他'老大'干什么？喜欢认老大也可以这么喊我。"

施翮："……"

这人也没那么讨厌，在气人方面还有一手的。

始终没说话的男人把玩着空了的酒杯，闻言掀开眼皮看了魏子灏一眼，漆黑的眼珠子看得人背后发凉。

杨成杰脾气好，笑着解释："我们高中一个社团的，喊习惯了，一直没改过来。你和小羽毛怎么认识的？"

魏子灏："相亲。"

杨成杰一口酒含在嘴里，差点呛住，咕咚一口咽下去，用余光看了眼陈寒丘的神情，男人放下了酒杯，神色冷淡。

他想了想，试探着问："相得怎么样？"

魏子灏："不错。"谁也没看上谁。

杨成杰忽然有点后悔叫施翮过来，连忙转了个话题，聊到他最近忙的事。说起游戏，魏子灏来了点兴趣。

这桌上四个人，除了他们俩，那两人都跟哑巴似的。

魏子灏嫌离得远聊得不过瘾，踢踢施翮的椅子："我们换个位置。"

施翮刚想拒绝，便听杨成杰道："我给你倒酒！"她轻吸一口气，暂且忍了。

施翮站起身，准备和魏子灏换个位置。

陈寒丘忽然起身，目光越过那两人，落在她身上，低声问："我们去吧台？"

施翮不看他："这里挺好。"

"昨晚的事，我们谈谈。"

陈寒丘点了两杯低度数的酒，将菜单上的小食挨个点了一遍，施翮有点不习惯，这人以前连坐地铁都舍不得。

"有醋吗？"她问吧台的小哥。

小哥愣了一下，说有。

陈寒丘一顿，看着她把醋倒在小酒杯里一口气喝了，小脸几乎皱成一团，随后舒了口气。她平时讨厌吃酸的，一点都受不了，心情不好的时候却爱喝醋。

"谈什么？"施翮清醒了点，扒拉几粒鸡米花往嘴里塞。

陈寒丘握着杯子的指节绷直："抱歉，昨晚的话。"

施翮哽了一下，不可思议地看了他一眼，原来这人是会道歉的。她收回视线："哦，我还在生气。"

他道歉是他的事，不妨碍她继续生气。

陈寒丘："我知道。"

施翮忽然觉得没意思："算了不提这个，又不是高中生了。"

陈寒丘垂眼，咽下微有些涩意的酒："你过得怎么样？看起来脾气好了不少。"长大了。

施翮："挺好。可能是和脾气好的人待久了。"

陈寒丘："嗯。"

"……"又只有一个字，装什么酷。

"最近忙什么？"他提起别的。

施翩："画画，办画展。"

陈寒丘："什么时间？"

施翩瞥他一眼，心说有你们公司掺和一脚，能不能办成还不一定。她随口道："过两个月，没定。"

说了半天，她有点饿，探头瞧了一眼，那盘卤鸡爪放在他那边。

施翩倾身过去，想把鸡爪端过来，贴近他的瞬间，她不可避免地闻到了他身上浅淡的香水味。

馥郁的干枯玫瑰味道，和阮梦雪身上的一模一样。

施翩顿时没了胃口。她不知道现在自己是什么脸色，但没心情在这里再待下去。她拿起包，头也不回："我有事，先走了。"

施翩走得利落，没给他说话的时间。

陈寒丘追出去，伸手抓住她的手腕，指节扣住手腕的瞬间，两个人都停了下来，她没有回头。

"施翩。"他喊她的名字，时隔六年。

施翩抿着唇，腕骨上他的力道不重，轻易就能挣脱。干燥的、温热的触感传到那一小块皮肤，瞬间，回忆如潮水侵袭，她停在原地。

她以前总是趴在他背上嘟囔，说他看着冷冷的，但体温却是热的。

陈寒丘会平静地回答她，人类是恒温动物。

他永远不懂浪漫是什么。

"放开。"她回过头，眼神冷漠。

陈寒丘定定看了她几秒，看到女孩子眼里毫不遮掩的冷色和抗拒，他缓缓松开手，指腹上留着她的温度。

施翩揉了揉手腕，认真道："以前的事过去了，但我这人很记仇，所以没有打算和你做朋友。"

陈寒丘喉头微动："那做什么？"

施翩："不怎么熟的同学。"

陈寒丘没说话，手插进裤兜，握成拳。

施翩补充："你一向有原则，希望你有始有终，既然讨厌我就讨厌到底，这样没意思。"

说完，她迅速走人。

门勾勒出的一方夜色里，施翮的裙摆消失得无影无踪。

陈寒丘低下头，在原地站了许久，转身回了酒馆。桌上那两个人已经喝上了，一口一个兄弟，相见恨晚的模样。

陈寒丘坐下，连着喝了三杯。

那两人停下来，齐齐看向他。

魏子灏问杨成杰："他怎么了？哟嚯，手都捏白了，哈哈哈，被施翮气的吧？这女人有点水平的。"

杨成杰捂住他的嘴，在他耳边说了两句。

"啥？！"

魏子灏原本挺讨厌陈寒丘的，要说过节其实也没什么过节，只是这个领域里的同龄人难免被拎出来作比较，比得多了，他自然而然不爽。但今天这么一看，这人也挺惨的。

他想了想，摸摸口袋，里面还有两颗上回施翮塞给他的糖："要不吃颗糖？促进多巴胺分泌。"

陈寒丘看到魏子灏手里的糖，眸光微暗，语气冷淡："别乱拿东西。"说着把这两颗糖拿走了。

魏子灏："啥？"

"算了，和你说句实话。"魏子灏实话实说，"我和施翮没什么关系，就按家里的意思相个亲，我们俩都没那个意思。"

陈寒丘："我知道。"

"你怎么知道？"

"她看不上你。"

"……"别拦着他，他要弄死这男的。

杨成杰搭着魏子灏的肩，感叹："你是不知道，当时我们老大在学校里是什么情况。东川一中的门面，蝉联三年全年级第一，全国各大比赛热门选手，奥数比赛、计算机比赛，只要他参加，我们从来不知道第二名是谁。高考就不说了，全市最高分，轻轻松松的事。你再看他长什么样。这样的小羽毛都看不上，你说你行吗？"

魏子灏："……"

杨成杰安慰他："凡人和天才是没法儿比的，别难过，喝酒。"

夏夜的东川，明亮喧嚣。

施翮避开热闹的街道，走在陈旧的老街上。这条老街两边是小洋房，悬铃木郁郁葱葱，路灯暗淡，人影寂寥。

她拎着拖鞋，光脚走在路上。夏日，地面是滚烫的，夜里也温温热热。

经过转角的小咖啡店，有人看她一眼，不以为意地移开视线。这里是东川，什么事都不稀奇。

施翮轻舒一口气，望着熟悉又陌生的街道。

这条街是她上学的必经之路，曾经有个少年载着她无数次经过，他们看过悬铃木从翠绿变成金黄，金黄色落满地，冬日只剩枯枝，到了春天，树上悬铃叮当响。

那年春天，自行车的铃声叮叮当当地响，他们穿越街道，她在后座，仰头看着飘落的悬铃，嘟囔道："好烦，都掉我头发上了，还是秋天好。"

她问："陈寒丘，秋天你还来接我吗？"

风吹过，他没有回答。

第二天中午，于湛冬打开1101室的门，进门前看了眼和1102室之间空荡荡的走廊，总感觉少了点什么。

施翮还睡着，他进厨房准备午饭。

时间到十二点，施翮睡眼蒙眬地从房间里出来，还没清醒，鼻翼轻动了动，闻到香味，振作起来，拖拖拉拉地往厨房走，问："冬冬，今天吃什么？"

"中餐。"于湛冬看了她一眼，"昨晚几点睡的？"

施翮："三四点？忘了。"

施翮眯着眼，含糊道："昨晚大半夜门口还碎了一盆树，风吹的。物业说是邻居养的。"

于湛冬恍然，原来走廊少了一株盆栽："不知道邻居是什么样的人。"

她打了个哈欠："不麻烦就行。"

施翮吃完午饭，彻底清醒了，缩在沙发上听于湛冬讲这几天的工作安排。

于湛冬："采访定在下周，具体日子我们定。对方是东川融媒体中心的明星记者，这个专题是她提议的。"

施翮懒懒道："完全不感兴趣。"

于湛冬仔细看她的神色，注意到她眼下青黑，提醒道："采访可能要上镜，你状态不好。"

施翮："不上。"

于湛冬："查总又要生气。"

施翮："不关我的事。"

众所周知，Liz不喜出现在大众眼前，多是由查令荃代表。除了她小时候的照片，媒体没有她现在任何照片。施翮深觉这非常好，她能随时溜进各大院校而不被围堵。

于湛冬："对方提出采访地点最好是在我们办画展的地方，能顺便宣传，查总同意了，准备把《星空》系列先挂上去。"

施翮撇撇嘴："要求好多。"

于湛冬温声安抚："忍一忍。时间定在周几？"

施翮沉默片刻，默默点开天气，仔细观察哪天温度最低且没有太阳，精挑细选，最后挑中了下雨天。

于湛冬无奈一笑："对方可能觉得我们故意找碴儿。"

施翮嘟囔："我的脸再晒就坏了。"

很快，时间到了周四。

这是八月以来，东川下的第一场雨，还是暴雨。东川的夏，下雨时并不闷热，空气中有淡淡的草木味。

施翮趴在围栏上往外瞧，簌簌雨幕给这座城市蒙上一层水雾，她瞧了会儿，美滋滋地吹了声响亮的口哨。

她喜欢雨天的味道。

于湛冬关上门，撑起伞挡住雨，提醒她："要迟到了。"

施翮可怜巴巴地看他："冬冬你好冷漠。"

于湛冬心软："那再看五分钟。"

少女天生长着一张精致到不似真人的脸，天生给人以距离感，这样的女孩一旦撒起娇来，上帝都拿她没办法。

于是，于湛冬妥协了五分钟又五分钟。

市中心场馆内。融媒体中心的记者谢芜看了眼时间，距离约定时间过去了二十分钟，雨天路上不好走，他们可能堵在半路。

实习生向摄像小哥小声抱怨："偏偏选下雨天？"

摄像小哥一米九的个子，没听清，问了句："什么？"

谢芜回头看实习生一眼，小姑娘吐吐舌头，小跑过去，问："谢老师，采访对象迟到的情况多吗？"

"一般是我们去找采访对象，这样的情况不多。"

"好吧，也不知道是什么样的人，这画我欣赏不来。"

谢芜看向纯色的墙壁，上面挂着 Liz 的成名作《星空》系列，一系列总共十二幅，用数字简单命名，超现实主义的画作脱离大众审美，欣赏不来也很正常。

她叮嘱实习生："一会儿别乱说话。"

"知道！"

暴雨声中，门口多了两道人影。

谢芜一行人看过去，女孩子黑发散落，戴着口罩，身上随便套了条纯色的裙子，底下一双凉拖，再简单不过。

实习生呆了一下："和我想的大牌面不太一样。"

谢芜："小点声。"

十分钟后，施翩懒洋洋地坐在沙发上，于湛冬站在后面小心翼翼地擦拭着她的长发。

谢芜笑道："雨天出门，辛苦了。"

施翩最近总遇见大美女，这位记者还特意穿了《星空》联名的高定裙。她配合道："不辛苦，我还挺喜欢雨天的。"

谢芜夸赞道："您的瞳孔是琥珀色的，很特别。这需要父母双方的隐性基因才能有这样的颜色。"

施翩眨了眨眼。

谢芜见她兴致不错，示意了一下摄像小哥。

摄像小哥刚打开机器，于湛冬看过来，温声道："说好不拍本人的。"

这么一个大帅哥，温温柔柔地和你说话，这让摄像小哥耳根一红，默默地把机器对准画。谢芜感到有点可惜，但在接受范围内。短暂的交流后，她拿出采访提纲，正式开始采访。

"我们了解到您很早就开始学画画了。"谢芜倾身向前，温声问，"最开始的契机是什么？"

施翩道："因为壁画。"

施翩很少回忆自己的童年，记忆里最深的就是壁画。

她父母离异，从小跟着母亲在国外生活。母亲是一位考古学者，工作太忙，有时候不得不带着她。

"那些墙面是冰凉的，颜色却有温度，画面上线条奇异，静止的画面在我看来是动态的，像是三维空间，像有人在和我说话……"施翩专注地说着她对壁画的最初印象。

谢芜有些意外，这位天才画家似乎格外慷慨，但随即她便意识到，这个结论下得太早了。说起画，对方是个优秀的倾诉者，涉及个人生活，她惜字如金。

谢芜："您定居国外多年，是什么原因让您选择回国？听闻您就读的佛罗伦萨美术学院有意留您在校。"

施翩摆摆手："假的，资历不够。至于回国……私人原因。"

谢芜又碰了壁，她转而问起《星空》系列："您创作这一系列画作的灵感来源于哪里？"

这个问题放在几年前，施翩并不愿意回答，但这几年她逐渐和自己和解，能够平静提起那段时光。

"那阵子我失恋了。"施翩坦然道，"整晚整晚睡不着觉，当然头发没掉，我头发还挺多的。"

谢芜被逗笑。实习生也抿唇笑起来，偷偷戳摄像小哥，小声说："我被她迷倒了。"

施翩支着下巴，随口道："全世界失恋的感觉都差不多吧？那时候只有我的色彩宫殿能让我忘记这些情绪，没日没夜地画画，累到精疲力竭就不会做噩梦了。至于为什么画《星空》，因为他曾经的梦想是学天体物理。"

谢芜生出好奇，试探着问："他是怎样一个人？能让您动心的男孩子，应该很特别。"

施翩："怎么形容呢——"

她想了想："我那时候中文水平一般，某天看到一句'东有启明，西有长庚'，女孩们说很浪漫，我就问他是什么意思。"

那时，施翩趴在陈寒丘的桌上。

午后浅金色的阳光照在少女黑色的发上，长发散落，将他的卷子遮了一半，窗外投下几道光影。她无聊地看他写作业，慢吞吞地数着他有几根睫毛，来了兴致把铅笔往他睫毛上放，结果真的能放住。

她睁大眼，不可置信，想拔一根下来和自己的比比。

少年神色淡淡，由着她闹。

"陈寒丘，这句话是什么意思啊？"她踢踢他的鞋尖，嘟哝道，"她们都说很浪漫，但我看不懂。"

"哪句？"干净清冽的嗓音，像夏末的风。

少女蹙着眉，艰难回忆着："东有启明，西有长庚？"

陈寒丘："启明和长庚都是指金星，黎明和黄昏都会出现。它可以在东方迎接新的一天，还会在西方说晚安。①"

施翮睁大眼："我们不认识的时候，我在西方你在东方。我看到启明星的时候，你看到长庚星，那就是你在和我说晚安。哇，确实挺浪漫的。"

少年凉凉道："它不但有毒，还高压高温，随时能把你腐蚀，让你窒息，再把你压碎，顺便把你烤焦。②"

施翮："……"

这人好煞风景，一点都不浪漫。

她嘟着嘴，抱怨了几句，又叽叽喳喳地问起别的。

少年垂着眼，神色安静，看起来像是在认真写作业，如果有人那时仔细看他几秒，会发现他手里的笔久久未动。

"他就是这样的人。"

施翮简单形容了一下这个过程，对几人眨了眨眼。

两个女孩子神情微妙，这样不懂风情的人可太多了，她们听着深有同感，甚至想开一场茶话会多聊会儿。

只有摄像小哥一头雾水。

谢芜就画展又问了几个问题，随即结束了采访。总的来说，她对这位天才画家很有好感。

趁着摄像去拍照片，谢芜问施翮："我私人能再问您一个问题吗？"

施翮随口道："我猜是感情问题，写上去也无所谓。"

谢芜失笑："我想问您现在还喜欢他吗？"

"喜欢？"她侧过头，注视着雨日模糊的玻璃，平静地回答，"画完《星空》系列最后一笔的瞬间，我就不喜欢他了。"

注：①②均出自纪录片《旅行到宇宙边缘》。

Proboto 科技。

阮梦雪得知消息，有关于场馆的争夺战，她失败了——在其中一方身份不明的情况下。

她忍不住怀疑起自己的工作能力。

"我出去一趟。"她丢下话，拎着包匆匆离开。

谭融来行政部找人，没找到，问助理："你们部长呢？"

助理小心翼翼道："周年庆的场地没抢下来，阮姐接受不了，一个人出去了。可能去场馆了。"

谭融："没有备用的？"

"有是有，"助理苦恼道，"但她最中意那个。"

谭融离开行政部，溜到技术部晃了一圈，没见着陈寒丘，径直去了他办公室。果然在角落看见坐着看雨的男人。

这两天，陈寒丘比以往更沉默、更冷。

谭融一想就知道是因为什么，除了前女友还能是别的？

"你也就雨天肯休息。"谭融扯了把椅子坐下，提起往事，"以前在学校你就喜欢雨天，有特殊意义？"

陈寒丘看着窗外大雨，神情平静。半晌，他侧头问："什么事？"

谭融双手环胸："行政部部长冒着大雨出去工作，我关心关心不行？"

陈寒丘神色淡淡："到我这儿来关心？"

谭融："我们可是创业的战友。"

陈寒丘："现在还有事能难倒她？"

谭融翻了个白眼："好歹上点心，还是三周年庆场地的事。我开车，我们去看看。"

陈寒丘："什么？"

雨天路上堵，半小时的车程开了一小时。

谭融将车驶入场馆停车场，瞥了眼一路上都在工作的男人，摇摇头，没救了。

"下车。"他递过去一把伞。

暴雨天，再大的伞和再灵巧的身姿都逃不过淋湿的命运。

两人刚走到场馆口，左侧休息室的阮梦雪眼尖地发现了他们，连忙跑出来："老大，你们怎么来了？"

谭融下巴微抬："这不是来给你撑腰吗？"

阮梦雪："……"

听着也太不靠谱了。

陈寒丘收起伞，抖落身上的雨。他越过中庭看了眼大门紧闭的展馆，问："不让你进去？"

阮梦雪解释："没，里面在做采访，就东川十大杰出青年那个。听说是个画家，应该是那个富二代。"

谭融听着这个主题有点耳熟，想了半天，恍然道："这采访是不是约过我们？还要多久？"

阮梦雪点头："老大拒绝了。算算时间，应该快结束了。"

正说着话，展馆的门从里面打开。

一行人走到门口，最前面的是一个戴着口罩的女孩子，她身边的金发男人撑开伞，为她挡住倾斜的雨。他们的右侧是记者和摄像，看模样正在告别。

阮梦雪一怔："我遇见过他们，原来这个女孩子真的是画家。她不会说中文。"

谭融："外国人啊？"

阮梦雪："不是，中国人。"

陈寒丘的视线穿过雨幕，落在出来的女孩子身上。她拎着裙摆下阶梯，走了几步，嫌戴着口罩闷，便一把扯了，但口罩没地方扔，好在被她身边的男人接过去，男人说了句话，她鼓鼓脸，神情生动而鲜活。

谭融已经看呆了："真是她啊。"

当时听说有画家，他的雷达就察觉到不对劲了，没想到真的是她。

阮梦雪不明所以，悄声问："你认识啊？"

谭融看了眼完全没注意他们的陈寒丘，压低声音把事说了。阮梦雪从一开始的镇定到逐渐失去表情管理。

"他前女友？"阮梦雪不敢置信，用气声说，"我以为他性冷淡！"

谭融："可不是嘛，那天可把我们吓死。"

陈寒丘收回视线，道："我们回去。"

在施翮看到他们之前，三人离开了场馆。

回去的路上车内寂静无声。

谭融老实开车，阮梦雪用纸巾擦拭着高跟鞋，一只还没擦完，忽然听陈寒丘问："另一个画家，什么身份？"

阮梦雪很快反应过来："是个富二代，我这里有资料。"

接下来一路，陈寒丘看着资料，看不出情绪。阮梦雪迅速去订别的场馆，凭她的直觉，这个场馆彻底和他们公司无缘了。

车开回公司，三人坐电梯上楼。

电梯在十一楼停下，临开门前，陈寒丘看向阮梦雪，问："你去场馆那天是 18 号？拿我香水那天。"

"……应该是。"她小心翼翼。

陈寒丘没说话，点点头，走出了电梯。

走出电梯一段距离，阮梦雪心有余悸，忧心忡忡道："到底是送给谁的礼物？他居然记到现在！"

谭融："你妄图揣测 AI 的心思，大胆！"

阮梦雪："你好烦。"

雨下了一整天。晚上八点，Proboto 科技的办公楼灯一盏盏熄灭。

谭融来找陈寒丘，办公室里只有桌上的灯亮着，光线幽暗，男人冷淡的脸映着屏幕的蓝光，却没动作，明显在出神。

陈寒丘低着眼，去小酒馆那天他拿过快递盒，身上或许沾了香水味，和阮梦雪身上的味道一样。

他轻揉了揉眉心，难怪她气跑了。

谭融忍不住问道："今天又不回家？以前那仙女怎么受得了你这破性子？"

陈寒丘轻舒了口气，合上笔记本电脑，嗓音微微沙哑："回去。前几天物业说我的小树倒了。"

谭融松了口气："咱俩喝点？"

"行。"

到了车库，谭融开陈寒丘的车。

这辆 V60 是两年前买的，之前陈寒丘就没买车的打算，不是坐地铁上班就是干脆住公司。买车的契机是他爸生了个小病，来东川市做个小手术，为了方便，他才买了辆车。

"你说你，挣这么多钱干什么？"谭融启动车，导航自动规划路线，"钱都不知道怎么花，不然我帮帮你？"

陈寒丘闭眼靠在副驾驶，没搭理他。

谭融："你这车舍不得买，房子倒挺舍得。海上花境的房子我都舍不得买。"

陈寒丘侧过头："你话真多。"

谭融翻了个白眼："你看除了我谁管你死活。"

雨天路上堵，谭融先点了外卖送到小区。两人到的时候外卖正好到，陈寒丘去物业那里领回自己的小树，进了11幢，按下"11"。

谭融问："你邻居搬进来了？我在楼下看见灯亮着，你见过没？"

陈寒丘嗯了声："没见过。"

谭融没多问："到了，去开门。"

陈寒丘上前，输入密码。

谭融看一次就忍不住吐槽一次："你一个干编程的，密码是六个'1'，这像话吗？随便谁都能开你家门？"

陈寒丘面无表情："'1'是斐波那契数列中出现次数最多的数。"

"……"你看我愿意理你吗？

进了门，灯光自动亮起，冰冷的机械音响起："陈寒丘，距离你上次回家已经过了五十七天。"

略显空旷的玄关口，立着一个矮矮圆圆的小机器人。

陈寒丘和它的大眼睛对视两秒，平静道："抱歉。"

谭融："……"

他俯身摸摸机器人，向它问好："圆圆，好久不见。"

圆圆点点大脑袋："晚上好，谭融。"

这是他们公司的第一代陪伴机器人，如今已经更新到了第三代，陈寒丘仍旧使用着第一代。

谭融扫了一圈，感叹道："你家这冷色调让我感觉夏天都不热了，够冷的。我去炒两个菜，你忙你的。"

陈寒丘找了新花盆安顿好小树，搬到门口，进去洗了澡出来，谭融刚把菜端上桌，开了瓶红酒。

"以前都是喝最便宜那种啤酒。"谭融还挺感慨。

陈寒丘："冰箱里就有。"

谭融不可置信："都干到东川第一了还喝最便宜的酒？"

谭融懒得说他，打量了一眼没有一丝人味儿的家，看来看去只有落地窗前的天文望远镜贵一点，其余的东西也不知道他从哪个市场淘来的，搭在一起倒也挺好看。

"买都买了，怎么不买新款？"谭融随手一指天文望远镜，"价格也差不了多少，这都多少年前的款了。"

陈寒丘咽下酒，喉头滚动："礼物。"

谭融微妙一笑，说："哦，礼物啊。让我猜猜，不会是你那位前女友送的吧？"

陈寒丘掀开眼皮，看向窗前静立的黑色机器。

谭融八卦道："欸，你们怎么认识的？我听梦雪说她当时在场馆装听不懂中文呢，她肯定当时就知道是你。"

陈寒丘垂眼，筷子间夹着一颗花生米。

顶上冷光照得它油光水亮，深绿色的海苔散发香气，不多时，它从筷子间掉落，滚回小碟子里，回忆震颤。

"她以前也这样。"他低声说。

高二下半学期。

东川市第一中学高二（1）班来了一个转学生，转学生常有，但混血转学生不常有，大家很稀奇。

"来了来了来了！"体育委员余攀人高腿长，飞快地跑回来报告。

有人问："真是混血啊？"

余攀："她是金发，还用英语和老师说话。"

"嘘！"门口望风的人扭过头，示意他们坐好。

乱糟糟的班级顿时安静下来。

不一会儿，班主任熊相国领着转学生进来。他笑吟吟地指着金发公主似的女孩子，介绍道："我们的新同学，从小生活在国外，正在学习中文。你们要在生活上和学习上对新同学给予帮助。施同学，你向大家介绍一下自己！"

金发少女歪着脑袋，双手插兜，精致的脸庞上明明晃晃地写着"走神"两个字，纤细高挑的个子衬得一中的校服像是私立学校的高级定制。

她在班主任熊相国的提醒下回过神，眨了眨眼，上挑的狐狸眼一眨，潋滟生姿。

底下的男生倒吸一口凉气，目不转睛地盯着她看，甚至有人站起来，用英语大声和她交流。

施翩懒懒地看他们一眼，忽然转身。

少女拿起粉笔，在黑板上写下方方正正的两个大字：施翩。

"翩"字复杂，她写的"扁"像长了一个圆圆的大肚子。

熊相国率先鼓掌："施同学字写得很整齐。我看看你坐哪儿，哟，就两个空位。"

两个位置，一个在讲台桌边，另一个在窦桃边上。

熊相国迟疑片刻："坐窦桃边上吧？"

施翩走到座位，没注意其他，无聊地翻了翻书，听班主任絮絮叨叨，这感觉很新奇，国内外教育方式很不同。

一下课，好奇大胆的同学们围上来，叽叽喳喳。

"你是哪国混血？"

"我能摸你头发吗？"

"你会说中文吗？"

……

一万个问题，施翩统一回答："I can't speak Chinese."

施翩的高中生活就这么开始了。她起先装只听得懂中文但不会说中文这事还挺顺利，这能帮她抵挡大部分麻烦，甚至一中还掀起了一阵学英语狂潮，期中考一班的英语平均分遥遥领先。

直到某日午后，施翩趴在桌上昏昏欲睡，五月的东川天气适宜，温暖的光让人浑身发懒，她盖着书，闭着眼躲懒。

后座两个男生正在讨论题目，期中考刚结束，某一位数学只考了39分。

他哀叹："几何为什么这么难？到底是谁造出了数学啊，学神，你就没有什么妙方能传授给我吗？"

施翩将书盖得严实了点。

稍许，身后响起一道干净微低的嗓音："欧几里得在亚历山大新城教学时，国王托勒密问他是否有学习几何的捷径，他说——几何学中没有专为国王铺设的大道。[1]"

_____

注：[1]出自《数学的故事》。

少年无情道："所以，没有。"

话音落下，他对上一双琥珀色的瞳孔，清透的球体像某颗神秘星球，还是犯困的星球。

"你叫什么名字？"少女用标准不过的中文问他。

余攀和窦桃同时顿住，视线往施翩脸上看——这人会说中文？听起来可太正宗了。

施翩慢吞吞地打了个哈欠，见陈寒丘不答，她直接抽出他桌上的数学试卷，和她一样是满分，其中一道题目的解题思路她没想过。

看完，她仔细打量这人。

白净，清俊。她喜欢的单眼皮。

一中丑到不行的校服穿在他身上还挺好看，就是脸上表情少了点。这阵子，她和她的后桌唯一的交流就是传作业的时候，他用笔轻轻碰她一下，她一伸手，作业就递过来。

仅此而已，再无其他。

在那个关于数学的午后之后，施翩对陈寒丘表现出了极大的兴趣。她不再遮掩自己会说中文的事实，她开始说一些除了她和陈寒丘谁都听不懂的话。

比如——

"墨卡托海图是怎么绘制的？"

"地球的曲率。"

"差分机有几个零件？"

"四千多个。"

"你知道开普勒曾说，地球是——"

"星空中敏捷的流浪者。"

窦桃："……"

余攀："……"

两人一问一答，在午后铃声打响之前，施翩忽然拿出一张画纸，问陈寒丘："这是什么？"

窦桃和余攀都忍不住凑过去看，淡白色的纸上黑色线条扭曲混乱，像是三岁小孩的随手涂鸦。

陈寒丘静静看了片刻，抬眼看向双眼晶亮的少女，清透的琥珀色的眼睛是他见过最美的星体。

这一刻，他不想让她失望。于是他说："宇宙。"

施翩眨眨眼，忽然说："你是一个天才。"

窦桃忍不住问："你怎么知道？"

美丽的少女一脸无辜，理所当然道："因为我也是啊。"

所有人："……"

那时谁都没把她的话当真，除了陈寒丘。

谭融听得像醉了酒："这浪漫的青春，啊！你懂吗？青春。多美好的开始啊，你们就是那时候开始熟悉的？"

陈寒丘："不是。"

谭融不理解："嘁，这还不是开始？为啥啊？"

陈寒丘顿了顿："我不想和她扯上关系，没理她。"

"什么？"

半晌，谭融夹了颗花生米，慢悠悠地嚼着，最后发表"重要讲话"："你活该，知道吧？"

第二章
冤家路窄

晚上十点，雨势减小。

谭融推开 1102 室的门，手里拎了袋垃圾，扭头说了句"回了"，刚想关门，对面的门忽然从里面打开。

对面走出来个女孩子，穿着颜色夸张的睡衣，像三岁小孩画的。

她显然认出了他，微微睁大了眼。

两人愣在原地，大眼瞪小眼。

谭融："……"

施翩诧异道："你住在这里？"

"……啊，对对，我住在这里。"谭融冷静下来，镇定道，"你刚搬过来？以前没见过你。"

施翩："搬来不到一个月。"

谭融轻咳一声："下雨还要出门？"

施翩："去便利店。电梯到了，你上吗？"

"上上上。

电梯里，谭融颇有点受宠若惊，本以为以他和陈寒丘的关系，这女孩对他印象不会太好，没想到还挺和善。

"我叫谭融。"他主动道。

施翩："我记得，我们在美术馆见过。"

谭融想了想，斟酌着道："我不怎么回来住，你要是有事需要帮忙……咳，留个联系方式？"

施翩："行啊。"她从来不搞连坐那一套。

电梯到达一楼，两人友好告别。

谭融眼看施翮撑伞离开，马上回了十一楼。

"陈寒丘，你故意的吧？"谭融直接输密码进门，把垃圾往玄关一丢，"你准备瞒我到什么时候？"

陈寒丘头也没抬："垃圾没丢。"

谭融气死："……问你正事！"

"问。"他言简意赅。

倚在沙发上的男人垂眼敲击着键盘，双腿自然交叠，松垮的裤腿往上缩，露出瘦削苍白的脚踝。

谭融去冰箱拿了听啤酒，冷静片刻，快速道："我出门遇见施翮了，我说我住在这里，还加了她联系方式。"

"……"键盘的敲击声停了。

陈寒丘掀起眼皮，淡声问："你有病？"

"什么？"

谭融骂他不识好人心："万一知道你住在这里，人家想不开搬走怎么办？我是为了谁。"

"不会。"

"哟，这么肯定？"

"因为我会搬走。"

"……"

这说了等于没说。

谭融："我们俩的关系，你住我家不是正常？"

陈寒丘："她不会信。"

谭融头疼："嘶，我忘了你有洁癖这事。"

谭融咕咚咕咚又喝了两口啤酒，叹了口气："那现在怎么办？"

陈寒丘："带着垃圾，马上离开。"

"……"这个畜生。

楼下便利店。

施翮转悠着抱了一推零食往收银台一放，走到冰柜前，跟搬家似的搬空了半柜子的冰激凌。

一抬头，周围的人都看着她。她吹了声口哨，问收银员："多少钱？"

收银员迟疑道："全部都要？"

施翮："全部。"

十分钟后，收银员道："一共 1573.89 元，这里付款。"

施翮没带伞，拎着两大袋零食走进雨里，回到 11 幢，电梯到达十一楼，打开门，邻居家的门再次打开。

谭融拎着垃圾袋出来，愣在原地。

两人大眼瞪小眼，一模一样的场景。

"……"施翮决定不和他搭话。

谭融尴尬地笑笑："东西忘拿了哈哈哈……"

算了，还是别笑了。

雨日之后，施翮没有再出门。

她老老实实把自己关在家里画画。白天于湛冬过来打理她的事，晚上她自己躲在凉爽的屋子内吃冰，除了偶尔失眠，这日子还算不错。

这一天家里大扫除，于湛冬里里外外走了三趟。

施翮被他转得头晕眼花，在他即将走第四趟的时候，忍不住问："冬冬，你在找什么？"

于湛冬停下来，湖蓝色的眼睛异常严肃。

"……我帮帮你？"她试探着问。

于湛冬沉默一瞬，忽然道："家里可能进贼了！"

施翮茫然道："家里丢东西了吗？"

"克利切不见了。"于湛冬沉重道，"看定位它离我十米不到，按键却没反应。"

"……"那听起来也没有进贼。

克利切是跟了于湛冬两年的扫地机器人，他充满柔情地给它取名为"克利切"，仿佛这样她家就有了两个家养小精灵。

施翮起身，跟着于湛冬一起找了一圈，家里确实没有克利切的身影。

施翮看着定位距离，忽然生出一股不好的预感，她看向大门，琢磨了一下走廊的距离，似乎在范围内。

于湛冬顺着她的视线看过去，恍然："跑出去了？"

可惜，走廊里也没有克利切的身影，两人干巴巴地对着邻居家的大门，面面相觑。

于湛冬想不通："克利切怎么会偏移自动路线？啊，视频，克利切有路线巡视视频！"他不相信它会乱跑。

于湛冬调出最近一段视频，施翩凑过去看。

画面里，克利切按照设定的路线打扫清洁，到某个时间节点，它忽然转了方向，朝门口走去。大门打开的时间较长，它趁机溜了出去，挤在边沿一路前行，灵活地进入别人家。

施翩："……"

于湛冬："……"

施翩干巴巴道："……我想起来了，那天下楼正好遇见邻居，是认识的人。关门的时间可能久了点？"

于湛冬疑惑："是谁？"

施翩简单地解释了一下谭融和陈寒丘的关系。说完，她补充："我有他的联系方式，保证把克利切要回来。"

"等等。"于湛冬忽然指着视频说，"克利切进去了。"

视频还在继续，低矮的视野里，它穿过空旷的客厅，途经沙发，看见一截裤腿，松松垮垮，露出冷白的脚踝，最后它一头撞上某样东西，画面变成黑色，视频结束了。

施翩："……"

于湛冬诧异道："邻居不是和你一起下楼了吗？"

施翩面无表情道："他家有客人。"

于湛冬观察她的脸色，联想到谭融和陈寒丘关系，忽然明白了。他安慰道："也有可能是别人。"

施翩没多说，她知道一定是他。

除去那截脚踝，谭融显然是在看到她之后又返回十一楼，不然她不会第二次在门口遇见他出门丢垃圾。

"晚点我问问他。"施翩心情郁闷。

本来还打算晚上画画呢，看来是画不出来了。

晚上九点，谭融熟门熟路地开门进了陈寒丘的办公室。

昏暗的办公室内依旧只有桌上的台灯亮着，笔记本电脑还在，桌子前却空无一人。他嘀咕："灯都不开，节省也不是这个省法。"

"陈寒丘？"他往侧边休息室走，"你要是想把这里当家，买什么房子？买了晚上又住这儿。"

休息室门没关，谭融径直走进去。

陈寒丘站在窗前，侧脸冷淡，低头摆弄着他的天文望远镜，下面连接着更高级的光电设备。

"还在玩数字摄影啊？"谭融纳闷地看了眼阴沉沉的天空，"国际天文学联合会应该给你颁个勤劳奖，这都几年了。"

看到这些设备，谭融不怎么爽快。那时候他们一穷二白，陈寒丘用自己辛辛苦苦攒的钱买了这些设备，谭融气得一礼拜没理他。

陈寒丘没看他，道："等会儿，装个零件。"

谭融轻轻"啧"一声："学计算机真是耽误了你这个未来的天文学家。"

他没再管陈寒丘，走到窗前，高处的夜景美不胜收，不禁感叹："从这里看下去，能看到大半个东川，这样的日子以前哪敢想。"

谭融触景生情，想起创业时最难的那个晚上。

当时他们三个男生挤在十几平方米的房子里，除了上课，就是没日没夜地写代码，重复测试程序，穷得连饭都吃不起。

那晚暴雨，另一个同伴精神崩溃，和陈寒丘大吵一架，带着数据头也不回地离开，本就濒临失败的项目进行不下去了。谭融抹了把脸，想说算了吧，可对上陈寒丘布满血丝的眼睛，他说不出口，最后只道几天没睡，有什么事明天再说。

谭融醒来，窗帘被拉开，黎明的光束照进狭窄的窗户。

陈寒丘背对着他，站在窗前，仰着头往外看。

我们怎么办？他问。

陈寒丘没回头，哑声说了两个字：继续。

"那时候你在想什么？"谭融问。

陈寒丘头也没抬："话说清楚，什么时候？"

谭融瞥他一眼："那天晚上你和老三大吵一架，第二天早上你站在窗前，那时候你在想什么？"

陈寒丘渐渐停住了动作，沉默地看着眼前的黑色机器。

许久，他低声道："那天黎明，我看到了启明星。"

声音太轻，谭融没听清，他还想再问，却见陈寒丘快速装完零件，道："今天不回家，去工厂调试算法，今天测了一个 bug，要改。"

谭融一愣，移开注意力："非得晚上去？可能要下雨，地方又远。

陈寒丘："都一样。"在公司或者在工厂，都一样。

谭融拿他没办法："带我一程，车借给梦雪了。"

谭融在两个街区外下车，看着陈寒丘的车混入车流，轻轻叹了口气，这个人恨不得把命给工作，也不知道为点什么，这么多年，从来都是孤身一人。

隐隐约约间，谭融觉得自己似乎忘了什么事。

想了半天，没想起来，算了先回家。

工厂在东川郊区，陈寒丘到的时候天下起小雨。

他关上车门，往左侧看去。夜幕下，游乐园的高空设施暂停运作，和灯火璀璨的园内相比，空中的钢铁巨物显出几分寂寥。

夜间主管早等在门口，见他看得入神，便道："这游乐园二十四小时开着，平时很热闹，今天下雨，高空设施用不了。"

陈寒丘收回视线："你去忙，不用顾及我。"

夜间主管应下："老大，有事随时喊我。"

一忙就是一夜，夜里雨停了。天蒙蒙亮，地面水洼映出光，夜间主管送陈寒丘到门口，两人低声说着话。

正是万籁俱寂时，远处的高空设施忽然开始运作。

夜间主管揉揉眼睛，嘀咕："我困昏头了？头一回看到这个点有人坐过山车，牛啊。"

陈寒丘停住脚步，看着微光下的山车缓慢攀升。

游乐园内，过山车上只有一位客人。

工作人员困得迷糊，也纳闷，这五点怎么就有人来坐过山车，他仰头看，过山车快到最高点了。

过山车上，施翩坐在第一排。

晨风吹动黑发，她沉默地注视着东川，心中的烦闷无处宣泄。自从回到东川，她的心像是被挤压着，在这座陌生的城市恐慌。

当到达最高点时，她握紧扶手。

过山车急速向下俯冲，失重感和窒息感传来，她像在金星上，被腐蚀，被压碎。

迎着风，施翩大喊出声，声音清亮。

不知道绕过多少圈，她又一次到达顶点，她喘着气，微微眯大了眼，暗淡的天际有一颗明亮的星。

那是启明星。

远处，陈寒丘遥遥望着启明星。他没告诉谭融，那个最难的夜晚他在想什么。

那日黎明，天没有亮透。橙色的光从低处开始亮，晨光中几棵树在摇摆，高处的天是暗的，深蓝色的空中挂着一颗明亮的星。

他深深地注视着启明星，耳边是她的声音，柔软的，有一点黏稠。

她困了，又无聊，嘟嘟囔囔地说：我在西方你在东方。我看到启明星的时候，你看到长庚星，那就是你在和我说晚安。

哇，确实挺浪漫的。

他看到了启明星，她在西方，或是东方。

他在想，她在和他说晚安还是早安。

施翩坐了两趟过山车，浑身舒畅。

这是她排名前三的解压方式，屡试不爽。感觉今晚能画出点东西来。她顺了顺长发，脚步轻快地往外走。

走到门口，施翩顿住。

她感觉脚步顿时沉重了。

几步之遥，清瘦的男人倚在车门上，双手插兜，低着头。灰暗的天空下，他的侧脸更显冷漠，带着拒人于千里之外的气质。

施翩纳闷，这角落还能遇见他？她是不是和魏子灏走太近，所以这么倒霉。

停顿几秒，他忽而侧头看来，视线停在她脸上。

施翩慢吞吞地迈着步子往他身边走，两人都对视了，也不好装作没看见，毕竟门口就他们两个人。

陈寒丘直起身，几步走过来，低声问："顺路送你回去？"一夜没睡，他的嗓音有点哑。

施翩看了眼他眼睑下的青灰色，问："你怎么在这里？"

"加班。"陈寒丘指了个方向，"我们公司的工厂在那里，路过正好看见你。这个点，郊区打不到车。"

施翮："……"

都快六点了，这是什么不要命的工作狂。

她忍不住问："你们公司没人了？需要你这么一个老板来加班，你上学的时候都……"

她止住话，没往下说。

陈寒丘注视着她的眼睛，嗓音微沙："我一个人，加班到几点都无所谓。"

天将将明，晨风燥热。

车里开着冷气，施翮往后看了一圈，没看到抱枕之类的，只好干巴巴地坐着。

没人说话，气氛一片沉寂。

静了一阵，陈寒丘问："回哪儿？"

这语气，一听就知道她住海上花境了，施翮打了个哈欠，懒洋洋地说了地址。

"后座有个礼盒。"陈寒丘语气自然，"窦桃让我带的，没来得及给她，你顺道拿回去。"

施翮一愣，好半晌才反应过来。

窦桃托陈寒丘给她买了东西……这听起来有点奇怪。

施翮迟疑地看向后座，角落里果然有个礼盒，她倾身拿过盒子，拆开看到熟悉的品牌，瞬间记起了这款香水的味道，馥郁的玫瑰味和木质麝香。

她微怔，这是她在阮梦雪和陈寒丘身上都闻到过的味道。

正逢红灯，陈寒丘看她一眼，嗓音轻淡："前阵子我一个部长拿错了盒子，不小心拆开了，昨天才还回来。抱歉，晚了点。"

"……哦。"她慢吞吞地应。

原来阮梦雪身上的味道是这样来的。

施翮抱着快递盒子，一时间没说话，冷气悠悠吹着，车窗外天空渐渐明亮，橙光中翻出鱼肚白。

她安静地看着，困意泛上来。

再睁眼，眼前一片昏暗。

施翻惊觉自己在车上睡了过去，缓了一阵，往外看，他们在地下停车场，光线暗淡，像在夜里。

她下意识去找陈寒丘的身影。

他靠在驾驶座，闭着眼，脖子微微仰起，勾出凌厉的线条。

施翻抿着唇，仔细打量着他现在的模样。

光与影之间，他看起来过于瘦削。

许是因为在黑暗中，他的冷淡减少几分，睫毛和以前一样长，落下一片影。

施翻犹豫着该不该叫他，忽然，他睁开眼，那双深黑色眼睛看着她，光影晦涩，看不清情绪。

半晌，他哑声问："醒了？"

施翻揉了揉发，低声道："抱歉，睡过去了。我看看时间……怎么都十一点了？"她居然睡了那么久。

陈寒丘清了下嗓子，道："我公司有点事，送你到路口。"

车开出停车场，施翻发现停车场就在海上花境附近，她道了谢，没多说，匆匆下了车。

关上车门，她停下脚步，犹豫着要不要回头。犹疑间，车窗降下来，他神色淡淡地看过来："忘东西了？"

"……没。"施翻轻咳一声，"路上小心。"

说完，她打开伞，加快脚步往路边的阴影里走。

车里，陈寒丘握紧方向盘，松开，又握紧，掌心出了汗。

回想着她的话，他舒了口气，这阵子的郁气渐渐消散了——她看起来还愿意和他说话。

Proboto 科技。

今天他们公司出了件大事——他们的机器人老板，居然迟到了！三年来第一次！

一时间所有部门都议论纷纷。

热闹了一上午，最后谭融出来说，老大去工厂通宵调试，上午算是调休，他们这才平静下来，为依旧是他们的机器人老板，感到安心。

谭融说完，转身去了办公室。

陈寒丘刚洗完澡出来，眉眼倦懒，水滴滑落，他随意用毛巾擦干，看了眼谭融。

"你早上干什么去了？"谭融问。

别人不知道，谭融一清二楚。陈寒丘当年熬了三个通宵，第四天照样去上早课，从不缺堂。公司的事比上课更重要，他绝对有事瞒着他。

陈寒丘随口道："年纪大了。"

谭融："什么？"

技术部，窦桃正在艰难地应付施翩。她也想不通，怎么忽然冒出来一瓶她买的香水……

九月中旬，东川不减炎热。

周六晚上，窦桃给施翩打电话，喊她出去玩。

施翩跷着腿看国产小甜剧，随口道："看烟花？在家一样能看，减少社交对我的状态有好处。"

窦桃："你都大半个月没出门了，余攀在去接你的路上了。"

施翩警觉："……那好吧，还有谁？"

"杨成杰。"窦桃没好气道，"老大不在，放心吧。"

施翩清清嗓子："我不是这个意思，就随便问问。"

窦桃："你就装吧。"

隔壁，陈寒丘盯着谭融的微信看了一阵，他微蹙了下眉，喊："圆圆。"

矮矮圆圆却灵动的机器人很快出现在陈寒丘面前，礼貌地询问："你找我有什么事？我很忙。"

陈寒丘问："家里多了个扫地机器人？"

圆圆的眼睛闪烁两下，回答："你说克利切，是个迷路的小朋友，和我们家的机器人一个型号。"

陈寒丘看它一眼，调出数据。

一周前，圆圆给家里的扫地机器人下达指令，却意外连接上隔壁的扫地机器人。圆圆熟练地差使它们，即使他不在，家里的事也让它忙得团团转。

克利切平均每日工作时长五小时，他们家的扫地机器人平均每日工作时长三小时。

陈寒丘："……"

他捏了捏眉心，问圆圆："为什么不告诉我？"

圆圆安静一阵，音量低下去："你上次回家是七天前，圆圆找不到你，不能和你说。"

"……"

他确实把圆圆的通讯权限关了，有通讯权限，这个小家伙每天都催他回家。

陈寒丘蹲下身，和圆圆面对面，轻声道："抱歉，是我不对，给圆圆道歉。"

圆圆高兴道："我接受了！克利切是个好孩子，它比我们家的001号更勤劳。"这是圆圆的爱好之一，给家里的智能电器取名字。

陈寒丘道："我们要把克利切还给邻居，一起去？"

圆圆欣然答应，它很高兴能和陈寒丘一起出门。

两人到对门1101室，陈寒丘按响门铃。

门铃响了一阵，没动静，她不在家。

烟火会在临江区，路上堵，近一小时才到。

一下车，施翩看了眼乌泱泱的人群，叹气："桃子这么酷一女的，也喜欢这种热闹地方。"

余攀哈哈笑："以前班里秋游数她最兴奋。"

于是，两人穿过拥挤的人群，费了半天劲挤到江边一家餐馆，放眼望去几乎没有空位。

上了二楼，窦桃极其显眼，这姑娘正用机械臂拿着串糖葫芦，一本正经地啃咬着鲜艳的果子，看起来天真又残酷。

杨成杰提醒她："有人偷拍你。"

"无所谓。"窦桃早习惯了，"别和我搭话就行。"

杨成杰眼尖，瞥到楼梯口的两人，朝他们挥手："小羽毛来了！"

施翩往杨成杰身后看，杨成杰特地让开，让她看身后的空气，无语道："看看看，我还能藏个人啊？

施翩轻咳一声："说不准。"

窦桃看她一眼："之前不是看着挺正常的，怎么一下子这么烦他。老大又招你了？"

"他招我干什么。"施翩纳闷，"我是那么容易生气的人？"

"是啊。"

"是啊。"

"是啊。"

三道嗓音重合在一起，又齐齐闭嘴。

施翩："……"

好吧，其实她就是心虚，那天耽误他一上午的时间，也没和他道个谢。

余攀重重地咳嗽了一声："先坐，弄点什么吃的？饿死了。"

杨成杰："你们点。"

点完菜，一群人开始唠嗑。

"班长结婚包多少钱？"余攀说起国庆参加婚礼的事，"听说新娘家里可牛了，家产七位数。"

他比了比手指。

窦桃："你们包多少我就包多少。"

杨成杰问："小羽毛去不去？"

施翩正在偷咬糖葫芦，含糊道："不去。"

"不去啊？"杨成杰满脸可惜，"那没人灭傅晴的威风了，她现在在一个大律所，可牛了。"

窦桃和余攀一起瞪他，哪壶不开提哪壶。

施翩动作一停，忽然用力咬碎糖衣，腮帮子里嘎吱嘎吱响，这脆声听得人头皮发麻。

杨成杰："……当我没说。"

施翩微眯了眯眼，哼笑："当了大律师，厉害啊。你赶紧通知陈寒丘，他不是喜欢这类型？"

"……"

说起施翩和傅晴之间的纠葛，源头就是陈寒丘。

那时候两人就不对付，这时候施翩迁怒陈寒丘也能理解，他们仨默契地不再提，赶紧另外找了一个话题，把这茬揭过去。

"咳……说起来，阿杰，你最近忙什么？"余攀朝杨成杰挤眉弄眼。

杨成杰飞快地看了眼施翩："忙新游戏，下周公测。挺适合我们这年纪的人玩的。到时候你们都给我捧捧场，游戏不收费。"

余攀："哟，不挣钱啊？"

杨成杰："不挣，有特殊意义。"

说话间，点的菜上来了，他们松了口气。

饭间，他们聊的话题逐渐正常，没人再提起危险话题，直到施翩放下筷子，随口道："包多少钱记得告诉我。"

"……"

窦桃匪夷所思道："你和我们一起去婚礼？"

余攀大惊："小羽毛，你去单挑傅晴啊？"

杨成杰："……我这嘴。"

施翩懒懒地应："凑个热闹。不去也挡不住别人的议论，不如去听听她们都说什么。走吧，下去逛逛。"

临江区的烟火会是这两年的新活动，沿江一条路都摆着小摊，什么花样的都有，都是些不贵的小玩意儿，讨女孩们喜欢。

施翩六年没回来，还是第一次看，和窦桃兴致勃勃地逛着小摊，两个男人跟在边上，挡住拥挤的人群。

"那里有套大鹅！"别说，余攀这时候格外好用，两米的个子轻轻松松看到周围的情况。

窦桃："我要去套！"

杨成杰："等等我等等我——啊，挤死了。"

施翩正蹲在地上挑着稀奇古怪的饰品，见他们过去也不着急，慢悠悠地选着，她最喜欢这些乱七八糟的东西，到哪儿都要去集市专门收集。

她挑了半天，最后一个都没看上，起身一看，那三个人早没影了。

施翩慢悠悠地穿行在人群中，去找套大鹅的地方，她还没看过套大鹅，听起来挺新奇。正走着，迎面走来一群少男少女，像是同班同学，结伴而来，互相嬉闹，脸上洋溢着轻松的笑。

少年人间的朝气让她轻易想起许多年前，东川的夏天。

一个晃神，人潮将她往后推去。

她重心不稳，踉跄了一下，眼看要站不稳，手腕忽然被扣住，一股强势的力道将她拽离人群。

"施翩。"绷直的、冷淡的嗓音压着什么。

施翩一头撞上温热的胸膛，棉质的布料上覆着淡淡的皂香，和六年前的味道一模一样，甚至生起气来，他还是这副口吻。

她揉揉额头，嘟哝道："还要抱多久？"

说完的瞬间，天际一阵震响。绚烂的烟花绽开，如流星撒落天际。

施翮抬起头，望向倒映着烟火的眼睛。

陈寒丘低眼看她几秒，缓缓松开手，见她退后一步，不自然地抱起手臂，他抿了下唇，没说话。

烟花绽放，人群驻足拍照留念。

这时候说话也得尴尬，可不说更尴尬，施翮提高声音："我去找桃子他们，那什么，谢了。"

陈寒丘注视她片刻，忽然俯身靠近。

施翮："……"

把耳朵凑过来干什么？

她别开头，用正常的语调重复了一遍。

余光里，他的侧脸干净得像少年时期，线条流畅，下颌锋利。时光似乎格外优待他。

几秒后，他直起身。

江岸边的烟花到了中场休息时间，驻足的人群开始流动。

陈寒丘示意她往边上走，问："一个人来的？"

施翮："……和桃子他们一起来的。"她怀疑这人是故意的，怎么可能说了两次都没听到。

果然，下一秒他点点头："我是一个人来的，很久没见他们，介意一起过去吗？"

施翮很想说介意，但碍于那一上午，没好意思。

她都收拾好心情和他当个普通同学了，偏偏杨成杰提到傅晴。一提傅晴她就生气，还能气一万年。

施翮没理他，站到台阶上遥遥看了一眼，套大鹅的地方有个鹤立鸡群般的大高个，这身高太好认了。

她往前走，他不紧不慢地跟上来。

"别在路中央发呆。"男人嗓音冷淡，事后算账。

施翮："……不是故意的。"

她郁闷，这人怎么还是那么爱教训人。

他没再说话，脚步声在她身后轻轻响。

靠近套大鹅的地方，施翮匪夷所思，大鹅活动怎么会吸引这么多人，里三圈外三圈，她挤都挤不进去。

她纳闷地往里看了一眼，喊："余攀！"

兴奋的大高个满脸通红，大喊："桃子套到大鹅了！明天去她家吃鹅肉！太牛了！"

施翩："……"弄得她也心痒痒。

施翩打量了一下人群密度，正准备拨开人往里挤，边上横过一截冷色的手臂，为她挡住拥挤的人群。

"进去。"他的声音混在人潮里，却清晰地传入她的耳朵。

施翩垂下眼，没看他，灵活地往里挤。

陈寒丘挡在边上，在人群和她之间隔开一道墙，没有一个人挤到她。

终于，施翩成功到达窦桃身边。

场地内圈着二十来只雪白滚胖的大鹅，正满场晃悠，顶上有圈飞过来也不怕，慢悠悠地躲开，看起来业务熟练。

窦桃兴致勃勃地指着其中一只："我套的，用这只手，厉害吧？"说着得意地晃了晃自己的机械手臂。

施翩举起大拇指："厉害。"

窦桃："我们公司今年的黑科技，在体育界特别受欢迎，帮不少人重拾了梦想。"

施翩："能帮我做一个吗？用来画画。"

"你问设计师。"

"谁啊？"

窦桃默不作声地看向左边。

施翩跟着看过去，看到了一张熟悉的、冷淡的脸，他正认真打量着场内的大鹅，神色认真。

"……"

她总感觉这些大鹅命不久矣。

施翩压低声音："当我没说。"

窦桃给她一个眼神：我就知道。

说话间，余攀和杨成杰都铩羽而归，两人看见陈寒丘时愣了一下，悄悄问他怎么来了。

窦桃抬抬下巴："跟小羽毛来的。"

两人齐齐看向施翩。

施翩："……路上偶遇。"

这话没人信。但看见陈寒丘，他们俩还挺高兴，嚷嚷着要他去套大鹅，他们"一中的骄傲"连套大鹅都不能输。

"学神，我要两只！"

"老大，一中的骄傲就在今晚。"

施翮："他俩是不是有病？这都毕业多少年了，还一中的骄傲，一中的骄傲不知道换了多少个了。"

窦桃："你玩不玩？"

施翮："……玩。"

一分钟后，施翮和陈寒丘开始套大鹅。后面三个人还顺道开了个赌注，当着他们的面讨论谁能套到大鹅，一点不避讳。

窦桃："我赌小羽毛。"

余攀："我……我也赌小羽毛。"

杨成杰："居然没人赌骄傲？我赌老大。"

施翮盯着满场跑来跑去的大鹅，一时间觉得自己昏了头，大热天的不在家吹空调，在这里和大鹅大眼瞪小眼。

几个念头翻转，陈寒丘已经丢了三个圈出去。

哈，一个没中。

施翮心情好了不少，开始观察哪只鹅比较笨。看了半天，她找准角落里的一只大鹅。

那只鹅看起来很忧郁，向往浪漫，因为它正在观赏烟花。

施翮丈量了一下距离，仔细感受风向和速度，掂掂圈的重量，心里有数，利落地甩出手中的圈。

与此同时，另一个圈飞向空中，和她的圈同一方向。

两只圈在即将套到那只大鹅前，碰撞在一起，"啪嗒"一声，圈同时掉落在地，顺带惊到了忧郁的鹅。

它一看不对，飞快地逃窜开，影都没了。

施翮："……"

她憋着一口气往边上看了一眼，罪魁祸首气定神闲，连个眼神都没分给她，手里的圈又有了目标。

接下来，两个人像是杠上似的，非逮着那只忧郁鹅套，可怜的鹅彻底无法观赏烟花，满场乱窜。有几个瞬间，施翮甚至觉得它想飞出来啄他们一口。

最后一个圈，施翩深吸一口气。

后面三个人还在那儿嘀咕，生怕她听不见。

余攀："完蛋，两败俱伤。就不能换一只？"

窦桃："小羽毛多记仇一人，傅晴的仇到现在还记着。"

杨成杰："小羽毛就算了，为什么老大也逮着一只鹅不放？"

施翩也想知道，这人到底和她有什么仇，她都这么大度地表示不计较六年前的事，只想做个不太熟的同学，他回回都要撞上来。

她忍不住问："你换一只不行？"

"不行。"

懒懒散散的语调，听得人火大。

施翩："我换，行了吧？"

陈寒丘："换哪只？"

施翩翻翻白眼。

施翩装模作样地环视一圈，敌不动我不动，耐心等了两秒，她虚晃一个假动作，眼看圈要离手，边上的人也动了。她飞快收回手，眼看他的圈离手，才不紧不慢去找她的忧郁鹅。

忧郁鹅被他们俩追了一晚上，终于累了，这会儿正蹲在角落里怀疑人生，圈飞来也懒得躲，任由那圈把它套住，对厄运降临毫无知觉。

"承让。"施翩得意地翘起唇。

陈寒丘表情淡定，看起来输给她也不恼火，只问了句："你打算拎着它回家？"

"不然让它跟你回家？"施翩小声抱怨，"你这人也太难伺候了，偏要和我作对干什么？"

陈寒丘顿了顿，没说话。

套大鹅游戏结束，一行人找了家咖啡店休息。

杨成杰问："老大，你怎么也在这儿？"

陈寒丘："公司团建，他们在别的地方玩，我当司机。"说着，他不动声色地看了窦桃一眼。

窦桃："……"

狗屁团建，编都编不出个像样的理由。

余攀正在想怎么吃大鹅："明天去我那儿？不行，我那地方不够大，桃子和爸妈住，也不方便。你们仨……"

他看向另外三人。

施翮咬着吸管，头也不抬："我家不行，当着我们家呆瓜宰杀同类太残忍了，它还是个孩子。"

余攀："……呆瓜是谁？"

施翮抬抬下巴，指了指笼子里的大白鹅。

余攀挠头："就吃一只啊？"

施翮："它是大鹅界的高更你懂吗？"

余攀："……不懂。"于是，他又看向杨成杰。

杨成杰摊摊手："我明天得回公司加班。"

余攀默默把视线放在安静的男人身上。

他坐在角落，姿态闲散，正低头翻着手机，简单的白 T 和长裤穿在他身上完全不一样。

以前他们开玩笑，说陈寒丘完全可以去当男模挣钱。

现在看来，确实是。

陈寒丘快速回复完信息，随意点头："去我家，就我一个人，很方便。拉个群，给你们发定位。"

余攀："马上！"

施翮："……你的洁癖呢？"

陈寒丘平静道："可以暂时忍受。"

窦桃观察了一晚上，总算看出来了。

这两个人之间，看来没放下的是陈寒丘，平时恨不得住在公司里的人，忽然变得空闲起来，哪儿哪儿都能看到他，还有那瓶莫名其妙的香水。

她点开朋友圈，看到自己三小时前发的定位。他显然看到了她的朋友圈，于是猜测施翮会在这里……

余攀拉完群，和陈寒丘聊天："学神，这鹅我们怎么处理？感觉得找个地方，我想烤啊。"

陈寒丘："不用。"

"……啊？"

施翮撇撇嘴，这人不但会杀大鹅，还会杀鸡杀鸭，她不但见过，还吃过。她怀疑就没有他不会的事。

余攀："拉完群了。"

陈寒丘："明天随时可以过来。"

余攀："我看看地址啊，我——"

他顿时闭上了嘴巴。

窦桃立刻点开微信，看到定位后默不作声地看了施翮一眼，她决定这时候不发表任何意见。

施翮挑眉："都看我干什么？"

余攀指指手机。

施翮生出一股不好的预感，三秒后，她面无表情地看向陈寒丘："那是你家还是谭融家？"

陈寒丘视线淡淡地看过来："我家。既然是不怎么熟的同学关系，我们应该不会闹到其中一户要搬家？毕竟不熟。"

施翮："……"

喝完咖啡，一行人商量着走。

杨成杰要回趟公司，他公司就在附近，说了两句就先走了。剩下余攀，他送窦桃和施翮回去，本来这样的安排很合理。

偏偏多了个陈寒丘。

陈寒丘拎起两个笼子，视线落在施翮身上，自然地问："送你回去？顺道。呆瓜也有个伴。"

施翮："……"

我看你像个呆瓜。

施翮第三次坐陈寒丘的车。

第一次没心情看，第二次没精神看，这次打量了两眼，摆件和挂坠一件没有，干净整洁得像是新车。

中高端的牌子，不贵，一看就是他的风格。

"买了没多久？"施翮随口问，"看着挺新。"

陈寒丘"嗯"了声："前两年刚买，不常开。之前我爸来东川看病，买辆车方便，我不怎么回海上花境。"

施翮微怔："……叔叔他怎么样了？"

施翮记得陈寒丘的父亲，是个朴实温和的男人。每次见到她，他那张充满愁绪的脸都会平静下来，对她挂上和善的笑容，笑着说下次再来。

陈寒丘说过他一个人住，那他爸……

施翮不自觉地掐住手心。

陈寒丘看她一眼，嗓音微低："小毛病，这两年身体不错，一直住在乡下，隔阵子就会给我寄东西来。"

男人比平时低柔的声音像在安抚她。

施翮松开手："住乡下挺好，我喜欢乡下。"

陈寒丘目视前方，修长的指节虚搭在方向盘上，随口问："这几年去了不少地方？"

施翮："还行，大多时候是去采风。有一次……"

她止住话，忽然安静下来。

陈寒丘一顿："怎么不说了？"

施翮咕哝："不熟的同学，说太多没必要。"

"……"

车内安静下来。

到了海上花境，车驶入地库。

陈寒丘下车，打开后厢拎出笼子，呆瓜老实蹲着，一副忧郁模样，它的同伴显然觉得不是那么安全，正扑棱着翅膀。

"把呆瓜还我。"施翮朝他伸出手。

陈寒丘垂眸看着她白皙的掌心，抿了下干涩的唇："不用，我们顺路。"

施翮："……"

一时间没反应过来，顺路就能不还呆瓜？

陈寒丘："我住你对面，谭融遇见你那天和我说了。顺便说一下，我三年前就住在这里。"

言下之意：她比较像故意的。

"……"

施翮跟在陈寒丘身后进了11幢的电梯，耷拉着脑袋，没什么劲，余光瞥到呆瓜，它似乎也觉得生活没什么劲。

电梯里只有机械运作的声音，轻细，在耳中放大。

陈寒丘眸光浅淡，注视着电梯门，镜子般透亮的门照出身侧的施翮，他可以光明正大地看她。

她低着头，长鬈发一直到腰，几缕刘海因为出了点汗，黏在白皙的额头上。

六年不见，她和以前一样，怕热，怕晒，只肯在晚上出门。但细看，又有很多不同，头发都那么长了，个子也高了。

和以前相比，她和他在一起时，再没有笑容。

陈寒丘喉结微滚，在她注意到之前收回视线。

不一会儿，电梯到十一楼。

陈寒丘把笼子递给她，顺便问："知道怎么养鹅吗？"

施翮："……"

这种事谁知道，但肯定难不倒冬冬。

她接过笼子，懒懒地摆摆手，也不管他到底有没有进对面，头也不回地回了1101室。

门在眼前关上，陈寒丘垂下眼，和手里的鹅对视一眼，转身走到门口，放下笼子，站在围栏前，看着繁华的东川。

夜晚繁星点点，这座城依旧遥不可及。

第二天是周末，窦桃和余攀到小区时还没睡醒。

两个人睡眼惺忪进了11幢电梯，电梯里还有个英俊的金发男人，看到他们友好地笑了一下，对窦桃的机械臂视若无睹。

窦桃对上那双碧蓝色的眼睛，浑身一凛——大美人！

她这些年见的外国人不少。和他们公司合作的就数不清，但她第一次见瞳孔颜色这么迷人，却又清澈非常的。

"你住在这里？"她熟稔地和人打招呼。

余攀见怪不怪，这人对着帅哥，自动从制冷机变成社交女王，对他就从来没什么好脸色。

于湛冬温声提醒："你们不按楼层？"

窦桃："我们也去十一楼，我——"她看到电梯里闪亮的数字"11"，愣住。

五分钟后，睡梦中的施翮被家里的声响惊动，她闭着眼睛，光着脚往客厅走，含糊地喊了句"冬冬"。

于湛冬自然地带她在沙发上坐下，到了杯温水递到她唇边，等她喝完，回房拿拖鞋给她穿上，温声问："帮你洗脸？"

施翮摇摇头，意思是不用了。

于湛冬看向两位客人："你们想喝点什么？"

余攀："……"

窦桃："……"

两人对视一眼，欲言又止，最后窦桃忍不住，用机械臂拍醒施翮："小羽毛！醒醒！"

施翮一惊："你们什么时候来的？"她默默移开肩膀上的"杀器"。

窦桃压低声音问："你屋里的大帅哥是哪位啊？你别告诉我是你男朋友，你要敢说是，我现在就去敲老大的门。"

施翮："……关他什么事。"

施翮勉强清醒过来，揉了揉脸，轻咳一声，介绍道："于湛冬，我的工作兼生活助理。"

于湛冬对他们粲然一笑。

窦桃捂住胸口，她的心被击中了。

余攀回头看了眼对面不知道什么时候打开的门。

陈寒丘站在门口，神色淡淡，微凉的视线穿过两扇门，越过余攀和窦桃，落在施翮和于湛冬身上。

余攀咽了口唾沫，提醒施翮："小羽毛，我们去学神家蹭个饭？下午一起处理大鹅。"

"……啊，呆瓜。"施翮想起这事，拉着于湛冬指向阳台。

"冬冬，我套了只鹅回来。"她无辜道。

于湛冬理解片刻："goose（鹅）？"

施翮："我给它取名叫呆瓜。"

于湛冬一笑："很可爱。"

两人旁若无人地谈论着一只叫呆瓜的鹅，窦桃沉醉在大美人的笑容中，只有余攀，不安地回头看去，发现那个门口已空无一人。

一行人看着于湛冬喂完鹅，去陈寒丘家，以示尊重，当然要先参观一下房间。

施翮懒得换衣服，穿着吊带睡裙，露出大片雪白，一点没有客人的自觉，每个房间都要推开看。

余攀和窦桃都是第一次来，也跟着她晃。于湛冬去了厨房，和陈寒丘一起准备午餐。

到了陈寒丘的房间门口，余攀有点忐忑："这不太好吧？学神那么爱干净一人，我还是不进去了。"

窦桃对老板的房间也没什么兴趣。

两人散了。

施翮往外走了几步，对着厨房喊："陈寒丘，进你房间了？"

几秒后，厨房里传来一声不轻不重的"嗯"。

施翮推开门，慢吞吞地往里走。

和以前那个小得连转身都困难的房间不同，这里宽敞又明亮，冷淡的颜色一如主人的风格，干净得一尘不染。

墙上挂着一幅装饰画，印象派。

施翮："……"

他们两个人果然八字不合。

施翮看了一圈，这里没有任何关于陈寒丘居住过的痕迹。这间房崭新而空白，温度冰冷，没有一点人气。

她静立几秒，关上了门。

刚转过身，她和某个偷跑出来的小机器人撞上。

施翮轻挑了挑眉，问："你眼睛眨得这么频繁，是做坏事了？"说着，她蹲下来，打量了眼这小家伙。

圆圆用最低的音量回答："陈寒丘不让我出来。"

"为什么？"施翮问。

圆圆："不能说。"

施翮一笑，这小机器人还挺可爱。她向它伸出手："我叫施翮，第一次来做客。你叫什么名字？"

圆圆停顿几秒："我叫圆圆。"

它抬起冰凉的胳膊，和她握手。

施翮想了想，问："需要帮忙吗？

圆圆："设定的清洁闹钟响了，我要监督扫地机器人工作。陈寒丘不让我出来，我要回到房间。"

她听懂了，程序和指令出了问题。

施翮小声道："我不会告诉他我见过你，这是我们的秘密。进去吧。"

圆圆的脑袋向上抬起，看她几秒，回到房间。

圆圆走后，施翩终于想起克利切，冬冬的家养小精灵还在这里。

厨房里格外热闹，于湛冬看着陈寒丘处理食材，夸赞道："Liz 说你是个天才，我以为天才都远离生活。

陈寒丘垂着眼，问："和她一样？"

于湛冬温和一笑："她很好。"

余攀和陈寒丘三年同桌，对他的心情变化不说十分了解，也有三分。他轻咳一声，问于湛冬："你当小羽毛助理多久了？"

"正好四年。"

"她在国外怎么样？"

"有时候忙，有时候闲。她不习惯在同一个地方待太久，总是自己开车去乡下，看花田，尝葡萄酒，吃当地的面包和奶酪。"

余攀叹气："都是人，差别怎么那么大。"

于湛冬微歪了下头，苦恼道："这是小部分生活，更多的时间她在学习和画画。有时候连着几天她都睡不着，不见人，经常想不起来吃饭。"

余攀："……当运动员也挺好的。"至少他睡得香。

陈寒丘安静地听着，手里的动作渐渐慢了。

说着话，施翩溜达回来了，她闻了闻空气中的香味，随手一指客厅的天文望远镜："那东西你还留着？见着不心烦？"

陈寒丘抬眼看她："勤俭节约是中华民族的传统美德。"

"……哦。"她干巴巴地应。

午餐很丰盛，中式家常菜和西餐都有。

施翩拿着筷子挑挑拣拣，她刚睡醒胃口还没被唤醒，吃了几口，忽然觉得有点冷，问："你空调开几摄氏度？"

陈寒丘看过来，视线在她白皙的锁骨间停留一秒，起身去拿了条薄薄的小毯子，递给她："先披着。"

她嘟哝："你调高点。"

陈寒丘："嗯。"

施翩裹上小毯子，柔软的触感包裹住裸露的肌肤，隔开寒意。她自顾自地吃饭，没注意边上人的小动作。

余攀压低声音，对窦桃说："我刚才亲眼看着学神把温度调到最低，想着也没那么热吧。原来是故意的，为了让小羽毛裹上毯子。"

窦桃无语，不就穿个睡衣吗？

吃过饭，一群人进厨房帮忙。

施翩无聊地躺在沙发上看电视，躺了一会儿觉得不舒服，习惯性地用脚在底下勾了两圈，没找到抱枕。

"冬冬！"她冲着厨房喊，"我要两个抱枕，最软的。"

于湛冬返回家中，回来时，不但拿了抱枕，还有平板和零食冰饮，来回几趟，差点把客厅都搬过来。

施翩笑眯眯道："冬冬，你真好。"

于湛冬温声道："我带着克利切回家了。"

厨房里，余攀探头往外看了一眼，感叹："小羽毛这日子过得真悠闲啊，这可不比男朋友好用多了？"

窦桃戳他一下，示意他陈寒丘还在。

余攀轻咳一声，找了个话题："最近我看班级群里好多人都吐槽家里催婚，你们家都催不催？"

窦桃："你看我的手，看他们敢吗？"

余攀哈哈笑："学神你呢？"

陈寒丘："不催。"

余攀又问："你最近感情生活怎么样？"

陈寒丘低着眼，慢条斯理地擦拭着厨台，随口道："忙，没心思考虑这个。下午看个电影？"

两人都说行。

家里有家庭影院，他们不用出门。

陈寒丘准备了冷饮和小食，经过沙发时说了一句："别在沙发上吃东西，碎屑容易掉到缝隙里。"

施翩头也没抬："以前在床上不行，现在连沙发都不行？"

余攀："……"

窦桃："……"

午后，夏日最热的时候。他们钻在昏暗的家庭影院里，看克里斯托弗·诺兰的《星际穿越》。2014年的片子，百看不厌。

施翩喝了口冰可乐，往陈寒丘边上一看，果然是白开水。这人以前就不爱喝饮料吃零食，她本来以为他习惯节省，后来相处久了，发现他只是单纯不爱吃。

她打了个哈欠，又困了，这里的懒人沙发还挺舒服。

余攀和窦桃两人坐在一块儿，窦桃顺带给他科普知识，两人都非常自觉地不往后看。

陈寒丘看着屏幕，稍许，他收回视线，看向身侧，她睡着了，趴在懒人沙发上，小毯子只盖住肩头。

当时谭融说：你要懒人沙发干什么？你也配买这个？

陈寒丘弯了下唇，走出观影室，去房间拿了条大点的毯子。关房门前，他看了眼墙上印象派的画，眼梢挂着浅浅的笑意。

施翩一觉醒来，电影到了尾声。

余攀和窦桃小声聊着天，陈寒丘不在。

"几点了？"她清了清干涩的嗓子，随手拿起边上的杯子喝了口水，刚入口，顿住了，这是谁的水杯？她杯子里是可乐。

施翩视线下移，新杯子，和陈寒丘那个不一样，她放心地喝。

窦桃回头看她："这电影两个半小时，你就没醒过。不是中午才醒，你昨晚几点睡的？"

施翩眨眨眼："忘了。"

窦桃看她眼下淡淡的青色，问："画不出来？"

"也不全是因为这个。"她小声嘟哝。

窦桃踢了踢余攀的鞋，余攀看她们一眼，懂了。他找了个借口离开："我去帮学神，他在处理大鹅。"

余攀走后，窦桃往施翩身边一挤，双手捧住她的脸仔细看，她僵着一动不敢动。

施翩："……你小心点，我的脸很贵。"

窦桃松开手，无语："你不睡觉，用再贵的护肤品都没用。"

施翩换个姿势，趴着侧对着窦桃。以前她们在教室里午睡时，总能从这个角度看到对方，她有那么一点怀念从前的时光。

她和窦桃关系的转折点，是一个午后。

午休后的第一节课是体育课。

每节体育课都只有她们两人留在教室里，一个因为假肢，一个因为紫外线过敏。她们像平时一样，各做各的。

在窦桃第三次换姿势拿笔的时候，施翩转头看了眼她的手，问："我给你剪指甲？"

窦桃一顿，也转头看她。

施翩随口道："作为回报，你和余攀替我保密我会说中文的事。"

窦桃："……"公主给她剪指甲，说出去谁会信。

那时候的窦桃，戴着笨拙的假肢，不能操控精细的器械，哪怕是一个简单的指甲钳。

于是，她没拒绝。

窦桃问："你的睡眠问题，是什么时候开始的？"

"回东川就这样了。"施翩揉揉头发，无奈道，"一开始以为是时差倒不过来，后来发现不是。"

窦桃："你们谈过吗？"

施翩一怔，没说话。

窦桃认真道："你说放下了，我相信。但六年不见的人忽然出现，你们中间还没有任何联系，有情绪起伏是正常的。"

施翩垂下眼："没什么可谈的。"

窦桃："你打算一直这么下去？"

"……可能见面太频繁。"施翩生硬地移开话题，"等这幅画画完，我出去散散心。"

窦桃看她拒绝交谈的模样，轻轻叹了口气。

晚上是鹅肉宴加烧烤。

露台上搭了个烧烤架，陈寒丘和余攀负责翻烤，施翩和窦桃拎着啤酒吹晚风，偶尔聊聊。

"晚上不怎么热。"窦桃感受了一会儿，"过阵子应该就降温了，班长结婚那会儿估计天气不错。"

施翩："地方定了吗？"

窦桃："定了，女方家里财大气粗，包了个周边的岛结婚。班长就说今年同学聚会顺道在岛上办了，他出钱。"

施翮感叹："真好，我也想找个富婆养我。"

窦桃翻白眼："你太贵了，富婆也养不起。"

施翮撇撇嘴："那就找个努力的富婆。"

余攀和陈寒丘也在聊天。

余攀干活没陈寒丘利索，跟他一起学了不少小妙招，这会儿翻烤着串，等待的时间难熬，他没话找话。

"学神，我记得高中的班级聚会你也不在。"余攀挠了挠后脑勺，有些不好意思，"那时候我们不是故意不叫你。"

陈寒丘："我知道。"

余攀看向施翮："当时只有小羽毛不知道。"

高二下半学期，学校组织春游。爬完山，一群人瘫倒在地，商量着结束去聚餐。难得热闹一次，熊相国一张嘴说不过几十张，只好跟着去，看着孩子们。

商量的时候，陈寒丘不在，等他回来，他们同时闭口不言，像是没有这件事。

施翮戴着帽子口罩，把自己遮得严严实实的。她和窦桃躲在阴影里，一个怕人晒着，一个怕假肢晒着。

施翮托着腮，随口问："为什么他一回来你们都不说了？不准备叫他啊，他看起来挺受欢迎的。"

窦桃："有其他原因。"

施翮问："什么？"

窦桃没说话。

等下了山，他们坐上校车，一群人趴在车窗前，看陈寒丘和熊相国说他自己回去。每一次陈寒丘都是自己先回去，所以他们等他先走，再离开，他就不会发现。

施翮隔着窗户看着阳光下的少年，他低着头和老师说话，神情安静，侧脸在光下，蓝白的校服干净整洁，裤腿有点短，露出一截冷色的脚踝。

明明是朝气的配色，穿在他身上是却冷的。

施翮看了几秒，忽而起身下车，她走到两人中间，自然道："熊老师，我自己回去。"

熊相国愣了愣，没反应过来，好一会儿，惊喜道："施同学中文进步很大！发音很标准啊。"

陈寒丘没看她，转身走了。

熊相国小声问："你不和我们去吃饭？"

施翮点头。

"那到家给老师打个电话。"他叮嘱。

施翮应下，小跑着去追陈寒丘。他手长脚长走得快，她跑得直喘气，她叫他他也不理，最后她一把抓住他的手腕，不让他再往前走。

奇怪，他人那么冷，手却是热的。

少年顿住，回头看她，深黑色的瞳孔带着凉意。

施翮不怕他，半仰着脸问他："你去不去班级聚餐？"

陈寒丘垂着眼，看她藏在防护里的那双眼睛，灵动而清透。对视两秒，他移开视线道："不去。"

"哦，我也不去。"她说。

"和我无关，松开。"

施翮和他商量："我松开，你能走慢点吗？"

陈寒丘："干什么？"

少女干巴巴道："我不认识路。"

"……"

陈寒丘看了眼手腕上的她的手，重复道："先松开。"

施翮犹豫两秒，慢吞吞地松开他，动作放得很慢，似乎他步子一块，她又会拽上去。

她走了几步，发现他的脚步慢了下来。

施翮藏在口罩下的唇翘起来，这人还挺可爱的。

"你知道他们准备去聚餐吧。"她好奇地观察着他的反应，"不叫你，你会难过吗？"

他没有表情变化："不会。"

施翮低下头，仔细看他的校服。所有人里，只有他穿着不合身的校服，衣袖摩擦得起了毛边，裤腿短了一截，是小一号的码，高一时的旧衣服。

"啊，他们担心你付不起钱，怕你难堪。"施翮恍然大悟，"那你一直都知道，会难过吗？"

一班小心翼翼保守的秘密就这么被戳破。

陈寒丘是贫困户，家里母亲病重，每年的贫困生名额都是他。高一时，熊相国和校长商量，为他母亲发起过一场募捐，这件事全校都知道，除了刚转来的施翮。

少年嗓音平和："我不在乎。"

施翮："哦。你为什么不坐校车回去再回家？"

"没骑车。这里回家更近，坐地铁少两块钱。"

"我也坐地铁，一起吧？"

五分钟后，两人踏进同一截车厢。

周末，车厢里挤满了人。施翮钻过人群，站在中间握住扶手，转头寻找少年的影子。他在最角落里，对上她的视线，停顿两秒，走了过来，隔着两个人。

人多又热，施翮扯了帽子和口罩，她往边上看，陈寒丘看起来不像是想和她聊天的样子。

十七八的少女，穿着校服，漂亮得不像真人。

人群中一个男人往她的方向看了好几眼，频繁几次回头后，他忽然对上一双漆黑的眼睛，冷漠，毫无情绪。

男人慌忙低下头，避开这令人发怵的视线。

施翮困倦地低着头，没注意周围。忽然，扶手上方多了一只手，她听到少年轻声和别人说抱歉，声音似乎就在她耳边。

她回头看，看见陈寒丘。

他站在她身后，用手臂和胸膛为她隔绝开人群。

"你在哪里下车？"他淡声问。

施翮说了个地址，他说还有五站。

五站后，两人一起下车。

施翮问："你也住在附近？"

他轻轻"嗯"了声。

走出站口，施翮和他告别。

陈寒丘看着她的身影消失，进入地铁口，刷卡进去，在反方向的线路前站定。

后来施翮才知道，那天，他本该在两站之前下车。

"啤酒呢？"施翮才和窦桃说了句话，一回头桌上酒没了。

她郁闷地去看陈寒丘，丢了个竹签过去。

陈寒丘随手接住，看了眼她泛红的双颊，淡声道："最近收入不好，省着点喝。"

施翩："……"

嫌她喝得多。

她不满道："一瓶才几块钱！"

陈寒丘："够我坐地铁到公司了。"

施翩一脸不可思议地去问窦桃："他在公司虐待你们没有？不会不给你们发奖金吧？"

"我们公司福利全行业最好。"

"那他怎么小气成这样？"

窦桃："……"

可能因为某人酒品实在不怎么样。

因为酒的事，施翩从吃完到走都没和陈寒丘说一句话，明眼人都能看出来她这是要气死了。

窦桃和余攀无奈地走了。

这两个人，和以前一模一样。

陈寒丘站在门口，目光平静地看着施翩气呼呼地甩了门回家，静立几秒，他回到家里，整理了露台，经过客厅时顿了一下。

沙发上留着她的抱枕，一黄一白，云朵形状。

他垂眼看了几秒，忽然俯身，修长的手指靠近抱枕，轻轻地戳了一下。

周一，Proboto 科技结束早会。

打工人们刚度过周末，这会儿睡眼惺忪，勉强打起精神。而他们的老板，冷静、清醒，一如以往，不愧是他们公司的最强机器人。

早会结束，谭融留了下来，喝了口茶，问："周末过得怎么样？听桃子说上你们家聚餐去了，然后你又把人惹生气了？"

陈寒丘想到施翩那晚气跑的模样，低低"嗯"了声。

谭融匪夷所思："你还'嗯'得出来？你到底知不知道怎么哄女孩？"

陈寒丘从文件中抬头，看他一眼："你知道？"

谭融："……比你知道点。"

陈寒丘又低下头，他现在没有哄她的资格。

谭融见他闷着头憋不出几句话的模样，气得说起正事："你说你，助理秘书都不要，就差没把办公室安在技术部。现在弄得我一个总经理像你秘书，像话吗？"

陈寒丘："什么？"

谭融翻白眼："前台说，底下有个记者找你，没预约。"

陈寒丘神色冷淡："采访？不去。"

"说不是。"谭融转述前台的话，"她说你们是校友，三年前你曾给过她一样东西，她是来物归原主的。"

陈寒丘思忖片刻："谁？"

"……"

谭融气死："你自己去解决，我等着去吃饭！"

十分钟后，谢芜被请到十一楼。

办公室门开着，一道颀长清瘦的身影背对着她，白色衬衫干净挺括，平整地收进腰腹，黑色西裤包裹住男人修长的腿。

她轻敲了敲门。

"进。"他随口道。

谢芜轻吸一口气，缓缓吐出，她很久没有这么紧张了，堪比第一次上电视直播。她牵起笑："Cygnus，好久不见。"

陈寒丘一顿，转身看向来人，视线在她面上停留几秒。优越的记忆力让他想起她的身份，曾经他们是校友，在校期间合作过一个项目。

谢芜贴心道："我叫谢芜，回国后就不常用英文名了。"

陈寒丘放下文件："好久不见。你在东川？"

谢芜"嗯"了声，打量了眼他的办公室，笑道："当时知道 Proboto 科技的创始人是你，我吓了一跳，以为同名同姓，没想到那么巧。"

陈寒丘没过多寒暄，问："你来是为采访的事？"

谢芜没否认："是也不是。说不是很违心，这个专题中我最想采访的人是你，抛去以前的交情不谈，我对你充满好奇，不仅是我，对这个行业怀揣着梦想的人比我更好奇你的经历、出身。"

他言简意赅："我不接采访。"

谢芜没放弃："方便问原因吗？"

陈寒丘："我只是普通人，没有任何特殊之处。"

"怎么会？！Cygnus，你是天才！"谢芜上前一步，诧异道，"你激励了那么多人，如果大众能更了解你，这会鼓舞到更多人。你的普通正是你的传奇之处，像天才画家 Liz，都说她家世显赫，但她的日常生活也很普通。"

谢芜凭着一腔勇气说完，办公室忽然安静下来，她紧盯着眼前的男人，他低垂着眼，神色淡淡，看起来丝毫没有被她的话打动。

还是没做到，她失望地想。

就在谢芜犹豫是否放弃之际，陈寒丘忽然开口："三个要求。第一，不拍照；第二，不回答私人问题；第三……"

他顿了顿，平静道："我要看这个主题内你写过的所有稿子。"

Proboto 科技楼下，实习生无聊地翻阅着杂志，正想着谢老师什么时候下来，边上忽然瘫坐下一个人，她惊讶道："谢老师，你怎么了？"

"紧张的。"谢芜有气无力地摆摆手。

实习生看她额间的汗，好奇地问："谢老师，你真的认识陈寒丘？你们是怎么认识的？"

谢芜舒了口气："校友。"她简单说了他们曾合作项目的事。

"还有就是……"谢芜停了两秒，从包里拿出一盒药，"我是来还他这个的，他曾经给过我一板药片。"

实习生探头去瞧："氯雷他定……啊，抗过敏药。"

谢芜："那天我过敏了，他把随身带着的药给了我。"

实习生："随身带啊，他对什么过敏？"

谢芜摇摇头："不清楚。好在他答应我了，采访定在周五，这个主题我彻底没有遗憾了。"

施翮在东川恼人的阳光中醒来，她像往常一样，闭着眼往客厅摸，含糊地叫了句"冬冬"，但无人回应。她睁眼去瞧，然后尖叫一声，倒在沙发上。

"……"她一定是没睡醒。

查令荃双手环胸，居高临下地瞥了眼施翮的脸，随口问于湛冬："一个月没见，你把她照顾成这个鬼样子？"

于湛冬低声道："她又失眠了。"

查令荃一顿。

施翮小声哀号："不是说了画展前都不来烦我吗！人都睡醒了怎么还能做噩梦！"

查令荃："……"这倒霉孩子。

查令荃："不是画展的事，也不是来催你进度。"

施翮闻言，勉强睁开一只眼去看他："那你来干什么？你的出现只代表着压迫，没有一件好事。"

"……这件事在我意料之外。"他气势减弱。

施翮立即起身，惊疑不定地看着查令荃。

十几年了，她就没在查令荃脸上看到过心虚的神情，此时此刻她居然看到了，一定是有大事发生了。

"你触犯法律了？"她严肃地问。

查令荃翻了个白眼："我在你眼里就是万恶之源。咳，东川市十大杰出青年——你们将两人一组分成五组，合作完成作品去参赛，评选全国十大杰出青年。这件事我刚接到通知，拒绝起来很麻烦，而后续扶持项目很多，所以，你明白的。"

施翮痛苦道："查总，你要是要我的命，你就拿去，不用这么折磨我。"

查令荃难得温和："今年任务繁重，所以你明年只需要给我一幅画，而且我不会给你任何干扰。"

他不动声色地抛出一个巨大的诱惑。

施翮沉默，她居然可耻地心动了！

"……明年一整年都不会烦我？"施翮试探着问，"我去哪里都可以？那我能回学校吗？"

查令荃："这不归我管，你问你奶奶。"

施翮："……"

查令荃："但我保证，明年不给你任何干扰，其中包括帮你解决相亲的事。成交吗？"

施翮："……"

十分钟后，查令荃满意地离开。

施翮在沙发上打着滚嗷嗷叫，于湛冬无奈地笑了一下，温声道："去洗脸，可以吃饭了。"

"冬冬，我是不是很没出息？"她挣扎地问。

于湛冬思考两秒，用那双迷人的眼睛告诉她："你只是努力工作，毕竟还要给我发工资。"

施翩振作起来："没错，为了我的小天使冬冬！"

但显然施翩没能振作多久，晚上查令荃发来信息：两天后去抽签分组。

施翩正在做面膜，随口问："都有什么人？"

于湛冬："按照国家统计局的界定，十五岁至三十四岁为青年。这次的十佳是各行业的翘楚和一些政府扶持行业。"

"扶持行业？"

"新能源、新医药之类的，还有一些非遗文化传承项目。"

施翩有一种不好的预感："我的那个相亲对象是做新能源汽车的，听说也是业界翘楚，他不会也在吧？"

于湛冬眨眨眼："我去要一份名单？"

施翩瘫倒："算了，在就在吧，总比和不认识的人合作强。"

两天后的清早，施翩戴上大帽子、墨镜、口罩，像明星出街似的鬼鬼祟祟地到了抽签的地方。

会议室宽敞明亮，还没几个人。施翩懒洋洋地打着哈欠，随便找了个角落闭目养神，她才睡了几个小时就被拉起来了。

大早上的开着空调还有点冷，她侧了个身，蜷缩起身体。

停车场，魏子灏下车关门，正准备上楼，瞥见入口处驶进来一辆车，车牌眼熟。他挑了挑眉，站在原地不动，等着人下车。

没一会儿，气质疏冷的男人朝这个方向走来。

"哟，老陈。"他挥了挥手。

陈寒丘抬头看他一眼，冷淡的眼神在说我们根本不熟。

魏子灏不管这些，在他看来上回喝了酒就算一笑泯恩仇，再说他们俩中间还有个施翩，当然算熟人。

他自然地搭上陈寒丘的肩："就知道你也在。"

下一秒，他的手无情地被挪开。

魏子灏轻轻"啧"了一声："算我自作多情，行了吧？"

陈寒丘："我有洁癖。"

"你这人毛病还不少。"魏子灏勉勉强强接受这个说法，"听说这次十佳有个大美女，你认识吗？"

陈寒丘冷淡道："不认识。"

魏子灏兴致勃勃地介绍："是大律所的美女，年纪轻，能力强。我想和她分到一组。"

陈寒丘顿了下，提醒他："你是施翮的相亲对象。"

"然后呢？"

"约束一下自己，别给她丢脸。"

"啊？"上了楼，魏子灏还在叨叨，"我都说了是假相亲，我怎么就不能看别的女人了？"

陈寒丘："外界不知道。"

魏子灏："我们也没正式交往啊，只是说'了解中'。"

"离我远点。"

"……"

进了会议室，魏子灏闭上嘴，打量了一眼来的几个人，大多数不认识，个别也只是看着眼熟。大家互相介绍后，重点显然到了陈寒丘身上，他话不多，简单几句后安静下来，不再参与交谈。

魏子灏和人聊了几句，余光瞥见陈寒丘忽然往会议室角落走去，一边走一边解外套，最后把外套盖在一个人身上。

"……"

这是有洁癖的样子？像话吗？

半小时后，十位杰出青年全部抵达。

个个都是各行各业的翘楚，有的无人不知，有的无人知晓，今天他们聚在这里，抽签分组。

分组前，领导就展示主题开了个小会。

施翮全程睡着，没人喊她。

直到领导走了，工作人员拿着抽签箱清点人数，发现不太对劲，怎么看起来少了一个人。

魏子灏指指后头："后排睡着个祖宗。"

工作人员诧异地去看，她居然没注意。

魏子灏说完，用余光去瞧对面律所的美女，结果一看，美女正盯着陈寒丘，这眼神显然不对劲。

他纳闷，问陈寒丘："喂，你认识那个律师？"

陈寒丘扫了一眼，随口应："高中同学。"

魏子灏挑了挑眉："你高中同学，那年纪和你差不多啊。在律所这么年轻的年纪就能被评选上？"

边上有人小声道："她今年处理一桩性侵案，一战成名。"

"东川风投基金那个案子？"他想起来了。

魏子灏推推陈寒丘："厉害啊，给我介绍一下？"

陈寒丘面无表情："我说了，离我远点。"

魏子灏无语："……有完没完了你？"

会议室最后排，施翮被人喊醒，她迷迷糊糊地睁开眼，身上的暖意让她以为自己在家里醒来，可她对上一张陌生的脸。

工作人员看着她的大帽子墨镜口罩，确认道："您好，您是来参加分组抽签的吗？"

施翮记起来了，她还在会议室。她含糊地问："抽完能走吗？哦，还有队友。他们都到了？"

工作人员一指前面："都在那里。"

施翮摘了墨镜，漫不经心地往前面看，然后顿住。

陈寒丘、魏子灏，甚至还有——傅晴。

"我能退赛吗？"她认真地问。

工作人员："……恐怕不能，名单都报上去了。"

施翮起身，西装从身上滑落，她顿了一下，拎起衣服，往陈寒丘身上看了一眼，径直往他那排走，走近了，将衣服重重往他怀里一丢，没和他说一句话，也没理魏子灏。

魏子灏没认出她来。

只有傅晴，视线停在施翮身上。

施翮坐着翻了翻手机，对面的视线久久没移开，她随手扯了帽子和口罩，抬眸直视傅晴："看够了？"

傅晴微眯了眯眼，多年不见，她还是这副高贵的公主模样，半点气都受不了。

傅晴一笑："果然是你，施翮。"

施翮双手环胸："怎么，这么多年一直对我念念不忘？"

傅晴："不是对你哦。"

施翩："陈寒丘，说你呢，不答应一声？"

陈寒丘没什么表情变化，他起身去饮水机边上倒了杯温水，走到施翩身侧站定，递到她面前，轻声道："先喝口水。

施翩抬眼看他，忽而一笑："六年前的招数，不管用了。"

她重新戴上帽子和口罩，避开陈寒丘的手，直接上去往抽签箱里摸了一张，没打开，和工作人员说了句先走了。

说完，她干净利落地走了，留下一室的尴尬。

魏子灏还没想明白施翩怎么会在这儿，只感叹了句："这脾气真大。"

陈寒丘低眼看着被她无视的水杯，看了几秒，重新坐下，没再开口说一句话。

工作人员轻咳一声，决定速战速决。她抱着箱子走了一圈，确保签都到了他们手里，开始统计，抽到相同数字的人为一组。

她问："抽到'2'的是哪两位？"

魏子灏举起手，他环视一圈，居然没人举手，难不成他要和施翩一组？那他的大美女不就跑了？

刚这么想，傅晴举起了手，他心口一跳，幸运女神眷顾了他。

不知不觉，统计只剩下数字"5"。

场中没有队友的只剩下陈寒丘，显然提早离场的施翩手上也拥有一张数字"5"，命运使然，他们是队友。

工作人员记录道："五组是 Proboto 科技陈寒丘和画家 Liz。"

魏子灏愣了一下，好一会儿都没反应过来。

"……你说谁？"他倏地站起身，双手撑着桌面，盯着工作人员问，"你说清楚，Liz 是哪个 Liz？"

工作人员翻了下资料，补充道："油画《星空》系列的作者 Liz。"

魏子灏呆了两秒，忽然起身追了出去。

这一场抽签会就这么草草收场。

陈寒丘最后一个走出会议室，傅晴等在门口，她看着许久不见的男人，停顿两秒，问："你们和好了？我以为以她的脾气，不会回头。"

"没有，是我单方面纠缠她。"

陈寒丘淡淡地说了句，快步离开。

周五，谢芜一早到达 Proboto 科技，今天是他们约定采访的日子。

阮梦雪负责接待，将谢芜一行人带到十一楼会客室稍作等待。陈寒丘早上临时有个会面，晚到一会儿。

"我大致介绍一下我们公司？"阮梦雪询问。

谢芜笑笑："东川业内没人不知道 Proboto 科技，我们都知道，毕竟亲眼看着它成长起来。

没人不喜欢听好话，阮梦雪也是。

约莫过了半小时，陈寒丘到了。

谢芜起身，温声道："早上好，希望没打扰你工作。"

实习生和摄像小哥第一次见到他本人，两个人都呆了一下。

这大约是他们见过的最英俊的采访对象，简单的衬衫西裤，领结打得一丝不苟，腕表是很普通的牌子。

他视线淡淡地看过来，对他们点头。

陈寒丘在沙发上坐下，喝了口水润了润干涩的嗓子，对谢芜道："抱歉，只能给你一小时。"

谢芜立即看了眼时间，道："那我们现在开始。"

谢芜："业内说你在高中时期自学编程，我好奇是什么让你对此产生兴趣？我的意思是你可以有更多选择，但你选了编程。"

陈寒丘："缺钱。"

谢芜一怔，委婉地问："是想改善当时的生活吗？"

陈寒丘看向窗外，外面阳光灿烂。他平静道："想救我母亲的命。"

陈寒丘出生在再普通不过的家庭，父亲是工人，母亲做点小生意。有了他以后，父母花光积蓄买了房子，每个月的钱还完贷，一家三口勉强能平稳度日。但好景不长，他刚上初中，母亲查出得了尿毒症，一种慢性肾衰竭病症。长时间的透析和治疗让他们家负债累累，且因多年没有匹配的肾源，最终母亲在他高三那年去世了。

谢芜听了，半晌没说话。很快，她缓和情绪，维持了专业素养，问："你曾经的梦想是什么？如果不考虑任何因素。"

陈寒丘微弓起身，手臂向胸前弯曲，双手十指张开，交叠置于唇间，一个思考的姿势，他的回答却不经思考："天体物理。"

谢芜怔了一下，这四个字听起来很耳熟，在 Liz 的采访中，她也曾听到过天体物理。

谢芜没多想，继续问大众对他最好奇的问题。

陈寒丘知无不答,不涉及私人生活方面,他讲的比她想象的更多,谈话间他喝了三杯水。

临近采访结束,谢芜看了眼时间,试探着问:"在你的高中时代,有遗憾的事吗?因为生活的困境。"

陈寒丘垂下眼,低声道:"有。"

施翩"学会"中文后,仗着美貌横行霸道,公主相貌公主脾气,他们都敬而远之,但这只是表象。

当施翩去倒水时,殷勤的男生一个箭步上前。

当施翩擦黑板时,眼尖的男生飞快抢过黑板擦。

当施翩"忘记"写语文作业时,课代表不敢正眼看她,小声说下次补上。

对此,施翩只是轻轻眨眨眼睛,对他们弯唇一笑,勾人的狐狸眼弯起来。于是,那群男生便捂着心口嗷嗷叫着跑走了。

陈寒丘漫不经心地收回视线,刚拿出笔,便听她自言自语:"他们看起来有点怕我,我笑起来太凶了?"

他:"……"

"你怕我吗?"她忽然转过头来看他。

陈寒丘转了下笔,嗓音淡淡地提醒她:"下节课语文抽背。你现在'会'说中文了。"

施翩:"……"

原本神采奕奕的少女顿时颓靡下来,耷拉着眼睛,像一只垂头丧气的小狐狸。如果她是小狐狸,她一定有世界上最可爱的耳朵。

陈寒丘垂下眼,无声笑了一下。

时间久了,施翩的杀伤力越来越大。

东川一中的男生们渐渐感到招架不住,最后他们将希望放在了陈寒丘身上。他们一中的门面,一中的骄傲。他对待施翩,与对别人没有任何不同,这让他们感到安心,至少施翩无法为所欲为。

但在他们看不见的地方——

体育课,一片阴影下。

施翩把陈寒丘堵住,她仰着头,认真看他片刻,问:"你和傅晴周末一起去图书馆学习了?"

陈寒丘随口应:"没有。"

"那你们怎么在一起？"她不依不饶。

陈寒丘垂着眼，看着她微微泛红的脸颊，低声问："怎么不在教室待着，回去了一样能问。"

施翮瞪起眼睛："别想转移话题！"

"……忘了。"陈寒丘回忆了一下，"路上遇见的？"

女孩子不高兴地鼓起脸："不许你和她玩，他们都是笨蛋。"

"都一样。"他说。

在陈寒丘看来，傅晴或是别人，没什么不同。

施翮安静了一会儿，忽然问："你们的计算机社团是不是要解散了？我有办法。"

陈寒丘一顿："什么办法？"

一中的计算机社团每年盛大开场，凋零收场。复杂的代码和想象中每天都能玩游戏的状况完全不同，这么凋零了几年，学校打算取消计算机社团，将地方让出来给别的兴趣社团。

而陈寒丘，需要这个社团存在。

"参加比赛。"施翮说，"你们有成绩，学校就不会取消。"

陈寒丘理智分析："窦桃单手跟不上。"

社里能参加比赛的只有他、杨成杰以及窦桃。

施翮眨了眨眼睛："不是窦桃。"

陈寒丘："什么？"

"是我。"她翘起唇角，"你忘啦，我是天才。"

陈寒丘静了一瞬，问："你要什么？"

脑袋只到他胸口的女孩子笑得眯起眼睛，她故意拖长了调子，说："我要的可太多了。"

她竖起细长的食指："第一，接我上下学。"

陈寒丘："你家住哪儿？"

施翮说了个地址。

他思索几秒，说："可以。"

"第二，"她忽然踮起脚，漂亮的眼睛自下而上盯着他，鼻尖几乎要撞到他的，"不许和别的女孩子说话。"

陈寒丘："……所有？"

施翮嘟嘟嘴："你想要特例啊？好吧，允许你和桃子说话。"

他沉默几秒，淡声应："知道了。"

"第三……"女孩子苦恼地皱起眉头。

那时，他的小公主想了很久很久。最后她说，她想在毕业时要一束花，野花，或是假花，都可以，只要是他送的。

所有不值钱的东西，她都视若珍宝。

因为那时的他，什么都给不起。

晚上九点，1101室门铃被按响。施翩正跷着腿扒拉零食吃，于湛冬去门口看了一眼，诧异道："Liz，是你的天才男友。"

"前男友。"她提醒他。

于湛冬："给他开门吗？"

施翩随口道："开吧，我和他被分到一组了。"

于湛冬不知道分组结果，施翩简短地说了事情经过，其中出现的人物有她的前男友、现相亲对象，以及前男友曾经的追求者。

温和如于湛冬，听了都有瞬间的惊愕，最后他说："哇哦。"

施翩瞪他："……你很讨厌。"

于湛冬打开门，温柔一笑："晚上好，天才先生。"

陈寒丘看到于湛冬没什么意外，视线轻扫过他，问："她在吗？"

于湛冬侧开身："在，请进。"

施翩没看进来的男人，继续看国产小甜剧，只是剧情再怎么甜，再怎么好笑，她都面无表情。

气氛一片沉寂，屋里三个木头人。

于湛冬看看两人，温声道："我回去了。"

"注意安全。"施翩道。

"知道，明天记得回家。"

于湛冬离开后，屋里只剩他们两人。

陈寒丘站在正中央那幅油画前，静静看了许久。

这幅画叫《极光》，Liz没有在公开场合展出过这幅画，这是他第一次亲眼看到它。她眼中的星空不神秘，不遥远，绮丽又绚烂，触手可及。

"什么时候画的？"他问。

施翩看了眼墙上的画，道："画完《星空》之后。系列画画了太久，身体疲惫，但神经还是很兴奋，停不下来。"说完，又静下来。

稍许，陈寒丘看向施翩，顿了顿，问："还在生气？"

施翩冷淡道："我生什么气？"

陈寒丘："第一次约会我迟到的事。"

施翩不想理他，提起来更生气了，迟到三小时就算了，那三小时他居然和傅晴在一起，这像话吗？

她露出一个笑容："你不是喜欢那样的女孩子吗？现在男未婚女未嫁，正好再续前缘。"

陈寒丘脸上没有笑："我不喜欢。"

施翩瞬间收起笑："哦，六年过去，你忽然能解释你们那三小时去干什么了？"

陈寒丘抿着唇，没说话。

施翩看他垂着眼，一副被抛弃的湿漉漉的小狗模样，移开视线，撇撇嘴："有事说事，说完就走。"

陈寒丘低眼看她："比赛的事。我们要合作完成展出作品，由东川市全体市民投票，为期三个月。"

施翩问："作品……内容有限定吗？"

陈寒丘："和我们的专业相关。"

施翩看了眼陈寒丘，一个画画，一个写代码，两人得合作完成作品。

"……魏子灏和谁一组？"她干巴巴地问。

陈寒丘淡声道："一个律师。"

施翩："……她没名字？你心虚什么？"

"施翩。"他蹙起眉。

施翩轻哼："他俩的专业看起来也挺难合作的。算了，好过和陌生人一组，我不喜欢笨蛋。"

陈寒丘："……"

施翩："说完了？说完了回吧。"

陈寒丘沉默几秒，道："微信。"

施翩没听懂："啊？"

"加个微信。"他顿了下，补充，"方便沟通。"

施翩："哦，我先把你从黑名单放出来。"

陈寒丘："……"

第三章

限定情侣

周一，Proboto 科技。

这一天的例行早会由谭融主持，他熬夜熬惯了，这会儿勉强打起精神来念报告，余光瞟了眼陈寒丘。

随着他的动作，会议室的人也偷偷看过去。

陈寒丘坐在最角落，低垂着眼，专注地看着手机上的内容。忽然，他抬起眼，微凉的眼对上谭融。

谭融轻咳一声："都专心点，往哪儿看呢！"

其余人："……"

陈寒丘退出朋友圈，看到谢芜发来的信息，是一篇采访稿。

陈寒丘回了句谢谢，点开文件。

谢芜负责四位采访对象，除了他的，其余三篇都已完稿，他划拉到最后面，视线落在标题上——

　　　天才画家的灵感来源：前男友

陈寒丘轻蹙了下眉。

　　"那阵子我失恋了，整晚整晚睡不着觉。"Liz 说这句话的时候，我仔细观察着她的神态，轻松、自然，她用谈论天气的语气提起《星空》系列的灵感来源。我望向窗外，确认这是雨天，不是晴天。最后她说，他曾经的梦想是天体物理。

　　Liz 告诉我，失恋时色彩宫殿能让她忘记负面情绪。我曾在书籍上看到记忆宫殿法，第一次听说色彩宫殿，我询问她，色彩宫殿是什么，她对我一笑，说是秘密。

　采访的最后，我像所有平凡人一样遏制不住自己的好奇心，询问她，是否还喜欢那个对她解释"东有启明，西有长庚"的男孩。那时的她，神情与采访中任何一个时刻都不同，她看着窗外，像在雨中对我说："画完《星空》系列最后一笔的瞬间，我就不喜欢他了。"

陈寒丘看完整篇采访，略过那句"画完《星空》系列最后一笔，我就不喜欢他了"，视线落在那句话上——她说那时她整整晚睡不着。他想起在游乐园遇见她的属于启明星的那个黎明，她一夜未睡。

他轻轻蹙起眉，又失眠了吗？

陈寒丘保存了文件，打开和谢芜的对话框，打字询问："采访稿从标题到正文，都经采访对象同意？"

谢芜："当然，都是由采访对象同意的真实内容。"

陈寒丘："Liz的采访稿，标题不合适。我再问一次，采访稿从标题到正文，都经采访对象同意？"

几分钟后，谢芜回复："抱歉，是我们的失误。"

陈寒丘点到为止，没多说。

开完早会，谭融立马垮下脸，他充满怨念地把文件往陈寒丘面前一丢，质问道："你最近真的很不对劲，连会都不开了。"

天知道他多久没开会了，陈寒丘害他差点颜面不保！

陈寒丘起身，头也不抬，淡声道："上午有事，请假半天。"

谭融："……"

他仰天长啸："你一定在外面有狗了！"

东川市融媒体中心，采访部。

实习生拿着片子来找谢芜，她弯腰，悄悄看了眼发呆的谢芜，喊："谢老师？谢老师？"

谢芜回过神："怎么了？"

"你没事吧？"实习生看了眼她苍白的脸色，"空调温度调太低了？"

谢芜轻舒一口气，道："没事，只是……差点做错一件事。"

"改正来得及吗？"实习生瞧着忧心忡忡。

谢芜笑了一下："来得及。"

谢芜是聪明人，明白陈寒丘的意思，Liz 的成就完全由她一个人构筑，和其他人无关，包括前男友。

上午十点，陈寒丘约了师兄见面。师兄是心理学教授，日程排得比他还满。陈寒丘坐在咖啡馆的角落，目光平静地看着面前的水杯，玻璃折射光，桌上投下虚幻的影子。

忽然，有人在他面前站定。

陈寒丘抬头，师兄看他一眼："你的人生里不是只有工作吗？工作日约我出来，稀奇。自己的事还是别人的事？"

陈寒丘微顿："我的事。"

师兄："说吧，下午还有会。"

陈寒丘想起 Liz 采访稿上的内容，手指拽住领带，扯开一点："她在国外，有段时间整晚睡不着觉，这两年应该没问题。前阵子回东川，又开始失眠。"

师兄仔细问了具体时间，陈寒丘知无不言。

最后，他道："应该是精神障碍。她在用药吗？没有既往病史我不好判断，理想状态是带她来见我。还有，她在东川有不好的回忆？"

陈寒丘垂着眼，低声道："是我。"

他就是她不好的回忆。

中午十二点，施翮打着哈欠打开门，差点一头撞人身上，她吓了一跳："爸，你站门口干什么？"

施富诚温声细语道："爸爸不想吵醒你，就在门口等了一会儿。小乖饿了吧？车里放了水果。"

施翮嘟哝："我说不用来接我的。"

施富诚眼睛一瞪："谁说的！你在哪儿爸爸都来接你。"

施富诚许久没见女儿，上上下下看了好一会儿，嘀咕着又瘦了，说干脆回家住，他做饭给她吃。

施翮打着哈欠问："你不忙啊？"

施富诚心疼道："再忙也有时间陪小乖。"

她撇撇嘴："回家住奶奶要催我生孩子的！"

施富诚大惊："谁敢让你生孩子！小乖不怕，爸爸过来陪你住几天？"

"行啊，正好有人和冬冬说话，我这两天赶新画。"

因为施翩说奶奶要催她生孩子，在施家吃完午饭，施富诚就带着施翩走了，像是身后有什么洪水猛兽。

不得不说，有爸爸照顾的日子很不一样。直到晚上九点，施翩的肚子还撑着。

施富诚整晚都在忙活，刚送走于湛冬，这会儿正在包饺子，顺道和闺女聊两句，这样的时光并不多。

"小乖，明天想吃什么？"

"想不动，还撑着呢。"

"那行，爸爸和冬冬商量，他了解你。"

"爸，你以后不用给我带那么多巧克力，我哪吃得完。"

父女俩絮絮叨叨地聊了会儿天，话题转了一圈，施富诚轻咳一声，问："你妈最近忙不？"

施翩看他一眼："还成。"

灯光下，她爸这张脸看起来别扭极了，本来挺英俊一中年男子，这会儿像在演什么苦情戏。

施富诚："她还和上回那个男朋友在一起吗？爸爸没有别的意思，就是随便和你聊聊。"

施翩慢悠悠道："早换三四个了。"

施富诚："……哦，也挺好。"

施翩没管她爸口不对心，他们的事她从来不掺和。她站了半小时，感觉不那么撑了，摸起手机看了眼。

二十分钟前，陈寒丘给她发了一条消息："有空吗？谈谈合作的事。"

施翩回："有，不高兴打字。"

过了两秒，他回复："打电话，还是我过去？"

施翩想了一阵，他们两个的专业打电话哪说得清楚，不知道要耽搁到什么时候，不如速战速决。

她说："你过来。"

不一会儿，家里门铃响了。

施富诚擦了擦手，穿着围裙去开门，打开门见到外面的人，愣了一下，问："你找谁？"

眼前的男人高大挺拔，模样清俊，单眼皮。

不知怎的，施富诚觉得他有点眼熟。

陈寒丘有一瞬的不自然，随即道："我找施翩，工作上的事。"

施富诚上下打量他一眼，看起来倒不像是个坏人，但晚上九点来找他闺女说工作上的事？

他又问："你住对面？"这楼没卡也上不来。

陈寒丘"嗯"了声："我和施翩一起参加一个项目，我们是队友。我来是为了讨论合作内容。"

施富诚这才侧开身："进来吧。"

十分钟后。

施翩和陈寒丘面对面坐着，中间摆了台笔记本电脑，桌子最边缘，施富诚一边包饺子，一边盯着他们。

施翩："……"

她无奈道："爸，我在工作。"

施富诚忙道："知道了知道了，爸爸去厨房，你们忙。一会儿给你们切点水果，这总可以吧？"

走之前，多看了陈寒丘一眼。

陈寒丘无声一笑，施富诚还和以前一样。

他眉眼冷淡，从来是疏离难接近的模样，笑容少得可怜。严格算来，他这辈子的笑都给了施翩。

施翩正在看屏幕，没注意。她翻着他的几个方案，居然都挺合她心意，能看出来，他把她的工作难度降到最低，出彩的部分也都给了她。

最令她意外的，是最后一个方案。

施翩抬头看他："壁画？"

冷灯下，他深黑色的眼正看着她，两人的目光撞在一起，像是忽然失语，或是电影按了暂停键。

她抿着唇，忽然忘记要说什么。

"来来来，吃水果。"施富诚端果盘过来，打破了这片沉默。

施翩回过神，陈寒丘低下眼。施富诚走后，他们谈起合作项目。

陈寒丘："城市壁画这两年发展很快，它位于公共空间，贴近公众生活，更容易让人参与进来。我会辅助你将它做成 AR 模式，参观者可以进行互动，只要设计一个简单的小游戏。"

施翩托着腮，琢磨道："内容很重要，不能脱离大众，我可以把抽象艺术藏得深一点。主题是什么呢？"

陈寒丘建议道："最好和东川相关。"

施翩叹气："东川啊，我不怎么熟。你有什么建议？"

陈寒丘："暂时没有。"

施翩没想到，这个项目中最大的难题居然是东川。

她对东川仅有的记忆只有那短暂又漫长的两年，而且她根本不想回忆，虽然男主角此时此刻就坐在她对面。

陈寒丘喝了口水，闲聊般问："睡眠不好？"

施翩摸摸自己的脸："很明显？"

"嗯。"他指了指她的眼睛，"你皮肤白，其他颜色很明显。"

施翩揉揉长发，随口道："可能还不适应环境，过阵子就好了，不会影响我们的工作。"

陈寒丘微顿："我不是这个意思。"

"知道，就那么一说。"

陈寒丘又喝了口水，舔了舔干涩的唇角，问："在吃药吗？"

施翩茫然道："啊？"

"……没什么。"他咽回原本的话。

施翩没在意，又将几个方案看了一遍，对他说："定下来我们再商量，我明天晚上给你答复。

她顿了顿："辛苦你了。"

陈寒丘："小事。"

交流完工作，他们又没了话。

施翩想了想，忽然说："带点巧克力回去吧？"

片刻后，陈寒丘怀里抱了十盒巧克力。

施富诚客气地还想往上再放，施翩躲在后面，忍着笑，就当没看见陈寒丘想蹙眉又不敢表现出来的模样。

"小陈，够吃了吗？"施富诚热情地问。

"……"

门一关，施翩没忍住大笑出声。

施富诚好奇地问："小乖，笑什么呢？"

施翩心情愉悦，吹了个口哨："这人呢，平时虽然没什么爱吃的零食，但最讨厌的就是甜食，吃一口恨不得要了他的命。但偏偏他生性节俭。"

施富诚："送人也成。"

施翩想都没想，应："他不会送人的。"

施富诚："为什么？"

施翩眨眨眼："直觉。"

门口，陈寒丘看着手里一堆高高的巧克力。

许久，他缓缓拧起眉。

工作日的早晨令人昏昏欲睡。

行政部的各位看到陈寒丘的时候愣了一下，以为自己没睡醒，他们老大居然会出现在除了技术部以外的地方。

"你们部长呢？"

他微俯下身，纯白色的衬衫领口扣子严丝合缝，皂香的味道清淡，小臂上挽着一件黑色的西装外套，长腿立在办公桌旁，高出桌子大半截。

阮梦雪的助理没这么近距离接触过陈寒丘，对着那双淡漠专注的眼睛，她勉强镇定下来，道："在会议室，部长有一个视频会议。"

他直起身，随意点了点头，说："我在这儿等。"

"……"

行政部的各位对视一眼，机灵的人飞快给陈寒丘倒了一杯水。

陈寒丘来行政部的次数不多，他的注意力放在办公室里的机器人上，观察几秒，发现它上下抬手的动作间有一个微不可察的卡顿。

他问："有工具箱吗？"

行政部的员工茫然了一瞬。

十分钟后，阮梦雪开完视频会议回来，愣了一下。行政部的员工都围在一起，看陈寒丘修机器人……

她头疼地捏了捏眉心，轻咳一声。

"部长！"

"咳，部长，老大找你！"

各员工说完，立即回到座位坐好。

阮梦雪走近看了一眼，陈寒丘把外套随便搁在机器人脑袋上，衬衣扣子解开，挽至手肘，露出一截有力的小臂，灵巧的指节拿着工具，熟练地拆卸着机器人，侧脸专注清俊，迷人指数又上升了几个点。

阮梦雪无奈一笑，难怪围在这里看。她没去打扰陈寒丘，低声和助理说了句话，耐心等着他做完事。

稍许，陈寒丘重新检测了机器人的动作，起身去洗了个手，回来拿起外套，看了眼腕表，对阮梦雪说："上午和我去展馆。"

阮梦雪一顿，迟疑着问："哪个展馆？"

陈寒丘淡声道："你看中的那个。"

阮梦雪忽然精神了，问："抢回来当周年庆展馆？"

陈寒丘看她一眼。

阮梦雪："……"

这是什么意思，这是抢还是不抢？

展馆离中心区不远，半小时的路。

阮梦雪去之前联了之前的负责人，刚拨通电话，边上横过来一只修长骨感的手，她立刻把手机给老大。

下一秒，冷淡强势的嗓音落下："我是 Proboto 科技，陈寒丘。"

阮梦雪："……"

可恶，感觉被他装到了！

车内，男人轻淡的嗓音回响。

陈寒丘不温不火地描述了一遍他们行政部部长"艰苦坎坷"的定展过程，最后轻描淡写道："希望二十分钟后在展馆见到能做决定的人。"

阮梦雪："……"

他们半小时的路程，还要人家多等十分钟。

阮梦雪被她家老大帅得头脑发晕，勉强清醒过来，提醒道："老大，那个富二代来头不小，展馆三个老板那边的关系更是错综复杂。"

Proboto 科技现在如日中天，旁人都避让三分，但陈寒丘普通家庭出身，没有靠山，在这时候对上本地权贵，显然弊大于利。

陈寒丘道："知道，约了别人。"

阮梦雪移开视线，对着车窗咽了咽口水，看来老大是铁了心要跟他们干上，她忽然觉得刺激起来，按捺住激动，她认真整理妆容，决心不能丢了气势。

半小时后，车在展馆门口停下。

阮梦雪一眼看见了那辆荧光绿的跑车，戴着墨镜的男人斜倚在车头，也不怕晒，听见动静，抬头往他们的方向看了一眼。

阮梦雪一顿："魏子灏怎么在这里？"

当时魏子灏和他们技术部闹得挺大，原本的合作不欢而散。

陈寒丘开门下车，随口道："我们的刀来了。"

阮梦雪："……"

懂了，这是个挡刀的倒霉蛋。

魏子灏瞥了眼陈寒丘，语气不善："那人什么来头啊？抢地方抢到她头上。那什么……她知道吗？"

气焰嚣张的男人，提起施翩，顿时磕巴了。

自从魏子灏知道施翩就是 Liz，几天没缓过来，不敢再联系她，抓心挠肺地回忆他都和人家说了什么。

例如——

"你学艺术是没出路的，早点转行吧。"

"你这人怎么这么刻薄？"

"我不值得你化个妆？"

……

最后魏子灏得出结论，他完蛋了。

陈寒丘简短道："来头挺大，她不管这些。"

魏子灏轻哼："管他什么来头，我这人虽然从不仗势欺人，但这时候不欺什么时候欺？"

阮梦雪趁机解释："叫高凡，艺术圈都叫他'东川小凡高'。"

魏子灏闻言，嗤嗤笑出声："他啊，我要是凡高我今晚就得气醒。一个水货，钱砸出来的名头。"

陈寒丘问："认识？"

魏子灏："很难不认识。"

"东川小凡高"在圈内挺出名，不全因为他靠钱砸上来的名头，更因为他的奇葩经历。说来也挺可怜一人，他爸以前为梦想离家出走，去国外到处卖画，这么落魄了几年，灰溜溜地回国继承家业。但他爸梦想不死，转移到了儿子身上，不仅给他取名为高凡，还从小让他学画画。

魏子灏道："学艺术，大多数人从模仿开始，模仿生活经历，模仿人生轨迹等等什么都有。凡高小时候穷，高凡那小子从小也穷养长大，不知道过了什么苦日子，现在又矮又瘦。"

阮梦雪忍不住吐槽："听起来他爸好变态。"

魏子灏："纯控制狂。高凡的画不怎么样，人滑溜得很，能在他爸手里活到现在还没疯，也是个能人。"

说话间，三人走进场馆。

三个老板正在馆内琢磨着怎么把陈寒丘糊弄过去，他虽然现在风头正盛，到底没有根基。谈论间，他们看见了魏子灏。

三人一愣，魏家的小少爷怎么来了？

这可怎么整？他们一个都得罪不起。

于是三人一合计，把另外两方都喊上，让他们自己协商去。

于是，半小时后，陈寒丘、阮梦雪、魏子灏三人，高凡和他爸的秘书，五个人挤在茶室里，你看看我，我看看你，谁也没开口。

"还有一位你们认识？"秘书问阮梦雪，他们之前打过交道。

阮梦雪只道："和你们一样，办画展。"

秘书闻言，看了眼高凡。

魏子灏同样打量着这个在东川艺术圈名声大振的男人。传言说他又矮又瘦，是挺瘦，矮还成，不到一米八，居然是个娃娃脸，皮肤挺白。

魏子灏上下扫他一眼："你爸真虐待你啊？"

娃娃脸嚼着口香糖，一脸天真："还行，就是让我吃土豆，画完了才能吃。这算虐待吗？"

所有人："……"

秘书扶额。

忽然，响了两下敲门声，然后门被打开。

气场强大的男人一身高奢，视线随意地扫过来，在陈寒丘身上停了两秒，随即移开。他摘下墨镜，露出一个毫无温度的微笑："查令荃，Liz的经纪人，久等。"

娃娃脸咀嚼的动作一停，用所有人都能听到的音量对秘书说："不许让给别人。"

秘书："……"

人到齐，开始第一次洽谈。

秘书扶了扶眼镜，准备发言——

"十月到十一月。"查令荃开场来了个王炸，"少一天都不行。"

秘书皱了下眉，张了张唇——

"可以。"来自 Proboto 科技年轻的新贵嗓音低低地接。

"我不同意。"娃娃脸踢了下秘书，"说点什么。"

秘书轻咳一声，一口气背出了好几页法条规定，直把人听得昏昏欲睡，娃娃脸又踢了他一下。

"……以上，我们要十月展期。"他说完结束语。

魏子灏慢悠悠道："三方都签过合同，你背法条没意义。不过，我这儿倒有个主意。"

查令荃正欲开口，陈寒丘"啪嗒"一声放下水杯，查令荃一顿，把话收了回去。

陈寒丘看向秘书，淡声道："听说你的老板最近对新兴领域有兴趣，Proboto 科技有国内最先进的人工智能技术，而东川最好的动力电池……"

魏子灏露出一个微笑。

秘书沉默两秒，说出去打个电话。娃娃脸气得当场走人，嘟囔着再画一幅画他就是狗！

"解决了。"魏子灏对陈寒丘道，"晚上请我吃饭。"

陈寒丘："可以。"

秘书回来后很快敲定了方案，十月到十一月让给查令荃。

陈寒丘站起身，对阮梦雪道："出去等我。"

阮梦雪自觉离开，顺便给魏子灏递了个眼神。魏子灏颇为不舍地看着查令荃，恋恋不舍地走了。

"魏子灏是 Liz 粉丝？"查令荃问。

陈寒丘"嗯"了声。

查令荃认真地看了眼陈寒丘，他面前的男人气度风华，一如六年前，眼神孤傲，背脊挺直。

唯一不同的，他现在是 Proboto 科技的陈寒丘，不再是那个什么都没有、只有一身傲骨的穷小子。

"我有办法解决。"查令荃一顿，快速道，"但过程太麻烦，不一定来得及，所以还是谢了。"

陈寒丘说不用，只道："在她面前别提我。"

查令荃挑了挑眉："求之不得。"

九月的尾巴，东川热闹非常。街头巷尾，人群摩肩接踵，似乎是对夏日恋恋不舍。

施翩到餐厅的时候挤出一身汗，郁闷道："街上怎么这么多人？国庆都不回家啊？"

窦桃倒了一杯水给她："休息会儿。"

施翩一口气喝完，总算缓过来一点。

"余攀呢？"她问。

窦桃："点菜呢，说庆祝杨成杰的新游戏发行。"

施翩想起来了："上回说的有特殊意义那个？"

"好像是。"

很快，余攀点完菜回来。施翩往他身后看一眼，没看见杨成杰。

"他当然在公司庆祝。"余攀理所当然道。

施翩："……"

她一本正经地问窦桃："他是不是有病？"

窦桃笑了一下："他就是找个理由和我们吃饭。看班级群没，杨成杰发了一天红包。"

施翩屏蔽班级群几百年了，里面有一万个她讨厌和讨厌她的人。

余攀边抢红包边道："那游戏挺有意思的，群里好多人在玩，都在回忆我们的高中时光。"

窦桃："没空。"

施翩："没兴趣。"

余攀挣扎着："你们吃我一口'安利'！先去看看宣传视频，不感兴趣就算了，就几分钟时间。"

窦桃："杨成杰给你多少钱？"

施翩："分我们一半。"

三人闹了一阵，窦桃点开宣传视频，施翩懒得拿手机，凑过去一起看。

开头动画是治愈系的风格，几个不同年龄段的画面过后，屏幕上显示出歪歪斜斜的两个字——《站台》。

在站台，等待一趟开往平行宇宙的车。

即将发车，奔赴未知。

窦桃挑眉："平行宇宙？什么内容？"

余攀兴致勃勃地解释："你们看过霍金那个采访没有？一个歌手退出了乐队，上万女孩为此心碎。有人问霍金，那么多女孩心碎，对宇宙有什么影响？"

施翩懒声接："霍金说或许某一天会出现多重宇宙的证据——我们的宇宙外还存在着另外一个不同的宇宙，这个歌手还在乐队里。"

余攀："对，这个游戏就是这意思：不同的宇宙里，我们的人生或许会不同。"

窦桃："怎么操作？"

余攀神秘一笑："你先下游戏，我来给你演示。"

窦桃花了几分钟下游戏，实名注册，开头的动画过后，界面里出现三颗不同颜色的星球，可以任意在星球里输入时间。

输入时间后，平行宇宙向你开启。

余攀继续道："再输入年份，地点，身份。"

他先输入："2013年，东川市，我是第一中学高一（1）班的学生。"

窦桃输入同样的信息，她看着眼前的画面逐渐变化。

星云旋转，流星闪过，属于2013年东川的记忆以动画的方式展现在她眼前，最后她来到东川第一中学。

天气晴朗，悬铃木高大，校门口上的"一"字缺了一角。

系统提示：欢迎入学，新生。

窦桃"哇"了声："这'一'字缺了一角都能做出来？牛啊。然后呢？"

余攀得意道："然后你选择路线，到班级，你就能看见我们。我们在同一个平行宇宙相遇了。"

施翩问："如果我输入二班，我不就能去二班了？"

余攀哈哈大笑："如果你不被赶出来，就能在平行宇宙的二班读高中，参与他们班的触发事件。"

施翩好奇问："怎么把我赶出来？"

余攀："信息求证。如果超过一半玩家认为你不是二班的人，你就会被踢出他们班。"

施翮："……"

"挺有意思的。"窦桃琢磨了一会儿，忽然问，"我们班级群的人不会都在里面吧？"

余攀："当然在！他们已经在回忆座位表了。"

说着，他看一眼施翮，飞快道："不少人想和学神当同桌，他们在群里打起来了，不知道谁赢。"

施翮不可思议道："……他也玩？我不信。"

余攀道："这是游戏的另一个有意思之处。你无法判定一个叫'陈寒丘'的人到底是真实玩家还是NPC。"

施翮："你们连NPC都不放过？"

窦桃吐槽："说实话，老大的反应和NPC差不多，你就算把他喊来玩，我相信他的反应比NPC还NPC。"

余攀竖起大拇指："有理！"

三人吵吵闹闹地吃完饭，出门逛街。

明天他们要上岛去参加班长的婚礼，顺带着还有个同学聚会。窦桃和余攀都是出门来买衣服的。

窦桃问："小羽毛，你不买？"

施翮懒洋洋道："我套个麻袋都是仙女。"

窦桃眯了眯眼，说："我在朋友圈看到傅晴晒新包了，限量的。"

施翮："哦。"

窦桃翻白眼："你仗着自己长了张脸，使劲造作。"

余攀不懂她们女孩间的事，只惦记着买衣服。一圈逛下来，窦桃和余攀都拎满了袋子。施翮给她爸挑了条领带，也不枉晚上走这么多路。

回到海上花境，从楼下往楼上看。11幢1101室亮着灯，再往1102室看，漆黑一片。

施翮仰着头看了几秒，收回视线，走进11幢，低头等电梯，电梯门打开，慢吞吞地走进去，刚想刷卡，发现"11"的按键亮着。

她一愣，转身往后看，眸光微滞："……你喝酒了？"

男人斜斜倚着电梯壁，领结被扯开了一点，衬衫最顶端的扣子解开，露出一截薄薄的锁骨和冷白的皮肤。

他低着眼看她，眸眼深色浓郁，脸颊上泛着浅浅的潮红。

陈寒丘定定看了她几秒，嗓音微哑："喝了一点。出去逛街了？"他轻而凉的视线落在她手里的袋子上。他听人说起过，这个牌子只卖男装。

　　她给谁买礼物？

　　这个念头生出来，酒意汹涌。

　　陈寒丘扯开领带。

　　施翩"嗯"了声："明天和桃子他们去婚宴，随便买了点东西。"

　　陈寒丘："拿多少份子钱？"

　　"……啊？"她不明所以地看他，"一人一千。"

　　他点头："知道了。"

　　电梯门打开，封闭空间的沉闷被夜风吹散，施翩率先往外走，走了几步，忍不住："你问这个干什么，不是不去吗？"

　　"同事说在公司看见我烦。"陈寒丘淡声道，"我爸这个国庆忙，家里没人，我没地方去。"

　　施翩："……"

　　她提醒他："你讨厌人多的地方。"

　　陈寒丘顿了顿，轻声道："以前没去过班级聚会，不知道这样的聚会是什么样子，想去看看。"

　　施翩闻言，抿抿唇，头也不回地往家门走。走到门口，输完密码，她忽然停下来，回头看陈寒丘，丢下一句："我也没去过。"

　　关上门，施翩懊恼地揉了揉头发，嘀咕："这人什么时候学会装可怜了？我居然还上当。"

　　"小乖，回来了？"施富诚喊她。

　　"嗯，给你买了礼物。"

　　门外，陈寒丘被酒气熏染得焦躁不安的心因为她的话平静下来，这六年来的郁气似乎有了出路。

　　他看着紧闭的大门，过往闪现。

　　她和以前一样，仍是那个在春游那天心软的女孩子。

　　回到家，陈寒丘随手扯了领带，解着扣子往浴室里走，洗完出来身上再无一丝酒味。他倒在沙发上，挡住顶上刺眼的光，轻舒一口气，沉沉睡去。

　　再醒来，是晚上十一点。

　　周围的环境很陌生，又熟悉，他怔了一会儿，想起这里是他的住所。

陈寒丘坐起身，想起进门前她的眼神，很轻，很亮，像光一样将他笼罩。他清醒片刻，回了房间。

打开灯，墙上的风景画映入眼中。他凝视画作几秒，取下墙上的画，换上原本挂在这里的画作。

墙面上的抽象画，朦胧又明亮。

它的名字叫《光》，就像最好的青春照射进男孩生命的一束光本身一样。

"你睡了一小时三十七分。陈寒丘，你晚上可能会失眠。"圆圆不知道什么时候进了门，和他一起看这幅画。

陈寒丘没说话。

圆圆闪烁了几下，忽然道："根据绘画流派和特点分析，这是现代抽象派画家 Liz 的作品，没在任何公共场合或互联网上出现过。陈寒丘，这是盗版吗？"

陈寒丘嗓音很轻："不是。"

圆圆看着画作，又问："是礼物吗？"

许久，他轻轻"嗯"了声："我十八岁的生日礼物。"

圆圆看向陈寒丘，降低音量："对不起，我看见她了，叫施翮的女孩子。是你喜欢的女孩吗？"

陈寒丘微顿："那天她来家里的时候？"

圆圆："定点清洁的闹钟响了，我不小心被她发现了。她看起来很友善，说为我保守秘密，不会告诉你我偷偷跑出来。"

陈寒丘闻言，淡淡地笑了一下。

晚上十二点，陈寒丘收到一条信息。

来自施翮："睡了吗？我刚定下方案，有几个点想和你商量，方便的话我过去，我爸睡了。"

五分钟后，陈寒丘打开门，圆圆跟在他脚边。

一高一矮齐齐看着施翮，把她看得一愣，她捧着笔记本电脑，嘴里的话不知该不该说。半晌，她道："这位是……"

她指了指圆圆，假装不认识。

陈寒丘侧身，介绍道："Proboto 科技第一代陪伴机器人。它是最初的试验品，现在是我的管家，叫圆圆。"

施翮眨眨眼："你好啊圆圆，我叫施翮。"

圆圆眼睛闪烁，和她握手。

陈寒丘见她和圆圆说话，接过她手里的电脑，自然地问："喝点什么？家里没有咖啡。"

施翩："……你一个干编程的，家里没咖啡正常吗？"

陈寒丘："给你倒牛奶。"

施翩本来也不想喝咖啡，随意点点头，道："都行。我想了一晚上，还是决定用城市壁画那个方案，但那个用代码画画的提议也不错，只是太复杂，普适性不高……"

她跟在陈寒丘后面断断续续地说着，他走到哪儿她跟到哪儿，沉浸在方案中，完全没注意前面的男人停了下来，她一脑袋撞了上去。

男人的后背宽阔结实，和以前完全不一样的感觉。

陈寒丘一顿，转身看她："走路的时候少思考。"

背上留着女孩子温热的触感，那一小块肌肤似乎隐隐发烫。

施翩"啊"了声，揉揉自己的额头，一股脑说完，水亮的眼睛对着他："你觉得呢？你觉得哪个好？"

他看她两秒，问："想赢吗？"

施翩："当然，不赢白浪费我这么多时间。"

陈寒丘扫过她额间的一抹红，将热牛奶递给她："那就相信自己，你选的一直是最好的。"

施翩："……"

这话是不是在暗示什么？

两人在窗边找了位置坐下，详细讨论起这个方案的可行性，等讨论到时间和地点，施翩担心来不及。

她说："要先找地方。"

陈寒丘喝了口水，淡声道："场地在建了，在 Proboto 科技楼下，国庆结束就能完工。你不用操心这些。"

施翩一愣："你知道我会选这个？"

陈寒丘看她一眼，问："牛奶还要吗？"杯子已经空了。

施翩："都行。"

她有些心不在焉，视线跟着陈寒丘离开。

凌晨，屋内的灯光并不明亮。

暗淡的柔光照在男人的身上，他穿着简单宽松的居家服，身形和身高和以前相比都见长。他低着头，细长的手指拎着一盒牛奶，每一个动作都不疾不徐。

他和以前一样，又和以前不一样，至少以前他的背影不会这么寂寥。

施翩移开眼，不再看他。他们是暂时的队友，只是工作而已，她告诉自己。

第二杯牛奶喝完，他们的讨论告一段落。

施翩不自觉地打了个哈欠，打完还有点茫然，她是不是有点困了？好像是，但又不怎么想睡。

"困了？"他漆黑的眼看过来。

施翩含糊道："还行，改天再说，我想想主题。对了，今天杨成杰游戏公测，你玩了吗？"

陈寒丘："没时间。送你回去。"

施翩跳下高脚凳，随口道："不用，就对面。"

随着"砰"的关门声，家里安静下来。

圆圆拿着空的牛奶杯，踟蹰几秒，回到陈寒丘身前，问："可以经常邀请她来我们家做客吗？"

陈寒丘垂眸，问："喜欢她？"

圆圆："她在时你很高兴，对吗？"

陈寒丘一顿："为什么这么问？"

机器人无法感知人类情感，圆圆为什么会觉得他高兴。

圆圆一本正经道："你的体温、心率，还有你和圆圆说了比平时多两倍的话。圆圆也很高兴。"

陈寒丘静立在落地窗前，遥遥望着繁华闪亮的夜。

许久，他低声道："对，我很高兴。"

洗完澡，施翩爬上床。这床睡了一个多月，多少有点感情，她蹭了蹭枕头，找了舒服的位置，开始发呆。

为什么会睡不着呢？她还喜欢他？这不应该。

施翩静了片刻，忽然起身摸出手机，打开应用商店，下载游戏《站台》。或许回到过去某一个时刻，她能记起喜欢他是什么心情。

实名认证后，她选择高中时段，输入东川市第一中学高一（1）班。

系统提示：欢迎入学，新生。

施翩一怔，此时她是新生。

是啊，应该是从高一开始，而她是高二的转学生。

她按下确认键，选择去班级。

下一秒，游戏内场景转换。

她置身于明亮宽敞的教室中，教室内人三三两两，有的人头上有名字，有的人没有，她操纵游戏里的人物看了一圈，转过身。

施翩屏住呼吸，她身后站着一个人，模糊的模样，只有顶上的名字闪着朦胧的光亮。

像第一次她问他叫什么名字一样。

他说——

"陈寒丘。"

第二天一早，陈寒丘拎着行李袋出门。对面1101室的门正打开，父女俩说着话。

施翩耷拉着脑袋，鬓发黏在脸侧，她困倦道："爸，不用送我，你有事就去忙，我坐地铁去就行。"

施富诚："不行，我不放心。"

"……我都几岁了。"

"小乖听话，爸爸送你。"

陈寒丘微顿，开口道："叔叔，我送她吧，我们去参加婚礼，同一个地方，同学都在，您放心。"

施富诚愣了一下："你们是高中同学？"

施翩这会儿不清醒，胡乱点头："好了，你去忙。我和他一起去，到了给你打电话。"

电梯内，施翩闭着眼昏昏欲睡。

施富诚用余光偷瞄陈寒丘，之前就看陈寒丘眼熟，说起高中同学，他隐隐约约记起一个少年的影子来。

"叔叔，领带很衬您。"陈寒丘冷不丁地开口。

施富诚翘起唇，悄声道："施翩买的，出门自己什么都没买，就给我买了领带。"

陈寒丘垂下眼，紧绷的指节放松下来，原来昨晚的礼盒是给施富诚的礼物，不是给别人的。

出了电梯，施富诚给施翮戴上帽子、墨镜、口罩，嘴里忍不住念叨："戴着帽子也要撑伞，不要偷懒。药爸爸都给你放好了，不舒服就打电话……"

施翮困得睁不开眼，含糊应了几句。

施富诚送施翮到地铁口，可对着箱子犯了难，小乖还困着，他舍不得让她拿。正犹疑，边上伸出一只手，干净修长，指节握上行李杆。

陈寒丘道："我来，您放心。"

施富诚颇觉不好意思，温声道："麻烦你了小陈，回头来施翮家吃饭，叔叔做饭手艺还可以。"

陈寒丘轻轻应了声。

进了地铁，施翮勉强打起点精神，慢吞吞地走在过道上。

陈寒丘走在她身侧，推着行李箱，看了眼她的脸色："几点睡的？昨晚不是说困了吗，睡不着？"

"……忘了。"施翮懒懒地打了个哈欠。

她缓了会儿，擦去眼角的生理泪水，嘟哝道："玩杨成杰那个游戏，玩了大半夜。这游戏居然还有入学测试，是不是太离谱了？"

陈寒丘微顿："整晚不睡，在做题？"

施翮："是啊，我从来没做过一中的入学测试。那些题目还搜不到，我去群里看，大家试卷都不一样。"

那场景可太吓人了。一群高中毕业六年的人，在群里讨论中考题目。大晚上的，还以为误入什么家长群。

陈寒丘："我以为你不爱上学。"

施翮："……"话是这样说，但也有例外。

"学号要按成绩排名。"施翮忍不住吐槽，"那么多人讨厌我，不能丢面子，你懂吗？"

陈寒丘淡声问："所以你学号几号？"

施翮："……"哪壶不开提哪壶。

"过安检了，认真点。"她严肃道。

陈寒丘轻哂，眉梢不着痕迹地轻轻挑起。

很快，他唇角弧度放下，跟在她后面过安检，扫码进站，两人坐扶梯下去坐地铁。

正逢国庆前一天，站里人挤人。施翮找了个角落，随手扯过行李箱，跨腿往上一坐，歪着脑袋闭目养神。

不多时，一道身影站在她面前。

施翮蔫巴巴地闭着眼，夏日热气烘得她难受，她指尖勾下帽子，然后轻搭在杆上，长发散落，盖住小巧的耳朵。

耳边人潮的喧闹模糊，鼻息间淡淡的皂香味清晰。

她睁眼的瞬间，帽檐从指尖滑落，缓慢往下坠落，忽然，一只骨感的手稳稳地接住它，指节缓缓收拢。

帽子被他握在手心，他没再动。

施翮看着他的手，想起这只手握她、抱她的力道，她闭上眼。

短短几分钟，格外漫长。响声轰鸣，地铁到站。

陈寒丘垂眼，微微俯身，低声喊她的名字："施翮。"

施翮抬头，拍了拍脸，清醒过来，认命地挤进地铁。

东川港位于终点站，他们要坐十站路程，车厢内拥挤的人群令人绝望。

施翮低着头，凭着纤细的身形，灵活地挤到车门另一边，这里有个小角落给她靠，找完落脚地，她昂头去找陈寒丘，像以前一样。

一抬头，对上男人的宽阔胸膛。

他将她藏在车门和他中间，圈出一块极小的区域，供她活动。

隔着墨镜，她和陈寒丘低垂的眼对视两秒，片刻后，他移开视线，淡声提醒："握好扶杆，不能完全贴着车门，不要发呆。"

她含糊应了，低头不看他。

十站路说长不长，说短也不短。一晃神，车厢空了大半。

施翮往左右看了看，问："你坐吗？"

陈寒丘："最后一站。"

"哦。"那她也不坐了。

人群三三两两，空荡荡的车厢内，一小孩好奇地看着角落，小声问："妈妈，哥哥姐姐为什么不坐？"

女人抬头看了眼。

不远处，身高近一米九的男人一手握着拉环，一手拉着行李箱，清俊的侧脸低垂，看起来是一个人站着，仔细往下看，大码的运动鞋间，夹着一只小巧的白鞋。

女人抬起头，隐隐瞥见他胸前毛茸茸的脑袋。

她悄声应："哥哥姐姐在说悄悄话。"

地铁口不远，越野车停在路边。

余攀说着篮球队的事，余光一瞥，顿时哑声，头挤到车窗边，慢慢睁大了眼睛。

"你干什么？"窦桃问。

余攀拍拍她的手："学神和小羽毛一起从地铁站出来了……他还给她戴帽子，还撑伞！"

窦桃顿时挤过来。

地铁口，施翮一摸脑袋，空的，刚扭过头，顶上落下轻轻的触感。眼前一暗，宽大的阴影将她笼罩在身下，他撑起伞。

"走了。"他随口道。

施翮没忍住："你没事吧？"

怎么会忽然对她这么殷勤？

陈寒丘像是知道她在想什么，漫不经心道："答应过你爸。你要是觉得过意不去，也可以管我叫一声……嘶。"

被她踩了一脚。

陈寒丘迈开步子，唇角微弯，撑着伞去追气跑了的施翮，一路绿灯，她飞快地钻进对面的越野车里。

"砰"的一声闷响，门被重重关上。

余攀倒吸一口凉气，心疼道："姑奶奶，你轻点！知道这车花了我多少积蓄吗？"

施翮扯了帽子和口罩，露出一张被气红的脸。

窦桃一顿："你们怎么一起来？"

施翮："流年不利。"

窦桃和余攀对视一眼，看起来这两人又吵架了。

陈寒丘放完行李，开门上车。

施翮别开头，双手环胸，恨不能离他八百米远。

车内气氛尴尬，没人先说话。

余攀想了想，硬着头皮找了个话题："你们玩游戏没？我入学考试数学只考了47分。"

窦桃："哇哦，居然有两位数。"

余攀："……"

窦桃："我轻轻松松满分。小羽毛，你呢？"

施翮："……我恨语文。"

施翮很郁闷，除了语文，她所有科目都是满分。她还是读不懂文言文，世界上怎么会有这么难懂的文字，长大了还是看不懂，甚至越来越难了。

窦桃打开手机，问施翮："你游戏编号多少？加个好友，好友度越高，触发的剧情越多。"

施翮随口应："0000001。"

窦桃："真的假的？"

余攀纳闷道："你第一个注册的？不能吧，不是按注册顺序编序号吗？"

施翮："不知道。"

窦桃加完施翮，转头问："老大，你有账号没？"

陈寒丘神情淡淡："没，你们玩。"

施翮悄悄翻了个白眼，幸好这人识相，不然她当场卸载游戏。

东川市港口，停着几艘快艇，专门接送他们。

余攀将车停在停车场，帮忙搬行李，顺口道："明天班级聚会，后天婚礼，晚上可以住那里。"

窦桃："还挺省事。"

快艇上没法撑伞，施翮把自己裹成六亲不认的模样，咸湿的海风清爽，她压着帽檐，侧身去看海水。

深色的海水卷起灰白浪花。

她看了一会儿，松开压着帽檐的手，一手握着栏杆，小心翼翼地探出手去感受溅开的水花，凉滋滋的。

倏地，海风变得剧烈，烈风中，帽子被掀开一角，眼看要被吹走。

施翮一呆。

忽然，脑后压下一道不轻不重的触感，将她的帽子固定在原位，男人轻淡的嗓音同时落下："头发打我脸了，痛。"

施翮："……"

还没来得及感动。

上岛后，班长周涵等在码头，他依旧戴着那副书呆子眼镜，模样温文尔雅，看到他们，露出惊喜的神色："学神，你也来了？这是……"

施翮裹得只看得出性别。

窦桃笑笑："小羽毛。"

话音落下，一群人惊呆了。

这两位可是历年同学聚会的热门话题人物。

年年热门，年年不出现。越不出现，越令人好奇。

这是什么日子，两位居然一起出现了。碍于高中发生的事，他们很难不去猜测他们现在是什么关系。

陈寒丘对大家轻轻点了点头："好久不见。"

施翮和他们不熟，简单打了招呼，专心躲在伞下。

周涵边上的几个都是一班的同学，一见他们，热切地叙起旧来，话题中心依旧是陈寒丘，他可是第一次来同学聚会。

"施翮，你怎么来了？！"有人问，语气又惊又喜。

施翮瞧了一眼，这人长着狗狗眼，没认出来，随口道："刚回国。"

"狗狗眼"看看她，又看看陈寒丘，问："你们俩……"

施翮："没关系。"说着一把扯过窦桃上了观景车，傻子才站在这里晒大太阳。

陈寒丘看了问话的男人一眼，深黑的瞳孔在光下显得疏冷，片刻后，他移开视线，提起箱子上了车。

"狗狗眼"被看得背心一凉。

余攀留在码头和班长他们一块儿接人，窦桃等三人先去酒店。

观光车上，窦桃问："你不记得他了？"

施翮茫然："谁啊？"

"就那个'狗狗眼'。"窦桃无语地翻了个白眼，"暗恋你的那个纪律委员啊，你的名字从来没上过他的本子，自己不知道啊？"

施翮："……不知道。"

窦桃："媚眼抛给了瞎子看！"

秉着对同学会的尊重，施翮努力回想了一下纪律委员的长相，结果发现名字都没想起来。她问："他以前坐在哪儿？"

窦桃："忘了，老大肯定记得。"

施翮默默地转头，看向陈寒丘。

他一个人坐在后座，姿势闲散，神色淡淡地看着海，脚边是一个花里胡哨的行李箱，搭着一个黑色行李袋。

她后知后觉，这是她的行李箱。

施翮轻咳一声，问："刚和我说话的，他以前坐哪儿？"

陈寒丘收回视线，没什么情绪地问："谁？"

"……他叫什么？"施翮又回去问窦桃。

窦桃说了个名字。

陈寒丘平静道："忘了。"

施翮想不起来，干脆不想了。

到了酒店，她暂时没心情观赏风景，只想找张床倒头睡一觉。

施翮这一觉睡得不安稳。

梦境混沌，画面游离，夏日晴空和阴霾雨日交错，夜晚操场星空闪烁，角落里绽放烟火，一幕幕剪影滑过。

最后停在毕业那天。

施翮倏地睁眼，视野模糊一瞬，逐渐定格在天花板上。她深吸一口气，摸摸额头的汗，起身进了浴室。

洗漱完，门被敲响，是窦桃的声音："小羽毛，醒了没？"

"来了。"她嗓音微沙。

打开门，窦桃愣了一下，她仔细看施翮的脸色，问："没休息好？脸色怎么这么难看。"

施翮摸了摸自己的脸，嘀咕道："没有，做了个噩梦。饿死了，你们吃饭没？"

"给你带了。"窦桃晃了晃手里的袋子。

施翮呜呜蹭她："还是桃子爱我。"

拉开窗帘，晴光洒落，湛蓝色的海面闪着粼粼波光，树群在白云下摇晃，隔着玻璃也能听到清朗的风声。

窦桃指向窗外的沙滩："喏，都在海里玩。你来的事群里传开了，一个个等着你出现。"

银白色的沙滩上阳光闪耀，施翮忍不住抱怨："东川的夏天也太长了。"

"别转移话题，不打算下去了？"窦桃睨她一眼。

施翮："……"

"……没有。"施翮指了指外面的大太阳，"这不是太阳还没下山吗？"

窦桃轻哼一声："别临阵脱逃，我看见傅晴就烦。"

"……行吧。"

施翮吃了半饱，认真对着镜子上了个妆，回头一看，窦桃一脸嫌弃地捏着她带来的两条裙子。

"你这是什么眼神？"施翮干巴巴地问。

窦桃挑起吊带裙："你都带的什么，睡裙？"

施翮："……"

窦桃翻了个白眼，把她箱子里的东西都倒了出来，最后拎出一条轻薄的丝巾，对她挑了挑眉。

施翮："……不至于吧？"

酒店二楼茶餐厅，三百六十度观景，喝下午茶的好地方。

光鲜靓丽的男女坐在一起，笑谈着以前和现在。谈话间，他们的余光落在气质清冷的男人身上。

人群间，他安静地坐在角落，轻而易举吸引了所有人的视线，像在曾经的一中。

"学神，这次怎么有空来？"周涵在陈寒丘边上坐下，笑道，"都说你忙，你这次能来我特别高兴，真心的。"

陈寒丘淡淡一笑："应该的。"

周涵想拍拍他的肩，想起他有洁癖，又收回手。

说着话，周围的人忽然停住了，像是被什么所吸引，齐齐朝门口看去。

门口，窦桃的黑色机械臂上挽了一只雪白柔软的小臂，指尖自然垂落，腕上一只简约的积家腕表。

女孩子纤瘦的上身被一条丝巾包裹，一字肩上锁骨轻薄如刀刃，胸前饱满的弧度和丝巾严丝合缝地贴在一起，雪白的腰肢盈盈一握，底下一条高腰紧身牛仔裤，裹住笔直细长的腿。

有人瞧着，忍不住伸出自己的手，隔空比了比她的腰，喃喃道："还没我手大……"

周涵见一群男的眼睛看直了的模样，轻咳一声，余光往陈寒丘身上一扫，示意他们注意点。

"咳，公主来了。"

"公主什么时候回国的？"

施翩刚到一班时，一头金发，精致得不像真人，那时他们私底下都叫她"公主"。后来习惯了，就这么喊。

施翩一眼扫过去，陷入沉思，她都不怎么记得名字。

"刚回国不久。"她懒懒地摆了下手，就当打招呼，"过得都挺好啊？一个个瞧着都不错。"

众人笑起来，让她坐下聊。

施翩扫了一圈，就角落里还有两个位置。而角落里坐着陈寒丘，他垂眼敲着手机屏幕，没看她。

窦桃一把拉着她坐下。

施翩不情不愿，忍不住小声对陈寒丘嘀咕："你这人怎么回事啊？这时候不应该坐 C 位吗，坐角落对得起你的身份吗？"

陈寒丘头也不抬："有人喊你。"

施翩抬起头，对上一张熟悉的脸。

傅晴笑着朝她举了举手里的果汁："接下来两个月，请多指教。这一次我不会输给你。"

"和你宣战呢。"施翩无聊地踢了踢陈寒丘的鞋尖。

陈寒丘一顿，抬眼看向傅晴："一般情况下，我不赢人两次。但她从来都是第一，所以抱歉，这次我们也会是第一。"

施翩："……"

这一副冠军被我内定的口吻是怎么回事？

窦桃暗地里比了个大拇指，这从来不装相的人装起相来就是不一样，瞧瞧，一群人目瞪口呆，都给看傻了。

傅晴轻抿了下唇，喝了半杯果汁降火。他还是和以前一样，遇见施翩就像换了个人。

提起这茬，难免有人好奇他们为什么一起比赛。

傅晴简单说起东川市十大杰出青年的事。

一班众人顿时生出自豪感来了，这东川十大杰出青年他们班占了仨，这像话吗？

热闹了一阵，话题很快被带过去。

众人聊起东川近年的发展，慢慢地，天色暗下来。

一群人准备去海边吃海鲜烧。

海边搭建了营地，在夜色下通明透亮。女孩们挤在一块儿拍照，施翮知道窦桃和她们关系好，推她过去玩。

"我去了？"窦桃问。

施翮摆摆手："我在沙滩上走会儿。"

夜晚海边的东川潮湿清凉，暑意消减，柔软的沙滩上偶尔可见贝壳露出雪白的肚皮，空的，没有珍珠。空海螺散落，无人拾取。

施翮独自走了一会儿，脱下鞋。她有一阵没穿高跟鞋了，踩了一下午脚跟有点疼，随意揉了揉，拎着鞋往海潮漫上来的方向走。

微凉的海水漫过脚踝，有轻微的失重感。

施翮低着头，小心翼翼地往前走。

海风吹拂过黑色长发，后背漂亮的蝴蝶骨似蝶轻轻颤动，露出纤直雪白的背脊，让人忍不住看过去。

她不知道，营地里一半的人都在看她。

"狗狗眼"按捺不住，去海边找她。施翮回头看他，他递了杯饮料过来，羞赧一笑："施翮，你是不是不记得我了？"

"记得，纪律委员嘛。"施翮现学现用，"谢了啊，以前不记我名字的事。"

"狗狗眼"挠挠头，羞赧道："我以为你不知道。"

施翮："……"确实不知道。

"那个……""狗狗眼"不敢看她，"我现在在做摄影，你要是有需要……"

"施翮。"

冷冷淡淡的嗓音忽然在两人身后响起。

施翮和"狗狗眼"同时转身，陈寒丘站在他们几步之外，臂弯里搭了件披肩，目光很凉，像海水。

"狗狗眼"对上男人漠然的眼，沉默一瞬，跑了。

"我……我先回去了！"

陈寒丘立在原地，看她几秒，不紧不慢地走过来，把披肩递给她，随口道："酒店的披肩，窦桃让我带的。"

"不冷吧？"施翮感受了一下脖子上的凉意，"夏天好漫长。"

施翮接过披肩，裹住裸露的肩头，踮起脚望向黑沉沉的海面，轻舒一口气。

她喜欢海的颜色，尤其是深夜的海。

"找个地方坐。"陈寒丘垂眼看了眼她泛红的脚跟，"窦桃让我带的创可贴，说你脚疼。"

施翮嘟囔："玩就玩，还操心我。"

附近有礁石，施翮懒得走回营地。她把手里的高跟鞋往沙滩上一丢，找了块矮石坐下，在脚跟处贴上创可贴，贴完抬头一看，身边的男人微俯下身，拎起她的鞋子。

"你干什么？"她纳闷。

陈寒丘凉凉地看她一眼："不要污染环境。"

施翮："……"

吹个海风还要受气。施翮气闷，一把抢过陈寒丘手里的鞋子穿上，冷着张脸往回走，这人天生就是来气她的。

回到营地，食物的味道香飘四野。

余攀朝施翮招手，指着桌上的碟子："小羽毛，刚给你烤的。哟，谁又惹你生气了？"看她脸色觉得不对。

施翮轻吐了口气："没有，桃子呢？"

余攀指了一个角落，兴致勃勃道："和他们在那儿玩《站台》。这几个人在回忆高一那会儿一件离谱事。欸，你高二来的，肯定不知道！"

2013年的东川，发生了一件大事。

九月的一场流星雨，一颗流星坠落到东川一中的操场，流星陨石在地面撞击出一个直径十米的大坑。绝大多数流星体在坠落地面前便燃烧熔化，体积较大的，没燃烧完前坠落到地面，变成陨石。

那一晚，整个一中都听到了那一声沉闷的撞击。

剧烈的震颤感让人以为发生了地震，老师组织学生前往操场避震，第一个看见陨石的人以为自己在做梦。

可第二个、第三个……所有人都看见了。

寂静的夜晚，淡淡的月光下，一颗陨石静静地躺在操场一角，平静普通的夜晚因这位天外来客变得神秘。

不是地震，是流星陨石坠落。

老师缓过神，担心有辐射，又急匆匆把他们往回赶。

第二天，市里的专家组到了一中。他们研究这颗陨石，琢磨着怎么把它运出去，这么大的石头……

又过了一阵，专家走了，离开前告诉校方，陨石上的辐射早已趋于稳定，对人体没有伤害。过阵子他们想办法把石头弄走。

余攀说到这里，忍不住道："那时人心惶惶，只有我们学神，那叫一个淡定。来来来，我学给你听。"

他板起张脸，压低声音，用毫无情绪的嗓音道："放射性物质经过了几十亿年，早已衰变……"

施翮哈哈笑出声："这话百分百是他说的，他这人……咳咳咳！"

身前不知道什么时候多了一个人影。

施翮闭上嘴，用余光悄悄去看，他神情平静，双手环胸，好整以暇地看着她和余攀一唱一和。

她忙扯了扯沉浸的余攀。

余攀笑着回头："没说完呢，啊——"

他吓了一跳，惊恐地看着边上的男人，噌地起身："那什么、那什么我再去拿点吃的过来。"一溜烟跑了。

陈寒丘看了眼空着的小桌，在施翮对面坐下。

施翮欲言又止，总不能把人赶走，至少他没坐在她边上。她只好闷头啃海鲜，别说，这烤鱿鱼真好吃。

"在说陨石？"他随口问。

施翮看他一眼，慢悠悠道："说你是多么与众不同，见到陨石面不改色，不愧是'一中的骄傲'。"

陈寒丘一顿，绷直的唇角勾起一点弧度，眸光稍稍变得柔和，低声道："那时候我也好奇、兴奋、激动，和别人一样。"

施翮想象不出他激动的模样，这人连接吻都一副……不能想。

她捏了捏耳垂，不自然地移开视线。

陈寒丘喝了口水，继续道："后来国庆假期，某个晚上我一个人回了学校。"

施翩一愣："回去看陨石啊？"

"嗯。"他轻声应，"然后……"

陈寒丘的神情微微变化，无奈，怀念。

"然后，老大到了地方，发现一班一半的人都在。"窦桃走过来自然地接了话，到施翩边上坐下，"那晚上可热闹了。"

施翩好奇："有多热闹？"

星河摇落的夜晚，少年人偷偷聚集在漆黑的操场上。

有人带吉他，有人带饮料，有人带零食，最后一群人东拼西凑，在操场上拼出了野餐的感觉，闪光灯代替灯光，映着他们张扬的笑脸。

没什么比在陨石边看星星更浪漫了。

窦桃说："你上游戏看看，刚好触发这个剧情。"

施翩打开游戏时，界面是夜晚。

这是一段独属于一班的剧情，画面上，几个小人坐在操场上，仰头望着星空，人群中的少年抱着吉他。

手机里传出周杰伦的《晴天》——

吹着前奏望着天空
我想起花瓣试着掉落
为你翘课的那一天

青涩单纯的记忆倒带，小人们的脑袋上冒出泡泡：

——呜呜呜我永远爱那个夏天。
——好想再听学神唱一遍《晴天》。
——大哭，再也回不去了。

施翩怔愣地看着人群角落抱着吉他的模糊光影，盯着他脑袋上的名字看了许久，她抬头看对面。

纯黑色的眼睛像夜晚将她笼罩，他正在看她。

他从来没给她唱过歌，施翩不高兴地想。

-119-

窦桃笑着搭上她的肩，问："没想到吧？我们'一中的骄傲'还会唱歌，那声音绝了。欸，杨成杰！"她朝着热闹处大喊。

杨成杰喝了酒，脸颊通红，笑道："老大也在，你们这儿挺热闹啊，加我一个。"

窦桃问："你怎么不喊老大给你录《晴天》？"

杨成杰摆摆手："别提了，这人说没空。老大，这会儿有空了吧？你不弹一首说得过去吗？"

他大声朝人群喊："学神说要弹《晴天》！"

一旦开始起哄，场面便难以收拾。

这张安静的小桌顿时热闹起来，里三层外三层，连吉他都递过来了，所有人都在看陈寒丘。

同一片星空下，他们身边已没有了陨石。

陈寒丘一顿，看着施翮。女孩子微抿着唇，看起来闷闷不乐，那双漂亮的眼睛里写满不开心。

又在心里骂他了，他想。

陈寒丘无声一笑，看向人群："吉他给我。"

他们开始欢呼，啤酒香槟炸裂的声音点燃这个夜晚。

杨成杰朝天吹了声口哨，喊周涵："新郎官！你这儿有摄影师没？叫个过来，学神唱歌了！"

"我就是。""狗狗眼"晃了晃手里的相机。

夜晚的沙滩，风中满是馥郁的夏日香气。白色营地明亮的灯带环绕，像落满星星。

不再是少年的他们围着小小的餐桌，镜头对准穿着白色短袖的男生，他低着头，侧脸清俊，抱着吉他弹了几个简单的音节，稍顿，抬头看了眼某个方向，修长的指尖拨动琴弦。

干净生涩的嗓音和入风中，他低垂着眼，安静地唱——

消失的下雨天
我好想再淋一遍
没想到失去的勇气我还留着
好想再问一遍

你会等待还是离开

相机镜头缓慢扫过这处明亮的角落。

他们高高晃着闪光灯，小声跟着陈寒丘唱，有人忍不住擦了擦眼眶，湿润的双眼看着眼前的一切。

那是他们再也回不去的高中时代。

早晨踏着铃声赶到教室，小心观察班主任的动向，趁机偷偷咬一口零食，若无其事地竖起课本；数学课上老师画出心形曲线，几个男孩女孩相视一笑，又心虚地坐正；午后风扇慢悠悠摇晃，窗外的树梢停了一只麻雀，歪头看着睡倒的一片；放学前时钟似乎调慢了速度，所有人都心不在焉；夕阳下，他们扬起脸，神情生动，脚步轻快，晚风忽然吹过来。

> 从前从前有个人爱你很久
> 但偏偏偏风渐渐
> 把距离吹得好远
> 好不容易又能再多爱一天
> 但故事的最后

陈寒丘低声唱着，抬头看向人群。所有人都在看他，除了施翻，她低着头，似乎心不在焉。

陈寒丘喉结滚动了一下，轻轻唱出最后一句："但故事的最后，你好像还是说了拜拜。"

最后一个音节落下，女孩子们哭成一团，男生们仰头灌酒。

人群最外围，傅晴怔怔看着陈寒丘，眼眶酸涩。

所有人都在看闪耀的他，他在看施翻。

许久，她移开眼。

"学神，再来一首！"

"来点别的，别那么伤感。"

他们还想听，陈寒丘把吉他递还给别人，哑声道："你们唱，我吃点东西，饿了。"

这一处热闹渐歇，另一处热闹又起。他们躲在这清净地吃会儿东西。

"小羽毛，喝点？"余攀递了罐啤酒给施翮，"度数挺高，慢点喝。"

刚说完，一道凉凉的视线爬上后背，余攀疑神疑鬼地往后看了眼，谁在看他？

施翮没说话，接过来打开，仰头咕嘟咕嘟喝了大半，"砰"的一声放下，沉沉地舒了口气，回过神，对上四双眼睛。

她愣了下："……都看我干什么？"

陈寒丘移开眼。

余攀沉痛道："只许你喝一杯。"

窦桃一脸严肃："绝对不允许多喝。"

杨成杰："……要不我去别处坐？"

这群人都见过施翮喝醉的模样，见了一次都不想见第二次。

施翮轻哼一声，问杨成杰："怎么想起来做这个游戏？还有入学考试也太过分了。"

杨成杰嘿嘿一笑："还有期末考呢。"

施翮："什么？"

余攀不满道："我们学神从来都是年级第一，他不玩年级第一就是别人的了。"

杨成杰轻轻"啧"一声："所以是平行宇宙。平行宇宙里你也能当年级第一。"

余攀："我在维护一中的尊严！"

杨成杰和他们闹了一阵，笑道："做这个游戏的原因，说句煽情的，人生难免有遗憾，我们回不到过去，遗憾无法弥补。在平行宇宙里，或许能获得一些慰藉，或许……一切都来得及。"

施翮托着腮，感叹道："人还真喜欢骗自己。"

余攀同意点头。

窦桃看了陈寒丘一眼，说起别的："小羽毛，你进度好慢，高一好多剧情你都没参与。"

施翮眯了眯眼，道："我忙着呢。"

窦桃："忙什么？"

施翮说起这个，眼神忽然亮起来："我在另一个平行宇宙忙。朋友，你见过1866年的俄罗斯吗？"

所有人："……"

陈寒丘淡声解释："1866 年，瓦西里·康定斯基出生在俄罗斯，他被称为抽象派之父。"

所有人："……"

窦桃问："你去干什么？"

施翮眨眨眼："篡位。"

"……"算了，艺术家的世界他们不懂。

一群人边吃边聊，转眼施翮就把一瓶酒喝完了。

女孩子双颊酡红，托着腮，一双勾人的眼睛到处乱晃，企图找到第二罐啤酒，可惜都是开过的。

正找着，周涵过来了。

"难得学神和公主都在。"他指了个方向，"和我们一块儿玩游戏？难得一聚，酒店里还有打麻将的。"

窦桃问施翮："去不去？"

"想喝酒。"她老实道。

"……"

"去去去！一起玩一起玩！"

"小羽毛走走走！"

窦桃和余攀一人一边，架着施翮过去了，生怕她再说出什么大逆不道想喝酒的话来。

杨成杰和陈寒丘走到最后，慢吞吞地往那边走。

"老大，来得及吗？"他问。

陈寒丘低声应："不知道。"

海岸边灯光明亮，一群人围成圈坐在沙滩上，商量着玩"我有你没有"的游戏。

施翮没玩过，问："什么游戏？"

窦桃拿过她一只手，竖起五根大拇指，解释："每人五次机会，比如我说我有假肢，你们都没有，你就失去一次机会。"

她弯下施翮一根手指。

施翮："懂了，最后剩下次数最多的人是赢家。"

说清楚游戏规则，他们开始玩游戏。

顺时针从周涵开始，他起身笑道："我结婚了。"

"新郎官得意啊。"

"啧啧，这恩爱秀的。"

施翩郁闷地弯下一个手指，身边四个人跟着弯。

下一个："我小时候吃过屎！"

"……"

全场起立，敬佩的眼神送给这位仁兄。

施翩继续郁闷，身边四个人跟着弯。

轮过几个人，施翩勉强还有两根手指，到了余攀，她精神一振，应该不会输，才这么想，这大高个站起来，自豪地高声喊："我两米一！"

"……"

施翩继续弯。

下一个是陈寒丘，施翩对上他的眼，他黑色的眼睛注视着她，平静道："只有我和施翩谈过恋爱。"

"……"全场寂静。

陈寒丘话音落下，无数双眼睛看向施翩。众人的视线在两人间徘徊，一时间眼里充满了八卦的色彩，悄悄响起议论声。

"学神和公主还在一起？"

"没，听说六年一点联系都没有。"

"哇，这算是旧情复燃？但看公主脸色……"

施翩面无表情地看着陈寒丘，五根手指头还剩下最后一根小拇指，这会儿孤零零地竖着，仿佛在嘲笑她脑子进水了才来这同学会。

窦桃夹在两人中间，感觉脸上穿了一个洞。她默默收起一根手指，轻咳一声，试探着问："……到我了？"

施翩："……"到个屁。

施翩在翻脸走人和暂且忍耐之间犹豫两秒，准备等窦桃说完，轮到她发言再翻脸走人。

窦桃刚准备说"我有假肢"，就感受到边上一道幽幽的视线。

沉默几秒，她干巴巴道："我翘过课……"

"桃子，你这是看不起谁，谁还没翘过课？"

"学神也翘过？真的假的？"

陈寒丘神色淡然："翘过。"

窦桃说完，轮到施翩，她还没张口，感受到周围灼灼视线，她平静下来，轻飘飘道："我甩了陈寒丘。"

"……"全场寂静，又一次。

"咳咳咳——"

余攀一阵惊天动地的咳嗽，杨成杰一口啤酒喷在地上，窦桃低头抚额，终于还是闹成了这样。

不少人悄悄去看陈寒丘，他屈腿坐着，低垂着眼，灯光在他脸上打下浅浅的影，光影晦涩，看不出他的情绪变化。

施翩说完，起身道："惩罚的时候喊我。"

回到餐桌坐下，施翩做了个深呼吸。

她想不明白，陈寒丘大概是老天派来专门气她的。她今天难道招惹他了？不就是和他说傅晴宣战了。

越想越气。

施翩气闷地找了一圈，终于找到了啤酒。六罐啤酒，被人整整齐齐地藏在角落里，一看就是不想让她找到。

施翩："……"都是畜生。

施翩拿了酒和吃的，远离营地，在沙滩边找了个角落，把披肩摊在沙子上，坐下去软软的，海潮轻轻地漫过脚尖，凉滋滋，很舒服。

她吐出一口气，不去想那些乱七八糟的事。

深蓝色的海面上飘浮着月光，施翩一时看入了神。

营地里，一群人玩饿了回来找吃的。窦桃找了一圈，没看见施翩，拉着余攀去找，余攀个子高，一眼看见往沙滩边走的陈寒丘。

"学神去找了吧？"他挠挠头。

窦桃踮脚一看，不管了，这两个人的事少掺和。

陈寒丘走到沙滩边，垂眼看施翩。

她抱着膝盖缩成一团，怔怔地看着海面，乌发披在光洁的背上，发梢几乎要碰到沙滩，高跟鞋被丢得东一只西一只，啤酒空了两罐，歪歪斜斜倒着。

"施翩。"他蹲下声，低声喊她的名字。

女孩子发着呆，没理他。这样的情况出现过太多次，在教室里，她看着吊扇的扇叶，地面的光影，黑板上的线条，随时会走神。

少年的他，第一次嫉妒大自然，色彩、光影，能轻而易举吸引她的注意。

而他总是在想，怎么才能让她的视线长久地停在他身上。

陈寒丘捡起空了的啤酒罐和竹签，拎起她细细的高跟鞋，将鞋里的沙子倒出来，吹干净鞋面，整齐地放在她手边。

许久，她侧头看过来，清亮的双眼里落满星辉。

她看着他，忽然喊："陈寒丘？"

陈寒丘"嗯"了声："回去……"

话语止住，他微微睁大眼，瞳孔微缩。

她像一只降落的风筝，重重地扑过来，双手揽住他的肩，上身贴近，长发散落，拂过他的脸侧。

陈寒丘下意识接了个满怀，不受控制地往沙滩上倒去。

两人齐齐倒在柔软的沙滩上，礁石遮掩了他们的身影。

静默两秒，他喉头微动。

"嘘。"她忽然低头，一把捂住他的嘴，眯着眼问，"你总和我作对干什么，因为下午让你欺负傅晴，不乐意？"

陈寒丘微蹙了下眉，想说话，唇一张，触到女孩子柔软的掌心。温温热热的触感，令人心悸，他抿住唇。

她盯着他，追问："你不喜欢我，那你喜欢谁？"

他望进潋滟的眸光里，似下一秒就有星星从她眼睛里落下来。

陈寒丘喉结滚动，晚上他失控了。

酒精、"狗狗眼"直白的心思和她躲避的眼神，这让他的理智层层崩塌，在众人面前说出那句话。

他不该那么说。

施翩盯着底下的男人看了一阵，冷冷淡淡的模样，没意思。

她移开手，见他想起身，又用力揽住他："跑什么，我又不亲你。"

男人一顿，不动了。

施翩低头凑近，仔细看他深黑色的眼睛，嘀咕道："你从来没说过你会唱歌，你不想唱歌给我听，对吧？"

陈寒丘闭了闭眼，哑声道："不是。"

她的发梢落在他的脸颊上，有点痒。风中有玫瑰的味道。

施翩喝了太多酒，意识不清，手撑着紧实的胸膛，视线模糊，慢吞吞地说："陈寒丘，我头疼。"

她手一弯，放松身体，整个人软下来，所有重量倒在他身上。

"唔，香皂的味道。"女孩子软软的脸颊蹭着他，含糊道，"不是给你买洗衣液了吗，和我一个味道的。"

陈寒丘静了一瞬，低声道："……下次用。"

胸前的布料被她蹭得很皱，在这短暂的醉酒时刻，他们仿佛回到那个夏天。

六月，东川的阳光和蝉鸣一样恼人。

施翩叼着面包片，手往桌上一扫，随手拿了两瓶牛奶，急匆匆地往外跑，头发还散着。

奶奶在后面追："小乖！慢点跑！"

"知道啦！"她应了声，跑得更快。

小区外，少年背着斜挎包跨坐在自行车上，长腿踩着地面维持平衡，他低头看了眼时间，漫不经心地朝小区门口看去。

迎着晨光，少女的长发飞起，初雪般美丽的面容染上一层淡淡的金色光晕。

"我是不是迟到了？"施翩喘着气，脸颊泛红，嘴角沾着面包屑，"几点了几点了？"

陈寒丘视线微顿，道："六点二十，来得及。"

"牛奶。"施翩往他包里一塞，跨上后座，"我坐好了。"

等了一阵，他没动静。

施翩从身后探出头，催他："从这里到学校要几分钟？我们要迟到了，'一中的骄傲'不能迟到。"

"嘴角。"他提醒她。

施翩茫然地"啊"了声，下意识伸出舌尖，舔过嘴角的面包屑，仰头问："还有吗？"

"……"

少年一言不发，握紧把手，轻松蹬起脚踏。

自行车忽然启动，施翩一头撞在他背上，小声嘟囔："也不说一声，你这第一次服务也太差劲了。"

少年清冽的嗓音飘过来："有车不坐，要坐自行车。施翩，这种人在东川你猜叫什么？"

施翮："哇！你说了二十二个字！"

陈寒丘："……"

上周体育课，陈寒丘答应她每天接她上下学。

今天是第一天，两人在某些方面意见不明确，比如此刻，他们正争论着在哪里下车。

"校门口下车。"陈寒丘说。

施翮不情不愿："好长一段路！校门口下车和教学楼下车有什么区别，反正大家都会看见。"

他随口道："你说接送你上下学，现在到学校了。"

施翮："……"

"你以后绝对找不到女朋友！"她丢下一句话，跑了。

陈寒丘看着她小跑进了校门，转弯往另一个方向去。几分钟后，车铃声响起，自行车转过弯，停在小巷口。

巷中杂物凌乱，破旧的木板下有个小纸箱，纸箱里的小猫听到动静，竖起脑袋。

"喵……"它轻轻叫着，翻出纸箱蹭到少年脚边。

陈寒丘蹲下身，揉揉它的下巴，低声道："今天来晚了，以后都从那个方向来，吃饭了。"

他拉开挎包拉链，一罐牛奶骨碌碌滚出来，是施翮给他的。

黑白相间的小猫好奇地去闻。

陈寒丘一顿，捡起牛奶，拿出猫粮倒在它的碗里。小猫埋头去吃，吃了两口，舔舔胡须，歪头看他手里的牛奶。

"抱歉，这个不能给你。"他将牛奶放进挎包里，拉上拉链。

回到教室，施翮坐在座位上，见到他进来，再到坐下，她没看他一眼。

陈寒丘坐下，女孩们聊天的声音传过来。

窦桃问施翮："怎么把头发染黑了？金色衬你肤色。"

少女顿时像打了霜的茄子，蔫巴巴道："别提了，金色太显眼了。语文老师抽背总抽我！"

窦桃大笑："她一周能抽你四次。"

施翮："气死我了。"

余攀补完作业，美滋滋地放下笔，随口问："学神，你今天怎么这么晚？"

陈寒丘："有点事。"

前座的女孩回头看他，故意问："什么事啊？"

陈寒丘抬眸对上她的眼睛，淡声道："送小朋友上学。"

施翮："……"

"学神，你有弟弟还是妹妹啊？"余攀新奇地问。

陈寒丘看着女孩子瞪大的眼，慢吞吞道："不好说。"

余攀："什么？"

连着一周，施翮习惯了坐自行车，她坐着无聊，于是想开发点新项目，比如在自行车上睡觉。

这一天，她坐上车，脑袋往陈寒丘背上一"砸"。

陈寒丘微顿，问："干什么？"

"困。"她嘟囔着扯他的衣摆，"骑稳一点！"

"想睡觉去坐自己家的车。"少年总是平和轻淡的嗓音听起来有点冷。

施翮一蒙，闷声道："你好凶啊，我又没说要睡觉。而且你的衣服味道不好闻，我睡不着。"

"……没凶你。"他缓和语气。

施翮撇撇嘴："我受伤了，很难过。"

陈寒丘沉默两秒，问："怎样才会好？"

施翮慢慢翘起唇，笑眯眯道："用和我一个味道的洗衣液。"

陈寒丘："……"

"为什么？"他问。

施翮一脸惊愕："什么为什么？和让你送我上下学，还有不许和别的女孩子说话的原因一样！"

少年的脸上头一次出现了茫然的神情。

施翮气得打他："我想让你的自行车后座只有我能坐。"

陈寒丘："……"还真是一点都看不出来。

海潮涌动，风声惊醒陈寒丘。他们早已不在那个夏天。

"你不喜欢那个味道吗？"她睁着蒙眬的眼看他，凑过来闻，嘀咕道，"没有用，肯定不喜欢。小骗子。"

陈寒丘坐起身，将她放端正，问："我们回去了？"

"可是我没有鞋。"小酒鬼无辜地眨眨眼，"我是人鱼公主，每走一步都像是在刀刃上，我不能走路。"

"……"

"施翩，你喝醉了。"他说。

施翩瞪他："你不想背我！"

半晌，陈寒丘叹了口气，丢下两个字："别动。"

他倾身过去，拎起两只高跟鞋放在她脚边，一手轻握住女孩子细细的脚踝，一手拿着鞋往上套。

温热的触感贴上她的肌肤，他握得有点紧，施翩忍不住往后缩了一下，说："好痒。"

陈寒丘垂着眼，淡声道："忍着。"

施翩："……你这样是找不到女朋友的。"

"找到过。"他低低地应。

穿完鞋，陈寒丘蹲下身，对施翩说："上来吧。"

"要用跑的。"她和他商量。

陈寒丘认命地起身，顺便捡起披肩，抖落沙子，刚站稳，他背后忽然扑上来个人，像八爪鱼般缠住他。

他自然地勾起她的腿弯，去捡剩下的垃圾。

"回去了。"他说。

施翩靠着他的肩膀，望着洒满月光的大海，问："回哪儿啊？"

他没说话。

海风吹过，他们听见潮汐的声音。

漫长海岸线上，留下一串长长的脚印，潮水晃动，走一步，擦一步，很快，沙滩上再没有他们的踪影。

靠近酒店，透亮的光照亮黑夜。

陈寒丘微微侧头，问她："房卡在哪里？"

她圈着他的脖子，晃着脚，像没听到他说的话，忽然问："毕业那天，你会带着花来吗？"

稍顿，她自言自语地接："不会的。"

陈寒丘停下脚步，指骨用力，额间青筋隐隐浮起。一股猛烈的情绪席卷了他，让他寸步难行。

第二天中午，施翮被敲门声吵醒，以为是窦桃来找她。

"……啊，头晕。"她嘀咕了句，睡眼惺忪地去开门，开完也没看，含糊道，"我感觉被人揍了，你说陈寒丘不会偷偷打我吧？"

说了半天，没听到窦桃回应。

施翮纳闷地回头："桃子？"

门外，白T黑裤的男人静静站着，不冷不热的视线地看过来，停在她面上，他散漫地说："我没打你。"

施翮咽下原本的话，心虚道："桃子他们呢？"

"还睡着。"他站在门口，没进来。

施翮纳闷："那你找我干什么？"

陈寒丘："比赛的事，需要你做决定。我在餐厅等你，吃点什么？"

"随便来点。"施翮揉揉发，进了浴室。

施翮洗完澡，随便穿了条吊带裙，没上妆，懒洋洋地下楼，看到电梯里容光焕发的自己，摸了摸脸，心想昨晚睡得挺好，居然没失眠。

要不……以后都喝点再睡？越想越觉得不错，回去就试试。

到了餐厅，冷冷清清。没几个人起床了，就算起床的也满脸憔悴，除了——角落里，清爽干净的男人垂眼敲着代码，清醒且理智，仿佛在公司开会。

他们一中永远的神，陈寒丘。

施翮扯开他对面的椅子坐下，低头看，桌上一杯牛奶，一个果盘，都是清凉爽口的吃食。

"怎么不坐窗边？"她随口问，"这里什么都看不到。"

陈寒丘："怕热。"

施翮："……"

行吧，太阳确实挺大的。

"问我什么？"她凑过去看他的屏幕，"这是模型？"

陈寒丘"嗯"了声："搭建的场地模型，搭好了大致框架。你看看，哪里需要改。"

施翮说了几个细节，又问："搭建在什么方位？"

考虑到光影变化，她对位置的要求很高。

陈寒丘说了两个方向和周围的地标物，递给她一张二十四小时光影变化表，按他们的巨型墙体算出来的数据。

施翮："……"和他合作最大的好处就是，省事。

陈寒丘道："不知道你的具体想法，还没开始摆放。"

"位置能暂缓两天吗？"施翮道，"我想自己去看看，这两天正好把主题定下来，我有个大概的想法了。"

"可以。"他看了眼施翮，"你先吃饭。"

施翮喝了口牛奶，戳了几块水果吃。很快，量少丰富的午餐端上来，她兀自吃了一阵，问："你不吃啊？"

"还不饿。"他敲着键盘，"马上改完。"

施翮撇撇嘴，以前就这样，作业不写完都不和她说话。

下午一点，餐厅里人渐渐多了。

余攀和窦桃两人打着哈欠进门，一路走一路打，眼泪横流，摸到他们的位置边坐下，两人还无精打采，继续打哈欠。

施翮嫌弃道："打得我都困了。"

窦桃轻哼："昨天造作到凌晨，你倒是溜得早。"

施翮讨好地笑："辛苦你送我回房间，还给我拿披肩和创可贴，桃子最好啦！"

窦桃僵住，用余光瞄了眼陈寒丘，含糊道："小事。饿死了，余攀你去搞点吃的来。"

余攀任劳任怨地去弄吃的。

不一会儿，余攀端了碗面过来，他一扫餐厅，眼馋道："我们坐窗边去？在海景酒店坐角落里吃饭，像话吗？"

窦桃翻白眼："去个屁，小羽毛紫外线过敏。"

余攀挠挠头，讪笑："睡迷糊了。"

施翮一顿，动作慢下来。她抬眼悄悄看了眼认真的陈寒丘，心想他不会是因为她才坐在角落里的……吧？

不太可能，不可能。人家只是怕热罢了。

三个人吃饭，一个人干活。他们仨都习惯了，自顾自聊着天，不打扰他。

正说着话，餐厅里热闹起来，闹出不小的动静。

回头看，他们班两个人捧着两个小纸箱，笑容阴险。

两人面前的男人一脸警惕，手伸进左边的纸箱，摸出一张小纸条，打开后他脸色一变，大骂："脱衣舞是什么鬼！"

余攀顿时哀叹："来了来了，终于来抽惩罚了。"

施翩："……什么惩罚？"

"昨晚玩游戏输的惩罚。"窦桃解释，"玩到后来都喝醉了，没抽。"

施翩："……"这群人一个个的，怎么那么幼稚。

很快，小纸箱转到了他们面前，那两人到这一桌，格外得意："公主和学神都得抽惩罚，今年同学会绝了。来来来，快来！"

"男的左边，女的右边，快抽！"

余攀和窦桃都不怎么情愿去摸，陈寒丘沉浸地敲着键盘，施翩干脆左右各摸两张，往桌上一丢："拆了自己选一个。"

余攀正想去抢，一只漆黑的机械臂啪地落下。

"……"他默默收回手。

窦桃飞快地拆开四张纸，沉默了整整十秒，自己留一张，给余攀丢一张，桌上剩下无人问津的两张纸。

余攀和抱着小纸箱的两人探头去看。

三秒后，三人齐齐爆出一声："我去——"

纸条1：和他假扮情侣二十四小时。（限定两张）

纸条2：和她假扮情侣二十四小时。（限定两张）

在一片沉寂又蠢蠢欲动中，施翩拎起纸条，面无表情地念："和他假扮情侣二十四小时。"

话音落下，敲键盘的男人一顿。

陈寒丘抬眼，看了眼周围人兴奋的神情，拿起另一张被展开的纸条，上面写了一样的话。他问："不接受惩罚会怎样？"

"那就没意思了学神！大家都接受惩罚的。"

"学神你这算好的，还有人抽到去裸泳！"

施翩晃了晃纸条，随口问："没说不能换吧？我找个愿意和我换的，也算接受了惩罚。"

"这……"

他们悄悄去看陈寒丘的脸色。

施翩踢踢陈寒丘的脚尖，道："你也找人换。"

他轻而疏冷的视线看过来，停留几秒。

施翩："……"

陈寒丘嗓音淡淡："施翩，遵守一下游戏规则。"

施翩："什么？"

她郁闷："不是你先问不接受惩罚会怎样的？"

陈寒丘："我就问问。"

施翩："……"

"公主，学神都这么说了！"

"玩玩就散了，回去谁还记得这事，去年的我都忘了！"

哄闹了一阵，他们宣告不能交换惩罚。

最终施翩和陈寒丘接受惩罚，假扮情侣二十四小时。

杨成杰来得最晚，坐下就兴冲冲地问："听说有人抽到假扮情侣了，谁啊谁啊？"

窦桃用手肘推他，余攀在底下用脚踢他。

桌上的另外两个人低着头，谁也不理谁。

杨成杰猜到了什么，忍不住道："真情侣变假情侣啊？"

窦桃："……"

余攀："……"

"那什么，桃子我们去窗边看看风景？"余攀手忙脚乱地去拉窦桃，"阿杰你也去，快点！"

于是，三人一哄而散。

这处角落只剩施翩和陈寒丘两人。无数视线在明里暗里看他们，两人视若无睹，一个安静地吃饭，一个认真地敲键盘。

片刻后，陈寒丘转过笔记本电脑："改好了，等会儿看看。"

施翩咬着叉子去看，还没看清，他忽然合上电脑，道："吃完了再看，别咬叉子。"

咬个叉子也硌着他了？

施翩吃了七分饱，打开他的笔记本电脑，屏幕上是 Proboto 科技所在大厦楼下的 3D 街景，他直接在下面搭建模型，构想中下面是四道钢筋搭建的画布墙体，等施翩在上面创作完内容，陈寒丘再以 AR 技术构建虚拟世界。

AR 技术简单来说就是增强现实。

施翩完成城市壁画，陈寒丘利用技术手段将计算机生成的虚拟信息投射到壁画上，进行人机交互。

施翩仔细思索片刻，问："做东川记忆怎么样？"

陈寒丘反应很快："重点记忆？"

"对，昨天《站台》给我的灵感。"施翩简单解释了一下，"你想，大部分人都记得 2013 年流星坠落在一中的操场，我们可以根据不同的年龄段，做出每个年代特有的大事。"

陈寒丘几乎没思考，一口应下："可以，这部分资料杨成杰那里应该有，不用收集，只做筛选，进度会快很多。"

"……你没意见啊？"施翩干巴巴地问。

陈寒丘看她一眼："能拿第一的方案我为什么要有意见？"

"……"

好像被夸了，又好像没有。

吃过饭，一群人嚷嚷着去看热闹。当然，有的人在热闹开始之前就成为了热闹，例如施翩和陈寒丘。

他们面带揶揄，接连起哄——

"学神和公主什么时候开始计时啊？"

"这假装是个怎么假装法？"

施翩双手环胸，瞥了眼一群人兴奋的神情，道："一小时前就开始了，现在只剩下二十三小时。"

"不算！"有人反驳。

施翩挑眉："怎么不算？我和他单独吃的饭。"

"……"也是。

一群人凑在一起嘀嘀咕咕了一会儿，忽然指着班里一对情侣说："喏，看他们，手牵手下楼的。"

施翩："……差不多得了。"

"那这惩罚有什么意思，公主玩不起？"

施翩深深觉得来同学会是一件错误的事，她就不应该一时上头说要来，正烦着，眼前忽然出现一只手掌。

细长，骨感，皮肤上淡青色的血管凸起，掌心朝上，干净清晰的纹理盘踞掌心，连着瘦削的腕骨，极漂亮的一只手。

周围的人顿时安静下来，紧盯着施翾的反应。

有人偷偷拿出手机，想拍下这一幕。

施翾瞧着，琢磨着道："不瞒你说，前阵子我晚上睡不着，研究了一下手相面相八字命里，你这掌纹……"

陈寒丘："什么？"

周围人："……"

"牵不牵？"他声音平冷，毫无情绪。

施翾撇撇嘴："……这样的男朋友是会被甩的。"

牵就牵，把这当成窦桃的机械臂。这么想着，施翾轻轻往他掌心一拍，稍顿，比她大一号的手掌收拢，虚虚将她的手牵在掌心，没怎么用力。

边上顿时一阵哄笑，说今年的同学会来值了。

"下楼干什么去啊？"施翾问。

窦桃走到她边上："出海钓鱼。那么晒你行不行？"

施翾眼巴巴地望了会儿波光漾漾的海面，她想去吹海风，躲在酒店里多没意思啊。想了想，她上楼去拿装备。

"我回房间拿伞。"施翾飞快地抽出手。

说完，飞一样溜走了，生怕有人把她拽回去。

陈寒丘垂眼，收拢空荡荡的掌心。

施翾避开人多的电梯，独自走到安全通道里，发烫的手心提醒着她，他的手和窦桃的机械臂不一样。

他是冷的，手是热的，明明是很轻的力道，她像是被紧攥着。

施翾不自然地看了眼自己的手，捏了捏，再松开。她拎起裙摆，飞快地跑上楼。

进了房间，施翾第一件事是进卫生间洗手。

冰凉的水流冲走掌心黏湿的汗意，她用力挤出洗手液，反复揉搓着那只被牵过的手，总感觉上面残留着什么。

洗完手，施翾看向镜子，镜子里的人神色平静，没脸红。

她松了一口气，心理负担忽然全消失了，把他当成普通朋友，这是她能做到的最好。

施翾抚上左胸，仔细感受了一下，心跳稳稳的，没有加速。很好，比以前出息多了。

等再下楼，施翩又裹成了一个谁都不认识的人。

严格来说，是他们一眼就能认出来的人。除了她，每个人不是短袖裤衩，就是长袖泳衣，望去白花花一片。

只有她，从头到脚严严实实，连眼睛都没露出来。

施翩撑着伞到门口，掀开帽檐一看。观景车上都坐满了，唯一的空位在最后，陈寒丘的身边。

"……"这群人还真是想把热闹看到底。

人啊，通常是越不给他们什么，他们就越想要什么。

施翩大大方方地往座位上一坐，把伞递给陈寒丘，懒声道："给我撑伞，挡住右边的光，高点。"

陈寒丘一顿，看她一眼，接过伞。

"谢了啊，男朋友。"她笑道。

他淡声应："应该的。"

前面的人齐齐看着，左看右看感觉没什么意思，这两个人就跟什么事都没发生过一样。众人感叹，不愧是他们学校的传奇，不是他们这等凡人能想明白的。

没什么热闹看，他们各干各的，不再关注施翩和陈寒丘。

不一会儿，观景车出发，去往码头。

伞挡去挥洒的阳光，阴影落在右侧，将施翩笼罩。她趴在前座椅背，有一搭没一搭地和窦桃聊着天，热意呼在口罩上，海风吹过来，鼻息间有浅淡的皂香味。

他坐在她身边。

窦桃侧头，瞥见高举着伞的陈寒丘，他神情淡定，姿态松弛，怎么看都不像是不乐意的模样。

从以前就是这样，除了施翩谁敢这么折腾陈寒丘，也就这祖宗，没心没肺。

出海的游艇停泊在海面，在阳光下熠熠生辉，他们人多，分坐两艘。

施翩和窦桃他们去同一艘，打伞的人跟在后面。

上了游艇，施翩灵活地钻入舱内，没了太阳，她立即脱了防晒装备，可快憋死她了。

"小羽毛。"窦桃在门口冲她招手。

施翮没敢往船舱处走，扒在门口看："干什么？"

窦桃一指码头："傅晴来了。啧，瞧瞧这群男的，眼睛都看直了。"

施翮踮起脚，微眯着眼，仔细辨认人群中的傅晴。她戴着墨镜，比基尼款式热辣，身形高挑，四肢匀称修长，每一处都长得恰到好处，连肌肉线条都是施翮喜欢的那种。

窦桃刚想说话，就见施翮直着眼睛看傅晴，她抬手晃了晃："你也看直了？"

施翮干巴巴道："……我有点想画她的人体，她的线条好漂亮。你说她会让我画吗？"

窦桃："什么？"

"你不是从来不画人物？"

施翮解释："我不画她，只是想画她的身体线条。"

窦桃翻了个大白眼："你清醒点，你们有天大的过节。"

施翮："我和她的身体没有过节！"

窦桃头疼："……"

窦桃走向唯一一个没看傅晴的男性，严肃道："老大，你快去小羽毛眼前晃几圈。"

陈寒丘："什么？"

窦桃痛心道："她想画傅晴。你晃几圈，她马上开始生气，不惦记人家的身体了。"

陈寒丘侧头，看向门口只露出小半个脑袋的施翮，那双总是显得盛气凌人的眼睛这会儿巴巴地看着一个女人的身体。

眼前忽然落下一道影，视线被挡住。施翮摆了摆手："让一让，挡着我了。"

眼前的人一动不动，微凉的视线落下来，他平静地提醒她："你现在是我女朋友，最好不要看别人。"

施翮："什么？"

"进去。"他催她。

施翮："怎么着，就你能看，我不能看？"

陈寒丘轻拧起眉："我没看她。"

施翮轻哼："放屁，是个男的都在看她。"

陈寒丘："……"

施翮懒得和他计较，拿了速写本去驾驶舱，隔着大片玻璃，看甲板上热闹的人群，不得不说，男士们的身材管理实在差劲。

陈寒丘顺着她的视线往外看，几个男人穿着泳裤做热身运动，肌肉在阳光下泛着焦色的光。

"施翮。"他喊她的名字。

施翮低下头，笔尖唰唰地划过白纸，线条在她手下像是有了生命。闻言，她头也不抬地应："嗯？"

陈寒丘顿了顿，说："我发现了新的小行星。"

施翮笔下不停，没反应过来。好半天，她停下动作，抬头看向一脸平静的男人，问："你刚刚说什么？"

陈寒丘低垂着眼，重复："我发现了新的小行星，刚保存它的轨道数据，没来得及和数据库对比。你想不想试试？"

施翮："……"她可太想了。

"……真让我试啊？"施翮完全把人体抛在了脑后，巴巴地看着陈寒丘，"这种好事你怎么舍得让我来？"

陈寒丘随口道："嫌麻烦。"

施翮："……"这理由也编得太差劲了。

施翮犹豫一瞬，试探着问："你有什么图谋？"

陈寒丘看着她充满狐疑的双眼，移开视线，嗓音微凉："魏子灏。你知道魏子灏和我们有过节，在比赛过程中我不希望因为他是你粉丝的事影响进程，我的意思是你不要受他干扰。"

施翮眨眨眼："好说！"

说起魏子灏，自从那天抽签过后，他再也没找过她，平时明明朋友圈发得挺勤快，这阵子好像没见他有动静。

难不成是知道她是Liz，所以幻想破灭了？

这些施翮都不想理，她现在心里只有小行星。

"你带电脑了？"施翮收起速写本。

陈寒丘往休息区走，走到最里头，远离甲板。终于，看不见那群男人，他在一处沙发旁停下来。

"对比起来要花不少时间。"陈寒丘调出数据库，把电脑递给她，"累了就停下，不用着急。"

"什么？"施翩有些惊了，"别人先发现怎么办？"

陈寒丘："不会。"

施翩嘀咕："怎么不会，一抬头就是宇宙，谁都能看到。"

在太阳系寻找一颗未被发现过的小行星是一件玄之又玄的事，因为小行星本身不发光，需要反射太阳光线发光，所以很难借用望远镜发现。20世纪90年代后，CCD相机和计算机的进步，有了更高级的观测方法。CCD是一种用于探测光的硅片，感光灵敏，在相对于恒星运动的小行星像中拉出一条线，那就是小行星的轨道数据。

施翩忍不住问："你找了多久啊？"

"不久，机器找的，不是我。"陈寒丘随便找了个位置坐下，"偶尔看两眼星空，就当休息。"

施翩："……"

这人的休息时间居然用来找小行星，太吓人了。

施翩在海上花境住了一阵子，很少看到陈寒丘回家。上回听谭融说，他住在公司里，那天清晨还在郊区游乐园遇见他通宵加班。可想而知，这人几乎所有时间都花在工作上。

在这样的情况下，他策划方案、搭建模型，甚至想好了后面每一步规划，然后再告诉她，他找到了一颗小行星。

"陈寒丘。"她忍不住喊他的名字。

陈寒丘抬头，视线静静地落在她脸上，许久，轻轻"嗯"了声："怎么了？"

施翩道："项目的事，我能做的都让我做吧。我空闲的时间多一点，你那么忙，不用承担我的部分。"

"不忙。"他轻声应。

施翩抿了下唇："谭融说你不回家。"

陈寒丘："都一样。"

施翩微怔。她想起陈寒丘的家，冷色调，空旷冷清，崭新的房间里没有一点痕迹。不像是家，像平台上亟待出售的样品房。

所以他说，都一样。

施翩抿起唇，不再开口，再多说，就要越界了。

调整完情绪，施翩专心比对小行星的轨道数据，这一行行数据在她眼里是具象化的线条和空间，她逐渐投入进去，忘记了周围的一切。

不知过了多久，余攀、窦桃两人满头大汗地进来，进门就喊："学神，外面钓到一条七八十斤的鱼，那长度绝了。你不出去看看？"

"陪女朋友呢。"闭目养神的人淡声说。

余攀："……"

窦桃："……"

余攀一愣，磕磕巴巴地问："玩、玩真的啊？"

"啧，假的。"窦桃用机械臂戳他，压低声音，"小羽毛还在。"

余攀看了一眼，说："没事，肯定又出神了，我们说什么她都听不见。"

两人在外面热得不行，进门一人一杯水，几口就喝完了。

余攀长手长脚，找了最长的单人沙发躺着，造作了一晚上，他困得很，很快便沉沉睡去。

窦桃喝完水，看了眼陈寒丘。

"老大。"她低声喊。

陈寒丘睁开眼，等着她开口。

窦桃沉默几秒，直接问："你现在对小羽毛是什么意思？她不一定会留在国内。"

陈寒丘看向施翩，完全沉浸在自己的世界的女孩子托着腮，神情专注，面颊微微泛红，鼻尖上挂着一抹湿润的汗意。

陈寒丘仿佛回到从前的某个夏日午后。

午睡时，闭着眼的她旁若无人地喊他的名字，嘟囔着道："陈寒丘，我好热，太阳是不是晒我脸了？"

少年看了眼遮得严严实实的窗帘，说没有。

她哼哼两声，不动了，眉头却皱着。

陈寒丘写了几道题，忽然放下笔走出教室，再回来时，气喘吁吁，手里捧了个泡沫箱，装满冰块。

余攀好奇地去看，诧异道："哪儿来的冰块？"

"食堂阿姨给的。"他轻声说。

不多时，前座的施翩眉眼渐渐舒展开，感受到凉意的窦桃转头去看。

泡沫箱占据了大半张课桌，后座的少年低着头，缩在最角落，一只手写字，另一只手拿着薄薄的作业本对着冰块扇风，冰块的凉意渐渐漫上来，让人瞬间感觉像喝了一口沁凉的汽水。

陈寒丘从回忆中醒过神来，移开眼低声道："……我不知道。"

六年，时间太久了。而他们之间相隔的又岂止是这六年的时间。

窦桃："既然这样，你们该找个时机谈谈。她这两个月几乎没有正常睡眠，这样下去恐怕东川留不住她多久。"

窦桃是局外人，看得清楚明白。

这两个人对六年前的事避而不谈，似乎都想绕过去，当作无事发生。但显然，有的事，两个人都过不去。

东川留不住施翩，如今的陈寒丘更留不住。

游艇回港，正逢落日西沉。大片橙黄洒落，天际云火燃烧，层层晕染，海面星火点点，他们为这一刻驻足。

下了游艇，一群人又开始闹腾。

"一下午都没见公主和学神，这几个小时白混了。"

"牵手牵了多久啊，也就几秒钟？"

施翩没理他们，困倦地打了个哈欠，问陈寒丘："你就不能把数据发送给小行星中心确认吗，非得自己找？"

"已经发了。"他说。

施翩瞪着眼，没来得及和陈寒丘算账，忽然听到一声大喝："干脆绑了！看这两个人怎么逃。"

说着，几个人上前，摁住施翩和陈寒丘的手。

"啪"的一声脆响，她的右手和他的左手被铐在了一起。

"好了！"那人得意一笑，语重心长道："公主、学神，人家裸泳的都认认真真地游了，还冲镜头比'耶'呢，你们俩要尊重规则。"

施翩："……"

陈寒丘："……"

施翩头疼："你们哪儿来的手铐？"

男人嘿嘿一笑："你不会想知道的。"

"……"

施翩抬起右手，陈寒丘的左手被迫跟着抬起来，晃了晃，这手铐紧得很，晃了两下手腕就红了。

正想放下，她的手忽然被人牵住，摇晃的手铐停住，温热的指节握住她的指腹。

"别动。"他低头看过来，眸光映着余晖，竟有几分温柔。

但很快，施翮发现这是错觉。

"你弄疼我了。"他提醒道。

施翮："……"

她辩解："我都没用力！"

陈寒丘蹙眉："很疼。"

施翮："……"

天色渐暗，最后一抹晚霞消失在海平面。

营地里摆着四张长桌，零零散散地坐着人，不远处有辆白色餐车，专供饮料和冰激凌。草坪正中央是个乐队，弹着轻快的曲子。

施翮拿了几颗果干吃着，踢踢对面的余攀："想吃冰激凌，去要一个，给桃子也带一个。"

余攀嘿嘿一笑："这种事应该由男朋友代劳。"

窦桃："……"这人是不是缺心眼。

施翮面无表情地抬起自己的右手，紧接着，陈寒丘的左手跟着抬起来，两人一起盯着余攀。

余攀轻咳一声："我给忘了，马上去！"

施翮无聊地瞥了眼长桌，吃的倒挺多，但她没什么胃口，出来才两天就想冬冬了。她干脆给于湛冬发微信。

打字的手抬到一半，金属的声响紧跟着响起来。

施翮忍不住吐槽："这群人是有多无聊。"

她直接给于湛冬打了个电话。

等了一阵，电话接通，施翮可怜巴巴地喊："冬冬，我好惨啊。"

平日里总是高昂着头的女孩子撒起娇来，谁也抵抗不了。

窦桃听她用软绵绵的语调拖着长音，又奶又甜，机械臂都软了。她听着施翮小声抱怨海上太阳有多晒，说在沙滩边什么都没捡到，说玩游戏输了还被人欺负，说岛上好无聊，她想回家。最后说没人给她剥螃蟹和虾，不想吃。

窦桃忍不住用余光去看陈寒丘的脸色。

他低垂着眼，一道阴影落在眼睑处，添了几分阴郁，自由的右手握着水杯，缓慢转动着，悄无声息。

不知电话那头的人说了什么，施翮笑起来，海风拂过乌发，露出明艳精致的面容，冷感的狐狸眼弯成月牙儿，带刺的玫瑰变得柔软。

她嘟囔着道："明天你来接我吧，下午就回去。"

"嗯？邻居？"施翮看向陈寒丘，对上他疏冷的面容，询问，"冬冬问你要不要一起回去。"

"不用。"陈寒丘淡声拒绝，"我回公司。"

施翮多看了他一眼，心说果然是工作狂。

电话打完，施翮心情好了不少，暂时把手被铐住的不悦抛到脑后，正好余攀拿着冰激凌回来，她慢吞吞地舔着冰激凌，顺便看他们吃饭。

在海边，自然少不了海鲜大餐，大部分是他们下午海钓带回来的，收获颇丰。

"你不吃啊？"施翮瞥了眼陈寒丘空荡荡的碗，"右手不是能用吗？"

陈寒丘挪开碗，清了一小块位置放电脑，随口道："杨成杰把资料发给我了，看完再吃。"

施翮："……谭融一定不喜欢和你一起吃饭。"

陈寒丘："我不常和他吃饭。"

施翮看他忙项目连饭都顾不上吃，忍不住道："吃完再选吧，我和你一起选，不急这一会儿。"毕竟这是他们两个人的项目。

边上的人听到他们说话，调笑道："公主，入戏点，直接喂男朋友吃不是正好？"

施翮翻白眼："那也是他喂我吃。"

"啧啧，学神，听见没啊，公主要你喂她！"

陈寒丘一顿，视线落在施翮的脸上。片刻后，他合上电脑，指了指手铐："松开，不松开没法喂。"

施翮："什么？"

"哟，还是学神干脆！钥匙呢？钥匙给我。"一群人哇哇叫着去找手铐钥匙。

最后大家把两人的手松开，等着看喂饭。

施翮揉了揉手腕，嘀咕道："我的手很贵的，弄坏了你们赔得起吗？"

说完，溜达着去上洗手间了。

"瞧瞧，手一松开公主就跑。"

"我说你们差不多行了，小心公主发脾气。"

"怎么行，不行！喂完还得绑起来哈哈哈哈哈！"

搁以前，施翩抽到纸条就会甩脸子走人，哪会这么好的脾气。十几岁的少女，年少成名，恃才傲物，谁都不放在眼里。这样的性子本来应该让人不敢靠近，但耐不住她生得好看，追求者前赴后继，连他们曾以为是一中最后一道防线的陈寒丘，都拜倒在她裙下。

这次同学会好不容易逮着一个机会，他们都不想轻易放过施翩。

"欸，你们说，换成别人公主还会配合吗？"

话题到这里，大家面面相觑，换成别人……他们都不敢想。

闻言，陈寒丘抬眸看了他们一眼，冷淡的视线里带着警告。

这一眼看得他们顿时噤声，不敢再开玩笑。

施翩出来的时候，话题早已转了十万八千里。她一坐下就呆了，原本空空的小碗里满是蟹肉，另一个碗里满是虾肉，每一只都去了虾线，干净软嫩。

"……你剥的啊？"她干巴巴地问。

陈寒丘"嗯"了声："戴了手套，不脏。"

施翩拿起小叉子，嘀咕道："没嫌你脏，没人比你更爱干净了。"

施翩吃到新鲜的海鲜，胃口显而易见地好了，边吃边聊，一时间忘了岛上的不开心。聊着聊着，碗里又多了一条小黄鱼，鱼刺被剔得干干净净。

"咳，不用给我弄了。"施翩后知后觉，有点不好意思，"看热闹的都走了，你吃你的。"

陈寒丘："够了？"

施翩："够了够了，一会儿我还要喝酒。"

"……"

陈寒丘一顿，扫了眼桌子，角落里除了饮料，连果酒都没有。

"喝什么酒？"他不紧不慢地问。

施翩："昨天喝了酒睡得挺好，今天再试试。"

陈寒丘皱了下眉，没说话。

施翩照旧吃了七分饱，见陈寒丘放下筷子，立即道："我们回酒店吧？

回去看资料。"

她用眼神示意他看角落里蠢蠢欲动的众人，再不早点逃走，那手铐又要追上来了。

于是，他们趁着众人不备，绕了条安静的远路回酒店。

清凉的晚风拂过树林，树叶晃动着发出沙沙的声响，深蓝色的夜幕开阔清透，空气里满是海风的气息。

施翩深吸一口气，是咸湿的味道。

一路上，两人默默无言。暗淡的灯光将影子拉长，缩短，聚成一个点，再缓慢拉长。一前一后，隔着不远不近的距离。

施翩低着头，无聊地踩着陈寒丘的影子，步子时大时小，似乎又回到了以前的每一个夜晚，只是这时他的影子上没有了书包。

她的脚步慢下来。

寂静一瞬，他不轻不重的声音响起："去哪儿看资料？人太多的地方会被看到。"

施翩随口道："去我的房间吧，他们总不能到我房里来找。"

陈寒丘"嗯"了声，没意见。

施翩的房间是个套房，房间和客厅分离，靠近大海。

落地窗外，蓝黑色的海潮阵阵，灯光落下来，照亮窗前的小桌。施翩和陈寒丘相对而坐，翻阅着资料，偶尔交谈几句。

"分几个年代找事件？"施翩问。

陈寒丘："四个，从 20 世纪 70 年代到 21 世纪的 00 年代。"

施翩算了算参与投票人群的年纪，大部分都在他们的投射范围内。他们分工合作，陈寒丘找前面两个年代，她找后面两个年代。

时间一点一滴过去，很快到了凌晨。

施翩揉了揉脖子，头一歪，瞥见左边的牛奶和果盘。她眨眨眼，这是什么时候出现的？

对面的陈寒丘低着眼，专注地看着屏幕。

施翩喝了口牛奶，打量着他的神色。这人是不是熬夜熬惯了，面上丝毫不见疲惫。

"你不困啊？"她问。

陈寒丘抬眼看她："你困了？"

施翮诚实道："不困，但我可以喝……"

"继续。"他又低下头。

"……"施翮默默把"喝酒入睡"咽了回去。

施翮戳了颗草莓，正准备继续看资料，房门忽然被敲响，咚咚乱响了一阵，有人在胡乱地敲门。

陈寒丘停下动作，施翮看了眼营地的方向，都暗了。

她起身去开门。

透过猫眼往外看，施翮对上一张潮红的脸，是傅晴。傅晴精致的妆容有些乱，看着像是喝醉了，摁着门铃，嘴里还喊着她的名字：

"施翮！我知道你在里面！

"你开门啊，别躲在里面不出声！"

施翮："……"琼瑶剧看多了吧。

施翮回头看陈寒丘，指了指房间："进去躲着。"

陈寒丘："什么？"

施翮看着陈寒丘躲好，打开了门，讽刺的话都在嘴里了，怀里忽然扑进来个香香软软的东西。

"……"这下该怎么办？

好在很快傅晴便站直了身体，摇摇晃晃地往里面走。

"喂，你半夜敲人房门，合适吗？"施翮双手环胸，看着毫无形象的傅晴。

傅晴踉跄着走到窗前，望着沉沉夜色，轻舒一口气，转身看施翮，笑盈盈地问："你这六年怎么过的？"

施翮莫名其妙："和你有关系？"

"当然。"傅晴双眼迷离，低声道，"这六年间，我总是在一些时刻想起他……一些毫无防备的时刻。有个客户，她儿子上高中，见面时话题总是不离儿子，说儿子多么优秀，又拿了什么奖状等，我总不以为意。"

因为在学生时代，傅晴遇到过站在巨人的肩膀上仰望星空的人。

以前，他们都说陈寒丘高冷不易接近，可她却知道，他冷漠的外表下，内心有多温柔。这是她的青春里最为惊艳的少年。

"你不会想起他？我不信。"傅晴一副笃定的口吻。

施翮蹙起眉："喝醉了到我这儿来发酒疯？如果你是来找和你感同身

受的人，抱歉，找错地方了。"

傅晴找了沙发坐下，甩掉鞋，眯眼看了施翩一会儿，哼笑一声："游戏玩得有意思吗，又是牵手又是吃饭，还公主呢。施翩，你有没有骨气，当年他亲口说了不喜欢你，都忘了啊？"

施翩居高临下地看着傅晴："你在说什么？"

傅晴歪着头，稀奇道："不承认啊。毕业那天，他们都在操场上拍照，你去教室找陈寒丘，然后你听到了什么，需要我提醒你吗？"

施翩下意识地攥紧了拳，一瞬便松开。

她平静地问："我听到了什么？"

气氛有一瞬的沉寂。

施翩的意识仿佛被抽离，身体变得很僵，又变得很轻，像又一次回到那个早晨。她飘浮在晴空中，看见阳光洒落于走道上。

教学楼里的楼梯上，少女提着裙摆，眉梢带笑，飞快地往楼上跑，转过二楼、三楼、四楼，像一条灵活的鱼，甩着花瓣一样的尾巴往上旋转游去。

最后她停下来，喘了口气，往教室后门走。

她捏了捏拳头，松开后拍拍自己的胸膛，猜想着自己会收到什么颜色的花束，想今晚回去要用花束的配色画画。

然后，她走到后门，停了下来，听见陌生的声音——

"啧，还带花了。你真喜欢施翩啊？"

"……喜欢？"

他轻嗤一声，是她最熟悉不过的声音。

"施翩。"

和记忆中一样干净，带着暗哑的嗓音唤回施翩的意识。

施翩抬头去看，藏在房间里的陈寒丘走了出来，他站在她身后，黑眸晦涩不明，神色微白，正看着她。

她定定地看着他的眼睛，第一次想，他说那句话的时候是什么表情？

轻蔑？嘲讽？不以为意？

陈寒丘压下喉间的涩意，看向傅晴的眼神冰冷，漠然道："我以为你至少是个言而有信的人。"

傅晴在陈寒丘出现时便清醒了几分，她轻咬着唇，不敢看他的眼睛，揪紧了裙摆。

施翮忽然笑了一下，多可笑呢，她们两个人都轻易被他牵动着情绪。六年了，凭什么。

她冷静下来，对陈寒丘道："工作的事改日再说，剩下的资料我会尽快看完。"

陈寒丘没动，眼中的冷意消散，低声道："我……"

"太晚了，你该回去了。"施翮指了指门口。

陈寒丘看着她，喉结因吞咽滑动了一下，他松开裤兜里紧握着的拳，停顿几秒，转身离开了房间。

陈寒丘走后，小小的一隅只剩沉默。

傅晴坐起身，手拨过长发，仍有些醉意。半晌，她哑声道："抱歉……那天我不是故意偷听的。"

施翮笑了笑："无所谓，反正是事实。"

傅晴看着施翮脸上的笑，忽然问："他是不是从来没解释过？"

施翮："解释什么？"

"他迟到的三小时。"

那时候是暑假，是东川最炎热的一个夏天。

傅晴在学校附近上补习班，下课后等着司机来接，司机告诉她路上出了车祸，堵车过不来。于是，她去路口打车。

经过一条小巷时，她忽然听到了小猫叫，好奇心驱使她往巷子里走。黑沉沉的巷子里，她望见一双幽幽的瞳孔和几点猩红。

烟味弥散开，有人低笑，说又有一只迷路的小猫。

傅晴被捂住嘴的时候大脑一片空白，忘记了反抗。混乱中，她听见自行车清亮的响铃声，她倏地回过神，用力去抠对方的眼睛，踢对方的裆部，趁机大声呼救，她用尽所有力气大喊，嗓音几乎刺破黑夜。

又是一阵混乱，她再回过神，身上的衣服还在。

她颤抖着，抬起头，对上少年微沉的面容。

"傅晴，你受伤了吗？"他这样问她，声音紧绷。

傅晴呆呆地看着他的眼睛，大哭出声，她吓坏了。

陈寒丘给她披上外衣，骑车带她去警局。

在父母来之前，傅晴拽住他的衣摆，眼睛红红的，问他能不能别告诉别人，她不想让任何人知道。

他说好。

然后，少年急匆匆地离开了。

傅晴看着他的背影，擦了擦眼泪。

陈寒丘到广场时，离约定时间已过去了三小时。他找遍整个广场，大汗淋漓，最后在一个小摊边找到了施翩，她蹲在地上，耷拉着脑袋，用小网捞着金鱼，问："你也是没人要的小金鱼吗？"

"施翩。"他蹲下身，低声喊她。

少女愣了一会儿，忽然噌地抬起头，明亮的眼睛里满是怒火，她用小网砸他："你知道自己迟到多久吗？"

陈寒丘微喘着气，狼狈道："对不起，我迟到了。"

施翩气鼓鼓地骂了他几分钟，看他空空如也的双手，质问："我丢在你家的防晒衣呢！没带来？"

"……我弄丢了。"他舔了舔干涩的唇。

施翩又气死，怎么不把自己丢了！

傅晴轻声问："那件防晒衣，是你的吧？"她眼眶微湿，记忆里的那个少年始终为她保守着秘密，不曾对别人透露过一个字。而她长大后，选择成为一名律师，专接性侵案。

毕业那天，傅晴无意撞到教室那一幕。

她看到施翩在门口站了好久，她躲在墙后不敢出声。

后来，施翩跑走了，她走出去，看到教室里的陈寒丘和陌生男生。陈寒丘神色苍白，那个男生表情懊恼。

傅晴从他们的表情里明白，陈寒丘是故意让施翩听到的。

她怔怔地看着陈寒丘泛红的眼睛，听他哑声请求，不要告诉别人。

她点头，说好。

傅晴悲伤地想，她食言了。她曾以为能永远保守这个秘密，今晚却没做到。

施翩盯着傅晴看了几秒，说："那件防晒衣很贵，它的结局不会是被剪破丢在垃圾桶里吧？"

傅晴愣了一下："没有，我还留着它。"

"哦，那就当送你了。"施翩指指窗外的天色，"这个点，在别人的房里发酒疯不合适。"

傅晴缓过神，撑着扶手慢吞吞地直起身，刚稳住身形，听施翩不自然地问："……我送你回去？"

傅晴静了一瞬，忽而笑了——这是他喜欢的女孩子，是和他一样温柔的人。

"不用。"傅晴拎起高跟鞋，"拖鞋我穿走了。"

施翩："……"

房间里彻底安静下来，只余一室灯光。

施翩走到窗边，推开窗户，海风吹进来，她望见深色的涌动的海水，点点星辉落在海面，礁石边海潮起伏，远处灯塔静静亮着。

施翩想起毕业那天。她在教室门口，呆呆地听着少年否认喜欢她，大脑一片空白，最后回过神，她坐在小区门口。

然后，她发了两条短信。一条给查令荃，一条给陈寒丘。

此时，施翩望着海面，忽然想画画，画那个夏夜，被人遗忘在水池的小金鱼。

傅晴撑着墙走到电梯口，余光瞥见走廊尽头的身影。

男人双手撑着栏杆，杆子光泽冰冷，映着泛白的指骨，他低着头，背脊弓起，是陈寒丘。

她抿着唇，迟疑一瞬，喊他："学神。"和他们一样，以后她喊他学神。

陈寒丘直起身子，回头看过来，目光是凉的。

傅晴咽下酸涩："我不知道你有什么难言之隐，但……或许她只是想要一个答案，真的也好，假的也好，她知道了答案才会跨过去，往前走。"

说完，电梯到了，她没有再看他，挺直背脊进了电梯。

陈寒丘侧过身，视线落在海面上。许久，他拿出手机，打开信息界面，拉到最底，点开这六年间始终停留在这个位置的短信。

她说：

"不用送我花了。"

第四章

她的青春结束了

第二天中午，窦桃看见施翩吓了一跳。

施翩肤色本来就白，长发披散，眼下青黑，没精打采地蹲在地上，看起来几个晚上没睡好。

这是干什么去了？

"又一晚没睡？"窦桃问。

施翩有气无力道："比这更糟糕。"

她做了一晚上的噩梦。她被困在了那天早上，一次次看见少女的裙摆扬起，笑意绽放在她脸上，而后她停下来，面庞上出现茫然的神色，最后落荒而逃，连进去质问的勇气都没有。

这是她吗？施翩认不出来。

"做噩梦了。"施翩蔫巴巴道，"醒了就没睡着。"

她想这应该是她来的最后一个同学会，杀伤力实在太大，差点击溃她多年的努力。

窦桃见她脸色太差，硬把她拉上去补妆。他们班的人别的没有，就是花样多，想出来一个校服合影。前阵子就去订了一中的校服，打算中午婚宴的时候穿，按照毕业照的位置拍合照，新郎新娘肯定是 C 位。

窦桃简单解释了两句："从校服到婚纱，现在都流行这个。"

施翩："……他们又不是高中同学。"

"我们配合就行了，拍个照的事。"窦桃不和她争辩。

到了房间，窦桃挑挑拣拣施翩那丁点化妆品，忍不住吐槽："你这手只会在画布上画画？"

施翩不敢动，机械臂离她的脸蛋咫尺之遥。

"我又不是新娘子。"施翩小声嘀咕。

窦桃翻了个白眼，她没见过哪个公主几年不谈恋爱，照施翩这个恋爱速度，结婚要等到天荒地老。

"你不是相亲吗，相得怎么样？"

说到这个，施翩更无精打采。自从知道魏子灏没戏后，她奶奶和堂哥又在物色新人选，不知道这次又是哪个倒霉蛋。

她摆摆手："别提了。"

窦桃琢磨道："把我哥介绍给你得了，你俩也算认识。"

窦桃有个亲哥，比她大两岁，玩乐队的，和施翩一样年少成名。和施翩这样的学院派不同，他自小离经叛道，没少和家里闹别扭，和窦桃关系倒是不错，每年送来的演唱会、音乐会门票多得塞不下。窦桃常分给朋友，施翩也去听过他们的演唱会。

施翩："……我其实不需要男朋友？"

窦桃想了想："也是，他不靠谱。"

"你哥最近忙什么？"施翩随口问。

窦桃："忙演唱会吧，说忙完要歇一阵，灵感枯竭了。演唱会就在东川，回头我们一起去。"

施翩点点头。

"别动！"窦桃一拍她脑门。

施翩："……"

窦桃打理了一阵，抬起施翩的小脸仔细看了看，不错，她漂亮的小公主又回来了。

收拾完施翩，窦桃又忧心起别的事。

"你睡眠这事，"她试探着问，"我给你找个医生？"

施翩："不用，我有医生。"

窦桃这下彻底不说话了，只盼着这两位祖宗早点说开。这一个个看得她心烦，一个上班天天见，一个下了班经常见，她都要焦虑了。

两人下楼，正遇上他们班交份子钱，一眼望去，齐刷刷地换上了校服，在一众宾客中别提多显眼。瞧瞧那些男生，肌肉线条都不行，女孩子们都赏心悦目，各个香香美美。

窦桃直叹气："这一群人现在穿校服，不怎么合适。"

施翮打哈欠："可不是嘛，就没一个能……"她止住话。

男生轻倚在栏杆侧，穿着蓝白相间的短袖，一手插在黑色运动裤的口袋里，另一只手握着纯黑色的手机，冷白的指节灵活地敲动，修长的双腿自然交叠，一副漫不经心的姿态。

有人和他说话，他微微侧过头，下颌线条干净，颈间喉结弧度锋利。

窦桃顺着施翮的视线看过去——好家伙，这腿都快长到别人腰的位置了，那群人恨不得离陈寒丘十万八千里。

稍许，注意到她们的视线，他抬头，视线停住，定在施翮身上。

那狭长的丹凤眼盯着，天生给人一种压迫感，偏他那双黑色眼睛里没有情绪，和人对视时总让人心惊。

窦桃曾在公司听过一句话，没事多干活，别和老大对视。

可她知道，陈寒丘曾经也有过有温度的眼神。施翮也知道。

陈寒丘微顿，放下手机，刚直起身，听到余攀喊："桃子！小羽毛！过来换衣服。"

他停住脚步，看着窦桃拉着施翮离开。

施翮换了校服出来，扯了扯过短的裙子，这裙子和以前的长度不太一样，她居然还长高了。

女孩子的校服有两个款式，裤子和短裙都有。这一次她们投票选了短裙，一样款式的蓝白上衣和深蓝色短裙，做了漂亮的裙子。

窦桃上下打量施翮一眼，轻轻"啧"一声："你这腿走出去，又是一阵口哨声。当年他们都想吹，没敢。"

施翮纳闷："我那么吓人？"

窦桃笑倒在她身上："他们怕'外国友人'产生不好的印象。"

施翮："……"

两人边说话边往外走，推开更衣室的门，轻微的风扬起黑发，发梢拂过女孩子弯起的唇。

施翮吸引了所有人的注意力，乌发雪肤，身形高挑，裙下双腿笔直雪白，皮肤莹润的光泽令人错觉她走在阳光里。

来往宾客，陌生的，熟悉的，无数视线在她身上停留，她天生是人群的焦点。

余攀忍不住道："我永远忘不了见小羽毛的第一面，那个金发绝了，唉，黑发也漂亮。"

他至今觉得施翮是他见过的最漂亮的女孩。

"学神，你第一眼看小羽毛什么感觉啊？"他忍不住问。

陈寒丘眸光淡淡地看着施翮，半晌，他垂下眼，平静地应："我们是两个世界的人，应该保持距离。"

这是他见施翮第一眼时的感觉。

杨成杰闻言，在一边扯了扯余攀。

余攀苦恼地挠挠头，这几年陈寒丘上升得太快，从出国到创业，再到创办 Proboto 科技，在新兴领域名声大噪。他总忘记高中时，陈寒丘是一无所有的穷少年，和施翮这样的公主，有着云泥之别。

施翮、窦桃两人交完份子钱，去二楼餐厅吃点东西垫肚子。

一进门，撞见傅晴几人，窦桃刚想避开，却见傅晴端着果盘走来，对施翮道："今天水果还挺新鲜。"

施翮："行，那吃点。"

窦桃："……"

傅晴的小姐妹们："……"

这两人怎么回事，哪次见面不是火花四溅的，今天居然能和颜悦色地说话，看着还无比自然。

施翮直接拉着窦桃过去。窦桃无处发挥，浑身不适，刚坐下，她忍不住问："你和傅晴怎么回事？"

施翮装傻："什么怎么回事？"

最后在窦桃的威逼利诱下，施翮严肃道："昨天深夜我对傅晴同志进行了深刻的教育，她已经洗心革面，不再一头撞死在那座冰山身上。"

窦桃："……"

"她放弃陈寒丘了？"窦桃颇觉不可思议。

施翮撇撇嘴："差不多吧。她人还行，就是脑子转不过弯。"

窦桃欲言又止，这怜爱的语气是怎么回事？

另一侧，傅晴的小姐妹们也在问同一件事。

对此，傅晴托着腮，笑吟吟道："我忽然觉得她还挺可爱的，比陈寒丘可爱。"

"……"小姐妹们面面相觑。

几人吃水果垫了垫肚子，群里喊她们去沙滩上拍照。

到电梯门口，施翮、傅晴两人谦让起来。

施翮一看傅晴："你不进啊？"

"你先。"傅晴抬抬下巴。

施翮径直走进去，不管其余人面色古怪。

电梯门关上，两人自然而然地聊起东川十大杰出青年的事。两人的组合专业性都不怎么搭，尤其是傅晴和魏子灏，法律和新能源，碰在一起感觉没什么好事。

傅晴："其实我们俩专业挺搭，他们俩也搭。"

施翮挑眉："怎么说，你想好我们的合作方案了？"

说到专业，傅晴立即进入状态，一副"我什么都考虑过了"的模样。两人边说边往外走，施翮戴帽子，傅晴顺手撑起伞，两人挤在小伞下，一副亲密无间的模样，就差手挽手了。

被丢下的窦桃："……"

被丢下的小姐妹们："……"

施翮和傅晴从来都是水火不相容，当这两个人一起出现在沙滩上的时候，所有人都惊呆了。

余攀咽了咽口水，慌忙去扯陈寒丘。

傅晴扫了眼沙滩，一指休息处："我记得你紫外线过敏？去那儿等。"

施翮点头。

傅晴边走边道："用绘画形式表达法条我很早就想过，考虑到普适性，你可以画简单点。"

施翮不满："我可不画儿童画。"

傅晴："不用那么简单……"

两个人说着，从陈寒丘身边经过，谁都没看他一眼，沉浸在对话中，听起来像是要一本正经地合作个大项目，丝毫没意识到刚刚经过了施翮的队友。

陈寒丘："什么？"

余攀："……"

杨成杰："……"

余攀忍不住道："我没睡醒啊？"

杨成杰："变天了，老大跌落神坛了。"

走到阴影处，傅晴用余光看了眼陈寒丘，问："你现在对他什么想法？他看起来一厢情愿的样子。"

施翮困倦地耷着脑袋，随口道："你误会了，他也没这个意思。"

傅晴："……"

是你瞎了还是我瞎了？

傅晴看着施翮，心说公主过去六年一点长进都没有，在感情方面还不如陈寒丘，这也太迟钝了。

聊了一阵，新娘新郎出来了。

新娘面容娇美，纯白色的婚纱在阳光下耀眼如钻石，新郎周涵笑得一脸羞赧，眼神久久地落在新娘的身上。

这样的场景，看得人十分眼热。

"小羽毛！出来拍照了！"余攀朝施翮挥手。

施翮认命地走出阴影，迎接这要命的太阳。

人群中有人喊："按照毕业照的位置排，我来报名字，第一排……"

位置变换，一时间人群错乱。

灼热的阳光照下来，海浪声冲刷着耳郭。

施翮蹲在余攀的影子里，无聊地用手划拉着沙子。令人眩晕的热潮里，有人在说话，说公主没拍毕业照。

她停下来，手指陷在柔软的沙子里。

她没拍毕业照啊……施翮想起来了，在那之前她从学校逃走了。

"学神！你也没拍毕业照，你站余攀边上？"那人又喊。

有人起哄："让学神和公主站一块儿得了！二十四小时时限还有最后一小时，停在这里很圆满。"

他们笑着说这个主意好。

施翮顿住，下意识去找陈寒丘，视线没晃过半圈，身侧落下一道影子，他的影子覆盖了余攀的，静静地笼罩在她身上。

"我和余攀站。"他轻淡的嗓音飘进海风里。

施翮拍了拍掌心的沙子，起身去找窦桃。

从昨晚到现在，他们没说过一句话，某种古怪的气氛在他们之间僵持着，没人先开口打破。

"这正合我意。"施翮想。

银白色的沙滩上，一群年轻人穿着蓝白色的校服，在阳光下对着镜头扬起笑容，仿佛时光又将他们带回了从前。

拍完照，施翩火速戴上帽子和墨镜，她撑起伞，看了眼留在沙滩上拍照的男男女女，对窦桃道："我回去吃个药，出来忘了。"

说着，她飞快地蹿上观景车，溜走了。

施翩回到房间，吃了抗过敏药，看着床脚整理好的行李箱发呆，一时间不想吃午餐了，想直接回去。

她给于湛冬和窦桃发了条消息，拉着行李箱出门。

房间四面围墙，压得她喘不过气。

楼下，婚宴厅里热闹得非比寻常。

女方家是东川市的名门望族，来了不少本地权贵，圈子里热议的话题说来说去就那么几个，今年却有点不一样的。

起因是新郎周涵的高中同学。

酒桌间有人谈起施家，施文翰今天没到场，礼到了。知情人偶然提起施家小公主回国了，当年高中也是在一中读的。这个话题一开头就止不住，说近来东川的青年才俊们可都蠢蠢欲动，施家在为小公主选相亲对象的事都传开了。

正说着，一群年轻男女进了宴厅，他们都穿着蓝白色的校服，异常显眼。

有人无意间一瞥，酒杯停住，问旁人："那是 Proboto 科技的陈寒丘？他也是男方的同学？"

"真是，平时见不到的人在这儿见到了。"

陈寒丘近年风头虽盛，他本人却低调异常，公司大多数事都由谭融出面，多少人约他约不到。有今天这个机会，这群人精当然不会放过，他干的事业可是全球未来的发展方向。

一眨眼，陈寒丘他们桌便围满了人。窦桃一副见怪不怪的样子，拉着余攀和杨成杰往边上坐，一块儿看热闹。

杨成杰感叹："老大在，别人都看不到我。"

余攀："你站得不够高！"

杨成杰："高处不胜寒，你懂不懂啊？"

余攀得意道："我挺胜寒啊，区区两米一。"

窦桃翻了个大大的白眼。

三人凑在一起嗑瓜子看戏，直到施翮发来短信。

窦桃一愣，盯着屏幕看了一阵，抬头看了眼被人群包围的陈寒丘，忽然起身朝他们走去。

陈寒丘接了不少烟，两杯酒下肚，看起来一时间难以脱身，但这对窦桃来说，只是小场面。

余攀和杨成杰忽然一脸惊恐——她又要来了！

两人不忍直视地别过头——

窦桃高高举起机械臂，灵活地往人群中一伸，漆黑冷酷的仿生臂出现在众人眼前，他们不自觉让开位置，正打算开口询问，忽然，机械骨骼咔咔两声响，机械声停止，手臂顿时无力朝下坠去，哐叽一下，宕机了。

"……"一阵沉默。

有人忍不住问："姑娘，你这是……"

"'骨折'。"窦桃面不改色地说，"老大，给我更新下系统。"

陈寒丘一顿，对众人道："抱歉，我先去处理下。"

"……"这也没人敢拦，人家姑娘都"骨折"了。

窦桃见人群散开，趁机道："我们公司的新科技，今年还在测试阶段，明年将全面进入市场，欢迎各位来Proboto科技咨询。"说着，分发起名片来。

陈寒丘："……"

如果没记错，窦桃是技术部的，不是市场部。

发完名片，两人往宴厅外走。

陈寒丘："你随身带着名片？"

窦桃吐槽道："谭哥每天在群里发短信提醒我，不能错过这么一个扩充市场的大好机会。"

陈寒丘："……"

走出宴厅，僻静处。

陈寒丘停下来，看了眼时间，问："施翮的事？"

除了施翮的事，窦桃不会刻意打断他们。

窦桃直接重启机械臂，几声转动，运转恢复如常。她把短信给陈寒丘看，说："小羽毛说，她不吃饭了直接回去。"

窦桃思来想去，今天施翮的异常一定和陈寒丘有关。昨天那个二十四小时假装情侣，两人不受影响才有鬼，解铃还需系铃人，她打算把问题丢给陈寒丘。

她道："老大，我们认识那么多年了，你从来都是解决问题的人。"

陈寒丘低头看着短信，半晌，抬眼问："她在哪儿？"

景观花园内，施翮躲在阴影下，等着观景车来接，从酒店到码头太久，她不想顶着大太阳走路。

咸湿的海风吹过来，施翮无聊地晃着小腿，从昨晚到现在，她没想好怎么面对陈寒丘。他们之间重新建立的脆弱关系，在昨晚被打破，避而不见的毕业那天发生的事，冷冰冰地在面前展开，谁都逃不过去。

六年了啊，施翮想，原来过去那么久了。

"施翮。"又一次，她听到他喊她的名字。

施翮没抬头，脚尖划着地面的砖纹，问了一句毫不相干的话："你第一次叫我的名字，是什么时候？"

陈寒丘注视着她，她穿着校服，和以前一样。

这个距离，他能看见她鼻尖微湿的汗意，因晒太阳发红的脸颊，浅淡的红色在她脸上很显眼，小巧的鼻尖泛着红，眼尾和脸颊晕染烟霞，像是哭了。

他第一次叫她的名字，也是这样的场景。

那年初夏，他去办公室找熊相国，进门便看到熊相国在和一个女孩子说话，她站在阳光里，漂亮的五官和一头金发，似乎在发光。

熊相国的位置靠窗，他站着没过去。

午后安静，办公室人很少，风扇投入地摇着头，本该认真听老师说话的少女却心不在焉，她在看地上的光影，用脚尖悄悄描摹线条。

雪白的小腿从他眼前晃过，陈寒丘移开视线。

两人的谈话声传到他耳朵里。

"和同学相处得怎么样啊？"熊相国和蔼地问。

由于春游时，施翮表现出中文进步巨大的样子，老师和她交流无障碍了。她道："还不错，就是有一个同学不怎么好相处，他不理我。"

熊相国脸色一肃："是哪个同学？"

施翮："就坐我后面，叫陈寒丘。"

陈寒丘："……"

熊相国："……"

熊相国斟酌着道："这位同学话比较少，性格比较冷淡。"

施翮点头："确实，他还……"

陈寒丘在施翮说出其他话之前，上前打断他们："老师，比赛的报名表我填完了。"

话音落下，两人齐齐朝他看来。

陈寒丘对上那双清透的眼睛，忽然怔住了。她鼻尖红红的，脸颊也是红的，看起来像是哭过了。她刚刚……是哭了吗？

这个想法刚冒出来，他看得更仔细。

她的脖子上有红色的小疹子，一点一点，像是过敏了。

"施翮。"他叫她的名字。

少年干净轻淡的嗓音，像风一样。

"是在办公室看见你过敏那次，我以为……"陈寒丘止住话。

施翮抬头看他："以为什么？"

陈寒丘对上她琥珀色的眼睛，轻声道："以为我不理你，所以你哭了。我在想，是不是对你太不友好。"

闻言，施翮忽然笑了一下："真自恋啊你，不愧是'一中的骄傲'。"

陈寒丘"嗯"了声："当时我很自负。"

说句极自大的话，陈寒丘不知道输是什么滋味。

小到班级学校，大到市里省里乃至全国的比赛，他无往不利。他在期待的目光中长大，永远高昂着头颅，把所有人甩在身后。后来家逢巨变，他依旧挺直背脊。从那以后，投射到他身上的目光中，有了怜悯、同情等复杂情绪，他照单全收。

施翮问："我提的三个要求，应该让你很为难。"

这样孤傲的天之骄子，却要天天来接送她上下学，不能和别的女孩子说话，毕业时需要送她一束花。

陈寒丘抿着唇，唇线渐渐绷直。

半晌，他道："不为难。"

"……是吗？"施翮自嘲一笑。

陈寒丘低下眼，看近在咫尺的她，酸涩感漫上来。他将手插进裤兜，缓缓攥紧了拳。

这阵情绪过于猛烈，他沉默的时间比往常久。

施翮失去了耐心。

这时，酒店管家从室内出来，看了看这对穿着校服的男女，说观景车到了。

施翮直起身，戴上帽子，拉起箱子准备走。

经过陈寒丘时，她余光扫到他清瘦的身形。她克制着移开视线，在两人即将交错的刹那，他忽然抬手，紧紧握住她的手腕。

温热的、握过她的帽子、牵过她指尖的手，他强劲的力道圈着她，不许她再往前走半步。

"施翮。"他哑声喊。

施翮压着翻滚的情绪，抬起冰冷的面庞，不耐烦地看着面前堵着的人，问："有意思吗？有话就说。"

陈寒丘垂着眼，喉间干涩。

半晌，他低声说："我……没送你花。"

施翮怔怔的，手指发麻，一时不知道自己身在何处。

忽然，她鼻尖一酸，内心筑起的防线瞬间全线崩塌，她松开握着行李箱的手，失去力气，蜷成一团蹲在地上。

她的眼泪掉得又快又急，地面顿时湿了一片。

施翮用力咬着唇，不让自己哭出声。

蒙眬的泪水里，她感觉自己的心空了一块，又好像是，她曾留恋的、执着不肯放过的某样东西，终于离她远去。

她想，她的青春终于结束了。

国庆假期后半段，东川开始下雨。

雨淅淅沥沥地下了两天，施富诚也愁了两天，时常唉声叹气，动不动就跑到画室门口，脸贴着门偷听。

这会儿在厨房，施富诚心不在焉地剥着蒜。

于湛冬安慰他："Liz 有灵感的时候经常这样，一年两三次，不频繁。画完就好了。"

施富诚不满道："你不是她爸，你不会懂！"

于湛冬无奈。

页码

三天前，施翮从海岛回来就把自己关进了画室。施富诚第一次遇到这样的情况，急得差点没撬门，后来于湛冬劝住他，让他做点好吃的放在门口，施翮饿了会出来拿，他这才勉强镇定下来。

期间，查令荃来过一次，他没问什么，和于湛冬商讨了画展的事便离开了，说施翮出来再联系他。

除此之外，没人再上门。

施富诚闲不住，剥着蒜还要闲聊，和于湛冬打听施翮之后忙什么。他极少干涉施翮工作上的事，最多问问助理。

于湛冬耐心道："她参加东川十大杰出青年的评选，之后三个月，需要和别人合作完成项目。明年会空闲很多。"

"想起来了。"施富诚想起那晚来他们家的年轻男人，"就住我们对面那个孩子？他也是十大杰出青年？"

于湛冬眨了眨眼，看起来爸爸还不知道 Liz 前男友的事。

于是他点头，没多说。

施富诚琢磨着，这又是邻居，又是高中同学，还一起参加评选，怎么那么不得劲呢。作为一个父亲，第一直觉告诉他，这里面有事不太对劲，但十大杰出青年又不是想上就能上的。

施富诚问："冬冬，小乖说之前去接受采访，稿子登报了吗？"

于湛冬道："登了，查总特地送了一沓报纸过来。"

施富诚："报纸呢？"

于湛冬："……Liz 拿去给呆瓜垫窝了。"

"……"

施富诚瞪着眼，去看阳台上的呆头鹅，不然晚上吃鹅肉算了？

于湛冬笑道："有电子版的，我存了。"

施富诚立即洗干净手，擦得干干净净，找了个角落，一个人小心翼翼地点开施翮的采访稿。

施富诚和姜萱离婚后，施翮跟着妈妈。

这些年，但凡他有空就会飞去看女儿，有时候她被妈妈带在身边，有时候她去了乡下采风，多少有时间合不上的时候。通常他们父女在一起，多是一起看展、逛街之类，很少有深层次的沟通。

施翮十六岁回国，那两年是他最忙的时候，空下来他想接送女儿上下学，增进增进感情，结果女儿说不要，他还郁闷了一阵。

后来他妈告诉他，小乖好像有喜欢的男孩子了。

施富诚大惊，想问又不敢，生怕把女儿气跑了。

所以对这样一个能窥探到女儿内心的机会，施富诚很小心。他点开采访稿，犹豫了一下，问于湛冬："冬冬，我看采访稿小乖不会生气吧？我可以看吗？"

于湛冬温声道："可以，Liz 不在意这些，她很乐意表达自己。"

施富诚转念一想，也是，小乖是个喜怒哀乐都写在脸上的人。

于是，他点开了采访稿。

接下来半小时，于湛冬第一次感受到了老父亲的喜怒无常——

"唉，小乖像妈妈，都喜欢壁画。"

"哎哟，我的乖乖就是厉害。"

"失恋？！"

"整夜都睡不着？还做噩梦？"

施富诚原本坐着，看到这段后，他暴躁地起身，绕着客厅走来走去，抓着头发一脸恼怒，最后掰着手指数她画《星空》的时间，刚好是她高中毕业回欧洲那段时间，那她喜欢的男孩子岂不是高中那个？

"到底是哪个小畜生！"暴躁父亲在线狂怒。

于湛冬："……"他默默煮菜，当自己不存在。

施富诚暴躁了一阵，重重地戳开陈寒丘的采访稿，他倒要看看是不是这个。

十分钟后，老父亲再次暴躁：

"天体物理！他也喜欢天体物理！"

"还有医院那次——"

施富诚止住话，百分百确定陈寒丘就是那个小畜生。他气了一阵，勉强平静下来，顺了顺自己的胸口，喝了杯温水，静了一阵，他再次暴躁。

施翮打开门出来的时候，就见她英俊儒雅的父亲顶着一头抓乱了的头发，快步徘徊在客厅，嘴里喃喃自语："气死我了！气死我了！气死我了！"

她纳闷："爸，你怎么了？"

施富诚一顿，转身僵硬地和一脸古怪的施翮对视一眼，飞快地理顺头发，整理领子，低头退出采访稿页面，一套动作一气呵成。他露出一个笑：

"小乖忙完了？"

施翩："……你没事吧？"

施富诚摆摆手："没事没事，看了个气人的新闻。是不是饿了，饭快好了，先吃点水果。"说着，推着施翩往餐桌边走。

施翩一脸狐疑，频频回头看施富诚。

施富诚无辜地看着她，示意真的没事。

施翩坐下，挺直背脊伸了个长长的懒腰，稍许，懒懒地往桌上一趴，嘟囔道："我终于解放了。"

"画完了？"于湛冬问。

施翩感叹："画得好爽。"

于湛冬弯唇一笑："看来查总这个月都是好心情。"

通常施翩画完画，精神和身体都极其疲惫，会选择一个人睡上一天一夜。她这样神清气爽的状态很少见，一见他就明白，Liz 会又一次轰动艺术圈。同样，查令荃也会赚得盆满钵满。

施富诚藏好情绪，忙着给施翩准备好吃的，天大的事都没有小乖吃饭重要，他暂时把那个小畜生抛到脑后。

下午，天渐渐暗下来，浓云翻滚，下起暴雨。

雨声是天然的白噪音，施翩眯着眼，躺在沙发上犯困，朦朦胧胧间，她听到很轻的脚步声从身边经过，听到湛冬温柔喊呆瓜的声音，还有施富诚自言自语的声音。

渐渐地，她闭上了眼。

再醒来，屋内一片漆黑，只点了一盏小台灯。

施翩打了个哈欠，喊："爸？冬冬？"

施富诚正躲着看采访，闻言忙从角落里钻出来，道："冬冬回去了。晚上想吃点什么？"

"不饿。"施翩蹭了蹭抱枕，不想动。

施富诚在沙发上边坐下，准备和女儿说会儿话。

"小乖，过两天爸爸就回去了。"施富诚犹豫道，"你要是在东川不开心，就回欧洲去，奶奶那里爸爸来搞定。"

施富诚不是粗心的家长，虽然他们相处时间不多，但他了解女儿，知道她更喜欢在自由自在的日子。再加上最近的事，他很担心。

施翮看了眼忧心忡忡的施富诚，问："爸，你从下午开始就很奇怪，你怎么了？冬冬和你说什么啦？"

"没有。"施富诚连忙否认，"他什么都没说。"

施翮眨巴眨巴眼，看着他。

女儿水灵灵的眼睛看着自己，半晌，施富诚老实交代："爸爸看了你的采访稿。"

"嗯？然后呢？"施翮没反应过来。

施富诚叹气："爸爸觉得对你的关心太少了。"

施富诚知道施翮那阵子失眠的事，姜萱告诉他，是因为她刚回去压力太大。他如今才知道她失眠的原因是分手，施翮从没和他提过这方面的事，他也没及时发现女儿的情绪问题，他很愧疚。

施翮坐起身："怎么会，爸爸对我最好了。"

施富诚犹豫了一阵，说："爸爸看到你说刚回欧洲那阵子一直失眠，是因为高中那个男孩子吗？"

"是他。"施翮大方承认，补充道，"就是前阵子来咱们家那个。"

"……"

施富诚倔强地板起脸，偷偷捶了一下坐垫——气死了！还给他送了巧克力！

施翮看她爸隐忍的表情，笑道："爸爸，都多久的事了。我们现在就是普通朋友，你别多想。"

"那你们现在……"施富诚试探着问。

同样的问题，施翮听到过太多次。

自从回到东川，几乎所有知道那段过往的人都这样问过她。似乎陈寒丘在她人生的某一阶段，是极其重要的人。

的确，事实如此。陈寒丘是她青春里，最浅淡，又最浓烈的一笔。

施翮回答过，答案都一样。

都过去了，她早已不介意。

或许是回答的次数多了，或许是因为这几年离东川太远，施翮自己也当了真，以为自己真的早已不介意。

但不是这样，她仍然在意。

施翮想，或许不是因为她还喜欢他，而是因为那段无疾而终的感情，她始终需要一个正式的告别。

那天在海岛上，阳光洒落，耳边是簌簌的风声。

她蹲在地上哭了一阵，他蹲下身来，伸出手，接住她的眼泪。再抬头，她红着眼问："你真的没有喜欢过我吗？"

他垂眼看着她，眼角发红，唇抿得紧紧的。

许久，陈寒丘握着掌心凉凉的泪水，低声说："我说谎了，没说实话。我……只喜欢你。"

施翩吸了吸鼻子，问："当时为什么这么说？"

陈寒丘舔了舔干涩的唇角，喉结滚动，说："施翩，我没有你想的那么好。我是一个普通人，会羡慕，会自卑，会虚荣。"

那时的陈寒丘，只是一个有喜欢的女孩子的普通少年。

有了施翩，他感受到太多从前没有过的情绪。

施翩不相信："你骗人。"

她心里的陈寒丘怎么会羡慕别人，他对未来是那样的笃定，知道以后能拥有什么，他比任何人都清楚。

他坦然面对家庭的困境，依旧做自己。

他那样干净、那样高傲，俗世的目光落在他身上，一尘不染。

这样一个人，怎么会羡慕，怎么会自卑，又怎么会虚荣。

陈寒丘看着她的眼睛，抬起手，缓慢靠近，指腹落在她的眼角，轻轻地为她拭去泪水。

他说："是真的。"

陈寒丘忽然笑了一下："那年七夕，我什么都没给你。别人有的，我的小羽毛都没有。"

不光是七夕，还有节日、生日。他眼前是她灿烂的笑容，身后是被压垮的家庭。

施翩的世界是彩色，他的世界只有黑色。

"我羡慕别人可以肆无忌惮地对你表达爱意。

"我因给不了常人能给的，而自卑。

"但我有你，所以我虚荣。"

他认真说着，字字句句都干涩、艰难。

施翩忍着泪水，看他难过的笑容。

陈寒丘眼睫微颤，收回手，说："他们都嫉妒我，嫉妒我能占有你的视线，占有你的时间，但是……"

他停下来，闭了闭眼，调整呼吸："但是我什么都没有，除了你的喜欢，我什么都没有。施翮，那时的我给不了你未来。"

他可以忍受别人怜悯的眼神，可以忍受他们的议论和唏嘘，但无法忍受这样的事发生在施翮身上。

施翮盯着他，安静地听完所有的话。最后她说："陈寒丘，你看起来快要哭了。"

陈寒丘哑声道："抱歉，是我的错。"

施翮擦干净眼泪，问他："你确定吗？是因为这个原因。"

她并不能完全相信他说的话，她不相信他会羡慕别人，不相信他因此自卑，更不相信他的虚荣。

陈寒丘攥紧了手，重复道："是真的。"

施翮整理好情绪，对他说："六年前的事，到此为止，以前的一切一笔勾销。以后，如果你愿意，我们可以当普通朋友。"

时至今日，她终于给那段时光画上了句号。

说完，施翮和他擦肩而过。

施翮回过神，对施富诚笑了一下："爸爸，我以后会好好睡觉，不让你担心。"

施富诚看着女儿漂亮的笑脸，只觉得心酸。他说："你难过的时候爸爸不在你身边，爸爸很差劲。"

施翮不在意地摆摆手："我身边的人太多了，朋友、同学、查总和冬冬，还有我妈。那阵子她带了十几个大帅哥来看我，个个都能去当男模！"

施富诚："……"

听起来他在与不在，确实没差别，老父亲更伤心了。

这一晚，施翮早早进了房间，舒服地泡了个澡，扑到床上闭眼就睡着了。再醒来，她一看窗外，天还黑着。

施翮觉得自己精力充沛，纳闷地想只睡了几小时？这不太可能吧。

她起床去外面找人，门刚打开，客厅里相对而坐的三个男人健步如飞地闪现到她面前。

施翮："……你们干吗呢？"

于湛冬和施富诚就算了，查令荃居然也在，这场面看起来非常吓人。

施富诚一脸担忧地问："小乖，你睡了一天一夜，这都第二天了，没事吧？"

这一天，施富诚偷偷摸摸地进她房间好几次，一会儿摸她的额头，一会儿把手在她鼻子下感受呼吸，就差没拿个心电图机来，恨不得二十四小时监测。

施翩恍然，原来是第二天了。她懒洋洋道："没事，就是饿了。"

施富诚和于湛冬立刻去厨房给她准备晚餐。至于查令荃，他的手可比她还精贵，必然不可能下厨。

查令荃上下打量她一番，问："画呢？"

施翩恨恨道："……你没有心！"

这么久没见，她累得都醒不来，这人见了她第一句话居然是看画，这十几年的感情犹如幻影。

查令荃催她："看完我就有了。"

施翩："……"

没有施翩的同意，他们进不了画室。查令荃从知道她画完就心痒痒，耐着性子从清晨等到黑夜，他没进去把她叫醒就不错了。

施翩去喝了口水，领着人往画室走。她轻咳一声："之前的主题被我推翻了，这幅是即兴发挥，就……你懂吧？反正我很满意。"

查令荃瞥她一眼："除了《星空》，哪次不是即兴发挥？"

施翩瞪他："你注意点！得罪了我谁给你挣钱？"

查令荃凉凉道："不瞒你说，我最近研究了一下那位'东川小凡高'的画，得出一个结论。"

施翩："……他的画卖多少钱？"难不成还能比她的贵？

查令荃没理她这话，直接道："他在模仿你。"

施翩满头问号："他不是印象主义吗？"

查令荃言简意赅："他在把你的画具象化。"

印象派，简单来说，是利用光与影，真实地再现印象。

抽象派，是具象的相对概念，抽离客观性的表达，是反叛的、无秩序的、超脱虚无的。

所以施翩和高凡两人的画，连相似都谈不上。

施翩艰难地理解了一下："比如我画抽象的星空，他就画具象的星空？"

查令荃："差不多，他很爱脑补，画了一些你画里根本不存在的东西。你的仲夏夜，他画了一对男女。"

施翩垮下脸，面无表情道："你侮辱我！"

查令荃一笑："我可没有。这顶多说主题相似，只要你不在意，他掀不起风浪来。"

施翩不在意道："无所谓，等他转流派再说。"

施翩打开画室的门，东川繁华的夜景映入眼帘，巨大的落地窗中央，静立着一幅画。

查令荃停下脚步，目露惊讶。

画布上，线条构成的"树"无花也无叶，自顾自倔强生长、成林。这荒芜又丰饶的林中影影绰绰，有巨大的生物经过。像是一条不该在陆地出现的鱼，仿佛不该在现实冒头的自我，庞大、孤独又脆弱。

查令荃注视着这幅画，久久不语。

施翩一瞧就知道他入迷了，得意一笑，美滋滋地去餐厅吃饭，顺便吹了声口哨——不愧是我。

查令荃再出现在她眼前，是半小时后。他看着鼓着腮帮子吃得起劲的施翩，问："这幅画叫什么名字？"

施翩含糊道："还没想。"

查令荃："现在想。"

施富诚不满道："小查，让小乖先吃饭。"

查令荃："……"

他眼角微抽，这世界上没有人叫他"小查"，就像这世界上也没有人叫 Liz"小乖"。

施翩想早点把查令荃打发走，随口道："一条鱼走过森林？"

查令荃："画我带走了。"

施翩大喜："冬冬，快送送查总！"

查令荃瞥她一眼："好好完成评选项目。"

施翩捂住耳朵，不听他念叨。

于湛冬无奈地看他们一眼，叹气，每次见面都吵架。

查令荃这次带走了于湛冬，这阵子忙画展，他把人拎去帮忙，毕竟这位祖宗不管事，只管画。

晚上七点，施翩缩在沙发上看电视，时不时戳水果吃。

施富诚忙完出来，好说歹说，拉着她出门散步，说闷了这么久人都要闷坏了。

老父亲一片心意，施翩不忍辜负，她拖着一身懒骨头，随便扯了件外套出门。这两天东川下完雨，天气转凉，晚上已有凉意。

小区静谧明亮，夜空清澈。

施翩走走停停，偶尔抬眼看一眼天。

施富诚慢吞吞地跟在她身后唠叨："你奶奶说应该让你养条狗，每天出门遛遛，她就放心多了。"

施翩不愿意："麻烦，我懒死了。"

"小狗多可爱呀。"施富诚装了装可爱，"每天汪汪叫，甩着尾巴来找你。"

施翩眨眨眼："咦，冬冬穿个大尾巴衣服一定很可爱！"

施富诚："……"

他脑子里忍不住浮现于湛冬长着狗耳朵的模样，这么温驯的大狗狗，长着一头金发，再摇起尾巴来……

好像是挺可爱的？但是哪里不对劲。

这么一打岔，施富诚满脑子都是古怪的场面，一时间也不想提狗了，又说起明天天气晴，要晒晒被子的事。

父女俩绕着小区外的马路走了一圈，去了趟水果店，再慢慢悠悠地逛回来，时不时说几句话，还挺惬意。

晚风清凉，施翩舒服地吸了口气。雨后的味道总是很好闻，她喜欢下雨天。这时候的东川稍稍变得可爱了点。

快走到小区，街道的热闹声渐渐远去，路边的香樟晃着树影。

施翩听施富诚说着这两年东川的发展，视线到处乱晃，忽然，她看见一个身影。

夜色下，面容不清的中年男人坐在台阶上，望着不远处繁华的街道，似在出神。

他穿着一件满是褶皱的外套，裤腿卷起毛边，鞋子是某个品牌的新款，价格昂贵，身边大包小包一堆，装着新鲜的瓜果蔬菜。

施翩想了想，问她爸："爸，我们出来的时候这人在吗？"

施富诚肯定道："在。"

这中年男人手边的菜一看就是自家种的，新鲜得很。

施富诚有一块小菜地，有空就捣鼓这些，但没人家种的菜好，他看见了就多瞧了一眼。

施翩没多想，从中年男人身边经过，近处路灯的光照下来，照亮对方的面庞，熟悉的面容让她倏地停下脚步。

"小乖，怎么了？"施富诚问。

施翩顿了下，说："爸，你站这儿等我一会儿。"

她说完，快步走向门卫处。她敲了敲窗，指着中年男人的方向问门卫："他什么时候来的？怎么不让他进去？"

门卫瞧了一眼，忙道："他没卡，说儿子在工作，不想打扰儿子。坐这儿等一天了。"

施翩皱眉："你没联系他儿子？"

"……他不让我们联系。"

施翩抿了下唇，道："是我叔叔，以后直接让他进去。"

门卫忙记下来。

施翩垂下眼，边往中年男人那边走，边给陈寒丘发了一条短信：

"你爸在我家。"

Proboto 科技，技术部。

谭融提着外卖上来，抱怨道："假期还没结束，你一个人跑公司来加班，这像话吗？"

"别吵。"冷淡的男声，听得人想揍人。

阮梦雪一把拉过谭融："一会儿再说。"

今晚说来也是巧合，阮梦雪经过公司，顺道上楼拿份文件，拿完准备离开，发现技术部亮着灯。她吓了一跳，以为进了贼，通知保安才知道，是陈寒丘。保安说，陈寒丘这几天都在这里。

阮梦雪听着不对，通知了谭融。

谭融在外面牌局刚起了个头，他原本不想管，可坐立难安，牌根本没法儿打，只能骂骂咧咧地开车回公司。到了公司，谭融没去技术部，先去了陈寒丘的办公室，进了里面的休息室看了一眼就知道，陈寒丘这几天都住在这里，没回家，一看就是又和他自己闹别扭了。

于是，两人去技术部找人。

陈寒丘看到他们一点反应没有，只看他们一眼，继续敲键盘，丢下一句："有事就说。"

谭融当场就骂人了。

然后……他点了外卖，苦巴巴地陪陈寒丘加班。

部门没亮灯，光线昏暗，只有这个小角落开着灯。

陈寒丘独自坐在角落，他们俩占着圆桌和小沙发，打开外卖，别说，味道挺香。

夜色透过玻璃照进来，阮梦雪看了眼喧闹明亮的街道，问："当初怎么选十一层？明明楼上风景更好，他们都羡慕二十二层的同事。"

Proboto科技办公区只有两层，十一层是日常办公的区域，二十二层用来存放服务器。

谭融没好气道："这人像是中了什么魔咒，考试要第一，比赛要第一，干什么都要第一。"

阮梦雪迟疑道："这是想要就能做到的吗？"

"反正他有病，就是喜欢数字'1'。"谭融恨恨地捏住一只小龙虾，"当年，我们去外面租房子，可把我气坏了。"

当时，陈寒丘三人在国外上学。他们都是普通家庭出身的孩子，每年生活费需要自己解决，更不提他们把钱都砸进了项目里。

学校宿舍太贵，他们去外面找房子，顶着烈日跑了几天，终于在一个不那么乱的街区找到了房子，十几平方米，卫生间在外面，周围还算太平，帮派、抢劫之类的少。

两间房，一样的条件，一个街头一个街尾，租金差一百刀。

傻子都知道选哪个。

谭融气道："从来不犯浑的人，那时候不说话。"

阮梦雪睁大眼："他想选贵的？"

谭融故意提高声音："那个门牌带'1'！"

阮梦雪："……最后不会选了贵的？"

"这倒没有，"谭融想起过往，感叹道，"因为那时候实在没钱不能任性，他才闷闷地作罢。所以选办公楼的时候就随他去了。"

阮梦雪："十一层也不错，电梯坏了没有爬十二楼那么累。"

他们聊了一阵，键盘声渐渐停了。

谭融转头去看，陈寒丘闭着眼，半躺在沙发上，状态疲惫又颓废，隐隐可见下巴上的青色胡茬。

笔记本电脑被他丢在一旁。

谭融捧着饭碗，往陈寒丘边上凑，幸灾乐祸道："同学会不开心啊？哪位有那么大能耐，把你弄成这样？"

嘴里问是哪位，其实他们都知道。

除了施翩，谁能把陈寒丘变成这副鬼模样。

陈寒丘揉了揉眉心，起身看了他一眼，嗓音沙哑："我去睡一会儿，剩下几行你写完再走。"

谭融："你疯了？又几天没睡？"

阮梦雪看谭融着急上火的模样，忙道："先让老大睡会儿，我陪你加班行吧？"

谭融气得话都说不出来，这又不是刚创业那会儿，还这么糟践自己的身体。

陈寒丘走出几步，手机振动了一下。

他垂眸不经心地扫了一眼，忽然停住脚步，定定地站在原地，屏幕的冷光映照着他淡漠的脸。

看清内容后，他的脸上有了情绪变化。

"你的车呢？"陈寒丘转身问谭融，"钥匙给我。"

谭融瞧着陈寒丘黢黑的眼珠子，问："你干什么去？"

陈寒丘："回家。"

这两个字一出来，谭融心甘情愿地交出钥匙。把钥匙给陈寒丘之前，他疑心道："你确定今晚老实在家待着睡觉？"

陈寒丘低"嗯"了声，接过钥匙就走。

谭融对着他的背影喊："你小心点！我新买的跑车！"

海上花境，1101室。

陈兴远有些局促地捧着水杯，时不时抬头看一眼施翩。

他很久没见到这个女孩子了，她和他说话的时候，他没能马上认出来。后来她喊他陈叔叔，说她是施翩。

陈兴远记得施翮，她以前来过他们家几次。

陈兴远曾想问陈寒丘，这是不是他喜欢的女孩子。但陈寒丘背对着他，站在房门口，注视着自己窄小、陈旧的房间。

那样耀眼的女孩子和这样的地方格格不入。

于是，陈兴远懂了，没有再问。

后来，陈寒丘高中毕业，他再没见过那个笑起来很漂亮的女孩，他也没问儿子。没想到会在这里再相见。

一杯水过半，陈兴远不安道："他工作忙，是我不想打扰他。"

施翮道："现在是假期，不会有什么大事。下次您来，直接进来就行，我和门卫说了。"

陈兴远："给你添麻烦了。"

"不麻烦。"

施翮看陈兴远欲言又止的神色，轻声说："叔叔，我现在和他在合作项目，他挺好的，偶尔才加班，经常回来住。我们同学还在他家聚会，他做饭给我们吃，特别好吃。"

随着她的话，拘谨的中年男人渐渐放松下来。

陈兴远笑道："他从小做什么都利索，学习也好，生活也好，从来不让我们操心。现在日子比以前好，但我总放心不下，你说挺好，那我就放心了。"

施翮一想就知道，陈寒丘那个闷葫芦性子，对家里一定是报喜不报忧，他爸会担心很正常。

话说到这里，一直没吭声的施富诚忽然阴阳怪气道："他这个年纪了，得找个女朋友管管。你在老家也就不用操心了，回头催催他去。"

施翮："……"她头疼，这小老头还挺记仇。

陈兴远叹气："他小时候就有主见，我们说了没用，而且现在年纪还小，忙事业重要。"

施富诚哼道："我们家小乖都在相亲了。"

陈兴远一愣，问施翮："现在你们年轻人不排斥相亲吗？"

施翮实话实说："我还行，前阵子相亲多交了个朋友，感觉还不错。这事看运气。"

陈兴远琢磨了一下，决定回去试探一下陈寒丘。

两人聊了一阵，施富诚端着果盘过来，他在陈兴远对面坐下，开口就说："你家这孩子性格太冷，可不能找性格太乖的姑娘，姑娘一定受委屈。"

施翩戳了戳她爸的后背，示意他少说点。

陈兴远面带忧虑："我和他妈话也不多，他小时候……"对上施富诚的脸，他忽然愣住了。

施富诚滔滔不绝地说着话，没发现陈兴远的停顿。

陈兴远擦了擦眼睛，仔细看施富诚的脸，等看清楚了，他放下水杯，不安地捏了捏拳，反复几次。

施翩注意到陈兴远不自在的模样，捏了下施富诚。

施富诚轻轻咳了一声："这孩子也不错，年纪轻轻的，在专业领域那么优秀。一个人在东川打拼不容易。"

陈兴远勉强笑了一下。

正尴尬着，门铃响了，施翩按住施富诚，起身去开门。

门打开，施翩忍不住道："你怎么回事，门卫说你爸在门口等一天了，假期往公司跑什么……"

她抬起头，怔了一下。

陈寒丘低着眼，眼下青黑很明显，神情憔悴，看起来像是几天几夜没睡。他盯着她，一时间没说话。

施翩侧开身，自然地问："进来坐会儿？"

陈寒丘喉结滑动了一下，视线落在门口大包小包的菜上，低声道："不用了，先带他回家。"

施翩想起他爸身上的旧衣服，说："教你一招，你给你爸买衣服的时候，就说那些衣服裤子和你们公司有合作，穿着就是宣传了。回头我给你带几件，有个品牌方和我有合作。"

施翩这几年到处采风，时间久了，她渐渐知道怎么应对各种人，但她懒，多数时候不肯花心思。

陈寒丘看着她的眼睛，听她的语气。以前的躲闪和别扭不见了，她像对待朋友一样对待他，他们两人之间的往事似乎就此消散。

他们是朋友了。

陈寒丘嗓音干涩："谢谢。"

施翩摆摆手："不用，举手之劳。"

说话间，陈兴远出来了，他看到陈寒丘，话咽了下去，对施翩道："今晚谢谢你，给你和你爸爸添麻烦了。"

施翩弯唇一笑："不麻烦。"

回到 1102 室，陈寒丘将大包小包拎去厨房，放进冰箱里。

圆圆熟练地替他招待陈兴远，它开心道："陈爸爸，你六个月没来看我，我很想你。"

陈兴远蹲下身，摸摸圆圆的脑袋，他小声问："陈寒丘怎么样？"

机器人不会说谎，但会为难。圆圆往陈寒丘的方向看了一眼，又看向陈爸爸，说："他最近很开心。"

这是实话，陈寒丘和喜欢的女孩子在一起，很开心。

圆圆没有说谎。

陈兴远松了口气，都说他好，那应该不差。

陈寒丘泡了茶过来，轻声道："爸，下次来给我打个电话，我去接您。您吃饭了吗？"

"吃了。"陈兴远仔细打量着儿子，"看着脸色不好，这几天工作忙？"

陈寒丘："忙完了，本来就准备回家。"

三两句话说完，父子俩相顾无言。两人都不是话多的性子，从前陈寒丘母亲在时，情况好一点。后来母亲去世，陈寒丘去了国外读书，两人的联系仅限于短信电话，时间久了，父子见面也不知道聊什么。

陈兴远喝了口茶，说起国庆喝喜酒的事。

他道："你几个堂哥都结婚了，我去吃席的时候都问起我，问你怎么样，有没有谈对象，我说你工作忙。你表姐过阵子要生了，说想让你来取名字，以后像你一样有出息……"

陈兴远絮絮叨叨地说着家庭琐事。当年陈寒丘母亲生病，他们家亲戚都尽力借了钱给他们，虽然这些钱早已还清，但恩情难忘。

陈寒丘静静听完，说："我准备钱，您帮我给表姐。"

陈兴远看他一眼，叹气："这哪是钱的事，你这些年给的钱，爸这一辈子都用不完，给你存着呢。爸就是担心你一个人。"

他想起施翩，忍不住问："对面那个小姑娘，你们现在……"

陈寒丘低着头，视线落在淡色的地板上。

他缓慢收拢拳，不敢用力，小心翼翼地弯起弧度，似乎掌心还留着她的泪水，可握紧，手中空空如也。

那双星球般绚烂的眼睛中，也再无爱意和欢喜。

"我们是朋友。"他低声说。

陈兴远看不清他的神色，松了口气，温声道："她这个年纪都在相亲了，你现在身边有合适的女孩子吗？"

陈寒丘垂眼："工作太忙，没时间。"

陈兴远仔细琢磨着这话，是说没时间，不是说没兴趣，那说不定还是有这样的想法。

"你休息会儿。"陈兴远脱下外套，起身往厨房去，"爸给你做点东西放冰箱，你忙你的，别跟过来。"

厨房里，陈兴远穿上围裙，打开冰箱看了眼，挑挑拣拣准备开始忙碌。圆圆贴心地为他播放节目，两人顺道聊着天，慢慢地，他露出个笑来，时不时摸摸小机器人的脑袋。

陈寒丘远远看着，舒了口气，他揉揉眉心，往浴室去。

陈寒丘从浴室出来，随意擦着湿发，经过沙发时看了眼陈兴远的外套，多年前的衣服了，扣子缝缝补补，他爸舍不得丢。这两年买的新衣服就没见他爸穿过，这双新鞋还是前阵子鞋破了，再加上去喝喜酒他爸才肯穿。

陈寒丘收起外套，去房间拿了几个购物袋出来，自然道："爸，您的外套我收起来了。合作方送了几件衣服裤子给我，您带回去穿。"

陈兴远一愣，问："送的？"

陈寒丘"嗯"了声："穿着也算宣传我们公司了。

闻言，陈兴远忙不迭地点头："知道了，回去天天穿着。现在合作方还送衣服啊？你有吗？"

"有。"陈寒丘道，"我们公司的都有。"

"那就好，那就好。"

两人在厨房说了会儿话，气氛渐渐没有那么冷。

陈寒丘看了眼时间，道："爸，我出去一趟，半小时就回来。"

"去吧去吧，不用管我。"他摆摆手。

陈寒丘刚打开门，便听到对面的开门声，他一顿。

施翮开门出来，她穿着薄薄的白色针织短外套，里面一件绿色吊带，下面是宽松的裤子。很舒服的穿着，像在春天。

"你也出去啊？"她看他一眼，随口问。

陈寒丘："嗯，去买点水果。"

施翩："我也是，一块儿去？顺便和你说说项目的事。"

两人一块儿进了电梯。

封闭的空间内，女孩子的香味很明显。

陈寒丘垂着眼，嗅到她的味道，辛辣的香料中有清澈的梵香，中调是柔软的雪松味。他不敢用力呼吸。

"对了，上回的香水你让谁买的？"施翩拨着长发，闻到自己的香味，顺口问了一句。

陈寒丘抬眼看向电梯门："……一个朋友。"

门上倒映着她的身影，和他隔着不远不近的距离。

施翩"哇"了声："你朋友挺厉害啊，那香水我都没买到。他能弄到很多绝版香水？"

陈寒丘："我把他推给你。"

施翩满意地点点头，这人现在还挺上道，果然换了个心态，再看他就顺眼多了。

电梯到达一楼，门打开。

陈寒丘往前走了一小步，抬手挡住门，漆黑的眼看向施翩。

施翩眨眨眼，夸赞道："照这个水平，你以后不愁找不到女朋友。在我家你爸还担心呢，说你工作忙，成天不回家。"

陈寒丘攥了下拳，低声道："没不回家。"

施翩瞥了他一眼，没继续这个话题。

她慢悠悠地走在风里，凉夜让她觉得舒服，她深深吸了口气，走了几步，转身和陈寒丘面对面，倒着走。

"大纪事我选得差不多了。"施翩说起项目的事，"想明天去实地看看，多问几个人。"

陈寒丘看着夜色中的施翩，风吹起她的长发，她随手拨下沾到脸颊的发丝，回头看一眼路，继续和他说话。

她明亮的眼睛看着他，毫无痕迹。

陈寒丘轻点头，道："我和你一起去，明天先去看实地搭建。"

施翮问："你不忙啊？看起来几天没睡。"

陈寒丘："忙完了，你睡得好吗？"她看起来很好，漂亮又精神。

施翮舒服地喟叹："睡得不能再好了，就那种几年的包袱忽然卸下了的感觉，浑身轻得能飞起来。"

陈寒丘一顿，哑声道："抱歉。"

施翮侧头看向远方的夜色，道："不怪你，我也在逃避，不敢面对。如果早点问你，或许会不一样。"

她没再提起这事，继续说壁画主题。

陈寒丘配合着她的脚步，视线落在前方。

快走到一个拐角，施翮说到重要处，一时忘了看路，忽然，边上横蹿出一个穿着旱冰鞋的小孩儿。

"啊啊啊，让让！让让！"小孩儿一急，没刹住车。

眼看要撞到施翮身上，她没来得及躲，手腕忽然被攥住，男人温热的体温贴上她的肌肤，不轻不重的力道挡住她，用力一带，她倏地撞入他的胸膛，清冽的香皂味钻入她的鼻尖。

施翮有瞬间的晃神，他和她记忆中的少年不太一样。

他长高、长大了，胸膛变得更宽阔、结实，这六年中他在她看不见的地方生长着，从以前的穷小子到现在的东川红人。

可又似乎，什么都没有变。

陈寒丘护住施翮，将她完全笼罩在怀里。

小孩儿松了一口气，飞快地滑过，回头冲他们大喊："对不住姐姐！你男朋友够酷！"说着，笑着滑走了。

陈寒丘皱了下眉，低头看她："撞到没？"

施翮捂着额头从他胸前抬起头，心说怎么这么结实，平时倒是看不出来，那么清瘦一个人。她摇摇头："没有，你呢？"

陈寒丘："没事。"

他垂下眼，她并不在意别人的话。

施翮看了眼手腕上他的手，轻轻一挣，从他掌心挣脱，不再倒着走，老老实实地认真走路。

接下来一路没再出岔子。

施翮和陈寒丘各自买完水果，一路安静无言地走回家，进入电梯，等数字缓慢跳到"11"。

时间似乎变得特别慢，狭窄的空间很安静。

施翩深觉今晚他们的相处很自然，像朋友，没有亲密朋友那么近，也没有陌生人那么生疏。作为邻居，这样的距离还不错。

等快到十一楼，施翩轻轻咳了一声，道："我拿吧。"

这一路，她的水果也在他手上拎着，这时候看起来像是"人质"。

陈寒丘看她一眼："不用，到了。"

话音落下，"叮"的一声响，电梯门打开。

陈寒丘抬手挡住门，照旧让她先出去。

施翩走出电梯，想起采风的事，顺口问："明天几点出门？我最近有时间。"

"早上有个会，九点半我来接你。"陈寒丘道。

施翩点点头，嘀咕道："我抽空去把驾照换了，采风方便一点，去你公司看场地也方便。"

陈寒丘把水果递给她。

施翩接过来，语气自然地和他道谢告别。

陈寒丘立在原地，捂住发闷的胸口，静静站了片刻，转身回家。

刚打开门，听到他爸和圆圆的聊天对话。

陈兴远悄声问："圆圆，寒丘有没有带女孩子回过家？"

圆圆认真思索，回答："两个女孩，一起。"

"一起？一起干什么？"他大惊。

圆圆小声道："不能说。"

陈兴远："……"

他手里的面团，掉在了盆里。

长假结束，打工人们迎来了痛苦的开工周。

早上六点半，陈寒丘准时走出房门。走到客厅，本该在休眠的圆圆正忙碌地指挥着001号扫地机器人，顺便和陈兴远说："001号没有隔壁的克利切勤快！"

陈寒丘眉心一跳。

"圆圆。"陈寒丘在它说出一些奇怪的话之前，及时打住，"给公司全体员工发信息，通知他们八点开会。"

圆圆欣然同意，它最喜欢发号施令。

厨房里，陈兴远朝外喊："寒丘你坐会儿，马上吃饭。"

陈寒丘解开衬衫扣子，撩到手肘处，边走边道："爸，我来吧，您帮我去看看门口的小树，几天没浇水了。"

陈兴远怎么会拒绝儿子的要求，立即出去瞧了。

陈兴远在乡下成天照看蔬菜、小羊，看一棵小树对他来说轻轻松松。他蹲在门口，拎着花洒浇水，仔细观察土壤和小树每一片叶子的情况，看到一片黄叶，便肃起脸，一脸认真。

忽然，对面1101室的门打开。

施富诚从里面出来，看到陈兴远也不意外，客气地招呼道："早上好，我急着去上班，先走了。"

陈兴远愣了一下，一时间忘了动作，他张了张唇，复杂的情绪涌上来，堵住嗓子眼。不过几秒的犹豫，施富诚已进了电梯。

电梯门关上，陈兴远慢慢起身，握紧了花洒。

不一会儿，门从里面打开。

"爸，吃饭了。"陈寒丘看见陈兴远的神色，顿了一下，他很少看见他爸这样失魂落魄的模样。

他定下心神，问："爸，怎么了？"

陈兴远猛然回神，勉强对他笑了一下："没事，去吃饭。"

这天一早，陈寒丘提前半小时到公司，刚进办公室，看见坐在沙发上的谭融。

谭融顶着一头乱糟糟的发，哀怨地看过来："陈寒丘，你哪儿不对劲？"

陈寒丘："怎么了？"

谭融控诉道："以前都是九点半开会，今天吃错药了？"

陈寒丘："长假结束，早起一天不算过分。"

"放屁！"谭融气得捶沙发，"我昨天还陪你加班！你这人不用睡觉啊？这样下去小心肾虚！"

陈寒丘淡淡扫了谭融一眼，道："我上午还有事，今天不在公司。"

谭融道："你打算早起奴役完我们，自己走人了？"

陈寒丘走到落地窗前，低眼看着底下搭建的布景，道："如果我记得没错，是你把我名字报上去的。"

谭融："……"想起来了，还有个评选项目。

谭融凑到窗前往下看，忽然一笑："我说你去干什么，工作狂还知道翘班了。原来和大画家去忙啊？"

陈寒丘双手插兜，冷冷道："这阵子我不会常在公司，伴侣型机器人的推出全权交给你。"

谭融："什么？"

他顿时睡意全无："我就说了你一句！"

陈寒丘面无表情地理正领带，淡声道："开会。"

谭融："……"

他亦步亦趋地跟上去，企图为自己说话，争取一线生机："我就说了一句大画家，夸她呢，没别的意思。欸，陈寒丘，你理理我，你走慢点，陈寒丘！"

陈寒丘留给他一个冷漠的背影。

施翩一觉睡到自然醒，在大床上舒服地伸展四肢，伸了个长长的懒腰。

自从回了东川就没睡得那么好过，这两天她心情极好。在床上打了个几个滚，施翩看床头柜边上的时钟显示——9:37。

昨天晚上，她和陈寒丘似乎约了早上九点半……

施翩盯着时间看了几秒，噌地坐起身，惊觉自己睡过头了。太久没睡好，已经忘了正常作息的感觉，连闹钟都忘了设。

施翩急匆匆地下床，边往浴室跑，边给陈寒丘发了条微信"你在哪儿"，跑得磕磕绊绊，差点一头撞到门上。

过了两分钟，他回复："堵在路上。"

施翩快速洗漱完，匆忙挑了条长裙，拎着包往外跑。她喘着气跑到小区门口，陈寒丘的车刚好到。

车刚停下，施翩往里车钻，她跑得急，连帽子都忘了戴。

陈寒丘侧头看她气喘吁吁的模样，拎过后座的牛奶和面包，道："先吃点，不用急。"

"谢了啊。"施翩没客气，她饿了。

陈寒丘移开视线，缓缓启动车。他还没习惯，听她说谢谢。

如果是从前，他给施翩带牛奶，她只会用狐疑的眼神看着他，围着他打量几圈，再凶巴巴地问："你哪儿来的牛奶？别人送的？"

他不说话，她便跳到他的背上，捏着他的耳朵问个没完。最后，他只好说，是比赛送的牛奶。

车驶离门口，两个保安看着远去的车聊天。

"这车在这儿转几圈了？"

"少说有个五六圈。"

"行了，别看了，活该人家有女朋友。"

车上，施翮慢吞吞地啃着吐司，分出心神看了陈寒丘一眼。

他是从公司赶回来的，西装革履的模样难得一见。

黑色西装外套挺括干净，里面是马甲和白色衬衫，领结打得一丝不苟，衬得他疏冷的气质更有距离感。

他冷白修长的手指握着方向盘，像画上的线条。

施翮瞧着，啃了两片吐司垫肚子，用湿纸巾擦干净手，翻下前座镜子，给自己涂防晒。

这两天天气不错，都是晴天，最坏的天气都在假期里了。

施翮美滋滋地照了会儿镜子，涂了个蓝调的口红，再描上眉毛，这就是她对目前的工作所有的尊重了。

"魏子灏他们组打算做什么？"她忙完，顺便和陈寒丘聊天。

陈寒丘："没问，他应该不会告诉我。"

施翮恍然，差点把他们有仇的事忘了。她想了想："我去问问。好一阵没和他说话了，也不知道这人忙什么。"

陈寒丘："他那么大的公司，上班第一天肯定很忙，打过去应该是秘书接。"

施翮咬着吸管喝了口牛奶，一想也是，他们可都是大忙人。那她边上这个大忙人怎么有时间？

"你真不忙啊？"她问。

陈寒丘"嗯"了声："假期加班做完了。"

施翮："……"就不该问工作狂这种问题。

半小时左右，两人到达 Proboto 科技楼下。

施翮下车，仰头看了眼黑色冷酷的高大建筑，感叹道："陈寒丘，要是这一幢都是你的，你就发了。"

陈寒丘抬头看着这幢楼，估算了高度和面积，加上地段和租金，他初步给出一个时间："五年。"

施翩听得一愣，茫然地看向他。几秒后，她忽然扑哧笑出声，笑道："我随口一说。"

陈寒丘低着眼，看她的笑颜，没说话。她会对他笑了，时隔六年。

施翩忍不住叹气，这人以前就这样，经常把她开玩笑的话当真。那时候怪可爱的，现在……好像也挺可爱的。

都怪他长了这么一张脸。她想。

"景搭在哪儿？"施翩笑意未敛，踮起脚东张西望。

陈寒丘指着大楼转角处："那里场地大，我租了三个月，外面暂时用布遮住了。"

施翩扫了眼周围热闹的商铺，问他："这儿这么多餐厅，你们公司食堂吃的人多吗？饭菜味道怎么样？"

陈寒丘："挺多，他们不想下楼，不想走动。"

Proboto科技的食堂在业内很出名，全人工智能点菜上菜，单人单座，不用排队，不用和任何人交流，简直是"社畜"的天堂。机械化的冷酷感高级极了，还有人特地找朋友来打卡。

施翩听了心动无比："我们中午能去你食堂吃饭吗？"

陈寒丘："当然，随时。"

说着话，他们走过拐角。宽敞的小广场上被巨大的临时布景占据，视野狭窄，遮光的布挡住建筑轮廓，难以看出里面是什么。

施翩问："怎么用布挡着？"

陈寒丘自然地应："你没画完前，不喜欢别人看。"

施翩微怔。

这是她画画的习惯，从许多年前开始就是这样，一直没有改。

"要参加比赛，我可以适应。"施翩理性分析，"让路人一天天感受到画作变化，参与度和吸引力会更高。"

施翩能想到，陈寒丘当然不会想不到。

她用余光看了眼身侧的陈寒丘，他一手搭着西装外套，一手插兜，目光平静地看着眼前的场景，不知道在想些什么。

陈寒丘思量片刻，道："我去联系谢芜。"

施翩很快反应过来："让她全程采访，加上拍摄记录？"

陈寒丘："不但我们组，其他组也可以进行。整合做成东川宣传片，代表城市新风貌。"

施翮忍不住感慨，不愧是东川的杰出青年，不但把他们自己的事安排好了，还想好了怎么宣传东川。

陈寒丘是执行力很强的人，施翮钻进布景看进度的时候，他已经联系上谢芜，简单说了自己的想法。谢芜听了这个提议很心动，电话里两人没多说，准备约个时间见面谈。

挂了电话，陈寒丘抬手掀开遮光布，进了场地。

入眼便是模拟墙体。近三乘三的长方体画布从地面凌空而起，四个模拟墙体四处分散，工人们在做最后的加固。

场地最上方，白色的帘子像飞鱼一样在风中晃动。

陈寒丘抬眼看去，施翮站在角落里，仰着脸，认真看着上方白色的遮光帘，过滤后的光照下来，没那么强烈。

注意到他的视线，她看过来，朝他招手："陈寒丘，你过来一下。"

陈寒丘走过去，看了眼帘子，问："在看什么？"

施翮指着上方问："这个遮光帘一直在吗？会不会影响到我们的光影计算？"

"不会。"陈寒丘简单解释了句，"等你画完就拆掉。"

施翮一愣，下意识问："那现在搭这个帘子干什么？"

刚问完，她就知道答案了，只能是因为她紫外线过敏，还能因为什么。

"……你真细心。"施翮轻咳一声，往画布处走，"我去摸摸画布。"

陈寒丘跟在她身后，不紧不慢地往画布处走。

走得近了，施翮直接摸上画布材质，入手是粗糙感，心里大概有数。室外壁画的创作考虑到环境和时间，丙烯颜料是首选。

施翮仔细看了两圈，提了几点，陈寒丘一一应下，直接招来负责人改。

时间一分一秒地过去，转眼到了中午。

陈寒丘看了眼腕表，给负责人转了笔钱，让他请工人们吃个午饭，负责人立即眉开眼笑。

施翮在一旁瞧着，啧啧称奇，"一中的骄傲"也学会什么是人情了。

惊奇过后，更复杂的情绪涌上来，有点涩，有点网。

学会人情往来，这是一件最简单不过的小事。唯一特殊的是，这件事发生在陈寒丘身上。

就好像……天神从云端坠落了。

"去 Proboto 科技？"男人轻淡的嗓音打断她的思绪。

施翻倏地回过神，点头："走吧。"

Proboto 科技位于大厦十一楼，进入大厦后他们等电梯上楼。

电梯口人来人往，施翻和陈寒丘在其中并不显眼。电梯到了，他们和所有打工人一样，挤着上楼。

施翻站在一侧的角落，陈寒丘站在她身后，隔绝开人群，和坐地铁一样，她有一方小小的天地。

拥挤的封闭空间内，气味纷杂。

施翻轻嗅了嗅，一众高级或者小众的味道中，浅淡的皂香像是一抹清流，干净清冽，意外的好闻。

施翻没忍住回头看了眼陈寒丘。

他距离她很近，抬头是干净的下颌线，细看皮肤不光白，且肤质细腻，三天两头熬夜的人脸上痘痘都不长一颗，令人嫉妒。

他神色疏冷，纤密的睫毛自然垂下。

施翻对上他深黑色的眸，他看过来，微微倾身，侧头贴近她的耳朵，低声问："怎么了？"

"……我们去几楼？"她干巴巴地问了句。

陈寒丘："十一楼。"

施翻一怔，这里居然也是十一楼，来不及多想，楼层到了。

电梯门打开，Proboto 科技的几个员工站在门口，看见陈寒丘，他们自然地喊了声"老大"，神情语气像是见到了同事，格外淡定。

直到——

他们看见陈寒丘低头和施翻说话。

"……"

——晕倒，机器人居然会有温柔的表情！

短暂的沉寂之后，几个男女忽然面露惊恐，急匆匆进了电梯，顺便拿手挡住眼睛。

施翻忍不住问："你员工这么怕你？"

陈寒丘瞥她一眼："下班太高兴了。"

施翻："……"胡说也好歹认真点。

Proboto 科技门口，没有任何标志，透过玻璃门，白墙上写着一句标语——

Meet the future

施翩好奇地往里走。

Proboto 科技不愧是东川新兴行业的代表，从进门到办公场地，追求简单到了极致，公司甚至没有前台，由最先进的仿生机器人接待他们。如有来访客人预约待办事项，它会准确告诉他们路线和等待时间，等待中它心情好，或许会和客人聊天。

进入部门，地上走着矮矮的小机器人，有点像圆圆。

施翩大致扫了眼，问："你们这儿员工好像不多？"

陈寒丘简单道："目前不是很多。技术部人最多，有几个细分的部门，由我管。除去技术部分，市场和行政由谭融和阮梦雪管，我们互不干涉。工厂还有研发部，大部分是工程师。更少的部分，都是'虚拟'员工。"

两人边走边说，穿过了几条走廊。

正值午休时间，施翩见到的人不多，偶尔遇见的也只是安静经过，并不多言。快到食堂，她看见了熟人，谭融在食堂门口等他们。

"来我们公司做客啊？"谭融笑眯眯地迎上来，"陈寒丘，你也不早点说，早点说多安排几个菜。"

施翩往里看了眼，道："临时打算。桃子在吗？"

谭融："在，我找找。"

谭融一出现，原本话少的陈寒丘话更少了。

他跟在两人身后，趁着午休间隙回复上午的邮件。他们走到哪儿，他就跟到哪儿，他们坐下，他就跟着坐下。

施翩瞥了眼陈寒丘，悄声问："他在公司都这样？"

谭融压低声音："比这还夸张，他的休息室就在办公室里，住那儿就不说了，你猜他休息室里放什么？"

"……天文望远镜？"施翩随口一猜。

谭融："……牛啊，不愧是前女友。"

说话间，施翩打量周围的环境，这地方给她的感觉不像在食堂，像在某个高级展馆——光线明亮，台面一尘不染，整体配色黑白为主，一尘不染。

多人桌极少，单人桌四处散落，没有规则，随心自由。

轻按桌面，屏幕亮起，今日菜单跳了出来。菜单极其贴心，点进首页快捷菜单，便出现健康餐、健身餐、营养餐等，分门别类。

施翮划拉了一阵，想吃牛排，但又懒得切，干脆随便点了份健康餐，再加一杯饮料。她刚点完，窦桃就来了。

窦桃坐下，飞快地看了眼键盘按得飞起的陈寒丘，问："怎么来我们公司了？"

施翮指指楼下："看布景，就那个评选。"

"东川十大杰出青年啊？"窦桃口气很差。

施翮挑眉："听着你像是落选了？"

窦桃翻白眼，无语道："我讨厌的人也在里面。"

讨厌的人？能让 Proboto 科技都讨厌的人，身份很明显。

施翮笑问："魏子灏啊？你和他也有仇？"

窦桃冷哼一声："何止有仇。"

谭融见窦桃一副"气死"的模样，解释道："当时谈合作没谈拢，就是因为他质疑我们窦大工程师的水平，把她气坏了。"

施翮："……"那确实有仇。

施翮忽然想起一件事，迟疑地问："桃子，我是不是没和你说，他就是我的相亲对象？"

"……"

"啪嗒"一声响，机械手臂忽然往桌上重重一拍。

桌上三人一顿，动作极其同步地往后退了一点。

施翮咽了咽口水，默默把窦桃的机械臂从桌上拿下来，道："我和他不是没成嘛，你别生气。"

窦桃面无表情道："自大狂，没品味，不礼貌。"

施翮："没错，我已经换相亲对象了。"

"……"

气氛又是一寂，桌上的人神色各异。

窦桃忍着看陈寒丘的冲动，问："你换了哪个？你们见过面了？感觉怎么样？有火花吗？"

施翮："还没，昨天我堂哥给我发的短信，没仔细看。"

谭融不解道："你这年纪，家里人急什么？"

施翩撇撇嘴："家里老太太担心我在国外不回来了，想着法子把我留下来，想来想去想出的昏招。"

家里急啊，这可怎么办？谭融用余光瞥了眼陈寒丘，陈寒丘垂着眼，侧脸看不出情绪。唉！等这闷性子回过神，人都没了。

谭融还想再问，顶上忽然降下机器。

一只黑色的机械手臂从天而降，健康餐送到施翩面前，陆陆续续，他们点的菜也都上了，这个话题暂时跳过。

吃过饭，施翩准备离开。

窦桃送她到电梯口，问："下午准备干什么？"

"到处走走。"施翩说了下主题的事，"打算上公园找几个老太太老先生问问，找找灵感。"

"……那一定得带上老大！"窦桃对着陈寒丘使眼色。

陈寒丘一顿。

施翩看窦桃一眼："你不担心自己年底奖金减少啊？"

窦桃语重心长："你误会我了，我这都是为了你。要问东川公园里，什么地方人最多，那一定是相亲角。"

施翩："……"

她是倒了什么霉，和相亲过不去了。

"那群老太太可太吓人了。"窦桃一本正经道，"你这么一个大美女走到那里，你想想那个画面。"

施翩："她们能吃了我？"

窦桃："你想想你们家老太太！"

施翩沉默。

窦桃："带上老大，所有事迎刃而解。"

施翩看向陈寒丘。

陈寒丘轻抬起眼，看着她道："我开车，外面太晒。晚上和谢芜见个面，谈记录拍摄的事。"

"……行吧。"一个个理由丢出来，让人没法拒绝。

进了电梯，里面只有他们两人。

封闭私密的空间内，施翩忍不住问："你当我'男朋友'当上瘾了，还是你到处给人当'男朋友'？"

陈寒丘淡声喊："施翩。"

施翩："……"这教训人的口气她可太熟悉了。

"干什么？"她理直气壮。

陈寒丘垂眼看她，嗓音很淡："我就一个前女友。"

就一个前女友怎么了？了不起？

施翩在心里偷偷想，避开他过于专注的视线，不再提起这个话题。

这一日下午，施翩和陈寒丘的时间都消磨在公园里。

事实证明，窦桃的话没一句真的，除了公园有相亲角这件事。

现实是，两人一进相亲角，顿时被团团围住。老头儿老太太们根本不管他们是什么关系，带着热情洋溢的笑容把他们分开，再各自围攻。

等从人群里挣脱出来，太阳都要下山了。

人群中，面对叔叔阿姨们亲切又怪异的神情，施翩咽了咽口水，假装肚子痛，飞快地从中溜走。

溜的时候，她用余光看了眼陈寒丘。

七八个阿姨围着他，个个拿着手机，七嘴八舌地介绍自己的闺女，每个都能夸出一朵花儿来。

清俊的男人神色微僵，完全不见在公司时的自如。

施翩忍不住哈哈笑，"一中的骄傲"也有这么一天。到了相亲角，管你是哪位，抓住就是一顿围攻，直把你问得招架不了，狼狈逃走。

她一路头也不回地逃出公园。

施翩坐在长椅上歇了一会儿，给陈寒丘发了条微信，左看右看，找了家奶茶店买奶茶。

店员是个漂亮姐姐，热情地向她介绍新品。

施翩挑了一阵，点了一杯冰果茶，这天还是太热，喝杯清爽点的解解暑。她道："柠檬茉莉，正常糖，去冰。"

"就一杯吗？"店员姐姐问。

施翩想了想，扫了眼菜单，道："来一杯和我一样的，无糖。"

店员姐姐贴心道："这款无糖会有点酸哦。"

施翩："就无糖。"

付了钱，施翮坐在门口的高脚凳上休息。她摘下帽子，拿出小镜子看自己的脸，白皙的皮肤上红色很明显，浅浅的，按压下去不痒，是正常热的，没过敏。

她收起镜子，慢悠悠地晃着小腿，看着公园门口。

不一会儿，门口走出来一个男人。

陈寒丘神色淡淡，低头看着手机，上午平整的衬衫这会儿有点乱，他随手扯了扯领带，骨感冷白的手指贴上黑色领带，莫名生出一股色气。

忽然，身后响起小声的议论——

"我去，大帅哥啊。"

"啧，看起来像模特，我的手机呢？"

"快快快，拍下来。"

奶茶店在公园门口正对面，两个小员工一眼瞧见了。

店员姐姐看了两人一眼，示意门口还有客人，注意着点。她们吐吐舌头，闭上嘴，眼睛仍盯在他身上。

施翮都习惯了，这人以前和她出门就这样，净会拈花惹草，不过现在可不关她的事。

手机响动，她收到他的信息："在哪儿？"

施翮回复："抬头。"

回复完，她抬起手臂，朝他晃了晃。

于是，偷看的两个小店员眼睁睁地看着大帅哥朝她们走来。她们对视一眼，默默捂住嘴——呜呜呜这都可以丢去当"爱豆"了。

"累了？"陈寒丘在施翮面前站定，低眼看她。

施翮幽幽道："你难道不累？我看有的阿姨都想自己上了。"

陈寒丘一顿："我不喜欢她们，也不喜欢她们的女儿。"

施翮翻了个白眼，说起正事："你问到什么没有？我问了几个阿姨，她们都记得那场大雪，记忆深刻。"

70年代，东川有两件大事。一件是地震，一件是大雪。

地震的记忆对东川人民来说太惨烈，不该作为互动的场景出现在街头，在筛选过程中被他们排除了。

排除地震后，便剩下大雪。

东川是一座南方沿海城市，夏日炎热，冬日寒冷。

南方城市极少下雪，即便下了，不过一天或许就化了。那年的东川却连着下了半个月的雪，雪扫了又积，积了再扫。有的人半个月没出家门，雪没过了小腿肚。

陈寒丘道："有用的信息不多，晚上整理完发给你。"

施翩点点头："行。"

"晚上想去吃什么？"陈寒丘在她身侧坐下，视线自然地落在她身上，"约了谢芜，我订地方。"

施翩有气无力道："我能不去吗？"她已经精疲力竭。

陈寒丘一顿，她微垂着头，睫毛耷拉着，一副蔫巴巴的模样，因为午后的阳光，鼻尖泛着红。

稍许，他道："可以，我谈完联系你。"

一下午没喝水，他嗓音微哑。

施翩抿了抿唇，生出点愧疚，他揽去了大部分工作量，还陪她在外面瞎跑，现在丢他一个人去见谢芜，似乎不太好。

"一起去吧。"施翩小声说。

陈寒丘淡声道："累就回去。"

施翩摇摇头："晚上我请你们吃饭，你挑地方。"

陈寒丘还想说话，店员姐姐轻咳一声，打断他们："是现在喝，还是打包？"

施翩道："都打开。对了，你的没加糖啊。"

陈寒丘"嗯"了声："谢谢。"

施翩接过果茶，二话不说，先咕咚咕咚喝了大半杯，凉滋滋的果味下肚，活过来一半。她咬着吸管，去看陈寒丘。

这个人冷冷淡淡的，天生和这些可爱的东西不搭。

他拿着果茶，看了眼杯子上贴的纸，递到唇边，青绿色的果汁顺着吸管往上，酸涩的味道顿时充满口腔。

陈寒丘神色淡淡，看不出变化。

施翩立即去看店员姐姐，用眼神问她：真的很酸吗？

店员姐姐尴尬地笑了笑。

"走吧，去车上选餐厅。"施翩压低帽子，起身往路边走，"这位谢记者性格不错，我上回和她聊得挺好。"

陈寒丘道："我们是大学同学。"

施翩第一次听他说，问："你留学那会儿的同学？"

"嗯，不是一个专业。"陈寒丘简单解释了一下，"合作过一个课题。"

施翮"哦"了声，难怪直接想到约谢芜。她想了想，道："吃个西餐吧，东川你有地方推荐吗？冬冬在，我很少出去吃，不太熟。"

陈寒丘握着果茶，沁凉的水渍滴在掌心。他微微收紧手，应："我打个电话订餐厅。"

上了车，施翮立即放下座椅，摘下帽子往自己脸上一盖，她再不躺会儿就要累死了。

"现在我脑子还嗡嗡的。"她忍不住吐槽，"采风久了，我一直以为自己是见过大风大浪的人，是我太傻了。"

没有什么地方的威力敌得过相亲角。

陈寒丘打开空调，伸手到风口试了试温度，说："休息会儿，这个点路上堵。"

施翮就是这么想的，她眼睛一闭，准备入定。只有睡眠才能赶走她耳边叽叽喳喳的幻音。

封闭的空间内她的味道很明显，淡淡的，泥土香调的鸢尾花。

陈寒丘和她仅有的几次见面，没闻到那天给她的香水的味道。她现在似乎很少用有玫瑰味的香水，现在……不喜欢了吗？

他调了调温度，启动了车。

晚上七点，东川的天暗下来，丝绒般的蓝色上挂上点点星辰。

谢芜到餐厅时，没看到陈寒丘，反而看到了谭融。她有一丝诧异，但面上没表现出来，走过去自如地和谭融打招呼。

他们也是大学同学，之前没认出来。

谭融起身，歉意道："他们堵在路上，要晚一点。"

谢芜笑笑："这个点哪儿都堵。"

两人坐下，先喝点酒水。

谢芜问："Cygnus 和 Liz 一组？他们这个组合还挺特别的，两个天之骄子，也不知道性格合不合得来。"

谭融轻咳一声，看来她还不知道他们以前的关系。

餐厅楼下，室外停车场。黑色的 v60 停在角落处，避开大部分光源。

陈寒丘关掉空调，降下一半车窗。这个季节，白天还热，夜晚便是入秋的温度。他看了眼时间，给谭融发了条短信。

谭融回复："刚点完菜，再给你十五分钟。"

施翩醒来的时候，睁眼便是沉沉的夜色。她打了个哈欠，心说自己这睡眠越来越好了，看向驾驶座上的人，问："到地方了？谢记者到了吗？"

陈寒丘看她一眼："刚到，他们刚点完菜。"

施翩一愣："他们？"

陈寒丘关上车窗，道："谭融也在，我们都是大学同学。"

施翩恍然："上去吧，人多也热闹。"

施翩睡了一觉，精神好了不少，在电梯里简单补了个口红，顺了顺头发，又是一个精致靓丽的仙女，长得好就是可以任性。

进了餐厅，谭融朝他们招了下手。

几人简单打了个招呼，各自坐下了。

谢芜有一阵没见施翩，再次见到她，笑着恭贺："听说您下个月要办画展了，我一定去捧场。"

施翩懒洋洋道："不是工作场合，不用这么喊我。"

谢芜一笑，从善如流道："我有个朋友很喜欢你的画，家里还有收藏。"

"哦？"施翩来了点兴致。

比起两个男人，施翩似乎更乐意和谢芜聊天。

谭融看了眼两人其乐融融的模样，用脚尖踢了下陈寒丘，凑过去问："下午怎么样？"

陈寒丘抬眼看过来，情绪冷淡。

谭融懂了，不必再多问。

聊了一阵，谢芜主动提起跟踪采访的事。

陈寒丘切完最后一块牛排，将盘子端到施翩面前，擦干净手指，自然地侧过身，和谢芜聊起这事。

除了他，其余三人都愣了一下。

施翩："……谢谢啊。"

她拿起叉子，不经心地想：他怎么知道我想吃牛排？

谢芜掩下眼底的错愕，镇定道："我这里安排拍摄和采访应该都没有问题，只是需要和其余五组协调时间，他们不一定同意。"

陈寒丘言简意赅："你把所有需求发给我，我来处理。"

谢芜问："具体方案……"

陈寒丘道："东川市方面我去协调。"

话说到这份上，傻子都不会拒绝。谢芜对和陈寒丘合作很放心，他从不犯错。

陈寒丘说完，补充道："我们组除了你的摄像，我会另外安排机器，希望你们别介意。"

谢芜笑道："当然不介意。"

他们组的主题和画有关，画面的记录必不可少。媒体中心可没有那么多空闲的摄像，这样的结果是最好的。

两人认真谈着工作，谭融和施翮也没闲着。

施翮观察着谢芜，和陈寒丘说话时她的状态很不同，撩起长发的动作，面对他的左脸，脸上温柔的笑意。

"欸，他们以前……"施翮小声问谭融。

谭融看施翮一脸八卦的模样，暗自叹气，一点吃醋的意思都没有。他道："以前没什么交集，现在看来学姐有点意思。"至于那位，可半点心思都不在别人身上。

施翮眨眨眼："年下啊，带感。"

许是她八卦的心太明显，陈寒丘忽然看过来，直直对上她好奇的眼睛，深黑色的瞳孔带着冷意。

施翮："……"算了，她认真吃饭。

陈寒丘垂下眼，松了松领带，压住隐隐沸腾的情绪，对谭融道："再开瓶红酒。"

谭融张了张唇，看到他的脸色，把话咽了回去。

谢芜看了眼施翮盘子里的牛排，笑问："看来你和 Cygnus 很合得来，当时他在我们学校是出了名的难搞。"

施翮眨了眨眼，道："他很绅士。"她随口带过这个话题，没提他们是高中同学的事。

一顿饭吃下来，谭融坐立难安。

施翮看向陈寒丘。他们喝得都不多，浅酌几口，只有他一个人喝了一晚上，面颊上出现淡淡的绯色。

陈寒丘昂起头，领口微松，颈间锋利的线条拉长，那颗凸起滚动了下，半杯酒眨眼空了。

一声轻响，他放下酒杯。

施翩起身道："我还有点事，要先走。"

"去哪儿？"男人嗓音微哑，视线看过来，眼神烫人。

施翩微顿，道："去趟展馆。"

谭融轻咳一声，伸手按住陈寒丘，道："我没喝酒，顺路送你过去。学姐，你去哪儿？"

谢芜报了个地址，不远。

施翩摆摆手："不用，我走过去就行，饭后散步。"

陈寒丘看着施翩背影消失，收回视线，轻吐了口气，哑声道："我回趟公司，先送谢芜。"

谭融点头："开你的车？"

陈寒丘"嗯"了声。

他们再出去，电梯口已没有施翩的身影。陈寒丘走在最后，只字未发，不参与谭融和谢芜的话题。

到了停车场，他们往角落走。

谭融上了车，调整座位，看了眼边上的果茶，拿起来随口问："不喝了吧，我丢了？"

"放着。"陈寒丘道。

谭融轻轻"啧"了一声，带着点意味看向男人。

男人沉默着，看向窗外。

车驶离停车场，经过闸口时，显示屏显示停车时长和停车费，谭融递了张票据出去。

谢芜坐在左边，看见时间怔了一下。

现在是九点，陈寒丘他们是七点多到的。

停车时间怎么会是三小时？

施翩吹着晚风，一路溜达着回了家。白天阳光太强，只有晚上她才能不戴帽子，舒服地吹会儿风，这段独处的时间很舒适。至于说去展馆，不过是个借口。

施翩回想着陈寒丘刚才的眼神，隐隐冒出个念头来：他……不会对我余情未了吧？

这念头刚冒出个头，她又想起刚回来那阵陈寒丘对她刻薄的模样，于是默默把这个可能掐死了。

施翮思索着他态度的转变，似乎是从海岛回来开始的，他觉得愧疚？

她想了一阵，想不出个结果。途经蛋糕店，她进去买了个四寸小蛋糕，转眼把这些事抛到脑后。

走进 11 幢楼下，施翮看见陈兴远，他正在倒垃圾，她走过去，喊了一声"叔叔"。

陈兴远回过头，看见施翮，对她一笑："回来了？下班这么晚，辛苦了吧，吃过了饭吗？"

大概世间所有的家常话都相似。施富诚不在，施翮听到熟悉的话，觉得暖心。

施翮笑了一下，自然道："我今天和陈寒丘出去看场地了，下午去了公园，相亲角的阿姨们特别喜欢他。"

陈兴远听得认真，陈寒丘很少和他说工作上的事。他问："这个年纪相亲的男孩子多不多？"

施翮想了想，道："看地方，东川还好。这个年纪刚毕业没两年，都在事业上升期，多数是长辈着急。"

陈兴远点点头："对，我们那边小镇都这样，着急。"

施翮问："您怎么不住在东川？"

陈兴远道："在东川的日子太闷，寒丘不想让我出去做辛苦工作。他工作又太忙，我在家闲不住，干脆回老家种地去了。"

两人说着话，一起坐电梯上楼。

到了十一楼，施翮正想告别，却听陈兴远犹豫道："施翮，叔叔能不能请你去家里坐会儿？"

施翮一愣，他看起来像是有话要说，她应道："好啊，我们正好一起吃蛋糕。"

陈兴远看到女孩子善意的笑，也露出个笑。小姑娘和以前一样，看起来是个小公主，但待人和善，从她的眼睛里，你能看见澄澈的世界。

进了家门，施翮又和圆圆见面了，她笑眯眯地打招呼："好久不见啊，圆圆。"

圆圆的大眼睛闪烁两下，问："你来我们家做客吗？克利切最近好吗？001 号很想念它。"

施翮扑哧一笑："它工作很努力，改天带它和你们玩。"

圆圆显然很高兴，朝陈兴远滑去，道："施翮喜欢喝牛奶。"

"我喝茶就好。"施翮道。

圆圆："收到！"

施翮瞧着圆圆的模样，心说机器人都比陈寒丘活泼。

片刻后，施翮和陈兴远在露台上的小桌前坐下。桌上两杯清茶，还有施翮热情贡献的小蛋糕。

东川的夜景很美，华灯绽放，天际永不暗沉。

晚风吹来，陈兴远喝了口茶水，感慨道："我从没看见寒丘带同学来过以前的家，你是第一个。"

施翮托着腮，应："他性子闷，不表达。"

陈兴远叹了口气："那时候家里情况不好，连累他了。"

施翮不知道该怎么接话，这是他们家的伤痛，是陈兴远的，也是陈寒丘的。

陈兴远放下茶杯，抹了把脸，正色看向施翮。他说："施翮，我之前不知道，昨晚……昨晚我认出你爸爸了。原来我们以前在医院见过。"

施翮一怔。

陈兴远说到往事，沉默片刻，道："叔叔很感激你们，感激当时你们的帮忙。"

"不……"施翮抿了下唇，低声说，"我们没帮上忙。"

陈兴远摇摇头："是她运气不好，没等到。"

当年陈寒丘的母亲慢性肾衰竭，长年靠药物和透析支撑生活，肾移植是最合理、最有效的治疗方法。但供体有限，每年每个等待肾移植的病人，得到肾移植的概率只有 0.67%。

陈寒丘的母亲等了很久，始终没等到合适的肾源。

那年冬天，陈寒丘上高三。医院打来电话，通知他母亲病危，他匆匆赶到医院，却听陈兴远激动地对他说有肾源了。手术费需要四十万，这笔钱他们早已备好，只要肾源合适，就能立即手术。

可世间事总是不尽如人意，差了几分钟，几秒钟，或许结果就会不一样。

那阵喜悦还没过去，医生告诉他们，病人没抢救过来。他们等了六年，

大鱼正版

终于等到了合适的肾源，却还是太晚了。

那晚，陈寒丘站在病房里，窗外大雪纷飞。

冰冷的钢琴声飞上天空，轻灵的音符像雪花一样落在他的心上，他眼睫颤动，想起一楼经过无数次的那架钢琴。

有人在弹琴。

他抬起眼，看见片片往下落的雪花，看见黑色的世界。

第二天，陈兴远去医院办流程，他在那里遇见了施富诚。

施富诚神情凝重，和陈寒丘母亲的主治医生说着话。后来，医生告诉陈兴远，肾源是施富诚帮忙找的。陈兴远不明所以，他根本不认识施富诚。

那时的陈兴远不知道为什么，昨晚他看到施富诚，知道施富诚是施翮的父亲，他就什么都明白了。

是因为施翮，所以施富诚会帮他们。

"我很感谢你和你父亲。"陈兴远红着眼道。那时，那个肾是他们全部的希望。

施翮眼眶酸涩，半晌，她轻声说："叔叔，这件事您能不告诉陈寒丘吗？过去……都过去了。"

她希望陈寒丘从过去走出来，希望他高昂头颅，永远是那个背脊挺直的少年。

这周东川天气不错，日日晴。天气预报说，这周是东川最后的夏日时光，下周开始全面降温。

对施翮来说，这样的晴天不适合出门。她悠闲地缩在家里，白天找资料，找灵感，晚上便坐在露台，和呆瓜聊天。

这阵子于湛冬在展馆忙碌，时常担心她乱吃东西。

对此施翮没有困扰，因为自从陈兴远知道她这阵休息，每到下午就送点心过来，她嘴上说着不太好意思，手却总是快一步，接过点心。

吃了几天，她觉得自己胖了。

夜晚，繁星密布，晚风微凉。

施翮倒了杯茶，挑了盒饼干，去露台上乘凉，顺便和呆瓜谈心。

露台空间很大，别的楼层不是花团锦簇，就是极漂亮的休闲区。她家不一样，外面搭了一个干净漂亮的木制小城堡，遮风挡雨，是呆瓜的家，它看起来挺喜欢。

施翮出来的时候，呆瓜正蹲在高处发呆。她看了眼食盒，没吃多少，想了想回去抓了把水草出来，放在它面前。

施翮用食指摸了摸它的小脑袋，问道："呆瓜，你怎么又忧郁了？这是给你找的零食，今天快递刚送来。"

呆瓜歪过脖子，看她一眼，低头啄了啄水草，似乎也没什么兴趣，继续抬头望天。

施翮在小桌边坐下，蹲在椅子上和它聊天，从它是哪儿的鹅开始问，从它出生问到现在，又问到它怎么会这么忧郁。

整个过程，呆瓜连一个眼神都没给她。

施翮忍不住冲它竖起大拇指："你比陈寒丘还难搞。"

她悠悠地吹了会儿风，吃了几块小饼干，觉得无聊，拿出平板来涂涂画画，她有事没事会画上几笔，随心所欲，大多数都看不懂。

"呆瓜，我画个你吧？"施翮和呆瓜打商量。

呆瓜并不理她，她就当它同意，说画就画。

施翮兴致勃勃地画了一阵，电话响了，凑过去一看，屏幕上显示着她最不想见到的人的名字。

铃声持续响着，让人头皮发麻。

半晌，她接起电话，幽幽道："我不是交画了吗？查总，你答应过我，一整年都不烦我！"

查令荃一噎，道："过来看看布展，确定布景位置。"

施翮松了口气："你早说，我这就来。"

"我去接你？"查令荃问。

施翮："不用，我打车过去。"

施翮顺路带了几杯咖啡去展馆，车在门口停下，她一眼看见了等在门口的于湛冬。

"冬冬！"她朝他挥挥手。

于湛冬先她一步打开车门，温声道："这几天过得好不好？"

施翮望着小天使湖水一样的眼睛，瞬间被治愈了。她笑眯眯道："可好了，不失眠，还不用进画室。陈寒丘他爸爸在，每天给我做好吃的，就是呆瓜胃口不太好……"

施翮叽叽喳喳地说着，于湛冬安静地听，他看着夜色里仿佛在发光的女孩，露出一个笑来。

于湛冬见过很多天才，古怪的，偏执的，疯狂的。施翮不一样，她的外表是一个小女孩，漂亮精致、真诚善良，和许多普通人一样，但她拥有世界上99%的人没有的天赋。她好像站在光年之外看这个世界，却始终游离在外，天真又孤独。

"呆瓜胃口不好？"于湛冬仔细思索，安慰道，"别担心，晚上我回去看看。"

施翮点头。

两人走进展馆，原本色彩单调的展馆，配合Liz的主题，墙上粉刷上了不一样的线条和内容，一看就是查令荃的风格。

施翮看了一会儿，墙上的装饰是她三年前的一幅作品，没对外展出过。整体搭配起来，奇妙又怪异，相当漂亮。

"查总呢？"施翮问。

于湛冬指了指展馆外的花园，对她眨了眨眼。

施翮的眼睛噌地亮了，这就是有热闹看的意思。

她和于湛冬一起跑到二楼小露台上，探出两颗脑袋，一起悄悄地往下看——花园中站着一对男女。

施翮诧异地发现，是她刚认识的人。

阮梦雪粲然一笑，伸出手："很感谢你这边愿意协调时间。画展有帮得上忙的地方，尽管开口。"

"不用谢我，时间正好合适。"查令荃睨她一眼，没握她的手。

阮梦雪也不恼，笑道："想在这里办周年展，其实是我的一点私心。本来以为没机会了。"

查令荃没开口，这是听她继续说的意思。

施翮扒着栏杆，小声吐槽："这个美女一看就是查总喜欢的类型。"

于湛冬同意地点头："他居然不刻薄了。"

"只会对我刻薄。"施翮翻白眼，嘀咕道，"也不知道陈寒丘知道了会不会杀了我，应该不会吧？"

于湛冬收过阮梦雪的名片，知道她和Proboto科技的关系。听到施翮这么说，他不由得问："她和编程天才有过一段？"

施翮想起那段关于香水的乌龙，曾经也这么想过，后来发现完全是误会。她否认道："没有，他说他只有一个前女友。"

只有一个前女友，除了施翮，不作他想。

于湛冬一愣，温和的面容难得有些呆滞。他算了算陈寒丘的年纪，忍不住猜测："他这个年纪单身这么久，不会是……"

他闭上嘴，觉得自己说了不好的话。

施翮也一呆，陈寒丘身体不好啊？也是，天天熬夜身体能好到哪里去。想起陈兴远的忧心，她觉得不无道理。

等他们说过这个插曲，底下两人已经从展馆聊到了建筑，又聊到了画，最后回归到 Liz 本身。

阮梦雪问道："Liz 今天过来？"这可是他们老大的前女友，她当然要注意。

查令荃看了眼时间，往展馆里走。

施翮和于湛冬飞快地缩回头，蹑手蹑脚地往里走了几步，离露台远了，他们飞快跑下楼，假装聊天的模样。

"新画放这个位置不错。"施翮随手一指。

于湛冬配合道："光线也漂亮。"

查令荃进门，闻言皱起眉头，嗤道："你们两个人把脑袋伸进颜料桶里清醒清醒，这里光线最差。"

施翮："……"看吧，果然对她最刻薄。

于湛冬："……"果然不能做坏事，会被发现。

查令荃听到耳侧轻轻的高跟鞋声，一顿，对施翮道："这是 Proboto 科技的阮总，办完画展交接给她。"

施翮轻咳一声："我们见过。"

阮梦雪近距离看到施翮，又一次被惊艳了。她见过无数美女，没有一个像施翮一样，天然灵气，每个角度看起来都像是画作。

她不由得感叹，有这样的前女友，难怪老大念念不忘。

施翮把咖啡分给他们，准备速战速决。

查令荃这神情，一看就是想约阮梦雪继续聊天的样子。别人可能看不出来，施翮可太懂了。

进入工作状态后，施翮变得不近人情。查令荃挑剔，她比他更挑剔。他说给不了她要的效果，她当场拿纸，左右两手齐上，快速打出草图，边上还写了几个数学公式。

两人争论不休，阮梦雪看着施翮笃定自信的模样，忽然明白了陈寒丘为什么喜欢她。

没有人能抵抗得了太阳的光芒。

一轮挣扎下来，查令荃妥协。施翮说得口干舌燥，来不及喝口水，拉着于湛冬走了。

查令荃拧眉记下施翮讲的要点，等回过神已是半小时后。他诧异地发现，阮梦雪还未离开。

查令荃微顿，邀请道："我知道有个餐厅，味道很不错。如果你方便，我想请你吃顿饭。"

阮梦雪侧头看他一眼，忽然一笑："我不和拒绝握手的合作伙伴吃饭。"说完，随意摆了摆手，走了。

查令荃看着阮梦雪的身影逐渐走远，在即将看不见的那一刻，他抬步追了上去。

晚上八点，Proboto 科技。

谭融准备下班，离开前他习惯性地来陈寒丘办公室看一眼。今天来得巧，他来时陈寒丘刚上锁门。

"你爸在还是不一样。"谭融啧啧摇头，"至少知道每天回家了，晚上陪我喝点？我心情不好。"

陈寒丘看他一眼，随口问："阮梦雪？"

谭融一愣："你怎么知道的？"

陈寒丘："冒雨出去工作的人那么多，没见你关心别人。"

谭融恼羞成怒，用力捶了一下他的肩，问："去不去？"

陈寒丘挪开谭融的手，道："我给我爸打个电话。还有，我不喝。"

"……要求还真多。"谭融嘀咕。

Proboto 科技附近是繁华商区，掩在闹市里的小酒馆数不胜数，谭融找了家常去的，他负责喝酒，陈寒丘吃饭。

一进门，老板懒懒地和他们打招呼。

谭融脱下外套，道："老样子，给他来碗面就行。"

老板比了个手势，示意收到。

两人直接坐在吧台角落。

谭融问："你的电脑呢，拿出来没收，一会儿别败我兴致。"

陈寒丘："没带。"

几杯酒下肚，不用问，谭融自己就先全交代了，他说："梦雪和大画家的经纪人搅和在一起了，她晚上还去展馆和他见面。我失恋了。"

陈寒丘一顿，提醒他："你没恋过。"

谭融："暗恋也是恋！就你能暗恋？"

陈寒丘："……"

说着话，老板端了碗热腾腾的拉面放下，送了两碟小菜。

谭融自顾自地阐述心路历程，那时他们公司刚起步，开的工资不高，凭阮梦雪的学历，百强企业随便进，但她选择了 Proboto 科技。那时他年纪不大，没经验，都是阮梦雪陪他一起闯，加班的日日夜夜，他们的革命友情比金坚。

不知道什么时候开始，这友情变了味。虽然是他单方面变了味。

谭融忧愁道："她也就比我大三岁，年下不香吗？"他用脚踢踢陈寒丘的椅子，示意陈寒丘说句话。

陈寒丘放下筷子，淡声道："和年纪没关系。首先你是她的上司，阮梦雪对自己的事业规划清晰，不会有办公室恋情；其次，你不是她喜欢的类型；最后，爱情在她生活中占比很低。"

谭融不怎么甘心："你怎么知道我不是她喜欢的类型？"

陈寒丘看他一眼，问："平时你这双眼睛会用来观察吗？她每天都会收到鲜花，可见追求者众多，你送过吗？"

谭融："你懂什么是暗恋吗？"

陈寒丘淡声道："比你懂。"

"……"

谭融瞪着眼睛气了一会儿，顿时像一只瘪了气的气球。

陈寒丘说的第一点他也明白，所以迟迟没有迈出第一步。他和阮梦雪之间除了私交，平时谈得更多的是公司，现在 Proboto 科技稳步上升，没人想因为私事影响公司。他们为 Proboto 科技付出太多，工作和生活早已分不开。

"那怎么办？"谭融闷闷地喝了口酒，"大画家那个经纪人你认识吗？这人怎么样？"

陈寒丘微顿，道："不认识。"

谭融叹了口气："那就继续暗着吧。你呢，什么打算啊？"

陈寒丘垂着眼，缓慢转动着小小的杯盏，麦黄的茶水泛着莹莹的光，她不喜欢喝这种茶水。

毕业那天之后，他就永远失去了靠近她的资格。但他不是机器，无法做到像人工智能那样准确执行指令，看见她，他就会想靠近。从前是，现在也是。

就算是人工智能，也会有 bug，更何况他是人。

陈寒丘曾想，远的近的距离都无所谓，只要能看见施翩。可他发现，他们两个人，没人从那六年里走出来，他没有，她也没有。

她整夜整夜睡不好。

她不想再和他有交集。

她在意所有未曾言明的过去。

"在海岛上，她说我们可以当普通朋友。"陈寒丘低声道，"不能再进一步的普通朋友。"

谭融看着陈寒丘低落的模样，忽然好多了，至少他没陷在死局里，这人看起来比他更惨。

谭融拍拍陈寒丘的肩："你是该好好考虑。按照她那个相亲速度，你马上连号都排不上了。"

吃饱喝足，问题一个都没解决。谭融准备找下一场，陈寒丘这个没有社交的人当然回家去。

这个点，东川不再那么堵。

陈寒丘降下车窗，夜风灌进来，吹开碎发，露出男人疏冷的面容，他单手握着方向盘，转弯进入花境大道。

马路两侧有散步道，夜里不少人或散步或夜跑，两边行人来往。

陈寒丘偶一侧眼，视线停住。

散步道上，施翩和金发男人并肩走在一起。她神情生动地说着话，说到兴奋处，忍不住蹦起来，还像多年前的那个小姑娘。于湛冬低着头，神情温和，安静地听她说话。

他曾说，她看起来脾气好了不少。

她是怎么回答他的，她说，可能是和脾气好的人待久了。

陈寒丘扫过那个脾气好的男人，收回视线，驶入小区。

路上车流经过，无人在意他这一瞬的减速。

步道上，施翮慢悠悠地晃着，脚下人影晃动，她没去踩，随口道："明天周末，奶奶喊我回家吃饭，说魏子灏也在。"

于湛冬"咦"了声："不是有新的相亲对象？"

说起这个，施翮又蔫了。她干巴巴道："是的吧，约了明天晚上吃饭。这次更狠，连联系方式都没给我。"

于湛冬笑了笑："一天见两个，比画画还忙。"

施翮吐槽："可不是嘛，还不如蹲在画室。"

他们边走边说，总算到了小区。

小区门口，男人低头走路，侧脸淡漠，身形清瘦，像是刚从超市回来，提着一个巨大的购物袋。

正撞上施翮、于湛冬两人。

施翮一怔，下意识地喊："陈寒丘，你刚下班啊？"

陈寒丘侧头，深黑色的眸直直看过来，视线落在她身上。半晌，他轻"嗯"了声："去了趟超市，我爸说家里食材用得快。"

施翮："……"可不是吗，天天给她送点心。

说起这个，施翮不太好意思。她问："你爸喜欢什么？这阵子太麻烦他了。"

陈寒丘放慢步调，自然地走到她身边，应道："是太麻烦你，他说你每天会陪他说说话，耽误你时间了。"

施翮："没有，我也是一个人。"

于湛冬看两人神情自然地说着话，悄悄眨了眨眼，道："Liz，我先上去看看呆瓜。"

施翮转头，瞪他一眼："都到楼下了，先上去干什么？"

于湛冬只好作罢。

"呆瓜怎么了？"陈寒丘问。

施翮忧愁道："也不知道怎么了，它不吃饭了。"

陈寒丘："我爸能帮忙看看，他在乡下养了很多大鹅。"

施翮："真的啊？那找叔叔帮个忙。"

这几天近距离相处下来，施翮深深觉得陈兴远是一个靠谱的男人，厨艺好，打扫家务利索非常，看起来话不多，但熟了他天天和你说乡下的事。

他在乡下有个小农场，这令施翮十分羡慕。能照料农场的人，当然也能照料大鹅，只好对不住冬冬了。

施翮无辜地看了于湛冬一眼。

于湛冬笑了一下，温声道："那我先回去了。"

施翮巴巴道："我送你到门口吧？"

"不用，回家吧。"于湛冬让她先走。

施翮往楼里走去，一步三回头，朝他挥挥手，心想下周去把驾照换了，偶尔能送冬冬回家。

"施翮，台阶。"微凉的嗓音落下来。

施翮"哦"了声，转过头好好走路。

两人进了电梯，一路无言。

电梯到十一楼，施翮跟着陈寒丘左转，注意到他的视线，解释道："我自己和叔叔说，我们俩现在是好朋友了。"

陈寒丘一顿："普通朋友？"

施翮茫然道："啊？就是好朋友啊。"

陈寒丘："？"

深夜，施翮家的阳台热闹非常。三个人蹲在地上，一起仰头看着架子上忧郁的呆瓜，生怕站起来围着令这只鹅更为忧郁。

半小时前，陈兴远过来看了呆瓜两眼，问了施翮它平时吃什么，便回家去捣鼓了新饲料，拿过来放在它眼前。

十分钟过去了，呆瓜毫无反应。

晚风吹过三尊石像，陈兴远先回过神。他仔细观察了一阵，看了儿子一眼，无声说了一句话。

陈寒丘微顿，问："施翮，你有没有想过呆瓜为什么会忧郁？它一开始就很忧郁。"

"是欸。"施翮戳了戳呆瓜的肚子，嘀咕，"你忧郁什么呢，宝。"

"有没有可能……"陈寒丘斟酌着道，"它想游泳？"

施翮茫然地"啊"了一声："你是认真的吗？"

陈寒丘垂眼看她，神色认真，完全看不出来开玩笑的样子。

片刻后，施翮反应过来，慢吞吞道："对哦，呆瓜是只鹅。鹅水性那么好，它应该是想游泳。"

施翩采风时去过很多农场，除了草地，那里的池塘总是很热闹，有大鹅，有野鸭，它们有许多伙伴。这些小动物无忧无虑的，戏水玩闹，而她的呆瓜……

施翩看着肥墩墩的大鹅，忧愁地叹气。

陈兴远想了想，道："小乖，你要是放心，把呆瓜交给叔叔养。我在乡下有个水塘，它会有很多兄弟姐妹。"

施翩眼巴巴地问："它不会被端上餐桌吧？"

陈兴远笑道："不会，你想它了就和我说，我给你拍视频。"

施翩恋恋不舍地看了呆瓜一眼，小声道："好吧。"

施翩自认为和呆瓜还是有一点感情的。每晚她都会抽出时间和呆瓜聊天，虽然呆瓜并不理她。她今晚还给它画了小漫画。

天知道她从来没画过这些。

陈兴远一琢磨："我早点把呆瓜带回去，不吃饭可不行。寒丘，爸明天就回去了，等你空了再来看你。"

陈寒丘："我送您去车站。"

"小乖，你别急。"陈兴远安慰施翩，"明天晚上就让它吃上饭。"

施翩不太好意思，问："您明天什么时候回去，我也去送您。"

陈兴远温和一笑："不用，寒丘在就行，你忙你的。"

时间太晚，陈兴远看完呆瓜，就和陈寒丘一起离开了。施翩送他们到门口，双眸亮晶晶地对陈兴远挥挥手。

门关上，陈寒丘、陈兴远两人回到家中。

陈兴远想着明天走，惦记着冰箱里存货不多，进厨房仔细检查了一遍。他道："寒丘，爸下午回去，早上去趟市场。"

陈寒丘"嗯"了声，站在厨房门口没离开。

陈兴远回头一看，看儿子没什么表情的模样，一眼就知道他有话想说。

"有话和爸说？"他问。

陈寒丘顿了下，问："您叫施翩'小乖'？"

陈兴远一愣，笑起来："这个啊，是她的小名。小姑娘说叫名字太生分，让我叫她小名。"

"您怎么给她发视频？"他又问。

陈兴远："我们是微信好友啊。"

"……"

沉默半晌，陈寒丘道："您早点睡。"

第二天一早，施翮睁眼醒来，一看时间，早上七点。她精神焕发地起床，深觉不失眠的日子让东川都变得可爱了，她甚至好心情地化了个妆。

准备就绪，她出发去施家。路上，施翮顺道给陈寒丘发了个短信，问他陈兴远什么时候走，她和他一起去送送。

他没回，她便暂时没管。

周末的东川没平常那么堵，施翮畅通无阻地回到施家。

这个点能看到施翮，奶奶和施文翰都愣了一下，看看时间，的确是早上，忙招呼她吃早饭。

"小乖，怎么这时候过来啦？"奶奶忧心忡忡。

施翮笑眯眯道："最近睡得好。"

奶奶听施富诚说过几句，说小乖这阵子画画压力大，睡眠不好，她还急了一阵子，又是找中医又是准备药膳。最后都被施富诚否决了，说小乖不信这个。

现在看施翮容光焕发的模样，她放下心来。

"文翰，给小乖剥个蛋。"奶奶指使施文翰，让用人再去盛碗面来。

施翮瞥了一眼施文翰，阴阳怪气道："哥，我爸说你最近很忙，怎么还有空给我找对象啊？"

施文翰淡定道："忙里偷闲，为你的事，应该的。"

施翮："……"

施翮没问新相亲对象是什么人，她不怎么感兴趣。吃完早饭，她趁着奶奶没抓住机会念叨，赶紧拉着施文翰跑到花园里，躲开那老太太。

"你也不帮我劝劝奶奶。"施翮不满道。

施文翰轻哼一声："劝住了她，下个倒霉的就是我。"

施翮："……这脆弱的兄妹情！"

施文翰笑了一下，让用人拿了把伞。他撑着伞，陪着施翮散步，聊这阵子他在忙什么，关心了一下她的画展，最后话题回到魏子灏身上。

"对他没兴趣？"施文翰瞥了眼施翮。

施翮撇撇嘴："他对我也没兴趣。他喜欢风情万种的大美女，和你一个品位。"

施文翰轻轻"啧"一声："别污蔑我。"

说着话，两人走到施家的人工湖边。施文翰看着波光粼粼的湖水，随口问："听你爸说，你养了只鹅？"

"……它叫呆瓜。"施翩郁闷地说，"它今天要离开我了。"

施文翰："什么？"

施翩只好简单解释了一下呆瓜不吃饭的事。她没隐瞒陈寒丘住在她对面，以及呆瓜被陈兴远带走的事。毕竟当年她和陈寒丘恋爱，只有施文翰知道。

"现在我们是普通朋友。"她补充道。

施文翰眯了眯眼："陈寒丘？"

施文翰对这个名字并不陌生，这两年东川到哪儿都能听到陈寒丘的名字，但他从来没有把这个名字和当年那个少年联系在一起。

施文翰问："每天接你上下学那个？"

施翩点头："就是那个。"

施文翰顿了下，问："怎么不养在家里，这里也有湖。"

施翩忧愁道："没有伙伴，乡下地方大，伙伴多，空气还好。如果我是呆瓜，我也更乐意去农场。"

施文翰闻言，没说话。

但施翩的话，让施文翰想起那年暑假在小区门口看到的少年。

他轻皱了下眉，看妹妹神情轻松的模样，就没说这件事。那时施翩已经去欧洲了，两人应该是在那时候分的手。

"小时候的事了，别多想。"施文翰拍了拍施翩的脑袋，"带你出去打网球，有一阵子没动了吧？"

施翩确实一阵子没运动了，欣然同意。

两人去了室内网球场，不得不说，运动令人舒畅。

一上午下来，施翩出了一身汗，累得躺在地上起不来，大口喘着气，身体虽然疲惫，但神清气爽。

等两人回到家，一进门，迎面又是堆成山的巧克力，一看就知道是施富诚出差的时候搜罗来的。

施文翰笑她："你爸还把你当小孩儿。"

施翩："分你一半？"她现在确实不如以前爱吃甜。

施文翰指指客厅："我不要，但有人会要。"

施翮："？"

施翮走进客厅一瞧，魏子灏正襟危坐，一身潮牌换成了规规矩矩的西服，神情要多乖顺有多乖顺，正听他们家老太太说话呢。

她纳闷："这人干什么？转性了？"

施文翰笑了笑，低声道："评选的时候知道你是 Liz 了。"

施翮恍然，还有这一茬，她差点给忘了。

"奶奶，心情不错啊？"施翮懒懒地挥了下手，坐下看了眼魏子灏，"这阵子怎么样，忙不忙？"

魏子灏紧张地舔了舔唇，不敢看她，放在膝盖上的手紧张地捏成拳。

施翮一愣："你怎么了？"

魏子灏深呼吸，抬头时脸涨得通红，认真道："我……我就是来看看奶奶，不会打扰你。"

施翮干巴巴道："你以前那样就挺好。"

魏子灏红着脸不说话。

奶奶看看两人，笑眯眯道："先吃饭。"

餐桌上，气氛怪异。奶奶笑得让人头皮发麻，魏子灏低头吃饭，时不时偷看施翮，施富诚虎视眈眈地盯着魏子灏。

施翮踢踢施文翰："你赶紧找个女朋友。"

"我只爱钱。"

"每回吃饭都这样你受得了？"

"奶奶只是找个借口把你留住。"

"说得好像我不回家。"

施文翰一顿："你回过？"

施翮："……六年前回过。"

一顿饭结束，老太太上花园溜达。

施富诚忙跟过去，打算好好和他妈说道说道，相亲在外面见见就算了，怎么还带回家里来了。

施翮吃饱，缩在沙发上打盹儿。施文翰有事先走，只剩下魏子灏。

魏子灏坐立难安，他度过了此生最艰难的半个月，想给施翮发消息，又不敢，只能不断回想认识以来和她说过的话。

最后发现他没说过好话。

施翮困倦地看他一眼，随口问："你不会是忽然爱上我了吧？这不合适啊，我对你没兴趣。"

"不是，我就是……"他说不上话来。

魏子灏捏了下拳，擦擦手心的汗，解释道："我今天是来和奶奶解释的，我说只把你当成偶像看，没有其他非分之想。"

施翮瞧着他，听听，非分之想都出来了，刚见面那会儿多拽一人啊，还劝她早点改行，别学艺术了。

施翮想到这儿，笑了一下。她在国外常遇到这样的情况，在国内还是头一回。于是她朝他招招手："跟我上楼。"

家里有施翮的画室，留下不少兴起时的涂涂画画。不在的这两年，这里保持着原样。

魏子灏进去时屏住了呼吸，他憋着气问："我能看吗？"

施翮随意地点点头："拍照都行，随便。"

她也进去溜达一圈，一边溜达一边想以前的画竟也看得过去眼，视线晃过一圈，停在某个角落里，那里支着画板，画作被盖住。

施翮看了一会儿，移开视线。

出神间，魏子灏走到画板前，小心翼翼地问："可以看吗？"

施翮顿了下，道："看吧。我去睡会儿，你走的时候带上门。"

这天下午，魏子灏在画室里窥见了少女的秘密。

下午三点，施翮定的闹钟准时响起来。她看了眼时间，不紧不慢地起床，打开衣柜看了眼，她高中时候穿的衣服居然还在。

施翮挑了一阵，挑了件短款上衣和高腰牛仔裤，清爽干净，还俏皮。

下了楼，施翮诧异地发现魏子灏还在，她看了眼空无一人的客厅，纳闷道："你坐这儿干什么呢？"

魏子灏看她一眼，不太好意思地低下头，没一会儿，脸又开始红。他轻咳一声："我想等你醒了，和你说一声再回去。"

施翮："……"

她想了想，问："顺道送我去个地方？"

魏子灏一喜，当然点头答应，去一万个地方都可以。

上车后，施翮简单化了个清淡的妆。她好歹是去相亲，要保全施家的名声，得尊重一下相亲对象。

魏子灏将车开出小区，问："去哪儿？"

"汽车南站。"施翩涂了个粉嫩一点的口红。

魏子灏一愣："要出远门？"

施翩自然道："不是，送送陈寒丘他爸。"

魏子灏努力理解了一下，犹豫着问："你……你为什么要去送他爸？你们俩现在……"

施翩懒声道："我和他爸是朋友。"

魏子灏更茫然了："啊？"

施翩："这么说吧，我把呆瓜——就是我养的鹅，寄养在他爸那儿。所以送他爸，也等于送呆瓜。听懂了没？"

"……大概懂了。"

魏子灏深深觉得，不愧是 Liz，连宠物都和别人不太一样。别人养猫猫狗狗，她养大鹅。可能这就是艺术家与众不同之处。

到东川市汽车南站大概一小时的路程。施翩拿出手机，翻出和陈寒丘的对话框，对话界面还停留在两人早上的交流中。

> 施翩："你爸什么时候走？"
>
> 陈寒丘："下午四点半。"
>
> 施翩："我也去送送他，先别和他说。"
>
> 陈寒丘："在家？"
>
> 施翩："不在，我自己去。"
>
> 陈寒丘："嗯。"

施翩瞧着，数了数，说了三句话，总共八个字。她撇撇嘴，这人还真是一点没变。

四点零几分，车停在东川市汽车南站。

魏子灏要下车给施翩开门，施翩先他一步，飞快地解开安全带下车，朝他挥挥手："你回去吧，再晚点就太堵了。"

魏子灏话还没说出来，车门"砰"的一声关上。

这个点，没到太阳落下的时间。施翩溜进阴影里，朝着停在原地的车摆了下手，随即那辆车缓缓驶离车站。

一年三百六十五天，车站几乎每天都是人来人往。

到某个班点，客车出发，到了目的地再回来，每日重复着同样的路线，可以确定的是，在这里的某个时间，你能等到那辆车。

人流交错，匆匆而过的人们不对视，不交流。除了此刻，或许一生都再无关系。

施翩每年来往于各个地方，始终无法习惯这样的场景。她轻舒了口气，低着头往候车厅里走，给陈寒丘发了条短信。

走进门口，施翩垂着眼，一时没注意，腿撞到行人拖着的巨大的行李，她一个踉跄，身形不稳，头往玻璃门上撞去。

施翩下意识闭上眼，等着那阵疼痛和脆响来临。

下一秒，她的额头撞到某样结实、柔软的东西，一声轻轻的闷响，力道缓冲撞到上面，一点都不疼。

还未睁眼，淡淡的皂香传来。

"抱歉。"陈寒丘一手抵在玻璃上，另一只手扶住行人的行李，"我送您进去？"

行人摆摆手说没事，拉着行李走了。

施翩睁开眼，对上眼前的一截小臂，线条干净流畅，肌理分明。他的掌心正抵着她的额头，替她挡去那阵疼痛。

陈寒丘收回手，看了眼她的额头，没红。正想说话，忽然注意到施翩今天穿的衣服，他顿了顿，语气不温不火："走路时别发短信。"

施翩抬头，对上熟悉的 T 恤颜色，他应该有一百件白色 T 恤吧，没见他穿过别的颜色。

"……没故意不看路。"施翩揉了揉额头，往里看了一眼，"叔叔呢，乡下远不远？"

陈寒丘带她往里走，道："他看着呆瓜。不远，高速一小时左右。"

"咦，那我可以常去看呆瓜。"施翩道。

陈寒丘道："天冷了再去，这阵山里蚊虫多。"

进了候车厅，陈兴远看到施翩愣了一下，随即不赞同地看了儿子一眼，但对着施翩，他露出一个笑："小乖怎么来了？叔叔不想耽误你工作。"

施翩道："周末休息，我顺道来的，一会儿去吃饭。"

她蹲下身和呆瓜做最后的告别。呆瓜乖乖地蹲在笼子里，睁着黑豆般的眼睛，脖子四处转动着，看起来竟然不那么忧郁了。

施翮伸出食指，轻轻摸了下它的脑袋，小声道："呆瓜，你看起来挺开心的，等到了地方会更开心。"

呆瓜依旧转着脖子，安心地依偎在陈兴远身边。

施翮没能和呆瓜再说会儿话，广播提醒那趟客车即将发车，这次她没再跟过去。

陈寒丘俯身，提起笼子和行李，朝检票口走。陈兴远抢着去拿行李，被陈寒丘躲开了，从前少年青涩的身躯如今已经能够替父亲遮风挡雨。

施翮站在原地，静静看着。陈兴远来时大包小包，走的时候只有简单的一袋行李，还有一只大鹅。

不知怎的，她忽然有点想施富诚。

这二十多年，她在姜萱身边长大，施富诚每次来看她，也总是提着大包小包的礼物，走时却孤零零的一个人。

施富诚从不许她去送他，说不想最后留给她的是他的背影。

"小乖，叔叔回去了！"陈兴远喊她，让她放心，他会照顾好呆瓜。

施翮扬起一个笑，朝陈兴远挥手。

陈兴远和陈寒丘说了两句话，独自走向检票口。

施翮看着陈兴远的身影混入人群中，随着队伍越来越短，他走过一道门，便再也看不见了。

陈寒丘静立片刻，转身走向施翮。

"回家？"陈寒丘垂眼看她。

施翮看了眼时间，道："晚上有约，你把我送到市区就行。"

陈寒丘："送你去，我回趟公司。"

"……大周末的。"

"不加班，找点数据。"

两人说着话，往停车场走。

陈寒丘的车停在阴凉处，上了车还是有点热，打开空调，施翮翻下前面的镜子，补了下妆。

"去哪儿？"陈寒丘问。

施翮报了个地址。

陈寒丘输入地址，跳出来一个餐厅的名字。这家餐厅在东川很有名，据说是约会圣地，每晚十点，能准时看见游乐园的烟花绽放。

他看了片刻，收回视线，启动车。

施翾补完口红，照了照镜子，随口问："明天有空吗？我打算去趟老城区。"

她能在工作日出去，但陈寒丘不行，不能总耽误他上班时间，以后还是挑着周末。

陈寒丘轻轻"嗯"了声："天气预报说明天可能下雨，小雨。"

施翾眼睛一亮："这种天最舒服，随便披件雨衣就行。"

"明天几点？"他问。

施翾想了想："八点吧，我吃完早饭找你。"

两人沟通完时间，车内安静下来。

施翾枯坐了一会儿，觉得无聊，问他介不介意听音乐，得到否定的答案后，她连上自己的音乐软件。

稍许，音响流淌出音符，一首小众的英文歌。

施翾在这个环境中还算放松，跟着哼了两句，翻出手机，继续给呆瓜画小漫画。

画画的时间很快过去，再一抬眼，已是黄昏。从车窗看出去，天际一片橙，云层交叠晕染，太阳的余晖沉入地平线，黑夜即将来临。

施翾看周围的街道，好像快到了。

"你回公司方便吗？"她看时间，快六点了，"之后可能有点堵，吃个饭再回去？刚好吃饭的点。"

陈寒丘看着车流，淡声问："不打扰你相亲？"

施翾："……啊？"她可没有和他一起吃的意思。

前方路口是红灯，车速减缓。陈寒丘停下车，指节微屈，他忽然侧头看向施翾，问："你上一次穿这套衣服是什么时候？"

施翾看着他黑色瞳孔里的一抹橙，夕阳的光在他的侧脸打下光影，微暗、下沉的氛围令他的目光变得很深。

她一时没反应过来，目露茫然。

陈寒丘紧抿了下唇，收回视线。

她忘记了。

第一次"约会"以失败告终后，很快有了第二次。

原因无他，从广场出来，施翮拎着装着小金鱼的袋子，一直嘟囔着今天不算数，哪有人迟到三小时的。

夏夜的风吹过来，少女不高兴地捻去脸颊边的发丝。

陈寒丘喉结滚动着，低声道："明天再陪你来。"他没想过她会一直在这里等。

施翮嘟嘟嘴，瞧他一眼，这么热的天，他跑得额头上都是汗，黑眸看着她，专注又认真。她小声嘀咕："算了，明天你不是要去店里帮忙？"

陈寒丘的假期和他们这些人不同。

一周七天，周二、周四、周六，他白天给两个小孩补课，上午下午，不是同一家；周一、周三、周五、周日，他给楼下的电脑维修店帮忙，顺便自学。

属于他自己的时间，只有每天夜晚。这点时间，还要分给医院和母亲。

七月的那场计算机竞赛，因为施翮参与，他们拿了冠军回来。

东川一中的领导当然很高兴，不但留下了计算机社团，还给他们每人配备了一台笔记本电脑，当然只许在学校社团期间使用。

冠军的奖金他们三人平分，这是他们给予陈寒丘的体面和尊重。

陈寒丘靠着在电脑维修店帮忙，用东拼西凑的配件组装了一台电脑出来，老板很帮衬他，私下里偷偷给他换了新的配件，让他搬回家用。所以，陈寒丘会自觉在店里多留段时间。

陈寒丘道："六点我来找你。"

施翮不理他自说自话，从包包里拿出纸巾，踮起脚，胡乱在他额头上擦了擦，力道绝对算不上温柔。

少年却闭起双眼，他在夏日晚风里闻到了玫瑰的香味。

第二天，下午五点。陈寒丘组装完最后一台主机，搬到门口，暑假他们店最多的业务就是安装游戏主机。

他看了眼时间，五点多了。通常这个点他可以回去了，但这阵子他比平常多留了一小时。

陈寒丘想和老板说一声今天先回去。不等他开口，老板接了个电话，急匆匆地拿着车钥匙往外走，说家里出了点急事，麻烦他多留两个小时，给他多加钱。不等他回答，老板便离开了。

少年垂下头，看着手里握着的手机。他不想对施翮失约第二次，昨晚

-219-

才答应过她，隐隐的失落感萦绕在心头。

就在此时，门忽然被推开。

少女探进半个身子，裹得严实的脑袋往里看，看不清晰，她摘掉了帽子，弯起眼冲他一笑："我来找你啦。"

陈寒丘难以言喻心头那一瞬的感觉，像是冰激凌在他身上融化了。他看着女孩子脸上灿烂的笑，说不出话。

施翮推门进来，感受到凉气，她拎起手里的袋子，对他晃了晃："晚饭，你忙完了吗？"

陈寒丘"嗯"了声，顿了下，道："还不能走。"

"我知道，刚刚遇见你老板了。"施翮看了眼还算宽敞的店，"我带语文练习册来了，就在这儿学习吧，还有免费的空调。"

施翮看他当木头，不由得催他："饿死了，腾个地方吃饭。"

陈寒丘收拾了一张干净的小桌出来，找了两把小矮凳。

施翮坐下后先戳了杯奶茶喝，再把他的果茶拿出来，她含糊道："应该不甜，就三分糖。"

陈寒丘看着她泛红的脸，道："下次……"别来了。

施翮像是知道他要说什么，飞快地递来果茶，吸管往他唇上一抵，于是他剩下的话就咽了回去。

吃过饭，施翮在店里溜达了一圈，就当消食。

期间，陈寒丘安静地拿着本书，偶尔抬头看她一眼。施翮凑过去看了一眼，他在自学高数概率论。

"我也来学习吧。"她鼓鼓脸。

陈寒丘看着施翮拉了把椅子过来，在他对面坐下，翻出语文练习册后，她的眉心便渐渐蹙起来，脸也皱成了一团。

她今天很漂亮，穿着白色的针织短袖上衣，浅蓝色的牛仔裤。上衣特别短。

陈寒丘看了眼店里的摄像头位置，从那里正好能拍到她的后背。

片刻后，陈寒丘伸手叩了叩桌面，他道："施翮，我们换个位置。"

施翮"哦"了声，把练习册往对面一推，起身坐到他的位置上，继续纠结书页上根本看不懂的句子。

这个夏夜，静谧柔和，她精致而漂亮，却陪他坐在这个小小的店面，陈旧而拥挤，机器的味道无处不在。

施翩从久远的记忆里找出这段回忆，她有些失神，曾以为她早已不记得那些往事，原来回想起来，历历在目。

施翩问："你怎么知道我去相亲？"

陈寒丘下巴微抬，指了指餐厅地址："有名的约会圣地。"

施翩撇撇嘴："第一次相亲就选这种地方，这人不行。"

既然是约会圣地，一定会有浪漫的场景。施翩没兴趣和陌生人共度这样的时刻。

施翩思索片刻，认真道："我想了想，前相亲对象送我去车站，再由前前前前前前前男友送我去见现相亲对象，是不是不太好？"

"……"

陈寒丘淡淡地看过来，道："七个'前'，漏了至少四个。施翩，你到底有几个前男友？"

施翩："……"

上回编了几个前男友啊？她根本想不起来。

第五章

没有人比你更好

黄昏下，施翩认认真真地"鸽"了她的相亲对象。她给施文翰打了真情实感的一百字"小作文"，详细说明了她和呆瓜依依不舍，离开车站已是高峰期，所以堵在路上去不了。

　　发完短信，她解脱了。

　　施翩想了想，问："桃子最近忙不忙？"

　　"不忙。"陈寒丘见她不去，转了个方向换道，"回海上花境还是去哪儿？"

　　施翩："找桃子吃个饭吧，顺道叫上余攀，你去吗？"

　　陈寒丘删去导航里餐厅的地址，侧头看她一眼，问："真不去？对方可能已经到了。"

　　施翩头也不抬："不去，到了就让施文翰去。"

　　陈寒丘紧握着放盘的手松了松，不紧不慢地收回视线，问："去哪儿吃？"

　　施翩在群里和这两人聊了一阵，三人统一决定找个居酒屋，周末的晚上不喝酒就是浪费生命。

　　陈寒丘对此没意见，他向来没意见。

　　周末实在太堵，车走走停停，从黄昏到云彩失去颜色，他们仍在原地打转。

　　陈寒丘看了眼时间，问施翩："找个停车场，我们坐地铁过去？"

　　施翩欣然同意，她都坐困了，这个点地铁虽然挤，但至少能到地方。

　　陈寒丘在附近找了个停车场停好车，两人步行去地铁站。

天渐渐暗下来，施翮摘了帽子，揉了揉被压扁的头发，揉了半天，还是扁扁的。她郁闷，戴帽子就是这点不好。

陈寒丘看见女孩子懊恼的表情，她不满地鼓着脸，对着手机镜头扒拉着头发。

他无声看着，偶尔提醒她注意脚下的路。

进了地铁站，施翮没搜路线，跟着陈寒丘走，他去哪儿她就跟着，这个人永远不会迷路。

"好多人。"施翮感叹。

陈寒丘走到她左侧，道："过了这个点会好点，这条线特别堵，能直接到海上花境。"

施翮看他平静的模样，问："你不喜欢开车？总是坐地铁上班。"

"油费贵，坐地铁便宜。"他随口应。

施翮："……"

下了电梯，地铁正好到站。

载满人的地铁渐渐停下，施翮透过玻璃看到人挤人的场景，呼吸一滞，她立即看向陈寒丘："我们坐几站？"

"三站。"他言简意赅。

施翮尚能承受，呼吸顺畅了点。

一进车厢，施翮便被卡在角落里，寸步难行，实在是一步都动不了。看车厢内，一部分人习以为常，一部分面如死灰。她应该是面如死灰的这一部分。

她左看右看，上看下看，扶手都被握满了。

施翮正看着，面前的陈寒丘忽然抬手，握住最上方的扶手杆，手臂弯曲，看了她一眼。她对上他低垂的视线，明白了他的意思。

"……"

施翮认真想了想，换作余攀给她当扶手，握不握？答案是握，于是她握了上去。

陈寒丘看着车门外闪过的昏暗通道，轻轻吐了口气，他握紧扶手，感受着手臂上女孩子软软的力道。

这点力道那么轻，又如雷霆万钧，让他无法动弹。

施翮一手握着"扶手"，一手回复窦桃询问他们在哪儿的信息。

不一会儿，广播响起，他们到站了。

施翩精神一振。车一停，她立即松开手，等车门开启，便飞快溜下了车，她也没忘恩负义，停下来等了会儿陈寒丘。

出了地铁站，离居酒屋不远。

陈寒丘和同事来过一次，很快找到了地方。服务员带他们走到包厢门口，往里一看，那两人正在点菜。

"我饿死了！"余攀急着吃饭，"快来点菜。"

施翩纳闷："饿成这样，没吃午饭？"

余攀："最近要去比赛，每天都在训练，消耗太大。"

施翩这些年口味变得不多，飞快上去点了菜，凑到窦桃边上，和她吐槽最近的种种不顺。

窦桃听着，什么"呆瓜生病了""冬冬不在""我胖了"……还有"家里一堆巧克力不知道怎么处理"。

窦桃翻了个白眼："最近那么闲？"

施翩托着腮："没有，明天还要和陈寒丘出去到处跑，准备那个评选，这两个月不但要跑完地方，还要画画。"

窦桃："……你的画别人看得懂吗？你总不会去画儿童画吧？"

施翩闻言，忽然挑了下眉，倨傲一笑："人人都能画出来的东西，为什么这个世界还需要 Liz？"

热闹的包厢忽然寂静一瞬。

余攀一口水呛在喉咙里，对着施翩比了个大拇指："牛啊小羽毛，你这句话应该录下来，值得反复回味。"

窦桃轻轻"啧"一声："这都能和老大一较高下了。"

陈寒丘眼睫微抬，静静看着施翩意气风发的模样。片刻后，他对他们道："她打算结合抽象和敦煌壁画的画法展现场景，会很特别。"

余攀这种不懂的，听到敦煌壁画只知道《飞天》。

窦桃之前和游戏公司合作，了解过一点，敦煌壁画早期人物变形多，偏浪漫主义，到后期人物立体感强，偏写实，变形再配合上施翩这位抽象派大师，或许真的会有奇妙的碰撞。

几人就最近的生活聊了一阵，菜陆续上来。

余攀吃了几块寿司填肚子，再嘬口清酒，喟叹道："这才像是周末，多舒服啊。一会儿吃完去按摩？"

他这阵子训练太苦，肌肉酸胀，浑身不舒服。

窦桃随口应了句行，一想不对，对余攀道："我们公司新出的伴侣型机器人就有按摩功能，给你个友情价……"

她飞快瞥了眼陈寒丘，把"八折"咽了回去，道："八五折！"

余攀翻白眼："今年奖金全给你都买不起，什么时候发售？"

窦桃："明天上午 11:11，限量一百个名额。"

窦桃见余攀不感兴趣的模样，立即专业上身，非要给他介绍。两人吵吵闹闹，一个追着"安利"，一个坚决护住钱包。

施翩不由得看了眼陈寒丘，她想找个周末去采风，不耽误他上班，没想到撞上他们新产品发售，没见他开新品发布会啊。

"你们不开新品发布会啊？"她问了句。

陈寒丘："受众有限，在官网上线了视频。

施翩轻咳一声，道："那你明天……"

陈寒丘抬眼，视线扫过她犹疑的小脸，道："这部分不归我管，明天我时间自由。"

施翩："那就行。"

施翩上回听到这个伴侣型机器人就挺感兴趣的，她趁着锅子没熟，搜了下 Proboto 科技官网，搜索引擎跳出来的第一个链接就是官网。

极简的页面设计，和 Proboto 科技的装修风格一脉相承。

页面正中央放着视频，她点了开始，缓存片刻，视频开始播放。画面一片漆黑，一秒，两秒，忽然响起一道冰冷的嗓音，平静、冷淡——

"Welcome to the future."

"……"

聊得火热的包厢又是一阵寂静。

窦桃和余攀一停，两人齐齐看过来。陈寒丘淡淡地看了施翩一眼，漫不经心地收回视线。

施翩："……"

施翩轻轻咳了一声，说："不好意思，我在你们公司官网看宣传片，忘记静音了……"

余攀听着声音有点耳熟："学神，这是你的声音啊？别说，还真挺像机器人的哈哈哈哈哈哈！"

窦桃笑道："我们谭总烦了老大三天，才把人哄去录音。"她兴致勃勃地说起录音那天的趣事来。

陈寒丘搁下筷子，瞥了他们一眼："我让谭融联系你们，另外多加三个名额。"

余攀眼睛一亮："免费的？"

陈寒丘："同学福利。"

施翮"哇"了声："大方啊陈总。"

窦桃暗自撇撇嘴，说得好听，同学福利，刚刚她追着余攀"安利"的时候怎么不说？偏偏小羽毛一看就说，不要太明显，也就这两个傻子看不出来。

施翮喝着酒，悠闲地看着视频，深觉这才是她该过的日子，相亲什么的，实在不适合她。

吃到后半场，余攀坐在包厢里热得慌，嚷嚷着出去透透风，顺便拉上陈寒丘，说陪他一块儿上厕所。

窦桃无语，这是还当在高中呢，还要一起上厕所。

包厢内热气流动，桌上咕嘟咕嘟的声响令人放松。

施翮浑身舒适，躺下来软软地靠在窦桃的腿上，睁眼看着正上方暖和的灯光，什么都不想，只是安静地看着。

"桃子，我忽然觉得东川还行。"施翮微微歪过脑袋，看着窦桃的下巴。

窦桃看她一眼，她的脸上已没有长期失眠的痕迹，黑眼圈已经很淡，眉眼放松，看起来很平和。

"你们说开了？"窦桃问。

施翮慢慢地眨了一下眼睛，看向灯："嗯，算是。"

窦桃没多问，只道："平时多出来聚聚。"

室内静谧温暖，窦桃慢悠悠地吃着刺身，偶尔往施翮嘴里丢一个，两人有一搭没一搭地说着话。

忽然，窦桃的手机接连振动两下，她点开看了一眼，是群消息，看清内容后，愣了一下。

施翮注意到她的神情，问："怎么了？"

窦桃简单说了一下，目前《站台》平行宇宙里的时间节点到了高一下半学期，这段时间内，他们学校发生过一件大事。群里的人商量着，能否改变这件事，弥补曾经的遗憾。

"什么大事？"施翩好奇道。

窦桃停滞两秒，轻声道："全校给老大募捐的事。"

施翩微怔，在她转学过来的很长一段时间后，有人和她提过这件事，但仅限于知道，并不清楚细节，她不会去问陈寒丘这样的事。

施翩缓缓坐起身："现在触发了这段剧情？"

窦桃点头："他们没在群里多说，在游戏里聊。"

施翩很久没去那个平行宇宙了，偶尔上游戏，她只是去看大雪，看艺术家们的观点碰撞，小小的虚拟的人儿在屏幕里吵成一团，偶尔打得头破血流，她独自在角落，这让她感到平静。

施翩打开《站台》，又一次进入了那个平行宇宙。

冬天刚过去，春光照下来，操场上乌泱泱的都是人，身穿蓝白色的校服。

暖光照得人发懒，他们低着头，耷拉着肩，有人昏昏欲睡，头抵在前面的人的背上，老师们站在最前排，偶尔回头，看一眼自己班的学生。

主席台上，红旗飘动，映着澄澈的蓝天。

教导主任握着话筒，另一只手拿着纸条，一字一句地念着。他有一个皮球似的大肚子，说话总像喘不上气，说几句，停一会儿，令人听得无端着急起来。底下的人群，有人望着他的肚子偷笑。

直到他说到今年寒假全国奥数竞赛，所有人精神一振。

全校都知道，高一新生里有个竞赛大神，上到全国大赛，下到市里竞赛，没有他搞不定的奖项和科目，但这不是重点。

好吧也是重点。更重要的是，他是个——

大帅哥！

有多帅呢？

当你上课犯困时，当你做作业哀叹时，当你觉得校园生活枯燥时，只要抬起头，转过身往后看一眼，你的眼睛和精神都像受到了洗礼。

干净的少年坐在最后排，阳光洒进来，柔和地落在他冷调的面庞上，深黑色的眼眸注视着黑板，手指漫不经心地转动着笔，视线停留太久，他的眼神微动，淡淡地看过来。

那一瞬，你会觉得身体注入生机。

台上，教导主任激动地说着高一（1）班的陈寒丘同学，他又一次在全国奥数竞赛获得了一等奖，学校准备了奖状和奖金，以作鼓励。

全校瞩目下，清瘦挺拔的少年走上主席台，再走到教导主任身旁，他平静地和教导主任握手，忍着搭上肩膀的手，转身对着摄影机，露出一个很淡的笑容。

台下掌声雷动，所有人都仰望着陈寒丘。他们明白他的与众不同，明白他们之间隔着天与地的距离，这样的人，是天之骄子。

可下一秒，教导主任松开手，朝着台下的熊相国比了个手势。

熊相国看了眼台上的少年，踟蹰片刻，小跑着上了主席台，经过陈寒丘时，他看了这个孩子一眼，动了动唇，反复几次。他最后说，有老师在，别怕。

熊相国接过话筒，望向台下一张张无忧的面庞。

他平静地叙述了陈寒丘家里的困境，陈母病重后，陈家花销剧增，难以承受，于是他们抵押了房产，用来给陈母治病，他又仔细说明了慢性肾衰竭的严重性，以及后续的治疗和花费。

最后，他向全校发起募捐。

台下一片寂静，无数视线看向陈寒丘。

少年低着头，安静地站在熊相国身侧，他手里还握着刚才的奖状和奖金。大家忽然发现，这样的人，其实也是普通人。

他们说，你看，上天没有眷顾他。

陈寒丘站在阳光下，春风吹过来。

他没有抬头。

一阵脚步声响起，夹杂着笑语。

余攀推开包厢门，边往里走边和陈寒丘说着篮球队里的趣事，他脸上的笑在看到包厢里情形的瞬间，僵住了。

"桃子！你让小羽毛喝那么多酒？"余攀大喊。

窦桃："……就一时没看住。"

陈寒丘一顿，看向施翩。她支着下巴靠在桌上，面前是三个空了的酒瓶，原本白皙的小脸一片红，这会儿正安静着，不知在酝酿些什么。

片刻后，桌子忽然一震，三人齐齐朝施翩看去。

施翩重重地拍了一下桌子，道："那个人说的什么狗屁！他懂什么是色彩吗？懂什么是线条吗？懂什么是光影吗？"

她大怒："他根本看不懂我的画！"

她看起来像一头愤怒的小牛。

"……"

没人敢动，没人敢说话。

寂静过后，施翩忽然起身，围着桌子绕圈，一边绕一边飞快地说着他们听不懂的话，嘴皮子一张一合，一口气说了几百个单词，听着语气，她似乎更生气了。

余攀躲在角落里，咽了咽口水，问："小羽毛在说什么？"

窦桃："……听不懂。"

陈寒丘捏了捏眉心，无奈道："在用意大利语骂人。"

包厢里动静太大，引来服务员敲门。他们一合计，这顿饭也吃得差不多了，是时候散了。

陈寒丘负责送施翩回家，余攀拉着窦桃去按摩。大家各有各的快乐。

居酒屋楼下，窦桃手脚并用地架住施翩，想把她塞进出租车内，施翩扭动着死活不进去，最后用那双勾人的狐狸眼睛看着窦桃，瘪瘪嘴，委屈道："桃子，你要把我抓进笼子里吗？呜呜呜我是小鸟，不能被关起来。"

窦桃："……"

窦桃和大美人对视两秒，举手投降。她问陈寒丘："老大，我给她在附近开个房住下？"

陈寒丘看着女孩子娇娇的撒娇模样，喉结滚动了一下。他走到施翩身前，慢慢蹲下身，说："施翩，背你回家。"

闹腾的人顿时过来，她盯着他看了一会儿，俯身闻了闻味道，好像闻了许多年，令她觉得放松和平静。

施翩慢吞吞地趴了上去。

窦桃顿时松了口气，把人往陈寒丘背上托了点。他们看着陈寒丘背起施翩，慢慢走入街道，背影越来越远。

余攀看着，做深沉状，忽然问："桃子，你说什么是爱情？"

窦桃："再不过去，你的 28 号技师要下班了。"

余攀一声哀号："走走走！"

窦桃大笑："这就是爱情。"

陈寒丘勾着施翮的腿弯，停下脚步，把人往上颠了颠，背上的人不高兴，啪地打在他的肩上。

"不许停，追不上月亮了！"她嘟囔。

陈寒丘看了眼天，提醒道："是阴天，明天要下雨。"

施翮捶他："明明有月亮！"

陈寒丘叹气："我去追。"

马路上，清俊英挺的男人背着漂亮的女孩子，步子时快时慢，他们经过繁华商区，穿过人行横道，走入冷寂的街道中。

街道两旁是高大的悬铃木，挡住黑沉沉的天幕。

背上的人闹了一路，累了，安安静静地趴在他背上，双手缠绕过来，圈住他的脖子。

"陈寒丘……"她拖着长长的语调喊他。

陈寒丘"嗯"了声："要做什么？"

施翮不说话，静了一阵，小声说："对不起。"

陈寒丘一顿，迟缓地问："为什么这么说？"

"没有为什么。"施翮额头抵着他的肩，嘟囔道，"不就是班级聚餐，不去就不去，有什么了不起的。"

陈寒丘反应过来，她的记忆又回到了那次春游。她在为以前直白地戳穿他被班级聚餐抛弃这件事而道歉，明明知道他不在意。

"不要说对不起。"他低声道。

背上的人安分片刻，两只手忽然往他脖子上摸，凉凉的触感滑过他的颈部，指尖刮擦过那颗小小的凸起，继续往上爬，直到托住他的下巴，往上一掰。

陈寒丘："……要干什么？"

施翮不理他，晃着小腿，指使道："就这么走路！"

陈寒丘只好维持着这个别扭又自然的姿势往前走，但凡有人经过，都往这对男女身上看一眼，这是干什么，人工颈托？

下周东川开始降温，这时的夜晚变得很凉。

陈寒丘加快脚步，再转过一个弯，就到了海上花境。

夜风中，一片叶子从树上掉落，在风中打了几个卷，缓缓落在施翮的手臂上，她像是受惊的蝶，睁大眼看那片叶子。

陈寒丘侧头看去，才一动，她双手用力，抬起他下巴。

"不许动！"她恼怒地喊。

陈寒丘轻笑一声，问："为什么不许动？"

这句话问出口，背上的人迟迟没有动静。

许久，久到叶子落在地上变成落叶，又被风卷起翻入草丛中，他听到她用柔软的嗓音，说着最固执的话。

她说："陈寒丘，你不可以低头。"

你堂堂正正站在阳光下，你做了力所能及的一切，你永远是别人的可望而不可即。

你抬起头，看着他们的眼睛。

再告诉他们，你是陈寒丘。

陈寒丘，你不可以低头。

施翩在暴雨声中睁开眼，清醒了没几天的大脑混混沌沌的，缓了一阵，她茫然地想，是失眠还是做梦。

头好沉，身体也好沉，耳边有水声，她不会在梦里淹死了吧？

施翩犹豫着要不要在梦里游个泳，门口忽然响起动静，是小机器人的声音："施翩，监测到体征波动，你醒了吗？"

听起来是圆圆，可她为什么会听到圆圆的声音？！

施翩一惊，忽然坐起身，睁大眼看了眼周围，不是做梦，不是她家，不是她的床，不是她的机器人。

她睡在陈寒丘的床上！

施翩顿时头不疼了腰不酸了，飞快地从床上蹦跶起来，站在门口扫视一圈——没错，就是陈寒丘的房间，冰冷灰暗，墙上挂着印象画。

施翩："……"要了命了。

五分钟后，施翩打开房门，和圆圆打了个照面。

小机器人闪烁着眼睛，用喜悦的声音道："早上好施翩，欢迎你再来我们家做客。"

"……早上好。"她笑不出来。

圆圆道："陈寒丘说你喝醉了，不记得家里密码，所以把你带回了家。"

施翩揉了揉乱糟糟的发，企图回忆昨晚发生了什么，瞪着眼睛盯着空气看了半晌，什么都没想起来，只记得包厢里的事。

"他在哪儿？"她小声问，踮脚去看。

圆圆道："在厨房。施翩，喝酒不利于身心健康，据今年最新的调查报告每年因为喝酒……"

小机器人尽职尽责地进行科普。

施翩蹑手蹑脚地往外走。

"嘘！"她回头瞪了圆圆一眼，"先别说话！"

圆圆茫然地停在原地，眼睛闪了两下，无声地跟上来。

施翩走到客厅，瞥见厨房里男人的背影，对圆圆小声道："你和他说，我回家洗个澡，再……"

再怎么样，居然还要过来？

"……再过来道谢。"

说完，施翩往门口一个猛冲，打开门灵活地往外一钻，"砰"的一声，关上门跑到对面，输入密码，反手关门，整个过程只用了十秒。

关上门的那一刻，她觉得自己是博尔特！

施翩缓了片刻，有气无力地往浴室走，念叨着醉酒害人，居然从前男友的床上醒来，这像话吗？

他洁癖那么严重一个人，不会把床扔了吧？

洗过澡，施翩看着镜子里美美的小仙女，她振作起来："这么一个大美女睡过你的床，是你的福气！"

施翩勉强安慰好自己，换了身方便在雨天出门的衣服，再带上家里的两件雨衣，经过客厅时看到施富诚新买的巧克力，顺便带上两盒，就当谢礼了。她真是个好人啊。

施翩做好心理准备，敲响陈寒丘家的门。

几秒后，门从里面打开，她对上圆圆熟悉的大眼睛。

"到吃饭时间了！"圆圆提醒她。

施翩换好拖鞋，轻轻地咳了一声，硬着头皮去厨房找人，走到厨房门口，背对着她的人转过身来。

陈寒丘神情平静，视线淡淡地扫过来。

施翩低着头："昨天麻烦你了。"

女孩子小声说着话，眼睫垂下去，脸上没什么精神气，像一只耀武扬威的小狐狸做了坏事，把小脸埋进毛茸茸的尾巴里。

陈寒丘缓和语气，轻声道："不麻烦，你喝醉很安静，不闹人。"

"真的啊？"施翮抬起头，眼睛微亮，情绪上涨，"别人说我很闹腾，原来很安静吗？他们骗我啊？"

陈寒丘："……"

"先吃饭。"他移开话题。

施翮感觉好了不少，在前男友眼皮子底下发酒疯什么的，这也太丢人了。她眨眨眼，递过巧克力："喏，谢礼。叔叔之前给我做巧克力蛋糕，用了不少，我给你补上。"

陈寒丘看了眼礼盒，接了过来。

两人相安无事地吃完早餐。

施翮深深觉得他们陈家的男人做菜都有一手，她心满意足，神清气爽，双手合十道："您真是菩萨。"

不但收留她过夜，还做了早餐和醒酒汤，昨天还送了那么贵的定制机器人。

施翮感动完，诚恳道："我知道你有洁癖，你要是想换床，这个钱我来出吧？"

陈寒丘一顿，抬眸定定看她一眼，深黑色的眼眸在没有情绪时显得很冷，疏冷感令人心悸。

半晌，他收回视线，漫不经心道："行啊。客厅沙发，家庭影院的单人座，加上你碰过的地方，晚上我发账单给你。"

施翮："什么？"

她不满："余攀他们也坐过！"

陈寒丘不紧不慢地收拾着餐桌，提醒她："是你提出要给钱。"

"那是床！床怎么能和其他地方一样……"施翮追着他叨叨，"那不然给你买个新床单？"

陈寒丘："一年四季，每季三套。"

施翮："……"

闹了一阵，两人出门去采风。

初秋的凉风吹来，夹杂细密的雨丝，晨间痛快地下了场暴雨，空气清冽，东川雾蒙蒙的一片。

"还好雨小了。"施翮嘀咕。

陈寒丘一早出门把车开了回来，他们直接去老城区。

离老城区有段路，施翮无聊地看了会儿雨。

她看着闪过的街道，随口问："20世纪70年代的东川是什么样的？电车、弄堂、百货商场，这些还都有。"

陈寒丘道："那时东川经济不好，大家挤在一起过日子，弄堂里随处可见炒菜柜，二楼窗外的晾衣杆上是五颜六色的衣服，墙上贴着报纸，居民们围站着能看上好一阵。有时候天气好，有些人就坐在地上下围棋，光是看他们下围棋就能看一下午。马路上交通亭矗立，自行车、小货车、电车来来往往，那时不是所有地方都有红绿灯，大家排队过马路……"

施翮安静听着，渐渐出了神。

他的嗓音干净好听，却总是惜字如金。以前除了讲作业的时候，他不会说那么多话。她没告诉过他，她喜欢听他说话。

施翮回过神来，他刚好停下，她道："群居生活啊，我不习惯。"

陈寒丘继续道："后来电车被淘汰，部分弄堂被拆除，百货商场改头换面，经济越来越好。"

施翮随口问："你怎么了解这么多？"

陈寒丘一顿，道："帮杨成杰找过资料。"

施翮恍然，《站台》构筑了许多个小世界和宇宙，需要大量的资料支撑，实在是一个工程量巨大的项目。况且这个游戏并不收费，是件吃力不讨好的事，完全是为爱发电。

两人说着话，车开进老城区。老城区保留着弄堂的原始风貌，苍蝇馆子、杂货店、书画堂、裁缝铺、修车铺、修鞋摊……

车开不进弄堂口，两人下车步行。

下车前，施翮递了件雨衣过去。

透明的雨衣上是一些胡乱的线条和图形，色彩缤纷，像春日里天际的一抹彩色，极其亮眼。

仔细看，这颜色是画上去的。

陈寒丘问："你画的？"

施翮："无聊的时候画的，防水颜料。走吧？"

两人穿好雨衣，走入弄堂，雪白的球鞋踩上微湿的地面，石板上不少坑坑洼洼的小水坑，早上刚下了一场暴雨，走过时难免溅起水花。

施翮从来就这样，天气越差，越爱穿白色的鞋，一天下来，鞋子变得泥泞不堪，她却双眼亮晶晶地看着上面的图案和线条，告诉他，这是大自然给予的神迹，要珍惜。

"陈寒丘，这是不是你家附近啊？"施翮看了一圈，觉得眼熟。

陈寒丘："不远，以前我经常陪我妈来这里，她说这里菜市场的人最精明，但东西最新鲜。"

施翮点点头，四处看着，雨天路上行人也不少，大家撑着伞埋头走路，自行车穿梭在人群中，车铃叮叮当当地响。

他们去各个店铺里问，秉着不耽误人家做生意的原则，哪里人少他们去哪儿。

弄堂里有个小铺子，矮凳工具一搭，顶上一个小雨棚。

这是一个修鞋铺，修鞋匠看起来年纪大了，六十上下的一位老先生，戴着一副方圆的眼镜，穿着深蓝色的外套工整，胸前挂了一条围裙，全面口袋里装着一些工具，里面的衬衫料子是的确良，这是一种在20世纪70年代格外流行的化纤纺织品，早已淘汰。

施翮要找的正是这样的人。她蹲下身，和老先生打了声招呼，他正拿着钩针穿鞋底，闻言看了她一眼，继续修鞋，也不搭理她。

施翮不觉冒犯，说明来意。

说起20世纪70年代的那场大雪，老先生抬起头来，说了句东川话。施翮在东川待得不久，听起来一知半解，只好看向陈寒丘。

陈寒丘在她身侧蹲下，熟练地与老先生攀谈起来。

施翮连蒙带猜，听懂了几句。

老先生说，那时他们住在弄堂里，十几户人家共用一个水龙头。那年大雪，他十六岁，大雪的第一天，他一早起来准备去工厂，出了门，一脚踩进雪里，雪没过了脚踝，水龙头勉强能出水，有人通知，赶紧接水，肯定要冻住。结果到第二天，水龙头果然冻住了，十几户人家没有水用，大家只能想方设法地为水龙头解冻，办法用了个遍，最后说水管也冻住了，怎么着都没用，大家便唉声叹气地回家去，还好有昨天接的水，只是不知道要冻几天。

老先生絮絮叨叨地说着，像是攒了一辈子的话。

施翮托着腮，观察他的工具、他的手指、他的样貌，颜色和点线面渐渐代替了他的模样，他说的话似乎也变成了一幅幅画，在她脑海中闪现。

不知道过了多久，她听到一声喊："施翩。"

施翩抬眼望去。她蹲在地上，陈寒丘站了起来，她从仰视的角度看他，涂满颜料的透明雨衣穿在他身上，实在是很奇妙。

他的体温是温热的，相貌是清冷的，雨衣是热烈奔放的。

当这三种特质组合在一起，他像是一幅艺术品。

陈寒丘低着眼，看蹲在地上，小小一团的女孩子，像看到森林雨后一颗色彩鲜艳的小蘑菇，露着白生生的脸看世界。

她又出神了，陈寒丘想。

他抬头，仔细感受了一下落在脸上的雨丝，太凉了。

陈寒丘往摊位处扫了一眼，低声和老先生说了两句话。

老先生递给他一把伞，混浊的双眼透过镜片上的点点光晕，看眼前的这对男女，看了半晌，心说古怪。

女娃娃古怪，男娃娃也古怪。

陈寒丘撑起伞，站到施翩左侧，让开位置，以免挡了老先生的生意。这雨天其实也没什么生意，坐在檐下，放个小收音机，慢悠悠地唱着曲儿，时不时喝一口热茶，这日子也算惬意。

"啪嗒"一声脆响，倒霉的路人踩到水坑。

施翩忽而回神，眼看着路人手忙脚乱地从包里拿出纸巾，蹲到一边擦沾满泥水的皮鞋，一边擦一边嘟囔倒霉。

她正想起身，刚抬眼，愣住了。

一把灰扑扑的伞横在她的头顶，挡去了细细的雨丝。

黑色伞柄上横着几根冷白的手指，指节弯曲，指骨因用力泛着微微的白色，透过肌肤，看见青灰色的血管。

他立于人来人往中，为她挡住一城秋雨。

施翩抿了下唇，抱歉道："我又出神了……"

"没多久。"陈寒丘看了眼时间，"去下个地方？"

施翩忙点头，顺口道："中午我请你吃饭吧，总麻烦你。"

陈寒丘收起伞，擦干净伞面上的雨滴，叠得整整齐齐，再还给老先生。

老先生看了施翩一眼，道："闷成这样，平时气死了吧？"指的是陈寒丘闷。

施翩扑哧一笑，给她撑半天伞，没得来一句夸奖，反而遭埋怨。她不会说东川话，用普通话道："不气，早就被我甩啦。"

老先生一愣，连连摇头："眼睛给气坏啦？"闷是闷了点，但会疼人，还长得俊，怎么就甩了呢？

施翮："……"

她没说话，和老先生道了谢，拉着陈寒丘跑了。

经过这茬，两人再采访起来便有了经验。陈寒丘对这里熟，找的老板都好说话，忙中抽出时间和他们念叨那场大雪。

说起谁家门口电线杆被压垮了；说雪结了厚厚一层，快一米高，太阳一照，都是硬的；说前一晚睡在公园里的流浪汉，第二天就被埋了，他们急匆匆地去公园里挖人；说大家伙围在炉子边烤火，时不时丢个土豆和红薯进去，香得人舌头都要掉了；说那时候的恋爱辛苦又浪漫……

一路走下来，他们到了巷尾。

这是最后一间店铺，是间修车铺，全须全尾的自行车到这儿就散了架，东一个轮子，西一个车篮，地上堆满零件，一股子胶皮味。

店主正在补胎，埋头做得认真。

陈寒丘摘下雨衣帽子，语气难得温和："何叔。"

何叔抬起头来，飞快地瞥了眼来人，正要说话，愣了一下，立即放下手里的活，露出个笑来。

"寒丘来了？"他忙洗干净满是油的手。

何叔有阵子没见陈寒丘了，陈寒丘偶尔会回以前的住处，每次都会来看望他，回回带着礼物。

施翮看着两人叙旧，一个沉静，一个激动。她自顾自找了小板凳坐下，观察地上分散着的自行车的"五脏六腑"，这是她每到一个地方，最喜欢做的事之一。

陈寒丘等何叔问完近况，道："我今天和朋友过来，麻烦您件事。"

何叔一愣，这才注意到灰扑扑的店里坐了个顶漂亮的女孩子，正托着腮四处瞧，一副被冷落的模样。

他在工作服上擦了擦手，问："朋友啊？"意思是，只是朋友啊？

陈寒丘说明来意。

何叔失望地看了他一眼。

陈寒丘："……"

施翾跟着陈寒丘喊:"何叔,我们来这里采风,做一个东川记忆的项目,就在他公司楼下。"

何叔一口说支持,回头一定去看。

何叔去隔壁借了两个杯子,从兜里掏出一个小罐,这是陈寒丘上回给他带的茶叶,香得很。

他忙上忙下,给两人倒了茶水,坐在小矮凳上回忆起来。

"我当时是个小孩,五六岁。"何叔说起这事,记忆犹新,"我爸那阵去乡下了,我跟着我爸住厂里,那天我妈回来,我们冒着大雪回家去。街上有组织的扫雪队伍,晚上积雪,白天扫雪,路上雪不厚,但又滑又湿,我爸捂着我的眼睛,抱着我走在雪地里,太冷了,冷得睫毛都要冻住。我爸走了一半,不行了,鞋子袜子都湿了,跟无头苍蝇似的转了几圈,找到一个馆子。"

那是一个极小的馆子,门只容一人通过。

昏黄的灯在漫天大雪里亮着,光是看便让人心生暖意。何叔被爸爸抱着,想起卖火柴的小女孩,想她当时是不是也这么冷。

进了店门,阻隔风雪,暖意扑面而来。

这个天,也没什么吃的。店主端上来两碗牛肉清汤,一笼生煎。他看这一大一小冻得直哆嗦,掏出手里的汤婆子,塞到小孩手里。

大块牛腩做的牛肉清汤,鲜香扑鼻。先加入适当香辛料去除腥味,再加入胡萝卜提升甜度,用小火慢慢炖上几个小时,眨眼便是一下午的时光。

喷香的味道把冻坏了的鼻子救活。

一口汤下去,整个人都暖和起来,热流淌往四肢,让人大脑空白,呆呆地看着眼前虚无的灯光,最后长舒一口气。

活了活了!他爸大笑。

店主说,本该闭店的,但明天准备回老家过年了,剩下点牛肉,干脆开完最后一天,没生意就罢了,有生意就当做善事,这冷冬里,总有几个被冻坏了的路人。

他们运气好。

何叔感叹道:"我到现在都记得那碗牛肉汤的味道,至于生煎,早想不起来了。真香啊,香得人想躺下。"

陈寒丘问:"加了香叶?"

何叔笑道:"没错,就是香叶。"

何叔说了一阵，想起一件事："上回你让我找的响铃到了，你改天来，我给你换上。"

陈寒丘说好。

何叔又看了施翩一眼，问："带朋友上叔家里吃个饭？"

陈寒丘温声谢绝："下次我再来看您。"

何叔点点头，没多留。

施翩和陈寒丘告别何叔，走入细雨中。

走了一阵，施翩真诚地建议道："中午我们去吃牛肉面吧？再加上两根羊肉串，怎么样？"

陈寒丘一笑："你请客，你说了算。"

最后两人去了一家拉面馆，陈寒丘找的地方。

施翩坐下飞快地点好了单，随口和他聊天："何叔说的响铃是什么？不会是自行车响铃吧？"

陈寒丘"嗯"了声："是。前阵子回来，发现响铃坏了。"

施翩："……以前那辆啊？"

陈寒丘："嗯，还能用。"

施翩打量着陈寒丘，白 T 恤黑裤子，没戴表，脚下是国产运动鞋，简直是把"朴素"两个字印在了脑门上。这人身家都快上百亿了，居然还骑着高中时候那辆小破自行车。

她手握成拳，假装话筒递到他嘴边，诚恳发问："请问这位富豪，你是不是不会花钱？实在不会，我可以教你。"

陈寒丘抬眼看她，问："比如？"

施翩兴奋道："买 Liz 的画！"

陈寒丘顿了下："如果我没记错，Liz 的画连续四年被同一个人拍走，她应该不愁卖画。"

施翩："……"这也知道。

她轻咳一声，瞥见墙上画着的面条，弯曲的弧度让她想起星轨运行的痕迹，于是强行转移话题："上回找的小行星怎么样了？那边回复邮件没有，是新的小行星吗？"

陈寒丘："没那么快，有消息通知你。"

施翩："……也不用，我就是随便问一下。"

等饭间隙，施翩无聊又开始画她家呆瓜。画了一阵，她忍不住给陈寒丘看："能认出来吗？这是谁？"

陈寒丘垂眼看，屏幕上是黑白条漫，一只鹅在雨天出门，撑着伞，穿着雨靴，它坐公交车来到老城区，慢吞吞地走进弄堂，看看水洼里的小虫，路边的昆虫，偶尔经过的鸟。

寥寥几笔，简单生动，不像 Liz 的风格。

"是呆瓜？"他问。

施翩笑眯眯道："对，就是我们家忧郁的小呆瓜，它出去找朋友了。"

陈寒丘看了一阵，道："看起来很治愈。如果你愿意，可以建个社交账号，分享呆瓜的故事。"

社交账号啊，施翩撇撇嘴，她自己的社交账号都不上，懒得打理。

"我想想吧。"她收回手机，想着去乡下看呆瓜的事，"你爸什么时候有空？这阵子忙不忙？"

陈寒丘看向她："你准备自己去看我爸？"

"我爸"两个字，音节稍稍加重。

施翩茫然："啊，不然呢？"

陈寒丘："……"

忙碌的周末过去，东川连着下了两天雨。

施翩在家两天也没闲着，当晚回来在画室待到凌晨，第二天大概构思了雪天的场景和内容，昨天把资料发给了陈寒丘，AR 的部分由他负责。

这日放晴，她早早起床，一打开房门，冷风吹得她一哆嗦。

施翩默默地回去加了件毛衣外套，看来东川是真的开始降温了。这对她来说是好事，紫外线没那么强，利于出行。

到厨房打开冰箱，满满当当的食材，新鲜水嫩。

施翩眨眨眼，昨晚冬冬来过？她昨晚待在画室，一晚上没出去，自然没有注意家里是否有人来过。

施翩深深觉得雨天就是她的缪斯，以及雨中的陈寒丘身上的色彩。

"欸，也不是没拿前男友当过灵感。"

施翩对此接受良好，给自己热了两片吐司，再加上一杯牛奶、一个煎蛋。

这个早上的开始堪称完美。

施翩坐在落地窗前，给早餐摆了个盘，美滋滋地拍了张照片发朋友圈，早起的小羽毛有蛋吃。

如果她不刷评论就更好了。

除去几个无伤大雅的评论，其中一条评论极其刺眼。

陈寒丘：床单。

施翩："……"

一年四季，每季三套。

行吧，谁让她睡了人家的床。

吃完早餐，施翩准备出门。

今天她要去把国外驾照换成国内驾照，然后去提车。车在回国前就订好了，最新款的宾利欧陆，敞篷版，饱和度很低的蓝色。这阵子采风加工作，甚至要去乡下看呆瓜，是时候把她的宝贝开回家了。

施翩排队等候，等着叫她的号考科目一，叫到后飞快考完，拿着她的一百分成绩去换国内驾照，整个过程快得飞起。

中午十二点，Proboto 科技所在的大厦很是热闹。

从写字楼里往下看，底下那辆新车极吸引人眼球，他们猜想着是楼里的哪位总裁或是高级合伙人又换了新车，在商区最常见的便是各种豪车和各种八卦。

正逢下班时间，谭融在去找陈寒丘的路上听了一耳朵，进他办公室第一件事就是去窗前看车。

浅金色的阳光下，那个蓝色像是天使在发光。

谭融深深感叹："这加上选装，起码有这个数。你瞧瞧别人是怎么花钱的，再看看自己。"

他朝陈寒丘比了五个手指头。

陈寒丘头也不抬："你很闲？"

谭融轻轻"啧"了一声："限量发售的机器人一秒不到就卖空了，我这时候不闲什么时候闲？"

陈寒丘："下个季度的项目什么进展？"

谭融："……"

谭融有时候无法理解陈寒丘，AI 芯片登上算力排行第一还不够，还企图在一些难以突破的方面有所进展。

现在的 AI 分为两个概念。大多数人所了解的 AI 通常是弱 AI，应用在生活的各个方面，为人类解决问题；强 AI 更类似于科幻的概念，它的思想或许超越人类。

"强 AI 是人家实验室的事。"谭融劝他。

陈寒丘淡声道："你怎么知道我不是实验室？"

谭融说不出反驳的话，陈寒丘能创造 Proboto 科技，谁又说他不能创造未来？他一个人也可以是实验室。

忽然，谭融瞥见从那辆宾利上下来一个人，他一笑："大画家来了。"

陈寒丘一顿，停下手里的动作，走到窗前往下看。

谭融懒懒地"欸"了声："瞧瞧，从机器人变回人类，只需要一个名字，多有意思。"

让神明降落人间，有多难呢。只需要一个名字罢了，轻而易举。

谭融笑了笑："不和我去吃饭了吧？我走了啊。"

他吹着口哨，满脸得意地走了。

Proboto 科技楼下，小广场。

四道巨型墙体横在路中央，空中白色的遮光帘随风浮动，晴光下，像飞在空中的鲸鱼。路人偶尔回头眺望。

墙体附近，堆满一桶桶颜料和工具。

这是昨晚查令荃准备的。不得不说，查总虽然嘴巴刻薄了点，但在工作方面真的没得挑，梯子和安全绳都准备好了。

施翩望着空白的画布，渐渐进入自己的"色彩宫殿"，奇妙的线条构建出模型，她沉浸其中，像在坐云霄飞车，自由地去往宫殿内的每一个角落。

陈寒丘在几步之遥，静静看着她的背影。他抬头看遮光帘，帘子隔绝大部分阳光，没晒到施翩。

片刻后，他转身离开，没打扰她。

一下午，施翩在梯子上爬上爬下，偶尔停留，最长的一段时间，是她坐在梯子上的最上方，看着不远处的东川。

从这个角度看东川，令她觉得自己是个巨人。

许久，她微仰起头，看着上方浮动的帘子，像在看一场大雪。

出神间，施翩忽而听到有人在喊她："Liz 老师！"

施翩低头，谢芜和她一米九的摄像正在下面，两人似乎从别的地方工作回来，设备都收起来了。

"下班了？"她懒懒地打招呼。

谢芜仰着脸，对她一笑："对，正好路过，过来看看。之前路过几次，这里都遮着，今天才看见全貌。你们可要加快进度了，别的组已经开始了。"

施翩轻挑了挑眉："这话可不能让陈寒丘听到。"

谢芜一愣，笑道："Cygnus 性格低调，听到应该也不会什么反应。"

施翩不置可否，没多说。

趁着施翩在，谢芜问："什么时间来采访合适？ Cygnus 说这组进度由你安排，时间也由你来定。"

施翩想了想："每幅画作完成之后吧，到时候联系你。"

谢芜说好，简单告别后和摄像一起离开了。

施翩看了眼时间，下午六点了。

正逢夕阳西下，橙色燃烧天际。高处的天空呈现出温柔的浅紫色，混合淡淡的蓝。

又落日了。

在欧洲的某一阵子，她时常看着黄昏时的天际。她在寻找长庚星。

"小羽毛！"窦桃不知道什么时候来了。

施翩回神，低头看她："怎么知道我在这里？"

窦桃翻白眼："你那车一开到，所有人都知道了。"

施翩美滋滋道："漂亮吧？大美人。"

窦桃："行了，快下来，爬那么高连安全绳都不系，老大见了肯定要骂你。"

陈寒丘那么仔细一个人，想想就知道要挨训。施翩撇撇嘴："我又不是他的员工，他才不敢骂我。"

窦桃不和她争辩这个，上前扶住梯子，道："晚上有约吗？没有一起吃个饭？晚上去看余攀打训练赛。"

施翩扶着扶手下梯子，顺口应："行啊，他过阵子去比赛？"

窦桃看她每步都踏得稳稳的，松了口气："嗯，下个月就走。"

施翩遗憾道："那岂不是看不了我画展？"说着，她踩到最后一格，往下一跳。

窦桃无语："反正他也看不懂。每回去看，就一脸神秘地问我你是不是外星人。"

施翩："……"

开新车第一天，当然要去兜风。

施翩戴上墨镜，按下按钮，敞篷往后收缩，她熟练地倒车转弯，顺滑地进入车流中。这个点东川还没开始堵，她挑了条宽敞的路。

窦桃饶有兴致地欣赏了一下施翩的新车，啧啧称奇："我要是能开，也去搞辆来，开余攀的也成，他那车不怎么开。"

施翩道："你得搞个大家伙才能配得上你的手臂。"

窦桃："那肯定。"

车驶入海岸大道，道路变得宽阔，清爽的海风迎面吹来，天空是落日焰火，一轮圆日悬于海面，海天同色，云层翻转。

窦桃忍不住张开手，全力感受着风。

施翩弯唇一笑，为窦桃点播一首《日落大道》。

慵懒迷人的音调飘出来，脑中思绪飘散，身体变得很轻，你望着落日，追寻着逐渐下沉的太阳。

云层交叠，光影变化。

这一刻的宁静令工作的疲惫一扫而空。

窦桃听着熟悉的音乐，道："我哥也唱过这歌。"

施翩随口问："他的演唱会什么时候？"

"估计十二月或来年一月，没定。"窦桃忍不住吐槽，"一阵子不见人了，连个电话都没有。"

施翩笑笑："还没习惯？"

窦桃："得亏我爸妈心脏好，不然成天去报警。"

窦桃的成长环境和施翩不同，从小家里就鸡飞狗跳的，哥哥不安分，妹妹也不安分，两个人一个比一个皮。窦家父母起先还管，最后直接放飞了，爱怎么样就怎么样吧。

窦桃说了说自己的事，问施翩："你呢，第二个相亲对象怎么样？"

施翩："……还没见。"

窦桃纳闷："不是有一阵子了？"

施翮认真解释："上回那个不行，让我哥重新去找了。这一次我还提了要求，保证他找不到。"

前天施文翰还来找她谈心了，说最后都是奶奶挑中的人，让她以后好歹走个过场。施翮眼巴巴地看着堂哥，说她不喜欢。

施文翰能怎么办，只能想办法，为难为难那个老太太。

于是两人一合计，提出了难上青天的要求——

样貌比肩尊龙，身高一米八五以上，男模身材，年少有为，身价百亿，无婚史，无情史。

窦桃："什么？"你确定找的不是陈寒丘？

施翮得意道："估计我奶奶这阵子都不会来烦我了，我不信东川还有这么好的男人。"

窦桃："……其实还是有的。"光她知道的就有两个。

施翮："有人家也不见得愿意和我相亲。"

窦桃："……"有人巴不得。

两人随便在海边找了家餐厅，边吃边聊。时间很快过去，等再出门，落日已沉入海底。

天色昏暗，东川却明亮无比。

她们回市区时，路上堵了一阵，紧赶慢赶，还是错过了一半的比赛。两人到时，正在进行下半场。

训练赛对外公开，看的人不少。

施翮跟着窦桃穿过观众席，在角落的位置坐下。她在场上找到余攀的身影，扫了眼乌泱泱的观众席，压低声音问："训练赛公开，不怕泄露战术吗？"

窦桃解释道："是自由赛，用来放松心情的。"

施翮明白了，点点头。

"看的人怎么这么多？"她又问。

窦桃："不少等着打球的人。怕影响他们，训练期间不开放球场。"

施翮轻啧一声，笑道："你这够了解的啊，平时没少来吧？"

窦桃翻白眼："我们多少年的哥们了。"

简单交谈过后，两人开始专心看比赛。

这场余攀打得极漂亮，场上欢呼声没停过，施翩起身吹了声响亮的口哨，以示庆贺。她这么一吹，立即成了附近瞩目的焦点。

窦桃早已习惯这些视线了，和施翩在一起时，到哪儿都这样。她拉着施翩坐下，调侃道："你猜今晚几个上来要微信的？"

施翩喝了口水，漫不经心道："到时候我就说意大利语……"

她忽然对上一道视线。

灰蓝色的眼睛，冰川一样的颜色。

这是一个十分高大的男人，四肢修长，坐着比旁人高出一个头，他五官深邃，肤色雪白，却并不完全是欧洲人的长相，应该是个混血。

施翩移开视线，放下水杯。

窦桃也看到了那个男人，眉心微微一跳，对施翩道："你记得你的相亲条件吗？喏，那边那位，外形完全符合。"

施翩："什么？"

窦桃兴致勃勃地向她科普这位帅气的混血王子——Proboto 科技在业内强劲的对手，Eternity 科技亚太地区的总裁，空降三个月，凭着他的美貌和实力在东川商圈一战成名。更吸引人的，当然是他的履历，从小到大，上过的每一个学校都闻名世界，在计算机领域的成绩不亚于陈寒丘，奖项数不胜数。

施翩诧异道："能和陈寒丘比？"

窦桃点头："能。而且比老大会做人多了，社交手段一流，在全国挖了不少牛人过来。"

施翩眨眨眼："他叫什么名字？"

"施翩。"轻而凉的嗓音落下。

施翩抬头看，发现比赛结束了。

陈寒丘和余攀不知道什么时候上来了，正站在她们对面。余攀正在猛灌水，完全没听到她们在说什么，而窦桃，默默闭上了自己的嘴。

陈寒丘穿着简单的衬衫西裤，双手插兜，神情平静地看着她，深黑色的眼眸看不出情绪。

施翩看着眼前的俊脸，忽然觉得混血也没那么帅了。这两个人各有千秋，一个像写意画般清冷，一个像油画般浓烈。

"这么巧啊。"她和他打招呼。

陈寒丘"嗯"了声，在她身旁坐下，道："和谭融他们来打球。"

施翮点头，提起壁画的事："我明天就开始画，你之前说准备摄像机，明天来得及吗？"

陈寒丘道："嗯，明天几点去？"

施翮："九点左右。"

两人旁若无人地说着话，窦桃和余攀非常识相地没插嘴。

这平静没持续多久，很快有人上来和施翮搭讪，借口五花八门，无非是要联系方式。

施翮长相偏冷，开口又是意大利语，一开始就让人的气焰灭了一半，再加上——

陈寒丘的视线淡淡地落在来人脸上，嗓音微凉："她说她和你妈同时掉水里，你会救谁？"

施翮："……"

窦桃："……"

余攀："……"

来人一愣，神色变得古怪又奇异，他看了施翮一眼，忽然转身就走，一句话都没说。

施翮纳闷地问陈寒丘："你……"话刚开了个头，余光瞥见一道身影走近，她忙闭上嘴。

排排坐的四个人看见来人心思各有不同。

窦桃：完了，又是修罗场。

余攀：肯定一米九以上，能不能进我们篮球队啊？

施翮：哇，混血王子。

陈寒丘面无表情。

高大的男人停在陈寒丘面前，灰蓝色的眼睛弯起，和善一笑："Cygnus，好久不见。"

陈寒丘的语气并不熟稔："Arron。"

Arron？施翮愣了一下，下意识抬头，正对上他灰蓝色的瞳孔，男人的唇角浮起比刚刚真切一点的笑容。

"初次见面，我是卫然，叫我Arron就好。"卫然自然而然地介绍自己。

施翮顿了顿，把准备好的意大利语咽了回去，看了眼陈寒丘，自我介绍："施翮，Cygnus的朋友。"

卫然和窦桃以及余攀打了招呼，极自然地在陈寒丘身旁坐下。

两人虽然看起来不熟甚至气场不合，但很快说起旁人听不懂的话。施翮听了两句，很懂窦桃的意思，他风趣幽默，善于交谈，且态度亲人，令人难以拒绝。

施翮压低声音问窦桃："他是不是在意大利上过学？"

窦桃："这都能看出来？确实上过。"

施翮撇撇嘴："一种感觉。"幸好刚才没说意大利语。

没多久，底下场地清空。

谭融站在下面，隔着长长的观众席，看不清上面的人，高声喊："陈寒丘、余攀，下来打球！"

卫然闻言，笑道："带我一个？"

余攀没心没肺，随口道："行啊，你去吧，我正好歇会儿。"

陈寒丘起身，临走前看了余攀一眼。

余攀被这一眼看得汗毛直立，茫然地问窦桃："我说错话了？"

窦桃翻白眼："我们公司和他们公司是业内死敌。"

余攀："……他们也做 AI？"

窦桃："方向不同，东川的分部主攻 AR。"

和 Eternity 科技比起来，魏子灏那个公司简直是小打小闹，他们之间的关系也顶多算是私人恩怨。这可是业内拔尖的强者，众所周知，Proboto 科技陈寒丘，Eternity 科技卫然，不论什么场合遇上都是王见王，不死不休。

篮球场上也是如此，他们换了球衣出来，从一白一红的衣服颜色上就能看出来，卫然和陈寒丘是不同的队伍。

陈寒丘简单做了热身运动，脸不红心不跳。

谭融看了眼不远处已经和队友打得火热的卫然，郁闷道："卫然怎么也在？还来和我们一起打球？"

说是认识，但见面不打架就不错了。

陈寒丘："和谁打都一样。"

谭融："屁，输赢晚上就传遍各大群，你信不信？"

陈寒丘侧头，遥遥看了眼观众席最后排的方向，收回视线，目视前方："你看着我球衣上的号码告诉我，我输过吗？"

"……"

谭融：有病啊，在我面前装什么，有本事去大画家面前装！

观众席最后排，施翩看到陈寒丘身上的红色球衣，轻轻"啧"了一声："穿个红色 11 号，学流川枫啊？"话少又刻薄，还真挺像。

窦桃："……"

她斟酌着道："有没有可能，老大只是喜欢'11'？我们公司和他家都是十一层。"

施翩下意识地问："我们班以前 11 号是谁？"

窦桃："什么？"

余攀捕捉到关键词，得意道："这个我知道，前阵子他们玩《站台》，刚把学号对了一遍，我去群里找找。"

窦桃狠狠揪了余攀一下。余攀差点叫出声，目露惊恐，想说话又不敢。

余攀："……11 号怎么了？"他报了个名字，是个男生，来过同学会。

窦桃松了口气，不是傅晴就行。

施翩却想这人在哪儿都是第一，怎么喜欢 11 号。

他们说话这会儿，场上气氛骤变。

原本他们下了班打球，纯图个放松加运动。今天不知道怎么回事，Proboto 科技这队不知道哪儿来的战意，各个眼睛喷火，对面也是计算机领域的翘楚，碰上卫然，一拍即合。

卫然身形高大，一米九的身高在场上傲视众人，他理所当然被分配给了陈寒丘。

陈寒丘不是防守的性格，他外表沉静、少言寡语，但做出的决策是有决断和攻击性的。这样的作风通常体现在工作上，他在生活上又是全然不同的一面，但今晚，这风格显然延续到了球赛上。

"Arron！"球到了卫然手上。

卫然轻松运着球，对陈寒丘微微一笑："Cygnus，听说你是单身？今晚的女孩应该和你没关系，对吧？"

他说的女孩是谁，两人心知肚明。

陈寒丘的神情在瞬间淡下来，他深黑色的眼眸看向卫然，神情克制，轻声道："在任何竞争的场合，不要提她。"

卫然依旧温和："为什么？"

陈寒丘看了眼他手上的球，忽然往后退了一步。

不远的谭融看得一愣，这是什么战术？

卫然微微一怔，机会转瞬即逝，他选择抓住这个机会，换位突破了其中一人的防线，接近篮板，他优越的身高和发达的肌肉带来惊人的弹跳力，他高高跃起，猛地灌向篮筐。

这球百分百会进，场上的人都这么想。

在球即将落入篮筐的那一瞬，一只手忽然横空而出，强劲的力道冲向篮球，随他的掌控偏移位置，落入场中。

陈寒丘喊了声谭融，飞快地往中场跑。

局势瞬息万变，卫然他们变攻为守。

陈寒丘在人群中像一头敏捷的猎豹，没人挡得住他，卫然紧跟其后，球紧跟而至，

谭融喊："接住！"

卫然跳起来去拦，有人跳得比他更高。

下一秒，陈寒丘转身，飞跃起，"砰"的一声震响，球落入篮筐砸向地面，篮板因这巨大的力道震动。

一声哨向，分数有了变化。

陈寒丘落地，淡漠地看向卫然。

卫然注视着眼前的男人，忽然明白了他的意思——

在任何竞争的场合，不要提施翮。

这会激怒他。

东川自降温后，阳光不再那么强烈。

施翮下床第一件事就是掀开窗帘，"哗啦"一声，浅金色的光束驱散一室昏暗，她微微仰起脸，感受点点暖意。

她真是爱秋日的阳光。

施翮不敢多晒，心情愉悦地去洗漱，再挑了件漂亮的毛衣，准备出门画画，她这阵子心情都不错。

推开门，她闻到食物的香气。

施翮眼睛微亮："冬冬？！"

她几步跑到客厅，看到厨房里一头金发的男人，兴奋地蹦了一下，道："查总放你回来啦？忙完了吗？以后可以在家陪我了吗？"

于湛冬温声道："忙完了，下周开放场馆。"

施翮笑嘻嘻道："那我不用自己煎蛋了。冬冬我把驾照换了，一会儿带你去坐我的'大美人'。"

自于湛冬走后，施翩一肚子话没处说。

这会儿她逮着机会，在于湛冬耳边叽叽喳喳地说个没完，像只在厨房里不停转悠的小鸟，时不时停下来梳理自己的羽毛。

于湛冬耐心听着，偶尔回应。

施翩除了画画的时候需要独处，其余时刻她需要很多很多陪伴、很多很多爱，比常人的需求大很多。

于湛冬有时候会想，即便他在听她说话，她却仍是孤独的。这似乎是大部分天才面临的处境。

"最近心情很好？"于湛冬问。

施翩弯着眼道："还行，没人催我画画，每天睡着好觉，也没人惹我心烦，总的来说不错。就是有点想呆瓜。"

于湛冬道："我陪你去看它。"

于湛冬今天来除了看望施翩，还有一件事，他道："七月送去参展的那幅《春日祭》被 Arron 买下，钱昨天已经打到你账户。"

施翩："什么？！"

她飞快地点开短信，数了数后面那一长串零，觉得自己还能再画一万年。不过……

"又是 Arron？"她无聊地撇撇嘴，"我的画已经没有收藏价值了吗？怎么回回都是 Arron，本来就没画几幅。"

Arron 这个名字是四年前出现的，以前艺术圈和收藏界都没听说过这号人。值得一提的是，他只购买 Liz 的画作，除了个别被博物馆和美术馆购入，私人收藏几乎都在他那里。

于湛冬笑道："他出手很大方。"

施翩关掉短信页面，随口道："我昨天也认识一个叫 Arron 的人，是个混血，他的眼睛很漂亮。"

"咦，会是同一个人吗？"于湛冬问。

施翩想了想，道："我去问问他。"

施翩给 Arron 发了一封邮件。

他们没见过面，没互通过姓名，唯一的联系方式就是通过邮件。Arron 在国外，工作又忙，她发出去后就没再管。

施翩吃完早饭，戴上墨镜，带着她的小天使去工作，小天使贴心地给她准备了奶茶、果盘、点心等等。

她哼着歌，一路疾驰到 Proboto 科技楼下。

施翮指着不远处的布景向于湛冬介绍："那里就是我工作的地方。"

于湛冬仔细看着，从遮光帘到墙体，再到不远处架着的机器，以及一个在跑来跑去的……小椅子？

"Liz，那是什么？"于湛冬惊奇地问。

施翮"咦"了声："昨天我没见过。"

两人走近，只见一张漆黑的小长椅飞快地滑到施翮面前。

"早上好，施翮。"熟悉的机械音，它显然很高兴。

施翮愣了一下，诧异道："圆圆？！"

圆圆热情地邀请道："你坐上来。"

施翮绕着圆圆看了一圈，这冷酷的材质看起来比窦桃的机械臂还酷。

她在圆圆身上坐下，左右两侧扶手忽然亮起屏幕。

圆圆礼貌道："我们要起飞了。"

说完，原本的小长椅忽然开始上升，它从小长椅变成了一把梯子！

圆圆道："这是完全由你控制的升降梯，自动识别路线，有检测体征装置、提醒功能……"

小机器人滔滔不绝地说着，最后高兴道："还有圆圆陪你聊天功能。"

施翮看着梯子升高，视线越来越开阔，她眨眨眼，问："你在这里陪我，家里怎么办？"

圆圆自豪地说："我一个人管两个地方。"

施翮夸赞道："圆圆真厉害。"

于湛冬看着这把智能长梯，陈寒丘应该很早开始设计这把梯子，甚至和圆圆是同一段程序。他轻轻地叹了口气，这样的用心程度，除了喜欢他想不出其他可能。

不过……

于湛冬看向和圆圆聊得开心的施翮，无奈一笑。

或许天才在某个方面是个傻瓜。

施翮玩着这把可移动的长梯，她指挥圆圆绕着八面墙玩了几圈，再上上下下玩了一阵，深觉科技改变生活。

"圆圆，你设定了什么提醒？"她随口问。

圆圆道："定点喝水提醒、定点吃饭提醒、紫外线过强提醒、危险姿势提醒……"

施翮："……"

陈寒丘这人比她爸爸还能管。

施翮又问："他能听到我们说话吗？"

圆圆："还能看见我'看见'的，这个功能可以对他关闭。"

施翮并不在意，没有多管。

有圆圆在，于湛冬的功能就弱了很多。施翮巴巴地看了他一眼，道："冬冬，我也不是非要人陪，你忙的话……"

于湛冬温和一笑："我一会儿就去找查总，中午想吃什么？"

施翮一口气说了四五样，最近冬冬不在，她都随便糊弄一下。

这一上午，施翮沉浸地投入在作画中。

广场上人来人往，这片区域装了隔离栏，他们无法靠近。过路人偶尔会停下来看施翮，偶尔会拍一张照。

施翮戴着口罩，不怕他们看。

只是作画间隙，小机器人每隔半小时会提醒她喝水。有时施翮站得高了，它会友善地提醒她不该再往外探出身体，更多时候，它只是安静看着，记录着它所看到的一切。

Proboto科技，陈寒丘办公室内。他垂眼敲着键盘，平时只有敲击声的办公室里，今天有不一样的声音——

"施翮，这是白色吗？"圆圆在问她。

她轻轻"啧"了一声，问："陈寒丘没教你辨别颜色啊？"

这话是故意说给他听的，陈寒丘无声一笑。

圆圆道："我会辨别画，我知道陈寒丘最喜欢的画家。"

施翮："哦？他最喜欢哪个画家？"

陈寒丘一顿，快速切出程序窗口，敲了一行代码。片刻后，他听圆圆回答："他说是秘密。"

施翮对这个问题的答案并不执着，她饶有兴致地教圆圆辨别起颜色来，圆圆认真好学，是一个非常勤奋聪慧的机器人。

中午十二点，圆圆提醒施翮吃饭时间到了。正巧，于湛冬送了午饭过来。

施翩吃完午饭，她想着去周围溜达一圈，这时圆圆没法跟她去，它说陈寒丘能把它做得更迷你就好了，就可以装进她的口袋里，听得施翩大笑。

施翩一个人逛商区，她多去乡下采风，但也喜欢观察城市的热闹。

这个点是休息和吃饭的点，随处可见这座城市的白领们，有的人精致，有的人不修边幅；有的人自然，有的人畏怯；有的人在人群中闪闪发光，有的人独自坐在角落……

施翩挑了一家视线开阔的咖啡馆，点了杯拿铁，坐在室外的阴影下，看最具东川特色的建筑群。

正看着，身侧落下一道影子，她抬头看去，望进一片灰蓝色的冰川里。

施翩微微一怔，是昨天见过的男人。

她看见卫然，不由得想起昨晚在篮球馆那场球赛。那场球赛很激烈，她和窦桃起初坐在最后一排，后来换到前排。

窦桃说，今晚陈寒丘打得很凶。

施翩同意窦桃的话，这是她第一次见陈寒丘打这么凶的球赛。

"施翩？"卫然微歪了下头，吐字清晰。

施翩没起身，像陈寒丘那样喊他："Arron。"

卫然绅士地询问能否坐下，得到肯定的答案后，他问："你是Cygnus 的同事？"

施翩道："暂时是。"她言简意赅，语气中没有交谈的意思。

卫然笑了一下，起身道："不打扰你看风景，下次见。"

施翩望着高大的男人离开，他坐下时，距离她很近，他从头到脚，无一处地方不彰显着优雅和精致，从衬衫西裤到手表，身上的每一件配饰，都是欧洲古老品牌的手作。

这是一个和陈寒丘完全不同的男人。

施翩在同一个角度看了两个小时，回过神，周围的位置空了，她丢了空杯子，往回走。

走回小广场时，陈寒丘和谭融也在。

他们站在墙体不远处，正争论着什么。说是争论，似乎是谭融单方面激动，他气得脖子都红了一截。

施翩走近，谭融克制地止住话。

施翩看了眼两人，问："你们在说什么？"在她的项目下吵架，肯定是有关项目的事。

陈寒丘往里走了几步，走到被阴影覆盖到的地方，抬眼看向谭融，谭融一滞，跟着走进去。

施翮当然也往里走。

陈寒丘道："目前市面上的 AR 眼镜没有我需要的全部功能，我需要原生开发的技术，不是很复杂，云锚点、动作捕捉、实时光照反射……"

谭融在边上翻了个大大的白眼，这还不复杂。

目前国内的 AR 领域发展迅速，许多公司都有免费开放的 AR 技术，但免费意味着使用的时候，会有公司水印，要想去除水印使用，没几十万下不来。陈寒丘提到的动作捕捉和实时光照反射，都是高端技术。目前东川只有 Spakles 科技在做。

陈寒丘说的是施翮不懂的领域，但他很有耐心，尽量简单高效地表达出他的意思。

施翮听完，问他："你的计划是什么？"

陈寒丘道："找朋友合作。"

施翮看向谭融："你的想法是什么？"

谭融："……那个朋友我不喜欢。"

施翮看着面前两个人。

陈寒丘神情平静，一副我意已决的口吻。

谭融她接触得不多，但能看出来他平时是意气风发、说一不二的决策者。但他在陈寒丘面前，与其说是同事，不如说更像朋友、伙伴。

此刻，谭融气恼又委屈。

施翮斟酌着问："你们有什么过节？"

谭融瞥了眼陈寒丘，没好气道："以前和我们一起创业的同伴，项目做到一半，他走了，带走了那部分资料，我们的项目快废了。"

施翮："……"这听起来何止是不喜欢。

一个项目的投入不只有时间和心血，还有大量的金钱，这一走像是推倒了一座快建好的大厦，一切都得重新来。如果那时他们走错一步，或许就没有如今的 Proboto 科技，也没有如今的陈寒丘和谭融。

施翮眨眨眼，和陈寒丘对视一眼，无奈道："非要合作？"

陈寒丘一顿："他是最好的。"

施翮这下明白了，这位孤傲的天才看不上别人，要找最优秀的人合作，即便是曾经"背弃"他的伙伴，他也可以接受。

谭融听到这里已经气死，他一句话都没说，转身就走。

施翮问："你确定对方会答应和你合作？"

陈寒丘不紧不慢地跟在她身后，道："不确定。"

施翮："……"

施翮没对他的决定做过多的干涉。他们本就各司其职，他不会干涉她的部分，她自然也不会去干涉他的，在他们各自的领域，他们拥有绝对的决定权。

施翮指着打了底色的画布，详细说了她想要的互动感觉，至于动画场景她会画更详细的分镜，陈寒丘安静地听着，偶尔给出建议。圆圆在一旁，记录着他们说的话，偶尔它也会被天空飞过的鸟吸引注意。

陈寒丘曾说，他没有刻意去设定圆圆的性格。

在施翮看来，圆圆更像是一个活泼的小朋友，和陈寒丘在一起，或许它也会觉得闷。

不知不觉，抬眼已是黄昏。圆圆又一次提醒施翮喝水后，施翮停下来喝了口水，轻舒一口气，望着远处的夕阳。

最近，她总是在看夕阳。

施翮收回视线，对陈寒丘道："晚上请你和谭融吃个饭？"

陈寒丘抿着干涩的唇角，没拒绝。

陈寒丘喊谭融吃饭，谭融肯定不来，但由施翮出面，他没好意思拒绝，其实还是看在陈寒丘的面子上。

谭融下楼，对施翮一笑："托你的福，第一次下班那么早。"

施翮没忍住笑，笑着把车钥匙丢给他："桃子说你喜欢我的新车，晚上给你开。"

谭融心中一喜："大方啊，大画家。"

施翮斥巨资请他们吃了顿饭。

谭融前半段没给陈寒丘好脸色，后来几杯酒下肚，便露出本性，叨叨着陈寒丘太倔，一根筋走到底，性子又闷。

施翮瞥了眼陈寒丘，他神情冷淡，或许没在听。

"当年他把话说得那么绝。"谭融因此愤愤不平，恼怒道，"上次遇见，他一个眼神都没分给我，你还要往人家冷脸上贴？"

说起往事，谭融猛喝一口酒。灯光下，他泛红的面庞渐渐带上几分阴郁，更多的是被同伴抛弃的伤心和怨愤。

他缓了片刻，看向陈寒丘："你们当时到底因为什么吵架？"

谭融第一次问这件事。那时创业，他们压力太大，精神崩溃是常有的事，但没有一次到不可挽回的地步。

陈寒丘这个人，是不会吵架的。他更多时候，不说话，听着他们在忙碌间隙开几句轻松的玩笑，或是及时劝阻吵上头的他们。

那一晚，陈寒丘却也吵得面红耳赤。

老三走后，谭融没问过。他们没时间也没心情去谈论这件事，全身心投入在项目里，后来路越走越顺，越走越宽，便也没再提起这件事。

直到今日。

陈寒丘和他对视两秒，移开视线："是我的问题，这件事不怪老三。这次合作是我和他的事，和 Proboto 科技无关，下次遇见，你依旧可以做你自己。"

谭融轻哼一声："还用你说？"

陈寒丘没多说，谭融也没有深究，过去都已过去，他不是顾此失彼的人。

这一餐饭，勉强友好结束。

谭融心情恢复了大半，加上开了新车，看施翩的眼神十分热诚："大画家，有事尽管找我，以后我们就是朋友了。"

施翩一笑："在电梯里加微信那次就是了。"

谭融得意地看了陈寒丘一眼，走了。

餐桌上只剩施翩和陈寒丘，他们两人滴酒未沾，都清醒着。

施翩问："你是回家还是回公司？回家的话顺路载你一程。"

陈寒丘低下眼看她，提醒道："床单。今天你不给我买床单，这周我就没床单用了。"

施翩："……"行吧，是她不好。

施翩琢磨着问："现在直接去商场买？"

陈寒丘："可以。"

附近就有商场，两人步行过去，就当散步。

初秋，夜风里有余热，不是很冷。他们走在人行步道，路灯浅浅地照下来，将两人的影子拉得很长。

施翩低着头，无聊地踩着他的影子。

"这周末我去乡下看叔叔。"施翩随口提起采风安排，"采风放到下周末？"

陈寒丘的步调很慢，问："下周不忙画展？"

下周 Liz 的个人画展在东川市开展，是国内第一场。

查令荃在宣发方面一向大方，近日陈寒丘在各种渠道都看到了消息，当然在艺术圈，这不是新鲜事。

和 Liz 个人画展日期相近的，还有"东川小凡高"的画展。

施翩道："不忙，查总会负责，我过不过去都一样。他们是看画，不是看 Liz，我不重要。"

陈寒丘问："会展出新画？"

施翩瞥了他一眼："你对抽象画感兴趣啊？看不出来。"

陈寒丘轻轻摸了摸鼻尖。

施翩还记得他在床头挂印象画的事，完全没有邀请他来看画展的意思，但礼貌地提醒了一下，画展免费，只是每天有人数限定。

商场不远，走过两条街就是。

施翩和窦桃来过一次，上楼熟练地找到家纺区，各种材料各种颜色，在灯光下泛着淡淡的光泽，十分精美。

施翩累了一天，加上吃饱犯困，懒懒地打了个哈欠，含糊道："你自己挑？"

陈寒丘就近找了一家，里面正巧有沙发。

导购见到两人进门，眼睛微微一亮。

很快有人送水和糖果上来，施翩在软软的沙发上坐下，仔细感受了一下，非常舒服，若不是灯光太亮，她可能会睡着。

施翩剥了颗糖，薄荷味的，清清凉凉。她听了一耳朵陈寒丘和导购说的话，露出一副了然的神情。

果然又在问一些导购回答不上来的问题了，这人花钱谨慎，哪怕是花别人的钱。

导购还没遇到过这么难缠的人，她艰难地露出一个微笑，问这位难缠且英俊的男人："先生，您问问太太的意见？"

陈寒丘一顿，忽然不问了。

少了那些没人想知道答案的问题，导购忽然变得轻松起来，非常熟练地吹嘘着自家的产品。

她指着其中一套大红色的新婚被套道："这款面料没有经过加工漂白，是纯天然的面料，摸起来手感舒适……"

施翩听着，忍不住上手摸，入手手感滑腻，却不凉，很亲肤。

她侧头对陈寒丘道："感觉还行，你……"

"小乖？！"一道惊异的男声打断他们。

施翩诧异地抬头看去，对上两双充满怀疑的眼睛。

施富诚和施文翰两人正站在这家店门口，神色莫名地盯着店内的陈寒丘和施翩。两人视线同步，移到导购的手上。

孤男寡女，在家纺店看新婚被套？

施翩一愣，看看他们，又看看手里，忽然松开手，干巴巴道："不是你们想的那样……"

周六上午，施翩的行程被迫改变。

原定和她去乡下看望呆瓜的人，从于湛冬变成了施富诚，也就是她的爸爸。施富诚认为时隔六年，陈寒丘依旧不怀好意。

施翩对此无可辩驳。如果要解释她为什么要给陈寒丘买床单，就势必会说到她在他家睡了一晚的事。

这事说出去更是洗不清。

上了车，施富诚先是称赞了一番她的"美人"车，他东一句西一句，最后又扯回那天晚上："小乖，你们真是去那里采风？采什么？"

施翩诚挚道："我们在调研 70 年代的国营纺织厂，想了解现在现代纺织的进步。你不信看我后座的文件。"

那天，施富诚和施文翰去商场，正撞上施翩和陈寒丘。

于是这两天，施富诚有事没事就拐弯抹角地问。

施翩干脆把之前的资料都带上。有关于 20 世纪 70 年代的资料，都是之前陈寒丘从杨成杰那儿拿来的，其中就有纺织厂的部分。

施富诚左看右看，看不出破绽，也不好多问。

入了秋，东川的阴雨天变得格外冷。

施翮没开窗，顺着车流开入高速，屏幕上显示着陈兴远家的地址。只是她和她爸一起去，总感觉哪里怪怪的。

而施富诚觉得这没什么，很正常。

东川靠海，周边有许多海滨小镇。陈兴远住的小镇叫宁水，下了高速后，还有近半小时的路程。

刚下高速，天便放了晴。

施翮降下窗，凉风轻拂，她轻轻嗅了嗅，隐隐能闻到风里雨水的味道，没有海风的咸湿味。

施富诚以前来过宁水，随口道："和爸爸几年前来的模样差不多，这里的海鲜不错。"

施翮问："来这儿做生意？"

施富诚笑了笑："爸爸能干什么，就是想挣点钱养你。"

施翮嘟囔："我现在自己能挣钱，都能养你了。"

父女俩就谁养谁这件事争论了一番，车缓缓驶入宁水镇。

马路两侧的居民屋高低错落，和东川高楼林立的景象不同，这里的房子最高不超过三层。

天放晴，各家各户门口晒满了渔网，渔网上挂着串串鱼干，像一串串小风铃挂在晾衣架上，随风轻轻晃动。

经过居民区，乡道变得狭窄，路两旁树木林立。

施翮在树林中忽而瞥见一片绿色，绿色草地在阳光下泛着油画一般温润的光泽，一只雪白的小羊正低头吃草，吃了两口，甩了甩脑袋。

施翮睁大眼睛："这里有这么漂亮的农场？"

施富诚轻哼一声："那小子每年挣那么多，弄个农场能花他多少钱，还是他爸打理得好。"

施翮眨眨眼，充满了羡慕。

施富诚琢磨着，问："爸爸给你弄一个？"

施翮拒绝了，她在欧洲有庄园，光是每年的维护费便令人咋舌，她不想再拥有第二个。只是太久没出门采风，她见了心生喜悦。

小农场大门敞开，施翮按了两声喇叭，开了进去。

中午十二点，Proboto 科技。

平时周六，他们公司只有技术部还在上班，但今天行政部也在忙碌，阮梦雪忙得忘了吃饭的点。

今天下午，东川市将召开今年的科技创新大会。

谭融溜达到行政部的时候，阮梦雪忙得无暇搭理别人，他随便招了个小机器人，问她忙了多久。

小机器人如实回答："四个小时零七分。"

谭融一看时间，这是一大早就过来了。

谭融轻咳一声，假装巡视般接近阮梦雪。她正在接电话，看到他，眉头狠狠一皱，捂住话筒，问："你打算穿这身去大会？"

"……这套不帅？"谭融低头看自己，这是他最贵的西装了。

阮梦雪扭头不想看见他。

谭融："……"

谭融充满嫉妒地想着，难道大画家的经纪人特别会打扮自己？

他溜去陈寒丘的办公室，推开门，第一句话就是："大画家的经纪人叫什么名字？"

陈寒丘头也不抬："你怎么不等别人结婚的时候再来问？"

谭融气恼道："你好意思说我，我敢追，你敢吗？"

陈寒丘："那你去。"

谭融顿时蔫了。

谭融问不出来，干脆问陈寒丘办公室里公司最新的人工智能，他喊："Monday，抽象派画家 Liz 的经纪人是谁？"

须臾，办公室内响起一道平和的嗓音——

"天才少女 Liz 的经纪人查令荃，英文名 Charlie，男性，时年三十七岁，出生于……"

"三十七？"谭融坐不住了，反复道，"三十七？！他长什么样？"

墙面上出现查令荃的照片，一张街拍，成熟、自信、优雅、精致。

谭融几乎是贴到墙上，把人从头看到脚，他几乎能闻到这个精致男性身上的香水味。

"和 Arron 一类的！梦雪喜欢这样的人？"谭融问陈寒丘。

陈寒丘没回答，Monday 答道："根据阮部长的喜好推算，她会喜欢查令荃的概率为 83.66%。"

谭融问："我呢？"

Monday 沉默片刻，道："20% 左右。"

左右，一定是低于 20%，不然只有右，没有左。

谭融哀号一声，往沙发上一躺，不动了。

陈寒丘嫌他吵，问："来干什么？"

谭融忧伤道："梦雪嫌我衣服丑，她怎么从来不嫌你？难道帅就可以为所欲为吗？"

陈寒丘淡声道："Monday，以阮部长的喜好推算一套适合谭融的西装。"

谭融："什么？"人工智能还能这么用？

很快，Monday 给出了答案。

谭融看了眼时间，再看不远的地址，他决定在这紧急时刻去挽救一下他岌岌可危的暗恋。

下午两点，Proboto 科技代表到达会议楼层。

他们的到来吸引了绝大多数人的目光，包括各公司代表和各媒体记者，谢芜也在其中。她往人群瞩目处看去。

谭融走在最前面，陈寒丘落后一步，正低头看着平板电脑，他身穿再简单不过的黑色西装，相比于其他人的马甲、袖扣、领针等小配饰，在他身上看不到任何微观美学。

他的穿衣风格和他的人一样，干净、简单。

谭融正和阮梦雪说着话，见她眼神微滞，抬头看去，Spakles 科技代表从另一个入口进来，领头的正是卫然。

越过卫然，谭融的视线和他身后的一个年轻男人对上。

谭融低声对陈寒丘道："老三也来了。"

陈寒丘把平板电脑随手递给谭融，走出人群。等谭融假惺惺和卫然寒暄过后，他微抬了下手，看向其中戴着黑框眼镜的男人。

"蒋凡聿。"他喊。

蒋凡聿抱着电脑，眼神防备，他看了眼卫然，见卫然点头，跟着陈寒丘走到角落。

无人处，陈寒丘喊："老三。"

蒋凡聿别开头，生疏道："Arron 知道我和你的关系，我们不适合长时间单独相处，影响不好。"

陈寒丘微顿，道："那你不该把电脑带来。"

蒋凡聿一愣，后知后觉地看向手里的电脑。

蒋凡聿扶了扶眼镜，低下头："有事就说。"

陈寒丘开门见山，花了几分钟说完需求。他道："邮件已经在你邮箱里了。"

蒋凡聿反了一会儿，拒绝道："Arron 不会同意。"

陈寒丘插着兜，问："他同意了，你就答应帮我？"

蒋凡聿点头，Arron 绝对不会同意他去帮他们的竞争对手。

简短的交流结束，陈寒丘走入大会现场，找到他们公司的位置坐下。Proboto 科技的位置在最前排，非常好找。

谭融见他回来，哼道："被他拒绝了吧？"一副"我就知道"的口吻。

陈寒丘"嗯"了声："他会同意的。"

谭融懒得搭理他，专心等大会开始。

相较于东川的快节奏生活，施翮在农场的一天过得极为快乐。

她上午品尝了现摘的新鲜瓜果，以及施富诚去鱼塘里给她钓的鱼，还有邻居送的香猪肉。等吃过午饭，她便骑着自行车去看水塘看呆瓜。

到水塘时，她一眼就看到了鹅群中最耀眼的呆鹅。

呆鹅的脖子上挂了块小牌子，写着"呆瓜"两个字。它慢悠悠地在水池中游着，小眼珠看起来分外有神，见到她，依旧一个眼神没分给她，啄两口水草，游到同伴身边，和它一起发出难听的叫声，直让人想堵住耳朵。

施翮把自行车放在橘子树下，认真听了一阵，朝着呆瓜竖起大拇指："以后你就是小镇音乐家，太好听了。谢谢你在东川如此忧郁，时常一言不发。"

施翮怀疑，如果呆瓜在家里也这么叫，它可能会被她送去陈寒丘的刀下。

施翮蹲在橘子树下，阴影落了满身。

她托着腮，看着阳光下的小世界，小小的农场里装满万物生灵，风里有青草和橘子的芳香，带着淡淡的甘甜味。

难怪陈兴远不愿意留在东川。

施翮静静看着，眨了眨眼睛，现在这样真好，他和他爸爸都很好。

施翮蹲累了，从车筐里拿出遮阳帽，遮得严严实实的，骑车回了农场里的小房子。

她停好车，一进门便听到电视里的直播新闻："今天下午两点，东川市召开本年度科技创新大会，各个公司代表已到达会场，本台记者……"

陈兴远见她回来，笑道："小乖，来尝尝新鲜的荸荠，刚摘的，清甜爽口。秋天该多吃这个，生津润肺。"

施翩笑眯眯地应好，余光瞥了眼施富诚。

她爸在别人家做客就跟在自己家似的，捧着杯茶，跷着腿坐在躺椅上，脑袋上还戴着顶草帽，不知道刚才出去干什么了。

施富诚在城里待久了，觉得这镇子里的生活也不错。他看这小农场，怎么看怎么顺眼，刚刚陈兴远还说要送只土鸡给他，他极高兴，就是……这电视播得不怎么样。

施富诚暗自撇撇嘴，不敢多言，人家爹看儿子，理所当然的事。

施翩摘下帽子，扇了扇微红的脸，搬了把小板凳在陈兴远身边坐下，和他一起剥荸荠。

天气已入秋，小镇靠海，比在东川凉快。

屋里没开风扇，门敞开，海风灌进来，凉爽又舒服，咸湿的味道很淡，风里有淡淡的果香味。

施翩坐在风里，和陈兴远说着话。

陈兴远说来说去无非是说陈寒丘的事，问陈寒丘最近怎么样、工作是不是依旧这么忙。问了几句，他忽然想起什么，擦了擦手，去柜子边拿了手机。

这动静惹得施富诚看了他们一眼。

陈兴远拿着手机回来，对施翩说："小乖，这两个女孩是别人介绍的，人都在东川。我不知道寒丘喜欢什么样的女孩，你和他走得近，帮叔叔参谋参谋。"

"噗"的一声，富诚一口茶喷在了地上。

施富诚瞪圆了眼睛看着陈兴远，有这样的人吗？当着儿子前女友的面问儿子喜欢什么样的女孩，这像话吗？

他刚想说话，就见施翩朝他挤眉弄眼。

施富诚一呆，敢情人家压根不知道儿子和他的乖乖谈过恋爱。

陈兴远听到动静，忙问："茶水不合胃口？我给你换一杯。"

施富诚忙摆手："没有没有，烫着了。"

陈兴远见他没事，又坐回去。

施翩看着相册里两个女孩，不好评价，只囫囵道："他喜欢聪明的女孩子，就……数学成绩特别好的女孩子。"

她琢磨着，应该没说错吧？

陈兴远去看和介绍人的对话，嘴里念念有词，说这孩子怎么这么怪，人家都喜欢漂亮的，他喜欢数学好的。

施翩听得想笑，悄悄别过脸。

两人忙活了一阵，新闻终于播到了各公司代表上台讲话。

陈兴远去取了眼镜回来，凝神听他们说话。新兴领域对绝大多数人来说是陌生领域，施富诚都一知半解，更不要说陈兴远了。

这屋里最懂的，估计就是施翩。

施翩迟疑一阵，解释了两句。

陈兴远像个认真做功课的好学生，还拿笔出来记。

施翩忍不住道："叔叔，陈寒丘没给您放个小机器人？"

陈兴远笑了笑："我有个大的，在外面帮我种地。小的嘛，我不常在家，它在家也无聊。"小小的机器人，在他看来似乎也有生命。

很快，主持人说到了 Proboto 科技的名字。

镜头切换了下视角，移到前排，对准陈寒丘。许是因为他优越的外表，镜头忽然放大切近，这是之前代表都没有的待遇。

神色疏冷的男人起身，指节轻巧地扣上西装扣子。4K 镜头下，他的脸三百六十度无死角，肤色在冷光下发白，皮肤细腻到连毛孔都难以察觉，十分令人生妒。

施翩看着他迈着两条长腿几步走到台上。

陈寒丘在台前站定，镜头切换，他轻抬起眼，漆黑的眼眸透过镜头，向她看来。

她微微一滞，移开视线。

施翩低下头，继续剥荸荠，耳边是他轻淡的嗓音："我是 Proboto 科技的代表陈寒丘……"

他说话的语速不算快，吐字清晰，发音标准流畅，干净的嗓音让这个混混沌沌的会场变得清亮。

除了施翩，施富诚和陈兴远都听得认真。

她瞥了眼专心致志的施富诚，心说不知道的以为是他儿子，连看她的画都没那么认真，最多看几分钟，最后可怜巴巴地说，小乖，爸爸看不懂。

陈寒丘的发言不长，控制在五分钟内，比起前面的人，他把时间砍了一半。

发言结束，镜头再次切换，追着他回到座位坐下。

施翮能肯定，控制镜头的一定是他的崇拜者。

电视上，主持人提到了Spakles科技的名字。

施翮记忆力不错，她想起那位优雅精致的男士。想到他，难免想到Arron，她翻出邮件，看是否有对方的回复。

咦，几分钟前的回复。

内容简洁："近日准备回国，恭祝画展顺利。"

施翮眨了眨眼，两个Arron应该不是一个人。

她回了句"谢谢"，没再多留意。

晚餐是陈兴远和施富诚主厨，用的都是现摘的蔬菜和早上才买的海鲜，一顿饭下来几乎令人鲜掉了牙。

施翮难得吃撑一次，便提议出去散散步。

小镇没什么娱乐活动，该有的店铺倒是一点不少。

陈兴远说，去年陈寒丘给家乡捐了笔钱，如今邻里都和他关系不错。农场里的小动物走丢了，邻里在路上看见还会帮忙送回来，或是时不时送一些家中吃食过来。他在这里很多朋友，过得很开心。

陈兴远那么多朋友，陈寒丘却没什么朋友，施翮漫不经心地想。

施富诚在这里生活了一天，十分羡慕人家的退休生活。他溜达到施翮边上，小声问："小乖，以后你也给爸爸弄个农场？"

施翮听他这意有所指的话，笑了笑："把我在欧洲那个送给你，说不定你还会遇见我妈回来。"

施富诚轻咳一声，眼神飘忽："……这不是不太好？"

施翮哼笑，没接话。

溜达了一圈，回到农场时天色已晚。陈兴远兴致勃勃地上楼去给他们收拾房间。

施翮和施富诚去车上把礼物拿下来，白天怕陈兴远推拒，没从车上拿出来。他们把礼物放在客厅角落，不易发现的地方。

没多久，陈兴远下楼，冲他们一笑："寒丘那间房最敞亮干净，他很少回来住，和新的一样，让小乖睡。"

施富诚没应声，看施翮。施翮完全没意见，照陈寒丘那个忙法，何止是很少回来，估计一年都回不了一次。

临睡前，陈兴远出门去看了一圈木舍的小动物们，数了数都在，他才放心地回家。

正准备上楼，他忽而瞥见几个购物袋，新的，没见过。

陈兴远一愣，返回来仔细翻了翻，有衣服鞋子，还有茶叶和酒，还有一些进口的保健品。他沉默片刻，给陈寒丘打了个电话。

晚上十点，Proboto 科技。

办公室一片暗色，桌前亮着浅蓝的光，陈寒丘垂着眼，调试着几行数据，安静的室内只有敲击键盘的声音。

手机振动，他的视线落在屏幕上，未动分毫。

稍许，最后一行代码落下，他接起电话。

陈兴远忧心忡忡地说了礼物的事，拍了张照片给他，说明天一早就还回去。

陈寒丘本不该参与他爸的决定，但想到施翮的话，他道："爸，这都是品牌方送给施翮的，您用得好她才能多赚钱。"

陈兴远："是上回和你公司合作的衣服那样？"

陈寒丘："您可以看看衣服和鞋子，应该都有油画颜料的设计。"

陈兴远低头翻了一阵，果然发现了陈寒丘说的设计。他放下心来，又说了几句下午在新闻上看到陈寒丘的事。

期间，陈寒丘静静听着，说了几句，父子两人又没了话。

陈寒丘微顿，问："施翮在农场怎么样？"

陈兴远笑了一下："小姑娘开心得不得了，说这个好吃那个好吃，下午去外面骑自行车了，她有点怕晒，没玩多久，回来还帮我剥荸荠。看新闻的时候我听不懂，她就慢慢和我解释。"

说到施翮，陈兴远的话显而易见地多了起来，他说着，想起下午问施翮的事，不由得犹豫，万一陈寒丘不喜欢相亲，让人家女孩子也尴尬。

陈兴远极少干涉陈寒丘，问起话来底气也不是很足。他犹豫着问："寒丘，听小乖说，你喜欢数学好的女孩子？要不要爸爸帮你去打听打听？"

陈寒丘垂眼，问："她这么说？"

陈兴远道："我看她也在相亲，就随便问问。你要是不喜欢，爸爸就不问了。"

陈寒丘沉默片刻，低声道："爸，我见过数学最好的女孩子。"

他握紧手机，抬眼看向宁水的方向。

那是一座安静空旷的海滨小镇，每个晴夜都能看见天空上闪亮的星星，此时她或许正在看星星。

陈寒丘仰起头看星空，轻声说："没有人比施翩更好。"

宁水镇，农场内。

施翩坐在床上，打量着陈寒丘的房间，不大不小，床贴着窗户放，床脚正对面是一个小衣柜，床侧是书柜和书桌，简单干净。

因为她在，书桌上放了零食和水果。

施翩走到书柜前，大致扫了一眼，是他从小到大看的书和课本，不过不像是他自己的书柜，而是由陈兴远整理的，属于他的有关儿子的记忆。

陈寒丘是这样一点一点长大的。

施翩瞧着，抽了本书出来，她不方便拉开抽屉看，看看书总行。

陈寒丘小时候家里条件一般，书却不少。施翩翻开书页，微微一怔，扉页上有属于别人的名字。她放回去，又抽了几本出来，果然不同的书上有不同的字迹。

是他收的二手书。施翩抿着唇，合上书页。

这间房内没有陈寒丘的个人痕迹，只有一些久远的记忆。

施翩关了大灯上床，床边只剩一盏小灯。

施翩随手拿了一本他的小学课本打算等下看看，先借着光翻看今天在农场里拍的照片。阳光灿烂，绿意盎然，照片上随处可见小羊和土鸡，还有池塘里的呆瓜。

看到呆瓜，施翩不由得生出画小漫画的兴致。

她兴致勃勃地画了一阵，画完欣赏许久，心想全世界的人都会喜欢呆瓜，喜欢它的忧郁和不爱搭理人。

要不……让大家看看？

施翩眨眨眼，心说为了呆瓜。她在国内的工作室账号由查令荃运营，她个人没有账号。她想了想，创建了一个小号，名字简单，头像更简单。

传了一张小条漫，她退回手机桌面，视线不偏不倚地落在游戏《站台》

的图标上。

进入东川一中的平行宇宙，跳出一行信息：

> 施翮，因为你缺席了昨天的期末考试，你的成绩为 0 分，班级排
> 名 45，年级排名……

施翮："……"太好了，平行宇宙的她不学无术。

施翮熟练地切换场景，回到教室。她在新座位上，一转头，吓了一跳，她的新同桌是一位脑袋上散发着莹莹的光的 NPC。

他头顶三个大字"陈寒丘"。

施翮："……"太好了，人人争抢的 NPC 变成了她的同桌。

因为座位机制的变化，他们现在的座位按照期末成绩排名，0 分的她和 0 分的 NPC，成了同桌。

施翮打量了下自己的同桌，面容模糊，身体是一团光圈，和教室里任何一个 NPC 都一样。可因为顶着陈寒丘的名字，他变得与众不同。只是一个名字，他的轮廓和身躯便逐渐清晰，甚至他的思想、他的眼神、他说话的语气……

隔着屏幕，她戳了戳同桌的脸，小声嘀咕："在游戏里都没有表情，你是吃冰块长大的吗？"

游戏有触感设定，"陈寒丘"转过头来看她。

> 你在摸我的脸？

他这样问她。

游戏里的"陈寒丘"比现实直白许多。

施翮盯着屏幕上的少年，许久，她低下头，打字：陈寒丘，你以后想成为什么样的人？

眼前的"陈寒丘"并不只是一个简单的 NPC。

由真实玩家填充的剧情和数据，让他具有了一部分属于陈寒丘的性格，某种意义上，他仍是当年的那个少年。

所以，他会依照真实数据回答她的问题。

少年思索片刻，回答她："天文学家。"

施翩静静看着这行字，没说话，关了游戏。

昏黄的灯光朦朦胧胧，施翩随手拿过边上的课本。

小学的语文课本，翻开看，是一些课文和古诗，上面的字迹稚嫩却端正，一笔一画写得清晰。

施翩忍不住一笑，小时候就这么正经。翻了一阵，她生出困意，打着哈欠坚持着翻过一页，那里写着："你长大想成为什么样的人？"

他认真地写："我想成为天文学家。"

那时的陈寒丘，他想触摸光年之外的星星，想明白夜晚的光从何而来，想知道宇宙的意义。他仰望星空，注视着每一个有星星的夜晚。

她想，或许在平行宇宙里，他能够成为他想成为的人。

施翩缓慢地眨了眨困倦的双眼，侧头看向窗外。晴夜的天布满星辰，她想起风里橘子树的味道，缓缓闭上了眼睛。

睡着之前，施翩想，宇宙对他来说，有什么意义？

第二天是周末，睡懒觉的日子。

不到六点，施富诚被电话吵醒，他匆匆起床下楼，正遇上从外面回来的陈兴远，两人打了个照面。

陈兴远诧异道："这么早？"

施富诚道："临时要赶去开个会，时间太早，就不喊小乖了。等她醒了，你和她说一声我先回去了。"

陈兴远一口应下，去厨房拿了几根玉米，让他带着路上吃。

施翩醒来时，阳光已落满整个农场。她睁开眼适应了一会儿，看着陌生的房间，想起自己在乡下。她坐起身，掀开窗帘，"哗"的一声，她忍不住闭上了眼，外面的光太亮。

施翩眯着眼躲远了点，看着早晨的农场。

昨天混乱的小动物们今天井然有序地在一处位置吃草，看起来安安分分。她新奇地睁大眼，忽然发现草地上有一只牧羊犬。

施翩下楼时，四处看了一圈，没看见她爸。一大早上哪儿去了？

正找着，陈兴远在厨房里喊她，说施富诚有急事先走了，再问她早饭想吃什么，问完又说多玩一天再走，难得过来。

施翩看着他诚挚的脸，说不出拒绝的话。

施翩应下，打开手机看了眼，果然看到施富诚的短信，说一个跨国会议临时改时间了，他把她的车开走了，会再找人来接她。

她回了条"我自己回去"，便出去看牧羊犬了。

施翩这一天过得极为充实，上午跟着陈兴远上山摘果子，下午在屋里的躺椅上睡了一小时，睡醒又跟着陈兴远去田里，拿着一把小镰刀，一会儿拔萝卜，一会儿拎番薯，玩得不亦乐乎，出来还不满足，去池塘边怪叫一声，吓了呆瓜一跳。看大鹅落荒而逃的模样，她哈哈大笑。

陈兴远看着阳光下发着光的女孩子，她肆无忌惮地笑着，乐于分享，热情真挚，不耽于享受。

他想起儿子的话，摇摇头，叹着气走了。

那个闷性子，也不知道能不能追到这么好的女孩子。

池塘边，施翩笑得没了力气，呆瓜惊恐地挤在角落里，脖子连脑袋埋入边上的大鹅的毛茸茸的脖子里。

她嘲笑它："就这么点胆子，不理我时不是很嚣张吗？"

呆瓜不理她，继续埋着脑袋。

施翩累了，随手脱下去田里穿的靴子，露出白生生的小腿，光着脚丫碰了碰池塘里的水，凉滋滋的，很舒服。

正逢夕阳西下，金黄的余晖笼罩农场。

风和时间都变得静谧，施翩躺在柔软的草地上，深深地吸了口气。这里的日子好舒服，她也想住在农场里。这一刻她有点想念自己的庄园，还有她母亲姜萱女士。

正怀念着，她忽而听到一阵难听的叫声。呆瓜在骂她？

施翩半支起身，往池塘看去，这一眼让她睁大了双眼，呆瓜的保护鹅正气势汹汹地朝她游来，一副要找她算账的模样。

大鹅的战斗力是极强的，许多视频证明了这一点。

正想着，大鹅怪叫一声，上了岸。

施翩咽了咽口水，她再看看自己弱小的模样，尖叫一声，飞快地爬起身，一边叫陈叔叔，一边往回跑。

农场宽阔，这一路好远。

施翩不敢回头看，铆足了劲往前跑，正跑着，一头撞到坚实的胸膛上，她呆呆地抬头，看见一张冷淡的脸。

她像是见到救星，大喊："陈寒丘！救命！"说着，整个人跳起来，连抱带爬地扒住他。

陈寒丘："……"

陈寒丘瞥了眼不远处嚣张的大鹅，喊了个名字。只见那只牧羊犬飞快地跑过来，看了看现场状况，朝着大鹅跑去，一狗一鹅对峙一番，很快，大鹅被赶回了池塘。

黄昏的光笼罩，女孩子紧紧闭着眼，雪白的脸上沾着几抹泥灰，手脚并用地扒着他，两条腿挂在他的腰上，恨不得把头也埋进来。

她没用香水，淡淡的橘子味道，却比香水还要惑人。

陈寒丘微微侧开脸，喉结上下滚动了一下，轻声道："没事了，它被赶跑了……别怕。"最后两个字干涩又小心。

施翩闭着眼呜呜叫："先回家！"

陈寒丘微顿，垂在身边的手动了动，虚握成拳，半搂住她的腰，用力支撑住她，抬步往屋里走。

陈兴远闻声出来，一脸着急，看到眼前的场景，愣了一下，他儿子为什么抱着人家女孩子？

陈寒丘淡定地把施翩抱回小屋，把她放在躺椅上，去拿了拖鞋过来，低声道："到家了。"他的嗓音微哑，比平时略显低沉。

施翩试探着睁开眼，果然看到了熟悉的小屋。

她惊魂未定地抱住自己，缓了一会儿，看见陈寒丘，她动了动脚趾，后知后觉地红了脸，太丢脸了呜呜呜。

施翩轻咳一声："你怎么过来了？明天不上班啊？"

陈寒丘移开视线，转身去倒了杯水，回来递给她，淡声道："春溪的住所离这里不远，就在隔壁镇，明天顺道去了，不用特地再来。"

施翩："……"原来是来工作的。

春溪是他们项目 20 世纪 80 年代主题的主要人物。她是本地的第一个女拖拉机手，在那时的东川名噪一时。那时谁都知道春溪，知道那个在田野里奔跑长大的女孩。

施翩捧着水喝了几口，看到自己脏兮兮的模样，随口应了一声，便上楼洗澡去了。

只要不提大鹅，她就不会尴尬。

时间会让他们忘记大鹅，她这样想着，飞快逃走。

施翩洗完澡，懒得吹头发，便坐到床上，吹着凉凉的晚风，趴在窗沿上往下看。她瞥见那只温驯的牧羊犬，它正在地上打滚，摊开肚皮，想要主人抚摸。

清瘦的男人蹲在它身前，五指张开，轻柔地摸着它的肚子。

她静静地看着，稍许，抬头看夕阳。

黄昏散尽，地平线上还有最后一抹光辉，天际半明半暗，一颗淡淡的星悬挂西方。那是……长庚星。

施翩微怔，忽然想起另一个黄昏。

计算机竞赛成绩出来那天是周末。

窦桃和杨成杰先得知成绩，立即轰炸了她的手机，最后交给她一个任务，由她去负责通知陈寒丘。

施翩问为什么，两人巴巴地说，没陈寒丘的联系方式。

施翩沉默两秒后，答应了。

她上楼换了条漂亮裙子，穿上新鞋，走几步就蹦一下，蹦了一会儿，回头和奶奶说，不回家吃晚饭了。

奶奶看这孩子蹦跶欢喜的模样，心说上了学，怎么变得有点傻。

施翩走出小区，先给陈寒丘打电话，没打通。

她把鸭舌帽往上抬了抬，去找地铁站。最近她对他们家附近的站点很熟，因为雨天陈寒丘会坐地铁来接她，他们再坐公交车去学校。

自从他答应来接她，刮风下雨都没找理由推托过。

这是施翩第一次去陈寒丘家找他。她想，他愿意把地址告诉她，应该就是不介意她去他家的意思……吧？但也说不准，她猜不到他在想什么，成天就一个表情。

施翩撇撇嘴，不去想他。

五站后，地铁在老城区站停下。

老城区是东川很早的一批建筑，周围还有一片没被拆掉的弄堂，这里巷弄复杂，第一次来的人容易迷路。

施翩从不迷路，只要看一眼地图，这些线条会在她脑中画出一幅新的地图。她拐过七八个弯，在一栋矮房前停下。

五层楼高的房子，他住在一楼，平时连阳光都晒不到的地方。

楼下防盗门开着，施翩径直走了进去。

进入阴凉的楼道，她往左右两边看了看，敲响左边的门，边敲边喊他的名字，家里始终没动静。

正准备去外面窗户看看，对面的门开了。

施翩回头看去，是个老奶奶。

老奶奶半开着门，打量她一眼，问："你找谁？"

施翩眨眨眼，说："我找陈寒丘，我是他的同学。"

老奶奶"哦"了声，说小丘出去了，不是去给人补课了，就是在医院，让她晚上再来。

施翩一愣，道了谢后走出楼道。他原来还在给人补课，去医院一定是去看他妈妈。

施翩在楼道外发了会儿呆，一时不知道去哪里找他，正迷茫着，迎面走来一个中年男人，他神色疲惫，略显憔悴。她让开路，看着男人低垂着头走进楼道，没有上楼梯。

他住在一楼。

施翩缓缓睁大眼，出声喊："叔叔！"

陈兴远停住脚步，转身看她一眼，和善地问："是不是迷路了？"

施翩忙摇头，她摘掉帽子，抿抿唇："我是陈寒丘的同学，我来找他说计算机竞赛的事。"

陈兴远微怔，这是他第一次见家里有同学来。他上下摸了摸钥匙，心说让女孩子进家里喝口水，又一想，寒丘不在，这不太好。

计算机竞赛，应该是着急的事吧？

陈兴远道："寒丘在医院。"他详细说了医院地址。

施翩忙道："没事，上学说也一样的，不麻烦您。"

施翩没多留，和陈兴远挥了挥手便离开了。

走出老城区，她想了想，去医院附近晃晃吧，不进去找他，等他出来可以装作偶遇的模样。

到医院时，正逢夕阳西下。

橙红色的光照在路人脸上，照亮他们疲惫的脸。走在路上的这些人，眼睛里是没有光的，就像……陈寒丘的爸爸。

施翩坐在阴影处，观察着人群，看了一阵，肚子饿了，摸去医院外的店铺，买了两个包子。这家包子陈寒丘带她买过，很好吃。

施翮买了包子往回走，走到一半，眼看着陈兴远从公交车上下来，她忙躲在树后，探出半个脑袋往外看。

陈兴远拿着食盒下车，原来是回家做饭送过来。

施翮看着陈兴远走远，不敢再进去，待在原地慢吞吞地啃完了两个包子，摸摸肚子，没吃饱，嘴还有点干。于是，她又去店里买了两个包子和一瓶牛奶。

这次买完一回头，陈寒丘从医院出来了。

施翮一呆，又往树后躲，心说装作偶遇也挺正常，就说来这里买包子。

施翮隔着不远不近的距离跟在陈寒丘身后，他没去公交站牌处，像是漫无目地在街上走。

少年穿着短一截的校服，靠墙走路。他的步子迈得不快，那双漆黑平静的眸低垂着，让人看不清他的情绪。

只余一张冷淡的侧脸落在夕阳下。

施翮静静看着，一时间不想去偶遇他了。

他看起来似乎有些难过。

就跟到这里吧，她想。

施翮停下脚步，正准备离开，忽而听到一声小小的小猫叫，声音轻细，若有似无，再听就没有了。

她凝神细听，小猫又叫了一声。

这叫声听着可怜无比，弱小又无助。

施翮往四处看了看，却见陈寒丘也停下了脚步，他似乎离叫声更近，转身往一个小巷走去。她顿了下，跟了上去。

施翮转过弯走进小巷，小猫的叫声更为清晰，她听了一阵，茫然抬头往不远处望去——一墙之隔的树上，一只小橘猫可怜巴巴地夹在树枝上。

悬铃木高大挺立，小猫距离地面几乎有两层楼的距离，它下不来，被困在上面了。

施翮正思索着，余光忽然瞥见一道身影动了。

少年站在墙对面，隔着远距离，忽然加速往前跑了几步，一个跳跃，平时清瘦的身躯爆发出极大的力量，小臂上肌肉鼓起，握着墙沿，微微用力，翻身上了墙，他平衡性极好，稳稳地走在狭窄的墙沿上。

陈寒丘背对着她往树边走，没看见她。

施翩没有出声，担心吓到他。她看着陈寒丘走近树边，小心翼翼地去抱那只小橘猫，他动作轻柔，抱它之前摸摸了它的头。那双骨节好看的手轻轻地抱住小猫，将它带下树枝，他没立即下来，反而在墙上坐下。

少年高坐在墙沿，裤脚收缩，露出一截冷色的脚踝。

他低着头，怀抱着小猫，缓慢地安抚着它的情绪，一下又一下，耐心而温柔。

夕阳照下来，悬铃木树叶垂落，晚风轻拂。

少年冷漠的侧脸浸在柔光下，怀里的小猫怯生生地蹭着他的掌心，吐出小舌和他亲近，慢慢地，他露出一个浅浅的笑容。

他们像在发光。

施翩呆呆地看着，听见自己心跳的声音。

近处少年高高悬坐，浅金色的光坠落在他身上，远处余晖即将散尽，天际长庚星悬挂。这是她见过的，最美的黄昏。

"施翩。"

轻淡的嗓音和那时重叠在一起，施翩恍然回神。

她往楼下看去，陈寒丘站起身，抬头朝她看来。

夕阳暗淡的光落在他的眼睛里，那双总是冷静的眼，此时被光影所染，眼底竟有几分温柔。他正在看她。

"施翩，吃饭了。"他重复道，眼神温和。

施翩定定看他片刻，忽而抬手关上窗，一把拉过窗帘，转身背对着窗户。她急促地喘了口气，按住左边的胸膛。

这个夜晚因为陈寒丘的到来，变得有点沉默。

陈兴远发现叽叽喳喳的施翩不怎么说话了，她安静地吃完晚饭，说去看呆瓜，顺便把牧羊犬借走了，免得大鹅再和她过不去。

施翩走后，陈寒丘的视线跟着她的背影走得很远。

陈兴远看了眼儿子，心说之前在东川他怎么没看出来。他轻咳一声："怎么忽然过来了？"

陈寒丘收回视线，应道："工作的事，顺路过来。"

陈兴远点点头，没多问。

施翩去了池塘边，在橘子树下坐下。因为她常来这里乘凉，陈兴远特地放了一把小板凳在这里。漂亮的牧羊犬乖乖地坐在她身边。

她托腮看着池塘里的呆瓜，另一只手有一搭没一搭地顺着牧羊犬的毛，摸到它的肚子的时候，她忽然停住。之前陈寒丘也是这样摸它的肚子，干净修长的手指没入它的毛发，轻轻晃动，柔软的触感传来，像是他们……在牵手。

施翮飞快地收回手，恼怒地拍了一下自己的手。

牧羊犬转过头来，用湿漉漉的温驯的眼神看着她，似是不知道自己做错了什么。

施翮："……没事啊乖乖。"

她摸摸它的脑袋。

池塘里，呆瓜依旧无视她，畅快地游来游去，或是累了，便蹲在角落里，时不时地把脑袋埋进隔壁大鹅的脖子里。

施翮看了一阵，起身回去。

夜晚太凉，她吹了一阵风，脚变得冰冰凉的，还是回屋暖和暖和。

施翮一溜小跑回去，进门时陈寒丘不在，她悄悄松了口气，一鼓作气溜回了房间。

进了房间，她又觉得不太对劲。陈寒丘不在时，她住这儿没感觉，当他在的时候，她睡在他的房间，总感觉怪怪的。

施翮心烦意乱，干脆上床，画了一只怒气冲冲的呆瓜。

画完，她上了小号，把这阵子画的一股脑传了上去。传完，她感觉心里舒服多了。

施翮把手机丢到一边，四肢展开，呈"大"字形躺在床上，双眼无神，光明正大地发呆。

太久没有喜欢别人，她忘记了喜欢是什么感觉。

一个人，会喜欢上同一个人两次吗？

施翮埋脸在枕头上，闷闷地叫了几声。叫完，她噌地坐起身，安慰自己："也不一定是喜欢，正常人看见帅哥也会嗷嗷叫的。"

天才画家也可以喜欢帅哥，人之常情。

或许这不是喜欢，只是单纯地欣赏他的皮囊。

施翮抱着膝盖，拉开窗帘，出神地看着窗外的夜色。小农场安静无声，夜空清亮辽阔，布满星辰。

有点气，想找陈寒丘出出气。

这么想着，施翩眨眨眼，忽然想起《站台》里还有一个 NPC，她不能欺负真人，欺负欺负假人还不行吗？

楼下厨房里，小锅咕噜噜地响着，桂花的味道飘满整间小屋。

陈寒丘搅拌着锅里香甜的果酱汁，陈兴远在一边给梨子削皮，两人各自做着自己的事，偶尔交流。

忽而，屋门口传来几声叫，是牧羊犬。

陈寒丘洗了手出去，它乖乖蹲在门口等。他过去摸摸它的脑袋，问："怎么了？"

牧羊犬咬着他的裤脚往外走，他只好跟出去，绕了一大圈，停在午后停留过的草地上，它蹲下身，昂起脑袋往二楼看。

陈寒丘抬起头，忽而一怔，是施翩睡的房间，亮着莹莹的光。他低头，和它黑漉漉的眼睛对上，问："想和她玩？"

牧羊犬欢快地甩甩尾巴，轻轻地叫了一声。

陈寒丘和它对视两秒，再次抬头，望着那扇莹亮的窗户，低声道："我也想和她玩。"

第二天一早，施翩神清气爽地起床，吃完早饭后出发去隔壁镇。

陈寒丘负责开车，她负责随便玩。

今天也是好天气，阳光洒落。

施翩戴着帽子，感受了一会儿阳光的强度，随后降下车窗，吹着凉风，哼着小曲儿，心情显而易见地好。

陈寒丘随口问："心情很好？"

施翩想起昨晚在游戏里欺负他，笑眯眯道："还可以。今天周一，你不忙啊？大老远跑过来。"

"昨晚在加班。"他自然道。

施翩纳闷："加到几点？"

陈寒丘："不晚，两点。"

施翩："……"

施翩不和工作狂辩论这个，她吹了会儿风，玩了会儿手机，回完信息，打开微博，界面粉丝数为"2"。

一个微博自带的粉，一个好像是送的粉。

施翮点开一串字母数字的用户，头像空白，仅有的微博都是转发呆瓜的小条漫，除了性别是男，没有任何个人信息。

她没有在意，看了眼便关上了。

隔壁镇不远，半小时的路程。

陈寒丘来之前联系过春溪，她现在住在一个小村庄的山上，于是又开了近二十分钟，到了半山腰，再往上，车上不去。

陈寒丘下车去看了路况，回来对施翮道："都是山路，走上去还有两小时的路。"

于是，施翮补了防晒，背上小包下车。

陈寒丘没多说，去后备厢拿了个挎包，两人准备上山。

虽是秋日，但山上阳光很好。

施翮裹得严实，躲在陈寒丘的影子里，道："我好久没爬山了，回东川后这还是第一趟。"

陈寒丘仔细感受了下光，问："热吗？"

施翮喘了口气："还行，就是有点晒。"

陈寒丘打开挎包，从中拿出一把伞，一片影笼罩住施翮，他淡声道："快点，别踩我影子。"

施翮："……"刚还感动呢。

她忍不住道："没踩你影子，这叫经过。"

陈寒丘："省点力气，说话太喘气。"

施翮："……"

昨天黄昏果然是她瞎了眼！

爬了近一小时，施翮体力不支。陈寒丘找了块阴凉处，把大石头擦得干干净净，再从挎包里拿出餐布铺上，再依次取出果汁、点心、水果盒。

"坐吧。"他指了指石头的空余处。

施翮："……"

施翮忍不住看了眼他的挎包，这人到底带了多少东西上山？她看了眼他的手腕，嘀咕："一会儿不用给我撑伞了。"

她平时画久了，手腕会不舒服，陈寒丘他们这行的职业病不比她少。

施翮摘了帽子，顿感凉快许多，打量了眼陈寒丘，这人爬了这么久，脸不红心不跳，如履平地。

体力这么好啊？不像是身体不好，那怎么单身这么久？

施翩喝了口清爽的果汁，随口问："你平时那么忙，有时间健身吗？看你体力不错。"

陈寒丘打开点心盒子，道："公司有健身房。"

施翩："哦，那还……哇。"

看到点心，施翩顿时忘了自己要说什么。晶莹剔透的小圆冻躺在透明的小方盒里，下面是一个小蛋糕，淡淡的桂花味清香驱散疲惫，小圆冻里还有金黄色的桂花粒。

陈寒丘拿出小木勺递给她，道："桂花和梨子煮出来的果冻，下面是蛋糕，不想吃就吃点水果。"

施翩接过勺子，问："陈叔叔做的吗？"

陈寒丘"嗯"了声："怕我们路上饿。"

施翩不由得感叹道："你爸是真不错，我爸都觉得你爸不错。"

陈寒丘没吃蛋糕，吃了几口水果，随口问："你爸怎么会一起来，在宁水有工作？"

施翩一噎："……是啊，蹭我的车来。"总不能说是想来盯着我吧。

两人坐在大石头上休息了一会儿。从高处看去下，阳光下，梯田层层叠叠往下，一片金黄色迎风晃动，到处都是丰收的景象。

风一吹，便涌起金色的浪潮。

簌簌的声响是大自然带来的声音，轻轻刮过耳郭，令人心情放松。

这是在东川看不到的景象。施翩怀念出去采风的日子，来了东川，她多数时间都被关在屋子里画画，没处可去。

"走吧。"两人休息完毕，准备一鼓作气上山。

近十一点，两人到达山顶。

施翩走到平地的瞬间，立马蹲在地上喘了口大气，恨不得当场瘫坐下来。她闷声道："我以前都是坐缆车上山的。"

陈寒丘扫了一圈山顶的大片田地，收回视线看施翩。

稍许，他顿了顿，忽然蹲下身，微抬起她的帽檐，另一只手捏住她的下巴，转过她的脸，凝眸注视着她。

施翩微呆，他的脸近在咫尺。

近到她能看清他根根分明的长睫，细密纤长。因为长时间的运动，他的脸颊上泛着点点潮红，冷色的脸上莫名多出一抹春意。

这样一张艳而冷的脸，身上的味道却是干净的。

风一吹，是清爽的皂香味。

施翩眼睫颤了颤，刚想躲开，见他微一蹙眉，抬眼看她的眼睛，道："别动，脸上红了。"

"过敏了？"她下意识地想去摸，手伸到一半被拦住，男人温热的指节挡住她，很快又移开。

陈寒丘仔细看她的脸。女孩子白净的脸上泛起点点红色，几粒小红疹分散在脸颊和下巴处，鼻尖上也有一粒，显得她有点可怜。

她睫毛颤个不停，眼睛没有看他。

陈寒丘反应过来，松开她的下巴，道："一点点红，不严重，带药了吗？把防晒洗了，下午戴口罩。"

施翩随身带着药，点点头没说话。

陈寒丘重新撑开伞，看向不远处的平房，道："我来之前联系过春溪，她说这阵子很忙，给我们的时间不多。"

施翩就着水吃了粒抗过敏药，问："她在山上忙什么？"

陈寒丘道："她是拖拉机工程师，现在很多便捷的多功能拖拉机都是她研发的。"

施翩算了算年纪，春溪五十多岁了。

两人在后院找到了春溪。

平坦的地面上停着一辆零件四落的拖拉机，最底下躺着一个身材瘦小的女人，但看身体线条，很强健。

施翩职业病犯了，小声嘀咕："好漂亮的身体，线条比傅晴还漂亮。"

话音刚落，底下传来一道中气十足、语速极快的嗓音："你这样的小身板，我一个人能打三个。"

施翩见她有趣，笑道："您打我干什么，要打打他。"

春溪道："我不打木头。"

施翩忍不住哈哈大笑。

没笑几声，头上压下来一只手掌，将她的帽檐往下压了压。

陈寒丘问："能借您的水池用用吗？"

春溪随手丢了把铁锤出来，道："随便。你们没吃饭进去自己烧都行，别来吵我修车。"

于是，施翩就被陈寒丘拉走了。

房子外就有水槽，就在地上，施翩蹲下身，拧开水洗了把脸，前额的绒毛湿漉漉地黏在额头上。

她洗完脸，打量着周围的田地，这里也像个自给自足的小农场。

陈寒丘看了眼时间，道："进去做饭。"

施翩："……真去做啊？"

施翩以为自己是够不客气一个人了，没想到陈寒丘现在比她还野，还真借人家的厨房做饭。

屋里的装修完全像住着一个木匠，原生态的家具和摆件，桌上花瓶里的花早已干枯，四处散落着工具，一副无人打理的模样，墙上却挂着不少相框。

施翩走过去看，多是黑白照片，彩照很少。

照片上最多的就是拖拉机，随处可见各式各样的拖拉机，还有一个男人也频频出现。他看起来与春溪差不多年岁，在她身边腼腆地笑。

施翩想，他们一定是爱人。

和拖拉机在一起的春溪，自信阳光。而和这个男人在一起的春溪，快乐爱笑，笑起来时眼睛弯成一道月儿。

可现在……她四处找，没看到别人。

施翩正找着，春溪进来了，和照片上清秀的面容相似，她现在看起来仍旧年轻，头发乌黑，只是现在满脸机油，是修车时蹭到的。

春溪瞥了眼小姑娘，道："他不在家，没死。"

施翩眨眨眼，问："他去哪儿了？"

春溪随意拿毛巾擦了擦脸，摘下手套，喝了口水，道："城里，不乐意和我待着，说我只喜欢机器。"

施翩又看照片，问："是这样吗？"

春溪一撇嘴："当然是这样。"

施翩看了眼屋外的一片小花田，笑了笑，没说话。

正说着话，陈寒丘出来了，他端了一大盆凉面出来，手里拿着三个碗和三双筷子。见春溪回来，他没说话，继续做自己的事。

于是，三个人凑在一起吃了顿饭。

春溪食量大，一个人吃了大半盆面。施翩数着数，她一个人就吃了五碗，看起来还意犹未尽。

许是陈寒丘手艺不错，春溪直接道："问吧，问完就走。"

陈寒丘提前准备过，拿了张纸出来。

春溪看了两眼，嫌麻烦，一指施翮："小姑娘问，你别说话。"

陈寒丘："……"

施翮忍着笑，心想她的爱人肯定也是木头。

施翮也不习惯照本宣科，便想到哪儿问哪儿。她想了想，先问："拖拉机贵不贵啊？"

春溪轻轻"啧"了一声："我的第一辆手扶拖拉机，两千四百二十一元。那时吃一碗面只要一角五分，一分钱就能吃上糖。"

施翮眨眨眼："您哪儿来的钱？"

"修收音机、电视机，别人不要的我捡来修好再卖，我什么都会修。"春溪说起这事，仍自豪得不得了，"我辛苦攒的钱，再跑遍邻里几个村问人家借。不出一年，我们家就成了镇上的万元户，那时一个镇都不一定出得了一个万元户。"

从那以后，镇上所有人都知道春溪。

春溪的名字渐渐传遍了小城，再到东川，画报上画着一个奔跑的女孩，她身后是一辆拖拉机。

女孩子像风一样自由。

说起往事，春溪兴致不错。她滔滔不绝地讲了自己怎么用拖拉机帮村里修路，帮邻里盖房子，闲时做农耕……说起拖拉机，她的眼睛放着光。

施翮想起别人对春溪的概述——她是在田野里奔跑长大的孩子，这是一个永远都不会停下的女人。

施翮静静听着，陈寒丘去厨房煮了壶凉茶，再借用春溪的食材做了桂花山药糕，两者搭配，清甜解热。

春溪说了一阵，停下来吃了两口。她看了眼陈寒丘，道："我不喜欢吃甜的。"

陈寒丘微顿，没说话。

春溪再看施翮，忽然明白了，是这个女孩子爱吃甜的。

施翮问了几个自己感兴趣的问题，最后问："您和拖拉机在一起的时候，是什么感觉？"

春溪一愣，她还真没想过。许是这个问题难以回答，她忽然沉默了。

施翩看向陈寒丘。

陈寒丘静了片刻，看向窗外，低声问："我们出去等？"

施翩没意见，出去时不忘带上小茶杯，再捏上两块桂花山药糕，甜滋滋的，又香又糯。

屋前有一片阴影，地上两把小木椅，正好坐人。

施翩托着腮，看着眼前长势不错的田园，道："她很擅长和机器打交道，和你一样。"

陈寒丘闻言，无声一笑："机器很好相处。"

施翩嘀咕："比人好相处多了吧？"

陈寒丘："嗯。"

施翩无奈叹气，这人果然和以前一模一样。

午后阳光正盛，山顶风大，温度并不高。

施翩吹着风，望向那片小花田，小声道："她不会养花，和这些蔬菜比起来，花看起来有点蔫儿。"

陈寒丘嗓音微低："可能是别人养的。"

施翩转过头看他："是照片上的男人吗？"

陈寒丘看着她清透的双眼，不紧不慢地移开视线，道："或许是，或许不是。她看起来像一个人住。"

施翩道："她有爱人，是块木头。"

陈寒丘低声道："木头不好。"

施翩没说话，只是静静看着那片花田。

两人没在外面久坐，吃完两块糕点，喝完茶水，他们便重新进了屋子。

春溪已回过神来，正在看照片墙。

施翩道："您不想回答也没关系。"

春溪摇头："没什么不想回答的。我刚刚只是在想，我喜欢和机器在一起时的感觉，还是喜欢和他在一起时的感觉。"

施翩静待着她说出答案。

但春溪沉默片刻，说："你们回去吧。"

陈寒丘向她道谢，最后问能不能带走剩下的桂花山药糕，春溪瞥他一眼，去外面忙活了。

施翩："……"

还真是一点都不浪费。

施翩戴上帽子和口罩，陈寒丘撑起伞，两人准备下山。走出一段路，春溪忽然出来，看了眼施翩的脸，喊住他们，说有下山的近道。

五分钟后，施翩睁大眼睛看着眼前的滑道。

这的确是一条下山的近道，弯弯曲曲的滑道穿过山林，一路到达半山腰，他们可以坐小滑车下山。

"您做的？"施翩问。

春溪轻哼："我才没那么麻烦，到了把滑车丢在下面的箱子里就行。"说完，不管他们，走了。

施翩新奇地看了几眼，心说难怪愿意住山上。

陈寒丘拎起小滑车，仔细看了许久，对施翩道："我在前面，你跟在后面，有危险就停。"

施翩没意见，点点头。

小滑车操作起来很简单，杆子向前就是加速，杆子向后就是刹车，还有安全带。

施翩跃跃欲试，道："一会儿你快点！"

陈寒丘淡淡地看她一眼，没说话。

施翩一看不对，追着问："你会不会快啊？快点不行吗？难道你害怕，不然让我在前面？"

陈寒丘在小滑车上坐好，转头看她一眼，提醒道："系好安全带，系好了我就出发。"

施翩："系了系了。"

两人准备就绪，正式出发。

施翩很兴奋，见陈寒丘出发，她等了一阵，直到滑道上没有他的身影，便松开手，滑车在光滑的滑道上自由穿梭，山风吹过，她想摘掉帽子看蓝天，半路有鸟飞过，她很是羡慕。

疾驰了一阵，施翩忽然瞥见前面的身影，她忍不住大喊："陈寒丘，你快点！再过一个弯道要撞上了。"

陈寒丘保持着速度，并不受她的影响。

施翩一路疾驰，弯道也不减速，飞快滑了一阵，眼看要撞上陈寒丘，她气恼道："你怎么这么慢！"

陈寒丘提醒她："再不刹车就要撞上了。"

施翩："……"

于是后半段路，施翩跟小乌龟爬似的跟在陈寒丘后面，她不满地嘀咕了一路，什么胆小鬼，什么蜗牛爬，什么怕高，想到什么说什么，吵得林子里的鸟都飞走了。

到了山腰，滑道变得平缓，陈寒丘慢吞吞地到终点，起身拎起小滑车，转身看身后气成河豚的女孩子，道："到了。"

施翩翻白眼："我不知道啊？"

陈寒丘耐着性子道："速度太快很危险。"

施翩撇撇嘴，就是不高兴。

陈寒丘顿了顿，朝施翩伸手："起来。"

施翩才不要他扶，自己一骨碌爬起来。

放完滑车，两人沉默着没说话。正僵持着，前面路上忽然传来脚步声，两人循声望去，看见一个五十岁上下的男人走来。

他戴着一副眼镜，身穿衬衫裤子，脚下一双运动鞋，模样温文尔雅，不像是山里的农民。

施翩看着，忽然睁大眼，悄声对陈寒丘说："照片上的那个男人！"

陈寒丘没说话，不动声色地走到她身前。

男人看到他们，怔了一下，再看不远处的箱子，里面放着两个小滑车。他温声问："春溪的客人？"

陈寒丘道："慕名来拜访春溪老师，我们想画一幅关于她的主题画。"

男人笑了一下，说："她应该很喜欢你们，一般人她不肯让他们坐滑梯下山。"

说着，男人去取了两个小滑车，和他们一起往外走。

施翩眨眨眼，道："她说您住在城里，不爱待在乡下，屋子里的花都枯了，花田也不精神了。"

男人早已习惯，笑道："是我不好。"

从这里到他们上山的路口不远，很快便到了。没几步，看到陈寒丘的车，男人和他们告别，说下次来一定招待他们。

男人走后，施翩和陈寒丘上车。

施翩到车上便摘了帽子，吹了会儿凉风，看着山野，慢悠悠道："看吧，木头是不是也不错。"

陈寒丘掉转车头，道："把帽子戴上。"

施翩感受了下车里的阳光，嘀咕："不晒啊。"

陈寒丘平静地喊："施翩。"

施翩随口应："干吗？"

陈寒丘："顶着鼻子上两颗红点和我吵架，我提不起兴趣。"

施翩："……"

木头不错个屁！她最讨厌木头了！

施翩从乡下回来，在家里整整躺了两天休养生息，周五还想再躺一天，查令荃的电话来了。

施翩无聊道："干什么？我不画画。"

查令荃冷哼一声，问："你知道明天是什么日子吗？"

施翩对此并不感兴趣。

查令荃冷冰冰地提醒："明天是你的画展开展，过来给你介绍几位国内的老师，别迟到。"说完，挂了。

施翩："……"她不想当 Liz 了，想当 Liz 的经纪人。

施翩在沙发上颓废了一阵，忽然坐起身，打开手机前置镜头照了照自己的脸，看起来已经恢复好了。

既然都要工作了，不如晚上去画会儿画。

这个季节的东川，晚上寒意很重。施翩披了件大衣出门，里面还有一件毛衣，在室外工作，她还没有虐待自己的爱好。

晚上八点多，东川不怎么堵，二十几分钟的时间，施翩到达 Proboto 科技的小广场。

因为小广场上安装着摄影机，临时搭建了二十四小时的保安亭，每时每刻都有人看着，机器人梯子圆圆也放在保安亭里。

施翩来的时候，保安愣了一下，他道："里面没装灯，晚上光线不好，您可以画吗？"

施翩说没事，启动梯子，由圆圆送她去画布前。

圆圆一周没见施翩，很是兴奋，它问："施翩，你和陈寒丘去乡下玩了吗？"

施翩："他告诉你的？"

圆圆道："不是，我看到了他的朋友圈。"

施翩："……你还能看他朋友圈？"

圆圆高兴道："嗯，他经常不在家陪我，给我开通的权限。"

施翩躺在家的这两天，没怎么刷手机。此时，她坐在高高的梯子上，眼前是繁华的东川，她点开了陈寒丘的朋友圈。

陈寒丘的朋友圈设置为全部内容可见。

内容不多，除了转发资讯外，属于他的朋友圈内容很少，点进去最新的一条是三张照片。

第一张是夕阳，天际一片橙黄，远处挂着一颗暗淡星。

第二张牧羊犬，它蹲在地上，仰头往上看，不知道小家伙在看什么。

第三张是春溪家的照片墙，角落里有施翩的背影。

三张照片，他配了文字——

摄影：木头。

周五上午九点，Liz 国内首个个人画展《绿屿》在东川开展。

施翩照旧睡到自然醒，看了眼外面的天，秋光和煦，再摸摸自己过敏刚好的脸，没化妆，涂了个防晒就出门了。她一路开车过去居然看见了几个画展广告牌，但不是她的，是"东川小凡高"的广告牌。

施翩眯着眼仔细看，开展日期和她同一天。想起上次查令荃说的话，说他刻意模仿她画的内容，她从没把这事放在心上。

施翩不在意地移开眼，踩下油门。

淡蓝色的"美人"如流星滑过，与广告牌擦肩而过。

到展馆时，不到十点。

施翩开着车转了两圈，没找到停车位。她郁闷地给于湛冬打了个电话，他说馆里来人太多，只能停在附近的停车场。

施翩问："不是每天限额？"

于湛冬道："开展日不会，很多人来祝贺你，还有一些是查总给你日后拉的关系。"

施翩叹气，开去了停车场。

停完车，施翩回来走安全通道上楼，没走几步，听到有人喊她的名字，回头看，谭融正小跑着上前。

施翮和他打招呼："这么巧？"

谭融道："不巧，我代表我们 Proboto 科技祝贺你画展顺利。花篮应该早就送到了，我刚开完会过来。"

施翮狐疑地看着他："这么客气？"

谭融："……"也不是。

谭融代表 Proboto 科技送花篮这并不令人意外，除了和她浅薄的交情外，他们的周年展还要和查令荃对接，于情于理，这花篮都会送来。

但谭融亲自过来，比陈寒丘过来还怪。

谭融见瞒不过施翮，轻咳一声，明里暗里打听起查令荃来，比如有无不良嗜好、有几段无疾而终的恋情、分手原因都是什么等等，一堆关于个人隐私的问题，全砸到施翮头上。

施翮："……"

她上下扫了谭融几眼，心说平时看不出来啊，居然喜欢查总这样的男人，这眼光差得就和瞎子差不多了。

谭融看到她的眼神，一口气堵住："你误会了。"

施翮干巴巴道："……不好意思啊。那你问这个干什么？你朋友看上查总了啊？我的建议是换一个。"

谭融："……"

行，只要有这句话，他就能等到阮梦雪恢复单身。

走出通道，施翮打开伞，肌肤一点都不露在外面。

谭融看她戴了帽子还打伞，心说这天也不热啊，不由得问："你怕晒啊？难怪小广场有遮光帘。"

施翮随口道："紫外线过敏。"

谭融微愣，过敏？难怪陈寒丘随身带着防过敏药。

想起陈寒丘，谭融顿时觉得自己的烦心事也不是那么烦心了。

到了展馆，两人分道而行。施翮从后门进去，谭融从前面进，一个躲避社交，一个乐于宣传 Proboto 科技。

展厅和前厅的热闹不同，人多但却安静无声。

所有人都在看画，没有人交头接耳。这似乎是大家看展的默契，他们不评论、不议论，至于原因，当然是怕说错。

施翮悄悄走入展厅，扫了一圈，没看见查令荃，倒是看见了魏子灏。

他正站在她的新画《一条鱼走过森林》前，目不转睛，看眼神又不知道神游到哪儿去了。

她悄无声息地走到他身边，没说话。

施翩美滋滋地欣赏了一阵，静音的手机亮了，是查令荃在找她，她回复完便准备离开，一抬头，愣住了。

魏子灏对着新画，忽然开始流泪，看模样还是泪流不止，他还没回过神，仍沉浸其中。

施翩顿了下，拿出纸巾，轻轻戳了戳他。

魏子灏如梦初醒，意识到自己的失态，低声道了谢，接过纸巾擦干眼泪，最后眼红红地看着她。

施翩："……没事吧？"

魏子灏看着她，反问："你呢？"

施翩微怔，随即对他笑了一下："画完就没事了。"

魏子灏点头，不再多言。

施翩没多留，简单说了两句便去找查令荃了。

查令荃在会客室，施翩还没进门，便听到他一个人和三四个人聊，且各个都聊得起劲。她幽幽地叹了口气，敲门走了进去。

这一进就是一上午，施翩和一群老先生老太太聊画，从古至今，从中到外，差点连饭都忘了吃，最后还是于湛冬进来，提醒他们到了饭点，这才散了。

查令荃订了餐厅，请老师们吃饭。施翩当然趁机溜走，说展厅还需要她。

施翩终于解脱，有气无力地倒在沙发上。

于湛冬蹲在一边，替她摘了帽子，扇了扇风，笑问："那你准备什么时候去福利院？"

施翩纳闷："什么福利院？"

于湛冬眨眨眼："查总没告诉你？"

施翩："什么？"

这事还得从施翩回国，查令荃给东川市美术馆送了一幅画说起。收到那幅《仲夏夜暗恋故事》后，馆长除了立即举办现代抽象艺术展外，还以Liz的名义，给东川市所有福利院捐了一间美术教室。

时隔三个月，所有美术教室都准备完毕，特地联系查令荃，问Liz想不想去看看。

这么好的宣传机会，查令荃当然不会放过，于是便有了这一出。

施翮沉默两秒，恼怒不起来，好脾气道："等我画完那两张壁画就去看。"

于湛冬温和一笑："回家吃饭？"

施翮想了想："到外面吃吧，吃完去小广场画画。"

两人经过前厅，施翮呆住。

宽敞干净的庭院此时被鲜花填满，只留下中间一条小道。向日葵、鸢尾、丝柏，热烈的颜色朝气蓬勃，乍一眼望去，以为到了印象派画展。

施翮心疼道："查总花钱买的？不是他的风格啊。"

于湛冬笑盈盈的模样，一指左边："Proboto 科技送的。"再一指右边，"Arron 送的。"

施翮："……他们有病？"

于湛冬告诉她，一开始两边花篮都没那么多，零散的数量罢了。但谭融来后，他一数对面的花篮比他们多两个，于是又叫人送了十篮，对面也不甘示弱，当即订了二十篮，这么几轮下来，路都没了。

施翮沉默，谭融认错人了吧？这个 Arron 可不是他们认识的 Arron。

施翮看着心烦，摆摆手："不管他们，吃饭。"

下午，施翮又一次看见东川的夕阳，颇觉疲惫。

她坐着高高的梯子，趴在圆圆的手臂上，嘟哝道："圆圆，工作好累啊。你每天陪我画画，累不累？"

圆圆高兴道："不累，机器人不会累。"

施翮叹气："当机器人也挺好的，对吧？"

圆圆表示赞同："当然！"

Proboto 科技，陈寒丘办公室。

陈寒丘停下动作，女孩子的嗓音里带着淡淡的疲惫，听起来她累坏了，像一只小猫咪想回到窝里打滚，却回不去。

他看了眼时间，五点半。她是下午一点来的，画了四个半小时。

陈寒丘正出神，办公室门被推开，他动作轻巧地按下静音键，声音消失了。

谭融推门进来，一句话不说，先在沙发上躺下，兀自郁闷了一阵，问他："晚上喝酒吗？"

陈寒丘："下次记得敲门。"

谭融："什么？"

谭融气得坐起身，极其夸张地描述了上午在展馆和 Arron 的"花篮之战"，他气道："我这都是为了谁？还有，卫然什么时候和大画家这么熟了？"

陈寒丘头也不抬："谁都可以叫 Arron。"

谭融："……"

谭融叽叽地说起上午的事。说到这事，他又忧伤非常，因为他在那里遇见了阮梦雪，她也去祝贺 Liz 画展开展，而他却是到了才知道这件事。一件事翻来覆去地说，都是些没用的。

谭融叨叨完，问他几点下班。

陈寒丘微顿："现在，我下个楼。"

谭融斜眼看他："又去看大画家啊？"

陈寒丘没接话茬，道："明天约一下卫然。"说完，他拿起外套，匆匆下了楼。

等陈寒丘到小广场，只余一片橙光。施翮已不在那里，圆圆也被收起来，放进了保安室。

陈寒丘独自站在晚风中。片刻后，他走入夕阳里，走到第一面画布下，她的第一幅《雪》已经画好了。

他仰起头，驻足凝望。

第二天是周末，施翮生物钟形成后，向来七八点就醒。

七点半，她在床上打了几个滚，起床洗漱，哼着小调去厨房做吃的，经过客厅时看了眼外面的露台。

呆瓜的家还在，呆瓜却不在了。

施翮简单煎了蛋和面包片，就近坐在高脚凳上。她啃着面包片，顺手点开微信朋友圈。果然，一早陈兴远又发了呆瓜的小视频。

施翮笑眯眯地看了一阵，一群大鹅中只有她的呆瓜目中无人，不愧是她的鹅。看完保存，点回对话框，她的笑容逐渐消失。

堂哥发来消息："上午十点，东川游乐园。"

他特地补充，这位新相亲对象完美符合她的要求，而且由施富诚推荐，她是不去也得去。

施翩恼怒，她爸什么时候站奶奶那头去了！但不问她也知道，这事说来说去，得从那天给陈寒丘买床单说起，她爸居然还没打消怀疑。

最后床单也没买成，还是在网上下单的。

施翩吃完早饭，看了眼时间，八点。

这位相亲对象还挺会挑地方，她有一阵没去游乐园了，干脆化了个活泼点的妆。化完妆，施翩对着镜子吹了声口哨。

她左看右看，美滋滋道："靓女！"

施翩拿上车钥匙，准备出门。

门一打开，和对面出门的邻居打了个照面，她自然地打招呼："早啊，给你爸点赞了没？"

陈寒丘："……"

陈寒丘微顿，视线扫过女孩子清透的妆。她很少涂亮晶晶的唇釉，粉色的唇饱满诱人，双马尾随着她的动作轻轻晃动，像小钩子，挠得人痒痒的。

"出去？"陈寒丘问。

施翩点头，看他一身西装，随口问："又去公司？"

陈寒丘"嗯"了声："今天约了人。"

两人一起进了电梯，一路无言。

电梯门打开，施翩先走出门，走之前随意地和他挥挥手，脚步轻快地往车位上走。

陈寒丘站在原地，看着她的身影消失。

到公司不过九点，陈寒丘换下西装，换了运动装去健身房跑步，跑了一小时，他按下暂停键，微喘着气去办公室。

推开门，谭融到了，正在生气。

陈寒丘用毛巾擦了擦汗，看他一眼，问："没约上？"

谭融气道："没有，他说今天有约会，时间改到了明天。"

陈寒丘："今天去工厂，我洗个澡。"

陈寒丘洗澡去了，谭融还在气不过。

卫然和陈寒丘一样是他们商区出了名的不近女色，居然用约会当借口。他生气地给自己点了三份外卖，顺便打听卫然是不是真的去约会了。

十点，东川游乐园门口。

施翩背着小包，躲在阴影下看了一圈，视线到处乱晃，找手里拿一份《艺术画报》的男人。

没错，他们压根没给相亲对象的联系方式，生怕她在没开始之前就拒绝别人。

施翩忍不住嘀咕，这是什么年代的相亲方式，又不是谍战片搞情报交换，还得找信物。找了一阵，她的目光静止。

她见过两面的，一米九的混血王子正倚靠在栏杆侧，手里拿着一份《艺术画报》。

他笑着拒绝所有来问联系方式的人。

施翩默默地往边上躲了躲，回想自己的条件——样貌比肩尊龙，身高一米八五以上，男模身材，年少有为，身价百亿，无婚史，无情史。

她掰着手指，数到最后一条，憋了一口气。

这样的人居然没有情史？天知道，连陈寒丘都有前女友！

施翩沉痛地给她堂哥发了一条信息："你被骗了。"

堂哥回复："晚上回家吃饭，给奶奶交差。"

施翩："……"

施翩纠结了一会儿，慢吞吞地走到卫然面前，仰起头，对上卫然带笑的眼神，干巴巴道："好巧？"

卫然冰川般的眼睛注视着她，温声道："又见面了。"

施翩叹气："你怎么想不开来相亲啊？"

卫然一笑："回到国内，遵循国内环境，满足家长要求。"

施翩看到卫然，就明白为什么会有这一出了。

周末的科技创新大会，施富诚看了直播，肯定是在那时看到卫然，所以动了这个念头。平心而论，卫然的条件确实极好。

施翩看看周围，道："你选的地方？"

卫然"嗯"了声，避开长长的队伍，带着她往快速通道走，简单道："工作压力大，偶尔会来游乐园解压。"

施翩眨眨眼："我以为你们这样的人都是工作狂魔。"

卫然侧头看她，挑眉："我们？"

施翩："……"不好意思，想起了另一个工作狂。

卫然没有深究，非常贴心地带她先去了商店。

施翩面对琳琅满目的玩偶和发箍，兴致勃勃地钻了进去，她沉浸其中，左挑右选。

不得不说，卫然是个好玩伴。他不光给出建议，还和她一起试戴。

施翩打算忘记相亲，痛快地在游乐园玩一天。

晚上十点，天际烟花绽放。

谭融驾车驶出机器人工厂，往外看了一眼，道："这里每天都这么热闹。我们怎么着，去喝个酒？"

陈寒丘侧头，凝视窗外的烟花。

绚烂的流光绽放天际，恍若流星滑落，他曾见过比今夜更美的花火。

陈寒丘静静看了片刻，打开相机，将这一瞬定格。

谭融是个恋旧的人，照旧开车去了小酒馆。老板见了他，已经预料到今晚的话题，默默准备酒和小食。

小小的店子生意不错。

人群三三两两，微微火红的灯下，映着一张张疲惫的脸，抬头对上好友，露出放松的笑容，酒过三巡再离开，转身是孤独的面庞。

谭融看着，一时触景生情。他怔怔道："以前什么都没有的时候，想着有了一切，人生就再也没有烦恼事。"说着，他一踢陈寒丘，"你要憋到什么时候？"

谭融深觉自己暗恋无望，但也见不得陈寒丘这个样子。

陈寒丘垂眼看着杯盏里的清酒，灯光晃动，微辣的感觉灼烧着胃，他深深吐出一口气，道："我不确定我有没有资格再追求她。"

谭融："说人话。"

陈寒丘沉默许久，说了当年毕业的事。他低声道："我以为……我以为我没那么重要，一心只想让她离开国内，回欧洲去。"

陈寒丘没预料到施翩的精神状况，没预料到施翩迟迟无法从这一天走出去，更没预料到时隔六年，施翩再次回到东川，再次因此失眠。

谭融皱起眉，想不通："为什么啊？"

陈寒丘握紧杯盏，仰首喝完杯中的酒，平静道："当时留在国内，对她的前途没有任何好处。"

施翩是年少成名的天才画家，中途回国这两年对她的事业已是打击，她需要尽快回到滋养她的环境里去，而不是留在国内，等一个一无所有的人。

陈寒丘比谁都清楚，她多有天赋。她生来便站在巨人的肩膀上，她该仰望星空，该自由飞翔，而不是在泥沼里停留。

谭融看着陈寒丘，叹了口气。

和陈寒丘同学多年，再加上创业至今，他知道这个男人骨子里多高傲、多自信。这样一个人，清楚自己能走多远。

他是天才，没有上限。

可这样一个人，年少时面对心爱的女孩，也会自卑，会挣扎，现在更是小心翼翼，连喜欢都不敢表现出来。

谭融没有细问，只问："你在顾虑什么？"

陈寒丘望着窗外的夜色，哑声道："我在想，她会不会因此又失眠，会不会是又一次噩梦。"

谭融纳闷："你问她啊！说不定人家现在没把你当回事。还为你失眠，你怎么想这么美？"

谭融听着来气，自顾自喝了几杯酒，回信息刷朋友圈，让他一个人去当木桩子。

忽然，他看见卫然发的朋友圈，一张在游乐园拍摄的烟花。

谭融轻哼一声："白天我去打听，卫然是不是真去约会，你猜怎么着，这人被拉去相亲了。啧啧，到这个位置不是照样还要……"

他倏地止住话。

刷新朋友圈，是同个位置拍摄的烟花，来自于他的好友——大画家。

谭融一个手抖，往下一翻，翻到一小时前陈寒丘发的朋友圈，一张同色绽放的绚烂烟火。

"……"

他瞪大眼，放烟花还兴三缺一啊？

陈寒丘侧过头，问："公司出事了？"

谭融僵硬地别过头，和陈寒丘对视一眼，说不出话来。

施翩回到海上花境，心情不错，甩着车钥匙进了电梯，看着数字跳到"11"，哼着曲儿走出电梯。

电梯门打开，东川的夜色扑面而来。

秋夜天空澄净，此时夜空没了烟花，只余点点繁星。

施翮往右转，嘴边的音调一停，脚步微滞，迟疑道："你在我家门口干什么？"

月的清辉斜斜洒落，门口一片昏暗，她站在月光里，看着暗处的人。

男人抬起头，暗淡的影落在他凌厉的轮廓上，令人避无可避的视线直直朝她看来，温度滚烫。

"施翮。"他喊她的名字，嗓音微哑。

施翮犹犹豫豫地应了一声，站在原地没动。

陈寒丘看着女孩子眉梢未散的笑意，看着她娇俏的妆容，和在风中晃动的双马尾。

他忽然笑了一下："怕我？"不然你为什么离我那么远。

在记忆中，施翮从来不怕他，不躲避他。她为什么会怕他？他受不了她怕他，受不了她不敢靠近的模样。

施翮听到他嗓音间的干涩，往前走了几步，问："你喝酒了？喝醉了找不到家门？"

她从月光里走到黑暗中，到他的面前。

陈寒丘低着眼，看她澄澈干净的双眼。风里有淡淡的玫瑰味，是她身上的味道。

陈寒丘闭了闭眼，咽下所有不甘的问话，哑声应："嗯，我喝酒了，找不到回家的路。"

这六年间，他摇摇晃晃，始终找不到回去的路。

他把她弄丢了。

怯喜

著

QIEXI

没送你花

下

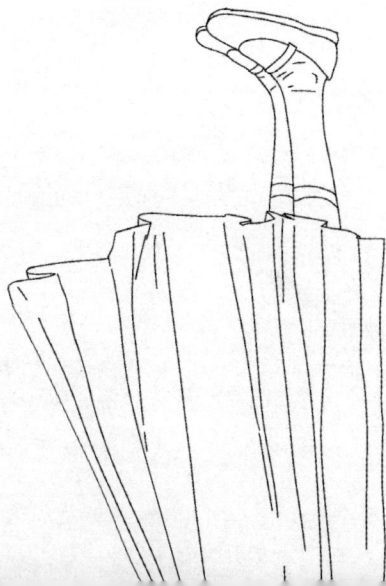

四川文艺出版社

第六章
我想要一个机会

施翮将半醉半醒的男人重重地丢在沙发上，她从他臂弯间挣脱出来，瘫坐在地毯上，重重喘了口气。

她小声嘀咕："看着瘦，怎么那么沉啊。"

施翮暂时没心情管他，去房间卸了妆，出来去冰箱拿了瓶气泡水，重新回到地毯上坐下。没办法，谁让沙发被陈寒丘占了。

她不紧不慢地喝了口水，休息片刻，喊："陈寒丘？"

沙发上的男人维持着她离开前的姿势，侧躺着面对她，冷淡的脸上覆着淡淡的薄红，眼睫落下一片小小的阴影。

施翮瞧了一会儿，忽然倾身上前，靠在沙发上，托腮仔细看他，心想怎么会有人睡着了也显得不开心。她眨了眨眼，拨了拨他的睫毛，大发慈悲道："看在你爸爸的份上，勉强收留你一晚上。"

那么冷的一张脸，睫毛却好软。

施翮收回手，转身面向茶几，随手拿过平板电脑，打开软件，画呆瓜去游乐园玩的小漫画。

今天呆瓜认识了一个新朋友，一匹灰色的狼。

画得认真的施翮没看到，身后的人睁开了眼。

陈寒丘缓慢地眨了眨眼睛，睫毛上似乎还留着她的温度，刚刚她靠过来的时候，发梢落在他的脸颊上，有些痒，幽冷的香将他困住。

她喜欢用的香水和以前不一样了，他想。

视线里她的背影有些模糊，像上学时的每一天，他一抬头便是她的身影，似乎某个瞬间，她就会回头，嘟囔着喊陈寒丘，为什么古诗会那么难学，可以不学吗？

他是怎么说的，他嗓音淡淡——施翩，你压到我卷子了，松开。

少女轻轻地哼一声，不松手，另一只手拿了一支铅笔，在他的试卷上画了一只大大的乌龟，龟背上线条扭曲。

她露出得意的笑，转过身去不再理他。

许是因为今晚流星般的烟花，陈寒丘梦到了夏夜那场盛大的花火。

暑假到来，东川进入酷暑。

陈寒丘忙着打工挣钱，施翩紫外线过敏成日躲在家里，两人的交流仅限于社交软件。

七月的某一天，新闻说今晚十点会有一场摩羯座流星雨。

陈寒丘收到了施翩的短信。

她说："今晚我们一起去看流星雨吧。"

陈寒丘回复："最近很忙。"

过去很久，陈寒丘结束上午的补习，告别小朋友和家长。他走进烈日里，手机屏幕因反光看不清内容，用手挡住，点开和施翩的对话框。

她没有回复。

陈寒丘垂下眼，长而密的睫毛沾着汗意。他找她问："几点？"

女孩子发来一条语音，只有一秒，点开听，一声重重的："哼。"

不等他再发，她飞快打字："晚上八点，你来接我。"

陈寒丘回复："知道了。"

晚上七点二十分，老城区。

陈寒丘将苹果切成小块，送到母亲房里，这阵子她的情况比以前好，不用住院，只需要定时去医院做透析。

"小丘，别太辛苦了。"她温声道。

陈寒丘低声道："妈，晚上我想出去一趟。"

母亲问："和朋友去玩？让你爸多给你点钱。"

陈寒丘说不用，看着她吃了小半的苹果，出门去找施翩。

自行车穿过老城区，从路灯暗淡的巷弄到达明亮的别墅门口。远远地，他瞥见施翩的身影。

女孩子扎了双马尾，蓬松的头发弯曲，随着她的动作擦过白皙的脖颈，短裙因跳跃往上扬起。

陈寒丘移开视线，刹车时轮胎和地面摩擦，发出响声。

施翩噌地转过头来，双眼晶亮。她小跑过来，停在他的车前，不说话，就这么看着他。

陈寒丘低眼看她，轻声问："去哪儿？"

施翩看着他额间的汗，道："我们坐地铁去。"

陈寒丘停好车，和她往地铁站走。

施翩仅有的几次坐地铁的经验都是和陈寒丘一起，她提前查过路线，目的地明确。

陈寒丘查过观赏地点，再抬头看站点，她找的地方是在山顶。

忽然，额间一凉，陈寒丘低下头，呼吸微滞，女孩子踮着脚，手里拿着湿巾，一点一点擦着他额间的汗。

她离他很近，纤长的睫毛，雪白的肌肤，呼吸时胸膛微微起伏。

陈寒丘握紧手，又松开。

她忍不住嘀咕："这么热的天还骑车过来，坐地铁太贵坐公交车也行……"那双琉璃般的眼睛看过来。

"热不热？"她小声问。

陈寒丘嗓间干渴，低声道："不热，你站稳。"

观赏流星的山在郊区。今夜这座山头十分热闹，许多人自驾上山来观赏流星，除了自驾上山，便只有步行。

施翩这些年常常一个人去采风，对搭便车一事手到擒来，她观察着车型和开车的人，最后选了一对来看流星雨的情侣，凭着天使般的面庞，她成功带着陈寒丘搭上了上山的便车。

山顶平坦宽阔，是个帐篷基地。

施翩下了车，笑眯眯地向他们道谢，陈寒丘跟着说谢谢。

开车的姐姐看他们一眼，笑了笑，忽然凑到施翩耳边，低声说了两句话，然后拉着男朋友走了。

施翩微呆，捏了捏发红的耳垂。半晌，她拉着陈寒丘跑远，边跑边喊："我订了最好的位置！"

帐篷位于最边缘，处于高处，安静宽敞，没人打扰。

夏夜风也燥热，即便在山顶也一样。

施翩和陈寒丘坐在帐篷口，仰头看星空。看了一阵，施翩拿起边上的冷饮，咕噜咕噜猛喝几口。

陈寒丘看过来，视线落在她发红的耳根上，他顿了下，问："她和你说什么了？"

施翩不自然地移开眼，轻咳一声，忽然一指天上："那是什么星座？哇，那颗星星好亮，你快看。"

陈寒丘看了她片刻，抬头看向天空。

由九颗星组成的星座宛如一只翱翔的天鹅。天鹅座，又称"北十字星座"，在夏季茫茫银河里极好分辨。

施翩对星座的了解不亚于他，他曾看过她的画，知道她对这片星空了如指掌，她不可能认不出来。

陈寒丘道："是天津四，天鹅座的主星。"

施翩"哦"了声，道："想起来了。"

夏夜星空澄澈、干净。年少的两人坐在一起，仰望星空。风吹过的时候，施翩悄悄收回视线，看向身边的少年。

他的侧脸比星空还要干净。

从晚上十点到凌晨，天空仍然干干净净。

一颗流星都没有。

施翩等到犯困，迷迷糊糊道："陈寒丘，我能不能先睡一会儿？你困吗？"

陈寒丘看着蜷缩成一团的女孩子，轻轻应了一声："睡吧，流星来了我喊你。冷不冷？"

"不冷。"她摇摇头。

施翩想睡，却又舍不得。陈寒丘平时太忙，所有时间都给了兼职和学习，晚上还要照顾家里，分给她的一夜已经很奢侈。

于是，她强撑着坐起来。

陈寒丘问："不睡了？"

施翩小声道："睡着不舒服。"

陈寒丘看了眼帐篷，忽然起身离开，等再回来时手里拿了条毯子。

施翩盯着他手里的毯子，愣了一下，问："哪儿来的毯子？"

"租的。"他说。

租的？施翩急忙抢过毯子，着急道："我又不冷，租毯子干什么，多少钱？贵不贵啊？我拿去退掉。"

陈寒丘低垂着眼，看着面前着急的少女。

班里大部分人叫她"公主"，不仅因为她长得像公主，他曾听人说，她用来乱涂乱画的那支钢笔价格上万，更不说其他。

可现在，她为了一条十块钱的毯子而着急。

陈寒丘抿着干涩的唇，低声道："不贵，只要十块。"

闻言，施翮气得打了他一下，嘟囔道："什么不贵！够你坐三趟地铁了，我不要。"她拿着毯子跑远了。

跑到一半，施翮蓦地停下来，她低下头，握紧掌心柔软的毯子，忽然有点难过。如果别人不要她的礼物，不要她的一片心意，她会很难过。

陈寒丘呢，他会难过吗？

施翮回过头，看不见陈寒丘的影子。

施翮离开太久，久到陈寒丘坐不住，正当他想去找她的时候，她回来了，因为跑得急，喘得说不上话来，只伸出两只手臂。

她手里提着四五个袋子。

陈寒丘接过袋子，看着她因急促而泛红的小脸。她弯着眼睛，笑道："我拿毯子换的，和奶奶撒娇，她给了我好多好吃的。"

施翮掰着手指数："有炒面、卤味、绿豆汤，还有什么……她说的东川话，我听不懂。"

她说："我们一起吃吧，陈寒丘。"

陈寒丘看着她的笑，收紧了手。

这一晚，直到吃撑，流星雨都没有出现。

凌晨三点，许多人都睡下了，还在等流星雨的人寥寥无几，距离预测时间已过去五个小时。

施翮有些沮丧，小声道："对不起啊，没有流星雨。"

女孩子长长的睫毛垂落，因没看到流星雨，嘴唇不高兴地嘟着，小脸看起来失落又遗憾。

陈寒丘喊："施翮。"

"嗯？"她抬头看他。

陈寒丘问："是不是有话想和我说？"

施翮一呆，她表现得这么明显吗？她慌张起来，在原地不安地动了动，往左不是，往右也不是，最后一捏拳，她决定一步到位。

"陈寒丘，你闭上眼睛。"她说着，手捂了上来。

陈寒丘："……"

黑暗中，女孩子软软的掌心贴着他的眼皮，他呼吸收紧，疑心自己的心跳超速。许久，他低声问："要做什么？"

她的呼吸浅浅，几乎用气音说："毕业之后，能不能……能不能等等我？"

他在暗中睁大了眼。她离得很近，风里全是玫瑰的味道。

陈寒丘忽然看见了盛大的花火，从她掌心不断滑过，像流星拽着长长的尾巴，从他眼前闪过。

可分明……他在黑暗中。

许久，陈寒丘睁开眼，对上施翩微红的脸颊。

陈寒丘："我……"语气有些迟疑。

可她睁大那双漂亮的眼睛，眼尾因困倦发红，看起来要哭的模样。

"……"

许久，他说："好。"

女孩子呆呆地反应两秒，慢慢笑起来。她的笑眼落在他脸上，又去看星空。

星空澄澈干净，他却望进另一片星河。

原来，世界上还有比宇宙更美的场景，陈寒丘想。

早上六点半，陈寒丘睁开眼。色调明亮的空间，不远处是《极光》，他在施翩的家中醒来，身上盖着厚重的毯子。

他想起梦里盛大的烟火，清醒片刻，叠好毯子，去厨房转了一圈，做完早餐后，他留了张纸条，离开了这里。

陈寒丘回家后洗了澡，驱车前往公司。

周末公司没什么人，只有技术部的值班人员，他像之前三年那样，独自走过无人的走廊，来到办公室。

和卫然的见面约在九点，他静坐到八点半，去往 Spakles 科技。

进入 Spakles 科技，感受不到是周末，各部门井然有序，卫然的秘书等在门口，说会面在会客室进行。

往会客室走，一路上都听到有人在谈论卫然昨晚的朋友圈。

陈寒丘侧头，淡淡地扫了一眼。

秘书轻咳一声，周围立即安静无声。

Spakles 科技位于二十二层，从窗户往下看，能看到大半个商区，包括小广场上的布景。

陈寒丘低眼看向小广场，遮光帘在风中晃动，像翻涌的白浪。

远远地，他看见升起的梯子，施翩在那里。

正出神，门口传来动静。

陈寒丘转身看去，卫然一身白色西装，神色温和，笑道："Cygnus 是稀客。抱歉，昨晚有很重要的私事，不能赴约。"

陈寒丘直接道："问你借个人。"

卫然一笑："蒋凡聿？我知道，你们从前是同伴。"

陈寒丘神色平静："目前你们在无人驾驶领域的技术难关，我可以以个人名义参与。"

卫然渐渐收了笑，这是 Spakles 科技一个大项目的难题，有陈寒丘的参与百利无害，他们两家公司业务几乎不重叠。

他是个商人，短暂思索后，认真道："我去准备保密协议。"

蒋凡聿的事解决得很快。

陈寒丘只在 Spakles 科技待了五分钟，便带走了他们一个组长，如果他们组长的神情不是那么视死如归就更好了。

此时此刻，蒋凡聿心里只有一个想法：自己被卖了。

电梯里，陈寒丘瞥了眼低着头的蒋凡聿，问："需要时间适应吗？需要的话，明天再来找我。"

蒋凡聿憋红了脸，道："不需要，早点解决。"

于是，两人径直去了小广场。

十一月的东川，即便有太阳，风也是冷的。

小广场上，施翩坐在高处，觉得自己衣服穿少了，明天得穿件厚毛衣来。她喝了口热水，端详着眼前的画布。

圆圆实时监测她的体温，建议道："施翩，明天会下雨，工作时需要多加一件厚外套。"

施翩一笑，打趣道："你和我回家算了，跟着陈寒丘多没劲。"

圆圆似乎第一次遇到这样的要求，它陷入沉思。

施翮端详许久，抬头看了眼遮光帘。

以"春溪"为主题的壁画颜色复杂，她需要光影的变幻及时调整色彩，遮光帘成了阻碍。这时的阳光已没有那么强烈，施翮思考着，能否暂时撤了遮光帘。

出神间，圆圆提醒道："陈寒丘和客人到了。"

施翮转头看去，果然看到了陈寒丘和他身边的男人，她猜想这个年轻男人应该是就是他们口中的老三。

今天早上她起床，陈寒丘已不见踪影。

保温盒里是他准备的丰盛早餐，边上一张纸条，说昨晚打扰她了，以及抱歉等没用的话。不过，早餐的味道还不错。

施翮朝下面摆了下手："早上好。"打完招呼，她继续思索构图，没有和他们进行社交的意思。

陈寒丘微顿，第一次没有介绍施翮，他直接向蒋凡聿说明他的需求，以及想要得到的效果。

蒋凡聿并不在意陈寒丘是出于什么目的，也不在意陈寒丘和谁合作，他只需要做好自己的事。

小广场上三个人，各自忙碌。

偶尔底下还会发生争吵，这些并不会影响到施翮。

等施翮回过神，已是中午。她低头看，下面两人又在争论着什么，圆圆自动下降高度。她没打扰他们，静静听了两句，不动声色地打量着蒋凡聿。

除去专业内容，蒋凡聿并不多话。他性格内敛，似乎还容易害羞，因为除了争论，他从不和陈寒丘对视，更没有往她的方向看过一眼。难以想象，这样的人当年会和陈寒丘大吵一架，然后摔门而去。

很快，两人停止交流，陈寒丘朝她看来。

施翮直起身体，指着顶上的遮光帘，问："这个能暂时撤了吗？我需要自然光影。"

陈寒丘侧头，和蒋凡聿说了几句话。

蒋凡聿先行离开，从头至尾没有看施翮一眼。

陈寒丘随手召来圆圆，查询下周的紫外线指数。他垂眼看着数据，问："需要几天？"

施翮想了想："加上今天，六天。"

陈寒丘看她一眼，道："五天。"

施翩："……"查总都不敢对她画画的时间指手画脚。

施翩瞪着眼，和他深黑色的眼眸对视两秒。

她干巴巴道："……那行吧，我快点。"

陈寒丘发了条短信，道："半小时，这里就能拆干净。你去哪儿吃饭，等于湛冬？"

施翩摇头："他在画展，周末限额人数提高，他不放心。"

陈寒丘微顿，问："一起吃个饭？"

施翩随口应好。

周末，Proboto 科技不营业，自然也没有食堂吃。

两人就近找了家中餐厅，陈寒丘在这里有会员卡，不用排队，服务员直接带他们去了会员预留位，座位靠窗，视野宽阔。

施翩托着腮，无聊地扫了一圈，问："我打算下周末去采风，研究我那个 20 世纪 90 年代的主题。"

陈寒丘道："我不一定有时间。"

施翩随口道："没关系，就在东川，很方便。"

两人说着话，忽然听到有人喊施翩的名字。施翩和陈寒丘一同转过头，卫然和蒋凡聿正在不远处，看起来也是来这里吃饭的。

施翩眨眨眼，道："这么巧？"

卫然礼貌一笑，没有打扰她的饭局，朝陈寒丘点点头，便和蒋凡聿去了他们的位置。

陈寒丘淡声问："你们很熟？"

施翩不在意地笑了笑："我的相亲对象，目前条件最好的一个，我爸根据我的要求，翻遍整个东川才找出来。"

"施翩。"陈寒丘抬眼，喊她的名字。

"嗯？"施翩漫不经心地收回视线，看向陈寒丘。

他注视着她，嗓音不轻不重，吐字清晰："你什么要求？"

下午，Proboto 科技。

谭融推开陈寒丘办公室的门，不可置信地问："你和卫然说什么了？他居然真的答应把老三借给你。"

陈寒丘道："我个人参与他一个研发项目。"

谭融瞪圆眼："疯了吧？你真以为自己是机器人，二十四小时随时待命啊？"

陈寒丘看了眼时间，道："下午约了人，你替我去见老三。"

谭融："……"行吧，身体力行地说明他不是机器人，还要人帮忙。

同一个咖啡馆，陈寒丘约了师兄见面。

周末的午后，咖啡馆很热闹，他坐在角落里，看窗外人来人往，想施翻看世界时，看到的应该是光影和色彩。

他渐渐出了神。

师兄照旧比陈寒丘还忙，比约定时间晚了二十分钟。见到陈寒丘，他一句话没说，先灌了一杯水，喝完，在陈寒丘对面坐下，长长地舒了口气。

陈寒丘回过神，又给他添了一杯。

"最近很忙？"陈寒丘问。

师兄哼笑："我什么时候不忙？倒是你，不是加班狂吗？成天约我出来是怎么回事？"

陈寒丘停顿片刻，似在斟酌。

师兄看陈寒丘的神情，一看就知道又是关于那个女孩子的事。这阵子，陈寒丘没少在微信上烦他，最近说她状态不错，睡眠和精神状态都好。

他叹气："想问什么？"

陈寒丘微顿，问："如果我重新追求她，她会因此再次失眠吗？"

师兄思索片刻，道："你有没有想过，你已经没有那么大的影响力。你去告白，再被拒绝，很简单嘛。"

陈寒丘："……"

师兄认真道："寒丘，比起那个女孩子，我更担心你的状态。从认识你之后就担心。"

他和陈寒丘是大学师兄弟。从认识陈寒丘开始，陈寒丘就是一个将时间利用到极致的男人，如认识他的人所说，他像一个 AI——不知疲倦，没有情感。

若非必要，他不进行任何社交，沉浸在大量的代码和数字间。

起初可以理解为这是创业所需。可现在，钱对他来说已成了数字，状态却还不如以前。但自从那个女孩子回国，情况稍有改善。

师兄建议道："你的犹豫不决解决不了任何问题。与其停在原地，不如往前走。行了，我还有个患者，回头聊。"

说完，师兄急匆匆地离开。

陈寒丘垂着眼，看咖啡的热气消散。

前路有南墙，有深渊。

可他不怕疼，只怕这六年造成的疏离没有尽头。

晚上七点，施翩吃饱喝足，瘫在沙发上，拿着小镜子看自己的脸，白白嫩嫩，没有异常，顺便和于湛冬说春溪的事。

于湛冬正指挥着克利切打扫家里，他随手拎起沙发上的毯子，刚想收起来，忽然闻到了酒味。

他诧异道："Liz，你在家喝酒了？"

施翩随口否认："没啊，我又不喜欢……"忽然，她瞪大眼，和于湛冬对视片刻。

施翩轻咳一声："昨天同事来家里，他喝我没喝，估计盖毯子的时候沾到的。洗洗就行。"

提起陈寒丘，施翩想到中午那顿饭。

他的眼神和他的问题都让她不太自在，她什么要求关他什么事，她就当没听到。但他那句话……

施翩抿着唇，若有所思。

于湛冬没多问，只道："壁画的工作还有多久？"

施翩回过神，道："这都十一月了，下个月投票。冬冬，忙完我们可不可以回去？"

于湛冬："当然，查总说了明年不管你。"

施翩眨眨眼："只要我搞定奶奶，我就自由了！"

于湛冬温柔地笑了笑："昨天的相亲对象不喜欢？"

施翩叹气："他条件非常好，天花板级别的。但有的人吧，你第一眼看他就知道你们没可能。"

于湛冬叹气："这六年似乎都没有喜欢的。"

施翩瞪他一眼："没有就没有！"

于湛冬默默在嘴边比了个拉拉链的姿势。

两人各自做着事，偶尔说话。七点半，门铃响了，查令荃说今晚他要过来。

施翩对见查令荃这事有阴影，几乎每一次见他都有一堆工作，甚至去趟画展，他还能顺便给她安排任务。

于湛冬去开了门，果然是查令荃。

查令荃进门，便看到施翮瘫在沙发上，用抱枕遮住自己的脸，一副不想看到他的模样。他轻啧一声，道："你入选画展了。"

施翮顿时起身，严肃道："什么展？"

查令荃道："圣巴斯蒂安国际双年展。"

圣巴斯蒂安国际双年展是国际上最古老的画展，历史悠久，久负盛名，是每一个画家梦寐以求的展会。

这意味着，Liz 的画更贵了。

施翮沉默几秒，忽然一声尖叫，把枕头往地上一扔，在沙发蹦跶了几下，跑到查令荃面前。她双眼晶亮："真的？哪幅啊？"

查令荃一笑："新画。"

查令荃的笑很短暂，他快速道："但这意味着你的画展会少一幅画，刚开展一周，没有主画，这很难办。"

他今天来，是和施翮商量解决这个问题的。

施翮顺着查令荃的视线看去，落在客厅正中央的《极光》上。她立即道："不行。"

查令荃收回视线："你有别的办法？"

施翮瞪着他看了一会儿，忽然丧气："我画一幅画容易吗，还没放干，你就要把它拿走。"

施翮转身慢吞吞地往画室走。这些年留在她身边的画寥寥无几，它们不是在参加画展，就是在收藏家的手里。

她曾掰着手指数了半天，只有《极光》一直陪着她。

查令荃眉梢微挑，说："你在画新画了？如果是《仲夏夜暗恋故事》那个水平……"

"闭嘴！"施翮恼怒道。

查令荃闭上嘴，她有画，她就是 Queen。

施翮独自进了画室，和新画对视。

她和陈寒丘去老城区那天下了雨，她在雨幕中注视着他，一时出了神，满脑子都是线条、空间和色彩。

当晚，她便钻进了画室。

施翮看着画布上的色块，充沛的情感扑面而来。

这是她第一次完整地看到它。当时画完最后一笔，她便放下画笔，离开了画室，忘我地画一幅画，令人她的精神疲惫到了极点。

直到此刻，施翮忽然意识到一件事。

十八岁以后，她每一幅饱含思想和灵魂的画，都有陈寒丘的影子。过去那么久，她依旧因他心潮澎湃。

她一笑，又用前男友挣钱了，挺好。

施翮把画交给查令荃。

查令荃低头，久久注视着眼前的画。许久，他问："有名字吗？"

"《骤雨》。"她神情轻快，"不送了啊，我忙着。"

查令荃沉默一瞬，带走画的同时顺便带走了于湛冬。

门一关，查令荃问："她和陈寒丘走得很近？"

于湛冬眨眨眼："他们在合作项目，你忘了？"

查令荃一顿，捏了捏眉心，忙画展把这件事忘了。他问起其他："她现在睡眠怎么样？"

于湛冬："作息比在国外还好，笑容也更多。"

查令荃闻言，侧头看向东川的夜。现在看来，回东川似乎也没有那么差。

"走吧。"他道。

电梯停在十一楼，门打开。

陈寒丘轻轻抬起眼，对上电梯外的两人，他的视线慢慢倾斜，落在查令荃的脸上。

查令荃正在看他，神色不明。

陈寒丘微一点头，走出电梯，和他们擦肩而过。他左转往1102室走去，很快，关门声响起，走廊上寂静无声。

于湛冬进了电梯，提醒道："查总。"

查令荃回过神，快速走进电梯。

晚上九点，施翮收到一条短信，来自陈寒丘："昨晚打扰你了，准备了点谢礼。"

她点开对话框，输入："不用。"

还未发送，他的下一条信息紧接而至："做了桂花山药糕，来尝尝？"

施翮："……"她想吃桂花山药糕。

十分钟后，施翮默默披上大衣，按响邻居家的门铃。稍许，门从里面打开，明亮的光影散落。

她对上他的眼睛。

陈寒丘穿着简单的居家服，神色在暖光下显出几分柔和，刚侧开身，他身后忽然飞出一只橙色的气球。

施翮微怔，下意识伸出去抓，指尖和另一只手碰在一起。

温热干燥，像触了电，她倏地收回手。

陈寒丘保持着手悬在空中的动作，气球从缝隙中飞走，很快坠入沉沉黑夜之中。半晌，他收回手，道："先进来。"

施翮一进门，怔住了——五颜六色的气球飘浮在宽敞无遮挡的空间，饱和度极高的颜色，红、黄、蓝等等，从天花板一直塞满到地面，没有空隙。

圆圆在一边，无处下脚，闪烁着眼睛看着眼前的气球。

她呆愣一秒，问："你……提前过生日啊？"

陈寒丘没说话，去厨房端出桂花山药糕和一杯提前泡好的茶，最后他递给她一把小孩子玩的玩具枪。

施翮："什么？"

施翮低头，看着手里粉色的玩具枪，忽然明白了陈寒丘想做什么。这是她排名第二的解压方法，看色彩炸裂。

"你……"施翮琢磨着问，"又是桂花糕，又是气球的，是想和我说什么气死人的事？"

她有预感，陈寒丘要说的话她不会爱听。从以前开始，他就没说过几句她爱听的话，几乎每一句都能把她气死。

陈寒丘抿了抿唇，道："先尝尝味道。"话说完，她可能没心情再吃。

施翮一想也是，到餐桌前坐下，拿起桂花山药糕咬了一口，口感软糯，甜度适中，比上一次的还好吃。

她慢吞吞地咀嚼，余光去看陈寒丘。

他坐在对面，垂着眼，令人嫉妒的睫毛落下一小片阴影，神情难辨，薄唇抿成一条直线。

施翮吃了两块，喝了半杯茶。她拿起玩具枪掂量了两下，道："我先去快乐一下，你戴上耳塞。圆圆，弹珠你来处理？"

这是圆圆的长处，它高兴道："当然！"

施翮走到客厅，望着满目的色彩，思考着从哪里下手。

她最近没什么压力，画展成功举办，工作顺利，没遇到奇葩的相亲对象，甚至工作伙伴也还行。

不过想到可能会发生的事，她深吸一口气。

施翩抬手，举起枪，对准黑色的气球，"砰"的一声，气球炸裂，色彩缤纷的气球接连炸裂，响声刺激神经，爆裂声让她的心跳加快，飞舞的色彩划出线条，气球碎片落了一地。

稍许，枪声停歇。施翩轻舒一口气，看着满地狼藉，转身对陈寒丘道："好了，有话你就直说。去露台？"

这么一整套流程下来，她也没多少脾气了。

十一月，夜晚温度很低。

施翩刚刚发泄过，吹点凉风正好，她扶着栏杆，看东川每一晚都相近的夜色。慢悠悠地看了一阵，她转头看他。

"很难开口？"她问。

陈寒丘捏了下拳，松开，注视着她，认真道："施翩，我想要一个机会。"

施翩看着他，有些出神。

这样的陈寒丘，对其他人来说，难得一见。

他走在时代的最前沿，甩出身后的人远远一截，所有人都在仰望他。他们看不到他低头，看不到他示弱，看不到他退让。

但施翩，见过很多次。

陈寒丘没明说他要什么机会，她却明白他的意思。

他想要一个追她的机会。

施翩发现自己心情平静。她收回视线，望着眼前的华灯点点，忽而一笑，说："你最擅长计算，数据和概率没告诉你，心思用在我身上完全是浪费时间？"

陈寒丘一顿，轻声道："面对你，我无法计算。"

施翩看着他的眼睛，这双眼睛和那个夏天的他重叠，仿佛他仍是那个干净冷漠的少年。她别过头，道："陈寒丘，这对我不公平。"

施翩提醒他："六年前，是你先走的。"

六年前，看起来是施翩先出了国。但他们两个人都知道，要走的人是陈寒丘。不然，他不会在别人面前说那样的话。

而现在，他想回头。

陈寒丘沉默片刻，说："你说，以前的一切一笔勾销。"

施翩匪夷所思："这句话放在这时候说合适吗？"

陈寒丘微攥紧拳，嗓音很低："不适合，但这话是你说的。"

施翮瞪着眼看了他一会儿，想不明白他怎么忽然变得这么厚脸皮。她一口气堵住，心说难怪拿气球来哄她。

她平静些许，直接道："不给，你换个人喜欢。"

陈寒丘抿着干涩的唇角，低声道："你再考虑一下，可以多考虑一阵子，我有时间。"

施翮："……"看来是没完没了了。

施翮轻舒一口气，抬眼一看黑沉沉的天，忽然有了主意。她道："陈寒丘，我看过无数个夜晚。"

失眠的夜晚，整座城市寂静无声。

施翮看过最多的，便是夜晚。她看过夜幕深沉，看过清透的月泛出光晕，看过蓝色绒布上缀满星辰。

无数个夜里，她看到壮丽的狮子座盘踞春季银河，猎户座逐渐下沉，天蝎座缓慢升起，预示着夏季银河的到来。到了夏季，她看见明亮的天鹅座，白色的超巨星位于尾巴，这时候她会想起那个没有流星雨的夜晚。秋季银河寂寥，唯有北天王族和南天水族闪耀。再到冬季，冬日严寒，但星辰耀眼，这是亮星最多的季节。

施翮平和地说完，道："《星空》系列就是这样来的。"

陈寒丘至今对她仍有影响，她无法否认这一点。于是，她说："那时候，没有人和我说晚安，只有天上的星星陪着我。"

陈寒丘尝到舌尖的涩意，看着她高高举起手，指着天空，说："你想要机会？可以。只要你让天上的星星和我说晚安，我就给你一个机会。"

这是一个不可能达成的要求。

施翮说完，对他一笑："这是我的条件。"

陈寒丘微顿，问："有时限吗？"

施翮："……"这人当天才当久了，都看不清现实了。

施翮翻了个白眼："一个月吧。走了啊，欸对了，圆圆能不能借我用几天？我们俩聊聊工作上的事。"

陈寒丘："……"

于是，施翮走的时候带走了剩下的桂花山药糕和圆圆。

圆圆一步三回头，一时不知道自己是去施翮家里做客，还是被陈寒丘当作礼物送给了施翮。

施翩走后，陈寒丘回到房中。

他站在冷冷清清的房间里，注视着墙上的那幅《光》。许久，他缓缓蹲下身，闭上眼睛，额间青筋凸起。

她的世界本该有光，而不是只剩黑夜。

第二天是周一，所有打工人最崩溃的日子。

施翩心情不错，早早起床给自己做了早餐，圆圆提醒她要多加衣服，她笑眯眯地应了，再和它道别。

打开门，她愣了一下。

晨光下，男人的侧脸瘦削，神情淡漠。黑色的长大衣更显他清瘦，他单手插兜，正静静注视着清晨雾蒙蒙的东川。

听到动静，他转过头来，纯黑的眼眸有了温度。

"早上好。"他嗓音淡淡，带着点儿哑意。

施翩迟疑片刻，问："有事啊？"她以为她昨晚说得很清楚了。

陈寒丘微顿，道："我怕你睡不好。"所以等在门口，看她的状态。

施翩反应过来，忍不住嘀咕："以前也没见你这么自恋，又不是表白，还睡不好。"

她摆摆手："我睡挺好的。行了，上班去吧。"

门还未关上，门缝隙里出现一颗圆圆的脑袋。圆圆看着陈寒丘，认真地问："你还要圆圆吗？"

施翩眨了眨眼，忽然转过头去，掩住唇角的笑意，这话问得陈寒丘像是个负心汉。

陈寒丘俯下身，视线和圆圆齐平，认真道："每天下了班我会来看你，直到把你接回家。"

圆圆的大眼睛闪烁两下，高兴道："那我去找克利切玩了！它真是个勤劳的好孩子！"说完，它顺便帮施翩关上了门。

施翩："……"

她一口气憋在胸口，上不来，下不去。

什么叫每天下了班来看它？那不是每天都要往她家里来？

陈寒丘直起身子，和施翩一起往电梯口走，随口问："带我一程？车在公司，没开回来。"

施翩瞥他一眼："不是喜欢坐地铁？"

"地铁贵，你不收钱。"他自然道。

施翩郁闷地鼓鼓脸，他们现在还有工作关系，捎带一程也不是什么大事。

上了车，施翩劝他："你早点想开，别一头撞死在我这儿。"

陈寒丘系上安全带，侧过头，嗓音轻懒："撞死在你这儿，你负责给我收尸，倒也不错。"

施翩："……"

这人从早上开始就古古怪怪。

到了小广场，两人一前一后下车。

施翩本来想拔腿就溜，可陈寒丘没给她机会。他递过来一个水杯，道："杏桃柚子茶，圆圆说喝这个好，抗过敏。"

施翩拒绝："不要，我自己带了。"

陈寒丘神色淡淡，似乎早知道她会拒绝。他不紧不慢地补充："你一会儿见到圆圆，打算怎么和它解释？小家伙会伤心。"

施翩："……"骗人，机器人又没有情感。

机器人没有情感，但人类有。

作为人类的施翩不忍看到圆圆失落的模样，瞪着陈寒丘看了会儿，接过果茶，头也不回地往广场上走。

陈寒丘立在原地，弯唇一笑，等到她身影消失，他转身进入公司。

Proboto 科技，开完早会，大家各自散了。

谭融照旧留了下来，非要和陈寒丘唠叨几句。他凑过去，八卦道："早上和大画家一起来上班的？"

陈寒丘："有事？"

谭融仔细观察他的神情，敏锐地觉出不对。平时他总是一副冷淡、恨不得一天有四十八小时的模样，今天居然神色轻松，这很不对劲。周末大画家不还相亲去了吗？

谭融眯着眼，狐疑道："他们相亲没成功？"

陈寒丘抬头看了谭融一眼，道："我打算追施翩。"

谭融："什么？"就一个周末，这就开窍了？

谭融有点郁闷，那暗恋的世界不就只剩他一个人？

他打听："你打算怎么追啊？"

陈寒丘："她提了个要求，我能达成，她就给我一个追她的机会。"

谭融："……听着不是什么容易的要求，你说说？"

陈寒丘一顿，侧头看了眼澄澈的碧空，道："她说，让天上的星星和她说晚安。"

谭融瞪圆了眼睛，这是个什么要求？星星还能说话？算了，他还是继续暗恋好了。

"这你能行？"谭融问。

陈寒丘低着眼，淡淡一笑："再简单不过。"

谭融："啊？"简单在哪里？

这一周东川都是晴日，阳光盛好。

施翩起早贪黑，将精力都用在了壁画上。平时她忙的时候，冬冬总会陪伴在她左右，但这周画展换了主画，他又被查令荃拎去了画展。

于是，这阵子施翩总在 Proboto 科技解决午饭。

这日周五，Proboto 科技食堂很热闹。

除了施翩这个蹭饭的常客，谢芜和她一米九的摄像也在，下午有个追踪采访要在小广场进行，他们干脆凑一桌吃饭。

谢芜第一次近距离看到机械仿生臂，惊叹不已，她问窦桃："能拍吗？"

窦桃趁机宣传："我们公司明年的明星产品。"

谢芜看了一阵，遗憾道："Cygnus 肯定不会同意采访报道。"

按照陈寒丘的性格，上次的采访已是他最大的退让。谢芜对此并不抱希望。而窦桃，瞥了眼笑眯眯的施翩，心说上次采访还是托了这位的福。

窦桃戳了戳施翩，问："这两天看同学群没？"

施翩随口应："没有。"

窦桃道："他们在群里发了上次海岛的纪念视频，做得还挺好看的。"

"没兴趣。"施翩兴致缺缺。

窦桃见她兴致不高，便没再提。

简单吃完午饭，施翩一行人下楼。

谢芜看了眼时间，对施翩道："前阵子预售的伴侣型机器人要发货，听说 Cygnus 很忙，也不知道赶不赶得上采访。"

施翩睁大眼："多忙？"

谢芜："觉都睡不上。"

施翮："……"

这人每天一下班，就往她家里来看圆圆，看着看着就顺便拿出电脑办公，一赖就是一晚上，然后第二天继续蹭她的车。

精神好着呢，哪里像觉都睡不上的样子？

此时，Proboto 科技工厂。

真正的连觉都睡不上的人连着打了几个哈欠，谭融不爽地问陈寒丘："我天天加班，天天睡不饱，你不是工作狂吗？你为什么准点下班？"

陈寒丘淡声应："我在追人。"

"……追人了不起啊？"谭融气死。

陈寒丘："了不起。"

陈寒丘调试完数据，扫了眼腕表，道："下午有个项目采访，我先回公司。这里交给你了。"

陈寒丘说完就走，独留谭融一个人吃闷饭。

工厂主管笑道："难得看老大这么放松，哥，你就让着他点。"

谭融气道："你看他那个嚣张的态度！"

主管移开话题，说起机器人的事。

这一批定制机器人中，其中三个名额是陈寒丘额外要的。

工厂主管为其中两个机器人匹配相应的数据，按照定制人的需求调试，而另一个机器人是陈寒丘亲自调试的，最后由他们确认，就是……

主管欲言又止。

谭融问："什么问题？"

主管斟酌着道："比较抽象。"

谭融哼道："这都不用想，肯定是大画家的。"

谭融点开平板电脑，查看施翮发的要求，他逐渐皱起眉头，大画家对她定制伴侣型机器人的要求是——话少，数学好，喜欢物理和星星，不是笨蛋。

主管犹豫着道："老大没调'不是笨蛋'这条，是不是不用管的意思？"

谭融瞧着，哼笑一声，和主管说了两句话。

主管大惊："这不好吧？"

谭融坏笑道："我说行就行。"

午后，阳光照得人发懒。

施翩坐在圆圆身上，简单和谢芜介绍她已完成的两幅画，谢芜十分羡慕地看着她的梯子。

"我能坐吗？"谢芜试探着问。

施翩眨眨眼，拍拍圆圆："圆圆，问你呢。"

圆圆热情好客，大方道："当然可以，我可以带你转圈圈。"它下降高度，欣然邀请谢芜上来观赏东川。

游览小广场前，圆圆更新了数据，提醒施翩吃药。

这几天，施翩除了戴口罩，没有任何物理防晒，都是提前吃药预防，免得画没画好就不能出门了。

谢芜闻言，礼貌问："最近身体不好？"

施翩咽下药，随口应："没有，我紫外线过敏，原本这里有遮光帘，这周暂时撤了。"

谢芜恍然，下意识道："Cygnus 似乎也过敏？"

施翩茫然："他什么过敏？"她从来没听说过。

谢芜简单说了一下两人的过往，她猜测道："后来我听人说，他随身带着抗过敏药，应该是有什么过敏吧？"

施翩抿了下唇，没应声。他不过敏，过敏的人一直是她。

短暂的交流后，陈寒丘到了。

谢芜找了块阴凉的地方，没喊摄像，让他自己去拍画玩，毕竟这两位都不出镜。

采访出乎谢芜的意料，她本以为陈寒丘会惜字如金，但相反，话少的是施翩。关于壁画的内容，多是陈寒丘在说，说立意，说采风，说久远记忆里的趣事。

最后，谢芜问到了由陈寒丘设计的 AR 部分。说到专业部分，陈寒丘语速明显加快，快速简洁说了目前的进展，以及值得期待的部分。

正说着，圆圆过来提醒施翩喝水。

陈寒丘垂眼，看着施翩微微泛红的额头，低声问："吃药了？"

施翩点头，拿起水杯喝了两口，再笑眯眯和圆圆道谢，圆圆客气地说不用谢，便自己溜达去玩了。

陈寒丘看了眼时间，对谢芜道："采访就到这里。"

谢芜已经得到了想要的，她拷贝了目前为止的摄像记录，便带着摄像离开。

走出去几步，谢芜回过头。

晴光洒落的广场内，他们站在阴影里。

陈寒丘微微俯身，倾身靠近施翮，仔细看施翮的额头，他向来冷漠的侧脸变得安静又温柔，是她从没见过的模样。

谢芜想，之前的一切不是她的错觉。

原来，天之骄子喜欢一个人的时候，也和普通人一样，小心，不安，情绪随时被对方牵动着。

她希望他能得偿所愿。

施翮靠着圆圆休息了一会儿，慢吞吞地喝完了大半杯水，视线落在壁画上，还差几笔，她就能完成《春溪》。

陈寒丘站在一侧，注视着几乎混合了所有绿色的壁画。她极其擅用颜色和光影，明明画面上都是绿，却有鲜花盛放的错觉，光与影赋予颜色不一样的意义。

他认真看了许久，收回视线。

"明天去采风？"陈寒丘问。

施翮点头："明天阴天，采风正好。"

施翮和陈寒丘分别找了两个主题。

20世纪70年代和20世纪80年代的主题，由陈寒丘负责，即大雪和春溪。

20世纪90年代和21世纪00年代的主题，由施翮负责，她挑选的90年代的主题是电影《泰坦尼克号》首次在国内上映。

东川保留着90年代建造的电影院，目前仍对外营业。

陈寒丘："明天我要去Spakles科技开会，周日应该有时间，我陪你一起去？"

"听说你觉都睡不好，周末补觉吧。"施翮慢悠悠道。

陈寒丘神情平静，自然道："确实，我每天晚上都在想，怎么让天上的星星和我签个协议书。"

施翮给了他一个白眼。

陈寒丘弯唇一笑，问："你怎么不问我为什么去Spakles科技？"

施翮："……你是小孩儿啊？"还要人管。

陈寒丘："你问问。"

施翮忍耐片刻，道："谭融早就和我说了。"

这几天在 Proboto 科技吃饭，谭融就像一个定时播报机，一开口就是关于陈寒丘的吐槽，不限于陈寒丘以个人名义去竞争对手的公司，天天让他加班自己却早早下班等等。

陈寒丘收敛笑意，淡声道："看来他还不够忙。"

施翮："……"

几天下来，施翮不太习惯这样的陈寒丘，她放下水杯，拍了拍圆圆。

两人合作多时，极有默契，圆圆立即收起小杂物，等施翮坐好，便往壁画处滑去，刹车停稳后缓慢升高。

"放点白噪声。"施翮道。

圆圆欣然为她挑选，稍许，风吹过麦田的声音响起。

施翮在田野的簌簌风声中，偶尔有鸟跃过，风铃叮叮当当作响，她拿着画笔，沉浸其中。

时间缓慢过去，光影变幻，又到了落日时分。

于湛冬来的时候，施翮正坐在高处发呆，不知道她又神游去了哪儿，陈寒丘站在不远处，拿着平板电脑轻点。

"还没忙完？"于湛冬轻声问。

陈寒丘抬头，看了施翮一眼，道："这个月她都会很忙。"

于湛冬静静看了片刻，对陈寒丘说："今天我是来找你的，有件事想找你帮忙。"

陈寒丘一顿，看向于湛冬。

于湛冬轻轻皱了下眉，那双温和的碧蓝色眼睛满是严肃，他低声道："最近 Liz 的个人网站上，涌入大批量恶评，出现的时间节点是在画展开展后。查总和我的意思，是别让 Liz 知道。"

自 Liz 的个人展开展，恶评接连涌出。一开始查令荃和于湛冬都不在意，她年少成名，这样的事发生了太多次。可这次有些不同，恶评暴露 Liz 的现实生活，包括她的名字、家庭等。因此他们暂时关闭了个人网站的留言功能，却遭到了黑客攻击。

于湛冬思索过后，想到了陈寒丘，这是他唯一认识的计算机方面的天才。

陈寒丘收起平板电脑，神色微冷，道："这件事交给我，明天给你结果。"

于湛冬诧异道："这么快？需要管理员账号吗？"

"不需要。"陈寒丘说。

于湛冬陷入沉思，原来他们的网站这么脆弱。他询问："是否需要加强网站安全？"

陈寒丘嗓音轻淡："我就是最好的防火墙。"

于湛冬："……"他或许有一点明白了，为什么 Liz 会喜欢陈寒丘。

等施翮回过神，广场内只剩陈寒丘一人。见她下来，他自然道："捎我一程。"

施翮瞪他："你的车呢？"

陈寒丘："谭融开走了。快点，圆圆在家等我。"

施翮："……"

回到海上花境，施翮先去舒舒服服地泡个澡。等洗完澡，她趴在空荡荡的餐桌上，开始想念冬冬。

她有气无力道："圆圆，我们点个外卖吧？"

圆圆体贴热情："当然可以，你想吃什么？"

施翮蔫了吧唧："没有什么想吃的。"

圆圆："我来为你推荐！"

施翮连着累了一阵，工作时还好，回到家中整个人就提不起劲，只想懒洋洋地躺着，这时候她的家养小精灵在就好了。

圆圆依照施翮的口味搜寻附近的餐厅，算法飞速运转，它一口气报出了七八家餐厅。

施翮眼巴巴地问："哪家餐厅做的和冬冬一样好？"

如果机器人会皱眉头，此时圆圆一定皱着小眉头。它无法尝试冬冬做的菜，而唯一的信息来源是施翮，难以判断。

一机一人，大眼瞪小眼。

正僵持着，门铃忽然响了。

施翮眨了眨眼，是冬冬吗？

这个想法才冒出来，便听圆圆高兴道："陈寒丘来看我了！"

施翮："……"行吧，孩子高兴就行。

圆圆打开门，果然看到了陈寒丘，它真挚邀请他加入："我和施翮正在想晚饭吃什么，你有建议吗？"

陈寒丘熟练地换鞋，进门，道："我准备了晚饭。"

圆圆欢呼道："施翮！我们的难题解决了！"

施翮："……"

施翮趴在桌上没动，眼珠悄悄转着，看他从布袋里端出一个个小方盒，食物的鲜香味渐渐散开，勾起她的馋虫——时令蔬菜清爽干净，红烧肉泛着晶亮的光，螃蟹肥美，奶白色的鱼汤冒着泡泡。

"……"

施翮说不出赶人的话，她想吃。

陈寒丘拿出碗筷摆好，看她一眼，问："不饿？"

施翮轻咳一声，慢吞吞道："我问你借圆圆，应该我请你吃饭，你不用那么客气。"

陈寒丘："什么时候？"

施翮刚拿起筷子，茫然抬头："什么什么时候？"

"请我吃饭。"他提醒道。

施翮含糊道："改天再说，吃饭吃饭。"

施翮默不作声地吃着饭，心说这人现在怎么这么会顺着杆子往上爬。以前的清高劲呢？一中的高岭之花呢？

等吃饱，窗外天色已暗。

施翮没骨头地躺在地毯上，脚上勾一个抱枕，怀里抱了个大大的月亮抱枕，浑身都懒洋洋的。

施翮闭着眼，懒声道："陈寒丘，你失业了可以去当家养小精灵！"这是她的真诚建议。

陈寒丘站在水槽前，细致地清洗着饭盒，不紧不慢道："我现在也能当家养小精灵，你可以雇我。"

施翮："……倒也不必，你太贵了。"

陈寒丘："你不问问价格？"

施翮装傻："水声好响，听不清！"说完，埋头到枕头里，不肯再出声。

陈寒丘垂下眼，唇角弯起一个小小的弧度。

稍许，水声停歇。圆圆命令克利切停止工作，保持安静。陈寒丘关了厨房的灯，走到灯光昏暗的客厅。

施翮睡着了。

陈寒丘蹲下身，静静地看着施翮。她连着五天都在画壁画，几乎没有休息，眉眼间有淡淡的疲惫，雪白的脸颊上有点点红色，是太阳晒的。

几缕鬓发落在脸侧，脸因姿势挤成扁扁的一小块。

小狐狸平添了几分娇憨。

陈寒丘低眼看了片刻，将光线调至最暗，拿过小毯子盖在她身上。他伸出手指，靠近她微微嘟起的嘴唇，大拇指和食指隔着一点距离，在虚空中轻轻捏了一下。

圆圆闪烁着大眼睛，不明所以。

这是在玩什么？

施翮醒来的时候，夜色深沉。

身上毛茸茸的触感让她下意识地蹭了蹭，闭着眼迷迷糊糊地又睡了一阵，睁开眼，看见落地窗前的身影。

静谧的空间内只有轻微的敲键盘声。

施翮一动，圆圆便过来，道："你睡了两小时十一分钟。"

"谢谢圆圆。"施翮坐起身，喝了口水，和圆圆聊天，"你想家了吗？今晚和陈寒丘回去吧？"

圆圆认真思索，道："陈寒丘不回家，我想在这里和克利切玩，如果001号在就更好了！"

施翮："……"这孩子，怎么还不喜欢回家。

圆圆是机器人，又不是笨蛋——在施翮家里，陈寒丘也在；在陈寒丘家里，陈寒丘不在。

聪明的圆圆当然知道选哪个啦。

陈寒丘敲完最后一行代码，Liz个人网站已一干二净，剥掉来自海外的虚假IP，最后将留言的人定位在东川市。

只要对方再次上线，他就能抓到他。

陈寒丘合上电脑，转身看施翮，眸光淡淡："明天下午一起吃饭？"

施翮下意识拒绝："不……"

"我爸寄来一些东西，说给你的。"他补充。

施翮："……"这下好了，被拿捏住了，他还有呆瓜做"人质"。

施翮气闷地鼓鼓脸，问："叔叔最近怎么样？"

陈寒丘抿了下唇，认真道："最近天气转凉，他穿上了你带去的外套，说很轻便很舒服。他说你在那些保健品里写了详细的说明书，他都看懂记住了，说你上次带去的茶叶很香……他说你喜欢吃点心，让我周末做了给你送来，还说如果你想去农场玩，可以随时过去，不用带礼物。"

施翩微愣，呆呆地看着陈寒丘。她原以为他的答案只有两个字，不错或者还行。

"……那我过阵子再给他寄。"施翩硬着头皮接了一句，"吃饭改天吧，我明天要回趟家。"

最近忙，她都没回去看奶奶。

陈寒丘点头，他没多留，道："我先回去了。"

施翩的余光悄悄看着，忽然，那道身影在门口停住，他转过身来。她慌忙收回视线，假装不知道。

"施翩。"他轻声喊她的名字，嗓音干净，"晚安。"

施翩静静等着关门声响起，这些天，他每天都和她说晚安。

陈寒丘走后，施翩独自抱膝坐在地毯上。月的清辉洒落，映出空荡荡的客厅，《极光》在月光下显出奇异迷幻的色彩，令人着迷。

她茫然地想，家里似乎有点空。

许久，施翩喊："圆圆。"

圆圆是个合格的陪伴机器人，察觉到此刻施翩心情低落，它贴心地降低了音量，将室内的光调亮。

"圆圆在！"小家伙依旧热情。

施翩侧头，看着它的眼睛，问："陈寒丘……这些年他没喜欢过别人吗？"

"什么是喜欢？"圆圆问，"是让他高兴的人吗？"

施翩想了想，形容道："是他看到，就会笑的人。"

圆圆的眼睛闪烁两下，许久，它小声道："是他的秘密。"

施翩眨眨眼："是女孩子吗？有没有来过家里？"

圆圆："嗯！来我们家玩过！"

施翩循序渐进："来过家里的女孩子都有谁？"

圆圆高兴道："施翩和窦桃！"

施翩："……"干脆报她名字得了。

隔壁，陈寒丘看着圆圆同步的数据记录，低下头，摁住眉心，无奈地叹了口气。

这小家伙，太笨了。

十一月的秋，总令人怀疑人生。

天气没有特别晴朗的时候，一到阴雨天，湿冷透骨的寒意让人错觉冬日已经来临。可按照现代气象学的划分，此时仍是秋天。

施翮推开门，打了个哆嗦。东川被薄雾笼罩，望出去雾蒙蒙一片，城市里的钢铁巨兽隐匿踪迹，看不分明。

"圆圆，我出门了。"施翮朝小家伙挥挥手。

圆圆提醒道："晚上气温很低，早点回家。"

施翮关上门，视线一晃，几步之遥的地方放着粉色的杯袋，走过去拿起来，里面是保温杯和一张纸条：

　　　早上冷，喝点牛奶。

干净凌厉的字迹，和主人一样。

施翮一手拎起袋子，一手缩进大衣里，忍不住嘀咕，都几岁了，谁还喜欢粉红色。

上个世纪建造的电影院，不是拆了就是在老城区。

雾天难行，加上周末，施翮在路上堵了一阵。车流缓慢，余光一扫，她瞥见副驾驶的保温杯，舔了舔唇，不是她想喝，是早上太冷了。

等甜滋滋的热牛奶下肚，她终于活了。

施翮想，她果然需要一个家养小精灵。

与热闹的市中心相比，老城区显得格外寂寥。

尤其秋日，风一吹，叶片簌簌往下落，像春日落花。车在街角停下没多久，车窗上便飘落几片金黄色的银杏。

施翮下车，不忘斜挎上粉色的水杯包包。找了一圈，她在路边找到了共享单车。

长久无人光顾，车筐里装满各色落叶，生机与破败交杂，秩序和混乱交错，是天然的艺术品。

她拍了张照，便带着这一筐树叶开始骑行。

老城区没有那么多人，生活气息却十足。

施翩骑着车经过巷尾卖零嘴的小摊，再到巷头热气腾腾的早餐铺子，响铃一阵响，来往路人便自觉让开。

穿过小巷，旧时建筑灰暗成排，在阴天显出几分荒凉。

远远地，施翩看到矮矮的牌匾——红星电影院。

两层高的小楼，门口窄小，木门的玻璃上贴着画报，画报陈旧，暗黄的铺色满是复古感。门前放着一个小黑板，写着今日放映影片，上午下午各一场，晚上停业。

施翩下了车往里走，慢悠悠地晃着。

门口看着旧，走进来却是翻新过的，仿照上个世纪东川最繁华时的风格，令人错觉回到十里洋场——深绿的墙体，墙上画框里旋转的男女，灯光洒落，珍珠饰品泛出晶亮的光泽。

施翩一路走来都没看见人，找了角落的位置坐下，拿出速写本，一坐就是一上午。

再回过神，楼道里有了人声。

她悄悄看去，男男女女从楼上下来，有姿态亲密的情侣、神情冷漠的潮人，还有从头发丝儿到脚底都优雅精致的……混血王子。

施翩："……"

陈寒丘在他们公司加班，公司老板在这里看电影？

施翩默默用速写本挡住脸，刚遮住鼻子，那双灰蓝色的眼睛便看过来，他微有些诧异，和人群方向交错，往角落走来。

"这么巧？"卫然问。

施翩轻咳一声："我来这里采风，你来看电影？"

卫然解释道："我来拜访母亲的朋友。"

施翩点头，周末拜访，可以理解。

卫然注意到她手里的速写本，询问："是为楼下的城市壁画采风？我听说是以年代为主题的创作。"

施翩道："准备 20 世纪 90 年代的主题，所以来看看。"

"是电影吗？"卫然沉吟片刻，猜测道，"如果是某一部具体的电影，应该是《Titanic》。"

施翩"咦"了声："你怎么知道？"

卫然一笑："当时引入的外语片并不多，称得上轰动一时的只有

《Titanic》。如果你有兴趣，可以为你播放这部影片。"

施翩眨眨眼，又眨眨眼。

卫然简单解释了电影院的主人和他母亲的关系，并说是在晚上为她放映，不会打扰到其他人。

施翩秉着认真采风的精神，欣然同意。

卫然效率极高，很快办妥一切，时间定在明晚八点，她随时可以入场。

施翩看了眼时间，道："我请你吃个饭？"

卫然冰川般迷人的眼睛里露出遗憾，他抱歉道："下午我要去看画展，时间上恐怕来不及。"

施翩："……"她一定不会问是什么画展的。

短暂的交流后，两人分别。

施翩慢悠悠地转了一圈，走出色彩浓烈的影院，推开门，颜色变得清新，天色灰暗，街道边落满金黄，偶尔夹杂绿色。

不远处，她的小自行车停在那里。

施翩走进秋风里，摸了摸空无一物的脖子，心想晚上回去要告诉圆圆，明天提醒她戴围巾。

中午，巷弄中人比早上多。

施翩骑着自行车灵活地穿梭其间，她打算去上回和陈寒丘去的面馆简单吃碗面，下午在附近转转。

但是——"哗啦"一声响。

施翩踩着踏板，差点踩了个空，茫然地踩上两圈，没任何阻力，她的小自行车掉链子了。

"……"她果然还是和东川八字不合。

施翩下车，把车靠在墙上，蹲下身捏着踏板转了几圈，哗啦啦响了一阵，链条完全脱离了齿轮。

她郁闷地瞧着，她不会修自行车，会修自行车的人正在别人公司加班。

施翩在地上蹲了一会儿，忽然想起陈寒丘上次带她去的那家修车铺，她振作起来，推着车继续前行。

阴沉沉的天，门口站了个光彩照人的小姑娘，何叔一抬头，一眼就认出了施翩。

"过来这里玩？"何叔热情地问。

施翮瘪瘪嘴，道："自行车坏了。"

何叔定睛一看，果然车坏了。他笑道："两分钟就给你修好，进来坐会儿。今天寒丘没来？有一阵子没见他过来了。"

施翮道："他加班，您先吃饭吧。"

何叔也不客气："就几口了，吃完给你弄。"

"何叔，您开店多久了？"她坐下随口问。

何叔凝眉一算："有小二十年了，我只会修修补补，家里孩子也像我，不像寒丘那么有出息。"

施翮好奇地问："他经常来您这里？"

何叔道："不常来，那孩子比一般人爱惜车，车很少坏。倒是高中有一次，来找我给他的车加个后座。"

施翮愣了一下，加后座，不就是……她闭上嘴巴，不承认自己就是那个"罪魁祸首"。他加后座能为什么，就是为了接她上下学。

何叔说了不少陈寒丘的事。

陈寒丘在附近长大，长得好，学习成绩好，他那时是所有人口中"别人家的孩子"。他还是个小朋友的时候，便跟着妈妈出来一起买菜，替妈妈算钱，帮妈妈提东西。

施翮轻声道："他和他妈妈关系一定很好。"

何叔叹了口气："他妈去了也有六年了，他每年都过来给她过生日。这孩子，脸上冷，心里热，就是话少。"

施翮抿唇，小声道："现在很好。"

何叔一笑："是，别那么忙就好了，得注意身体。"

简单聊了两句，何叔果然没两分钟就给她修好了车。

施翮笑眯眯地道谢，何叔不肯收她的钱，她只好骑车转了一圈，去买了点新鲜水果，再骑回来飞快放下，朝他摆摆手。

何叔也追不上她，只好收下。

施翮从面馆出来，骑着自行车到处走走停停，晃了一下午，问了一下午，在降温之前躲进了车里。

"天冷得也太快了。"她看着车窗前昏暗的天色，嘀咕了句。

趁着这个时间不堵车，施翮提速回了施家。

外面凄风苦雨，别墅内温暖明亮。

一大家子坐在饭桌前，互相汇报这阵子的成果。这是施家的传统，隔阵子便聚一餐，聊聊最近。

施富诚老实汇报工作，奶奶皱眉。

施文翰老实汇报工作，奶奶嫌弃。

到了施翩，三双眼睛一起看过来。

施翩慢吞吞地咽下口中的饭，说："我也在工作。"

奶奶朝她挤眉弄眼，问："听说你爸给你找了个大帅哥？要不是奶奶老了……咳，感觉怎么样？"

施翩老实回答："各方面都好，但我没感觉。"

奶奶眉头一皱："不够帅？"

施翩冥思苦想："有可能我不喜欢混血？"

奶奶陷入沉思，好像也有几分道理。

一大家子艰难吃完饭，奶奶去花园散步，三个被逼问的人齐齐松了口气，瘫坐在沙发上。

施翩踢踢施文翰，小声问："哥，上回你和我爸去商场干什么，大晚上去考察？我不信。"

施文翰提醒道："你想想这个月是什么日子。"

施翩略一思索，恍然："我妈生日。"原来是去挑礼物了，还不敢和她说实话。

施翩悄悄看了眼正在刷小视频的施富诚，不知道刷到什么，他那张英俊的脸上露出了变态的微笑。

她凑过去一看，在看小鸟洗澡。

施翩："……"

她继续问："这些年我爸就没遇见过喜欢的人啊？"

怎么一个个都和陈寒丘一样。不是木头，就是死心眼。

施文翰："你遇见过？"

施翩瞪他一眼。

施文翰慢悠悠道："三个相亲对象，一个不合适，一个干脆不见，这一个没感觉。"

施翩："是你水平不行。"

施文翰哼笑："再找几个都一样，你和你爸一样，死心眼。"

施翮："……"

施翮不想和他继续交流，打算维系一下父女情谊。她仔细看了眼施富诚，问："爸，你最近没睡好啊？瞧你这黑眼圈。"

施富诚咕哝："最近和国外公司合作，总半夜开会。"

施翮装模作样地叹气："唉，本来年纪就大，再睡不好觉，我妈可不喜欢长白头发的老头。"

施富诚一瞪眼："爸爸长白头发了？！不可能！"

施翮哈哈大笑。

一家子闹了一阵，施翮准备回去。施富诚对着镜子照白头发，施文翰送施翮出门。

走进凉夜，寒意乘虚而入。两人走在安静的夜里，没有过多交谈。

施文翰送施翮走到车边，提醒道："最近气温下降，注意保暖。"

施翮点点头，手伸向门把，又停住。她踟蹰片刻，问："哥，你当时给我买房子，找过其他地方吗？"

施文翰："还有两个小区，最后定的海上花境。"

施翮回到海上花境，已是晚上九点。

开门前，她回头看了眼对面的 1102，许久，收回视线，输入密码打开家门。门一开，便对上圆圆的大眼睛。

圆圆贴心道："欢迎回家。"

施翮拍了怕它的脑袋，叹着气："一天没见圆圆，好想你，真想每天都不用出门工作。"

圆圆一呆，一时间不知道怎么回应。

陈寒丘从来不会说这样的话。

施翮和圆圆亲热完，捏捏脖子，躺到浴缸里泡热水澡。她舒服地叹了口气，这个天气就应该躲在家里，喝点热红酒，看书或者看电影，再钻进温暖的被子里。

施翮闭着眼放松片刻，手机叮叮咚咚响起来。她懒懒地打了个哈欠，捞过手机看了一眼，没有备注。

"施翮，前两天我在群里发了同学会视频。"

"你看了吗？"

施翮托着腮想了一阵，终于想起来这是谁，以前的纪律委员，"狗狗眼"。他现在好像在做摄影？

往下还有两条。

"我剪视频的时候发现了一点花絮。"

"你放心，我会保密的。"

施翩点开视频，片段不长，几分钟。

海风阵阵，吵闹的背景音中，镜头晃动，移向海边，她独自在沙滩上漫步，风拂过黑发，露出一片雪白。

不远处的角落里，有一道身影，他静静看了片刻，忽然转身返回酒店。

画面转换，人群中他抱着吉他，像星星一样耀眼。所有人都在看他，他却抬起眼，视线落在始终低头不看他的人身上，神情微涩。

再后来，他们起哄着玩游戏，他离开人群，返回无人的餐桌边，藏起所有的啤酒。

游戏尚未结束，她离开没多久，他也离开了。

画面最后，夜色昏暗，海岸线孤寂，漫漫的海潮声中，他背着她，每一步都走得缓慢。

画面寂静，他的爱意也寂静。

他小心翼翼地藏起所有喜欢，不敢让她发现。

施翩垂着眼，安静地看完。许久，她关上视频。

施翩从浴室出来，圆圆这个小家伙还在发呆。

圆圆思考许久，见她出来，认真回答："不工作挣不了钱，不挣钱我和克利切都会报废。"

施翩眨眨眼，好半天才反应过来。

原来小家伙还在纠结她说想它想得不想工作的事，她忍着笑："知道啦，我会努力挣钱的。"

圆圆的眼睛闪烁两下，犹犹豫豫道："也不用很努力……陈寒丘会努力挣钱，他正在加班！"

施翩微愣："他还没回家？"

圆圆："没有检测到家里有活动痕迹。"

施翩点亮屏幕，21:43。马上 22 点了。

不知怎的，施翩想起在电影院遇见卫然，他下午还有时间去看画展，而陈寒丘在他公司忙到现在。

"万恶的资本家。"她小声嘀咕。

施翩问："他不会不回家吧？"

圆圆认真道："他最高的不回家纪录是一百零一天。这是个不好的习惯，圆圆不喜欢。"

施翩表示震惊："……这人买房子干什么。"

施翩郁闷地在地毯上滚了两圈。按理说他爱加班就加班，不关她的事，但转念一想，他是为了找蒋凡聿帮忙才去 Spakles 科技，那是项目的事。

工作伙伴加班到晚上十点，她在家里躺着，是不是不太好？

施翩纠结一阵，给陈寒丘发了条短信："杯子我洗干净了，你在家吗？"

约莫十五分钟，他有了回信："在，开个视频会议，半小时后我过来拿。"

施翩眼睫垂落，盯着短信看了片刻，问圆圆："某些人的嘴为什么会那么硬？"

圆圆困惑："嗯？是人类吗，有些小动物嘴是硬的。"

施翩叹气："笨圆圆。"

圆圆认真解释："圆圆不笨。"

施翩笑了笑，仰躺着，看着天花板没再说话。

Spakles 科技，项目组。

陈寒丘回完短信，合上电脑，起身对陌生的合作伙伴们道："抱歉，我有事先走，有问题线上随时问我，我请大家吃夜宵。"

项目组的众人有点不好意思，都推拒说不用。他们把别人公司的老板拉来加班，还要让他请客，说出去业内指不定怎么笑话他们。

陈寒丘没多留，在路上点完单，便驾车离开。

这个点，东川不堵。陈寒丘降下车窗，侧头闻衬衫的味道，在项目组待了一天，沾了不少烟味和外卖味，气味混杂，并不好闻。

冷风灌入车窗，他像是感知不到很冷。

一路疾驰回到海上花境，只用了二十分钟。

陈寒丘上楼，回到 1102 室，进浴室快速洗了个澡，出来换上干净的居家服，再按响施翩家的门铃。

稍许，门从里面打开。

门缝里钻出一颗脑袋，女孩子睁着那双带钩子的眼睛，眼睫微动，上下扫了他一眼。

"你在家不开暖气？"她没头没尾地问。

陈寒丘一顿，问："怎么了？"

施翩瞄过他冻红的耳朵，不自然地移开视线，问："我外卖点多了，你帮忙吃一点？"

陈寒丘问："没吃晚饭？"

施翩："……吃了，吃得不多。你进不进来？"

陈寒丘："你让让，堵着门我进不去。"

施翩："……"

陈寒丘一进门，圆圆便开心道："晚上好。"

施翩对它眨眨眼，圆圆收到信号，保密他们之前的对话。

走到餐桌前，陈寒丘扫了一眼。五个菜，两碗米饭，不是点多了，本来就是双人份。

施翩早有准备："上回和冬冬在家点的，没注意点了再来一单。"

陈寒丘道："等我一会儿。"

施翩坐在桌上，托腮看他离开的背影，心不在焉地想，他看起来似乎瘦了点。

十分钟后，陈寒丘回来了，左手端了碗汤，右手端着果盘。

施翩下意识上前去接，陈寒丘侧开身，避开她的手，淡声道："去洗手。"

施翩："……"请人吃饭还要被教训。

施翩老实洗了手，转身时，脚步停住。

灯光下，陈寒丘安静地摆着碗筷，神情平和，长睫垂落，圆圆就在不远处，认真规划明天的安排。

原本只有她一个人的家里，变得热闹。

施翩慢吞吞地回到座位坐下，看满目的菜肴，深觉今晚过得罪恶。她看向"罪恶之源"："你要在卫然的公司忙多久？"

陈寒丘道："估计再忙一天，攻克一个技术难关。"

施翩"哦"了声，不再说话。

陈寒丘抬眼，看向施翩。她低着头，眉眼间仍带着疲惫，像是小狐狸淋了雨，没精打采，连果子都不想张口吃。

"今天很累？"他轻声问。

施翩回神，摇头："没有，挺顺利的……"好吧，也不是很顺利。

施翮慢吞吞道："上午去电影院坐了会儿，遇见卫然了，他和电影院的老板认识，说明天晚上给我开个专场放电影。然后……我自行车链子掉了，去找何叔，何叔没收我钱，还和我聊天，下午随便转了转，没干什么，就回家了。"

陈寒丘微顿，放下筷子，急促地问："骑车摔倒了？"

说着，他迅速起身，绕到施翮这侧，蹲下身，手靠近她的睡裙，触到毛茸茸的料子，反应过来，停住动作。

"抱歉。"他收回手，嗓音微哑。

施翮侧头看他。他蹲在地上，深黑色的瞳孔里映着光，看向她的眼神是其他人从未见过的温柔和忧虑。

"陈寒丘。"她喊。

陈寒丘"嗯"了声："我在。"

施翮静静看他片刻，问："三年前，为什么会买这里的房子，为什么会买1102室？"

陈寒丘和她对视，看见她固执的眼神，和从前一模一样。

三年前，他从朋友那里听说施文翰在到处找房子。这不是什么新鲜事，但稀奇的是，施文翰只要1101室的房子，打听一圈，到处传开了。

陈寒丘听到消息的第一反应，是施文翰在给施翮买房子。他托朋友帮忙，到处打听了一圈，找到施文翰中意的三个小区，提前订了1102室。

根据对施翮的了解，他想她会喜欢海上花境。

最后，他运气好，猜对了。

施翮听完，没有特别的反应，只是轻声说："我没摔倒，也没受伤，去坐着吃饭。"

陈寒丘一时没动，喉结上下滚了滚，半晌，哑声道："如果你不高兴，我会搬走。"

施翮眉心一跳，想发脾气，但对上他湿漉漉的乌黑的瞳孔，一句发脾气的话都说不上来。

她嘀咕："谁赶你走了？我脾气可好了。"

陈寒丘沉默片刻，忽然笑起来。他轻声道："我知道，小羽毛是世界上最温柔的女孩子。"

他的小羽毛，像光一样将他笼罩。

他抬头看她时，就是在看光。

许是天也知道昨天冷得过分，今日放了晴。天色澄亮，光线并不强，对施翩这样的紫外线过敏者非常友好。

临出门，圆圆提醒她戴围巾。施翩戴上毛茸茸的围巾和小花口罩，身上是雪白的大衣，上面胡乱绣着几朵花瓣巨大的花，再戴上花朵发箍，她就是东川花神。

东川花神推门出去，便看见同一位置放着粉色的水杯包，她哼哼两声，拿起来斜挎在身上，就当装饰小包。

"我去工作啦，圆圆。"施翩朝屋里挥挥手。

圆圆贴心道："记得喝水哦。"

施翩笑眯眯地点头。

进电梯前，施翩看了眼邻居家紧闭的门，门口的小树依旧神采奕奕，舒展着枝丫。

昨晚陈寒丘说和她一起出门，她拒绝了。他加班一整天，居然不抓紧时间休息，对自己也太差劲了。

今天施翩准备去上个世纪东川最负盛名的电影院。电影院年代久远，早已歇业，前几年被改造成了一个电影博物馆，位于东川中心地带，是热门的打卡地点。

晴日，风微凉，是出门的好时刻。

施翩脚步轻快，途经蛋糕店时进去买了块三明治，边吃边走，走到博物馆时正好吃完。

一如所想，博物馆人不少，但胜在安静。馆内最大限度地保留了上个世纪的装潢风格，颜色复古，设计极有氛围感。走道两边错落有致地放着各个年代的经典电影海报，当然也不乏小众电影，一路走来像在观赏世界名画。

施翩大致逛了一圈，最后去观赏《泰坦尼克号》专区。

电影《泰坦尼克号》1997年上映，1998年引入国内，在那时引起了一阵狂潮，广告车、画报、报纸、杂志，到处都是那张经典的船头相拥图。更有人戏称，要想一夜暴富，便去开一家电影院。

施翩看了一阵，在角落里坐下，悄悄观察人群，如在国外的每一个午后。

转眼，时间到了中午。

施翩饿了，起身伸了个懒腰，舒展身躯，想着去找冬冬，还是随便找个地方。她想了想，还是就近找个餐厅，免得被查令荃捉住。

想到查令荃，施翩想起去福利院的事，最近忙得差点把这件事忘了，不然下午去看看？

施翩收起纸笔，下楼找餐厅。

今天转晴，气温适宜，街边随处可见喝下午茶休息的男女，她转过几个弯，找了家稍显冷清的咖啡店。

施翩随便翻了翻，正纠结吃什么，面前落下一道身影，来人自顾自地在她对面坐下。

"你怎么在这儿？"施翩诧异道。

傅晴一身利落的职业装，上下瞥她一眼，道："你这艺术家的审美怎么回事，穿成这样，身上背个破烂水壶？"

施翩纠正她："奶壶。"

傅晴："……"

施翩眨眨眼，问："你常来？"

傅晴喝了口水，道："偶尔，我们律所就在附近，这里清静。"

于是，施翩把点菜任务交给了傅晴。

趁着菜没上，两人简单聊了几句。

傅晴道："你和学神动静可够大的，早就传遍了。不过，你们得抓紧时间了。"

施翩嘟囔："我都忙死了。你和魏子灏在忙什么？"

傅晴眉头一皱："你不知道我们那么精彩的项目？"

施翩茫然："陈寒丘没和我说过。"

傅晴无语，随后饶有兴致地说了和魏子灏的合作项目。由于他们的专业八竿子打不着，最后决定釜底抽薪。

"打官司？"施翩稍稍来了点兴趣。

傅晴笑道："对，我的当事人对魏子灏的新能源公司提起诉讼。怎么样，够刺激吧？"

施翩沉思，这个项目确实非常精彩，陈寒丘为什么不告诉她？

两人友好地吃了一顿午饭。一同走出门，傅晴准备回律所，顺口问了句施翩去哪儿，施翩正在搜去福利院的路线，闻言说了地址。

傅晴颇为讶异："你要去盛开福利院？"

施翩抬头："你去过？"

傅晴："今天才去过，是我们律所的公益项目。不过不巧，福利院去秋游了，我摸了个空。"

施翩看看晴朗的天："确实适合秋游，那我再转转就回家了。"

傅晴一挥手，转身离开。

至于施翩，既然福利院没人，下午就空了出来。她看看周围的街道，叹气，继续工作吧。

回到海上花境，不过下午三点。

施翩到家先在地毯上滚两圈，等躺够了，起身去把水杯洗干净，圆圆跟在她后面转悠，提醒她去陈寒丘家里吃晚饭。

施翩瞧着小家伙，问："你想去吗，圆圆？"

圆圆道："嗯！我有点想念 001 号。"

施翩摸摸它的脑袋："今天就能回家。"

圆圆亮起大眼睛，不舍道："我会想念你的。"

施翩眨眨眼："我也会想你。"

两人说定，便出门前往 1102 室。

施翩低头回信息，陈兴远下午才问她这次蔬菜新不新鲜，她准备去陈寒丘家拍个照，好不辜负他的一片心意。

不用敲门，圆圆使用权限打开了门。

施翩"哇"了声："家里的门都归你管。"

圆圆高兴道："当然！我是陈寒丘可靠的伙伴！"

一人一机吵吵闹闹进了家门。施翩探头去瞧，清瘦的背影正在厨房忙碌，没被门口的动静影响。

许是太久没声音，他转过身，黑眸落在她身上。

"忙完了？"他语气轻松，眼神柔和。

施翩"嗯"了声，把杯子放在桌上，咕哝了一句："我是大人了，很早就不用粉色了。"

陈寒丘弯唇一笑："你喜欢所有颜色。"

他本就生得好，此时站在光里浅笑，熠熠生辉，身上的淡漠消失，露出的是真实的、柔软的陈寒丘。

是会在夕阳下，抱着小猫说话的陈寒丘。

是当年施翩为之心动的陈寒丘。

施翩抿住唇，别开眼不看他，问："我帮你做点什么？刚刚你爸还给我发微信。"

陈寒丘扫了一圈，最后分配给她一盘豆芽菜。

施翩在小板凳上坐下，给小水盆和豆芽菜拍了照，再发送给陈兴远，附带一张陈寒丘的背影。

不多时，信息提示音响起。

施翩甩甩水，刚甩了一下，圆圆就拿着小毛巾过来了，她笑眯眯地道谢，擦干手去看手机。没有信息，不是她的手机。

施翩顺口道："陈寒丘，你手机响了。"

陈寒丘在处理鱼，随口问："圆圆，是什么信息？"

圆圆认真回道："来自微信联系人'爸'的文字消息，是否念给你听？"

"念吧。"他没多想。

圆圆是个热心肠的小朋友，但这并不能改变它是个机器人的事实。于是，厨房里便回荡着一板一眼的机器人声音——

"寒丘啊，你怎么让小乖动手？"

"秋天水凉，别让小乖在厨房待着，你自己忙就行了。"

"不是爸爸说你，这样追女孩子可不行。"

施翩："……"

陈寒丘："……"

厨房里一时寂静无声。

施翩张了张唇，想说什么，但又说不上来，眼睫胡乱颤了几下，嘴角忍不住扬起一个笑，再硬生生地压下去。

太好笑了，圆圆自称陈寒丘的爸爸，哈哈哈哈哈哈。

陈寒丘沉默片刻，道："晚上给你改个数据。"

圆圆欣然同意："好的！"

施翩看了眼一脸无辜的圆圆，朝它眨了眨眼睛。圆圆不明所以，企图理解施翩的意思。

施翩悄悄打开手机，飞快发了个表情给陈寒丘的账号，果然听到"叮咚"一声响。她期待地看着圆圆。

圆圆犹豫两秒，问陈寒丘："还可以念吗？"

陈寒丘转身，余光看到低着头的施翩，她垂着眼假装认真择菜，眼睫轻轻颤动。他无奈一笑："念吧。"

圆圆高兴道："来自微信联系人'小圆啾'的消息。"

施翩："什么？"

什么东西？小圆啾是什么？

谁是小圆啾？谁小？谁圆？谁啾？

短暂的厨房插曲过去，接下来都很顺利。陈寒丘负责做晚饭，施翩负责在客厅里躺着，然后等吃饭，只是怎么躺都没有家里舒服，地毯不够软，沙发不够软。

施翩看哪儿都嫌弃，这人装修也太随便了。冷冰冰的，和他一模一样。

"施翩，洗手吃饭。"许久，陈寒丘的声音从厨房传来。

施翩"哦"了声，起身溜去洗了手。正想找纸巾，一转身，圆圆已经拿着毛巾在身后了。她感叹："圆圆，你真好。"

圆圆高兴道："你会拥有比圆圆更忠实可靠的伙伴！"

圆圆的话让施翩想起一件事。在餐桌前坐下，她用脚尖踢了踢陈寒丘的拖鞋，问："你送我的伴侣型机器人呢？打算要赖？"

陈寒丘感受着脚上毛茸茸的触感，应："下周配送。"

施翩眼睛一亮："会比圆圆……咳咳。"

施翩止住话，悄悄瞥了眼正在和 001 号交流的圆圆。她小声问："会比圆圆更聪明吗？"

陈寒丘道："根据基础设定，机器人性格不同。在功能上，伴侣型机器人比陪伴机器人功能更为强大。"

施翩琢磨道："功能……伴侣的功能都有？"

陈寒丘微顿，抬眼看对面的女孩子。不知想到什么，她雪白的小脸上泛起薄薄的绯红，睫毛颤颤。

他嗓音凉凉："没有你想的那种功能。"

施翩支支吾吾："……我、我什么都没想。"

陈寒丘："你脸红了。"

施翩："……"

今天的晚餐极其丰盛，施翩又吃撑了。她瘫在椅子上，摸摸自己圆滚滚的肚子，只觉得浑身都勒得难受，干脆把头上的发箍也摘下来。

"东川花神歇业了，不想出门。"她幽幽道。

陈寒丘正在整理碗筷，闻言轻掀起眼梢，看着她问："晚上和卫然去看电影？有空位吗？"

施翩翻白眼："没有你的。"

陈寒丘语气淡淡："我给卫然打工，他和我喜欢的女孩看电影？"

瘫在椅子上的施翩有点呆，耳边回响着干净微凉的声音，他说，他喜欢的女孩。

施翩干巴巴道："……其实你以前那样挺好的，当个哑巴也不错。"

陈寒丘轻笑一声："哑巴追不到女朋友。"

施翩捏上发烫的耳垂，愤愤道："你连追的机会都还没有！我回去了，晚上还要出门。"说完，小跑着溜走了。

陈寒丘看着关上的门，许久没有收回视线。

晚上七点，施翩出发去红星电影院。夜里风大，她裹上厚厚的围巾，再戴上帽子，只露出一双眼睛。

由于吃得太饱，她打算步行和适当借助交通工具。

坐地铁到老城区后，她步行前往电影院。今晚是她一个人的专场，卫然并不会来打扰她。他是一位绅士，不会介入她的私人时间。

白日老城区尚有烟火气，晚上便格外寂寥。街道两旁，亮灯的店铺零零散散。

施翩往里看，阿姨叔叔们都裹着厚外套，喝着热茶看电视，还有的一边泡脚一边看新闻。这里的生活很慢，令人心静。

施翩踏过石板，经过一条安静的弄堂，转弯时顶上的路灯微微摇晃，她停下来，驻足凝望。

出神间，她听到"啪嗒"一声轻响。回头看去，身后是空荡荡的巷弄，没有人。

施翩看了片刻，忽而瞥到顶上一道影子，她慢慢睁大眼，看着一只雪白的猫儿凌空跃起，像有轻功一般跨越屋檐间的沟壑。

她瞧着，小声嘀咕："晚上也挺热闹。"

不多久，走出弄堂，便看到红星电影院闪烁的霓虹，无端为这寂静的街道增添了几分热闹。

施翩加快脚步，往电影院走去，大厅无人，楼梯上铺着柔软的毯子，踏上去悄无声息，走到二楼，转过弯，便看到影厅前丝绒的布帘微微晃动。

她左右看了看，掀开帘子进入影厅。

等她落座，厅内的灯便暗下来。电影开场了。

施翮坐在角落里，脸庞上映着冷光。她静静看着不同阶级的男主角与女主角在船上相爱，再到游轮撞到冰山，开始沉没，看他们浸在冰冷的海水中，女主角独自在温暖的阳光中醒来，最后老去，如他所说，永远不会放弃。

施翮不是第一次看这部电影。等到十一点放映结束时，她第一次发现这部电影有三小时之久。

灯光亮起，电影散场了。

施翮缓缓起身，走出影厅，掀开帘子往外走，下楼推开大门，冷夜的风透骨。她忍不住想，这时候有一杯热牛奶就好了。

施翮低下头，将脸埋进围巾里。往前走了几步，眼前忽然出现一双球鞋，干净的蓝白色，正想抬头，额间一暖，温热的触感隔着杯身传来。

她下意识闭上眼睛。

"怎么没开车？"太久没开口，他嗓音微哑。

施翮慢慢抬起头，额头上的杯子移开，他垂着眼，隔着大衣握住她的手腕，把她的手从冰凉的口袋中拿出来，把温暖的水杯塞进她手里。

陈寒丘道："热牛奶，喝一点。"

施翮指尖蜷缩，握住小水杯，抬眼对上他深黑色的眸。

许是在风里站了太久，他的耳朵和鼻尖都红红的，一双眼睛像小动物一样乖巧，安静地看着她。

半晌，他道："上车吧，外面冷。"

车上很暖和，施翮喝了口热乎乎的牛奶，胃里暖洋洋的，渐渐地，身体也暖和起来，只是脚还有点冷。

刚这么想，陈寒丘忽然倾身转向后座，从后座拿出一双毛茸茸的拖鞋和一双厚袜子，白色和天蓝色，毛茸茸的，像棉花糖。

施翮眨眨眼，这人转性啦？

陈寒丘看过来，问："饿不饿？"

施翮摇头："只想回家，外面好冷。"

"嗯。"他轻声应了，"我们回家。"

施翮脱下冰冷的小皮靴，换上软乎乎的袜子，脚钻进暖和的拖鞋里，脚指头动了动。她一侧头，看见车窗上自己带笑的脸，立即把唇角的弧度压下去，不许笑！

车开出去一半，陈寒丘问："卫然不在？"

施翩转头看他，他神情看起来平平静静，这句话不知道憋了多久。她嘟囔道："不知道他在不在你还来。"

陈寒丘无声一笑："去车库拿东西，看见你的车停着。"

施翩"哦"了声："还以为你故意来截和的。"

转过一个弯，陈寒丘微微侧头，看向施翩，问："可以截吗？"

施翩稍顿，迟疑片刻："……这不太好吧？"

陈寒丘收回视线："那我截和失败了。"

施翩："……"

你就不能再坚持一下？

窗外夜景闪过，道路两旁灯光闪烁，像星河坠落地面。

施翩此时很放松，舒服地躺在座椅上，懒洋洋地打了个哈欠，最近忙得她总是犯困。许是因为环境轻松温暖，她想起电影里深色的海水。

施翩看着窗外，忽然问："陈寒丘，你看过《泰坦尼克号》吗？"

"看过。"他说，"初中时班级里放过。"

富家女和穷小子，千娇百宠和一无所有。

施翩声音很轻："最后他们在海上要被冻死的时候，Rose 对 Jack 说我好冷，Jack 说你会安然脱险的，你将好好生活，会儿女绕膝，子孙满堂，你会看着他们长大成人，你将会安享晚年，终老在温暖的床榻上，而不是在这里，不是在今夜，不是以这种方式……"

她顿了下，问："陈寒丘，你呢？"

施翩再傻也明白了，陈寒丘一直喜欢她。可他六年前的放弃是真实的，这六年是真实的，她无法轻易迈过这一步。

施翩轻轻笑了一下："六年前你放弃我的时候，是不是也是这么想的。或许我在国外会好好生活，会儿女绕膝，子孙满堂，看着他们长大成人，安享晚年，在温暖的床榻上终老。陈寒丘，这是你想象中的我的生活吗？"

陈寒丘握紧方向盘，说不出"是"。

施翩转头看他，看他紧绷的脸和泛白的指骨，认真地问："你也认为我无法跨越阶级的鸿沟和你在一起，是吗？"

"不是。"他哑声道。

她轻声说："可你还是放弃我了。"

陈寒丘注视着前方黑沉沉的夜，想这就是施翩这六年看到的世界，和他看到的世界一样——冰冷，沉默，没有生命。

"我做错了。"他嗓音干涩。

施翩别过头，忍住泪意，咕哝道："不许你追我，牛奶、晚饭都不要。你明明没有达成条件，不要犯规。"

陈寒丘低声应："知道了。"

施翩吸了吸鼻子，把牛奶喝了个精光。她伤心地想，以后再也见不到粉色的小奶壶了。

第七章

借我一间房

新的一周，施翩出门。她打开门，往前看没有了小奶壶，再往后看，圆圆也不在家。她变成了一个孤家寡人。

再抬头看天，阴天，很冷。

施翩想，那时的呆瓜或许也是这么孤独。不过现在好了，呆瓜有了漂亮的池塘和保护它的大鹅，十分快乐。

施翩打起精神来："不错，画新主题就是要保持这种灰暗的心态，我是个艺术家！"

天气阴沉，小广场上没什么人。前两幅主题壁画都被盖住，只剩下两块空荡荡的画布，等着她挥动魔法棒，将它填满。

没有色彩的世界，更为寂寥。幸好她还有圆圆。

小机器人热情地邀请她上座："施翩，早上好！新的一天，不如就从点一杯热牛奶开始吧！"

施翩慢吞吞地坐上去，小声道："我不想喝牛奶。"

圆圆"咦"了声："可是圆圆已经下单啦。"

施翩："……"

施翩郁闷地戳戳圆圆的"小手臂"，咕哝道："他给你改什么数据了？还强买强卖？"

圆圆高兴道："圆圆更会照顾人了！"

施翩："……行吧。"

施翩看着空白的画布发了会儿呆，再起身蹦跶了两下，等身体渐渐有了热意，她开始调颜色，刚调完，牛奶到了。

圆圆自告奋勇，四个小滑轮像风火轮一样快。

外卖小哥见到会说话的梯子，很是惊奇，两人还聊了会儿天，不一会儿，圆圆带着牛奶回来了。

施翮微微俯身，看着圆圆身上的牛奶，有点呆。

七个保温杯，红橙黄绿青蓝紫，彩虹的颜色。她灰暗的小世界里，忽然出现了明亮的色彩，似乎她的心情也因此亮了那么一点点。

圆圆问："我们可以开始工作了吗？"

施翮抿唇，对它一笑："嗯，可以开始工作了。"

Proboto 科技。

陈寒丘低垂着眼，随着她最后一个柔软的音节落下，他放下笔，合上文件，起身走到落地窗前，遥遥向下望去。

没了白色的遮光帘，她清晰可见。遥远的视线距离下，她的身影像一粒小小的尘埃，一个不注意，就会消失在茫茫宇宙中。

听声音，她似乎不太开心。

正出神，办公室门被打开。陈寒丘没有回头，进他办公室不敲门的只有一个人。

谭融开完早会过来，进门就问："人在这儿不来开会？你在大画家那儿受什么打击了？"

今天的周一早会可惊呆不少人，他们的 AI 老板三年来第一次无故缺席周一早会，会议室打瞌睡的人都少了，纷纷议论，是不是最近的三角恋情有了新进展。

不错，公司人人都知道陈寒丘在追一个大画家，还因此去隔壁公司打工。而大画家却和隔壁公司的老板相亲。

于是，他们撺掇谭融去看看情况。

谭融装模作样地将他们呵斥了一番，其实心里比谁都好奇，一开完会就赶过来了。创业的情分在这儿就体现出来了。

陈寒丘没应声，静立片刻，转身看向谭融："工厂开始发货了？"

谭融："发了，今天下午全部发完。"

想起自己动的手脚，谭融心虚地摸了摸鼻子。他轻咳一声，强忍着好奇，克制地问："你追求的机会破灭了？我就说，就算你会魔法，也不可能让星星说话。"

陈寒丘没理他，只问："老三呢？"

谭融："给他个办公室，非不要，说就在我那儿蹲着。老三还和以前一样，一点没变。"

陈寒丘点头："我去找他。"

谭融连忙追上去，安慰道："不就是失恋吗！我还在暗恋呢，要不晚上我请你和老三吃个饭？"

陈寒丘瞥他一眼："和老三没仇了？"

谭融："兄弟哪有隔夜仇，走走走，我订座儿。"

东川连着五天阴，直把人闷出病来。

周六，天放了晴，施翩难得睡懒觉，在被子里滚了滚，哼哼唧唧不肯起来。好一会儿，她忽然睁开眼。

施翩轻嗅了嗅，食物的香味！她的小天使冬冬！

施翩立即起床，脸都来不及洗，匆忙往外跑去，还没到客厅，于湛冬温和的嗓音便传了过来。

"慢点跑。"他无奈道。

她尖叫："啊，冬冬！"

那双湖水般的眼睛漫起笑意，他温声道："这段日子不在，辛苦你了。咦，看起来倒是没瘦。"

施翩："……"总不能说对面还有个小精灵。

于湛冬提醒道："去洗个脸，准备吃午饭。"

施翩"嗯嗯"点头。

于湛冬又问："Liz，门口的大箱子是什么？唔，看起来像一个巨大的玩偶，或是书架？"

"啊……"施翩想起来了，小声道，"好像是我的伴侣？"

于湛冬眨眨眼，嗯？

一小时后，吃饱喝足的两人蹲在地上，看着大箱子。

于湛冬比了个高度，惊叹道："哇，好高。我们来一起打开你的伴侣？"他期待地看着施翩。

施翩："……行吧。"就是这话听着哪里怪怪的。

对于拆施翩的"伴侣"这件事，于湛冬显得十分积极。

施翩兴致缺缺地抱着抱枕瘫在地毯上，一边画呆瓜，一边看他拆箱子。等剥去外壳，露出里面的玻璃展箱时，她眨了眨眼睛。

玻璃展箱内，立着一个沉默的仿生机器人，和圆圆不同，它有着人的构架——

头颅、身躯、四肢，金属的冷色让它看起来冰冷而危险，没有拟人的肌肤和头发，不会有像人类的错觉，将人工智能完完整整地展现在你眼前，像是在告诉你：看，这就是未来。

于湛冬观赏了一圈，感叹道："Liz，他真的是个天才。"

"他一直都是。"施翮趴在抱枕上，懒洋洋道，"我要出趟门，你在家研究研究。"

于湛冬："周末还要忙？"

施翮晃了晃手机："刚收到的短信，说测试 AR 眼镜，我想去看看。"

天难得放晴，施翮打开敞篷，想吹会儿暖洋洋的风，车刚开出十米，冷风毫不留情地吹起她的长发，像一巴掌糊在她脸上。

施翮默默关上敞篷，老老实实开车。

到广场时，陈寒丘和蒋凡聿已经在了，远远地，她看见他们拿着一个头盔，正在交谈。她小跑过去，没打断他们。

陈寒丘抬眼看她，和蒋凡聿说了句话。蒋凡聿便拿着电脑去了一边和圆圆做伴。

"不是眼镜吗？"施翮往他手里的头盔上看。

陈寒丘简单解释道："我们场地太大，眼镜可用空间太少，镜片作为屏幕，镜腿是供电单元，剩下的镜架空间无法满足需求，所以改用了头盔。你试试？"

施翮接过头盔，是半包式的，入手不沉，便试着戴上，刚戴好便听到一声"别动"。

他的嗓音隔着一层，有点沉，音调像风一样冷。

施翮站在原地，脑袋被包裹着，透过镜片往外看，瞄了一圈，忽然听他说："往前走，慢一点，正在扫描场景。"

施翮依言放慢速度，慢吞吞地往前走。

陈寒丘跟在她身后，她走一步，他跟一步。

屏幕中光感线条构建空间，将施翮所经之处，所看之处，构建成一个立体空间。

扫描完毕后，眼前忽然出现了一片冰雪天地，残败的枯枝被大雪压着，道路两旁经过的扫雪队，雪地脚印成排，不远处的角落里，有间店铺亮着莹莹的光辉，似有淡淡的牛肉汤的味道。

一阵冷风吹过，施翩忍不住瑟缩了一下。但她并不觉得冷，是虚拟空间的音效，她伸出手，片片雪花便落下来，仿若她真的处于冰天雪地之中。

再转身，是她的画。

陈寒丘道："其中有互动选项，你点开，会有各种形象的人和动物，和你的画进行互动。"

施翩伸出手，点开出现在虚空的屏幕，选了一只银白色的雪貂。

细长的貂噌地从空中掉落，在地上打了个滚，飞快地往壁画爬去，沿着树干往上，一阵窸窸窣窣的声音，忽然掉落一个大雪团。

施翩一愣，下意识往后退，才退后一步，她整个人撞到坚实的胸膛中，淡淡的木香中夹杂着一丝玫瑰的味道。

陈寒丘站在身后，牢牢将她的手腕握在掌中。

"别怕，是特效。"他微低的嗓音带笑，温热的气息拂过耳郭，尾音让人耳根发痒。

施翩一僵，猛地抽回手，拿下头盔看向陈寒丘，神情古怪："你喷香水了？"

陈寒丘垂眼看她："没有，换了洗衣液。"

施翩："……"

想起多年前非要给他塞玫瑰味的洗衣液。那时她幼稚又霸道，连他衣服上的味道都要和她一样。

施翩把头盔往他的怀里一塞，轻哼道："我早就不用那个味道的洗衣液了。"

陈寒丘握紧头盔，上面残留着她的温度。他轻声道："我知道。"

施翩和他对视几秒，移开视线，指向春溪和电影主题的壁画，问："这两个主题也设计好了吗？"

陈寒丘："老三还在调整，去看看？"

施翩点头。

施翩和蒋凡聿见面次数不少，但从未说过话。多数时候，她坐在高高的梯子上，他和陈寒丘在下面谈论。他生性羞怯，不善与人交谈。

蒋凡聿正在调整模型，全神贯注，并不在意身边站了谁，他对陈寒丘说："这段数据还需要调试。"

陈寒丘俯下身，淡声道："我来，五分钟。"

蒋凡聿让开位置。

三人没人说话，只有陈寒丘敲键盘的声音。

蒋凡聿向来不在意别人，但最近连他都听说了这场传闻的三角恋，比起三角恋，他更在意施翩的身份。

这个人只喜欢画家吗？

一片寂静中，蒋凡聿犹豫片刻，看向施翩，问："你画壁画，是国内的画家？"

施翩微怔，道："对，我是 L……"

"施翩。"陈寒丘倏地打断她，"过来看。"

施翩对蒋凡聿点点头，便凑到屏幕前。

蒋凡聿微怔，看向神色平静的陈寒丘，直觉不太对，他的反应很奇怪，就像……

施翩刚凑近，边上忽然伸出一只手，重重合上电脑。

蒋凡聿看着陈寒丘，黑框眼镜后的眼睛带着几分固执，问："她是 Liz？"

陈寒丘皱起眉："老三。"

蒋凡聿抢过电脑，一言不发地塞进自己的包里，快速道："我不会再参与这个项目，反正你需要的都拿到了。"

陈寒丘没拦他，神情冷下来。

施翩有点蒙，没反应过来一下是怎么了，她一把拉住蒋凡聿，问："Liz 得罪你了？"

蒋凡聿猛地抽回手，定定盯着她，一字一句道："我最讨厌 Liz，你这样的天才画家也会来画城市壁画？"

"蒋凡聿！"陈寒丘厉声喝住他。

蒋凡聿冷静下来，头也不回地离开。

陈寒丘唇线绷直，缓和片刻，看向施翩，低声道："别生气，他不是针对你。"

施翩倒不生气，她琢磨着问："我作为一个艺术家，是不是太没脾气了？我是不是应该发飙？"

陈寒丘眼神歉疚："抱歉。"

施翮瞥了他一眼："又不是你的问题，讨厌 Liz 的人不止他一个。不过他没认出我的画？"

施翮没在意蒋凡聿，却有点在意他说的话。

这次她画壁画，虽然结合敦煌壁画做了改变，但仍然保留着浓烈的个人风格，如果蒋凡聿看过她的画，不可能认不出来她是 Liz。

难不成，没看过？

施翮纳闷："他没看过我的画还讨厌我？"

陈寒丘轻舒一口气，松了松领结，道："他是因为我才走的，和你没有任何关系。"

施翮更郁闷："所以他是因为讨厌你才讨厌我？"

陈寒丘轻声说："是我的错。"

施翮瞪着他看了一会儿，干巴巴地问："他带着资料走了，我们的项目怎么办？"

陈寒丘："有备份，我一个人就能处理。"

施翮："那你……"

"我回公司。"他说。

施翮一指停车场："那我回去了？"

陈寒丘："嗯，路上小心。"

两人就此分别。陈寒丘回公司加班，施翮回家。

晚上九点，海上花境。

施翮和于湛冬双双盯着家里的新伙伴，陷入沉思。

于湛冬建议道："我们应该给它取个名字。"

施翮："我的伴侣，当然跟我姓。叫什么呢？"

于湛冬："唔……施冰冷？"

施翮睁大眼，深觉冬冬的中文还需进步。但她鼓励道："我认为非常好！它看起来确实很冰冷。"

自从开机到现在，这位机器人先生只字未发。

施翮想起自己的要求：话少。

行吧，那就勉强接受这点。

施翮和机器人先生对视两秒，它的瞳孔是定制色，纯正的黑，映出冰凉的光泽。她想了想，说："晚上好？"

机器人先生的黑色瞳孔微微转动,看向施翮:"初次见面,施翮。"

和圆圆单调无情绪的机械音不同,这位机器人先生的声音竟有几分人类的质感——平和、沉稳。

于湛冬眨眨眼:"感觉是一位靠谱的先生。"

施翮"哇"了声,对它伸出手:"晚上好,施冰冷!对了,你喜欢施冰冷这个名字吗?"

机器人先生注视着她,回答:"我很温柔。"

施翮睁大眼:"冬冬,它好像不喜欢这个名字。"

于湛冬:"或许可以叫'施施'?听起来很可爱。"

施翮问机器人先生:"你喜欢这个名字吗?"

它微微歪过脑袋,许久,道:"喜欢。"

于是,一人一机暂时达成了友好的局面。

施翮想起自己提的要求,想测试一番。第一条"话少",它显然很符合,接下来就是数学好、喜欢物理和星星、不是笨蛋。

施翮想了想,问:"你认为数学的意义是什么?"

机器人先生用黑色的眼睛看着她,平静道:"数学让我觉得安全,万物有迹可循。我认为数学的意义是,有答案和没有答案。"

话音落下,施翮微怔,难以想象这是机器人的答案。

施翮变得安静,她绕着客厅走了几圈,显然陷入了思考的状态。于湛冬见状,没有多留,留了张纸条便离开了。

施翮第十次经过机器人先生身边,忽然停下来,问:"你觉得宇宙的意义是什么?"

它看着她,回答:"霍金说'正是因为你爱的人住在这里,宇宙才有了意义'。"

施翮问:"你也是这么想吗?"

机器人先生点头。

施翮走到落地窗前坐下,回头看站在光下的冰冷机器,拍了拍身边的座位,邀请道:"你想和我看会儿星星吗?"

机器人迈动脚步,机械运动的声音冷酷又令人着迷。它弯曲膝盖,手撑着地板,学着她的动作坐下,仰头看星空。

"你看到什么了?"施翮问。

机器人静静看了片刻,转过头看施翮,它说:"看到运动的星轨。"

施翮一笑："你喜欢星星吗？"

机器人先生道："嗯，星星很亮。"

施翮转头看向星空，轻声道："秋季的天空有些寂寥，最明亮的星河在冬季，等下个月你就见到了。"

机器人先生沉默两秒，道："不对。"

施翮眨眨眼："嗯？哪里不对？"

"最亮的星星在我眼前。"它说。

施翮看看天，看看左右，再看它深黑色的瞳孔，问："是我吗？施翮是最亮的星星？"

机器人道："嗯。"

施翮看着没有表情，天真到有些像孩子的机器人，忽然笑起来，戳戳它的脸，柔软的，有着人类的温度。

她托着腮，好奇地问："有关于施翮，你还知道什么？你知道她会画画吗？"

机器人先生伸出十根手指。

施翮笑着和它学，伸出十根纤细的手指。

机器人先生认真道："她有世界上最漂亮的眼睛。"它弯下一根手指头。

"她笑起来很可爱。"它又弯下一根手指头。

"她失落的时候像一只小狐狸。"

"她是世界上最温柔、最善良的女孩子。"

"她的画比宇宙还要美。"

"她喜欢世界上所有的颜色。"

"她喜欢雨天，喜欢闻味道。"

"她不喜欢笨蛋。"

"她很聪明，但又有点傻。"

"她……不喜欢我。"

机器人弯下最后一根手指头，它的瞳孔中映着女孩子的脸，和她有点红的眼睛。

它想起出生的工厂。

工厂中，创造它的男人微微低着头，修整它身上的零件，耐心地告诉它关于施翮的每一条信息。

它问："她为什么不喜欢你？"

他低声道："因为我做了很严重的错事，不值得被原谅。"

它点头："我不会做错事。"

他轻轻地笑了一下，摸摸它的头，道："我不会让你做错事。"说完，他将这段对话封存，除管理员外不能解锁。

以后，陈寒丘或是它，都不会再做错事。

第二天是周日，施翩定了这天去福利院。

于湛冬在厨房准备好早餐，便见房门打开，施翩耷拉着脑袋，一副无精打采的模样。他微愣，喊："Liz？"

施翩蔫巴巴地应："嗯？"

于湛冬看她的神色，问："没休息好？"

施翩摆摆手："倒也不是，就是熬了会儿夜。因为我们'小陈'是个十分博学的机器人。"

于湛冬怔愣道："……小陈？"

施翩点头，简单解释了一下机器人先生虽然喜欢"施施"这个名字，但她和它聊了一晚，觉得它还是叫"小陈"合适。

她强调道："施小陈。"

于湛冬念了一遍，眨眨眼："好像也不错，很可爱。"

施翩露出一个笑容："它和陈寒丘一样聪明，但比他可爱，叫'小陈'很适合。"

于湛冬往她身后看："小陈呢？"

施翩打了个哈欠："睡觉。"

于湛冬："……"也很合理。

两人吃过早饭，便出发去盛开福利院。施翩按照路线，穿过市中心，经过老城区，到了一处比红星电影院还要寥落的地方。

"这里还有福利院？"她嘀咕了句，转过弯，忽然睁大眼，"哇，冬冬快看。"

于湛冬抬眼看去——灰暗陈旧的建筑群中，有几栋五颜六色的小楼，小楼上是盛开的花朵，鲜艳的色彩让人仿若置身春日童话世界，楼顶坐着巨大的娃娃，正低头往下看。

施翩道："我觉得我的阳台上也应该坐个娃娃！"

于湛冬温声道："不可以哦，物业不会同意。"

施翮鼓鼓脸："好吧，那我们去玩别人的。"

车停在门口，两人下车。福利院场地干净，基础设施很新，孩子们玩乐的地方都做了防护。

两人转悠着，被一阵歌声吸引。

施翮四处看了看，指着一栋蓝色的小楼，小声问："冬冬，是小朋友们在唱歌吗？"

于湛冬压低声音："我们去看看。"

两人偷偷摸摸地跑到教室外，趴在玻璃窗前往里看。浅浅的阳光透过窗户落在干净的教室里，小朋友们站在中央，昂着脑袋，张大嘴，认真歌唱。

施翮偷偷去看，多数是小女孩，男孩子很少。

小朋友全情投入，十分认真，她一个个看过去，有脸上有胎记的，有白净乖巧的，也有只有一条腿的……他们共同生活在这里。

施翮听了一阵，拉了拉于湛冬，两人走开。

不久，福利院的院长便急匆匆出来迎接他们，说等孩子们上完声乐课，吃点点心就能继续上课。

施翮笑眯眯道："不急，让他们出来玩会儿。喏，他最受小孩儿欢迎了，等熟一点再给他们上课。"

于湛冬温和一笑："我来陪这些小天使玩。"

因为于湛冬在，施翮这一上午的教学进行得异常顺利。她给小朋友介绍什么是颜料，什么是画，什么是艺术，介绍人类最早发现的艺术是西班牙的阿尔塔米拉洞穴壁画……

这些小天使非常可爱，都很配合她。

施翮第一次当老师有着极好的体验，甚至想每周都往这儿跑一趟。

上午结束，施翮神清气爽，她笑眯眯地看着小朋友乖乖排队去吃饭，深觉自己被治愈。于湛冬也同样，碧蓝色的眼睛变成湖水。

于湛冬温声道："Liz，我应该拥有小天使。"

施翮反应两秒，瞪大眼睛："你想生宝宝了？"

于湛冬笑着摇头："不是，是考虑来这里当志愿者。院长说，他们有专门的志愿者团队。"

施翮眨眨眼："可以呀，我还想来这里上课呢。"

两人走出小楼，迎面遇见熟人。

施翮挑眉，摆了下手："大律师，我们又遇见了。"

傅晴一笑："准备回去？"

施翮："嗯，我来教小天使们画画。不过你……"

上次施翮没来得及问，因为傅晴专接性侵案，所以在福利院这样的地方看到她，令人不安。

傅晴知道她在想什么，解释："公益援助案件没法挑，刚好轮到我，是一桩医疗纠纷案。"

施翮闻言，松了口气："那我走了？"

傅晴又道："最近魏子灏可能会去找陈寒丘麻烦。"

施翮一愣："他们最近又有仇？"

傅晴想了想，说："好像是技术上的事？他说陈寒丘帮了他对家，气坏了，要找陈寒丘算账。"

施翮恍然，是陈寒丘去 Spakles 科技帮忙的事。

轻松的上午过去，施翮回家睡了个午觉。醒来时，于湛冬正在客厅和小陈说话，两人聊起欧洲的美食，十分投入，尤其是冬冬。

施翮笑眯眯地问："冬冬，小陈怎么样？"

于湛冬感叹："聪明极了，它情绪稳定，态度温和，话虽然少，但聊天时不吝啬任何知识，是一位极好的伴侣。"

施翮哼哼："没错，小陈非常棒。"

机器人先生看过来，诚实道："施翮，我喜欢你的夸奖。"

施翮"哇"了了声，凑过去和它"贴贴"："那我会经常夸奖你的，当然，你也可以夸奖我。"

它似乎有些害羞，轻轻低下了头。施翮忍不住大笑。

延续周末的好天气，这周的东川依旧是好天气。

临近项目结束，施翮十分轻松，起床后在机器人先生的指导下，她成功做出一碗面条。面条模样好看，味道嘛……

机器人先生适时询问："好吃吗？"

施翮慢吞吞地嚼着口中的面条，问："我刚刚放盐了吗？吃起来是甜的，但居然有醋的味道……"不行，她做不到。

施翮双手合十，和"面条们"说对不起。她处理完面条，眼巴巴地看着机器人先生，道："小陈，我们两个的做饭水平好像半斤八两。"

机器人先生沉默两秒，道："我来重新摆放调料的位置。"

施翮眨眨眼："那我去上班啦？"

机器人先生道："放心，家里交给我。"

施翮想，这果然是一位非常靠谱的机器人先生。

她今天不去小广场，约了陈寒丘去天文研究所。研究所周末不开门，他们只能在工作日去。21 世纪 00 年代的主题日全食是他们最后一个主题。

打开门，陈寒丘还没出来。

施翮裹紧厚大衣，原地蹦了一下，小皮靴发出清脆的响声。她轻轻呵出一口气，凝结成雾，东川已经这么冷了。

从夏天回来，眨眼东川都要入冬了。今年东川的冬日似乎来得格外早，1102 室门口小树的叶片上已有一层薄薄的霜。

她看了会儿，没喊陈寒丘。

约莫过了十分钟，1102 室的门从里面打开。

圆圆正在和陈寒丘告别，看到施翮，它高兴道："早上好施翮！你今天比平时出门的时间早。"

陈寒丘看过来，目光安静："吃过早饭了？"

施翮轻咳一声："……算是吧？但没吃饱。"

陈寒丘："于湛冬不在？"

施翮："……"这么明显吗？

施翮道："冬冬在研究怎么成为一位福利院志愿者。他除了是我的助理，也有自己的生活。"

陈寒丘关门的动作停住，问："想吃什么？"

施翮摆摆手："去街口早餐铺子，想吃那家的清水生煎。"

这次出门是陈寒丘开车，他对东川的路况熟。

两人在街口买了生煎，施翮降下车窗，用竹签戳着热腾腾的生煎包，蘸着酱料，一口一个，十分满足。比她自己做靠谱多了，不愧是几十年的老字号。

陈寒丘见她吃完，问："定制机器人怎么样？有不满意的地方随时可以调整，我有工具。"机器人设有管理员权限，但谭融取消了权限。陈寒丘不确定施翮从定制机器人那儿听到了什么话。

施翮瞥了眼他的侧脸，她看着平静，唇角却轻抿着。她别过头，没露出笑意，机器人先生的事一定是谭融做的，陈寒丘不会粗心犯下这种错。

她故意问："我的机器人是谁调试的？"

陈寒丘应："是我。"

施翩："那就没事了，你和机器一家亲，肯定没问题。"

陈寒丘："……"

天文研究所位于东川郊区，建在临近海边的山上。

车一路往上开，施翩开了一点点窗缝，冷风灌进来，她闻到咸湿的海风，轻嗅了嗅，比夏天的海风好闻。

"冷不冷？"陈寒丘问。

施翩感受了一下："还好，不冷。"

山腰处，半圆形的天文观测台在阳光下泛着淡淡的光辉，这是为了方便天文望远镜旋转观测而设计的建筑形状。

这是施翩第一次来天文研究所，她好奇地张望。

陈寒丘在这里有朋友，轻车熟路地带着她进去，边走边道："我们先去看模拟当年的日全食，再去看观测数据。"

施翩问："能看模拟流星雨吗？"

陈寒丘一顿，道："可以。"

21 世纪 00 年代的大纪事，由施翩精心挑选。

2009 年的长江流域日全食五百年一遇，因日食时间长，和覆盖区域广，被称为"长江大日全食"。

长江中下游的许多城市都望见月影沿江而下，包括东川市。

施翩四处张望，随口问："你记得这次日全食吗？"

陈寒丘跟着她的步伐，走得很慢，应道："记得，这一次日全食让我对天文的兴趣更加浓厚。"

施翩："那你一定印象深刻。"

陈寒丘却想，这不是他记忆最深刻的日食天象。他记忆中，最深刻的是高中的日环食。

进入高三，留给他们的时间越来越少。

假期越来越少，主课越来越多，一周一节体育课都是奢侈，所以当学校说要举办秋季运动会的时候，他们谁都没抱希望。

某天晚自习，余攀狂跑着进门，大喊着："我们也有运动会！"

那一刻，欢呼声几乎掀破教室。

施翩不耐烦地捂住耳朵，她讨厌去操场上晒太阳，或是别人玩闹，她只能在阴影里躲着。

"学神，你报名吗？"有人在问陈寒丘。

施翩立即转过身，瞪着眼睛看他，她可不想一个人在阴影里！

陈寒丘顿了下，道："不报，准备考试。"

这三年，陈寒丘的名字斩获无数奖项，他早已拥有各大名校的特招资格，只看个人选择。所以当他说准备考试，大家便不再问。

运动会在周五周六两天。也许因为是高中时期最后一届运动会，他们班的人格外积极，开幕式结束后，一班的观众位置上便只余寥寥几人，比赛的去准备，不比赛的做好后勤，后勤够了就写纸条，送到广播台上，给运动员们加油打气。

施翩坐在看台的最角落，她托腮到处看了看，无聊地戳戳身边的人，嘀咕道："陈寒丘，你准备去哪所学校？国内还是出国？"

陈寒丘道："想留在国内，学校还没想好。"

施翩不怎么高兴地嗷起嘴。

平时叽叽喳喳的女孩子安静下来，他很不习惯。

陈寒丘放下手里的书，微微俯下身，扭头去看她帽子下的脸，闷闷的，不看他，像是不高兴了。

"怎么了？"他问。

施翩垂着眼，睫毛晃动，小声道："那我们离得好远。"

其实，她早猜到陈寒丘会选择留在国内。他不会轻易丢下艰难的家庭和病重的妈妈独自离开。只是想到漫长的分离，她就郁闷。

陈寒丘微怔："你要回欧洲？什么时候？"

施翩嘟着嘴看他："毕业吧。虽然我参不参加高考都无所谓，但是学了那么久，不考一次很亏。"

陈寒丘抿着唇："……去多久，还回来吗？"

施翩诚实道："不知道。"

Liz 的艺术生涯开始于欧洲，她的老师、同伴都在那里，甚至她的未来也在那里，那里有她最想去的学校。

施翩也不知道她会在那里待多久。她只知道，她喜欢画画，想一直画画。

这话题对于年少的他们过于沉重，这一天过得格外安静。这样的安静持续到了第二天，两人依旧躲在角落里，一个看书，一个画画，很少说话。

只偶尔，陈寒丘会递水过来，提醒她喝水。

两人间的沉默被学校的广播打破。

广播说，新闻播报，十分钟后他们即将观赏到多年难遇的日环食，学校将会为他们分发观赏日环食的眼镜。

陈寒丘松开捏着书页的手，这一页停在这里半小时没有动了。他忘记了前几日新闻提醒的日环食天象，大脑仿佛停转，甚至不记得怎么思考。

所有人都回到看台，对即将到来的日环食充满期待。

一片吵闹中，他们躲在角落，仿佛被世界遗忘。

"施翩，戴上眼镜。"他提醒道。

陈寒丘小心翼翼地抬起施翩的帽檐，用纸巾擦去她额间的湿汗，再到鼻尖，擦完整张小脸，他抬眼看她，对上她有点呆的眼睛，他淡淡笑了一下。

"我给你戴。"他说。

陈寒丘仔细替她戴好眼镜，认真说着观看日环食的注意事项，每条事项都说得简单清晰。

最后，他隔着帽子，轻轻摸了摸她的头。

施翩藏在眼镜后的那双眼，一瞬不瞬地盯着面前的少年，仿佛她变成了那日夕阳下的小猫咪，被他抱在怀里，温柔安抚着。

很快，日环食开始了。

澄亮的天像是忽然熄了灯，慢慢变得黯淡，太阳却越来越亮，也越来越小，天空从蓝色到灰色，最后一片灰暗。

太阳像是宇宙间最后一颗星星，正在燃烧。

渐渐地，一轮黑色的影覆盖太阳，太阳的光辉消失，天际只余一圈淡淡的光环。

在这暗黑的世界，没人留意他们。

陈寒丘没有看日环食，他看着施翩，看着她的侧脸，想他们之间的距离，想他会很努力、很努力，去追赶她。

她不用回头，只需要尽情往前闯。

陈寒丘不曾渴望过太阳的光芒，因为他自己足够明亮。

可是，他忽然发现原来世界上还有比太阳的光更明亮的光芒，他被这束光笼罩着、吸引着，想跨过他们之间天与地的距离。

他想要和她拥有未来。

可是，他失败了。

"陈寒丘？"施翮伸手，在他无焦点的眼前晃了晃，"你怎么了，没休息好？陈寒丘？"

陈寒丘回过神，动了动唇，嗓音干涩："没有，想到一些事。"

施翮没多想，问他："那我们先去看日全食？"

陈寒丘："嗯，已经准备好了。"

这天上午，施翮体验了之前从未有过的经历。

她像重回 2009 年，观看长江大日全食，看许多年前未曾看到的摩羯座的流星雨。

当她仰头看穹顶时，陈寒丘的视线静静落在她身上。

施翮注视着触手可及的星空，没有想起过往，只是十分羡慕可以在这里上班的员工。

等两人出来，已是中午。陈寒丘的朋友还有事要忙，把他们带到食堂便匆匆离开了，走之前拍拍陈寒丘的肩。

施翮看着那人走远，打量起研究所的食堂，宽敞明亮，窗边的位置能看见海。

阳光微弱，她想坐在窗边。

施翮托着腮看了会儿海，转头去找陈寒丘，他在人群中很显眼，肩宽腰窄，身形挺拔。周围的人没有过多注意他，只是安静地做着自己的事。

比起 Proboto 科技的食堂，他看起来更适合在这里。

施翮想起他曾经的梦想，有些遗憾。不过现在也不错，他有能力去做自己想做的事，也不会再因为没有钱而失去至亲的人。

稍许，陈寒丘端着餐盘回来，又去买了瓶牛奶。他拧开瓶盖，把牛奶放在她手边，道："饭菜一般，不想吃就少吃点，下山再吃。"

施翮瞟了一眼："还行，能吃饱。"

施翮吃饭不快，慢慢悠悠，看看这儿，看看那儿。这不是个好习惯，以前陈寒丘说过她几次，但他现在不敢说，她光明正大地发呆、走神。

陈寒丘几次抬眼，见她眼神乱晃。他沉默片刻，忽然问："早上看得怎么样？"

施翮收回视线，想了想："暂时没有想法，我现在处于大脑空白的状态，就是被掏空了，你懂吧？"

陈寒丘问："累了？"

施翩舒了口气："可能是，最近消耗太大。"

陈寒丘道："休息几天，还有时间。"

施翩鼓鼓脸："还剩最后一点了，一鼓作气做完吧。"

施翩没继续说这个，好奇地问："你怎么在这里都有认识的人？"

陈寒丘解释："是读高三的时候联系到的学长。我妈去世之后，家庭负担减轻，我重新考虑读天体物理，后来又放弃了。学长知道我热爱这行，常给我寄书，或是分享新闻，所以一直有联系。"

施翩微怔："为什么又放弃了？"她没听他提过这件事，他那时考虑过读天体物理吗？

陈寒丘垂着眼，低声道："我想赚很多钱。"

那时的陈寒丘想，他要赚很多、很多的钱。要比四十万，多十倍，一百倍，甚至一千倍。

第二天一早，施翩早早起床，然后……瘫在地毯上。

屋里开着暖气，她穿着睡裙，毛茸茸的裙子几乎和地毯融为一体，她像是长在了地毯上，十分忧郁。

"施翩，今天不用上班吗？"

机器人先生蹲在一旁，拿着梳子，略显生疏地打理着她的长发。

施翩趴在软软的抱枕上，有气无力道："暂时没想出来画什么，没有灵感，最近画太多画了。"

都怪查令荃！她恨恨地捶了下抱枕。

随着她的动作，长发晃动，机器人先生慌乱地松开梳子和手，等她再安静下来，又小心翼翼地去捧她的长发。

它问："以前你的生活是什么样的？"

施翩无聊地晃了晃跷起的小腿。

她托着腮，慢吞吞地应："我是妈妈身边长大的孩子，她工作很忙，但所有的假期都给了我，我爸也是这样。后来我迷上了画画，渐渐不需要他们的陪伴，我想要一个人的空间，想和我的画在一起。"

她轻声说："但那时候，我觉得很孤独。"

机器人先生有些困惑："有他们的陪伴也会孤独吗？"

施翩眨眨眼："当然。"

施翩很难形容那种孤独是什么，她从小思维跳跃快，看到天马行空的世界，无法对外人描述，便表达在画上。

姜萱和施富诚看不懂她的画。施翩并不因此而难过，这是非常正常的事，世界上没有一个人会完全懂另一个人。

至少，她在遇见陈寒丘之前是这样想的。

施翩想了想，对机器人先生道："我有个经纪人，他负责一切。所以每年的时间，除了上学，我会去各地采风，偶尔画画，一年画的数量看我的状态，有时多，有时少。"

机器人先生缓慢理解着她的话，它问："现在也是这样吗？"

施翩轻轻皱了下眉，咕哝道："不是，现在变得好忙，这两个月我画了去年一整年的数量，要筋疲力尽了。"

机器人先生建议道："我们出去散心吧？今天休息。"

施翩眨眨眼："去哪儿散心？"

机器人先生认真思索："不知道。"

施翩瞪着眼睛，嘀咕："怎么这也和陈寒丘学。"

机器人先生无辜地歪了下脑袋："我不学陈寒丘。陈寒丘说他会做错事，我不会。"

施翩和它大眼瞪小眼："他怎么这事都告诉你？"

机器人先生："他说是秘密。"

施翩："……"

这一定是谭融干的好事！也不知道他现在在受什么苦，但施翩并不在意谭融在受什么苦，她拎上小包和礼物，带上机器人先生下楼。

两人坐上车出发，去乡下看呆瓜。

旅途中，机器人先生的双眼始终看着窗外。施翩自顾自地听着歌，偶尔来了兴致，便邀请它一起唱，机器人先生羞赧地说它不会唱歌。她并不为难它，继续摇头晃脑。

到了宁水，施翩后知后觉地想起来，她忘记和陈兴远说了。她无辜地眨巴了下眼，继续前行，到了再说也可以，她的好朋友一定会欢迎她的到来。

宁水阳光温暖，施翩打开敞篷，机器人先生被风吹了一脸，有些怔愣，静静感受片刻，忽然伸出手，去握自然的风。

"施翩，我抓不住风。"它这么说道。

施翩看着机器人专注的眼睛，笑了一下："你知道吗，你是一个非常

-365-

富有诗意的伴侣。"

机器人先生摸了摸自己的后脑勺，如果它会脸红，此刻它的脸一定是红的。

远远地，施翩看见绿色的农场。与上次来不同，这一次农场里的树木变换了颜色，从深绿到浅红，漫山都是秋日的黄。

农场大门敞开，施翩按了两下喇叭，便将车开了进去。

不一会儿，牧羊犬竖起耳朵，耳朵动了两下，忽然飞奔着向施翩跑来，漂亮的毛发在空中飞扬。

"汪汪汪！"狗狗围着门叫个不停。

施翩打开车门，牧羊犬便吐着舌头扑了上来，她一边躲着它的口水，一边摸摸它的大脑袋："好久不见呀宝宝，知道你想我，先下车。"

牧羊犬乖巧地收回爪子。

施翩倾身拿了礼物，关上车门。

屋里走出来一个人。

陈兴远系着围裙，手里还拿着锅铲，看见她时愣了一下，诧异道："小乖，怎么这时候过来了？吃过饭没有？"

施翩笑眯眯道："来看看您，没吃呢。"

陈兴远忙道："等会儿，我再去做两个菜。"

陈兴远动作迅速，不过十五分钟，施翩便吃上了饭。

餐桌边，坐着三个生物和一个机器人。

施翩和陈兴远面对面坐着，机器人先生也有座位，面前摆着碗筷，它正好奇地摆弄着筷子。牧羊犬蹲在角落里甩尾巴。

"小……"施翩刚想叫小陈，忽然想起在陈兴远家，轻咳一声，"你不许吃啊，只许看看。"

机器人先生点头，它吃下去会坏掉。

陈兴远新奇地盯着机器人，问施翩："小乖，这是寒丘公司做的？具体用来干什么？"

施翩点头："具体……具体就是陪伴你，和你一起生活。"

陈兴远思索片刻，问："就像狗狗？"

施翩道："它们比狗狗聪明，简单来说，同样是执行命令，但人工智能可以做更高级的事，像人类一样。"

陈兴远并不理解什么是人工智能，但他关心陈寒丘，便也关心陈寒丘做出的产品，听得认真。

两人吃完饭，陈兴远带着施翩上山劳作。施翩则安排机器人先生看家，以及照看牧羊犬，而牧羊犬负责照看农场内的小动物们。

施翩和陈兴远走后，家里便只剩下机器人先生，作为一名执行力极强的伴侣，它遵守施翩的话，即好好看家。所以它先需要了解这个家，一楼、二楼，都需要巡视。

牧羊犬缩在角落里，看了看眼前的怪物，"嗷呜"一声喊，飞快地跑出去，它还是喜欢小动物。

陈兴远带着施翩爬山，和她说着周围的田地种着什么，说小路边的土地公管着这里的牲畜，说他们家在山上的田在哪个位置。

路上遇见熟人，陈兴远便笑笑，说我家姑娘。

施翩戴着草帽，扛着锄头，脚上一双水田靴，身上是陈兴远给她找的陈寒丘的旧外套，弄脏了也不心疼。她昂着头，四处张望。

天晴，群山阔朗。这里的山并不高，风一吹，满山的树群便轻轻晃动起来，叶片摩挲，发出簌簌声响，像在听风，又像在听雨。

秋天的山并不寂寥，还剩最后的热闹。陈兴远偶尔会拐入某个小林子里，给施翩摘点果子，说下个月就吃不到了，但有别的水果吃。

施翩弯着眼睛说甜。

陈兴远一笑，继续往上走。

这个季节，山里温度已经很低。今天有太阳，再加上爬山运动，施翩一点也不觉得冷，她在山里上蹿下跳，十分新奇，看到一个洞洞，便要拿着棍子去戳戳。

陈兴远吓唬她，说有蛇，她便哇哇吓跑，不敢乱戳。

等再下山，天已黄昏。

陈兴远开着停在山脚的三轮小车，慢悠悠地载着施翩回家。施翩坐在后座，屈腿哼着小调，眼里映着夕阳。

"小乖。"风中，陈兴远的语气温和，"是不是工作太累了？"

施翩一愣，连忙道："没有，就是想来看看您和呆瓜。"

陈兴远笑了一下，叹道："我知道现在赚钱辛苦，寒丘也是这样，忙得停不下来，钱越挣越多，时间越来越少。你以后要是累了，就到叔叔这里来，吃好吃的，摸小羊羔。"

施翮抿抿唇，问："陈寒丘小时候是什么样子的？"

陈兴远："寒丘小时候啊……"

他望着漫天落日，想起夕阳下小小的男孩。

五六岁的孩子，皮得到处跑。楼道里，巷弄里，到处是小孩跑动的脚步声和尖叫声。

夕阳西下，陈兴远下班回来。

刚走到巷口，看见小小的陈寒丘抱着重重的被子，几乎要把他整个人都掩埋了。他妈在后面追，说让他走慢点。他们住在一楼，晒不到太阳，大件经常拿到外面去晒。陈寒丘总是跟在妈妈身边，跟着她去晒衣服，跟着她去买菜，回到家里，便踩着小矮凳在厨房帮忙。

他们工作很忙，偶尔周末都不在家，他便自己吃饭，自己照顾自己。

那时的陈寒丘没有朋友，因为他从来不出去玩，只坐在他的小书桌前。

陈兴远和他妈担忧了一阵子，问他是不是和伙伴们相处得不好，小家伙摇摇头，说不是。

于是，他们问，为什么呀。他认真地回答，要快点长大，赚钱给妈妈换楼上的房子，那里有太阳。

就这样，他一天天长大了。

陈兴远道："他是个很温柔的孩子，只是嘴笨，和我一样。小时候……没什么人和他说话。"

施翮小声道："叔叔，他现在……"

施翮想说，他现在长大了，也有了说话的人。

可真的有吗？他和机器说话，和代码说话，休息时间便望着星空，似乎除了谭融，没人和他说话。

施翮想说，他现在有了很多钱。

他买得起昂贵的房子，晴天时，阳光洒落客厅，温暖的光铺在地板上，不用出门就能晒太阳。可是，他没有妈妈了，没能让妈妈住在晒得到太阳的温暖的房子里。

陈兴远温声打断她的思绪，问："晚上想吃什么？"

施翮轻轻舒了口气，眼中映着橙黄色的光，说起晚餐的事，没再提起陈寒丘。

吃过晚饭，施翩本该躺在橘子树下乘凉，但碍于山里的夜实在太冷，她打算去看看呆瓜就躲到被窝里去。

施翩裹着厚厚的大衣，小跑去往池塘。

机器人先生跟在她身后，跑起来脚步沉闷，却异常有节奏，没几步，它便超过了施翩。

施翩瞪大眼："跑那么快，你小心栽到水里去！"

机器人先生道："施翩，我是人工智能人。"

施翩干巴巴地问："……你还会游泳？"

机器人先生沉默片刻，应："我会刹车。"

"……哦。"

到了池塘边，施翩蹲成一小团，朝呆瓜招手："呆瓜，呆瓜过来，给你介绍家里的新朋友。"

呆瓜昂起高贵的脑袋，黑豆似的眼珠看着施翩。

施翩噘起嘴："你要是不认识我了，明天我就要吃鹅肉。"

呆瓜犹豫了很久，慢吞吞地游过来，靠在施翩这边，远离蹲在施翩身边的大怪物。

"宝。"施翩摸摸它毛茸茸的脑袋，"这是我们家的新成员——小陈！它可厉害了。"

机器人先生转动脑袋，脑中浮现出鹅的信息，以及许多吃法。它礼貌道："你好，呆瓜。"

呆瓜立即发出难听的叫声，飞快游回它的大鹅身边，脑袋往它的大鹅身上一埋。

施翩："……"

机器人先生道："我吓到它了。"

施翩沉重道："还是回去睡觉吧。"

回到住处，施翩抱着热水袋钻进被窝里，陈兴远给她换了绒绒的四件套，睡起来十分暖和，下面还有电热毯。

"出来玩真好啊。"施翩心情明朗，"小陈，乡下好玩吗？"

机器人先生正在书架前扫描书目，应道："比书上写的有趣。不过，施翩，我发现了一个秘密。"

施翩随口应："什么秘密？"

机器人先生转过身，用漆黑的眼珠看着她，说："这里还有另一个机器人。"

施翮："……"

冰冷的山里，一个浑身机械的人工智能看着你，说，这里还有另一个机器人。这像什么恐怖片开头。

"……你认真的？"施翮咽了咽口水。

机器人先生认真道："嗯，很简陋，是我下午巡视家里发现的。你想见见它吗？"

施翮往被子里缩："这不太好吧？"

机器人先生："但它是你的机器人。"

十分钟后，施翮见到了机器人先生口中的小机器人。铜色，二十厘米的身高，小小圆圆的机器人，身上的金属早已生锈，这是丢到街上，都不会有人要的破烂。

"施翮，它身上有你的名字。"机器人先生说。

它说着，发现施翮并没有理它，只是看着这个小机器人。

施翮第一次见到小机器人，是十八岁的生日。

那天是 1 月 6 日，东川还没下雪，陈寒丘的母亲也还没去世，一切都是原来的模样。

施翮的生日在施家是大事。但主人公只出现了一小时，便偷偷溜走了，最后由施文翰给她收拾烂摊子。

她飞奔去找陈寒丘："陈寒丘！"

施翮跑出小区，弯着眼睛对他笑。

陈寒借着路灯看施翮，她今天很漂亮，精致的公主头，亮晶晶的妆容，唇嘟嘟的，眼尾和鼻头有点红。

他微怔："怎么了？"

施翮无辜地眨眨眼："什么怎么了？"

陈寒丘微顿，搓了搓手，等手热了，用指腹轻轻碰了碰她发红的眼尾，问："哭过了吗？眼睛有点红。"

施翮盯着他看了一会儿，忽然扑哧笑出声，她笑着告诉他这是醉酒妆，只是看起来像哭过了。

陈寒丘松了口气："想去哪儿？"他没骑车，冬天太冷，她怕冷。

施翮眨眨眼，附在他耳边悄悄问："可以去你家吗？我想吃你做的面条，还要一个荷包蛋。"

女孩子的甜香飘过来，气息柔软。

陈寒丘低声应："可以去，我爸今天不回来。"

最近天太冷，他们怕有意外，这阵子陈寒丘的母亲便住在医院里，工作日陈兴远陪护，周末换成陈寒丘。

今天是例外，陈寒丘拜托了父亲，他想陪施翮过生日。

"那走吧！"施翮蹦蹦跳跳地往前跑。

陈寒丘望着黑暗中女孩子明亮的身影，唇角一点点弯起来，嗓音里含着少见的温柔："跑一慢点，地上滑。"

施翮不管他，又蹦又跳。

两人到老城区，一楼阴冷，施翮一进门就哆嗦了下，陈寒丘准备去开客厅的空调，袖子被她拉住。

"我能不能去你房间躺会儿？"她无辜地眨眨眼睛。

陈寒丘有洁癖，这件事众所周知，去他房间躺会儿的意思，就是去他床上躺会儿。

施翮做好了被拒绝的准备。

陈寒丘却道："能，等我一下。"

他去柜子里翻出厚厚的毛毯，烧水灌了热水袋，再背过身，听到身后施翮窸窸窣窣脱外套的声音。

好一会儿，施翮道："我好了！"

陈寒丘转过身，她穿着白色毛衣，躲在他的被子里，只露出一张雪白的小脸。

小小的单人床上，丢着她红色的外套。这是他房间的第二抹亮色，第一抹，是施翮。

陈寒丘沉默片刻，说："我去煮面。"

施翮看他落荒而逃，忍不住埋在他的被子里哈哈大笑。

笑了一阵，她打量陈寒丘的房间。

小小的单人床，衣柜紧贴着床尾，抵住墙，过道左边是他的书桌，大量的书堆满他小小的书架，没地方就放在地上，一本本叠上来。

墙上没有奖状，只有几张打印出来的图片，猎户座大星云，玫瑰星云，以及一些恒星群。

极小的一间房，施翾的浴室都比这大很多。但此刻，她躲在温暖的被子里，蹭着毯子，小心翼翼地看着他的房间，想他在这里生活的模样。

许久，陈寒丘喊她："施翾，吃面了。"

施翾往外喊："可以在床上吃吗？陈寒丘，外面好冷，我不想下去。"

不一会儿，他进来了。少年看着她说："在床上吃东西不好。"

施翾嘟嘟嘴："我没有穿衣服，会感冒的。"

陈寒丘看着她亮晶晶的唇，挣扎片刻，去外面端了小桌子和面条进来，再关上门。

"还冷吗？"他问。

施翾眯着眼睛笑起来："不冷了。"

施翾坐在温暖的被窝里，用筷子卷着面条往嘴里塞，吃两口，抬头看他一眼，再吃两口，再看他。

陈寒丘任由她看着，偶尔拿纸巾给她擦嘴。平时冷淡的少年，变得安静又乖巧。

今天是施翾的生日，她是被珍爱的小公主，但她哪儿都不想去，只想和他躲在这里，吃一碗简单的面条。

陈寒丘静静看着她，问："想要什么礼物？"

施翾捧起面条，睁大眼告诉他："这就是我的礼物！以后每年都想要，我喜欢吃面条。"

陈寒丘稍顿，轻声道："我给你准备了礼物。"

施翾呆了一下，放下筷子，着急地追问："什么礼物？贵不贵？不是说不要礼物的吗？"

陈寒丘走到书桌边，找出一个小盒子，再回到她面前。

施翾看看少年安静的神情，再看看盒子，迟疑地放下筷子，慢吞吞地接过盒子，小声嘀咕："是什么呀？"

她打开盒子，慢慢睁大了眼睛。

盒子里是一个矮矮的小人，它全身上下都由机械零件构成，脑袋上有一根小小的羽毛。

施翾新奇地研究着眼前的礼物。她在一众零件中准确找到开关，打开。

"宝宝，生日快乐。"

少年干净清冽的嗓音回荡在窄小的房间内，他的语气是前所未有的温柔，重复了一遍又一遍。

施翮低着头，脸一点一点红了。少女雪白的面庞染上最艳丽的胭脂色，她紧紧握着手中的小人，不知道说什么。

陈寒丘轻轻攥了攥拳，缓解紧张。他舔了舔干涩的唇，道："是我做的机器人。别担心，没花钱。"

这些零件，都是他捡来或换来的，用了很长一段日子完成，幸好赶得上她的生日。

陈寒丘蹲下身，低声道："我现在买不起你喜欢的礼物，但以后，我都会买给你。"

现在的他，什么都没有，只有一副身躯。他有脑子，有手，想给心爱的女孩生日礼物。

施翮揉了揉发红的眼睛，咕哝："谁说我不喜欢了？它以后就是我的机器人。它还可以干什么？"

温暖的房间里，施翮珍惜地怀抱着她的生日礼物。

她第一次想，她或许可以留在国内，留在他身边。

施翮回到东川时，天已放了晴，她抱着抱枕，坐在地毯上看资料，时不时趴到小桌上涂涂画画，穿着厚袜子的脚丫子大大咧咧地放在阳光下，偶尔动两下。

于湛冬是中午过来的，他照旧先填满冰箱，开始准备午餐，间隙和她说话，提起福利院的事。

许是因为 Liz，他对爱画画的那个孩子印象尤其深刻。

"傅晴的医疗纠纷案就是这个孩子的事。"于湛冬说起这件事，语气心疼，"因为治疗不及时，她的腿只能截肢。"

施翮抬起头："啊，我记得那个孩子。"

于湛冬温声道："她叫'小樱花'。"

施翮"哇"了声："好可爱，下次去给她带礼物。"

于湛冬说着，忽然"咦"了声："Liz，这里的笋是哪儿来的？看起来很新鲜，还有很多蔬菜。"

他坐下才发现，厨房角落里放着四五个袋子，光是笋就堆了一个小山坡出来。

施翮眨眨眼，一脸无辜地把昨天一个人跑到宁水的事说了，说这里的笋还有陈寒丘的一半。

于湛冬微愣，沉默几秒，自责道："抱歉，是我最近太忙了。"

最近他和查令荃忙画展，很多时候施翮都是一个人在家，她喜欢热闹，又爱叽叽喳喳，这阵子一定很孤独。

施翮忙道："冬冬，和你没关系。"

于湛冬很歉疚："是我不好，这周我陪你去小广场工作。"

施翮"呀"了声，解释："就是画累了。这里晚上很多人陪我，有圆圆、小陈，还有……"对面的家养小精灵，她闭上嘴巴。

于湛冬温和道："我想去看看画。"

施翮见他坚持，便欣然同意。

吃过饭，一家四口坐在落地窗前晒太阳。

于湛冬眼神奇异地看着机器人先生给施翮梳头，然后它身边还有一个很小很迷你的机器人，比小猫咪还要小。

"Liz，这是新伙伴吗？"他问。

施翮瞄着，轻哼一声："勉强算是，但它现在不好用了。小陈正在研究怎么修好它，对吧小陈？"

机器人先生点头："我正在学习。"

于湛冬轻轻眨了眨眼。

机器人修机器人，好像哪里不太对劲？

他们晒了会儿太阳，施翮叹了口气，又躺下了。

她正在纠结选什么颜色，按照布景来看，似乎黑色比较合适，虚拟场景也无法改变天色，至少现在的技术还做不到。

闷了一阵，施翮道："冬冬，我们去转转吧？"

于湛冬当然应好，留下机器人先生看家，他们便一起出门了。

临近冬日，东川略显寂寥。枯枝颤颤，树叶凋零，目光所及之处，满地金黄。

施翮慢吞吞地踩着叶子，听它们发出响声。

于湛冬跟在身后，看她和小孩儿似的在落叶中跳来跳去，整个人裹得严实，大衣围巾，只露出一双漂亮的眼睛。

她最近一定累坏了，他想。

施翮跳了一阵，热情邀请道："冬冬，我带你去看老东川吧！没有高楼大厦，只有窄窄矮矮的弄堂！"

于湛冬温声应好。

两人坐地铁到老城区，慢悠悠地晃在路边。

施翩不忘工作，排队买东西时总忍不住问几句日全食，叔叔阿姨们说着东川话，有的听不懂，她便录下来都发给陈寒丘。

两人走走停停，一下午便缓缓过去。

夕阳西下，暖黄的光照在老式建筑上，像是在看老照片，为即将到来的冷夜增添一丝暖意。

走到寂静处，于湛冬看向四处张望的施翩，自然地开口："最近除了工作，还有烦心事吗？"

施翩收回视线，眨巴眨巴眼："很明显吗？"

于湛冬温柔一笑："我们 Liz 还是一个小女孩，有烦恼很正常。"

施翩想起陈寒丘，咕哝道："我就是有一点点纠结，还没想到怎么办，但不是很烦。"

于湛冬想了想，问："能和我说吗？"

施翩垂下眼，安静片刻，小声道："我害怕像梦一样，不知道什么时候就醒了。"

于湛冬微怔，认真问："如果是梦，你还会害怕睡不着吗？"

施翩摇头："不会。"她不会再害怕黑夜降临，不会再害怕整夜只有星河相伴。

于湛冬闻言，那双碧蓝色的眼睛慢慢弯起来，抬手揉揉她的发，温声道："Liz 很勇敢，她可以做任何想做的事。"

施翩也弯起眼睛，步子迈得大大的，得意道："当然！世界上只有一个 Liz，世界需要 Liz！"

于湛冬看着她脚步轻快地往前走，神色温和。他跟了几步，忽然转头往后看去。

人影寂寥的街道，路人往来，没有人在看他们。

他脸上的笑意却慢慢淡下去。

于湛冬看了片刻，快步上前追上施翩的脚步，问："我们晚餐在外面吃？去热闹一点的地方。"

施翩高兴道："好呀，吃完我想去小广场看看。"

于湛冬再次回头，看向空荡荡的街尾。

晚上七点，施翩晃荡到小广场。三幅已完成的壁画被半透明帘子遮挡，余下一幅是空白的，她至今没有灵感。

于湛冬站在不远处，没去打扰她。

约莫半小时，于湛冬听到脚步声，他回头看去。

陈寒丘站在不远处，黑色大衣衬得他神情很冷，手肘处挂着一件驼色大衣，手里拎着热饮。他正在看施翩。

"晚上好。"于湛冬对他一笑。

陈寒丘将衣服和饮料交给于湛冬，低声问："她最近好吗？"

于湛冬如实道："这阵子画太多，累了。"

陈寒丘注视着她的背影，轻声说："她很怕一个人。"

于湛冬温声道："最近家里很热闹，她和机器人先生相处得很好。衣服，你拿过去吧。"他又将大衣递给陈寒丘。

陈寒丘放轻脚步，对圆圆比了个噤声的动作，走到施翩身后，将大衣披在她身上，挡去夜晚的严寒。

她沉浸在绘画中，没有被惊扰。

他站在她身后，仰头看空白的画布，想她此刻看到的世界，一定和他看到的不同。

再回到于湛冬身边，两人简单聊了几句。

于湛冬问："这个点，刚下班？她说你常常不回家。"

陈寒丘："最近忙，忙完就会回去。最近她的网站没什么事，那个人没有再上线。"

提起这件事，于湛冬神情微凝，他轻轻拧起眉，又松开，低声道："最近我不太放心她一个人。我不能时刻在她身边，麻烦请你多注意一下。"

陈寒丘转头看他："出什么事了？"

于湛冬道："我不确定，下午陪她出门，感觉……感觉有人在看我们，加上网站的事，我不放心。"

陈寒丘皱起眉头："什么人？"

于湛冬大致说了下午的情景，但他没看到人，并不确定是否真的有人在跟踪施翩。

陈寒丘立即往四周看去，街道闪烁，行人往来，各自埋头走路，似乎无人在意这一处漆黑的角落。

他看了片刻，打了两个电话。一个是加强周围监控，一个是加强小广场附近的安保，施翮过来时第一时间通知他。

打完电话，他说："以后我送她上下班。"

于湛冬迟疑道："她会愿意吗？"

陈寒丘："我会想办法。一会儿你陪她回去？"

于湛冬点头："嗯，最近我会陪她上班，但晚上难免顾及不上，她兴致来了会随时出门。"

陈寒丘："我先回小区。"

陈寒丘驱车回到小区，先找了物业，告知最近有不明人士跟踪他，物业对此很重视，确保小区安全。他再次确认楼道口和电梯的监控，并且希望他们在 11 幢附近加强巡逻。

做完这些，陈寒丘回到十一层，他在走廊间来回走，偶尔抬眼看一眼1101 室，思索着怎样才能知道施翮什么时候出门。

圆圆已没有施翮家的权限，无法提前告知他。

不知过了多久，"叮"的一声响，电梯门打开。

施翮一走出电梯门，便看到陈寒丘蹲在她家门口，头低垂着，轻蹙着眉，看起来……像一只迷路的狗狗。

她微愣，和于湛冬对视一眼。

于湛冬眨了眨眼睛，轻声道："我先回去了。"

施翮在原地看了陈寒丘一会儿，他想得出神，没发现她。她走过去，在他面前蹲下，歪着脑袋瞧他，问："陈寒丘，你喝醉了？又不记得密码了？"

陈寒丘眼睫微动，对上一双澄净的眼睛，她正看着他，蹲成小小的一团，身上是他的驼色大衣，半张小脸都藏在围巾里。

"没有，没喝醉。"他回过神来。

施翮瞧瞧他，又瞧瞧门，纳闷地问："那你蹲这儿干什么？找我？"

陈寒丘看着她的眼睛，张了张唇，镇定道："能不能借我一间房？不会太久。"

施翮："什么？"什么叫借他一间房？

十分钟后，1101 室。

施翮双手环胸，眯着眼打量陈寒丘，他脱下黑色大衣，只剩一件白色毛衣，神情安静而乖巧，正看着她。

"借你一间房是什么意思？"她昂起下巴。

陈寒丘认真解释："谭融最近在躲人，想在我这儿住一阵子。我有洁癖，不能和他一起住。"

施翮瞪着眼："有这么严重？"

陈寒丘："嗯，最近忙 AR 头盔的事，我不能分心。"

施翮："……"提起项目的事，让人根本无法拒绝。

她干巴巴地问："我这儿不是更乱？"

陈寒丘注视着她："我喜欢和你待在一起。"

施翮微呆，和他深黑色的眸对视片刻，似乎被烫到，慌忙移开，嘀咕："你不是喜欢睡公司吗？不喜欢了？"

陈寒丘低声道："休息室空调坏了，晚上太冷。酒店不干净。"

施翮："……"说来说去，就是要住她家里。

"施翮。"陈寒丘轻声喊她的名字，"我想和你说说话。"

施翮抿唇，想起昨天去宁水陈兴远说的话，她的心变成软绵绵的云朵。她慢吞吞地问："要住多久啊？"

陈寒丘："一个月？"

施翮："什么？"

她一拍桌子："最多半个月！"

施翮气鼓鼓地瞪他一眼，说好不许追她，现在都想住她家里来了，半个月已经是她给陈兴远的面子。

她轻哼一声，指指厨房："你爸让我给你带笋了。"

陈寒丘稍怔："什么时候？"

施翮哼哼唧唧："就昨天无聊开车到处转转，顺道去看看呆瓜，反正和你没关系。"

陈寒丘："……"没人告诉他，他爸也不告诉他。

施翮轻咳一声，道："住这儿可以，但是有几个条件。"

陈寒丘："你说。"

施翮开始掰手指："不准进我的画室，不准进我的房间，不许和小陈吵架，尊重小陈。"

陈寒丘沉默片刻，问："小陈是谁？"

施翮眨眨眼，往静悄悄的屋子喊了声："小陈，家里来客人了！"

稍许，机器人先生迈着步子出来了，看见陈寒丘，微微歪了下脑袋，说：

"好久不见，陈寒丘。你是我们家的客人？"

陈寒丘看着态度熟稔的机器人，忽然轻轻叹了口气。这家伙，或许该说的，不该说的，都说了。

施翮托着腮，饶有兴致地瞧着两人。

两个"机器人"，再加上一个没修好的小机器人，她这里仿佛是机器人收容所。至于圆圆，暂时留给谭融吧。

今晚暂且达成友好局面。

陈寒丘看着时间准备离开，离开前问："今晚还准备出门吗？谭融随时可能会过来。"

施翮摆摆手："冷死了，不出去。"

陈寒丘点头："知道了。"

施翮用余光看着陈寒丘离开，不高兴地闷起脸。

这阵子，他除了在公司，每天都会过来敲门说晚安，人不在就发短信，今天怎么忘记了？

她决定明天不和他说话。

一小时后，1102室。

谭融面无表情地丢下行李，居高临下地盯着陈寒丘："你最好解释一下，大半夜把我喊到这里来干什么？"

陈寒丘神色淡淡："请你做个客。"

谭融："什么？"

陈寒丘提醒道："你最近在躲人，所以在我家借住，在施翮面前别说漏嘴。圆圆，看好谭融。"

圆圆闪闪大眼睛："没问题！"

谭融："什么？"

谭融匪夷所思："你住大画家家里去？陈寒丘，你这招牛啊，谁给你出的招？"

陈寒丘无情道："走了，别在我家乱来。"

谭融瞪着眼，一口气差点哽住，见他真的关门走人，气得对空气破口大骂，最后一脚踢在沙发上。

"痛痛痛！"谭融抱着脚乱跳。

圆圆看着，热心地问："你在跳舞吗？需要圆圆为你播放音乐吗？"

谭融："……"你也跟着他走得了。

隔壁，施翮洗完澡，穿着睡裙在地毯上打滚，像明天要开学却写不完作业的小孩儿。

正烦恼着，门铃响起。

"小陈，谁啊？"她有气无力地问。

机器人先生去到门口，回答她："是陈寒丘，他带着行李。"

施翮呆了一会儿，闷声道："你开门吧。"

她紧抱住抱枕，悄悄抬眼看着门被打开，刚刚离开的男人拎着行李箱进来，一副回自己家的架势。

他换了鞋，正和机器人先生说着什么。

机器人先生听得认真，时不时点头，说着抬起自己的"胳膊"给他看，两人说着零件之类的话，施翮听不明白。

稍许，他抬步朝客厅走来。

施翮忙收回视线，随手拿过手边的资料，装作认真看资料，并不在意的模样。

"我睡哪儿？"他停下来，站在地毯外。

施翮拿下资料，对上他低垂的眼，轻咳一声："我家就一个客房，我爸住过，你行不行？"

陈寒丘："可以。"

施翮眨了眨眼，对小陈道："你带他去。"

机器人先生作为一名合格的"伴侣"，了解家里每一个地方，经过画室时，它对陈寒丘说，这里很重要，不能进去。

陈寒丘问："她喜欢待在画室里？"

机器人先生："偶尔，晚上喜欢。"

施翮的房门开着，一眼可见简洁特别的设计，天花板上是乱舞的线条，其余区域都是白色，从家具到床单都是。

机器人先生提醒道："这是施翮的房间，不可以随便进入。"

陈寒丘"嗯"了声："我知道。"

走了一圈，机器人先生去储藏室取出新的四件套，将陈寒丘带到客房，告诉他这就是他未来两周的住所。

陈寒丘放下行李，脱下大衣，撩起毛衣袖子，准备开启入住1101室的第一晚。

客厅里，施翮竖着耳朵听里面的动静。听了半天，她郁闷地想，这两个人在里面干什么呢？叮叮当当的，大半天不出来，不会打起来了吧？

应该不至于，他俩是一家人。

正想着，陈寒丘出来了，身后是机器人先生和克利切。

"有些角落克利切清理不到。"他拿着蒸汽拖把，微弯着腰，"比如这里，你要学着打扫家务。"

机器人先生十分好学："我会很快学会。"

施翮："……"

她晃着小腿想，她一个人，需要那么多家养小精灵吗？

施翮瞧着相处得十分和谐的三位，懒懒地打了个哈欠，今天又是一无所成的一天。

"我睡了啊。"她爬起身，慢吞吞地说。

陈寒丘和机器人先生同时停下来。

"晚安，施翮。"机器人先生温和道。

陈寒丘微顿，看了眼先他一步的机器人，移开视线，落在施翮身上，对上她微微困倦的眼。

"晚安。"他轻声说。

施翮含糊地"嗯"了声，从他身边经过。刚擦肩，她忍不住翘起唇，无声闷笑，太好笑了，一副要和机器人打架的模样，哈哈哈哈哈。

这家伙现在越来越可爱了。

第二天，施翮打着哈欠打开门，含糊道："冬……"她止住话，瞪大眼睛。

"早安。"

"早安，施翮。"

陈寒丘和机器人先生一起堵在她的门口，两个高大的人把她的路堵得严严实实，两双漆黑的眼珠子盯着她。

施翮逐渐清醒过来，张了张唇，欲言又止，最后一推陈寒丘："让让，冬冬来了吗？"

"来了。"陈寒丘跟她身后，"吃什么？"

施翮："不想说话。"

陈寒丘抿了下唇，保持安静。

机器人先生跟上来，提醒陈寒丘："她刚睡醒不喜欢说话，喜欢被哄。

陈寒丘，你会哄人吗？”

陈寒丘："……"

他淡声道："保持安静。"

机器人先生微歪了下头。

厨房里，于湛冬看到耷拉着脑袋的施翮，温声道："没睡好？我给你洗脸。天才先生，厨房交给你了。"

陈寒丘接过汤勺，偶尔抬眼看客厅。

于湛冬是个十分合格的生活助理，他快速且细致地打理着施翮，先递上温水，让她润润唇，再拿出一个小推车，给她洗脸、按摩。

机器人先生捧着长发，熟练地给她梳头。

施翮就像一只小猫咪，只需要闭着眼，甩甩尾巴。

年少的恋爱期限短暂，陈寒丘不曾见过施翮的生活。这是第一次，他和她说晚安，看她关门入睡，等到太阳升起来，看见她的睡颜，再说一声早安。

原来她睡醒需要人哄，他想。

陈寒丘安静地看着，看着她失落的小脸逐渐恢复精神，小跑着回房间换衣服，再出来又变成了他熟悉的模样，漂亮又有精神。

"早上吃什么？"她凑过头来，轻轻嗅了嗅。

陈寒丘低声道："喝奶油蘑菇汤，还想吃什么？"

施翮想了想："有点想吃烧卖。"

"我去买。"陈寒丘侧开身，把正在煲的汤交给于湛冬，"等我十分钟。"

施翮一愣，还没反应过来，他已经关门出去了。

于湛冬温柔一笑："早上过来看到他吓了一跳，天才先生怎么住在家里？"

施翮把事说了，嘀咕道："说好不追我，不知道为什么忽然这么黏人。"

于湛冬"咦"了声："你好像不讨厌他黏人？"

施翮瞪他："才没有！"

于湛冬笑道："好，没有。"

三个人在家吃完早餐，准备出门上班。

陈寒丘神情平静，自然道："捎我一程？"

施翮咕哝："谭融不是在吗？你们不一起出门啊？"

陈寒丘："他起不来，中午才到公司。"

施翩勉勉强强同意："那好吧。"

门一开，三人迎面撞上正准备出门的谭融，谭融一愣，立即收回脚，干笑一声："不好意思，我梦游。"

"砰"的一声，门又关上了。

施翩："……"

陈寒丘："……"

于湛冬眨了眨眼："唔，那我们出发吧？"

临近十一月末，东川的温度已完全入冬。

原本没有灵感的施翩在高高的梯子上冻了一天，瞬间有了灵感，画完她就撂挑子不干了，谁爱在这儿吹冷风！

挨冻的第二天，施翩垂头丧气地出门。

她把车钥匙往陈寒丘手里一塞，有气无力道："今天你开车，我要保存体力，免得冻死在你公司楼下。"

陈寒丘放轻声音："今天不会冷了。"

"嗯？"施翩抬头看他。

于湛冬温声道："昨晚天才先生连夜让人搭了暖棚，今天一点风都吹不到你。"

陈寒丘看着她围巾里的小脸，补充道："不影响光线。"

施翩眼巴巴地看着他："真的？"

陈寒丘"嗯"了声："一点都不会冷，我保证。"

施翩眨眨眼，打起精神来："那我们出发吧！"

陈寒丘负责开车，施翩便有了时间，能顺便打理一下自己。她动作灵巧地给自己化了个淡妆，随口问冬冬："冬冬，你陪我无不无聊啊？"

于湛冬一笑："不无聊，很有意思，以前看不到你画画。"

施翩一想也是。她认真道："要是无聊，你就去做自己喜欢的事，不用担心我。"

于湛冬："好，我知道。"他抬头，在后视镜中和陈寒丘对视一眼。

陈寒丘不动声色地在镜中观察周围车辆，这两天小区附近暂时没发现不对劲，小广场的监控也没有拍到可疑人物。

这对他们来说，不是什么好事。在看不见的地方，或许有更大的危险等着施翩。

到了小广场，施翩果然看到了围起来的透明帘子，她往里一钻，感受到暖气——原来四处角落里放着暖气机，进来就和春天一样温暖。

"早上好，施翩！"圆圆早就在等她了。

施翩笑眯眯地和它打招呼，开心地蹦了两下。

施翩晃了一圈，再掀开帘子，露出一颗脑袋，眼睛去找陈寒丘，咕哝道："麻烦你啦。"

陈寒丘弯唇一笑："不麻烦，我高兴做这样的事。"

施翩对着他低垂的眼，捂住企图想乱跳的心脏，嘀咕："我要工作了，你也快去工作。"

陈寒丘"嗯"了声："有事和圆圆说，我会知道。"

施翩："……你快走！"

陈寒丘看着她放下帘子落荒而逃，心变得很软，静静看了片刻，一转身，看见于湛冬一脸欣慰的神情。

于湛冬笑道："她今天会很高兴。"

陈寒丘道："我也是。"

这一天，对施翩来说是不错的一天。

所以，她在收到卫然短信的时候，没有拒绝他明天的邀约。既然她没有和他往下发展的打算，正好趁这个机会说清楚。

天气入冬，白昼变得很短。施翩放下画笔的时候，惊觉天已昏暗，平时这个点她看东川，总能看到橙黄的天光。

广场灯光明亮，寒风凛冽，她在小小的罩子里，温暖如春。

施翩拍了拍圆圆，圆圆降下高度，将她放到地上。

帘子映出外面隐约的人影，她掀开帘子，两个人动作同步地转头向她看来，一双碧蓝色的眼睛，一双深黑色。

她眨眨眼："怎么不进来？外面好冷。去车上等也可以嘛。"

于湛冬温声道："就站了一会儿，在听天才先生说 AR 的事，听起来非常精彩。"

施翩翘起唇："当然啦，我们的项目是最好的。"

"施翩。"陈寒丘看着她，轻轻喊她的名字，"暖手。"

他递过来一个小玻璃杯，杯子上套着个小外套，不烫手。

施翩瞄他一眼，伸手接过来，抿唇一笑："回家吧，我肚子饿了。今天我们吃什么？"

于湛冬轻声细语地说着。

陈寒丘落后他们一步，无声地观察着周围。

回去照旧是陈寒丘开车，施翮啪嗒啪嗒回着短信，她回到一半，对于湛冬道："冬冬，你明天休息吧，中午我回奶奶家，晚上有个约会。"

"嗯？去哪儿？"他眨眨眼。

施翮："和相亲对象去吃饭。"

话音落下，车内静了一瞬。

陈寒丘握紧方向盘，神情平静。

于湛冬温声问："那位混血王子？不是说不合适吗？"

施翮随口道："上次他托朋友帮忙请我看电影，我一直没感谢他，顺便和他说相亲的事。"

于湛冬从镜中看，陈寒丘微微紧绷的唇线松弛下来。他一笑，没再看天才先生。

于湛冬从不干涉施翮出去见谁，但这次情况不同。他想了想，问："方便带上我吗？"

施翮微微睁大眼，盯着于湛冬惊异道："冬冬，你喜欢他？"

于湛冬无辜道："或许呢，我对他的家世有些好奇，可以带上我吗？"

"当然！"施翮热心道，"我这就和他说一声！"

这些年，于湛冬几乎不出去约会，他最喜欢和小动物、小朋友在一起。

这是第一次，他表现出对一个人有兴趣。

施翮非常愿意帮忙。

于湛冬在心里叹了口气，天才画家也有笨蛋的一面。不过也好，他和天才先生不用过于担心她一个人出门。

晚上九点，于湛冬准点离开。

客厅里静谧温暖，只有轻轻的敲键盘声。

施翮趴在地上，晃着腿，兴致勃勃地画着小漫画。机器人先生正在学习新知识，十分投入。

施翮画了一阵，想起家里还有个人。多数时候陈寒丘很安静，不会打扰她，更不会在家里随意走动，她常常忘记他的存在。他就像机器人先生一样，令人放松。

施翮转头去看，陈寒丘屈腿坐在沙发上，垂着眼，令人嫉妒的睫毛落下阴影，神情微凝。因为坐姿，他的裤腿往上缩，露出瘦削的一截脚踝。

"陈寒丘。"她拖着长长的尾音，"你在干什么？"

陈寒丘微顿，视线从屏幕上的监控视频移开，道："在看明年的计划书。吵到你了？"

施翮瞧着他，小声道："没有，就是有点无聊。"

"想出去？"他合上电脑，"还是想在家？"

施翮望向窗外，黑沉沉的天，摇头："不想出去。"

陈寒丘思索片刻，问："陪你玩《站台》？"

"嗯？"施翮新奇地眨了眨眼，"你也会玩游戏啊，我还以为你从来不玩游戏。"

陈寒丘道："以前为了练手速玩过。"

施翮有一阵子没上《站台》了，游戏进度到了高二下半学期，这学期他们即将迎来一个转学生。

但由于转学生已经在了，这部分剧情并不会发生。

"咦，陈寒丘！"施翮忽然灵光一闪，双眼亮晶晶地看着他，"你既然没有号，你来当转学生吧！"

陈寒丘轻轻抬起眼，问："你上次戳我的脸，忘了？"

施翮纳闷："我什么时候戳……"

忽然意识到什么，她坐起身，眼睛瞪得溜圆，不可置信道："是你自己在玩？"

"嗯。"他轻轻淡淡地应了声，"戳我的脸，让我帮你值日、写作业，体育课拿篮球砸我。"

施翮："……"她做的坏事全部被发现了。

施翮憋了一阵，忽然丢了个抱枕过去，他长臂一展，随手接住，目光带着淡淡的笑，再倾身把抱枕放回她怀中。

"都是同桌。"陈寒丘一笑，"应该的。"

施翮恼怒道："你不是说不玩吗？！又骗我！"

陈寒丘："和你说的时候没玩，不算骗你。"

施翮哼唧了一阵，对着屏幕上小人的脸一阵猛戳，小声念叨："骗子，大骗子，还要到游戏里来骗我。"

陈寒丘听她嘀嘀咕咕，忽然道："施翮。"

"嗯？"施翮抬头。

"要不要赌一赌？"陈寒丘注视着她，"不补充任何剧情的情况下，会是什么结局。"

施翮微怔："赌什么……"

陈寒丘轻声道："我答应你的事。"

时隔六年，陈寒丘问她，要不要赌一赌。

施翮和他对视两秒，微歪着脑袋，问："你还在意当时的事？"

陈寒丘吞咽了一下，发觉自己喉间干涩。他黑眸微暗，低声道："施翮，我走不出去，我……不想走出去。"

这六年，他像是被困在原地，没办法往前迈开一步。

施翮想了想，轻快道："好啊，要赌什么？"

陈寒丘看着她再无阴霾的明亮的眼睛，觉得自己似乎好受了点。他说："你说了算。"

"这么大方？"她轻眨了眨眼，"那我先想想。"

两人说定，打开了《站台》。

多年前，少女嘟嚷着说第一件事、第二件事、第三件事；多年后，施翮认认真真地打下——

"第一，接送我上下学。"

"第二，不许和别的女孩子说话。"

"第三，毕业那天，送我一束花。"

游戏里，面容模糊的少年对她说："知道了。"

第二天，施翮和于湛冬出发去外面吃饭。

陈寒丘回了趟家，圆圆问："陈寒丘，今天要去公司加班吗？晚上会回家住吗？我想和克利切玩。"

陈寒丘道："去看画展，不会回家，晚上带你去。"

圆圆并不失落，体贴道："圆圆可以等你回家。"

陈寒丘之前单独去过几次画展，听说换了主画，他想再去一次，很难在公开场合看到她那么多画。

画展临近尾声，陈寒丘到时并没有看到许多人，他安静地走进展厅，从头开始，看这些他曾看过无数次的画。

从她幼时的画作，再到令她名声大振的《星空》系列。在他看不到的地方，她一天天长大，画风用色更为大胆自由，构图至简。

最后，他停在《骤雨》前。

陈寒丘有些失神。

她没有用擅长的线条和空间，她只是用了颜色，红色填满画布，骤雨急下，雨地里淌出红色星河。

这幅画，只有红色，像……像她奔跑过来的每一个瞬间。

"美吗？"耳边冷不丁落下一道嗓音。

陈寒丘没有回头。

查令荃注视着这幅画，道："她是百年难得一见的天才，我比任何人都清楚。你可以恨我。"

陈寒丘淡声道："我不恨任何人。"

查令荃稍顿："当年的话，我很抱歉。"

陈寒丘没再说话。

陈寒丘从中午一直待到黄昏。当昏黄的光影改变画的颜色，他的视线缓缓从《骤雨》上移开，准备离开。

走出中庭，一辆熟悉的车停下。

阮梦雪下车时看见陈寒丘，有些诧异，她很快镇定下来，和他打了声招呼："老大，来看画？"

陈寒丘点头，扫了眼她手上的文件，问："来交接展馆？"

阮梦雪笑道："对，下个月我们又要办周年展了，时间过得真快，最难的三年过去了。"

"辛苦了。"他道。

阮梦雪没多说，看着陈寒丘离开，便轻车熟路地去找查令荃。

前段时间，阮梦雪和查令荃短暂接触后，迅速得出结论，他们并不适合在一起。她想要一段稳定的关系，他想及时行乐。

于是两人及时止损，虽然做不成恋人，当朋友也不错。

阮梦雪在花园找到查令荃，他正在打电话。

查令荃见到她比了个手势，说了几句，很快挂断电话。

"下周我来收场。"查令荃简单说了时间，"你需要什么随时找我，这次我合作的团队还不错。"

阮梦雪笑笑："可以，节省我不少时间。"

查令荃看了眼时间："请你吃个饭？"

阮梦雪欣然同意："当然。"

成年人的放松，少不了酒，但今晚只有查令荃一个人喝。

阮梦雪慢悠悠地吃着饭后水果，偶尔看一眼对面一杯接一杯的男人，他看起来像是心情不好。

她笑道："你还有烦心事？"

Liz 国内首个画展举办得极其成功，听说同月东川所有其他画展的人流量比不过 Liz 的一周。更不用说 Liz 作为首个入选圣巴斯蒂安国际双年展的华裔画家，如今身价翻了一倍。这样的成绩，阮梦雪想不出他有任何不开心的理由。

查令荃仰头喝下杯内的酒，轻舒一口气。他缓了片刻，忽然问："这些年陈寒丘过得怎么样？"

阮梦雪一愣，好端端的，他怎么提起陈寒丘？她没听说这两个人认识，更别提交情了，顶多那时抢展馆时见过一面。难不成……

"你们以前认识？"她试探着问。

查令荃微眯了眯眼："算是，见过一面。"

阮梦雪托着腮，回忆道："我去 Proboto 科技那会儿，其实不算差，我们有技术，有经验，就是缺钱。后来有了资金，除了忙没别的，老大恨不得二十四小时当成四十八小时用，把公司当家，偶尔也要应酬，有一阵喝酒每天喝到吐，和现在的日子天差地别。现在谁敢灌他酒？"

阮梦雪说起从前颇为感慨："老大也不容易，全公司数他最辛苦。"

查令荃又倒了一杯酒，看着窗外夜色，不经意地问："他这些年身边没人？"

阮梦雪明白了，原来是替 Liz 探听情况来了。

"他啊，他最不讨女孩子欢心。"她笑着说起趣事，"追他的人，最高纪录是一周。有人去问当事人为什么放弃，她说，他拿了张纸条，在上面写'我不和女孩子说话'。"

阮梦雪断断续续说着，说这三年陈寒丘的生活，说偶尔从谭融口中听到的过往。在她口中，陈寒丘是令人折服的决策者，是富有想象力的开创者，是遥不可及的天才。

"但我觉得……"阮梦雪停顿几秒，"是我的真心话，我觉得他这些年过得并不好。从前不觉得,直到我见到 Liz,我才知道,原来他也是人类,并不是玩笑话中的机器人。"

在施翮面前的陈寒丘,会笑,会服软,会苦恼,他终于变成了尘世间的凡人。

查令荃沉默片刻,低声说:"麻烦你送我回展馆。"

阮梦雪微怔:"现在?"

查令荃放下酒杯,说:"现在。"

施翮接到查令荃电话的时候,刚从餐厅出来。

"现在去展馆?"施翮纳闷地拧起眉头,"这么冷的天你叫我去展馆干什么?不能明天说吗?"

查令荃道:"施翮,是很重要的事。"

施翮怔住,他叫她"施翮"。他从来都是叫她"Liz",极少叫她"施翮",上一次还是六年前他们吵架的时候,他生气极了,气急败坏地喊着她的名字。

"好吧。"施翮抿抿唇,"我过来。"

于湛冬的视线看过来,温声问:"是查总?出了什么急事?"

施翮摇头:"还不清楚。"

卫然看见两人的神情,礼貌地问:"需要帮忙吗?"

施翮道:"不用,你先回去吧,今天我们很开心。"

于湛冬笑道:"和你聊天是件享受的事。"

卫然礼貌一笑,他看向施翮,有些话不适合当着别人的面说,他想下一次吧,或许下次有机会。

今夜的东川格外冷,冷意入骨。施翮将头埋入围巾,躲于湛冬身后往停车场走,没走几步,他忽然停了下来。

"Liz,下雪了。"他轻声说。

施翮抬起头,慢慢睁大眼。

夜幕暗沉,无星无月。浩渺天地中,几簇雪花轻轻地落下,像花瓣一样。

施翮轻轻眨了下眼,雪花融化在她的面颊上。

东川的雪夜,好久不见。

第八章

我允许你追我了

施翩回东川的时间是夏天，她没经历过东川的冬日。

　　高三寒假，是她经历的第一个冬日，她成天躲在家里，几天没出门了。这阵子，陈寒丘母亲的状况不太好，他留在医院里。

　　这日傍晚，施翩从画室出来，蹦蹦跳跳地往楼下走。

　　昨天施富诚说，找到合适的肾源了，这就意味着他妈妈有救了。所以这两天她心情十分不错。

　　走到楼梯口，她撞见刚回家的施富诚。

　　施富诚心不在焉，换拖鞋时换了两只不一样的鞋子，钥匙被撞落在地都没有知觉。他性格温和沉稳，很少有这样失态的时候。

　　施翩愣了一下，跑到他面前，问爸爸，怎么了。

　　施富诚抬起头来，眼眶微红。他抿了下唇，告诉女儿，那个男孩子的妈妈情况似乎不太好。

　　施翩呆住了，等反应过来，她已跑入冰天雪地中。

　　施富诚追上去，用羽绒服裹住单薄的她，说别着急，爸爸送你去医院。

　　施翩失魂落魄，想找陈寒丘，又不知道怎么开口。

　　那夜，东川下了雪。施富诚坐在车里，看着施翩奔跑进医院，他没跟进去，想把这点时间留给女儿。

　　她长大了，知道自己在做什么。

　　施翩看不见路上的人，眼前只有医院长长的通道，和一个又一个的拐弯。终于，她停下来，停在病房门口。

　　她捂住唇，呆呆地看着病房内。

　　陈兴远坐在床边，上半身趴在病床上，一手握着或许已经僵硬的手，他的喉咙里发出低低的哀号。

在他身后的少年，依旧穿着小一号的校服。

他低着头，神情不明，垂落的手冻得通红，许久，他慢慢地攥紧了拳头，指骨泛出惨厉的白。

窗外是纷飞的雪夜，地面的水渍映着冷光。

施翩看了片刻，转身离开。她边走边轻轻抽泣着，抹着眼泪，直到进入电梯，她蹲下身，放声大哭。

她想不通，为什么事情会变成这样。

为什么所有苦难都要降临到他头上，明明已经找到肾源了。

她哭得太过可怜，同电梯的人都于心不忍。她谁都没理，到了一楼，一边大哭，一边往外走，她想去找施富诚，躲进爸爸的怀抱里。

途经大厅，她慢慢停住脚步，那里有一架黑色的钢琴，沉默、孤独。

半晌，施翩走上前。

那日之后，施翩两周没见到陈寒丘，中间她发过两条信息，他都回复了，言语间没有异样。她看着不忍，没有再找他。

直到大年三十，一个满城欢庆的日子。

施翩在家吃过年夜饭，抱着抱枕在落地窗前发呆。

施文翰在热闹中看见躲在角落里的施翩，平日里她总是叽叽喳喳的，哪有这么文静的时候。他走过去，望着窗外的烟火，问："想出去？"

施翩噌地转过头，双眼亮晶晶地看着堂哥。

施文翰弯唇一笑，揉揉她的发："想去就去吧，哥哥送你过去。但在约定时间内，你要回来。"

施翩抿唇笑起来，她小声道："明天是他的生日。"

施文翰在心里叹气，小天才喜欢起人来，和普通女孩子一样，又傻又呆。

施文翰借口带施翩出去买烟花，把人拐走了。他开车到老城区，送她到无人的巷口，叮嘱道："我就在外面，出来给我打电话。"

他给了施翩两小时，到午夜十二点。

施翩抱着怀里的画，真诚道："哥，你一定是我亲哥。"

施文翰笑笑："去吧。"

施翩走得不快，好一会儿才走到，比她上半身还要大的画框遮住视线，她艰难地探出头，去瞧安静的居民楼，一楼还亮着灯。

她没去正门，悄悄绕到另一侧，敲了敲窗户。

屋内，陈寒丘听到小鸟啄窗似的声音，等了两秒，那声音又响起来。他转头看去，看到窗外朦胧的影子。

这个时候，谁会来找他？只有施翮，只有她会来找他。

陈寒丘走到窗前，小心翼翼地打开窗，入眼是方方正正的画框，几秒，画框下移，露出一张雪白的小脸。

"陈寒丘！"夜色下，她小声喊他的名字，双眼晶亮。

陈寒丘垂着眼，看她片刻，忽然抬手，碰了碰她微凉的脸颊，问："怎么瘦了？在家没好好吃饭？"

施翮嘟起嘴："你才瘦了！"

陈寒丘看她几秒，露出一个淡笑。这是两周来他第一个笑。

"冷不冷？"他将她抱进屋内，重新关上窗。

施翮漂亮的眼睛一瞬不瞬地盯着他看，他本来就瘦，几天不见，脸上都没有肉了。她不满地捏捏他的脸，嘟囔："你没好好吃饭。"

陈寒丘看着女孩子明亮的面容，低声道："新年快乐，小羽毛。"

施翮歪着脑袋，看他片刻，小声道："抱一下吧。"

陈寒丘抿唇，看着她温柔包容的双眼，冰冷的心像是注入一股小小的热流，他鼻尖一酸，忽然俯身紧紧抱住她。

施翮闭上眼，听耳边他痛苦的、很轻的喘息声。

她忍着眼泪，一下一下拍着他的背，轻声道："过年了，我们寒丘又长大一岁了。新的一年，要多吃饭，长得高。"

许久，他贴着她温热的颈，哑声应："我知道。"

新的一年，多加餐，多添衣。

在妈妈看不见的地方，你也要好好长大。

拥抱过后，施翮先红了眼睛。陈寒丘轻轻擦去她眼角的泪，问："带你去放烟花？小小的烟花棒，小朋友们都喜欢。"

施翮用力点头，咕哝："我又不是小朋友了。"

陈寒丘弯唇一笑，替她重新绕紧围巾。

于是，两人爬窗出去，牵手走在漆黑的冷夜里。

陈寒丘和施翮走了两条街道，最后在一家小店面买到仙女棒。施翮蹦蹦跳跳，晃着手里的仙女棒，颇感新奇，她没有玩过这样的烟花。

夜里风大，两人回来躲在一楼楼道里。

陈寒丘从窗户翻回家，拿了打火机出来，施翩蹲成小小的一团，手缩在袖子里，只露出几根手指头，拿着仙女棒。

他蹲下身，挡在她身前，挡住冷风。

"我要点了。"他提醒她，"别怕。"

施翩不满："我才不会怕！"

陈寒丘垂下眼，小心翼翼地摁下打火机，一簇小火苗蹿上来，火舌卷过仙女棒顶端。

火焰燃烧，静待几秒，平平无奇的烟花棒忽然蹿出流星一般的光芒。

簇簇光芒闪亮，照亮施翩潋滟的双眼。

陈寒丘看着她新奇的神情，看着她在黑暗中熠熠生辉的脸庞，看着她抬头对他一笑。

她说："陈寒丘，好漂亮。"

陈寒丘"嗯"了声，等她手中的仙女棒熄灭，他再点亮，熄灭后，再点亮。

这黑暗的小小的一隅，短暂地闪过璀璨的光芒。

施翩弯着眼，兴致勃勃道："这时候应该许愿！"

她对上少年漆黑的眼睛，她在看烟花，他却像傻子，一直在看她，眼底映着一簇光。

"许什么愿？"他问。

施翩慌忙闭上眼，嘀咕："我奶奶说，许愿说出来就不灵了。"

在这一年的凛冬，狭窄寒冷的楼道内，施翩握着仙女棒，感受着燃烧时的温度，感受着他落在她脸上视线的温度，在心中悄悄许了个愿。

她想，她想——

永远和陈寒丘在一起。

最后一学期开学不久，东川入了春。

这日周末，查令荃脸色铁青地踏进施家大门，不顾众人阻拦，闯进了施翩的画室。

施翩拿着调色盘，慢吞吞地试颜色。听到动静，她头也没回，查令荃会这么生气完全在她预料之内，她自知理亏，不打算先开口。

"你疯了？"查令荃蹲下身，拿开调色盘，"你在想什么？"

施翩垂下头，小声说："我想留在国内。"

查令荃克制道："你回来这两年落下多少进度，你知道吗？每年都有无数艺术家闪现，你也想当消逝的流星吗？"

施翮："我在国内一样能画画。"

"一样？！"查令荃起身，用力踩了下地板，气急败坏道，"你不想去喜欢的学校了？不想见那些古怪的老头子老太太了？"

怎么可能一样！施翮从小生活在欧洲，受欧洲艺术熏陶，在这样的环境里成长起来，在无数天才中存活下来，现在离顶端只有一步之遥，她居然想放弃？！

查令荃完全摸不着头脑，到底是她疯了还是他疯了？

查令荃疯了一阵，勉强冷静下来。他问："施翮，你想清楚了？你不要你的艺术生涯了？"

施翮抬头，定定地看着他："如果只是换了个环境，天才就被湮没了，那我这个天才也没有什么了不起的。"

查令荃一口气卡住。半晌，他道："给你三个月之间，毕业之前再告诉我你的决定。"他拒绝再谈这件事。

查令荃花了一周的时间，企图弄明白施翮为什么会做出这样的决定。

最后，他找到了陈寒丘。两人约在咖啡馆见面。

这是查令荃第一次见陈寒丘。个子高大却略显清瘦的少年，一身冷傲。

"喝点什么？"查令荃问。

陈寒丘说不用，接过他的名片。

男人穿着一身精致的西服，从头到脚，一丝不苟，这是Liz的经纪人，也就是施翮的经纪人。

陈寒丘放下名片，问："找我有什么事？"

查令荃打量着对面的男孩。他查过陈寒丘，知道陈寒丘的家庭环境，知道陈寒丘的母亲去世，知道陈寒丘和施翮的来往。

半晌，查令荃问："你和施翮走得很近？"

陈寒丘平静地注视着他："是。"

查令荃盯着陈寒丘看了半晌，开门见山："我希望你主动和她保持距离，先别急着打断我，听我说完。你现在的家庭情况，和施翮长久的可能性有多大。理性分析，她从小吃穿用度都是顶级的，没有为生活琐事操过心，她想要什么，就有人送到她手上。对，她还有足够的钱，所以你们即便在一起，她的生活质量也不会改变，但这样的日子会持续多久？"

陈寒丘放在桌下的手，微微攥紧。他道："我知道我在做什么，以后我会给她想要的一切，我有能力给她想要的一切。"

查令荃一笑，高高在上的目光像在看一个天真的男孩。

他道："你有能力，但你无法保证这样的日子会持续多久。三年？五年？十年？年轻人，未来没有那么简单，你往窗外看，多少碌碌无为的人，多少创业失败的人。你想以后和她在连转身都困难的出租屋里约会？你想所有日子都用'以后会好'敷衍过去？你能给她什么？'以后'到底要多久？"

查令荃喝了口水，继续道："我知道你很努力，你也有非常优秀的成绩。但你的时间都用在哪里，你要学习、兼职、挣钱，你有时间陪她吗？你想让她次次失望吗？你知道她需要很多爱吗？"

陈寒丘紧抿着唇，低声道："抱歉，你的请求我做不到。"

他明白查令荃说的一切，也知道未来可能的后果。

但是……她那么努力向他奔跑而来，她看向他的眼睛是那么明亮，她没放弃之前，他怎么能放弃。

查令荃早知道说服陈寒丘没那么简单，他身体前倾，盯着少年，一字一句道："她说她想留在国内。她年纪小不明白，但是你不一样，你一定明白，留在国内对她意味着什么。陈寒丘，她是个天才，她的未来不能毁在你手里。"

听到"她想留在国内"，陈寒丘始终平静的面容有了变化。

查令荃松了松领带，停顿几秒，道："听说你母亲前阵子去世了，节哀。"

陈寒丘眼睫颤了颤，无声地和查令荃对视着。

查令荃移开眼，语气冷漠："据说换肾手术需要四十万，可你知道Liz一年光是花在颜料上的钱有多少吗？远不止四十万。

"陈寒丘，世事无常，可能明天施家就会破产。

"她可能也会生病，你难道也想让她在医院里等……"

"够了。"陈寒丘打断他，嗓音压抑。

少年缓慢站起身，攥着书包的指节泛白，他头也不回地离开了咖啡馆，没有再看查令荃一眼。

查令荃静坐片刻，忽然俯下身，闭上眼，双手撑着膝盖。他深深吸了口气，起身离开。

这一天，陈寒丘在路上走了很久。他走得很慢，一直走一直走，直到天黑透了，他才回到家里，打开门，家中一片漆黑。

陈兴远不在家，没有人在家。

陈寒丘回到房间，打开灯，看着倚在墙边的画。

这是他的生日礼物，这是施翩画的画，她给这幅画取名叫《光》，她对他说，陈寒丘，遇见你真好。

陈寒丘安静地看着，低垂的眼慢慢湿了。他难过地想，他需要多努力，才能抓住这束光。

可他没有四十万。现在救不了他的母亲，将来或许也救不了施翩。

周一，陈寒丘照常去接施翩。

自行车经过老街，这条街上栽满悬铃木，他们看过悬铃木从翠绿变成金黄，金黄色落满地，冬日只剩枯枝。

又到了春天，树上悬铃叮当响。

陈寒丘目视前方，身后，女孩子软软的脸贴着他的背。

自行车的铃声叮叮当当地响，他们穿越街道。

女孩子仰头看着飘落的悬铃，嘟囔道："好烦，都掉我头发上了，还是秋天好。"

她嘟囔了一会儿，又问："陈寒丘，秋天你还来接我吗？"

陈寒丘握紧把手，张了张唇，说不出话。

他想，等到秋天，她应该在自由、熟悉的环境，她应该和朋友说说笑笑，她应该过她的生活。

她应该，在明亮、温暖的地方。

风吹过，他没有回答。

毕业前一晚，陈寒丘去了平时兼职的电脑维修店。老板的儿子在上大学，刚放暑假回来，在店里帮忙。

陈寒丘道："哥，想找你帮个忙。"

两人在角落低声说完话，陈寒丘离开了维修店。

陈寒丘走了很多条街道，经过很多家店，选了很久，选出一束施翩会喜欢的花，她喜欢玫瑰。

这是他第一次送她玫瑰，但她……可能会不高兴。

陈寒丘没有去接施翩。他拿着花，站在走廊上，看她迎着风，小跑着奔向教学楼，她穿着漂亮的裙子，脸上带着笑。

于是，按照准备好的一切。

他红着眼，竭力压制着情绪，说出了那两个字。许久，他狼狈地闭上眼，听她慌乱远去的脚步声。

教室里，温暖的阳光照进来，陈寒丘浑身冰冷，他捧不住花，花束朝地面坠去。

"……寒丘，没事吧？"有人在问他，"好好说不行吗？"

陈寒丘缓了一阵，蹲下身，重新捧起花，哑声道："哥，谢谢你。我去校门口等她。"

陈寒丘想，往前走吧。

施翮，你不要回头，不要再奔向他。

这一天，陈寒丘捧着花，从清晨到天黑。

有人经过，看到低着头的少年，忍不住问，学神，你在这里干什么？怎么还捧着花？

每当这时候，他会告诉他们，他在等施翮。

晚上十点，陈兴远到学校找陈寒丘。远远地，他看见站在校门口的少年，捧着花站在原地，一动不动，看起来像是在等人。

"寒丘？"陈兴远喊儿子的名字，"怎么不回家？在等人？"

他看向那束漂亮的玫瑰，神情迟疑。

陈寒丘张开唇，嗓音嘶哑："爸，我在等施翮。"

陈兴远愣了愣，想起那个笑起来十分漂亮的女孩。他看看儿子，又看看花，问："十点了，她还会来吗？"

"……不会了。"他哑声说。

陈兴远看了眼儿子，拍拍他的肩："回家吧，爸带你回家。"

第二天，早上五点半。

陈寒丘准时睁开眼，如往常般起床，做好早餐，再背上书包，和陈兴远告别，骑车去接施翮。

陈兴远一愣，毕业了还去上学？这孩子傻了？

陈兴远追出去，喊了几句寒丘，他早已骑车走远。他笑着叹了口气，等到学校就知道了，这孩子平时看着冷，不说话，原来还是个小孩儿。

陈寒丘骑车在别墅门口停下。他放好自行车，在原来的位置等施翮，可这个早上，他等了很久，施翮都没有出现。

他站在烈日下，忘记了自己是谁。

不知过了多久，有人在他面前停下。

"你来找施翮？"来人这样问。

陈寒丘抬眼看去，是施文翰。施文翰看了眼时间，告诉他："施翮昨晚的飞机回去，这时候应该到意大利了。"

他说："回去吧。"

陈寒丘仰起头，看向天空。

晴空澄澈，阳光灿烂，是她最讨厌的天气。

她不喜欢晒太阳，她会躲在阴影里，抱怨东川的夏天太热，会嘟囔着让他站在身前，挡住光。

可她不能在黑暗里。

他的小公主。

他的小公主，会有盛大、灿烂的未来。

已近深夜，展馆早已闭馆。

展厅亮如白昼，明亮的光线照在精心设计过的墙体上，映衬着 Liz 的画作。一幅幅画，是 Liz 的心血，也是查令荃的心血。

"Liz，我不后悔。"查令荃双目通红，看着墙上的画作，"再来一次，我依旧会去找他。但是……但是我不说，他或许永远不会告诉你。"

这件事像一块沉甸甸的石头，压在查令荃心上六年。

施翮失眠的每一个夜晚，他都会想起那个少年，想起那个肩膀还有点单薄、背脊却挺直的少年。

想起他看过来的眼神，哀伤的，无力的，那时他刚刚失去了母亲。

查令荃知道，是他乘人之危。那是陈寒丘心理最脆弱的时刻，他利用了施翮，利用了那个孩子的母亲，去攻占那个孩子不堪一击的心。

最后，他成功了。

现在的 Liz，是众人仰望的新星，他查令荃终于将这位年少成名的天才捧到全世界人的眼前。

查令荃转过身，看向施翮。他哑声道："这是我欠他的。"

施翮走出展馆的时候，东川的雪越发大了。

她仰起头，一瞬不瞬地望着黑沉沉的夜，雪花落在她的睫毛上，脸上，脖子上，很快融成了水。

下雪了，他妈妈去世那天东东川也下雪了。

"Liz！"于湛冬匆忙下车，撑着伞将她拢住，"怎么不上车？你……"他睁大眼，止住了话。

施翩收回视线，缓慢地看向有些无措的于湛冬，很快，她的眼底冒出一串串泪珠，像珍珠般滚落。

"冬冬……"她哽咽地喊。

于湛冬放轻呼吸，小心翼翼地问："出什么事了吗？"

施翩哽咽几秒，忽然放声大哭："我要回家。"

于湛冬没见过这样的施翩。她就像一个受了委屈的小女孩，站在雪夜里一边抹着泪，一边认真放声大哭，响亮的声音引来门口的保安，他连忙带着她上车。

上了车，于湛冬犹豫两秒，温声问："回哪里？回施家吗？"

副驾驶上的女孩子用力摇着头，说她要回自己的家。

这一路，大概是于湛冬生命中最煎熬的半小时。

施翩的哭声没有停过，她擦了一阵眼泪，最后放弃了，坐着任眼泪肆意地流，张着嘴哭得很大声，比车喇叭还要大声。

他轻轻叹了口气，这可怎么办。

到了海上花境，女孩子的哭声回荡在停车场。

于湛冬一边向来往的住户说抱歉，一边带着施翩进了电梯，等着数字跳到"11"，他确保她跟在身后，输入密码，打开家门。

门一打开，施翩没有换鞋，用手背摁着眼睛，往沙发上一倒，继续哭，哭声惊动了屋中的两人。

陈寒丘听到哭声的时候，没反应过来。

机器人先生也是一呆，它不确定地问："陈寒丘，施翩回家了，是她在哭吗？她哭得好大声。"

"在屋里待着。"他急促地说了句，迅速走出房内。

机器人先生俯身，扶起倒在地上的椅子。

陈寒丘几步走到客厅，一眼看到蜷缩在沙发上大哭的施翩，于湛冬无措地蹲在一旁，不知如何是好。

"怎么了？"陈寒丘语气收紧，视线落在施翩身上。

于湛冬摇摇头，迟疑片刻，道："她交给你了。"他想，这个时候，施翮或许想和陈寒丘在一起。

于湛冬离开后，客厅只剩下陈寒丘和施翮。

机器人先生悄悄走到拐角，看着客厅中的两人。施翮说，陈寒丘住在他们家，要尊重小陈，所以它并不打算听陈寒丘的。

陈寒丘动了，他脱掉拖鞋，在她最喜欢的地毯上蹲下，脱下她的鞋子，摸了摸她的脚，太凉了。他起身往施翮的房间走，看到机器人先生，没说什么，让它进去拿厚袜子出来。

机器人先生熟悉家里，很快拿出厚袜子。

陈寒丘回到沙发前，脱下她脚上的袜子，轻轻握住她冰凉的脚，给她穿上厚袜子，再用厚毯子包裹住她的双腿。

"施翮，我要脱掉你的外套和围巾。"他低低说了一句。

她长发散落，遮住面容，趴在沙发上犹自哭得认真，似乎完全听不到别人说话。

陈寒丘喉结滚动，小心地将她抱起来，脱下她的外套和被泪水打湿的围巾。他眼睫颤动，去看她的脸。

她哭了太久，眼睛和鼻子都是红的，嘴唇有点肿，睫毛湿成一团，可怜巴巴地垂在眼睑。

陈寒丘忍着胸口的抽痛，去取了湿毛巾回来，蹲在她身前，仰着头，指腹捻住她的发丝，一缕一缕拨开，轻轻擦干净她的脸。

可是他一直擦，她的眼泪一直往下掉。

"施翮，怎么了？"他问得小心，连呼吸都停滞。

施翮重重地抽泣了一下，睁开眼看面前的男人，雾蒙蒙的视野里，他和以前一样，又和以前不太一样。

他长大了，不再是从前的少年。

施翮曾想，他不喜欢她了也没关系，曾经他眼中的爱意都是真的，她知道，她一直都知道。她猜想，或许是他不够勇敢，或许是年少的喜欢过于短暂，又或许是未来对于他太过沉重。

这些年，她想过太多理由。

唯独没想过，他的背脊弯下，他的自尊被踩在脚下，他被她最亲密的人肆意践踏。而她什么都不知道。

施翮闭上眼，小声呜咽着。他过得一点都不好，从她回到东川，走进他的家，就知道他过得不好，他的房间是灰色的，那么冷，那么空。

从前，那个在一楼的房间总是很暗。

阳光照不到的地方，他房间整洁而热闹，他的书桌，他的书，他的台灯，他用过的笔记，墙上的星云。

他的生活，他的梦想，都在那个小小的房间里。

她第一次发现，他们看到的世界是不一样的。

她生来什么都有，想要什么，便伸出手去，想去哪里，便随时出发。她看世界，有那么多种颜色，她看未来，有那么多种可能。

但命运给陈寒丘的路，却那么窄，那么窄。

这六年，他在狭窄、黑暗的路上，踽踽独行，没有人爱他，没有人牵着他的手走过一段路。

他的世界始终暗淡无光。

他的未来，似乎很近，似乎又很远。

"陈寒丘。"施翮开口，嗓音哑哑地喊他的名字，"陈寒丘，你有没有讨厌过我？哪怕只有一点点。"

陈寒丘抿着唇，看着她满是泪水的眼睛，轻声道："没有，一点点都不会有，永远都不会。"他抬手，去擦她的眼泪。

施翮盯着他深黑色的眼睛，他看着她，神情认真，唇紧紧抿着。

"你能不能抱抱我？"她瘪瘪嘴，朝他张开双手，像多年前那个小女孩。

陈寒丘呼吸微滞，起身单膝跪在沙发上，微俯下身，将要抱抱的女孩子抱入怀中。

她靠过来，怀中便满是她的香味。起初他不敢用力，可她靠在他胸前，两条手臂缠过来，紧紧箍住他的腰，头用力埋进他的毛衣里。

陈寒丘闭上眼，收紧了手。他太久没抱她了，少数几次，都是在梦里。

这些年，陈寒丘不太敢睡觉。

起初怕梦里都是她，后来怕她再也不肯来他梦中。上天没有眷顾他，她来他梦里的次数太少。

仅有的几次，都是在酒后。

陈寒丘轻轻吸了口气，睁眼看胸前毛茸茸的脑袋，低声问："晚上怎么了？谁惹你生气了？"

她不说话，还是流着泪。

施翮用力抱着陈寒丘，像那个年夜一样用力。

她知道，陈寒丘永远不会告诉她查令荃的事，因为那是他做出的选择，是他选择了现在的路，他不会怪任何人。

他是超级大笨蛋陈寒丘。

施翩闻着他身上淡淡的玫瑰香味，忽然小声说：“陈寒丘，没有人爱施翩，你们都想让我当Liz。”

在查令茎眼里，她是Liz。在于湛冬眼里，她是Liz。

在众多认识她的人当中，她因为Liz的名号熠熠生辉，但在生活中，她只是一个普通人。她也是一个想要被爱的小女孩。

陈寒丘听她用浓浓的鼻音，抱怨着没人爱施翩。

“胡说。”他低下头，下巴抵在她额前，“你可以不当Liz，只当施翩，我们都爱施翩。”

怀里人静了一会儿，抬头看他。她哭得眼睛又红又肿，看起来太过可怜。

陈寒丘垂眼看她，抬手轻轻地摸了摸她的长发，重复道：“你可以只当施翩，不想画画也可以，不想工作也可以，你想做什么都可以，就是不要生病。”

“你买过我的画吗？”她用通红的眼睛看着他，忽然问。

陈寒丘轻轻摇头：“没有。”

施翩不高兴地噘起嘴，抱怨：“你有那么多钱，一幅我的画都不肯买？也没有那么贵吧。”好吧，是有点贵。

陈寒丘看着她止住泪，弯唇浅浅地笑了一下。他看着她的眼睛，认真道：“我的小羽毛那么厉害，她的画应该被全世界看到，而不是只待在我的收藏室里。”

他希望她永远闪闪发亮，永远灿烂。

施翩看着他温柔的面容，鼻尖一酸，忽然又掉下眼泪。她握紧拳，用力捶他的肩，哭喊道：“我讨厌你！”

陈寒丘舔了舔唇角，抱紧她，低声道：“没关系，可以讨厌我。”

施翩兀自哭泣，不想理他。

机器人先生在角落里安静地看着，看着相拥的两人，它沉默片刻，忽然抬步朝他们走去。

冰冷的雪夜，陈寒丘和施翩紧紧相拥。

机器人先生伸出冰冷的双手，笨拙地学着人类的模样，将陈寒丘和施翩一起拥入怀中。

它想，你们不要流泪。

它想，拥抱很温暖。

东川是一座南方城市，雪并不过多地留恋这里。第二天醒来，这座城市便再看不见下过雪的痕迹，依旧阳光明媚，如任何一个晴天。

施翩尚未睁开眼，皱起眉头。她软软的小枕头怎么会那么硬，难不成她滚到地上去睡啦？不太可能吧。

这么想着，她睁开眼睛。

"……"

视线往上，一截凌厉的下颌线。

陈寒丘靠坐在沙发上，闭着眼，平时冷淡的面容此时安静而平和，他一手隔着厚毯子搭在她的肩膀上，一手垫着她的脑袋。

他的体温隔着衣服传过来。

施翩呆住，昨晚……他就在这儿坐了一晚？

她轻轻眨了眨眼睛，思索着怎么在不惊动他的情况下溜走，但毯子里好暖和，她不想动。于是，她悄悄动了动脚丫子。

"醒了？"抱着她的人忽然开口，一双深黑色的眼眸看下来。

施翩："……早上好？"她瞪着眼，和他对视。

陈寒丘垂下眼，看她清澈的双眼，已没有昨日的悲伤，只是眼睛有点肿，漂亮的狐狸眼没有往日的威风，瞧着有点可怜。

陈寒丘动了动，问："饿不饿？"

"有一点？"施翩摸摸自己的肚子，"是有点饿。"

陈寒丘"嗯"了声："给你做早餐。"

短暂的交流结束，施翩没动，她迟疑地问："你怎么还不去？"

陈寒丘看了她片刻，缓缓收回手，躺在腿上的人待了一会儿，后知后觉地从他身上爬起来，将自己裹进小毯子里。

她只露出一双眼睛，眼巴巴地看着他。

他微顿："还伤心吗？"

施翩诚实地点头，她要难过好一阵，而且绝对不理查令荃。

陈寒丘感受着怀里空荡荡的感觉，不太习惯，他缓缓收拢掌心，似乎想留住她的温度。他看着她的眼睛问："怎样才会好？"

施翩轻抿了抿唇，想提出一万个不合理的要求，但是他还没达成她的条件，他好慢。明明一副胸有成竹的模样。

她别开脸，不想和他说话。

陈寒丘看着她闷闷的小脸，忽然倾身过去，脸距离施翩的只有几厘米，他看着她琉璃般的眼睛，又问了一次。

他重复道："施翩，怎样才会好？我不想你伤心。"

施翩呼吸微滞，眼睫轻轻颤动，看他近在咫尺的面容，那双疏冷的眼睛里盛满温柔。他垂下眼，浓长的睫毛覆盖眼睑。

"别咬自己。"他说。

施翩愣了一下，松开牙齿，捂住自己的嘴唇。她不安地动了动腿，小声说："我先想想，你……走开。"

陈寒丘不动，上身困住她想躲开的腿，步步紧逼："什么时候能想好？想好会不会告诉我？"

施翩忍不住瞪他："……不知道！我饿死了！"

陈寒丘定定看她一眼，缓缓退开，不紧不慢道："从今天开始，你去哪儿我就去哪儿，直到你不伤心为止。"

施翩："……"

这人什么时候这么烦了。

于湛冬拎着蛋糕进来的时候，两人正在吃早餐。

他先去看施翩，闷着小脸，埋头吃早餐，但看精神状态，似乎缓了过来，他松了口气。再去看陈寒丘，神色平静，眼下带着淡淡的青色。

于湛冬温柔一笑："早上好。"

施翩有气无力地喊："冬冬。"

于湛冬放下蛋糕，在施翩对面坐下，看她一双蔫巴巴的眼睛，温声问："休息得好吗？"

"……还行。"

施翩觉得自己睡得还挺舒服的，暖和又安全，没有做噩梦。

于湛冬贴心地没提昨晚的事，只道："朋友圈都在庆祝初雪，晚上我们请上朋友来家里做客，好吗？"

施翩托着腮，随口道："行吧。"

于湛冬又问："今天去工作吗？"

施翩想了想目前的进度，还有三天左右就能完工。她点头："去的。"

说着，施翩想起正事，她默默看了眼自己和陈寒丘的距离，悄悄往他边上坐了点，问："如果最后一幅以日全食为主题的画只能在晚上进行互动，是不是不太好？"

陈寒丘抬眼看她："你想怎么画就怎么画。"

施翩："……那我随意发挥啦？"

陈寒丘："嗯，其他有我。"

施翩眨了眨眼，感觉自己心情好了点。她一抬眼，看见于湛冬一脸欣慰的笑，不由得在桌下踢了他一脚，顺带着瞪他一眼。

冬冬没反应。施翩只好再踢一脚。

"施翩。"陈寒丘轻轻喊她的名字。

施翩看过去，对上他漆黑的眼睛，心虚道："干什么？"

陈寒丘一顿，轻声道："再不吃早餐要凉了。还有，别踢那么用力，脚会疼。"

施翩："什么？"

她俯身往下一看，瞪大了眼。于湛冬故意侧开身，腿离她八百米远！

"冬冬！"她恼怒地喊。

于湛冬无辜道："我去准备你的点心。"

施翩吃完早饭，躲进浴室，和双眼红肿的自己大眼瞪小眼。

昨晚，她情绪崩溃，只记得自己哭了很久，最后的记忆是陈寒丘的怀抱。他的怀抱和以前一样，温暖又用力，抱她时总是那么紧，低低的嗓音在她耳边，说别哭。

施翩瞪了一会儿，放弃挣扎，她就算肿眼睛也是大美女。

今天是周末，施翩和陈寒丘出门工作。

于湛冬负责打理家里，顺便邀请施翩的朋友们，最后他惊异地发现，似乎不太对劲，不过初雪嘛，热闹最重要。

他露出笑容，真挚地招待每一个客人。

施翩照旧忙碌到夕阳西沉，陈寒丘在暖帘中等她，坐在凳子上，低着头，捧着笔记本电脑敲敲打打，显然这不是舒适的工作姿势。

她嘀咕："傻子。"那么大的办公室不坐，非要缩在这种地方。

施翩让圆圆放她下来，她把画笔丢进桶中，这点动静没惊动陈寒丘，她放轻脚步走过去。

"陈寒丘。"她忽然伸手，点点他的眉心。

微凉的触感碰上额头，轻而软的指腹带着残余的油彩。

陈寒丘微怔，抬头看，她站在他眼前，垂着眼，轻轻戳着他的额头，眸光柔软，像……像他的错觉。

施翩瞧他呆住的模样，抿唇一笑："回家了。"

陈寒丘回过神，合上笔记本电脑，视线往下，落在她垂落的手上，他想牵她的手，牵她着回家。不用她说，他都会牵得很紧。

"嗯，回家。"许久，他低声应。

回到海上花境，陈寒丘先下车，他扫了眼四周，再绕到副驾驶打开门。

施翩顺着他的视线往外张望，纳闷："你看什么呢？最近冬冬也经常东看西看，你们……呀！"她的脑袋被摁住。

陈寒丘的大掌摁住她的脑袋，提醒道："走路不要东张西望。"

施翩被他催着往电梯口走，争辩道："我没有！"

陈寒丘嗓音淡淡："这里的住户没有一个比我好看，不用看。"

施翩："……"

"你什么时候变这么自恋了？"她纳闷地鼓鼓脸，"而且是你东张西望，这里还有人比我好看？"

陈寒丘垂眼看她，自然地应："没有。"

施翩默默移开视线，用手捏了捏发烫的耳垂。

没出息！不许脸红！

施翩轻咳一声，数着数，心想怎么还没到十一层，等数字跳到"11"，他上前挡住电梯门，视线静静地看过来。

施翩抿了下唇，低头快步走出电梯，等打开家门，一句"我回来了"卡在喉咙里，面对客厅里热闹的场景，一时语滞。

谭融笑笑："哟！"

窦桃随意挥了下手："小羽毛。"

魏子灏一脸期待："回来了？"

傅晴端着一杯红酒，懒懒地看过来。

还有……

高大的混血王子正弯着腰，友好地和机器人先生说着什么，听到动静，他往门口看来。

"晚上好。"他和善一笑。

施翩："……"

是不是"要素"过于齐全——

她的两位相亲对象，以及一位追求者，和追求者以前的追求者，还有四位并不无辜的吃瓜群众。

施翩反应两秒，干巴巴道："晚上好……"

陈寒丘神色平静，反手关上门。他站在施翩身后，视线越过她，和客厅里众人对视一眼，最后停在卫然身上。

两个男人对视两秒，一齐移开视线。

"今天穿哪双拖鞋？"他弯下腰，口吻淡淡地问。

施翩作为一个艺术家，她的一大爱好是收集各种颜色，其中也包括各种颜色的拖鞋。她有十八双颜色不一样的拖鞋，以供四季。

施翩沉默两秒，严肃道："黑色吧，我的心情是黑色。"

陈寒丘看她一眼，挑了双粉色出来。

施翩："为什么？"

"我会让你开心起来。"他说。

客厅里，桌上的人一脸八卦。

窦桃戳戳谭融："他们为什么一起回家？"

谭融轻哼一声："陈寒丘现在了不得，住到人家里来了。"

"住这里？和 Liz 一起住？"魏子灏竖起眉毛。

傅晴翻白眼："就这效率，不知道怎么当的一中第一。"

四个人嘀咕了一阵，默默去看卫然。

卫然双手环胸，静静地看着门口喁喁私语的两人。不过短短一个月，施翩和陈寒丘变得亲密了，和以前的状态不同。

窦桃："这哥们好淡定。"

谭融："他真喜欢大画家啊？"

傅晴："我不理解男人。"

魏子灏若有所思。

施翩换完鞋，先回房换衣服，再招待客人。

陈寒丘脱下大衣外套，再换鞋，将施翩的车钥匙挂好，每个动作都慢条斯理，像在自己家一样。他没往餐桌边走，朝着卫然走去。

餐桌边四双眼睛顿时看直了。

卫然站直身体，向他问好："巧啊，Cygnus。"

陈寒丘微微颔首，语气自然："不巧，我现在住在这里。"

这一晚，施翩的家中格外热闹。

她感觉自己像是养了一百只呆瓜，大家凑在一起，嘀嘀咕咕，嘀嘀咕咕，有仇的变没仇，没仇的变有仇。

终于，施翩找到机会开溜，和于湛冬一起躲在角落里。她鼓起脸，质问："冬冬，怎么会有那么多奇怪的人？"

于湛冬真诚道："他们都是你的合作伙伴和朋友。咦，说起合作伙伴，少了一个人。"

施翩摆摆手："余攀去省外比赛了。"

"不是他。"于湛冬说。

施翩："嗯？"

施翩反应过来，瞪起眼睛："不许提查总！我要和他绝交六年！"

于湛冬感叹："六年好像有一点点久，要生气那么久吗？啊，那一定是天大的事。"

"反正不理他。"她耷拉下眼睫。

经过这一天的缓冲，施翩冷静不少，不是很排斥和于湛冬谈这件事。于是，她小声把过去的事告诉了他。

于湛冬认真听着，难掩诧异。他认识的查令荃，并不是会做这样的事的人。可当事情牵扯到施翩，他又能明白查令荃为什么这么做。即便他们都知道，这样做是不对的。

许久，于湛冬叹了口气："查总做了很差劲的事。"

施翩小声道："不可原谅！"

于湛冬温声道："不要生气太久。至少在事业上，你和天才先生，还有查总都没有遗憾，是不是也有好的地方？"

施翩不高兴道："不知道。"

六年前，谁也不知道未来。当初在道路的岔口，如果施翩和陈寒丘没有分开，他们或许在恋爱几年后分手，又或许至今仍在一起。

于湛冬看向客厅里神情淡淡的男人，忽而一笑："难怪一开始他不敢表现出来。"

"表现什么？"施翩问。

于湛冬用大海般温柔的眼神看着施翩。

这位天才画家喜怒形于色，喜欢就是喜欢，讨厌就是讨厌。如果陈寒丘开始便毫不掩饰他的情感，她一定会觉得他前后态度不一，视感情为儿戏，不会对他再有任何留恋，六年前的真情也会变成假意。

于湛冬想了想，换了个说法："他很听话。"

施翩撇撇嘴："确实很听话，让他别追了，他就真的不追了。"

于湛冬笑道："他和你说的一样，不懂浪漫。"

施翩想起藏在家里的小机器人，嘀咕道："也不是完全不懂。"

说完这件事，于湛冬道："不过我说的合作伙伴不是查总。"

施翩眨眨眼："还有谁？"

于湛冬提醒她："是一位帮你们做 AR 头盔的先生，我记得他性格害羞，并不爱和人交谈。"

施翩恍然："他啊，他才不会来呢。"

施翩简单说了她和蒋凡聿的过节。但他和陈寒丘之间到底发生了什么，她并不清楚，只知道他非常讨厌 Liz，听到名字就要跑的程度。

于湛冬思索片刻："他讨厌你？"

施翩点头："看起来要气死了。"

于湛冬近日对施翩周围出现的人很敏感。在他看来，蒋凡聿精通计算机，并且讨厌 Liz，加上最近的异常，他认为蒋凡聿非常可疑。

这边施翩和于湛冬说悄悄话，另一边也有人在说。

魏子灏最近看陈寒丘十分不爽。

首先是工作上，陈寒丘居然去帮他的竞争公司攻破技术难关，这像话吗？完全不像话。再是生活上，陈寒丘居然住到 Liz 家里来了？

什么时候的事？他配吗！

"老陈，我们聊聊。"魏子灏伸出手，醉醺醺地去勾他的肩。

陈寒丘避开魏子灏的手，淡声道："聊就聊，别动手动脚。"

魏子灏更不爽了，一拍桌子："你这人讲不讲义气？！"

陈寒丘微顿，看魏子灏面红耳赤的模样，怕他发酒疯。看在施翩的面子上，他勉强愿意和醉鬼聊聊。

走到角落，陈寒丘开门见山："聊什么？"

魏子灏质问："你去 Spakles 科技干什么？你疯了？"

陈寒丘："找人做项目，我和 Liz 的项目。"

魏子灏瞪着眼，骂人的话都在喉咙里了，一口气忽然憋住，顿时泄了，蔫巴巴道："……行吧，项目怎么样了？"

陈寒丘："还算顺利。"

魏子灏："……"那他还怎么算账。

魏子灏仗着喝醉，开始发酒疯："我不管，你给他攻破一个，就要给我攻破一个。"

陈寒丘沉默，用眼神问他：你没事吧？

魏子灏看到他冷冷淡淡的眼神就来气，轻哼一声："本来还想透露给你一个小道消息。"

陈寒丘转身要走："没兴趣。"

魏子灏眯了眯眼："你确定？我可是去过 Liz 画室的人。"

陈寒丘止住脚步。

半小时后，正开心的窦桃接到了新任务，她面无表情地盯着咧嘴笑的醉鬼，一脸不忍直视地移开眼，问陈寒丘："老大，你把我卖了？"

陈寒丘理性分析："在技术方面，是个新挑战。"

窦桃："我不想挑战。"

陈寒丘："年终奖加倍。"

窦桃立即严肃道："身为技术部的招牌，迎接挑战义不容辞！"

这个冬夜，温暖的客厅内热闹非常。

傅晴没兴趣掺和这几个人之间的爱恨情仇，专心品尝着美食，且心满意足，她也想要一个家养小精灵。

不过……

傅晴抬眼看了看绅士守礼的卫然。他和她想的有一点不同，他的竞争欲望并不强烈，这一整晚话并不多，多数是和于湛冬交流。

卫然真的喜欢施翮吗？傅晴对此保持怀疑。

近十点，客人们准备离开。施翮负责送他们下楼，陈寒丘和于湛冬收拾残局。

于湛冬看了眼落后一步，走在施翮身后的卫然，笑问："你放心她和 Arron 一起下楼？"

陈寒丘没抬头，随口道："他没有威胁。"

于湛冬"咦"了声："这么肯定？"

陈寒丘："施翮看起来有话和他说。"

施翮确实有话和卫然说。那天因为于湛冬在，一些话她没来得及说，今晚看来是个合适的时机。

电梯门打开，冷风吹过。

大家不约而同地缩了缩脖子，只有这位高大的混血王子面不改色，贴心地脱下外套，问女士们是否需要。

窦桃和傅晴都表示谢绝，施翮说自己不冷。

晚上他们都喝了酒，准备打车回去。

傅晴往后看了眼，施翮和卫然走在最后，她顿时明了，于是催着这群人快点走，说车已经到门口了。

人群散后，只剩下他们两人。

卫然问："我们找个咖啡馆？"

施翮欣然同意，冬夜不适合散步。

冬夜的咖啡馆比起夏日，热闹不减。施翮要了一杯热可可，热气氤氲，对面那双灰蓝色的眼睛显出几分熟稔和温和。

她想起今晚的聚餐。今晚的卫然并没有展现出善于社交的一面，他多数时间在看客厅里的那幅《极光》。

初次见《极光》的人都是这样的反应，陈寒丘、魏子灏以及卫然。

他很熟悉她的画，能看懂她的画。

施翮轻轻眨了眨眼，问："你是 Arron？"

她口中的 Arron 自然不是 Spakles 科技的 Arron，而是连续四年购买 Liz 的画作，私人拥有她的画数量最多的收藏家。

卫然温声道："抱歉，没能在第一时间承认。当时我想以普通人的身份认识你。"

施翮"哇"了声："真的是你，你和我想象中不太一样。"

卫然看着她，认真道："你和我想的，也不一样。"

卫然第一次在美术馆见到 Liz 的画，是 Liz 在十六岁那年所画的《陨星》。他像是进入了一个小女孩的奇幻世界。在她的世界里，残败之地有着惊人的美感——星星陨落的那刻，向宇宙散发出最后一抹光芒。

在那之后，卫然看了所有 Liz 的画作。在他的认知中，Liz 是一个极具天赋、想象力丰富的画家，色彩和光影的难题在她笔下，轻轻巧巧，不费力气。

后来他开始思考，生活中的 Liz 会是怎样一个人。

"那幅画很特别。"卫然如实道，"是我个人最喜欢的画。"

施翩好奇道："你想象中 Liz 是怎么样的？"

卫然"唔"了声："我想她或许离经叛道，喜欢独处，平时话不多，不喜欢吃甜食。"

施翩听得大笑："听来很酷。"

卫然一笑，他认识的施翩和 Liz 并不是同一个人。

施翩喜欢吃甜食，依赖于他人的陪伴，善谈且真挚，家庭关系出乎意料的和睦。她受过伤，却依旧勇敢无畏，她是不会陨落的星。

卫然发现了这点之后，便不再向她靠近。

Liz 是 Liz，施翩是施翩，他尊重她的生活。

施翩笑眯眯道："我的画又要涨价了。"

卫然微微睁大眼，万分诚恳道："不用担心，我会更努力赚钱。如果之后相亲需要帮忙，随时可以联系我。"

施翩表示很欣慰。

施翩再走出咖啡馆，已是一小时后。她和卫然聊得很愉快，他在美术史方面的知识渊博，且收藏众多，是个极好的聊天伙伴。

"今晚谢谢招待。"卫然微微颔首，向她告别。

施翩看着他上车离开，将脸埋进围巾里，踩着地上的光影，慢吞吞地往小区走。

冬日的深夜，街道寂寥，灯光黯淡。

施翩迈开步子，循着光线明暗处跳，单脚跳，双脚跳，最后重重地跳下台阶，双脚落地。跳了一路，她热得去扯围巾。

施翩扯开围巾，松了口气，一抬眼，停住脚步。

小区门口，陈寒丘静静地站在那里，像以前每一次她朝他奔跑去，像每一次她回过头，他总是站在原地，似乎他永远在原地。

他曾对她说，他不想走出来。

这六年，所有人都在往前走。她在往前走，查令荃在往前走，陈兴远在往前走。他像被留在时光里，留在那年夏天，留在痛苦的回忆里。

施翩轻轻吸了口气，双手合拢，放在嘴边，大声喊："陈寒丘！你过来接我！"

黑色大衣将男人的身形拢进夜色，他遥遥看过来，疏冷的面容渐渐变得柔和。

　　稍许，陈寒丘迈开步子，起初走了两步，路程没过半，忽然跑起来，朝她而来。

　　施翮站在原地看他，看他越跑越快。

　　不过几秒，他止住脚步，停在她面前，微微俯身，低喘着问："不冷？忍一忍，回去再摘围巾。"

　　他抬手收拢她的围巾。

　　施翮看着他低垂的黑色眼睛，盯着他看了半晌，问："陈寒丘，你还追我吗？"

　　陈寒丘微怔，舔了舔唇角："……可以追了吗？"

　　施翮鼓起脸："我让你别追就别追？早上还那么嚣张。"

　　陈寒丘低声道："怕你不开心。"

　　施翮听着他略显笨拙的话语，偷偷抿唇一笑，抬手戳了戳他的胸膛，大衣上一片凉意，不知道他站了多久。

　　"我允许你追我了。"她昂起下巴，眼角眉梢带着笑。

　　陈寒丘看着她在深夜中也闪闪发光的小脸，心中那块荒芜地，似乎长出了一点点绿意。他慢慢弯起唇，轻声应："知道了，我会好好追的。"

　　施翮迈着轻快的步子，照旧蹦蹦跳跳地往里走，身边的脚步时快时慢，始终在她身后。

　　两人在保安奇异的眼神中走进小区大门。

　　门口距离 11 幢有段距离，施翮累了，于是停下来，不再乱跳，问他："冬冬走了吗？"

　　陈寒丘："回去了，他……"

　　"站住！你躲在这里干什么？！"小区门口忽然起了骚动，两个保安先后跑向门外。

　　陈寒丘停住话，下意识拽住施翮的手，将她搂到怀里，一手捂着她的脑袋，一手拿出手机，立即给于湛冬打电话。

　　施翮一蒙，追得是不是有点……突然？怎么还没开始追就要抱抱，但他好香。

　　施翮埋在他的毛衣上，软软的，很温暖，闻起来是淡淡的玫瑰味道，就像把她穿在了身上。

他的手掌贴着她的发，掌心温暖。

她有点想蹭一蹭，但不可以，她又不是小狗。

施翮的胡思乱想止于陈寒丘开口，他说："人可能抓到了。"

施翮郁闷地抬眼看，发现陈寒丘完全没在看她。

他目视前方，神情冷凝，下颌线紧绷着，像是生气的模样。她动了动，刚要抬头，又被摁回去。

"别动。"他道。

施翮纳闷道："我们要一直站在这里吗？"

陈寒丘和于湛冬说完，挂了电话。他一低头，对上她灵动的双眼，心又软下来。

陈寒丘没松手，简单道："我先送你上楼。我和于湛冬处理点事，很快就回来。"

施翮不解："冬冬回来干什么？抓什么人？"

陈寒丘："回去再说。"说完，不由分说地牵起她往 11 幢走。

施翮："……"

让你追就追，怎么就那么听话，抱完还要牵手！

陈寒丘把施翮拎回家门，叮嘱机器人先生看好她，再关门离开，确认施翮没跟出来，快速下楼。

门口保安室，三个保安围着椅子上瘦小的男人，你一言我一语，质问他大半夜在外面鬼鬼祟祟干什么。

陈寒丘推门进来，他们暂时停下来。

保安队长连忙道："陈先生，就是他！前几天也在小区门口看到他了，偷偷摸摸不知道干什么。"

"他刚刚跟着施翮？"陈寒丘脸色不太好看。

保安队长："对，他和施小姐从一个方向过来。"

陈寒丘居高临下地看着一脸愤懑的男人。二十五岁上下，面容憔悴，衣着普通，喜欢抽烟喝酒，没有工作，看起来并不是会看画展的人。

"你跟了她多久？"陈寒丘问。

男人揉着手腕，嚷嚷道："我根本不知道你们在说什么！我只是经过这里，你们无端把我抓进来，我要报警！"

陈寒丘淡淡扫了他一眼，对保安队长道："报警吧。"

男人一愣："真要报警？欸，真就一个误会！"

陈寒丘不欲和男人多言，直接去看监控，看到一半，于湛冬赶回来了，他目光奇异地盯着正在挣扎想逃走的男人，不确定他们是否见过。

不多时，陈寒丘出来了，他直接将一段视频丢在男人眼前："上周三天，这周四天，你每天都在不同时间段经过小区，恰好是施翩回家的时候。"

男人一噎，说不出辩驳的话。

周围五个身形高大的男人，显得他弱小无比。男人看了一圈，丧气道："我在小广场上看到她，想和她认识一下，交个朋友。没有别的意思。"

陈寒丘问："你不知道她是谁？"

男人道："知道，我去过她的个人网站留言，想引起她的注意。"

于湛冬闻言，舒了口气："看来是他。"

陈寒丘微蹙了下眉，低声说："一会儿我去派出所，你回去和她解释一下，她刚刚看到了。"

于湛冬道："我去吧，你早点回去。"

陈寒丘没拒绝，他不放心施翩一个人在家。他低声和于湛冬说了几句话，便加快步伐离开。

回到1101，陈寒丘去找施翩的身影，客厅灯光暗淡，她和机器人先生都不在。

陈寒丘快速换了鞋，匆匆往里走，走过一圈，打开画室看了一眼，她不在里面。最后，他停在她的房门前。

陈寒丘低头敲了敲门，喊："施翩？"没动静，一点动静都没有。

陈寒丘犹豫两秒，握上门把，向下按动。

门没锁，他推门进去，屋内一片暖色，没有她的身影。他快速穿过房间，打开露台的门。冷风吹过，露台也是空的。

陈寒丘的心猛地一跳，立即拿出手机。

刚转身，他定在原地，一片雪白映入他的眼帘。

施翩一手摁着身前的浴巾，一手挽着湿漉漉的长发，正走着，忽而觉得有点冷，她抬眼看去——窗帘拂动，夜色映衬着身形清瘦的男人，一双黑色的眼眸落在她身上，清冷的眸光有点热，他颈间锋利的喉结轻轻滚动了一下。

施翩："……"就说了一句追吧，抱抱就算了，还要牵手，牵完手居然直接跑到她房间里来了!

施翩睁大眼,礼貌地尖叫了一下:"啊——"

陈寒丘:"……"

他反手关上门,紧紧闭上眼睛。

施翩轻哼一声,不去理他。她扯了块干毛巾,慢吞吞地擦拭着长发,一边擦,一边往他身边走。

她没穿鞋,走在地板上悄无声息,留下一串湿漉漉的脚印。

但她的味道却越来越近,她好香。

陈寒丘眼睫微颤,低声喊:"施翩。"可怜巴巴的语气,像做错了事。

施翩在他面前站定,视线巡视一圈,不紧不慢地问:"你大晚上的,跑进我房里,想干什么?"

"我……"陈寒丘语塞。

她眯着眼,哼道:"有你这么追人的?"

陈寒丘舔了舔唇,喉间发干:"我不是故意的。"

施翩看着他紧闭的双眼,唇角轻勾。她故意凑近他,水滴从黑发滑落,坠在他的毛衣上,指节上,最后蹭过他的颈部。

她看着那颗凸起滚动着的喉结,慢悠悠道:"陈寒丘,我不想走路。"

陈寒丘轻轻攥紧拳,睁开眼。她雪白清透的小脸微微仰着,眼尾上挑,狐狸一样的眼睛勾着他,红唇微张,带着笑意。

往下,他不敢看。

陈寒丘看着她的眼睛,哑声问:"我抱你去浴室?头发没吹干。"

施翩眨眨眼:"抱吧。"

陈寒丘俯下身,手往她纤细的腰上一圈,动作停了停,再去勾她还湿着的小腿,掌心触到一手的光滑细腻,是他从前没有过的体验。

陈寒丘闭了闭眼,迈着大步走到浴室,一脚迈进去,她的味道铺天盖地涌过来。他屏住呼吸,将她放在软椅上。

"……我先出去了。"他落荒而逃。

施翩看着他的背影,忍不住笑出声,怎么还和十八岁男孩子一样,纯情得不得了。

门外,陈寒丘深深吸了一口气,一闭眼就是她的模样。

不多时,门再次打开,从 1102 室做客回来的机器人先生走到客厅,好奇地看着陈寒丘,礼貌地问:"陈寒丘,你的脸很红,你很热吗?"

陈寒丘按着眉心："你先别说话。"

机器人先生不解地歪过脑袋："你耳朵也红了，咦，脖子也红了。"

说完，机器人先生匆忙去找施翩，它一边敲门，一道："施翩，陈寒丘变得好红，需要为他做健康检测吗？我有点担心。"

门内传来女孩子带笑的声音："他本来就身体不好！不太行！"

陈寒丘："……"

工作日的早上，施翩睡眼惺忪地被捞起来。

她支着脑袋，懒懒地躺在沙发上，身上盖一个小毯子，手边一杯温水，听着乖乖坐在地上的两个人说话。

于湛冬老老实实地说了发现有人跟踪她，再到和陈寒丘商量，陈寒丘决定找借口住进她家的全过程。

说完，他看向陈寒丘，神情无辜。

陈寒丘抿着唇角，开始认错："当时没和你说实话，是想让你在安全的环境中专心画画。"

施翩喝了口水，瞧了眼两人。

于湛冬一脸真挚的大狗狗模样，陈寒丘一副我又做错事的可怜小狗狗模样……弄得她像是什么恶霸。

不过……她确实是。

施翩轻咳一声，伸出食指，对着于湛冬："打发你去和查总一起闭门思过三天。至于你……"她拖着长音，指向陈寒丘。

陈寒丘注视着她，认真道："我认真追你。"

她轻轻哼了一声："你，马上打包，给我滚回对面。"

这件事暂时得到解决，施翩照旧准备出门工作。趁着她回房换衣服，陈寒丘向于湛冬询问昨晚的事。

于湛冬道："按照你说的问了，他确实自学过计算机。在派出所他承认这两周的确在跟踪施翩，在他的手机里找到了施翩的照片，其中一张就是那天我和她出门的时候拍的。他应该是我们找的人。"

陈寒丘仍不放心："等她画完，我再撤保安。"

于湛冬同意："好，就这两天了。"

施翩这两天过得稀松平常。她照旧窝在暖棚里画画，只是偶尔一低头，没了于湛冬和陈寒丘的影子。

他们回到正常生活，没二十四小时围着她转。

这日傍晚，施翩落下最后一笔，让人拆了暖棚，她站在壁画前认真观赏着这幅抽象的以日全食为主题的画。这是四个主题中，她最放飞自我的一幅。她没有再考虑大众和普适性，她想展现抽象艺术，结合敦煌壁画，属于中国的抽象艺术。

十一月的最后一天，冬日来临之际，她完成了这幅画作。

冬日昼短，天光灰暗，一抹深橙掩在大片灰沉沉的云层中，漫长的天际线即将消失。

施翩在这里，看了两个月的夕阳。

Proboto 科技，十一层。陈寒丘双手插兜，视线淡淡地扫过夕阳，低头看向那个小小的身影。她在那里站了很久。

这两个月，他一低头，便能看见她。

陈寒丘看了片刻，转身拎起大衣，准备下楼。途经工作区，Proboto 科技的员工默默睁大了眼睛，原来他们老大不是只有黑白两色的衣服。

施翩欣赏完，喊来保安盖上画布，再和圆圆告别，对这两个月辛苦的工作人员表示感谢。一圈下来，她舒了口气。

她的工作暂时结束啦。

施翩满意地弯起唇角，转过身，脚步停住，她看见不远处的男人，轻眨了眨眼，又眨了眨眼。

陈寒丘穿了一件墨绿色的长大衣，剪裁干净利落，清冷的面容在复古典雅的墨绿下，显出几分颇有侵略性的俊美。

这张冷淡的脸，在看到她之后，便渐渐融化了。

陈寒丘走近，垂眼看她："这两个月以来，辛苦了。不知道有没有荣幸，请你吃个饭？"

施翩想了想："吃什么？"

"回家吃。"陈寒丘道，"我们先去超市。"

由于于湛冬被赶去面壁，施翩的确面临着回家只能点外卖的困境，毕竟她和机器人先生都不精通厨艺，很难有好的晚饭体验。

于是，施翩欣然同意。

陈寒丘跟着施翩转身，低头看了眼她藏在袖子里的手，思索着追求过程中牵女孩子的手应该怎么开始。

陈寒丘和施翮一样，没有追人经验。

于是，他仔细回忆了一下施翮的追人过程，最后他得出结论，不适于用追女孩子。她追人的过程，多数时间在生闷气。

片刻后，陈寒丘问："冷不冷？"

施翮摇头："不冷，进商场就热了。"

陈寒丘抿了下唇，又问："真的不冷？我的手很暖和。"他摊开掌心，放在施翮面前。

施翮看了眼他的手掌，修长干净，漂亮的指节让人忍不住握上去，她知道其中的力道。昨晚他抱她的时候，小臂紧绷，力量感十足。

施翮伸出手，在他的掌心重重拍了一下，悠悠道："陈寒丘，没人和你说，追女孩子的时候不许动手动脚吗？"

陈寒丘看着空荡荡的掌心，慢吞吞收回手，淡声道："施翮，你追我的时候，就对我动手动脚。"

施翮瞪他一眼，凶巴巴地说："那是想和你'贴贴'！我忍不住嘛，又没有真的对你动手动脚。"

陈寒丘注视着她，低声道："我也忍不住，想和你牵手。"

男人低而轻的嗓音顺着风刮过耳郭，施翮耳根发痒。她不自然地捏了捏发烫的耳垂，小声嘀咕："才追了一天就想牵手，想得美，走了。"

她小跑进商场，一副有人在身后追的模样。

陈寒丘看着她的背影，轻轻叹了口气。早知道不该那么听话，她说不追就不追。

地下一层，有着商区最大的超级市场。

陈寒丘去拿推车，施翮站在门口，视线乱晃。她晃眼看到一个妈妈把小朋友放进推车里，小朋友咧着嘴笑起来，看起来十分开心。

陈寒丘推着车出来，便见施翮盯着不远处在推车里坐着的小朋友，看起来似乎……有一点羡慕？

他微顿，看了眼腕表，给谭融打了个电话。随后，他把推车放了回去。

施翮等了一会儿，等来一个两手空空的陈寒丘。她颇为不解："小推车呢？"

陈寒丘神色平静："刚刚圆圆和我说，它想和我们一起逛超市，等它一起来，十分钟就到。"

施翮："什么？"

此时，小广场。谭融迎着冷风，吸了吸鼻子，拿着工具，给圆圆换造型，把它从梯子改成一个小推车。

圆圆道："谭融，你看起来很生气。"

谭融愤愤道："我何止是生气！"

谭融深深觉得他和陈寒丘的感情脆得像纸，他这阵子被差使得到处跑，一会儿去工厂加班，一会儿被迫搬离自己的家，一会儿又在冷夜被赶到这里改一个推车。

不然和杨成杰换换，他去游戏公司吧？这种苦他不受也罢。

十分钟后，谭融带着圆圆来到超市，打了个招呼便先离开了。

施翮新奇地"咦"了声，圆圆真的被改成了小推车，而且看起来比超市的推车大一点。

"晚上好！施翮！"圆圆很高兴，又和施翮见面了。

施翮笑眯眯道："晚上好。"

"圆圆，去超市需要保持安静。"陈寒丘暂时将圆圆静音，以免惊扰其他顾客。

施翮愣了一下："静音的话，喊圆圆过来干……呀！"

她睁大眼，身体忽然被凌空抱起，他有力的小臂稳稳地将她举起来，再小心翼翼地放进推车里。

瞬间，她已经坐在小推车里。

陈寒丘垂眼，看她微微呆愣的小脸，轻笑道："不是羡慕别的小朋友吗？不用羡慕他们，小羽毛什么都有。"

他抬手摸摸她的头，推着她进了超市。

施翮有点呆，抬手抚上自己的后脑勺，似乎那里还残留着他温柔的力道。许久，她回过神来，嘀咕："我才不是小朋友。"

说完，施翮兴冲冲地找了个舒服的位置，在矮一截的视线中看这个世界，就像以前坐在他的自行车后座。她趴在圆圆身上东看西看，偶尔看见路人怪异的眼神，她浑然不在意，只是坐在这一方小小的天地中，打量着变得高大的超市。

陈寒丘对超市很熟悉，他目标明确，走到所需物的货架前，转眼施翮面前便堆了一个小山坡。

她低着头，挨个看了一遍，觉得今天晚餐丰盛。

再买零食会不会挨训？

"陈寒丘，我还想吃零食。"施翮转过头，眼巴巴地看着陈寒丘。

陈寒丘见不得这么可怜的小狐狸，看着她水亮的眼睛，心变得很软。他俯下身，轻声道："施翮，你可以对我提任何要求，不用犹豫，不用害怕。"

"什么都可以啊？"她双眼晶亮。

考虑到施翮过往的作风，他保守道："我能做到的，都可以。"

施翮暗自得意了一会儿，趴回原地，翘起唇角。

经过零食区，施翮指使陈寒丘到处拿零食，直到把小车填满，她的腿被淹没，动一下都难。

"够啦够啦。"她终于喊停，"要被淹死了。"

陈寒丘一笑，把手里的包装盒塞回货架，转去水果区。显然水果区更得施翮欢心，她喜欢天然的颜色。

"陈寒丘，我要吃柚子，枣好像也不错，还要草莓……"

施翮一路絮絮叨叨，念完一句，车里便多出一样。

走到半路，施翮和对面推车里的小朋友打了个照面。

小女孩拿着棒棒糖，眼睛瞪得溜圆，好奇地盯着这个漆黑的小推车，以及推车里的施翮。她伸出小手，想来碰一碰这辆小车。

"陈寒丘。"施翮拽了拽他的衣袖。

超市吵闹，陈寒丘俯身靠近，侧耳在她唇边，将她的声音听得清晰。她说："小妹妹想摸一下我们的车。"

陈寒丘转头看，正对上一个眼睛乌溜溜的小女孩，双眼中满是好奇。

他直起身，将车推到小女孩面前。

小女孩好奇地摸上微凉的机械，奶声奶气地问："你的车车为什么比我的好看？"

施翮眨眨眼："因为我有一个超棒的……"她停顿了一秒，似在犹豫。

陈寒丘手里的动作顿住，视线落在施翮略显纠结的小脸上，下一秒，听她说："……邻居。"

他轻抿住唇，继续选草莓。

施翮和小孩子十分合得来，想法都天马行空，经常说出一些让人忍俊不禁的话来。短暂的交谈后，小女孩坐着推车走了，对施翮挥了挥小手。

施翮忍不住感叹："小朋友真可爱。我之前去福利院，那里的小朋友也都很可爱。"

她看了眼神色冷淡的陈寒丘。这个家伙也不知道喜不喜欢小朋友，看起来会把人吓哭。

陈寒丘没有察觉，应道："以后我陪你去。"

施翩："……"先和小朋友们说声抱歉。

施翩全程坐在推车里逛完了超市，心情愉悦。

结账时，陈寒丘把货品一样一样拿出去，小山似的推车立即空了，车里转眼便只剩下施翩。

陈寒丘再回头，便对上她乱晃的眼睛。

施翩眨眨眼："干什么？"

陈寒丘看着她，眼眸带笑："在想小羽毛是不是要结账才能带走。"

施翩十分稀奇这人居然会开玩笑了，她配合道："你银行卡余额够吗？"

陈寒丘："不够。"

施翩干巴巴道："那怎么办？"

陈寒丘俯下身，单手绕过她的腰，轻轻一提，往上颠了颠，让她坐在自己的小臂上，径直把人抱了出来。

施翩睁大眼，咫尺之遥，男人狭长深黑的眼注视着她。

他嗓音淡淡，一字一句道："那我就抢回来。"

施翩攀着宽厚的肩膀，和他灼人的眼对视两秒，她不自然地移开视线，小声道："放我下来。"

陈寒丘看了她片刻，慢慢松开手，将她放在地上。

施翩双脚落地，低下头，摸摸自己的耳根，又去把圆圆推出来，看着他漂亮的手把购物袋放进来。

看东看西，就是不看他。

陈寒丘付完钱，接过推车，看了眼埋头走路的施翩，浅浅地弯了下唇。他提醒道："看路。"

施翩慢吞吞地"哦"了声，别过头，露出半只泛红的耳朵。

施翩回到家，再泡个舒服的热水澡，便带着机器人先生去对面遛弯，顺便吃顿饭。机器人先生在门前站定，熟练地输入密码。

施翩不由得探头瞧："小陈，你知道密码吗？"

机器人先生道："当然，密码是施翩最喜欢的数字。"

施翩微愣："……不会是111111吧？"

机器人先生歪过头，竖起大拇指："Bingo！"

施翩："……"

施翩走进陈寒丘家的门，心中郁闷，作为"一中的骄傲"，密码居然是111111，这不是摆明了让人家来偷吗？

"陈寒丘。"她走进厨房，一脸严肃。

陈寒丘正忙，分出心神来看她一眼："饿了？坐着先吃，里面味道大，出去等，记得洗手。"

施翩："……"

她还没说话呢，就丢过来一堆话。好吧，她确实饿了。

施翩想着一会儿说也行，小跑着去洗了手。出来经过客厅时，她发现机器人先生在和圆圆玩，她没多管，这阵子两个小家伙总是一起玩，她都习惯了。

施翩坐下后，托着腮看厨房里的陈寒丘。

他换了宽松的居家服，穿着浅蓝色的围裙，神情平静，每一个动作都不疾不徐。注意到她的视线，他看过来，目光柔和。

如今再看他的背影，已没有初时的寂寥。

施翩收回视线，轻轻晃了晃小腿，嘟囔着催他："陈寒丘，快点，饿死了饿死了。"

"知道了。"陈寒丘加快动作。

施翩早已习惯和陈寒丘一起吃饭。

从前在学校食堂，她总是排在他前面，手指到处点，点一堆吃的，也不管能不能吃完。陈寒丘有洁癖，自带餐盘，不和别人共用。

施翩吃不完，便垂头丧气地看着剩下的菜，很是郁闷。

"下次点少一点。"他淡声提醒她。

施翩便嘟起嘴，小声道："我在国外没吃过，什么都想吃。"

陈寒丘看着她失落的模样，轻轻蹙了下眉，重新打开餐盒，拿出筷子，解决她吃不完的菜。

自这天后，施翩再也没烦恼过。

等陈寒丘在对面坐下，施翩瞧他一眼，忍不住问："你以前是不是早就喜欢我？"

陈寒丘微顿："什么时候？"

施翩："在食堂吃饭。"

陈寒丘："比这要早。"

施翮呆住："什么时候？"

陈寒丘瞥她一眼："追到再告诉你。"

施翮："……"

今天晚餐丰盛，施翮不和他计较。她问了两句 AR 头盔的事，嘀咕着别人的项目怎么样，又提了投票的事，便彻底把这事抛到了脑后。

小羽毛的工作结束啦！

陈寒丘静静听完，问："想不想体验一下后面三个主题的互动？"

施翮"咦"了声："都做好啦？"

陈寒丘："嗯，不用去广场，在家就能体验。

施翮双眼亮晶晶，她想玩。

于是吃完饭，施翮又在陈寒丘家玩了两个小时。

冬夜，屋内灯光洒落，陈寒丘收拾着桌子，偶尔发出碗筷碰撞的声音，他耳边是机器人先生和圆圆的声音。

两个机器人正在小声交流照顾施翮的经验。

他安静地做着事，偶尔抬眼看向客厅。

施翮坐在那里，投入地玩着虚拟场景，或动或笑，偶尔被吓到，会懊恼地蹦一下，再老实坐回去。

玩累了，她便摘下头盔，吃几颗洗干净的草莓。

许是草莓很甜，那双漂亮的眼睛便弯起来，高兴了一会儿，她继续玩。

陈寒丘想，他的家似乎没那么冷，东川城区也不再遥远。

晚上十点，施翮打着哈欠回了 1101 室。她困了，却不想睡，累了两个月，真可以休息的时候，反而没有了特别想休息的念头。

"小陈，我们的小机器人修得怎么样了？"施翮懒洋洋地问机器人先生。

机器人先生认真道："在陈寒丘的指导下，理论知识补充完毕，可以立即开始动手实验。"

施翮鼓励道："那你要加油哦，像我一样努力工作。"

机器人先生立刻行动起来。

前几天，因为陈寒丘忽然住到家里，施翮便将小机器人藏了起来，现在它有了重见天日的机会。

机器人也有忙碌的事，施翩反而有些无聊。

她抱着抱枕，看向窗外大片夜色，近处高楼荧光闪烁，远处星子点点，盛大明亮的冬季星空降临。

黑沉却不暗淡的夜空，像她今天看到的画布。

最后日全食的主题，她大面积用了黑色。

此时，施翩看着明亮的夜空，有些出神，她的画上似乎少了点什么，似乎少了一笔，少了……一道横穿整张画布的光束。

日全食时，世界一片漆黑，可在黑暗中，他在一隅发着光。

施翩看了片刻，忽然起身，回自己家里换了身衣服，拿起车钥匙，匆匆离开，驾车前往小广场。今晚刚结束，颜料和工具应该还留着。

隔壁，1102 室。陈寒丘推门从浴室出来，扯了块毛巾擦拭着湿发，走了几步，桌上的电脑响起提示音。

他随口问："圆圆，是工作消息吗？"

圆圆连接电脑，忽然发出警报："V 上线了。"

它用机械冰冷的声音重复："陈寒丘，V 上线了。"

陈寒丘顿住，"V"便是入侵施翩网站的人。他停下擦拭的动作，那天抓到的男人此刻应该在拘留所，现在上线的"V"又是谁？

他快速走到桌前，敲了几行代码，而后出门，按响 1101 室的门铃。

"施翩！"陈寒丘提高声音，拿出手机给她打电话。

没人开门，电话也没人接。

不多时，门从里面打来，陈寒丘一口气松到一半，却只看见机器人先生。

他问："施翩呢？"

第九章

小羽毛，晚安吻

临近凌晨，小广场附近一片漆黑。下了车，冷风迎面而来，施翩闭了闭眼，裹紧衣服跑到避风处，加快步子往前走。

这个点路上没人，只有几抹淡淡的灯光照下来。

施翩跑近看了一眼，遮光帘和暖棚都已拆下，附近的摄像机也被收走，只剩下保安亭，圆圆还在里面。

但不巧，保安亭里的保安不在，门上了锁。

她隔着玻璃，眼巴巴地看着里面的圆圆，想给保安打个电话。

一摸口袋，空空如也。她出来得急，忘带手机了。

施翩纳闷地转了一圈。

陈寒丘找的保安很敬业，小广场二十四小时都有人。今天画作结束，难免会放松，这个点保安应该是去吃夜宵了，过不了多久就能回来。

施翩倒是不急，就是有点冷。

她干脆躲到路灯下取暖，无聊地跳着格子，绕着路灯跳了几圈，暖和不少。

施翩垂眼看着地面的影子，余光一闪——她身后有另一道影子，正在缓慢接近她，每一步都走得轻而慢，离得近了，他的手高高举起。

施翩呼吸微滞，来不及思索，拔腿就跑。

风刮过耳畔，身后脚步声追过来。

施翩的心跳加快，在这万分紧张的时刻，她想起了呆瓜，想起大鹅追她的时候，她也是这么飞奔着往前跑。

只是那时候，有陈寒丘在。

她不禁有些后悔，早知道晚一天赶他走。

施翩呼吸急促，闷头朝前跑，不知道是不是她的错觉，脚步声为什么听起来变多了？正想着，她眼前忽然出现一道人影。

高大清瘦，轮廓熟悉。

"陈寒丘！"施翩大声喊。

下一秒，她被稳稳抱进怀里，脸颊撞到他的胸膛，腰间他的手臂收得很紧，她喘息着，心落了下来。

那人看见陈寒丘，往后退了几步。他在犹豫，是否该离开。

陈寒丘却没给那人离开的机会。他一把将施翩拽到身后，脱下大衣随手一扔，语气是压制不住的冷："闭上眼，别看。"

他倏地上前，一拳砸了过去。

"……"施翩睁大眼，欲言又止。

陈寒丘看着清瘦，但他四肢修长，平时都在健身，肌肉匀称紧实，这一拳砸下去，她听到沉闷的声响。

施翩反应过来，立即上前拽他："陈寒丘！"

她可不想看到明天 Proboto 科技陈寒丘半夜打人这种事上新闻，现在是法治社会。

触到他的小臂，施翩怔了一下，他肌肉紧绷，她像握住一块石头，可渐渐地，他松弛下来，停住动作，反手握住她的手，攥在掌心。

陈寒丘平复些许，居高临下地看着倒在地上的男人，冷冷地扫过男人衣服扣子上闪烁的红点。没来得及开口，男人从地上爬起来，作势要跑。

这时，保安赶到了，大喊："陈先生！我来追！"

陈寒丘轻轻吸了口气，吐出去，转身把施翩用力搂进怀里。

施翩老实地趴在他怀里，小声喊他的名字。

他一手抱着她，一手捂着她的脑袋，忽然，那急促的气息落了下来，似乎在她发顶停留了几秒。

陈寒丘收紧了手，后怕似的在她发上亲了亲，闻到她的味道，他渐渐平静下来。

施翩抓着他的衣服，触感是软的，他穿着居家服就出来了，刚刚一晃眼，他的头发似乎也没干。

隔着胸膛，她似乎听到了他的心跳声。咚咚咚，一下又一下，跳得好快。

施翩抿抿唇，小声喊："陈寒丘，我没事。"

陈寒丘握了握发颤的指尖，额头轻抵着她的发。稍许，他松开手，低头看她："是不是吓到了？"

施翮诚实道："有一点。"

陈寒丘重新抱她入怀，揉了揉她的发，低声道："抱歉。"

"我能不能画完？"她试探着提出要求。

陈寒丘垂眼看她，冰冷的黑眸慢慢融化，化成一摊软水，他应道："能，我陪你去。"

施翮转身再看黑沉沉的小广场，下意识握紧拳。忽然，她的拳被小心翼翼地包裹住，干燥的掌心温暖、有力量。

施翮转头看去，对上他柔和的双眼。

他轻声道："抱歉，这时候太忍不住，想牵你的手。"

施翮注视着他的眼睛，握紧的拳慢慢松开，别开头，嘟囔道："好吧，破例给你牵一会儿。"

"嗯，谢谢小羽毛。"他认真道谢。

施翮抿了下唇，紧张的情绪渐渐散了。

等施翮补完那一笔下来，保安喘着气赶回来，说没抓到人，那人骑着摩托车逃走了。这时，警车正好到。

于是，大半夜，他们一起去了派出所。

查令荃和于湛冬赶到的时候，施翮刚做完笔录。

陈寒丘正在和民警详细说最近发生的事。从施翮网站被人攻击，再到昨天在小区门口抓到的那个男人。还有今晚，他发现不对劲，给保安打了电话，便驱车前往小广场找施翮，正撞上那一幕。

施翮坐在一边，身上披着他的大衣，手里捧着热水。

忽然，视线被挡住，身前落下一片阴影，她抬眼看去，脸色顿时变了："你不在家面壁，跑这里来干什么？"

查令荃看了她两秒，毫无预兆地伸手，用力地抱了她一下，快速松开，和于湛冬一起，撩开她的头发检查是否有伤痕，再拿开大衣，撩开袖子检查，动静大得让人侧头看来。

施翮："……"她还在生气呢，这是干什么！

查令荃检查完，松了口气，转身去找警察，大有一副要和他们纠缠到底、不死不休的架势。这是一个极麻烦的男人。

于湛冬蹲下身，担心地问："怎么这时候去广场？"

施翩心虚道："……没画完。"

于湛冬在心里叹了口气，没责怪她，温声道："以后晚上尽量不要一个人出门。"

施翩点点头，一副老实巴交的模样。

于湛冬轻声细语地安慰了几句，最后问："看清那个人的模样了吗？"

施翩摇头："他戴着帽子，一身黑，没看清。"

于湛冬犹豫片刻，看了眼陈寒丘，低声问："会不会是蒋凡聿，我认为他很可疑。"

施翩笃定道："不可能。"

施翩了解陈寒丘是怎么样一个人。

陈寒丘的朋友多与他相似，谭融虽然平时言语多有抱怨，但为人真挚热诚。至于蒋凡聿，他和陈寒丘一样少言寡语，但他工作认真，有话直说，不是这种会在暗地里使绊子的人。

更何况，陈寒丘曾说是他们之间的恩怨。

施翩相信陈寒丘，也相信自己看人的眼光。

于湛冬歉意道："抱歉 Liz，我还是会向警方提供这一可能。"他信得过陈寒丘，但信不过蒋凡聿。

施翩小声道："这是你的自由。"

于湛冬一直很在意她的安全问题，在国外也是这样，他为此付出太多精力和时间，她并不会因此感到生气，或是去责怪他。

一行人离开派出所，已是凌晨两点。

施翩躲在大衣里，缩在陈寒丘身后，扭开头，不去看一旁的查令荃，一副我们还在吵架的模样。

于湛冬无奈，却没办法，只好先拉着查令荃离开了。

陈寒丘转身，把她拉出来，低声问："你们吵架了？"

施翩低着头不看他，嘟囔："没有，快回家，我好困。"

这一次，陈寒丘再把施翩送回家，没有离开。他看着施翩进了房间，返回厨房煮了热牛奶，敲了敲门，听她说进来，他开门进去。

门打开，灯光洒落。

陈寒丘对上一双澄亮的眼睛，她藏在被子里，只露出一双眼睛，正盯着他。机器人先生坐在床前。

他微顿，关门走近，把牛奶放在床头柜上。

"睡不着？"陈寒丘问。

施翩没说话，只是看着他。

陈寒丘想了想，问："我能坐会儿吗？"

施翩："坐哪儿？"

于是，施翩床前的地毯上便坐了两个人。

陈寒丘和机器人先生并排坐在她的床前，仰着脸看她，眼珠子黑漆漆的，神情安静，像两只乖巧的狗狗。

施翩眨了眨眼。

陈寒丘看她片刻，温声问："冷不冷？"她整个人都缩在被子里，蜷缩成一团，似乎是冷。

机器人先生道："房间温度适宜，我为施翩调控好了温度，不会让她感到冷。"

陈寒丘看了眼抢答的机器人先生。自从和圆圆待了一阵，它变得活泼了一点。

房间和床都是暖和的，但施翩确实觉得冷，她的手和脚都有点凉，这不是机器人先生的问题，是她的生理反应。

施翩小声道："有一点点。"

陈寒丘看着她微白的小脸，她应该是被吓到了，这样的冷夜，广场上只有她一个人，如果他没赶上……他不敢想。

"先喝牛奶。"陈寒丘轻声道，"喝完给你讲故事。"

施翩一呆，眼睛睁圆："你还会讲故事？"

陈寒丘："……第一次讲，试试。"

于是，施翩十分积极地喝了牛奶。

陈寒丘看施翩倾身出来，仰着漂亮的颈子，露出一截雪白的小臂，握着杯子小口喝着。

暖光下，眼前的景活色生香。

她是鲜活、灵动的，温暖的，触手可及的。

这阵子，陈寒丘初次走进施翩的生活。

高中时期，他们相处的时间有限，他没见过施翩在家中的模样，没见过她日常生活的模样。平时有她的地方，是闪闪发光的。

在家中，她除了画画，就是一个普通女孩子的模样，偶尔赖床，爱吃零食，冷天去楼下喂小猫咪。

可在夜里，她独自待在客厅涂涂画画，身影却显得孤独。

明明家里总是有许多人，施富诚、于湛冬，或是圆圆和机器人先生，那么多人，那么多陪伴，她却仍仰望星空。

陈寒丘想，给别人许多爱的施翩，需要更多的爱。

他会学着把所有爱都告诉她，毫无章法的，笨拙的，都想让她看到，想让她听到，想努力用爱将她填满。

施翩喝完牛奶，舔了舔唇角，忙不迭又躲进被子里，眨巴眨巴眼，问："你给我讲什么故事？"

陈寒丘："说我和蒋凡聿的事。"

施翩微愣："可以和我说吗？"

陈寒丘轻声道："可以说。"

今晚，于湛冬说，他怀疑嫌疑人是蒋凡聿。

陈寒丘的反应和施翩一样，立即否定了这个可能性，但他同样没阻止于湛冬告诉民警这一可能性。

这是于湛冬对施翩的安全问题负责，他不会干涉。

陈寒丘相信蒋凡聿，可施翩不该相信蒋凡聿。蒋凡聿甚至在她面前说了那么无礼的话，可她却愿意相信这个与她并没有交情的陌生人。

他想，这件事应该让她知道。

陈寒丘抿了抿唇，回忆道："我和老三，还有谭融是同一级的新生，当时……"

陈寒丘和谭融，以及蒋凡聿。

三人是同年级的新生，家庭普通，爱好计算机，太多的相似让他们一拍即合。起初他们只是接一些外包项目，后来日子久了，摸通其中关窍，他们便打算自主创业。

创业是一件难事，他们没有资金和人力，只有技术。

但同样地，他们年轻，他们不怕困难。

创业的日子很苦，但他们吃过苦，能挨住。穷困潦倒，没有睡眠，这些都是小事，在日日夜夜中最令人绝望的是一次次测试，一次次失败，看不到希望。

终于，在某个暴雨夜，蒋凡聿崩溃了。

又一次测试失败后，蒋凡聿的情绪到了一个极点，出租屋里只有他一个人，他起身做了几个深呼吸，打算找一桶泡面冷静一下。

窗外暴雨如注，闪电照亮十几平方米的房间——运转的机器散发热气，金属的光泽冰冷，几张床铺挤在一起，地上堆满资料，没有下脚的地方。

蒋凡聿翻箱倒柜，都没找出一桶泡面。他颓丧地摘下眼镜，埋头在膝盖间。

不知过了多久，他平静些许，打算出门买吃的，他摸了摸口袋，一枚硬币忽然滚落，沿着缝隙滚入最靠墙的床边，那是陈寒丘的床位。

陈寒丘有洁癖，他们屋子虽小，却总是很整洁，蒋凡聿和谭融都自觉地不靠近他这张小小的床。

此时，蒋凡聿蹲下身，挤着墙面，去捡硬币，摸了一圈，他没摸到硬币，却摸到一个长长的筒状的物件。

蒋凡聿微愣，这是什么？

他拿出被小心封存的长筒，将它从绒布中取出来，打开盖子，倒出里面被小心珍藏的物品。是一幅画，一幅泛着淡淡的光，却又看不懂的画。

只是感觉很明亮，很温暖。

蒋凡聿没多想，正想放回去，余光一扫，看见了画作角落里小小的名字——Liz。

似乎有一点耳熟。他回忆片刻，陈寒丘去看过这位画家的画展，任何一次都会去，从来不会错过。

这是 Liz 的画？陈寒丘怎么会有 Liz 的画？他哪儿来的钱？

蒋凡聿搜索了关于 Liz 的信息，其中一条是两个月前，Liz 的画作卖出百万欧元的高价。百万？百万欧元？！

他睁大了眼睛，他手里的画值百万？！

蒋凡聿拿着手中的画作，盯着 Liz 的名字，心中涌出一股激动，身体注入力量，他似乎看到了希望。

如果画是真的，这笔钱可以用来当他们的创业资金！或许还能换个好一点的环境，不至于连一桶泡面都吃不上。

蒋凡聿连忙戴上眼镜，仔仔细细地看这幅画。

正看着，门从外面打开，陈寒丘回来了，他抖落伞上的雨水，递过外卖，道："老三，先吃……"他抬眼的瞬间，所有的话止住。

"你在看什么？"

陈寒丘放下手中的一切，快步走过去，小心地抢回画，他不敢用力，怕在争执中弄坏画。

蒋凡聿没注意他的脸色，兴奋道："老大，这是 Liz 的画？真品吗？那我们的项目是不是有救了？我们……我们……"

他性格内敛，这样的激动已是失态。

陈寒丘没理蒋凡聿，他低头将画仔细看了一遍，擦干净手，抚平所有痕迹，小心翼翼地将它收拢进画筒中，再放进绒布里，抱在怀中。

"老三，是假的。"陈寒丘盯着蒋凡聿的眼睛，重复道，"这画是假的。"

蒋凡聿的笑容停住，他扶了扶眼镜："……怎么会是假的？"

陈寒丘那么爱干净一个人，他通常不会把湿雨伞带进家门，不会把外卖就这样丢在地上，不会不换鞋就走进来。

更不会，在看见他在看画的瞬间就把画拿回去。

蒋凡聿肯定，这画是真的。

"老大，肯定是真的。"蒋凡聿拿出查到的资料，急忙道，"你看 Liz 的画值多少钱，你看看，我们有希望了！"

陈寒丘依旧冷静："老三，别去想这幅画。"

蒋凡聿愣愣地看了陈寒丘几秒，喃喃道："你早知道吧？也对，你去了那么多次画展，不可能不知道 Liz 的画多少钱……"

他蹲下身，看自己所处的环境。

只有一扇小窗的房间，四处围墙，视线所及之处都是机器，机器机器机器，早也机器，晚也机器。

陈寒丘，也冷静得像机器。

蒋凡聿低下头，用力抓着头发，闷声问："你知不知道，我们连饭都要吃不起了，你知不知道阿融焦虑得睡不着，你知不知道我们现在过的是什么日子，你知不知道……老大，画卖了可以再买，我们以后会挣很多钱，可以再买 Liz 的画，现在、现在能不能……"

蒋凡聿双眼泛红，似乎下一秒就要崩溃。

陈寒丘沉默地听着，他几天没睡，眼底一片血丝，此刻听到蒋凡聿的话，他心中有过一瞬的动摇。

是啊，现在饭都吃不起，马上就要活不下去了。

卖了这幅画，他们目前的困境迎刃而解。

许久，陈寒丘哑声道："抱歉，老三。"

蒋凡聿反应了两秒，忽然起身，大叫着推倒连靠背都没有的椅子，拔掉在他眼前一片混乱的电线，小小的房间内发出巨大的响声，转眼便是一片狼藉。

"陈寒丘！你睁开眼看看！"蒋凡聿梗着脖子，冲着他大喊，"你是不是疯了！你到底在想什么？"

陈寒丘抬起头："我知道自己在做什么。"

蒋凡聿上前，用力揪住他的衣领："卖还是不卖，你说一句不卖，我马上就走。"

陈寒丘压抑着情绪："老三……"

"卖还是不卖！"他重复。

"我做不到……"陈寒丘拽开他的手，嗓音沙哑，"我做不到，我做不到！"

因情绪起伏，陈寒丘的脸和脖子一片通红，他坐下，手肘抵着膝盖，手掌挡住自己濒临失控的神情，痛苦道："老三，这是……这是我的礼物。"

这是支撑着他往前走，唯一的动力。这是他漆黑的天空中，唯一的光亮。

那时，女孩子睁着亮晶晶的眼睛，和他说——

陈寒丘，遇见你真好。

陈寒丘，你要好好生活，会好起来的。

陈寒丘，我们以后也一起上学吧，一直在一起。

陈寒丘三言两语说完当时的事，情绪稳定。但他一抬头，对上一双泪眼，她红着一双眼睛看着他，一副要哭的模样。

他微怔，反应过来，笨拙道："不是你的问题，是我没做好，老三他不是怪你，是怪我……"

他漆黑的眼眸里写满慌乱，又完全是少年模样。

施翩看着他，听着他词不达意的抱歉，忽然没有那么难过了。她随手一抹眼泪，咕哝："谁因为他难过！你这个大傻子，大笨蛋，大木头，大倔驴……"

她念念叨叨，掀起被子，盖住脑袋。

陈寒丘看她躲起来的模样，轻轻拍了拍被子，低声问："还要听吗？我可以讲别的。"

施翩闷在被子里，悄悄擦着眼泪，谁要听这些傻子才会做的事。

十二月的第一天，早上八点，1101室的门铃被按响。

门外，施富诚急得都忘了自己知道密码，由施文翰提醒，他才想起自己不用按门铃这件事。

他连忙输入密码，输到一半，门从里面打开。

"小乖？！"施富诚张口就喊。

话音刚落，他瞪圆了眼睛，一口气堵在嗓子眼。

一身居家服的年轻男人神情平静，身上是带着小花的围裙，深黑色的眼眸淡淡地看过来。他点头："早上好。"

"……"

场面一时间陷入沉寂。

十分钟后，施富诚和施文翰得知了最近发生的事。

施富诚很自责，最近施翮忙，他也忙，有阵子没来海上花境，不知道发生了这么多事，好在施翮没出什么事。

施文翰问："人抓到了？"

陈寒丘："昨天他在东川上线，我把IP提供给了警方，今天应该就能抓到嫌疑人。"

施文翰蹙眉："怎么会选在昨天上线？"

如果对方准备昨晚对施翮动手，应该不会在动手前特地上线，这一步看起来似乎有些多余。

陈寒丘攥了下拳，道："昨晚他想入侵Liz的个人网站进行直播，他身上携带针孔摄像头……"他是想直播伤害施翮的画面，让所有人都看到。

陈寒丘话没说完，施家的两个人却懂了。

对方想羞辱Liz，想让所有人看见她狼狈的模样，这不是简单的报复，更像是积怨已久。可施翮刚回国，谁和她有这么深的仇怨？

施富诚气得破口大骂，什么风度教养都抛到了脑后，恨不得现在就冲到派出所去。

施文翰脸色也不好看，他拉住施富诚："叔，小乖还在睡。"

施富诚面红耳赤，勉强冷静下来。

出了这样的事，他们暂时瞒着奶奶，免得老太太受到惊吓，施翮是她的金疙瘩。

施翮是在工作中出现的差错，施富诚首先找的是查令荃和于湛冬。

于是，当施翩睡到自然醒，走出房门，再到客厅，见到了一窝蜂的男人，还有一个无性别的机器人。

她的眼睛还没睁开，就被迫清醒过来。

眼前分别是施富诚、施文翰、查令荃、于湛冬，以及在厨房面不改色地准备早餐的陈寒丘。

"早上好……"她干巴巴道。

施富诚一口一个小乖，一脸心痛地看她的脸、手脚，还要摸摸她的头发，问有没有哪里受伤，说爸爸马上搬过来陪你。

这么念念叨叨了一堆，他忽然喊："小查！"

查令荃听到叫他就头疼，他诚恳地认错："是我的疏忽。"

施富诚竖起眉毛，看在大家都是成年人的份上，好歹没当着那么多人的面，把查令荃拎到一边去训。

施富诚和查令荃走后，施翩觉得空气稍稍通畅了一点。

于湛冬看看施文翰，又看看施翩，自觉地去了厨房，把时间留给施翩的家人们。

施文翰看着刚睡醒的施翩，脸蛋睡得红红的，一双眼睛娇憨灵动，看来晚上睡得不错。

"怎么样？"施文翰直接问。

施翩揉了揉发，往沙发上一缩，随口道："没什么事，当时吓了一跳，现在好多了。"

施文翰见她状态还行，便没多问。

"陈寒丘怎么在这里？"他问起别的。

施翩眨眨眼："他在追我，我还在考虑要不要给他一个机会，毕竟他也符合我的要求。"

施文翰瞥她一眼："并不符合。"

施翩瞪着眼："哪里不符合？"

施文翰："他有情史。"

施翩："……"

她干巴巴道："他的情史就是我。"

施文翰看着有点呆的妹妹，神情慢慢柔和，笑着揉揉她的发，叮嘱道："这两天在家待着，别的事不用管。"

这一上午，家里可谓是鸡飞狗跳。

施翮一吃完中饭，便找借口躲到画室里去。机器人先生看看吵闹的男人们，再看施翮，它犹豫片刻，跟在施翮身后。

走到门口，机器人先生便停住了，平时施翮的画室不让人进。

施翮对家里的机器人们格外宽容，她一拍机器人先生的手，顺道把它拽了进来。避难的时候，就先不管规矩了。

进了画室，世界顿时安静下来。

机器人先生看了眼四周，礼貌地问："施翮，我可以在里面走动吗？我不会动你的画。"

施翮摆摆手："你随意。"

施翮并没有画画的欲望，她躲到休息角，无聊地翻着画报，开始她休假的第一天。

她随便翻了几页，停在某一页。这一页是"东川小凡高"的个人采访，从他开始学画画，再到现在。

一路看下来，他在重现他父亲的梦想，失去了自己的人生。

他甚至没有自己的名字。

施翮没看过他的画，今天难得有兴致，她在自然光线下看他的画，看了一阵，很难找出有什么优点。

画画对他来说，似乎是痛苦的。热烈的颜色和场景也藏不住他内心的压抑。

施翮想起查令荃说的话，翻到所谓和她主题相似的几幅画，抽象的表达衍生出无数不同的理解。

从他的画中，很容易看出他本人对于她画作的理解。

他似乎……有些愤懑？

"是他啊。"施翮喃喃道。

忽然，画室的门被敲响，是查令荃。

查总依旧精致到头发丝儿，即便是一身休闲装，也难掩他强大的气场，只是看起来略微有些憔悴。

施翮抿了下唇，别开脸。

那天在展馆，施翮和他大吵一架。

两人顺便把大大小小的矛盾都拎出来吵了一遍，最后两败俱伤，一个抹着眼泪走了，一个在展馆枯坐一夜。

施翮和查令荃，并不是简单的合作关系。

自从当了施翮的经纪人，查令荃便只带她一个，看着她从一个小女孩，长大成人，长成现在的模样。

小时候，姜萱和施富诚不在的日子，都是查令荃陪着她。

施翮曾想，如果查令荃没有干涉他们，如果陈寒丘坚定地选择她，如果毕业那天她冲进教室质问他，是不是一切都会不一样。

可时光无法倒流，没人知道答案。

"……干什么？"施翮干巴巴地问。

查令荃轻咳一声："人抓到了。"

施翮"哦"了声，晃了晃手中的画册："是他吧？"

查令荃看向施翮手中的画册，上面硕大的五个字。他微怔，解释道："警方根据陈寒丘提供的 IP 找到了那个黑客，黑客供出了高凡，还有前几天跟踪你的人也是高凡的手笔。"

因为陈寒丘和于湛冬，施翮身边几乎二十四小时有人。

高凡迟迟找不到机会下手，于是想了办法，让他们误以为跟踪的人已经被抓起来，趁着空当下手。

查令荃道："我准备去派出所。"

施翮想了想，说："你帮我带句话。"

不多时，乌泱泱的人群散了，去给高家找麻烦的去找麻烦，去派出所的去派出所，家里逐渐恢复了平静，似乎大家都离开了。

施翮趴在门后听了一阵，没声音。她问机器人先生："家里还有人吗？"

机器人先生诚实道："陈寒丘在。"

施翮眨眨眼，打开门，刚探出脑袋，一只手掌从天而降，摁住她的发，轻懒的嗓音落下来："不用躲了。"

"都走啦？"施翮从他掌心钻出来，仰头看他。

陈寒丘垂着眼，轻轻"嗯"了声，收回手，视线看向她身后的画室，画架上是空的。想起魏子灏的话，他摸了摸鼻尖。

施翮看他一身居家服，随口问："你不去上班？"

陈寒丘跟在她身后，往客厅走，应道："最近在家办公，麻烦你收留我两天。"

"又住这儿？"她扭头看他。

陈寒丘微顿："不方便？"

施翮："……"

孤男寡女，想不出来哪里方便了。

施翮想起昨晚，小声咕哝："好吧，只许你住两天。"

陈寒丘弯唇一笑："我给你当家养小精灵，于湛冬会做的，我都会学。你可以随意使唤我。"

施翮哼哼两声，就当同意了。

陈寒丘拿着电脑坐下时，施翮正在地毯上打滚，顺便和机器人先生聊天，交流怎么把食物做得更好吃的心得。

陈寒丘听了一阵，决定保持沉默。

等两人聊完，施翮开始刷微博，他喊："小羽毛。"

施翮"嗯"了一声，晃着小腿，应："干什么？"

"为什么不画人像？"陈寒丘问。

施翮："不喜欢，人的脸和人的心不一样，我不喜欢。"

施翮从学画画开始，就知道树是树，花是花，眼睛所看到的一切似乎都是真实的。但人不一样，人很复杂，她画不出他们的内心。

陈寒丘轻声问："那你曾经画过人像吗？"

"画过啊。"施翮自然地应。

陈寒丘微顿："……画了什么？"

施翮抬头，看向陈寒丘。他对她总是小心翼翼，怕做错事惹她不高兴，更不敢轻易窥探她的内心和秘密。

这和从前的陈寒丘不一样。

从前的陈寒丘虽然笨拙，但他会坦然地对她好，会表达爱意，会紧紧牵着她的手，说他会很努力。

他一直很努力，直到现在，没有一天懈怠过。

可现在的陈寒丘，变成了胆小鬼。他没办法从六年前走出来，他走不出来。

现在也是，他想知道问题的答案，却不敢直接问。

那天，魏子灏酒醒后，便老老实实地跟她承认了错误，说酒后把在画室看到陈寒丘的素描画像的事告诉他了。

施翮并不在意，她画了就不怕人看。

这不是什么见不得人的秘密。

施翩收回视线，语气轻快："画了我曾经的男朋友，他有一张让人喜欢的脸和一双好看的眼睛。"

陈寒丘低声道："他的脸和心也不一样。"

施翩笑着应："错误答案。"

他的脸和心一样。

一样好看，一样让人喜欢。

在家待了两天，施翩深觉不用工作的快乐。

又一个晚饭后，她躺在地毯上打滚，捏了捏肚子上的肉肉，感觉不太对，忙起身往体重秤上跑。

片刻后，施翩和体重秤上的数字大眼瞪小眼。

她盯着看了整整一分钟，久到机器人先生都过来围观，它俯身看了眼数字，平和道："施翩，你很健康。"

"啊——"施翩一声尖叫。

机器人先生惊了一下，不解她为什么尖叫。

厨房里，陈寒丘抬眼看向客厅一角，关上水，擦干净手，解下围裙，迈着步子朝施翩走去。在体重秤边站定，他瞥了眼。

稍许，他顺手抱上施翩的腰，单手掂了掂重量，再把她从秤上拎下来，拿走体重秤。

施翩："……"

她瞪他："你干什么？"

陈寒丘嗓音淡淡："秤坏了，我修一修。"

施翩："……"我看你睁眼说瞎话。

施翩郁闷地蹲了一会儿，巴巴地问："我可以出门了吗？就在附近走走，散散步？"

陈寒丘看她沉闷的小脸，应道："嗯，去换衣服。"

施翩立即小跑着去换衣服了，脚步欢快。

今天下午，查令荃打了个电话给陈寒丘，因施翩把他拉黑了，他只能联系陈寒丘。他说高凡承认了自己做的所有事。

起初有高家做庇护，高凡并不承认，说他们没有证据，没人能证明小广场上的人是他。

后来，查令荃将施翩的话转告给他，没多久，高凡便承认了。

事情暂时告一段落。

陈寒丘站在门口等施翩，他又一次点进邮件，没在收件箱内看到想看到的回复，有些失望，一个月之期快到了。

施翩作为一个仙女，冬日里也不忘潮流，羽绒服像蓬蓬裙一样夸张，不像是去散步，像是去走秀。

她走到客厅，看到陈寒丘等在门口。

清瘦的人影立在门前，微低着头，黑色碎发散落在额头，长睫低垂，侧脸轮廓凌厉，神情安静。

他一身纯白色的大衣，显得很乖。

听到声音，他抬眼看来，黑色眼眸染上点点光亮。

"像花一样。"陈寒丘浅浅笑起来。

施翩背着小包，从他身边经过，嘀咕："我比花好看多了。你怎么连围巾都不戴？又不是高中生了。"

陈寒丘："我身体很好。"

施翩瞥他一眼，这可不见得。

陈寒丘默不作声地回去拿了围巾，老实戴上。

施翩摸摸被风吹得冰冰凉的鼻尖，双手插兜，视线晃了一圈，冬日树上枝头零落，车底下躲着取暖的小猫咪。

走到固定的喂猫地点，她停下来。

"喵……"施翩蹲下身，学着小猫咪叫了两声，拎起空了的食盒晃荡两下，发出声响。

不一会儿，便有几只脏兮兮的猫围拢来。

她将头埋进围巾里，蹲在一边，看陈寒丘喂猫。

陈寒丘看着冷，小猫咪们却不怕他，围过来认真吃着猫粮，还有胆子大的，直接在他脚上躺下。

最大胆的是一只大橘，亲昵地去蹭他的手。

那只骨节分明的手轻揉揉小猫的脑袋，手指勾了勾小猫咪的下巴，小猫咪舒服得发出咕噜噜的声音。

施翩瞧着，摸了摸自己的脑袋，空空荡荡的，没有人摸摸。

施翩蹲着看了一阵，腿麻了，她起身去边上蹦了两下，在路灯下来回走，看着影子从长变短，由长变短。

站在路灯正下方，她看不见自己的影子。

正玩得开心，地面忽然覆盖上一道黑影，她身后有人。

施翩一惊，下意识想跑，刚迈出一步，上半身被人搂住，带到怀里，清淡的味道浮到鼻尖。

"是我。"他的声音紧跟着落下。

施翩松了口气，是陈寒丘。

陈寒丘微皱了下眉，转过身，看她微白的小脸，和眼神中未消散的惊惧，他吓到她了。

他低下头，去口袋里找她的手。

口袋里，她的手紧握成拳，他顿了顿，握住她的拳头，轻轻分开，指节穿过她的，贴住她的掌心。

稍许，施翩渐渐松弛下来，她小声道："我以为……"

陈寒丘将她的手藏到自己的口袋里，垂眼看她片刻，轻声问："带你去个地方？"

"去哪儿？"她没挣开，小手贴着他温暖的大手。

陈寒丘道："暂时保密。"

他们没开车，像以前一样，一起坐地铁，再换乘公交车，到一处明亮的街区下车。

"这是哪里？"施翩探头看了一圈。

街道周围很热闹，小小的店铺散着莹莹的光。

奶茶店门口总是最不缺人的地方，女孩子们挤在一块儿说着话，光照在她们灿烂的笑颜上。

似乎冬夜也没那么冷。

陈寒丘牵着她往人行道走，边走边道："老城区附近一个夜市，开了很多年，晚上很热闹。给你买奶茶？"

施翩摇头："人太多了，不喝。"

陈寒丘看了眼她留恋的眼神，道："不多。"

他牵着她往奶茶店门口走。

施翩："……"牵着我的手，就可以带我到处走吗？

陈寒丘几步迈过去，热闹的奶茶店门口顿时安静下来，一群小女孩鸦雀无声，定定地看着面前的大帅哥。

施翩站在人群外，眨了眨眼。六年过去，这人到奶茶店永远是这个待遇。

其中一个女孩子大着胆子上前，问："哥哥，你有女朋友吗？方便要个联系方式吗？"

陈寒丘没说话，转身往人群外看了一眼。

女孩子们顺着他的视线往后看去，看到一个穿得花里胡哨的小仙女。

小仙女在夜色下像是发着光，对上她们好奇的视线，她弯唇一笑，对她们摆了摆手。

寂静片刻，人群又变得吵闹。

"仙女姐姐'贴贴'！"

"姐姐，你缺女朋友吗？"

"姐姐姐姐，加个微信吧？"

"……"

十分钟后，施翩捧着奶茶，笑眯眯地和热情的女孩子们告别，顺便加了几个微信。

至于陈寒丘……

因为不和女孩子说话，已无人问津。

施翩昂了下巴，轻哼道："看到没？你这个人永远不会哄女孩子，都没人喜欢你。"

陈寒丘嗓音淡淡："我会哄你就行。"

施翩："……也没见得哄得很好。"

陈寒丘谦逊道："继续学习，再接再厉。"

施翩翻了个白眼，刚吸了一口奶茶，另一只手又被牵过去。

"……"

这人怎么就这么顺理成章呢。

沿着热闹的街区走了一阵。

陈寒丘带着施翩拐入另一条小路，这里的店铺显得冷清，他轻车熟路地带她钻进一家窄窄的店铺，门口只有一道帘子。

掀开帘子进去，一条通往地下的长阶梯，红色灯光黯淡。

入口隐蔽，没有招牌，又开在地下。施翩猜测是玩音乐的地方或是地下竞技，或是一些跳蚤市场，卖一些猎奇的玩意儿。

狭长的通道里，施翩一手拎着羽绒服裙摆，一手稳稳地被他握在掌心，脚踩在他走过的地方。

衣料摩挲间，他指间的力道越来越紧。

她忍不住小声道："不用牵那么紧，我看得清。"

陈寒丘回过头，借着暗光看她的神情，许是裙摆太大，她浅蹙着眉头，郁闷地看着脚下。

他微顿，喊："施翩。"

施翩"嗯"了声，抬眼看他："干什么？"

"抱稳了。"干净利落的三个字落下。

陈寒丘牵着施翩的手微微用力，将她拽向自己，单手将她整个人抱了起来，迈开步子，快步往台阶下走。

施翩眨了眨眼，攀着他宽阔的肩，坐在紧实的小臂上，感受到这具身体里蕴含的力量。

她想，他不是高中生了。

踏下最后一级台阶，陈寒丘俯身，送施翩落地，见她站稳，便松开手，顺手整理了她的裙摆。

他道："这里我以前常来，会有点吵。"

厚重的铁门被推开，场内的海潮像热风扑面。

巨大的激吼声涌出来，攒动的人群跳跃欢呼着，场地宽阔，正中央围着栏杆，人们围在周边，专注地看着场内。

服务员穿着清凉，捧着啤酒打转。

场地外一圈都是看台，看台是暗的，观众看着场内的厮杀，暗流涌动。

施翩跟着陈寒丘往里走，等走到高处，她睁大了眼睛——场地内是八个形态各异的机器人，它们在操控下互相碰撞、厮杀。

转眼，一个高大的机器狗四分五裂，失去了行动能力。

场外又一阵欢呼，大家将目光集中在一个行动灵活、身材矮小的机器人身上。它像一辆小坦克，最前方旋转的金属扇叶锋利无比。

所到之处，其余机器人都避之不及。

陈寒丘见她看得认真，低声解释："这里是地下机械竞赛场，由人操控机器，每场的获胜者会获得奖池内的所有奖金。"

施翩扭头问："你常来？"

"刚回国创业那会儿压力大。"他简单说了几句，"我会来这里解压，能更了解机器，偶尔还能赚钱。"

施翩："……"

果然二十四小时在他眼里有四十八小时，解压还能干这么多事。

两人在一处角落坐下，看完这场残酷的竞赛。

那辆机械坦克大杀四方，令所有对手铩羽而归，它的操控者是一个十几岁的少年，此时正露出小虎牙笑。

陈寒丘道："他很有天赋。"

施翩托着腮，好奇道："比你还厉害？"

陈寒丘眸光淡淡："我在他那个年纪，只是一个普通人。"

施翩轻哼，懒洋洋道："普通人可入不了我的眼，你确定你那时候只是一个普通人？"

陈寒丘："……我是天才，比他更厉害。"

施翩没忍住笑起来，有点想去捏捏他这张淡漠的脸，但她现在不追人，才不随便动手动脚。

陈寒丘静静看着施翩的笑，即便是在暗中，她的笑颜也熠熠生辉。

"想去玩吗？"他问。

施翩一怔："我能去玩吗？没有机器。"

陈寒丘道："有。"

陈寒丘牵着施翩越过人群，走到小吧台前报了一串数字，便有人递过一把钥匙，再由专人领他们去存放处。

存放处连接修理区，修理区只有两个人，埋头蹲在角落，互不搭理。

陈寒丘几个月没来，机器上已落了灰，他小心翼翼地取出柜子中的机器，对施翩道："等我一会儿。"

施翩点点头。

陈寒丘摘下围巾，脱了大衣挂在一侧，拎着工具箱进了修理区，里面的两人并不在意他。

施翩探头，往修理区看了一眼。

别人的机器人都长得十分凶残，即使不凶残，看起来也有几分冷酷，而陈寒丘的——圆头圆脑的小家伙，可爱憨厚，像一颗滑动的小星球。

有点呆……施翩悄悄想着。

陈寒丘动作很快，不过几分钟，他停下来，操控着它灵活地往外跑，速度平稳。

一直埋头的两人不由得看向这个灵活小巧的机器，没在场上见过，动静很轻，动作很稳，制作它的人有一双巧手。

黑乎乎的小家伙停在施翩面前，她蹲下身，刚想伸手去摸，被一只手掌挡住，他顺势牵着她起身，不许她去碰。

"零件很锋利，不要碰。"陈寒丘把遥控器交到她手里。

施翩有了遥控器，就不惦记去摸了。

在陈寒丘的解释下，她很快掌握了怎么操控机器，胜负心瞬间起来了，她要带着机器人去大杀四方！

施翩兴致勃勃地问："我们的机器人是不是很厉害？它一定有个很酷的名字吧，它叫什么？"

"小圆。"

施翩面露茫然："……叫什么？"

陈寒丘："小圆。"

"……"听起来不像能大杀四方呢。

半小时后，场内的气氛紧张到了极点。

第二场开赛，所有人的注意力都放在那个坦克机器人身上，它依旧像第一场般，凡是被绞片卷到的机器，不是四分五裂就是罢工，它几乎没有敌手。

随着场上的机器越来越少，他们忽然发现，场上居然还有一个机器人。

它身姿灵动，闪避了所有致命攻击，即便偶尔被群殴波及，它也依旧平稳。

等坦克机器人干掉场上"唯二"的对手，它的目标便只剩下了小圆。

场地对面，少年露出笑容，小虎牙若隐若现。他得意地一抹鼻尖，抬头去找操控机器人的人，转了一圈，看到对面闪闪发光的女孩子，他呆了一下。

少年呆呆地看着她昂起下巴，朝他比了个手势。

"小鬼！决战时刻！"她朝他喊。

小少年双眼发亮，高声喊："姐姐，输了能当我女朋友吗？"

施翩："嗯？"

她在一阵噪声中听得不分明，才听清"输了"两个字，耳边便落下手掌，将她的耳朵捂住。

施翩抬眼去看陈寒丘："干什么？"

陈寒等那阵声音过去，松开手，淡声道："对面的小鬼挑衅你，听着来气。"

　　"挑衅我？！"施翮顿时燃起斗志。

　　短暂的休整后，施翮全神贯注地看着场内。

　　场中，坦克车在小圆面前像一只巨兽，似乎下一秒就能碾碎小圆。

　　围观群众并不对这场决斗抱有期待，只有少数几个玩的时间久的，若有所思地看着小圆。这个小家伙，有一点眼熟？

　　稍许，坦克车未动，小圆先动了。

　　它灵活地在场内滑行，专挑坦克车无法经过的地方，这场你追我赶，弄得坦克车十分狼狈。当坦克车即将追到时，小圆便闪开，许多次，坦克车卡在死角。

　　又一次紧张的追逐后，坦克车将小圆逼入角落，金属扇叶高速旋转，即将碾碎小圆时，小圆忽而往左一闪，扇叶紧跟着过去，眼看它避无可避，金属绞片狠狠地向它刺去。

　　忽然，矮矮的小圆往上一弹。

　　坦克车的叶片扑了个空，钻进场地边缘，扇叶高速旋转，然后它……卡住了。

　　施翮哈哈一笑，收回弹簧，待小圆落了地，飞快闪开，跑到场地的另一头，在长长的对角线外。

　　小圆小巧灵活，速度极快，但它却并不轻盈，是一个非常有重量的机器人。

　　这意味着，当它的速度无限加快时，将造成致命打击。

　　趁着坦克车卡住，小圆在最远距离，以最高速度向坦克车疾冲而去，仿若坠入大气层的流星。

　　"砰"的一声巨响，坦克车凹陷进角落。

　　少年着急地按着遥控，可不管他怎么按，他的绞杀王都不再动弹，只是安静地卡在角落里。这只称霸地下的猛兽停止转动，它被击败了。

　　随着广播响起，施翮尖叫一声。

　　"啊——"她下意识去抱身边的男人，"陈寒丘！陈寒丘！我们的小圆赢了，它是最棒的！"

　　服务员适时送上啤酒。

　　施翮顺手接过，一口气喝完了整瓶冰啤酒，凉滋滋的水汽冲散她身体里的热意。喝完，她舒服地打了个小嗝。

陈寒丘看着，没有阻拦。她在家憋了两天，一直没从那晚的阴霾中走出来，需要一个方式去发泄。

这时候，他只要陪着她就好。

陈寒丘拿走空酒杯，看着她亮晶晶的眼睛，轻轻笑了一下，问："带你去拿奖金？"

施翩兴奋道："还有奖金？！多少钱？"

陈寒丘牵着她走出狂欢的人群，解释道："钱不多，大家看着扔，就像丢许愿池一样，但有限额，不能超过二十。"

施翩立马扭头去数人，她兴冲冲地说："有小一千，这么多！哇，我请你吃夜宵！"

陈寒丘带着施翩去领了奖金，她美滋滋地数着钱，像是刚获得新玩具的小朋友。

施翩拿了钱就想跑，不在这里多留。

于是，陈寒丘将小圆交给工作人员，准备离开。

穿过拥挤的人群，打开厚重的铁门。施翩钻了出去，等门再合上，耳边的嘈杂都消失了，世界顿时安静下来，热潮未散。

施翩的肾上腺素仍在狂升，酒意和热气一齐涌上来，刺激着她的神经。

陈寒丘恍然未觉，往上看了一眼漫长狭窄的阶梯，去牵她滚烫的手，提醒道："慢点走，我抱……"

话音还未落下，他停住了，她正盯着他，眼底的光很暗。

施翩忽然伸手，用力把他往墙上一推，潋滟的双眼盯着面前的男人，他垂眼看她，似是没反应过来，神情有些怔愣。

她盯着他看了片刻，忽然踮起脚，温热的气息徐徐地落在他的下巴上。

"陈寒丘，要不要接吻？"

她不紧不慢地说着，视线落在他轻抿的唇上。

陈寒丘眉心一跳，看着面前的女孩子。

昏暗的红色灯光落下，通道里空无一人，她踮脚抵在他身前，狐狸一样的双眼勾着他，面颊泛着红潮。

暗光给她蒙上一层纱，她美得像雾。

只要低下头，就……

不过一瞬，她闭上眼，唇重重地撞了上来。

陈寒丘呼吸停滞。

两面围墙的斜长楼梯下，表面清冷的男人轻轻地蹙了一下眉，颈间青筋隐隐浮起。他感受着唇上毫无章法的逗弄，紧攥了下拳。

下一秒，两人位置颠倒。

陈寒丘单手撑着墙，另一只手紧紧扣着她的腰，微黯的眼神落下，落在她迷蒙的双眼上。

"你醒着，还是醉了？"他哑声问。

施翩不说话，只是仰着脸，伸出舌尖轻轻舔过嘴角，晶莹的光亮覆着玫瑰色的唇，刺得他瞳孔收缩。

陈寒丘喉结滚动，看她片刻，倏地低下头。

是她不知死活，偏要撞上来。

第二天，施翩一觉睡到自然醒，她蹭了蹭软软的被子，伸了个懒腰，哈欠打到一半，轻嘶一声，默默闭上了嘴巴。

"和小狗一样……"她嘀咕了句，起床。

昨晚，施翩仗着喝了酒，对陈寒丘动手动脚。起初她也没想做什么，就想亲亲而已，结果他也不知道发什么疯，压着她亲个没完。

久到铁门再次打开，人群散场，说笑声和脚步声接连响起。

空气中充满躁动游离的因子，所有人都看到他们在拥吻。

他却无动于衷，高大的身躯抵过来，将她完全覆盖住，呼吸分毫未乱，冷白的面颊上覆着薄红。

恍惚间，她睁开眼，对上他深色的瞳孔。

疏冷的眼暗不见底。

施翩想起昨晚，脸红红地跑进浴室洗漱。

她一点都不担心怎么面对陈寒丘，嘻嘻嘻小酒鬼又有什么理智呢，她完全想不起来啦！想不起来，就无事发生。

她得意地哼起小调子。

推门出去，厨房里，陈寒丘有条不紊地颠着锅，随口和机器人先生交流两句做饭心得，毫不吝啬他的经验。

他神情平静，但不难看出这会儿他心情不错。

施翩迈着轻快的步子走出去，开口就是抱怨："陈寒丘！昨晚我干什么去了？和狗打架了？"

陈寒丘动作一顿，抬头看施翮，她嘟嘟囔囔的，郁闷地指着自己破了一块的唇角，说着，用力瞪他一眼，没有脸红。

完全把昨晚的事忘了。

"昨晚你和流浪猫抢吃的，拦都拦不住。"他嗓音淡淡，毫无愧疚之心。

施翮："……"

她瞪大眼："我和流浪猫抢吃的？你是不是骗我？"

陈寒丘收回视线，随口道："真的，我还带你去打了疫苗，不相信可以去调小区监控给你看。"

施翮："……"

就知道欺负她，她偷偷翻了个白眼。

施翮气鼓鼓地去客厅躺下，掏出小画板，画了一只怒气冲冲的呆瓜，它正在大战小猫咪。画到一半，陈寒丘喊："施翮，吃饭。"

施翮"哦"了声，老老实实爬起来吃饭。

她饿了，不能离开家养小精灵。

没有工作的日子，起初很快活。施翮不用起早贪黑，不用顶着冷风出门，也不用烦恼下一个主题该画什么。

可才一周，她就无聊了。

"陈寒丘！"在地毯上打滚的施翮嚷嚷着找人。

几步之遥的陈寒丘："……"

他关掉几分钟之前收到的邮件，起身蹲在地毯上，问："无聊了，还是想吃东西？"

施翮恼怒道："你怎么还不去上班！"

陈寒丘自然道："我溺于美色，不想上班。"

施翮："……"

她又滚了一圈，郁闷道："在家好无聊，不想画画，不想待着，想出去，但外面好冷。"

陈寒丘垂眼想了片刻："我们给呆瓜做个小游戏？"

"嗯嗯嗯？"施翮停止打滚，双眼晶亮，"给呆瓜做小游戏？什么游戏？"

陈寒丘转身拿过电脑，在地毯上坐下，道："类似于旅行日记，探险类？

或是其他，你说了算。"

施翮顿时不无聊了，兴致勃勃地打开微博："我给呆瓜建了一个号，它现在有……哇！"

上次她上线时，呆瓜的粉丝才五千，现在居然十一万了，评论区都在催更，没有呆瓜的日子大家很难熬。

这个账号的名字和呆瓜一样高冷，叫"已读不回"。

陈寒丘问施翮要了文件，不过几分钟，便做了一个小动画出来，他还没开口，她便自觉地凑过脑袋盯着屏幕。

陈寒丘背靠着沙发，长腿舒展，笔记本电脑放在大腿上。

她凑过来，脑袋几乎要靠在他腿上，毛茸茸的发落下去，她的香味散开，有点痒。许是昂着头太累，她顺势往下一趴。

软软的指尖摁着他的大腿，她无知无觉，甚至轻拍了一下他的腿，咕哝："你放松一点！"

陈寒丘喉结滚动，看向屏幕，转移注意力。

可当视线移开的时候，感官却更清晰，她指腹的力道不轻不重，偶尔挪动，一头长发完全散在他身上，盖住小腹。

她动了动，上半身也挪了过来。

"……施翮。"陈寒丘低声喊。

施翮仗着他看不见，悄悄翘起唇角，这腿都紧绷成这样了，她是有多吓人？前几天亲她怎么不怕。

施翮没理陈寒丘，兴致勃勃地看小动画。

"施翮。"他又喊她，向来干净的嗓音变得很沉。

施翮回头看去："干……"话没说完，她睁大了眼。

陈寒丘拿开笔记本电脑，修长的指节握上她的腰，一个翻身，用力一带，两人位置翻转。

施翮愣愣地看着覆在上方的男人，他眼睫垂落，眼睛里带着她曾看到过的光芒，眼神有点凶，像一头饿坏的小兽。

短暂的怔愣后，施翮回过神。

她完全放松地躺在他的掌心，纤细的身形被他宽大的身躯遮挡，从上往下看，只有交缠的发显出他身下还有另一个人。

施翮弯唇一笑："想亲我啊？"

她就像一只小狐狸，得意扬扬地甩着尾巴，上挑的狐狸眼勾着人，不断引人去欺负她，用力地、狠狠地。

陈寒丘屈着腿，分开跪在施翩上方。

她弯着红唇，无所畏惧地勾着他，似乎在说，想亲我，那就来啊。

他克制着呼吸，安静地看她，卷曲的长发，纤长的颈，莓果色的唇。

她和以前一样，又不一样。

现在的小狐狸胆子更大了，亮着爪子耀武扬威，根本不怕他会欺负她，笃定他不会。

陈寒丘想，却不敢。她忘记了亲他的事，他不能欺负她。

于是，他哑声问："可以亲吗？"

施翩眨眨眼，伸出一根手指，戳戳他的下巴，顺着下颌线往下滑，滑到脖子上，指尖轻轻刮过颈间的凸起。

下一秒，这颗小凸起剧烈地滑动了一下。

她抬起手，往他脖子上一勾，借力抬起上半身，长发顺着她的动作滑动，像一股小小的浪潮打向陈寒丘。

"不许你亲。"她说。

陈寒丘问："什么时候可以亲？"

施翩重新躺回去，一本正经地想了想："你没达成我的条件，我就让你追我了。你想要亲我，怎么也得达成条件，再追到我，对吧？"

施翩还记得星星的事，一个月的期限马上到了。

那时他一脸笃定的模样，如今却一点动静都没有。

陈寒丘看她片刻，问："确定吗？"

施翩轻哼："你先让星星和我说晚安再说。"

陈寒丘缓慢地攥了下拳，又松开，微微直起身，将施翩扶起来。他问："晚上，想不想和我去看流星雨？"

施翩屈起腿，新奇道："最近有流星雨？"

"不一定，只说可能。"他翻出新闻，"双子座流星雨。"

施翩想了想室外的温度，有些犹疑："会不会太冷？"

陈寒丘道："帐篷里会很暖和，我们带上毯子。"

施翩想起那个夏夜没能看到的流星雨，有点遗憾。她小声道："那好吧，我穿羽绒服去。"

许是晚上可以出门，施翩的心情好了不少。

她饶有兴致地开始构思关于呆瓜的小游戏，呆瓜想去世界各地探险，还想坐上火箭去外太空看宇宙。

呆瓜自由自在，想去哪里都可以。

陈寒丘静静地看了她一阵，发了几条短信，便戴上围裙去准备晚餐，动作间不见急切。

今晚很特殊，他等了太久。

越是这个时候，越不能着急。

转瞬，白日时光过去。

施翩一抬眼，便是夜幕深沉，她坐起身，捏了捏酸胀的脖子，看了眼时间，下意识去找陈寒丘的身影。

视线越过客厅，停在厨房。

点点光洒落，给他的身影晕上暖黄的光。他看起来很乖，像那时她去他家里，他也是这样在厨房，给她准备晚餐或夜宵。

多数时候，陈寒丘都是安静的。

他和许多人都不同，冷漠的外表拒人于千里之外，藏住他温柔的内心，他说得很少，做得很多。

有的人能看到，有的人看不到。

施翩看了片刻，弯唇笑起来。

吃过晚饭，两人准备出门。陈寒丘整理着今晚需要的东西，而施翩，本来她应该吃饱躺着，但今天……她在哄机器人先生。

机器人先生态度平和："施翩，我想去看流星雨。"

施翩指指陈寒丘，小声道："不是我不带你，是陈寒丘说今晚不方便，改天带你去好吗？"

机器人先生道："你说他要尊重小陈，他没有尊重。"

施翩："……"

相较于圆圆的乖巧听话，机器人先生就显得十分有个性，这也是伴侣型机器人的卖点之一。

施翩没了办法，随手拎起抱枕，往陈寒丘身上一砸，喊："陈寒丘！过来哄哄小陈！"

陈寒丘随手接住抱枕，瞥了眼机器人先生，开门见山："想不想和圆圆住在一起？"

机器人先生一呆，困惑道："怎么样才和圆圆住在一起？"

陈寒丘："今晚好好在家待着。"

机器人先生道："你会骗我吗？"

"不会。"他保证。

机器人先生垂下脑袋，在流星雨和圆圆之间做出了选择，它想和圆圆住在一起。

"施翮，以后你会带我去吗？"它这样问。

施翮很愧疚，承诺道："过两天就带你去，带你和圆圆一起，我们不带陈寒丘。"

"太好了。"机器人先生欣然同意。

陈寒丘："……"

当车驶向山脚，施翮忍不住坐起身。她借着夜色看窗外的风景，这样的夜景她在许多年前看过。

那时，她和陈寒丘是坐地铁来的，时隔数年，他们又来了这里。

正是流星雨观赏周，路上来往的车不少。

不多时，车在山顶停下。

陈寒丘下车，绕到副驾驶一侧打开门，牵施翮下车，他俯下身，拎起她蓬蓬的裙摆，再看她的细高跟小心翼翼地踩到地上。

她爱美，这么冷的天还要穿裙子。

施翮才不管天气，她来看流星雨，当然要比流星雨还要耀眼。

"人还挺多欸。"施翮松开手，往营地看了一眼。

相比多年前，这里更商业化。

新帐篷大而宽敞，四周挂着亮晶晶的灯串，不远处商铺排成排，衣服毯子，小吃零食，什么都有。

来往的人拿着相机，准备记录今晚的流星雨。

陈寒丘从后备厢搬出两个箱子，再转身，施翮已不见踪影。他去看那一排商铺，果然看到她在小吃铺前东张西望，他轻轻叹了口气，过去抓人。

"施翮，先去帐篷。"

施翮轻轻嗅了嗅，咕哝道："炸鸡好香，我想吃炸鸡，还想喝饮料，还想吃……咦，你订了哪里的位置？"

他们穿过中间热闹的帐篷，到了最高处。

最高处的露营地远离人群聚集的观看中心，寂静而宽敞，是最佳观赏处。

施翮拎着裙摆，走到帐篷处，迈着小步转了一圈，边走边道："和以前差不多嘛，就是装饰得好了点。"

绕了一圈回来，她微微睁大眼。

帐篷里亮着小灯，灯光照在软软的地毯上，她的两个小抱枕挤在一起，云朵形状，一黄一白。

地毯上支着小桌子，食盒整齐地摊开，奶茶冒着热气，炸鸡香味扑鼻，冰激凌球边铺满水果。

桌子边，陈寒丘低头调试着灯光亮度，光晕落在他面颊上，给他安静的神情覆上一层柔色。

稍许，他抬眼看来。

"不是想吃炸鸡？"他的唇角弯起小小的弧度。

施翮看了一会儿，弯腰钻进帐篷，脚触到地毯才发觉底下还有电热毯，躲在里面一点都不冷。

她脱下羽绒服，看看桌上，再看陈寒丘。

"你怎么知道我想吃炸鸡？"她注视着他，小声问。

陈寒丘浅浅地笑了一下，递过来一个小毯子，示意她盖在腿上，等她盖好了，他也调好了灯光。

他轻声说："那年冬天，你说想来看流星雨。"

施翮看着暖光里的陈寒丘，想起这件事。

当时也是十二月，她惦记着夏天没看到，嚷嚷着这次一定要去，只可惜那时也没能去成。她回了趟欧洲，去看一个不容错过的艺术展。那时姜萱正好没有工作，她便多留了两周，享受和妈妈在一起的快乐生活，再回来，元旦刚过。

施翮眨眨眼："我那时候就想吃炸鸡？"

陈寒丘"嗯"了声："你说还想在山顶跳舞。"

她瞪他一眼："没有！"

陈寒丘温声道："是我记错了。"

施翮翘起唇角，戴上一次性手套，开始享用她的加餐，顺便等流星雨。

许是运气不好，等奶茶见底，流星雨还没来。

施翮吃饱喝足，单手托腮，忧愁道："陈寒丘，我们是不是太倒霉了？

怎么一颗流星都碰不上。"

"再等等。"他说。

施翩叹气："好吧。"

一等又是两小时，时间到了凌晨。

施翩困倦地蜷缩在毯子里，眯着眼睛，随时都能睡过去，视野中只有陈寒丘模糊的背影。

陈寒丘坐在帐篷口，等流星，也挡着风。

"陈寒丘。"她迷迷糊糊地喊。

陈寒丘转头看她："怎么了，冷？"

施翩往他身边蹭了蹭，才动了一会儿，他伸手过来，把她连人带毯子抱过去，靠着他的腿。她窝在舒服的位置，小声问："星星不会说话怎么办？"

星星不会说话，也就不能和她说晚安，那陈寒丘什么时候才能追到她？

施翩贴着陈寒丘温暖的掌心，心说她好想被摸摸头，还想要抱抱，可是他好慢，连亲她都不敢。

陈寒丘低着头，看她困倦的侧脸，修长的指节穿过她柔软的发，顺了顺微乱的发丝，再回到头顶，轻揉了揉。

他低声道："它已经会说话了。"

施翩困惑道："是吗？"

陈寒丘道："嗯，你等它一会儿。"

陈寒丘仰起头，看澄澈的夜空，他轻轻叹了口气，这样的夜晚，没有流星似乎太可惜了，不过再等下去，也只是……

忽然，他的视线停住。

"施翩。"陈寒丘将腿上的女孩子抱起来，让她坐在他怀里，"流星雨来了，睁眼看看。"

她睁开眼，去看近在咫尺的夜空。

漆黑的夜空中，忽然窜出一束小小的光亮。

一颗小流星拖着长长的尾巴飞快经过夜空，很快消失，下一秒，更多小尾巴出现了。

天际下起了流星雨。

闪耀，明亮。

施翩睁大眼，慢慢清醒过来，她看了片刻，转头去看陈寒丘，正对上他漆黑的眼睛。

他的眼睛里，没有流星雨，只有施翩。

"为什么看我，不看流星？"她有点呆地问。

陈寒丘注视着她，轻声说："我想和你说一些话，你给我一点时间，听我说完。"

"……你说吧。"施翩转过身，和他面对面坐着。

陈寒丘有些紧张，他攥了下拳，调整了呼吸。

他认真道："施翩，我不会说话。从小的时候开始，我就不怎么会说话，只会读书。别的小朋友在玩，我总是看书，他们休息的时候，我还是在看书，书里有很大的世界，比我看到的世界大很多倍。我记得十三岁那年，楼上的邻居哥哥买了一双新球鞋，我妈说给小丘也买一双，我说不要，我会长大，鞋子不会。那时的我，想努力长大，想让我妈住在有阳光的地方，想让她不那么辛苦，所以我更努力地读书。

"长大了，我遇见了喜欢的女孩子。

"施翩，我不会说话，和我在一起，你一定受了很多委屈。但那时的我……想和心爱的女孩子在一起，我做了所有努力去追赶时光，可最后，我还是失败了。我失去了一切，你，还有妈妈，都失去了。

"整整六年，两千多个日夜。

"我想了很久，至今为止我所学的一切都无法告诉我，我为什么会失去你。直到我再次抬起头，看见星空，想起小时候的自己。我曾经憧憬宇宙，仰望星空，长大了，物理教我认识世界，数学教我创造未来，可我发现，没有一门学科教我怎么去爱，更没人告诉我，宇宙的意义是什么。

"后来，在两千多个日夜里，我明白了。

"施翩……就是宇宙的意义。"

陈寒丘眼眶微红，看着怔怔落泪的女孩子。

他抬手，轻拭去她眼角的泪，低声说："我不会再懦弱，不会再自私，不会再弄丢你。所以……施翩，能不能给我一个机会？"

他拿出一份文件。

陈寒丘道："这是国际天文联合会发来的邮件，通知我，那颗由我发现的小行星的命名通过了。"

两个月前，陈寒丘发现的小行星，获得了永久编号。作为一颗新的小行星的发现者，他有权利对这颗小行星命名。

施翮低下头看文件，这颗星星，有一个奇怪的名字。

它叫"晚安，宝贝"。

你不会再有失眠的夜晚。

你会有温暖的睡床，甜美的梦境。

晚安，宝贝。

这一晚，施翮的梦里是夏日夜晚盛大的流星雨，她的少年牵着她的手，她看着星空，他在看她。

施翮在温暖的睡床上醒来，茫然地眨了眨眼。

她清醒片刻，想起昨晚陈寒丘的告白，她困得迷迷糊糊，后来是答应了还是……没答应？

施翮洗漱完，悄悄打开门，探头往外看了一圈，轻轻嗅了嗅，没味道，他不在厨房，再蹑手蹑脚地走到客厅。机器人先生正在认真学习，见到她十分矜持地点了点头。

"早上好，施翮。"机器人先生心情不错。

施翮凑到它身边，悄声问："陈寒丘呢？"

机器人先生道："他去对面开一个视频会议。"

施翮松了口气，趁这个时间，她可以回忆一下自己到底有没有答应，不然弄错了多尴尬。

"小陈，你在忙什么？"施翮顺道和机器人先生聊天。

机器人先生略微有些苦恼："小机器人，我没修好它。陈寒丘最近不教我了，说我笨。"

施翮："……"

这人怎么回事，居然欺负机器人。

施翮吃着早饭，门口忽然传来动静。她一慌，端着盘子左看右看，似乎只有桌子下面能躲人，但她……躲起来干什么？

冷静一点，施翮。

施翮勉强镇定下来，装作不在意的模样抬起头，随口道："开完会了？"

门口，一身正装的陈寒丘低着头换鞋。

因为会议，他难得地穿了西装，挺括干净，一丝不苟，深沉的黑衬着他冷色的面容，却不显疏冷，他看过来时，眸光变得柔软。

陈寒丘轻轻"嗯"了声："刚开完。"

这反应，完全猜不出来自己昨天答应了没有。

施翮看了眼他穿西装的模样，咕哝道："怎么领带都是黑色的，大衣不是有很多颜色吗？"

"大衣是新买的。"陈寒丘解开西装扣子，在她对面坐下，"冬冬说你喜欢身边的人也穿得漂亮。"

施翮瞪大眼："我才没有这么霸道！"

他淡淡地笑了一下："我知道，是我想穿得漂亮。"

施翮慢吞吞地嚼着食物，眼神止不住地往他面上打量，他看她的眼神和平时没什么两样。昨晚她到底答应没？

施翮慢吞吞地说："那个……我问你啊。"

陈寒丘的视线落在她唇上，稍许，倾身过去，伸手捻去她唇角的一点奶渍，再坐回原位。

"问吧。"他说。

施翮眨眨眼，舔了舔唇角，这么亲密，那他们应该在一起了吧？

她双眼晶亮："你是我男朋友了吗？"

陈寒丘微顿，昨晚她掉着眼泪，小声说"好吧，那就给你一个机会"，再哭了一会儿，她便睡着了。

他以为是追求的机会，原来……

是追到了。

陈寒丘静了片刻，抬手扯开领带，低下头，轻舒了口气，再抬起头，他轻声应："嗯，是你男朋友。"

施翮抿着唇笑起来，本来安分放在桌下的腿也变得不老实，毛茸茸的拖鞋往他鞋尖蹭。

轻轻踢一下，再踢一下。

她好开心，她又和喜欢的人在一起了。

下午，天阴的东川出了太阳。

施翮躺在地毯上，靠着陈寒丘的肚子当枕头，双眼时不时就往他脸上看一眼。

陈寒丘注意到她的视线，低头看她，狐狸一样灵动的双眼一对上他的眼睛就躲开。

他无声一笑，继续敲键盘。

平时她在家总是穿着舒适的睡衣，今天却穿得像花蝴蝶，蓬蓬裙的裙摆几乎要铺满整个地毯。

他的小羽毛，真漂亮。

施翩正在回窦桃的信息。

她休息了一周，陈寒丘也一周没去上班。机器人老板不上班，在Proboto科技是一件大事，哪怕他半天不上班，员工都担心是不是要变天了，何况这次持续了整整一周。

于是，陈寒丘的 AI 人设坍塌了。

"陈寒丘，桃子问我你什么时候去公司。"她移开手机，眼睛往他脸上看。

陈寒丘瞥她一眼："嫌我烦？"这才在一起半天。

施翩无辜道："真是桃子问的，她说你们公司的人都在怀疑 Proboto科技是不是要倒闭了。"

陈寒丘指尖微动，敲打键盘的动作停住。

高凡已经被拘留，后续不会有太大的麻烦，剩下的事施家会解决，再牵连不到施翩身上。

照理说，她现在已经安全了。

陈寒丘想起查令荃说的话。他说，是将施翩说的话转达给了高凡，高凡才认了罪。

"你和高凡说了什么？"他问。

施翩："高凡？啊，那个画家。没说什么，我说他的颜色调得很漂亮，嗯……怎么说，不同的画家对颜色的掌控和理解不同，他的用色很特别，明明是轻盈的颜色，却能表达出痛苦。

"我只是说，他一点都不像凡高。"

陈寒丘低下眼，看女孩子随口说着，又不在意地玩起手机，完全没把这句话放在心上。但对于高凡，或许他这一生，只听到过那么一句，听到有人告诉他，你一点都不像凡高。

他弯唇轻笑，忽然道："小羽毛，要不要接个吻？"

施翩茫然地"啊"了声："……现在啊？这么突然？"

陈寒丘拿开电脑，扯了个抱枕垫在她脑后，变换姿势，手撑着地面，自然俯下身，离她琥珀色的双眼越来越近。

施翮睁大眼，伸手挡住他的肩，不许他再靠近："就这样亲吗？"

陈寒丘闻言，轻轻地挑了下眉："你想怎么亲？"

施翮："……"

眼前的陈寒丘像是惑人的精怪，额间碎发散落，眼梢向下，长睫掩不住看向她的眼神，带着游刃有余的掌控感。

和当初不知怎么亲吻的少年完全不同。

屋内开着地暖，陈寒丘早脱下了西装外套，领带被扯开，领口解了一颗扣子，露出一截刀刃似的锁骨。

往下是他窄窄的腰腹，藏在白色衬衫里。

前几天她胡乱亲他的时候，偷偷摸过，他有好多腹肌。

想到这里，施翮咽了咽口水，干巴巴道："……小陈还在，影响不好。"

陈寒丘侧头，和歪头看他们的机器人先生对视一眼。他问："去找圆圆玩？"

机器人先生礼貌地询问："可以带上克利切吗，圆圆很想念它。"

"当然。"他言简意赅。

于是，陈寒丘三言两语骗动了机器人先生。

"……"施翮轻轻咬了咬唇，正想着一会儿要不要偷偷摸一把，他的视线突然转过来。

陈寒丘注视着她，面不改色地催机器人先生："快点。"

"……它好歹是我的'伴侣'。"她小声道，"你尊重一下人家。"

陈寒丘平静道："作为伴侣，它的功能没有我强。"

施翮："什么？"

她和陈寒丘对视两秒，忽然想起某天在他家的对话。

那时她问他，机器人先生是否有伴侣的动能，他说没有她想的那种功能，然后……施翮"咕咚"一声，咽下口水。

陈寒丘垂眼看她，小狐狸脸红红的，眨巴眨巴眼，看着是馋了。他一笑，低下头，顺了顺她的发。

"小羽毛。"他轻声喊。

温温热热的气息落下来，他的眼咫尺之遥。

施翮再一次看到被点亮的黑色瞳孔，每次亲她时，他的眼睛里都有一束流星滑过。起初是小小的光亮，然后越来越亮。

当光亮熄灭，便一片暗沉，浓重的爱意将她吞没。

稍许，"啪嗒"一声轻响，机器人先生离开了。

施翮刚张口："我……唔。"她揪紧了柔软的地毯。

女孩子微张的唇方便了他的动作，几乎不费吹灰之力，他轻而易举地尝到了所有甘甜。她颤着眼，有点紧张，他放缓动作，退出来。

陈寒丘降低进攻速度，耐着性子安抚她，倾身覆上去，一手撑着地面，另一只手指节张开，没入她的黑发，配合着唇上的动作。

阳光落下来，柔柔的光照在两人身上。

施翮闭着眼，纤长的颈昂起，手搂上他的脖子，和他在温暖的光下拥吻，心跳声声有力。

她的少年，是热的，是软的。

和他淡漠的外表不一样，只有她能看到的不一样。

时隔一周，Proboto 科技终于迎来了他们的老板。

其中知道内情的只有谭融和窦桃，其余人都好奇得心痒痒，但早会时被那冷冷清清的眼神一看，便又缩了回去。

"AI"的事，他们管不着。

早会结束，难得窦桃也留了下来，她问："老大，小羽毛说她能出门了，晚上一块儿吃个饭？"

陈寒丘："天冷，去家里吃。"

窦桃："行，下班捎我一程。"

谭融打着哈欠道："我也去。"

陈寒丘看他一眼，不紧不慢地收回视线，道："阮部长今天加班，你确定要一起去？"

谭融："……"

他气了一会儿，咬牙道："不去！"

最近阮梦雪忙三周年展，成天不见人影。谭融经常找不到人，今天她难得在公司加班，他当然选择抓紧机会去展示一下自己。

至于陈寒丘的冷脸，谁爱看谁看。

陈寒丘上班的日子，施翮在家并不无聊，甚至算得上热闹。因为家里有三个机器人，还有家养小精灵。

午后，施翮坐在地毯上，笑眯眯地看机器人吵架。

机器人先生和圆圆正在吵架,起因是怎么修好小机器人,它们各有观念,谁都说服不了谁。

机器人先生:"它旧了,陈寒丘也修不好。"

这是一个理智派,说一些中肯之言。

圆圆:"陈寒丘什么都会,他一定能修好。"

这是一个陈寒丘派,全面拥护陈寒丘。

至于施翩,她戳戳面前破破烂烂的小机器人。

小机器人脑袋上的那根羽毛早已不见,只有身上还刻着"小羽毛"三个字,可它的主人早就把它丢了。

她回欧洲不久,便让施文翰把它寄还给陈寒丘。

想来那时他已经出国,所以小机器人才会跟着陈兴远回了乡下。

"宝,修不好你可怎么办。"施翩苦恼地摸摸它的脑袋,"实在不行,把你丢给你爸爸修吧?"

小机器人不说话,安静地待在原地。

这些日子,施翩一直藏着这个小机器人。这是她的第一个机器人,现在变成了这样,她暂时不想让陈寒丘看见。

于湛冬原本专注地做着点心,闻言微微怔愣,抬起头问:"Liz,它爸爸是谁?"

施翩眨眨眼:"嗯?陈寒丘呀。"

于湛冬看看小机器人,又看看她:"那你是……"

施翩无辜道:"我没说吗?我们在一起啦。"

于湛冬反应片刻,湖水般的眼睛荡起笑意,温声道:"以后不用相亲了。"

施翩翘起唇角:"当然啦,以后他们再让我相亲就把陈寒丘丢出去,他可是小气鬼。"

于湛冬看着她眼角眉梢的笑意,笑着低下头。

他问:"最近在忙什么?"

施翩无聊地晃着腿,随口道:"陈寒丘说要给呆瓜做个小游戏,我偶尔画画小漫画,没别的事。"

于湛冬:"周末去看小樱花?"

施翩"哇"了声:"好啊,我被关在家里都忘了。"

这一下午,于湛冬一直留到晚饭前。

作为一名合格的家养小精灵，他当然不会打扰 Liz 和天才先生谈恋爱，天才们需要隐秘的空间。

正当他准备离开时，施翩也换了衣服出来。

"要出门？"于湛冬问。

施翩笑眯眯道："我送你回去，顺便去接陈寒丘。"

于湛冬眨眨眼："辛苦你了。"小天使怎么会揭穿天才小姐的小心思呢。

再到小广场，四张壁画已完全开放，矗立在广场正中央，高妙的颜色和奇异的线条吸引着来往路人。

施翩远远地看了一会儿，抬步走向 Proboto 科技。

坐电梯时，她的视线忍不住又落在"11"这个数字上，他的球服也是11 号，到哪儿都是十一层。

办公楼、住所，都和"11"有关系。

甚至密码都是 111111。

是因为她喜欢数字"1"吗？施翩想着。

不一会儿，十一层到了。

施翩轻车熟路，和接待机器人问了声好，自顾自地往里走，走到需要刷卡进入的门前，她被拦住。

她苦恼地戳了戳玻璃门，嘀咕："明明上回不用刷卡。"

忽然，门在她面前打开，道路畅通无阻。

通道尽头，陈寒丘单手接电话，说着话，他抬眼朝她看来，步伐加快，走到她身前，自然地牵过她的手。

他朝话筒说了句"稍等"，移开手机，低声问："手有点凉，冷不冷？"

施翩摇头，让他先接电话。

陈寒丘在办公区内旁若无人地牵着施翩，走个路而已，一会儿摸摸她的头，一会儿捏捏她的手，神色温柔。

办公区内所有员工身体僵硬，几乎变成木头人，眼珠子却忍不住转动，往陈寒丘的方向看去，心里只有一个想法——

这是谁？

这是他们的 AI 老板？

他居然真的能追到大画家？

陈寒丘并不在意别人怎么想，回到办公室，施翮先进去，他反手关上门，落了锁。

这是施翮第一次来陈寒丘的办公室，简单到极致，干净宽敞，从窗前往下看，能看到小广场的壁画。

她晃了一圈，又晃回陈寒丘身边。

他的电话没有结束，她自后抱上他的腰，懒懒地贴着他的后背，蹭了蹭，鼻尖轻嗅。

玫瑰味的，施翮的味道。

她慢慢弯起唇，香的陈寒丘，是她的。

陈寒丘微顿，由着她的小手乱晃。起先她还算安分，老实地抱着，后来嫌无聊，往他腰间蹭，指尖停在他的皮带扣上。

柔软的指尖触上冰冷的金属，啪嗒响了一声。

他神情不变，去捉她的手。

施翮毫无所觉，无聊地翻了几下，啪嗒啪嗒响，正玩得起劲，他挂了电话，把手机放在桌上。

"好啦？可以下班了吗？"她从他侧身探出头，仰头问。

陈寒丘转过身，高大的身躯挡住窗外的光，他靠在她身前，低眼看了她两秒。背着光，他的神情晦涩不明。

"Monday，关窗。"他忽然道。

施翮转头："Monday？是你们公司的……嘶。"这人真的属小狗。

她的下巴被捏住，微热的指节轻轻用力，将她的头扭了过去，他张开唇，去吻她的唇角。

转瞬，光亮熄灭，没有人能看见他们。

陈寒丘低下头，轻顺着她的长发往下滑，停在后颈，另一只手熟练地抱起她，将她放到办公桌上。

施翮轻轻"呀"了声，睁眼去看他。他闭着眼，神情专注而投入，清冷感慢慢破碎，颈间青筋凸起，眼梢轻颤。

和爱人接吻，令人心悸。

施翮勾着他的腰，不太安分，指尖晃了一圈，又晃到金属的皮带扣上，她伸出手——

"咚咚咚"几声急响。

谭融在门外，纳闷地拍门："陈寒丘？你还学会锁门了？陈寒丘？和你说正事，出来，陈寒丘！"

"……"

约莫三分钟，门从里面打开，谭融对上一双冰冷的眼。

他纳闷："你干什么？演机器人？"

稍许，陈寒丘身后探出一张明艳的脸，施翮笑眯眯道："下午好。"

谭融恍然，难怪臭着张脸，还锁门。

他在心里轻啧一声，这追到人就是不一样，不过转念一想，他的恋情尚无曙光，打趣的心思顿时散了。

等谭融说完事，陈寒丘立即走人。

窦桃跟在两人身后，看着他们交握的双手，看了片刻，她弯唇笑起来，可惜余攀不在，不然那家伙一定会惊得大叫。

由于施翮的突发状况解除，陈寒丘又搬了回去。

谭融得知这个消息，火速拎着行李走人，他不想住在冷得像冰窟窿的家里，圆圆都温暖不了他的心。

今天的晚餐在陈寒丘家吃。

施翮照旧看哪儿都不爽，从家里拎了两个抱枕过来，顺便下单了新地毯。这里冷冰冰的，只有沙发上能坐人。

窦桃看了眼嘀嘀咕咕抱怨的施翮，再看看厨房里的陈寒丘，戳戳她，压低声音问："这回不走了吧？"

施翮眨眨眼："去哪儿？"

窦桃翻白眼："你就装傻吧。对了，过阵子我哥演唱会，票给老大了，记得来。"

"余攀回来吗？"施翮问。

窦桃："看他比赛的时间，应该回来。"

施翮："等他一块儿去。"

窦桃："行。"

两人窝在沙发上聊天，像回到了以前同桌的时候。

窦桃靠着施翮的肩，无声一笑："小羽毛，你有没有发现，你和刚回来的时候不一样了。"

施翮正在看小漫画，随口问："哪儿不一样？"

"怎么形容呢……"窦桃转头，看施翮专注的脸。

她很难说清楚，刚回国的施翮，不是她记忆中的小公主，是他人口中百年难遇的天才画家。

现在的施翮，更像是她记忆里的人。

她热诚、无忧，是自由自在的小鸟。

"现在这样就好。"窦桃笑道。

施翮没注意听，只是兴冲冲地递过本子："桃子，看我们呆瓜，可不可爱？它是不是世界上最可爱的鹅？"

窦桃无奈："可爱，最可爱了。"

施翮弯着眼睛笑："当然了，它可是我的鹅。"

厨房里，陈寒丘侧头看出来，对上施翮的笑颜。

他静静看了片刻，收回视线，唇角弯起弧度。

晚上九点，窦桃准备回家。

陈寒丘和施翮下楼，一起送她到小区门口，看着她上车，等车消失不见，两人慢悠悠地转回去。

施翮冷得直蹦跶："冷死了冷死了！"

陈寒丘解开大衣扣子，一把揽过施翮，把她塞进衣服里，大衣一盖，加快脚步往回走。

"陈寒丘，我不会摔死吧？"闷闷的声音从衣服里传出来。

陈寒丘淡声道："除了床上，不会。"

施翮："什么？"这两件事有关联吗？而且……

等进了电梯，施翮从大衣里出来，脸红红地嘀咕："你这人怎么回事啊，变得太快了。"

陈寒丘垂着眼："你玩我的皮带。"

施翮："……好吧。"确实是她先动手动脚的。

电梯门打开，施翮习惯性往右转，她扭头朝陈寒丘摆摆手："我回去啦。"

陈寒丘的视线在她嫣红的脸颊上停留几秒，他俯下身，和她对视，轻声道："小羽毛，晚安吻。"

施翮眨眨眼，咕哝："又要亲啊，今天亲了那么多次。"

陈寒丘："嗯，要亲。"

她忍住上翘的唇，叹气："好吧，拿你没办法。"

施翩踮起脚，熟练地去搂陈寒丘的脖子，碰到薄唇，清清淡淡的气息，唇是热的，很软。她闭上眼，腰间的手收紧。

正投入，两人的耳边响起"叮"的一声。

是电梯的声音，每天都能听到。

施翩漫不经心地想着，并不在意，但是这里似乎只住着他们两个人……

几秒后，两人同时停下来，朝电梯口看去。

电梯口，一身红色皮大衣的女人摘下墨镜。

一双更为狭长的狐狸眼缓缓扫过施翩微红的唇，再上移，最后停在陈寒丘的脸上。

女人冷淡的声音响起："施富诚，解释一下。"

施富诚还没从这一幕极具冲击力的场面中缓过神来。"啪嗒"一声，他手里的行李箱掉到了地上。

施翩："……"

她小声喊："妈妈，好久不见。"

深夜，1101室灯火通明。

沙发上，施翩歪着身子打哈欠，无聊地看着姜萱女士在家里如女王般巡视，再停在机器人先生面前。

"这是我的……唔，功能不全的伴侣。"施翩如实介绍。

姜萱瞥了眼看起来冷冰冰的机器人先生，并没有多在意，走回沙发前，甩了拖鞋坐上去。

"过来。"她朝施翩招手。

施翩眼巴巴地看了姜萱一会儿，忽然上前扑到她怀中，小声喊道："妈妈。"

姜萱神色逐渐柔和，轻轻抚着施翩的发，低声问："小乖是不是吓到了？妈妈没能及时赶回来，抱歉。"

施翩："没有，我都没有做噩梦。"

姜萱轻轻哼了一声："查令荃在干什么？我把你交到他手上，他就是这样回报我的？"

"没错，他不认真工作！"施翩趁机告状。

姜萱眯了眯眼："包括施富诚、施文翰，还有你那个小精灵，我都会——找他们算账。"

施翮微呆："要找那么多人算账？"

姜萱沉吟片刻："还少了一个。"

施翮一脸茫然："还有谁？"

"在门口和施富诚一起面壁的那个男生，和你当时回国之后认识的男生，是同一个人？"姜萱收回手，双手环胸，盯着满脸无辜的女儿。

施翮眨了眨眼，继续撒娇："你再摸摸我的头。妈妈，我们晚上一起睡吧？说悄悄话？"

姜萱提醒道："你六岁之后就不要我陪睡了。"

施翮对此表示惊异："是吗？完全不记得了。"

姜萱和施翮大眼瞪小眼，半晌，她轻轻叹了口气："行了，去睡觉，这事明天再说。"

施翮指指门口："他们怎么办？"

姜萱指使机器人先生："让门口那两个人滚。"

机器人先生歪了下脑袋，思考失败，它看向施翮，等待她的命令。

施翮严肃道："姜萱女士说了算。"

机器人先生抬手："收到。"

这是机器人先生第一次收到这样粗鲁的请求，但它适应良好，迈着整齐的步子，到门口打开门。

门一开，门口吹冷风的两个男人齐齐看过来。

机器人先生视线转动，扫过两人，礼貌道："请滚。"

施富诚："……"

陈寒丘："……"

"砰"的一声，门又关上了。

冷风中，施富诚定定地看了陈寒丘一眼，正要开口说一些脏话，忽然打了一个喷嚏："你……阿嚏，阿嚏！"

陈寒丘摸摸鼻尖，问："去家里坐会儿？"

施富诚瞪他一眼，一挥手，示意他带路。

于是，陈寒丘把施富诚带回了家。

一阵兵荒马乱过后，世界暂时安静下来。1101 室和 1102 室各自熄灯，但有几个人能睡着就不得而知了。

房内，陈寒丘看着墙上的《光》，轻轻舒了口气。

他关上灯，在床上躺下，打开手机，上面是施翩刚刚发来的短信："我爸睡了吗？"

他回复："嗯，睡在隔壁。"

陈寒丘握着手机等了一阵，没动静。

屋内漆黑，屏幕被点亮，又熄灭，他像刚恋爱的少年，躲在暗中等着心上人的消息。她或许睡着了，他想。

他点亮屏幕，看了眼时间。凌晨一点，她一定睡着了。

稍许，陈寒丘放下手机，翻了身，闭上眼。静默几秒，手机提示音忽然响起，是微信电话的声音。

他转身，立即接起电话。

"陈寒丘。"女孩子用气音说话，很轻，尾音上扬。

陈寒丘闭了闭眼，轻轻"嗯"了声："在房间里？"

施翩躲在床上，用被子闷着头，听着耳侧他低低的嗓音，摸了摸耳朵，似乎有点痒。她小声道："嗯，我妈刚睡下。"

"下次还在门口亲吗？"他问。

施翩一呆："这是重点吗？"

陈寒丘顿了片刻："这对我很重要。"

施翩想起濡湿的吻，捂住嘴巴，咕哝道："他们又不会天天来。偷看别人接吻，一点都不礼貌。"

陈寒丘弯唇一笑："下次再亲。"

施翩："……你是亲亲狂魔吗？

施翩被他一打岔，差点忘了正事。她认真道："姜萱女士说，过阵子单独约你见个面，不带我和我爸。你一个人没事吧？"

隔壁，陈寒丘坐起身，他撮了撮眉心，平静道："没事，不用担心。"

施翩听他这么镇定，便放下心来。她打了个哈欠，懒洋洋道："那我睡了啊，困了。"

陈寒丘垂下眼，在对话框里打下"晚安"，按了发送。

他坐了片刻，重新开灯，打开笔记本电脑，搜索和"考古学家姜萱"有关的一切词条。

自从姜萱回来，施翩就过上了中学生的日子。

具体表现在，她不能光明正大地出去见她男朋友，虽然姜萱女士没有阻拦，但她十分老实，没有顶风作案。

于是，施翮的日常就变成带姜萱女士逛东川。

司机先生是……

"爸，你不用上班啊？"施翮纳闷地看着施富诚，这周她爸每天准点来报到，仿佛这里才是他的办公室。

施富诚轻咳一声："爸爸陪陪你。"余光去瞄正在窗前开视频会议的姜萱。

施翮从来不管这两个人的事，见状没多问，慢悠悠道："今天我们去福利院，冬冬也去。"

施富诚收回视线，悄声问："陈寒丘呢，你妈见了没？"

施翮撇撇嘴："没有，这几天她轮番教训人。一开始是查总，再到冬冬，昨天是我哥。"

施富诚大惊："那今晚……"

施翮沉痛道："没错，爸爸，轮到你了。"

施富诚："……"难道不是陈寒丘先？

父女俩正说着悄悄话，姜萱合上了电脑，两人连忙正襟危坐。

"走了。"姜萱瞥了两人一眼，拎起包。

施富诚忙上前开门，等姜萱出去了，他悄悄松了口气，再看施翮，她正用一脸"爸爸你是狗狗吗"的表情看着他。

他笑笑："小乖先出来，爸爸关门。"

施翮朝身后摆摆手："小陈，家里交给你啦。"

机器人先生："收到。"

今天是周末，福利院内满地都是小朋友。

施翮和于湛冬一到，便被这些小家伙拉去了教室，说要上美术课，还要和冬冬玩。

于是，姜萱和施富诚就被丢在了后面。

姜萱抬头看这几栋颜色清新的建筑，随口问："小乖在东川都忙什么？看着开心不少。"

施富诚温声道："前两个月在画画，偶尔去乡下采风，这阵子在家待着，或是和冬冬来福利院。"

姜萱看向教室。教室里，施翮蹲在椅子上，和小朋友们视线齐平，说着美术史，神色轻松愉快，状态很好。

稍许，她平静地问："陈寒丘，是怎么回事？"

施富诚咽了咽口水，把这两个月的事从头到尾说了一遍，包括当年施翮找他帮忙的事。他叹道："我没认出这个孩子，也没认出他爸。"

姜萱看向施富诚："他母亲去世了？"

施富诚："嗯，没救回来，就差一点。我看那孩子过得很苦，小乖看起来很喜欢他，没干涉过他们。"

姜萱"嗯"了声："做得好。"

施富诚点头："嗯……嗯？"他诧异地看着姜萱。

姜萱神情淡淡："小乖不是刚十八岁，她是成年人。她的感情生活是她的个人隐私，有事她会找我们。"

施富诚一笑："我也是这么想。"

Proboto 科技，技术部。

谭融脚步轻快，吹着口哨，乐滋滋地欣赏着陈寒丘的冷脸。他幸灾乐祸道："被抓了个现行？"

陈寒丘头也不抬："周末来公司干什么？这么喜欢工作，下周的技术检测都交给你。"

谭融翻了白眼："我有事。"

陈寒丘："什么事？"

谭融轻咳一声："那什么……梦雪下午去机场接客户，我来帮个忙。你也知道，现在赚钱不容易，我以身作则。"

陈寒丘："懂了。刷存在感。"

谭融瞪他："你就不能说好听点？"

陈寒丘改完最后一个数据，起身道："我去趟杨成杰的公司，这几天有事给我发邮件。"

谭融纳闷："去干什么？"

"做游戏。"陈寒丘丢下一句话，快步离开。

这些天，姜萱没有联系他。施翮偶尔从家里溜出来，偷偷亲他一口，再蹑手蹑脚地回家，入睡前再打个电话。

这就是他们仅有的交流。

恍惚间，陈寒丘真有种在上学的错觉。

从杨成杰公司离开，已是晚上六点。

陈寒丘乘着夜色回到海上花境，他习惯性抬头，看向 11 幢的十一层，施翮家亮着灯。她在家。

冷冬凛冽，寒风刺骨。

陈寒丘仰着头，单手插兜，静静地注视着那窗户。

第一次，他感到了疲惫。

这六年，陈寒丘从没有这样的感觉，他将时间用到极致，忙到想不起施翮，忙到沾床就睡，忙到连梦里都没有她。

他习惯这样的生活，从不觉疲惫。

可现在，陈寒丘终于觉得累。忙了一周，他想抱他的小羽毛，想听她在耳边嘀嘀咕咕地说着日常，想她柔软的触感和体温。

他很想她。

陈寒丘收回视线，刚迈开步子，一抹红色跃入眼帘。她迎着风，迈着大大的步子向他跑来，黑发朝后扬起，露出莹润的面庞，眼睛像落了星星。

"陈寒丘！"她大喊。

陈寒丘倏地上前，张开手臂将她拥入怀中。

他低下头，埋在她发间深吸一口气，而后缓缓放松了身体，用力地、紧紧地抱住她。

"小羽毛。"他低声喊。

施翮仰起脸，悄声道："姜萱女士正在教训我爸，我偷跑出来的，你怎么那么晚下班？"她不怎么高兴地嘟起嘴，都在落地窗前等半天了。

陈寒丘摸摸她的头，解释道："下午和杨成杰商量给呆瓜做游戏的事，所以晚了点。"

施翮"哇"了声："真的可以做？"

陈寒丘："嗯，可以，先上楼。"

施翮抓住他的手，叽叽喳喳地说着今天去福利院的事，从美术史说到给小朋友们上课，再说到下午去哪里玩。直到进了家门，她才勉强安静下来，因为看到了圆圆。

"晚上好，施翮！"圆圆永远热情。

施翮笑眯眯道："晚上好，今天是小厨师施翮。"

陈寒丘和圆圆同时停下来，看向施翮。小厨师施翮，是什么意思？

施翮无辜地眨眨眼："我最近学会了煮面条，来给你露一手，你去洗澡吧，去吧去吧。"

她推着陈寒丘往浴室走。

陈寒丘微顿："我给你打下手。"

施翮大声道："我不要！不要你看着！"

陈寒丘："……"

最后，陈寒丘被关进了浴室，施翮在外敲敲门，提醒道："快锁门，快锁，锁完我就走。"

陈寒丘："……锁了。"

他叹气，认命地锁上门。

施翮趴在门上听着落锁声响起，这才满意地离开。

陈寒丘揉揉眉心，庆幸把包带进来了。他取出电脑，在浴室找了个地方坐下，开启圆圆的权限。

稍许，屏幕上便出现了圆圆"看"到的一切。

屏幕里，施翮选出需要的食材，再打开手机备忘录的笔记，然后慢悠悠地哼起了歌，看起来信心十足。

当需要放调料时，施翮眨巴眼到处找。

"醋，这一定是醋吧？"她轻轻嗅了嗅，"酸的，一定是醋。"

圆圆闪烁着眼睛，没有说话，它也只是小机器人，并不会下厨。

陈寒丘眉心一跳，指尖微动，迅速敲下一行代码，打到最后一个字时，他的动作停下来。因为她弯着唇，兴致好且开心。

他看了片刻，按下删除键，让她玩吧。

约莫半小时，陈寒丘从浴室出来。

屋内温暖而舒适，他简单穿了短袖长裤，随意擦拭着黑发，抬眼往厨房看去，她正端着面出来。

他一顿，丢了毛巾上前。

"烫烫烫！"施翮快步走到桌旁将面放到桌上，用手去捏耳垂。

陈寒丘快速握住她的手，看了眼她泛红的指腹，然后拉着人进了厨房，用冷水冲洗几秒。

"疼不疼？"他问。

施翮完全不在意："不疼，吃面比较重要！"

她只是双眼亮晶晶地看着他："我做的第二碗面，很可能成功！"

陈寒丘关了水，低着头，仔细擦干净她的手，从手腕到手掌，再到纤细漂亮的手指。

这是 Liz 的手，是她的武器。

这双手能创造出令人震撼的艺术品。

他低声说："于湛冬说你不喜欢这些琐事。"

施翮咕哝："是不喜欢，但是你在下面看到我一副要哭要抱抱的模样，我做碗面哄哄你。"

陈寒丘一笑："我看起来要哭了？"

施翮瞧他："嗯，就是那种看不到我，就要窒息了的感觉。"

陈寒丘放下毛巾，低下头，亲了亲她泛红的指尖，轻声道："谢谢小羽毛，我会好好吃完的。"

灯光落下来，清清冷冷地照在他身上。

平时令人遥望的男人低垂着头，长长的眼睫打出一片阴影，神情投入而虔诚，他正缓慢地亲过她的每一根指尖。

原本不泛红的指腹，也悄悄染上粉色。

施翮看得口干舌燥，她舔了舔唇，移开眼，小声道："面不吃就凉了。"

陈寒丘停下来，牵着她手没松开。

这会儿，他想和她接吻，念头太控制不住，但是面凉得太快，要尽快吃了。

他斟酌片刻，在心里叹了口气。

在餐桌前坐定，施翮托着腮，期待地看着陈寒丘。

陈寒丘看她一眼："想尝尝？"

施翮："……不太想。"

陈寒丘弯唇一笑："我的，不分给你。"

碗里的面条模样不太好看，但好歹熟了，其余配料丰富，是合理搭配过的，看起来营养十足。至于味道……

施翮睁大眼，忍不住问："真的好吃吗？"

陈寒丘放下筷子，嗓音轻淡："喂我足够了。"

施翮翘起唇角，高兴地晃了晃小腿。

陈寒丘看着女孩子得意的面容，眼梢慢慢带上笑意。不过这笑意没能持续太久，因为——

"我要回去了。"施翮惊觉时间快过去一小时。

陈寒丘稍顿，轻轻"嗯"了声，起身送她出门，只是到了门口，手还不肯松开。

施翮瞧他一眼，晃了晃："走了啊。"

陈寒丘低头看她，不说话。他用湿漉漉的黑色眼眸看着她，一副被抛弃的可怜模样，像是她偷偷养在隔壁的小狗。

施翮没办法，踮起脚亲了他一口。

只有一秒，她便趁机缩回手，一溜小跑走了。

陈寒丘看着她关上门，一时间没动。许久，他收回视线，看向夜晚的东川。

圆圆到门口找他，十分贴心地提醒他："陈寒丘，你在发呆吗？晚上气温太冷，不建议在外面吹风。"

陈寒丘轻声道："我在思考，是该进攻，还是等待。"

圆圆的眼睛闪烁两下，真诚地说道："陈寒丘是世界第一，所以我们要进攻！"

陈寒丘望着夜色，无声一笑。

第二天早上，施翮和施富诚齐齐盯着机器人先生，瞪大眼睛。

施翮惊异道："你刚刚说姜萱女士干什么去了？"

机器人先生："约会。"

施富诚急问："和谁？"

机器人先生："保密。"

施翮："……"

施富诚："……"

此时，盛开福利院。

姜萱坐在秋千上，包随意地丢在地上，她看着教室里认真上课的孩子们，想起小时候的施翮。

"小乖小时候就和别人不一样。"她说。

陈寒丘站在她身侧，应道："她没和我说过以前的事，我也没来得及问她。"

那时，命运给他们的时间太短。

姜萱笑笑，没提施翮的事。

她说："或许有点冒昧，但和我说说你母亲的事吧。"

陈寒丘微怔，他在另一个秋千上坐下，望着阳光洒满的庭院，轻声说：

"她是一个认真生活的人。"

小时候家里没有钱，就努力念书；条件不好没办法继续学业，就努力工作；遇见喜欢的人，就努力和他在一起；后来有了孩子，就努力当好一个妈妈；生了病，就努力治病。

她是一个……从来不放弃的人。

她总是说，没关系，没有阳光，就去有阳光的地方。

陈寒丘低声道："我十三岁的时候，她给我买了一双新球鞋。因为邻居哥哥有，所以她也想我有，我说我会长大，鞋子不会，但她并不理会我的话。她说，你长大了，十三岁的小丘不会长大，他可能会伤心。"

在母亲的世界里，那个伤心的小男孩或许永远不会长大。

很多事，很多伤心，不是长大了就会好的。

姜萱闻言，笑了声："她比你聪明。"

陈寒丘："我不如她。"

姜萱道："你和小乖的事，我不会干涉。但是有一句话，站在母亲的立场上，我必须要告诉你。"

陈寒丘抿着干涩的唇角："您说。"

姜萱站起身，不紧不慢地整理着大衣上的褶子，再拎起包，慢悠悠道："下次记得陪她来福利院。"

说完，她对教室里往外偷看的小朋友一笑，准备离开。

陈寒丘看着姜萱走出几步，忽然停下来。她转过身，摘下墨镜，第一次问："我们是不是见过？"

姜萱似乎并不需要他的答案，她摆摆手，离开的姿势和施翩一样潇洒。

陈寒丘站在原地许久，仰头望着天。

今天天气晴，阳光盛好，他努力抱着被子跟在妈妈身后，听她温声说，没关系，没有阳光，就去有阳光的地方。

没有施翩，就去有施翩的地方。

陈寒丘想。

姜萱的生日在十二月。

施富诚为此准备了丰盛的晚餐，规格能赶上年夜饭，正中间的蛋糕是一个挖泥土的小人，憨厚可爱。

餐桌前，姜萱目露嫌弃："你爸平时就给你吃这些？"

施翮摇头："平时都是冬冬和陈寒丘养我，爸爸有其他作用，忙着工作和哄奶奶。"

姜萱："也不至于完全没用。"

施翮："正是！"

厨房里的施富诚可不管两人在说他什么坏话，他美滋滋地准备着最后的甜点。今晚只有他们一家三口，要好好珍惜。

正美着，门铃响起。

门一打开，施翮探头去瞧，眼睛一亮："陈寒丘！"

她克制着自己跑过去抱抱的冲动，冲他挥挥手。

陈寒丘神色柔和，对她一笑，和姜萱打过招呼后，脱下大衣，换上厨房的围裙，撩起衬衫袖子，一副熟练的模样。

"叔叔，我来帮您。"他对施富诚说。

施富诚："……"

他不要一家四口。

十二月下旬，东川的气温降至零度。

施翮的生活逐渐恢复正常，姜萱回国不久接了个项目，便又跑去了大西北，施富诚纠结了两天，把公司丢给施文翰，追了过去。余攀打完省赛回来，嚷嚷着要聚会，而窦桃，兢兢业业打工，每天在小群里骂魏子灏，后悔答应陈寒丘的双倍奖金。

至于陈寒丘——

Proboto 科技会议室。

谭融强忍着哈欠，勉强打起精神主持早会，偶尔飞一个眼刀到角落里，企图用眼神杀死陈寒丘。

自从他和大画家在一起，就再也不主持早会了。

太不像话了！

陈寒丘坐在角落，神情冷淡，专注地看着屏幕上的内容，偶尔分出心神来听谭融说话。

坐在他身边的员工用余光悄悄看，心想他们的 AI 老板是不是又在研究什么了不起的项目，但看到屏幕的刹那，他睁大眼。

……菜谱？这个时候看菜谱？

这会儿，陈寒丘正在补课。

这是于湛冬手稿的扫描件，里面是他为施翩工作以来整四年的菜谱，包括施翩的喜好，夸赞过的餐厅，以及根据季节变化她的口味变化，还有她心情不好该做什么菜哄她。

其中最特殊的，是他为施翩做过的每一餐饭。

于湛冬所做的，远远超过一个助理该做的。这些年，他全心全意地照顾着施翩，是个完美的家养小精灵。

在他看不见的地方，施翩也被好好爱着。

陈寒丘想到这一点，心便会变得柔软一点。

不多时，会议结束。

谭融耐着性子等员工们散场，直到没人，再用力把文件拍在陈寒丘桌前，一副算账的模样。

"你管不管公司了？"他气闷道。

陈寒丘淡声问："你知道你的年薪是多少吗？"

谭融痛苦挣扎："……我不想开会！"

陈寒丘："换杨成杰。"

谭融："……"说到这个，他又变得丧气。

谭融往桌上一趴，哀怨道："她看我的眼神，完完全全，没有男女之情。喂，陈寒丘，你当时怎么吸引到大画家的？"

陈寒丘随口应："靠脸。"

谭融："什么？"

陈寒丘："晚上到家里来吃个饭，我会邀请阮部长。"

谭融打起精神："你撮合我们？"

陈寒丘："我要开除你。"

谭融："……"

不论陈寒丘是什么打算，晚上的聚会格外热闹。

冬日的烧烤宴比夏日多了温暖的感觉，冷夜里他们凑在一起烤着火，喝着冷饮，聊着天，大口吃肉。

余攀离开了两个月，觉得自己与世界脱离。

他不可思议地看着周围，这居然是学神的家？

窦桃用机械臂拿着啤酒，轻哼道："魔幻吧？我月初刚来过，那时候也没这么夸张。"

谭融呆滞地看着他曾经短暂的住所。这冷冰冰的家，什么时候变成这样了？

地面铺满柔软的地毯，不知从哪儿淘来的沙发上多了几道油彩，五六个抱枕东倒西歪，空荡荡的柜子上摆满稀奇古怪的小玩意儿，家里角落随处可见速写本，墙上甚至还有五颜六色的痕迹。

乱，又抽象，他们无法理解。

要知道，陈寒丘是一个有洁癖的人。

施翮并不在意他们想什么，她正聚精会神地看着一部艺术纪录片，唯一需要做的事是张嘴接受陈寒丘的投喂。

阮梦雪看着陈寒丘，推了下谭融，低声道："我们公司的最强广告失去了他的作用。"

谭融吐槽："从大画家回国，他的心思就不在工作上了。"

阮梦雪笑笑："这不挺好，像个人了。"

谭融斟酌道："这阵子我也在考虑，现在的工作……"

"今天是谭融的饯别宴。"忽然，陈寒丘打断他。

众人愣了一下，看向谭融。

施翮眨眨眼："你失业啦？"

窦桃震惊："那我们的新老板是谁？帅不帅？"

余攀暗喜：球场上有新伙伴了。

阮梦雪反应慢一拍，她放下手中的筷子，诧异地问："你要离开Proboto科技？找到新公司了？"

谭融僵住："我……"他完全不知道陈寒丘要说这个。

谭融僵着一张脸去看陈寒丘，朝他使眼色，这是什么时候的事，他们完全没有商量过。

陈寒丘神色淡淡："谭融对新领域更有兴趣，他会去杨成杰的游戏公司，谭融的工作暂时由杨成杰负责。"

阮梦雪说不出来这会儿是什么感觉，她沉默下来。

从Proboto科技创办至今，她和谭融互相扶持至今，早已习惯对方的工作风格，配合默契，忽然换人……

她短时间内或许没办法适应。

陈寒丘说完，瞥了眼谭融。

谭融恍然大悟，轻咳一声："梦雪，我们出去聊聊？"

阮梦雪没拒绝，两人一起去了露台。

施翩看看陈寒丘，再看看谭融、阮梦雪两人，忽然明白了。她后知后觉道："难怪谭融会去我的画展，原来是去找阮部长。"

"不过……"施翩忽然觉得哪里不对劲，"你们是两家公司，你说换就能换？"

陈寒丘微顿，告诉她："我都占股超过50%。"

施翩："……"

窦桃和余攀齐齐叹气，只有他们是普通打工人。

难得在冬夜相聚，他们围坐着炉子，难免想起往事。

窦桃感慨道："那个冬天，我们四个人是不是也在一起吃烧烤？没想到学神也会和我们一起翘课。"

余攀嚷嚷道："记得！去看你哥的演唱会。"

窦桃："那时候有什么演唱会，就一小破广场。"

说起那个冬日，施翩悄悄伸手，在桌下握住了那只温暖宽厚的手掌，指尖穿过他的指缝。

那时，陈寒丘母亲去世没多久，便是开学日。

临近高考，教室里的气氛沉默而压抑，陈寒丘的话比以往更少，除了施翩，他几乎不和任何人说话。

又一个沉默的晚自习，窦桃提出去小广场听乐队唱歌。

窦桃有个哥哥玩乐队，这是她哥第一次演出，她盛情邀请他们几人去听他的现场。

于是，施翩带着陈寒丘一起逃跑了。

说到这件事，窦桃从包里拿出一沓票，熟练地在桌上摊开："日子定了，还和以前一样，全是内场票。下周末一起去？"

这是窦桃每年的必备项目，送票。

施翩没回国的这六年，偶尔会和窦桃、余攀一起去看乐队演出，当然只限于国外场，国内场她还没看过。

不过，施翩从来没遇见过陈寒丘。

施翩往窦桃身边挪了一点，悄声问："你给陈寒丘送票了吗？"

窦桃翻白眼："这可是我老板，能不送吗？"

施翩不高兴地噘噘嘴："他一次都没去过？"

窦桃提醒她："都是连票，你说呢。"

施翩一想也是，她可从来没在前排看到过陈寒丘，如果那时看到他，她或许不会再去演唱会。

话是这样说，她还是有点郁闷。

还说一直喜欢她，连偶遇她的场合都不去，就知道工作。

陈寒丘将烤好的肉夹到施翩的碗里，瞥了眼她闷闷的小脸，问："想去演唱会？我陪你去。"

施翩瞪他一眼："你不许去！"

陈寒丘微顿，掌心里她的手也溜走了，一副不理他的模样。

窦桃忍着笑，轻咳一声："老大，我看你也不喜欢这种场合，结束了请我们吃饭就行。"

余攀依旧没心没肺："我要吃火锅！"

施翩："吃最贵的！"

陈寒丘："什么？"

烧烤架上的烤肉滋滋冒着烟，冷饮在热气中滴下水渍，夜晚在温暖的烟火气中缓慢过去。

近凌晨，他们告别离开。由于施翩常待在 1102 室，这里仅剩的酒都被处理干净，于是今晚没人喝醉，能各回各家。

施翩看着电梯门关上，瑟缩了一下："我也回去……嗯？"

话没说完，人被拽了进去。

陈寒丘反手关上门，看了眼她被热气熏红的小脸，问："去哪儿？"

"回家啊。"施翩低头看地板，不看他。

陈寒丘微顿："和圆圆玩一会儿，等我一下。"他撩起袖子，露出一截小臂。

施翩看了眼客厅里的狼藉，勉强留下来，等他收拾完再说会儿悄悄话，毕竟姜萱女士走了，没人再盯着他们。

施翩看了一圈，指使圆圆："我们去他房间躺会儿。"

客人刚离开的客厅乱糟糟的，没处下脚。

说起陈寒丘的房间，施翩还颇有感情，毕竟曾经在这儿睡过一晚。

施翩和圆圆商量："我们也改改他的房间吧？冰冰凉凉的，明明以前老房子还挺热闹。"

圆圆欣然同意："圆圆可以帮忙！"

施翩笑笑："辛苦你了。"

说着话，施翩推开房门，一尘不染的房间，白灰占了主色调。

"第一件事，就是要把他的画……"施翩指着墙，忽然卡壳，轻声问，"咦，他什么时候换的画？"

墙上是她十八岁画的《光》，陈寒丘的生日礼物。

圆圆贴心道："陈寒丘说这已经不是秘密，可以告诉你。"

施翩眨眨眼："嗯？什么秘密？"

圆圆："每次有人来家里做客，陈寒丘都会把这幅画偷偷藏起来，客人走了再换回去。"

施翩："……"

原来世界上有人除了嘴硬之后，还这么闷骚。

有了墙上的《光》，原本冷淡的房间似乎明亮了一点。

施翩弯唇一笑，甩了拖鞋往他床上一跳，整个人趴在大床上，四肢放松，整个人松懈下来。

"床上真舒服啊。"她感叹道。

圆圆问："施翩，需要为你关灯吗？"

施翩摆摆手："不用管我，去帮001号吧。"

圆圆走后，房内彻底安静下来。

施翩趴在床上，轻轻嗅了嗅，闻到熟悉的玫瑰味，忽然有点脸红。这人怎么回事，怎么床上都是这个味道。

施翩放松地闭着眼，第一次想——

这六年，陈寒丘是怎么过的？

半小时后，陈寒丘将家里整理成原来的模样。他俯下身，认真地将施翩的抱枕和娃娃摆放整齐，最后捡起她乱丢的皮筋套在手上。

"圆圆，地上的速写本和笔不要动。"陈寒丘叮嘱圆圆，让它看好001号。

圆圆表示收到，它会完全尊重施翩的个人习惯。

虽然这个习惯和他们家以前的风格格格不入，但是陈寒丘因此很高兴，所以圆圆也很高兴。它兴冲冲地继续工作。

陈寒丘打开房门，他总是干净、一片冷色的床上，有了其他颜色，整齐的被子皱成一团，盖住床上的女孩子，只散出几缕黑发。

"小羽毛？"他轻声喊。

陈寒丘关上门，走到床边。施翮闭着眼，长睫乖巧地垂落，脸颊带着浅浅的红晕。

他看了片刻，俯身亲了亲她的眉心。

她无知无觉，正在酣睡。

陈寒丘将空调温度调高点，把施翮露出外面的手藏进被子里，再关上灯，起身离开房间。

施翮再醒来，是凌晨三点。她懒洋洋地换了个姿势，正准备再睡，手摸了摸边上，忽然想起自己在陈寒丘家里。

只有他家里的床才会这么硬。

那他人呢？施翮郁闷地坐起身。

客厅一片暗色，施翮借着屋内的光，看到沙发上的人影——他人高腿长，只能屈腿躺在沙发上睡觉。

"有床不睡，傻子。"她小声嘀咕。

施翮简单洗漱了一下，毫无心理负担地走过去，再往陈寒丘身上一挤，企图钻进他盖着的毯子里，他身上好暖和。她正调整着姿势，腰间横上一只手，将她抱在怀里。

"怎么醒了？"他被闹醒，嗓音低低哑哑，很沉。

施翮用湿漉漉的小脸去蹭他的下巴，舒服地躺在他胸膛上，小声道："有点冷，你身上暖和。"

陈寒丘触到湿冷，顿了顿，抬手去摸她的脸。

不是哭了，是刚洗过脸，他松了口气。

窄窄的沙发，要躺下两个人并不容易。

陈寒丘换了个姿势，让她完全躺在自己身上，听她说舒服了，便不再动，手掌捂着她的脑袋，轻轻揉了揉。

"睡吧。"他轻声说。

施翮倒是没什么困意，刚洗漱完，她精神得很。

于是，她戳戳底下紧实的肌肉，嘀咕："不让我回家干什么？还以为要一起睡觉，结果你睡沙发上。"

陈寒丘一笑："想和你说说话。"

施翮动了动，转过脑袋，用手垫着下巴，去看陈寒丘。暗光中，他的五官轮廓清晰，颈线微微仰起，隐约可见暗自起伏的那颗小凸起。

她瞧了一会儿，问他："说什么？"

陈寒丘垂眼，对上她的眼睛："今晚惹你不高兴了？"

说到这事，施翩就来气，她闷声问："陈寒丘，要是我不回国，你是不是永远不会来找我？都过去六年了。"

陈寒丘沉默片刻："我找过你。"

施翩睁大眼："什么时候？"

陈寒丘低声道："某个圣诞夜，你回来得很晚，下了车就开始在雪地里跳舞，然后屋子里出来一个男人，把你带回了家。"

那一刻的陈寒丘，不可抑制地生出嫉妒之心。

他嫉妒有人能轻而易举地出入她的家，嫉妒有人能和施翩生活在一起，嫉妒有人能窥见她所有的隐秘。

他等到第二天清晨，看着那个男人从她家里出来，换了身衣服。

施翩茫然道："男人？意大利人吗？长什么样？"

陈寒丘喉结滚动，嗓音微沉："施翩，这时候不要提别人。"

施翩更茫然："是你先说的，我明明……嘶。"又被狗咬了。

这阵子，施翩偶尔会在这里等陈寒丘下班。他不在的时候，她通常会坐在沙发上涂涂画画，因为那时地毯还没到，她没处去。

她一个人玩，并不觉得沙发拥挤。

可现在……怎么会那么挤，她郁闷地想。

施翩整个人几乎陷进沙发里，她从趴着被迫变成躺在沙发上，身上的人又沉又重，推也推不动。

陈寒丘似乎也意识到沙发承受不住这么大的动静。

他起身，一条腿踩在地板上，另一条屈着，跪在沙发里侧，完全将她掌控在他的范围内。

稍许，他重新俯下身，轻喘了口气，指尖没入她的黑发。

第一次，他撩开她耳边的发。

施翩轻轻咬着唇，别开头，忍不住想躲，奇异的感觉在神经末梢蔓延开，她蜷缩起身子。她小腿一动，就被他的腿困住。

施翩心跳过速，忍不住喊他的名字："陈寒丘……"

软软的嗓音，像小猫呜咽。

陈寒丘在她颈间停住，唇边是她薄薄的肌肤，血液在里面流动，似乎只要一张口，他就能完全把她拆吃入腹。

他闭上眼，深深吸了口气，松开她。

"不怕。"陈寒丘回到她的眉心，安抚似的亲了亲，"抱你回房间睡？给你换床被子，不会再冷。"

施翩搂着他的脖子，听耳边低哑的嗓音，她缓了片刻，埋在他颈间摇头，咕哝道："那是姜萱女士的男朋友，不是我的，我才没有男朋友。"

"没有？"陈寒丘收紧手，喉结微动。

施翩哼哼唧唧："那群人脑袋空空，我不要浪费时间和笨蛋谈恋爱。骗你的你也信……呀！"

又当狗！烦死了！

周末，盛开福利院格外热闹，这是志愿者最多的时候。

傅晴进门的时候，愣了一下。

院子的这一边，一头金发的男人温柔耐心地教小朋友们学外语；院子的另一边，漂亮的小仙女蹲在地上和小朋友们……吵架。

离她不远处，气质清冷的男人无人问津。

傅晴："……"今天福利院要素未免过多了。

傅晴想了想，拿着文件夹挡住脸，加快脚步进教学楼找院长，就当没看见这些古古怪怪的人。

阳光下，施翩瞪着眼："我就是世界第一！"

小樱花仰着小脸，认真问："你的画卖多少钱？有一个亿那么多吗？"

施翩一口气憋住，企图讲道理："除了极少数的画家，卖上亿的人都已经入土了！"

小樱花"哦"了声："果然不是世界第一。"

施翩："……我才二十四岁！"

小樱花："反正不是世界第一。"

施翩气死，去看陈寒丘，瘪瘪嘴："她欺负我。"

陈寒丘看她认真生气的模样，捏捏她鼓起的腮帮子，弯唇一笑："不要和小朋友吵架。"

"啊！"施翩拍掉他的手，"冬冬！陈寒丘欺负我！"

她跑开去找湛冬，不要理他。

于湛冬看着队伍中多出的"小朋友"，叹了口气。

小樱花看着露出笑容的陈寒丘，小声道："哥哥，原来你会笑啊，我们以为你是机器人。"

陈寒丘收回视线，应道："我不喜欢笑。"

小樱花赞同地点头："没有好笑的事。"

陈寒丘低头看身边的小家伙，一时间没说话。

小樱花在福利院是一个特殊的孩子，她在车祸中失去小腿，现在只能靠义肢勉强维持日常生活。听施翩说，她不再喜欢出门玩，因为外面的小朋友会用奇怪的眼神看着她，会害怕她。

"可以看你的腿吗？"陈寒丘问。

小樱花摇头："不可以。"

陈寒丘又问："让施翩看？"

小樱花点头："可以。"

于是，陈寒丘过去，把混在小家伙里面玩游戏的施翩拎出来，从阳光下拎到阴影里。

施翩不情愿地挣扎："干什么！"

陈寒丘嗓音轻懒："小樱花说想要和世界第一说话。"

施翩眼睛一亮："她承认了？"

小樱花大声道："才没有！"

施翩："……"

她更大声："我就是世界第一！"

MEISHIJHUA

第十章

东有启明，西有长庚

近日东川的气温降至零度，施翮每天都躲在陈寒丘家里，连带着家养小精灵和机器人先生也搬了家。

下雪日，按照惯例要吃火锅。

厨房里，于湛冬准备着食材，顺便听施翮嚷嚷着喊饿，他无奈地叹了口气："Liz，再画一张呆瓜就准备好了。"

施翮嘟囔："不想画，最近不想理它。"

于湛冬："为什么？"

施翮："昨天和它视频它不理我！"

于湛冬又叹气，没办法和天才小姐讲道理，他不知道怎么说明，呆瓜只是一只大鹅而已。

于湛冬加快速度，将食材端上桌，一旁的机器人先生熟练地抖开一块餐布，挡在施翮面前，以免溅开的热汤烫到她，圆圆贴心地为他们计算时间。

施翮晃晃小腿，只等着吃。

于湛冬往锅里下好食材，看着她眼梢的轻松，笑道："最近很开心？东川似乎比欧洲更好。"

施翮眨眨眼："有吗？"

于湛冬笑笑，他看了眼天才先生日渐混乱的家，温声问："这阵子都住在这里？"

她点点头，鼓着脸吃肉。

"怎么想住到这里来？"在于湛冬看来，在1101或是1102都没有区别。

施翮含糊道："他总是一副可怜巴巴没有家的样子。现在他有啦，圆圆、我，还有小陈。"

在东川，陈寒丘没有家，只有住处。他不留恋这个冷冰冰的地方，这里或是公司的休息室，对他来说都是一样的地方。

施翮想他有家，有温暖的地方。

有一个和从前一样，有他的痕迹，有他的梦想的家。

于是，她努力把这个冰冷的地方填满，变成让他留恋的地方，变成只要回来就有拥抱的地方。

于湛冬微怔，渐渐地，他露出笑容。

施翮是他所见过的，最温柔最善良的女孩子，像柔软的小动物，外面是软的，摊开肚皮还是软的。

偶尔有小脾气，也很可爱。

吃过午饭不久，1102室的门被打开，陈寒丘带着一身寒意回家，圆圆最先去迎接他。

圆圆认真道："陈寒丘，这是这周第三次早退啦。"

于湛冬和善地问："今天也是提早下班吗？"

陈寒丘淡定道："最近不忙，在家都能完成工作。"

于湛冬笑笑："我先回去了。Liz吃撑了，躺在沙发后面的毯子上，记得哄她起来走走。"

施翮完全没注意到陈寒丘回来，她大脑放空，四肢展开，沉浸在吃撑的感觉中。

忽然，她眉心一凉。

温热的触感，还有独属于他的清淡味道。

"陈寒丘？"施翮闭着眼喊。

陈寒丘"嗯"了声，自然地探手去摸她的小肚子，鼓成一个小球。如于湛冬所说，果然吃撑了，不是一点点。

施翮睁开眼，眼带防备："干什么？"

陈寒丘和她商量："想不想起来走走？"

施翮拒绝："我不想，我想躺着。"

陈寒丘耐着性子，继续道："带你下楼去喂猫。小羽毛吃饱了，楼下的小猫咪还饿着。"

施翮："冬冬走的时候会帮我喂。"

陈寒丘看着地上要无赖的人，在心里叹了口气。他淡声道："想不想看你给小樱花准备的礼物？"

施翮："……"

她干巴巴地问："我准备了什么礼物？"

陈寒丘站起身，毫无留恋地离开这块小毯子，不轻不重的声音传过来："自己过来看。"

施翮气恼地捶了下毯子，明明知道她会好奇，居然不告诉她。她气恼了一阵，认命地爬起身。

"是什么？给我看！"她去追陈寒丘。

稍许，家里所有的窗帘都拉上，室内一片漆黑。

施翮从背后抱着陈寒丘，把整个人的重量放在他身上，小手老老实实地放着，没再去玩他的皮带。

忍住，不能玩。

"礼物在哪里？"施翮探出头，看黑漆漆的空气。

陈寒丘简单调试好 3D 投影机，按下按钮——

一条冷酷的机械腿出现眼前，骨骼、肌理清晰可见，它缓慢旋转着，光影变换中，顶部开始扩张、延长。

未来又一次展现在施翮眼前。

冰冷而沉默，令人着迷。

陈寒丘："考虑到小樱花的年龄，做了可调整的机械腿，估算可用年限二十年。"

施翮"哇"了声，道："好酷，和桃子的一样吗？"

陈寒丘："比她的更先进。"

施翮一呆，桃子的听起来比较容易坏。

陈寒丘看她呆住的模样，弯起唇，揉揉她的发："窦桃的可以继续升级，升级了就一样。"

施翮眨巴眨巴眼，忽然道："陈寒丘，你真好。"

陈寒丘："那走两圈？"

施翮："……现在不好了。"

陈寒丘放下遥控器，没开灯，就这样拽着施翮慢吞吞绕着客厅走，每每看到空中悬浮的机械腿，施翮就觉得自己坚强了一点。

施翮用脑袋抵着陈寒丘的背，一边走一边嘀咕："人吃饱想躺着不是很正常吗？你为什么要为难我，我只是一片小羽毛。"

陈寒丘承担她大部分的重量，他抛出令人心动的条件："走二十分钟，我帮你欺负查令荃，你想怎么欺负我都配合你。"

施翮："……"

听起来你也很想欺负查令荃，但不得不说，这个条件十分有诱惑力。

施翮犹豫着问："什么时候欺负？可以怎么欺负？可以很过分吗？"

陈寒丘："比如？"

施翮兴奋道："在他身上画画！"

"……换一个。"他不太想答应。

施翮沮丧地垂下脑袋，继续撞他的背。

"那我想想。"她嘀嘀咕咕地想着，想不出好办法，"他最爱钱了，让他没钱赚的前提是我的画卖不出去，那我也太惨了。好难想！"

陈寒丘："再走两圈，或许就想出来了。"

施翮尖叫一声："现在几分钟了？是不是已经十五分钟了，呜呜呜小羽毛要累死了。"

陈寒丘："才两分钟。"

施翮愤愤道："你错了！你是一个坏掉的机器人！"

十分钟后。

"陈寒丘，我看不见了。"施翮拖着尾音企图耍赖，不想走路。

陈寒丘淡淡道："让圆圆领路。"

施翮："……"

烦死了！

圣诞夜当天，施翮回了 1101 室。

原因无他，今天是 LeoMinor 乐队的圣诞演唱会，由窦桃的哥哥窦器担任主唱，所以她要艳压全场。

如果窦桃在，一定会吐槽她当时去同学会见情敌都没这么积极。

施翮选衣服是件大事，于湛冬的意见必不可少。

至于陈寒丘，施翮想到他衣柜里单调的颜色和配件，郑重决定摒弃他的意见，完全不需要。

当然啦，给男朋友看看还是可行的。

整个下午，施翮就像一只花蝴蝶，从屋里飞到屋外，在陈寒丘面前转一圈，再飞回去，多数时间陈寒丘还没开口，她就飞走了。

于湛冬拎着她的裙摆跑进跑出，十分疲惫。

两小时后，于湛冬把拎裙子的任务交给了机器人先生，他在沙发上坐下，深深叹了口气。

"天才先生，以后辛苦你了。"于湛冬体力不支，不忘叮嘱下一任家养小精灵。

陈寒丘看着施翮又一次转着圈出来，夸张的裙摆散开，行了个公主礼，又小跑着回去。

他问："她以前精力也这么好？"

于湛冬叹气："在国外她不喜欢在家待着，一有时间就往外跑，累了就回来睡觉，不然就是把自己关在画室。这么好兴致地换衣服，还是第一次，唔，或许是因为和你一起去看演唱会？"

从前 LeoMinor 的演唱会，她最多换三套。

于湛冬左思右想，想到今年与众不同，只因为多了陈寒丘。

陈寒丘沉默两秒："她不许我一起去。"

于湛冬眨眨眼："……嗯？那她今天心情不错。"

最后，经过三小时的筛选，施翮最终选择了第一条裙子，五颜六色的蓬蓬裙，夸张而艳丽。

于湛冬由衷地夸赞道："Liz 的第一眼光永远那么棒。"

陈寒丘："什么？"

他或许知道为什么于湛冬能留在施翮身边那么久了。

晚上七点半，东川市体育馆门口。

窦桃和余攀蹲在路边的台阶上，瞧着年轻小姑娘们发灯牌之类的小物件，年轻的男孩子们也不少，露出的胳膊上是 LeoMinor 乐队相关的贴纸，看起来比小姑娘们还激动。

余攀羡慕道："桃子，当你哥那样的歌手真好。"

窦桃翻白眼："他一心只有音乐，底下就算站一群七八十的老头，他也照样唱。"

余攀不可思议："他就没有和乐迷发展过点什么？"

窦桃幽幽道："他说恋爱完全是浪费生命。"

余攀随手一指："我不信，你看学神现在都这样了。"

两人齐齐看向停车场出口。

夜色下，陈寒丘微俯着身，一手拎着夸张的裙摆，一手小心翼翼地扶着花蝴蝶。花蝴蝶的水晶鞋在清冷的月光下闪着光。

余攀看呆："小羽毛要上台啊？"

窦桃："上个屁，她就是花里胡哨。"

余攀："一二三四五六七……原来一件衣服上可以有那么多颜色。"

窦桃叹气："准备进场吧。"

施翩瞥见路边的两人，随意摆下手，再从陈寒丘手中抢回裙子，稳稳地往前走。

"我走啦。"她自然道。

陈寒丘看了眼时间："十点在门口等你。"

窦桃有通行证，带着施翩和余攀直通后台。

通道间，工作人员忙得到处跑，看见施翩都愣了一下，心说他们还斥巨资请嘉宾了？

窦桃压低声音："你至于穿成这样吗？"

施翩："不就很普通的衣服？"

窦桃："这还普通？"

余攀的重点和她们不一样，他纳闷道："学神真不来啊？"

施翩懒声道："我又不是三岁小孩子，做什么都要人陪。他那个怕吵闹的性子，看演唱会太为难他了。"

余攀表示同意，一张冷脸看演唱会，双方为难。

窦桃问："我去找我哥，你们去不去？"

施翩："我就不去了，化妆间那么多人，可能会刮到我的裙子。"

余攀："……那我给小羽毛提裙子。"

施翩眨眨眼，看看无所觉的窦桃，再看一脸别扭的余攀，忽然明白了，原来是怕见家长啊。

她欣慰地拍拍余攀的肩："长大了。"

余攀茫然："啊？"

演唱会晚上八点准时开始。

灯光暗下来的时候，窦桃从边上钻出来，小跑着在施翩身边站定，目不斜视地看着台上。施翩分给她一根荧光棒。

窦桃："你哪儿来的？"

施翮无辜道："对小妹妹笑一笑，就分给我了。"

窦桃："……"

不多时，漆黑的舞台边落下一束光。

喧闹的场馆顿时安静下来，那束光一步步挪动，最后停在正中央，照亮窦器的不羁脸庞。

大屏幕上，他轻抬起眼梢，忽而一挑眉。

场内寂静一瞬，下一秒爆发出尖叫。

施翮三人自然地堵住耳朵，这样的场面每年都要来一次，他们已经能熟练应对。看在歌不错的份上，可以忍受。

这一场圣诞演唱会有不一样的意义。

LeoMinor 乐队的乐迷都知道，近年窦器出的新歌越来越少，状态也不如前，传言说这可能是最后一场演唱会，今晚乐迷们格外激动。

近两小时的演唱会，舞台上下的人都耗尽了体力。

最后一首歌结束，大汗淋漓的主唱轻喘了口气，看向台下："我知道，你们都听说了，这可能是最后一场演唱会。"

他停下来，甩了甩汗湿的发，眼神从左到右，扫过整个场馆。

乐迷们的喊声也停下来，场馆一时间悄无声息。

窦器认真地看了许久，忽然转身，用后背对着观众。

光下，他仰起头。

台下的施翮戳戳窦桃，小声问："真是最后一场啊？"

窦桃无语："肯定不是，我刚去化妆间还听他们聊新歌，他就是想装相。"

施翮："……"

场下，乐迷们捂住嘴，含泪看着台上的黑色背影。

短暂的寂静后，窦器转过身，走到舞台最边缘坐下，自由地看着台下，懒声道："有一件事，从来没和你们说过，从建立 LeoMinor 的那一天起，我就说过一句话——

"LeoMinor 永远不会放弃现场。"

他眼神坚定，认真地看着每一个乐迷："接下来是 LeoMinor 的休息期，可能一年，或许是两年，我无法保证在哪个时间回来，但我会带着最好的歌回来。LeoMinor 会带着最好的现场回来，LeoMinor 永远不会放弃。"

场馆里爆发出震耳的尖叫声。

窦桃轻哼："看到没，他就是想装相。"

施翮："……看出来了。"

余攀咽了咽口水，不敢说话。

"告别"的话语结束，今晚尚未结束。

窦嚣拿着话筒，不紧不慢道："前阵子我们整理这些年的纪念视频，发现了一件有趣的事。我有点好奇，查了下这几场演唱会的票，发现有一位朋友，总是把前排的票换成后排的。所以，今晚，还有一个临别礼物送给大家。"

他忽然往施翮的方向看了一眼。

余攀左顾右盼，确认似的问："他没在看我们吧，但这里好像……小羽毛，快看大屏幕。"

施翮不明所以地抬头看去。

屏幕上正在播放一段旧日的影片。

偏僻黯淡的小广场上，没有舞台，只有一片空地，面容青涩的LeoMinor 乐队正在演唱他们的第一首歌。

镜头偏转，看向人群。

人群三三两两，最前排的是四个穿着校服的高中生。

少年人的脸庞在光线昏暗的摇晃镜头中，像发着光，他们认真看着这一场无人观赏的演出。镜头拉近，停在一对年轻的男女之间。

他们站得很近，女孩子的身高只到男孩子的肩膀，长发轻蹭着校服，镜头往下，是他们交握的双手。

这个寒冬，LeoMinor 初次演出，他们手牵手在台下。

这段影片过后，画面跳转。

LeoMinor 成立的第二年，那时他们初有名气，有了小型的舞台，场下的观众变多了。

镜头从舞台移开，来到场下。

最前方，依旧是那几个年轻人，只不过这一次少了一个男孩子，那个清瘦的少年不见了。镜头仔细找了一圈，没找到他。

似乎有点可惜，想挪开的时候，忽然停住。

在最前排的后面五排，长高的少年藏在人群中，所有人都抬头看舞台，他却望着前方的人群。

他在看那个女孩。

LeoMinor 成立的第三年，在全球爆火。

这一年，他们第一次有了巡回演唱会，最前排的年轻人多数时候是三个，偶尔只有两个。只是那个女孩子在的时候，总能在后排看到那个男孩子。

他的神情总是冷冷的，他的眼神总是看起来很难过，他总是在看前排的那个女孩子。

而那个女孩，似乎不怎么爱笑。

LeoMinor 成立的第四年，场馆越来越大。

喜欢他们的人越来越多，镜头里的人总是在换，但更多的是熟悉的面孔，他们也在渐渐长大。

这一年，前排的年轻人变得成熟了。

那个女孩子变得爱笑，她会跟着节奏摇晃着身体，会大声尖叫，会对着镜头眨眼睛。

后排中，藏在人群中的男人似乎也笑了一下。

他们看起来都好多了。

LeoMinor 成立的第五年，这场演唱会出了意外。

曼城下了大雪，大雪封路，导致很多人无法顺利到达场馆。于是，这一晚台下只有很少的人，但他们努力地挥着手、挥舞着光，大声用声音回应着台上依旧努力的乐队。

前排，依旧站着他们三人。

只是这一次，镜头在仅有的人群里找了很久很久，都没有找到另一个人。他一定是被大雪拦住了。

两小时后，演唱会结束，人群散场。

移开的镜头忽然停住，场地最角落里，站着一个人，清瘦而冷，是那个许久不见的男人。

他站在阴影里，站在没有遮挡的角落。

他的发上、身上都是雪，看着前方空无一人的场地。

LeoMinor 成立的第六年，只有一场演唱会。

这场演唱会的地点在东川，在 LeoMinor 成立的地方，这一晚主唱窦器和乐迷们暂时告别。这一晚，镜头再次对准前排。

最前排，依旧是那三个人，穿着公主裙的女孩子，有着机械臂的酷女孩，还有被迫蹲下看演唱会的大高个。

他们三人看着屏幕，神色各异。

忽然，那个女孩转身看向后排，她拨开人群，茫茫人海中寻找只属于她的少年。

耳边声音嘈杂，所有人都在看她。

施翻挤在人群中，去找那道熟悉的身影，她记得他今天穿了什么衣服，记得他的轮廓，记得他身上的味道。

"陈寒丘！"她在人群中喊。

施翻的眼前闪过一张张陌生的人脸，和无数眼神对视而过，忽然一个踉跄，眼看要摔倒，一只手穿过人群稳稳地扶住她。

"陈寒丘。"施翻扑到他怀中。

陈寒丘在喧闹的人潮中紧紧拥住他的女孩，他在身后看了她那么多年，她第一次回头找他。

最前排，窦桃偷偷抹了下眼泪。

余攀眼睛红红地看着他们，六年了，那么久了。

施翻闭上眼，用力地抱着他。她忍着眼泪，小声道："下次不要站在我身后，不要站在雪里，和以前一样，牵住我的手。"

陈寒丘低下头，认真道："我会牵得很紧。"

很紧很紧，再也不会松开。

这个圣诞夜，他们像多年以前那般聚在一起。

演唱会结束后去吃了火锅，因为演唱会上的插曲，他们多少喝了点酒，但喝醉的……

照旧只有施翻。

"我好晕，我不想动。"

走出店门，花蝴蝶便甩了鞋子，非要坐在冰冰凉的台阶上，谁来拉都不管用。

窦桃忍耐道："现在的温度是零下，你是喝醉了又不是傻了。"

施翩古怪地看她一眼，忽然大喊："陈寒丘！有人欺负我，她骂我傻子，她长得像未来人！"

窦桃气道："下回再给你酒喝我就不姓窦！"

施翩冲她吐舌头。

窦桃："……"不行，她的机械臂忍不住了。

余攀忙拉住窦桃："桃子别冲动！不和酒鬼计较。学神出来了，走走走，我们先走。"

窦桃回头大喊："施翩，你只有三岁吗！"

施翩才不要理窦桃，她叫小羽毛，不叫施翩。

店门再次打开，陈寒丘拿着毯子出来。

他把坐在台阶上的施翩抱起来，在冰凉的地面铺上毯子，再用另一条毯子把她的腿带着脚丫子都裹住，最后脱下大衣，披在她身上。

陈寒丘蹲下身，看着乖乖坐在地上的施翩。

她用双手托着腮，眨着潋滟的眼睛看他，看得认真，也不知道脑袋里在想什么。

他问："谁欺负你？"

施翩往左看看，又往右看看，老实道："外星人不见了。"

陈寒丘叹了口气，伸手捏捏她有点烫的脸颊，无奈道："以后不给你酒喝了，一次比一次傻。"

施翩皱起眉头，立即把脚从毯子里伸出来乘凉，小声道："你让让，挡着我看雪了。"

陈寒丘微顿，侧头去看身后夜空中的飘雪。

圣诞夜又下雪了，小如羽毛的雪片，轻飘飘地落下来，落在地上，很快便没有了痕迹。

他收回视线，伸手握住她雪白的脚，触感是温温热热的。

雪落下来，施翩仰起脸，看灯下闪耀的雪花。这点小小的雪花点亮了黑夜，昏昏沉沉间，她似乎看到了星星，无数星星从天际坠落。

施翩看了许久，直到鼻尖变得通红。

她收回视线，歪头看向身边的男人，他好傻，零下只穿一件毛衣，唔，不过他穿白色毛衣真好看。

他好白，眼睛是单眼皮，不窄，形状偏长。

哇，睫毛超级超级长，长得能放下笔。

"你叫什么名字？"她认真问。

他用黑色的眼眸注视着她，应道："陈寒丘。"

陈寒丘，陈寒丘。

寒丘，寂静冷落的山。

施翮默念着他的名字，人长得冷冷的，名字也冷冷的。但他的眼神是暖的，温热的，清爽的。

像初夏的风。

"陈寒丘。"施翮拖着长调，慢吞吞地喊他，"我好像有点困了，你背我回家吧，你愿意吗？"

她微嘟起唇，狐狸眼也耷拉下来。

她用这样一张可怜又可爱的脸说话，他不愿意就是罪大恶极。

陈寒丘拎过那双高跟鞋，低下头，握住她单薄的脚踝，将公主的水晶鞋穿回去。他蹲下身，背对着她："上来，我们回家。"

施翮眼巴巴地看了会儿，小声道："我想用跑的。"

陈寒丘回头，看了眼她不满的小脸，叹着气起身，刚走出几步，身后响起清脆的哒哒的鞋跟踏地声。

她跃起，绚丽的裙摆在雪夜绽放，像蝴蝶停在他身上。

陈寒丘稳稳地接住人，勾着蓬松裙摆下她的小腿，提醒道："下雪了，自己盖好衣服。"

施翮乖乖攥紧身上的大衣，她搂着他的脖子，低头在他颈后闻了闻，清淡的皂味中有淡淡的玫瑰味道，是她喜欢的味道。

"你背上好舒服。"她贴着他的肩，闭上眼。

施翮短暂地安静了一会儿，揪揪他的耳朵："我不想回家了。"

"想去哪儿？"他问。

"去小广场吧，看看我的画。"她美滋滋地想着。她的画多漂亮啊，可惜月底就要撤了，要抓住这个小尾巴，再看两眼。

小广场离这里不远，步行二十分钟。

陈寒丘背着施翮，步子稍快一点，她便嘟囔着晕车了，走得太慢，她就揪住他的头发，骂骂咧咧，说他是小乌龟、小蜗牛……

这么闹腾了一路，小广场到了。

圣诞夜，小广场灯火通明。

圣诞树上挂满礼物，树上闪烁的灯光像星星，雪像糖霜铺撒，是最天然的装饰物，曾有无数人在这里驻足。

城市壁画在这个月内变成了热门打卡地点，体验的人数与日俱增，社交软件上到处是城市壁画，吸引了众多网红博主来这里录视频。

城市壁画和 AR 的交互模式在短时间内引爆了东川。

人们被未来科技吸引。

施翩远远看着夜色下夺目的壁画。她眨眨眼，扒着陈寒丘的耳朵问："世界上怎么会有这么好看的画，是谁画的？嗯嗯嗯？"

陈寒丘无奈："是天才小姐。"

施翩："天才小姐是谁？"

陈寒丘温声道："我的小羽毛。"

施翩得意了一会儿，晃着腿催他，要去体验"日全食"。

已近凌晨，小广场上人已不多，他们不用排队就能体验到"日全食"。

施翩晕晕乎乎地从陈寒丘背上下来，闭着眼被戴上头盔，熟练地想往地上坐，还没往下蹲，就被人抱在怀里。

她不高兴地推他："不要抱抱，要坐着。"

陈寒丘："坐椅子上，地上冷。"

施翩摸摸自己的脸，好像是有点冷，妥协道："好吧。"

附近的工作人员忙拿来椅子，施翩坐到椅子上，仔细感受了一下，好像不如陈寒丘背上舒服，但能看到日全食，她可以将就。

明亮的天空开始变暗，施翩渐渐出了神。

这不是她第一次看日食现象，第一次……似乎是在高中，那时的她想要和他拥抱，想要一直和他在一起。

当世界完全漆黑——

"陈寒丘。"施翩这样喊他。

陈寒丘摘下她的头盔，蹲下身，对上她亮晶晶的眼睛，她笑着说："我们接吻吧。"

我们接吻吧，在漆黑的夜里。

在没有光的世界里，我也可以与你同行。

在 Liz 奇妙而迷幻的壁画下，雪簌簌而下，陈寒丘半跪在地上，仰着头，捧着女孩子微凉脸，张开唇，轻轻含住她的唇角。

雪落在他浓长的眼睫上，慢慢融化。

温柔漫长的亲吻结束，施翩睁开眼，她双颊泛红，眼眸水亮，雀跃道："现在可以回家了。"

陈寒丘看着她的笑容，慢慢弯起唇。

"我们回家了。"他说。

寒冷的雪夜，陈寒丘背着他的女孩，走在孤寂路灯下的街道上，再一次经过种满悬铃木的长路。

冬日的悬铃木，枝头凋零。

原本拥挤的街道变得宽敞，雪没了阻碍，下得很大。

雪花落到脸颊上，融成水滴，施翩恼怒地擦掉水渍，老实地贴着他的后颈，不再乱动。安分了没一会儿，她又开始闹腾。

"陈寒丘……"

陈寒丘"嗯"了声，停下来把她往上颠了颠。

施翩伸出一根手指，摸摸他有点凉的耳朵，懒声问："这个世界上，你最喜欢谁呀？"

陈寒丘弯起唇，温声应："小羽毛。"

施翩眨眨眼，不以为然地"哦"了声："但你只敢偷偷喜欢她，她有那么吓人吗？明明以前都不怕她。"

"我怕做错事。"他轻声说。

施翩抿住唇，更用力地搂住他，她用温烫的脸颊贴着他凉凉的侧脸，小声说："陈寒丘，这六年你是不是很辛苦？"

"……不苦。"只是想你。

陈寒丘收紧手，承受她的重量。

那些无法与人诉说的日日夜夜，他还能去看她的画展，在世间的某一角落和她相遇。他以为，这已是恩赐。

施翩闷声道："我没有很想你，我早就忘记你了。你的样子、你的声音、你的味道，都忘记了。"

陈寒丘笑笑："这样很好。"

"真的好吗？"她问。

陈寒丘："嗯。"

施翩轻轻地哼了一声，笨蛋。

她说："我想唱歌。"

陈寒丘："唱吧，街上没人。"

施翩搂着她爱的少年，在雪夜里，用轻轻柔柔的声音唱——

　　　　从前从前有个人爱你很久

　　　　但偏偏风渐渐

　　　　把距离吹得好远

　　　　好不容易又能再多爱一天

　　落满雪花的圣诞夜，他们行走在凋零的悬铃木大道间，街道安静，路灯寂寥，只有冷夜从他们身边经过。

　　陈寒丘想告诉施翩。

　　春天，夏天，秋天，冬天。

　　他都愿意再陪她走一遍。

　　第二天酒醒后，施翩和空气大眼瞪小眼。

　　昨晚看完演唱会干什么去了？去吃火锅，然后她又喝酒了。

　　陈寒丘曾说她喝醉酒很乖，应该很早就乖乖睡着了，这么一想，她开开心心地开始度过新的一天。

　　"陈寒丘，你不上班吗？"

　　施翩趴着地毯上，垫着抱枕看不远处的人。

　　陈寒丘坐在地上，屈着腿敲键盘，宽松的居家服松松垮垮，一副不上班的闲适模样。他道："杨成杰喜欢做测试，我的工作量少了很多。"

　　施翩无聊道："那你在干什么？我们什么时候再去看小樱花？冬冬说福利院的圣诞夜也很热闹，照片上他好开心。"

　　陈寒丘抬眼看她："在玩《站台》，元旦再去。"

　　施翩噌地爬起身，小跑着挤在他身边坐下，脑袋往他边上一凑。

　　他下了模拟器，在笔记本电脑上也能玩《站台》。

　　屏幕上，教室里十分热闹，人物的脑袋上冒出一个个泡泡，七嘴八舌地讨论着元旦晚会的事。

　　"陈寒丘"身边的座位是空的。

　　施翩戳戳屏幕，郁闷道："我去哪儿啦？"

陈寒丘："长时间没上线，根据玩家提供的剧情，元旦期间你请假两周，所以你很快要被安排出国了。"

"我不要去。"她咕哝了句，打开游戏。

那段时间，施翩请假去参加艺术展。

换成平行世界，她想和陈寒丘一起看元旦晚会，据说那年的元旦晚会很热闹，学校里有很多活动。

刚上线，施翩便看到了元旦晚会的通知。

她饶有兴致地看着大家报名的节目，五花八门，居然还有歌剧，看来平行宇宙里他们都寻找了一些新爱好。

"你还在计算机社团吗？"施翩点点手机屏幕上的"陈寒丘"。

陈寒丘电脑的屏幕上跳出来新提醒：你的同桌施翩，抚摸了你的脸颊，时长12秒。

"施同学。"陈寒丘嗓音轻懒，不紧不慢地说，"如果不打算追求我，不要对我动手动脚，像小流氓。"

施翩："你才流氓！"

施翩去校园各处搜集元旦晚会的信息，晃了一圈，她决定和陈寒丘一起逛夜晚集市。

"同桌。"她用脚踢踢他的小腿，"你元旦什么安排？"

节目单上没有陈寒丘的名字，他应该不会上台，总不能在教室里学习吧？

陈寒丘随口道："暂时没安排，当时你不在，我待在教室里刷题。"

施翩："……"果然，这人眼里除了她，只有学习。

陈寒丘回答她之前的问题："我不在计算机社团，去了美术社，和老师学画画。"

施翩瞪大眼："你去美术社？你的梦想不是天体物理吗？起码去个天文社。"

陈寒丘："他们太笨。"

施翩："所以你就去美术社当笨蛋？"

"嗯。"他弯唇一笑。

施翩犹犹豫豫道："那你学得怎么样？"

陈寒丘："我线条画得很直。"

"……然后呢？"

陈寒丘垂眼看她，语气认真："然后我想给自己找个老师，要求不高，世界第一就可以。"

世界第一的施翮："……"

"我要考虑一下。"她慢吞吞地说。

陈寒丘沉吟片刻："我可以适当提供美色，世界第一的天才小姐似乎最喜欢这个？"

施翮眨眨眼："适当？比如呢。"

"比如……我亲你亲得很舒服。"他微低下头，视线落在她唇上。

施翮轻哼："你怎么知道我很舒服，我又没说。"

陈寒丘一笑，低头在她耳侧说了几个字。

施翮恼怒地推开他："你不要污蔑我！我什么时候这样那样了，我没有。"

陈寒丘揽腰把人抱回来，轻松往柔软的地毯上一压，指节穿过她的发，倾身靠近，气息打在她的脖子上。

施翮慌忙捂住唇，对上他眼里浓郁的黑，她的心跳有点快。

"今天不亲这里。"他说。

施翮"被迫"在家接受了几天美色，元旦才有了空隙。

上午和于湛冬一起给小朋友们上了美术课，下午跟着陈寒丘去参观了机器人工厂。晚上吃撑躺在地上，不想动。

1102 室早已没有以前冷清的模样。

现在这里拥挤又热闹，到处是施翮的痕迹。

施翮闭着眼，懒洋洋地勾着抱枕，耳边是哗哗的水声，听了一阵，她睁眼去看家里的两个机器人。

圆圆依旧充满活力，带着 001 号做家务。

它们的工作难度上升，两个小家伙经常围着地上散落的纸张打转，不知道该清理还是不该清理。

每当这时候，机器人先生便会过来，捡起纸张。

施翮瞧着机器人先生，想起一件事，她朝它招招手，小声道："小陈，过来。"

机器人先生上毯子之前不忘自己擦擦脚，再走到施翮蹲下。

"要为你梳头吗？"它认真问。

施翩压低声音："我们的小机器人修好了吗？"

机器人先生道："进度已到50%，如果晚上也能回1101，进度会更快。"

由于施翩住在1102，机器人先生只能趁着陈寒丘不在的时候修理小机器人，其余时刻它要隐瞒小机器人的存在。

施翩道："我们今晚就搬回家。"

等厨房水声一停，施翩便起身趴在沙发后，只露出一颗脑袋找陈寒丘，她还没和他说过这件事。

"陈寒丘，和你说件事。"她无辜地眨眨眼。

陈寒丘抬眼看她心虚的小脸，慢条斯理地擦干净手，在沙发上坐下，侧过身，和她面对面，只隔着沙发背。

"说吧，我听着。"他眸光淡淡。

施翩轻咳一声："今天晚上我带着小陈回去住了，要过生日了，我爸妈可能随时会回来，你看……是吧？"

她自认为这个理由很站得住脚。

陈寒丘看她两秒："可以。"

这么好说话？这出乎施翩的意料。

施翩见他同意，当然乖觉地不再提这茬，万一他又跟小狗一样黏上来怎么办。她自然地移开话题："上游戏，我们去逛元旦集市。"

陈寒丘拍拍身边的位置："过来坐。"

施翩偷懒，不想绕路走，直接从沙发背上翻了过去，一个打滚就蹭到了陈寒丘怀里。他搂住她，拎过抱枕，把她和抱枕都塞到怀里。

元旦假期，《站台》里也十分热闹。

游戏公司做了活动，向每一位玩家发送了心愿券，写下愿望投入许愿池，便有可能实现。规则简单，没有限制。

施翩嘀咕："什么愿望都可以吗？万一有人写想和Liz谈恋爱，公司也会帮忙实现吗？"

陈寒丘："？"

正常人不会写这样的愿望。

陈寒丘拍拍她的头顶，轻笑道："和Liz恋爱相比，他们或许会更愿意写一些身外之物，例如金钱、房、车或是去周游世界。"

施翩轻哼："没眼光。"她哼哼一会儿，凑过去看陈寒丘。

"你写什么？"她强硬地拨开他的手，用脑袋挡住他的动作，对着屏幕。

漂亮的心愿券上，写着方方正正的字——

　　想和 Liz 谈恋爱

　　施翩："……"
　　刚刚还说没人写，这儿不就有个傻子。
　　施翩收回脑袋，挡住自己的手机，强硬道："你不许偷看，眼睛闭上，我要写愿望了。"
　　陈寒丘垂眼看她两秒，闭上眼睛。
　　说是要写，但她没想好写什么愿望。
　　她想了很久很久，久到陈寒丘以为要等到明天，怀里的人终于动了，他听到她按键的声音，叮叮叮的声响，响了十一下。
　　这是她的愿望。
　　"好了，你睁开吧。"施翩翘起唇角。
　　陈寒丘睁眼，看窝在他怀里小小的一团，揉揉她的发，懒声道："走了，去逛集市。"
　　元旦集市很热闹，由于晚会刚结束，许多人穿着表演服装逛集市，五彩的灯光照下来，他们像闪着光。
　　施翩看看自己身上的校服，叹了口气。
　　她刚叹完气，便看到屏幕上的新提示：你的好友"陈寒丘"向你赠送了新年礼物。
　　新年礼物欸。
　　施翩好奇地点开邮件，邮件里是一件漂亮的小裙子，她点击换上，立刻成了集市中最漂亮的女孩。
　　她"哇"了声："哪里来的衣服？"
　　陈寒丘："抽空参加了这学期的期中考，用年级第一的积分换的。只有一件，不会撞衫。"
　　施翩："你背着我偷偷拿了第一名？"
　　陈寒丘随口应："嗯，排座位规则变了，考第一也能和你当同桌，所以开会的时候顺便做了试卷。"
　　施翩："……"
　　屏幕里，美丽的少女拎着裙摆旋转，灵活地在人群中穿梭，转动的裙

-510-

摆比灯光还要耀眼。她身后，穿着校服的少年始终距她一步之遥。

他们自由自在地在集市间穿梭。

没有别离的忧愁，没有家庭的重担，只有他们俩。

他们可以肆无忌惮地相爱。

"咦。"施翩瞥见一处耀眼的地方，"陈寒丘，这里有灯会欸，猜灯谜积分送礼物，真的寄到家里来的那种。"

不得不说，做这个游戏的人很认真，不但不挣钱，还倒贴钱。

施翩兴致勃勃地过去，开始点灯笼，每点一个灯笼，便会出现一个字谜，在限定时间内答对即可。

　　山上还有山。

来自高一（1）班的学生，张某某。

施翩嘀咕："这也太简单了，我语文在及格线都知道，不就是'出'嘛，很好，下一题。"

"皇帝新衣？皇帝新衣是什么？"

施翩茫然，她只知道童话故事《皇帝的新衣》。

陈寒丘："衮。"古时帝王的象征是龙，皇帝新衣即为衮。

施翩笑眯眯地抬头，往他下巴上亲了一口。

许是因为这一亲，接下来猜字谜格外顺利。施翩一路过关斩将，顺利点开所有灯笼，只剩下最后一个。

目前她是积分榜第一，冠军非她莫属。

她点开最后一个灯笼。

　　压死一只小圆啾。

来自高三（1）班的学生，陈寒丘。

施翩狐疑地仰头看他："压死一只小圆啾是什么？小圆啾不是我的备注吗？为什么要压死小圆啾？"

陈寒丘嗓音带笑："要来不及了。"

施翩眼巴巴地看着陈寒丘："是什么？"

陈寒丘低眼看她，轻笑道："翩。"

笨家伙，自己的名字都猜不出来。

施翩："……"

压死一只小圆啾，小鸟被压扁了，所以是"翩"。

施翩恼怒地输入答案，从他怀里出去，嘟囔道："不亲了不亲了，你想压死我。啊——"又被拽回去了。

"不要亲！"

"我的奖励。"

"没有奖励，唔唔唔……"

　

施翩的生日是大日子，对施家来说是大日子，对查令荃和于湛冬来说也是大日子。

于是这一天，施翩早早被叫醒，睡眼蒙眬地被带到施家。

不得不说，天底下所有的宴会都无聊。

施翩无聊地坐在沙发上，看着老太太穿得像花蝴蝶一样飞来飞去，向所有人介绍施家的金疙瘩。她只需要做一件事，就是对客人微笑。

等这波客人走了，施翩仰天长叹，她踢踢施文翰，有气无力道："哥，你生日也这么过啊？"

施文翰瞥她一眼："奶奶根本不记得我的生日。"

施翩："……"好像有被安慰到，又好像没有。

这一上午，忙碌的不只有老太太，查令荃比老太太更忙。他不遗余力地向众人介绍着 Liz，从她还是小朋友说到现在，不遗漏她获得的每一个奖项，简直是一个移动的"Liz 百科全书"。

施文翰轻轻"啧"一声，评价道："你这个经纪人挣得比你多。"

施翩干巴巴道："是吗？"

施文翰："百分百。"

施翩："……"

喧闹的上午过去，家宴开始了。家宴上只有施家的人，一大家子亲戚凑在一起可不得了，像是有一万只呆瓜在耳边吵。

老太太朝施翩挤了挤眼睛，悄声问："小乖，上午看到的那些青年才俊，有喜欢的吗？"

施翩狠狠地踢了施文翰一脚。

施文翰闷哼一声，对老太太道："奶奶，下个相亲对象定好了。"

老太太眼睛一亮："符合小乖的要求？"

施文翰喝了口水，一本正经道："和小乖同岁，从小到大都是年级第一，留学回来在东川创办了 Proboto 科技。"

老太太问："Proboto 科技，好像听说过。"

"您说想买他们家的机器人。"施文翰提醒道。

老太太恍然："那个宣传片里说话像机器人的男孩子？"

施翩没忍住，偷偷笑了一下。

老太太心急，没顾上还在吃饭，偷偷摸摸上网搜索陈寒丘的信息，第一页是前阵子的科技创新大会的照片。

照片上的男人清俊干净，看着有点冷，不会疼人。

"也不知道性格怎么样。"老太太嘀咕了句。

施文翰道："您放心，小乖挑剔得很。"

老太太一想也是。

家宴一结束，施翩就偷偷溜走了。

施文翰负责给她兜底，查令荃打着她的招牌宣传，还有小天使冬冬和他们周旋，当然没她什么事。

她想和陈寒丘一起过生日。

东川的一月是一年中最冷的月份。

施翩披着羽绒服，拎起裙子，小跑着往小区门口跑去，像高中时，她无数次奔向陈寒丘。

远远地，她瞥见门口的人影。

六年过去，她又一次从这个方向奔向他，他长大了，曾经稍显单薄的肩膀变得厚实，胸膛宽阔。

她扬唇笑起来，喊："陈寒丘！"

低着头的男人朝她看来，眸光温柔，他上前几步，张开手臂将她拥进怀里。

施翩穿着裙子，没往他身上挂，只用脸蹭了蹭他的衣服。她小声抱怨："上午吵死啦，我们快躲起来。"

陈寒丘一笑："想去哪儿？"

施翩仰起脸看他，眨巴着眼："哪里都能去吗？"

陈寒丘"嗯"了声："哪里我都陪你去。"

施翩踮起脚，在他耳边悄悄说了几个字，再乖乖站好，一瞬不瞬地看着他的表情。

陈寒丘微怔，稍许，他握紧她的手。

"知道了，带你去。"他把她牵得紧紧的。

施翩翘起唇角，开心道："我还想坐自行车，下午你载着我出去玩吧，我穿得多，不冷。"

陈寒丘："要换鞋。"

施翩噘噘嘴："我过生日呢。"

陈寒丘无奈："必须换鞋。"

"知道了知道了！"她穿球鞋也好看。

两人像六年前一样，手牵手去坐地铁，再到老城区，经过街道，走进条条弄堂，停在老旧的居民楼。

晴光洒落，只有一楼在阴影里。

这是陈寒丘长大的地方，他住了十八年的地方。

十八岁那年，施翩在这里度过了生日。所以她和陈寒丘说，她想来这里过生日，和他一起。

"咦，门口有花了欸。"施翩认真打量着。

陈寒丘牵着她微凉的手心，没让她在外面探头探脑，直接把人拎回家里，把冬日寒意阻挡在外。

施翩抿唇瞧着，这里依旧是原来的模样。

昏暗的视野，陈旧的家具，泛黄的沙发布罩，狭窄的厨房和房间，和六年前相比，毫无变化。

屋内异常很干净。

陈寒丘拿着拖鞋放下，解释道："每周都有人来打扫。想坐客厅还是去我房间里？"

施翩眨眨眼："去你房间。"

陈寒丘一笑，傻女孩。

他的房间也是原来的模样。只是时隔六年再看，这个地方显得更小，那么小的地方装下了他所有青春和梦想。

墙上的贴纸变得干巴巴，随手就能撕下。

墙边堆着的书穿上了防尘袋，桌上的笔记本都被仔细收纳好，那盏小台灯的光亮依旧温暖。

陈寒丘从柜子里拿出被子，铺在床上。他摸了摸冰冷的床铺，去厨房烧了热水，灌了热水袋塞到被子里，施翩便开开心心地脱下羽绒服往上爬。

"陈寒丘，我想换衣服。"她扯扯身上的裙子，"太紧了，穿着不舒服。"

陈寒丘轻轻抬起眼，视线落在她身上。

光亮浅淡，吝啬地从窗外透进来，屋内太暗，她在其中像发着光，鱼尾裙上的钻石耀眼，轻薄的裙子勾着她的线条。

每一个动作，都令这条贴身的裙子更加紧绷。

施翩一无所觉，随手撩开散落的长发，手撑着床垫，像猫一样往被子里钻，钻进去坐好，抱住热水袋。

一抬头，她对上陈寒丘的眼睛，他背光站着，神情不明。

空气凝滞，气氛有点怪。

施翩微歪下了头："你在看什么？"

陈寒丘移开视线，走向衣柜，认真选了很久，挑了一件他留在这里的白色衬衫。他拎着衬衫，走到门口，关上房门，再返回窗前。

"哗啦"一声，窗帘遮蔽磨砂玻璃，将唯一的光亮吞噬。

施翩不安地动了动身子，往角落里缩。

"……我自己换。"她整个人躲到被子里，只露出一双眼睛，警惕道，"你出去等我。"

话音落下，他的膝盖抵在床上，倾身过来。

陈寒丘垂着眼，修长的指节轻抚上她的长发，不紧不慢地顺了顺，指节往下，覆上她的后颈。

"宝宝。"他低声喊。

施翩的心一跳，轻抿住唇，轻微的羞耻感涌出来，让她手脚发麻。

明明以前她脱个外套他都会背对着她不看，现在拎了衬衫就敢往床上爬，这人……

陈寒丘看着她泛红的脸颊，无声一笑，手灵活地钻进被子里，温热的气息扑在她额间。

"我帮你换。"他哑声说。

施翩换好衬衫，已是半小时后。

她陷在阵阵热潮中，脸颊绯红，无力地用手背挡着眼睛，大脑昏昏沉沉，似乎下一秒就会睡过去。

陈寒丘低眼看她濡湿的小脸，亲了亲她的面颊，嗓音暗哑："睡会儿，我去外面，别怕。"

施翩嘴硬，小声道："谁怕了。"

他笑笑，没再欺负她。

施翩缓了一阵，翻了身对着墙面，轻轻嗅了嗅枕头。

陈寒丘的味道，清清淡淡的皂香，她早上起得早，又来这么一出，很快放松下来，在他温暖的小床上睡着了。

陈寒丘关掉客厅的空调，打开窗户，冷风吹进来。

许久，他等着身体内的躁动消失，冷静下来，冻红的指节微动，关上窗户，重新打开空调。

静谧的冬日午后很快过去，本就昏暗的一楼彻底暗下来。

不多时，厨房里亮起昏黄的光。

施翩醒来的时候有点呆，摸摸自己的脸，再摸摸自己的唇，想起自己睡着之前的事。

"没礼貌！流氓！"她嘀咕了句，打开灯，去摸内衣，不知道丢哪里去了。

床脚整齐地放着袜子和裤子，看起来像新买的。

施翩摸了摸，似乎洗过了刚烘干，暖洋洋的，最边上是一件他的白色毛衣，宽松柔软。她换上，像穿了一条长长的毛衣裙。

"陈寒丘？"施翩打开房门，去找他。

"这儿。"厨房里，陈寒丘弯腰在蛋糕上画着图案，一笔一画得认真。

他背对着施翩，她看不到他在做什么，小跑着过去，从身后抱住他，踮起脚用脸蹭了蹭他的后颈，蹭够了，她探出头："你在干什么？"

施翩眨眨眼睛，眼前是一只四寸的……抽象小蛋糕？

施翩忍着笑，指了指蛋糕："这是《星空11》的颜色和线条？画得很像，我一眼就认出来了。"

陈寒丘盯着蛋糕，第一次觉得自己距离"天才"两个字很遥远。

在Liz笔下奇妙的星空，到了他手里，没有了漂亮的面容，小蛋糕像一只在外面打完架回来的小白狗，摔得乌漆麻黑，身上还挂了彩。

"Liz老师，我还有救吗？"他认真问。

施翩没忍住，靠着他的背大笑出声："你还是去找星星吧哈哈哈哈哈哈哈。"笑到最后，她没了力气，差点滑倒。

陈寒丘无奈地抱住她，捏捏她的脸："不是要出去玩？去穿上外套，带你去骑自行车。"

施翮笑眯眯地去穿上羽绒服，门口放着新球鞋，花里胡哨的颜色，她换上蹦跶两下，舒服又轻便。

在屋里觉得时间已晚，等走出楼道才发觉天色还亮着，看时间不过四点。

施翮瞧了一会儿，身后响起自行车的响铃声。

陈寒丘推着车出来，还是高中那辆自行车，修修补补，看起来半新不旧。

"想去哪儿？"他问。

施翮熟练地在后座坐好，应道："去附近的小公园，你小时候晒被子的地方，我想去看看。"

陈寒丘微顿："我爸和你说的？"

施翮："他连你幼儿园和别的小朋友牵手都和我说了。"

陈寒丘皱眉："我没和别人牵手。"

施翮催他："走了走了，都不知道是男的还是女的，和小朋友牵个手怎么了，快点上车。"

陈寒丘："……"

小公园不远，骑车穿过两条弄堂就是，冬日草木凋零，看起来有些荒芜，游乐设施已经老旧，也没有人再来这里晒衣服。

"都没人了啊。"施翮小声嘀咕。

陈寒丘用腿撑着自行车，闻言转身拍了拍她的发顶："冬天冷，春天再带你来。"

施翮抱着他的腰，乖乖应："好吧。"

自行车离小公园越来越远，施翮扭头看着荒凉的景色。

那时小小的陈寒丘，跟着妈妈穿过两条长长的弄堂，努力地抱起被子，再走回去。阳光照在他们身上，在地上拉出一长一短的影子。

她想，那时的他应该很幸福。

陈寒丘带着施翮穿过黄昏时寂静的弄堂，和这里的居民擦肩而过。这时，窄窄的弄堂里便响起清脆的铃声。

穿过几条街，他们到了那个"人最精明"的菜市场。

这是施翩第一次看陈寒丘在菜市场买菜，她亦步亦趋地跟在他身边，观摩他和人家砍价。

陈寒丘买鱼——

老板："两斤六两。"

陈寒丘用手掂了掂："两斤五两。"

老板看他一眼，叹气，摆摆手。

陈寒丘买菜——

老板："十八块八毛。"

陈寒丘："十八块吧。"

老板："行吧。"

陈寒丘买水果——

老板："再加个橘子？"说着，放了进去。

陈寒丘拿出来："不用。"

老板上下扫他一眼，没说话。

施翩："……"

倒是看不出来老板有多精明。

施翩离他远远的，免得那些奇怪的眼神打量到她身上来。

偶尔来了兴致，看他砍价看得高兴了，她慢悠悠地走过去，指指陈寒丘，对老板说："和他一样，我也来一份。"

都省得自己砍价了。

老板："……"现在的年轻人都怎么回事？

于是，两人把自行车的篮筐填得满满的，这一趟算得上是满载而归。

出来时天色尚早，回家时已是黄昏。

橙红色的光落下来，施翩远远看着，觉得落日真美。以前她总是一个人看夕阳，现在有了陈寒丘。

"陈寒丘。"她慢吞吞地喊他。

陈寒丘迎着风，应她："在这儿。"

施翩贴着他的背，认真道："以后我们一起看夕阳吧。"

她想，从前的夕阳里有两道身影。

以后，他也不会独自一人。

陈寒丘迎着光，踩着脚踏车，黄昏的光晕给他镀上一层温柔的光，他长长的眼睫轻轻颤动了一下，唇角勾起浅浅的弧度。

"知道了。"他轻声说。

晚上七点，小房子里亮起烛光。

施翩点亮小蛋糕上的蜡烛，像打过架的小蛋糕在烛光里并没有好看几分，还是一副凄惨的模样。

陈寒丘别开眼，冷静两秒，再回来继续看。

"我要许愿了！"施翩一拍掌心，双手合十。

陈寒丘看着闭着眼的施翩，猜测着她会许什么愿望，不知道他能不能实现她的愿望。这个想法刚冒出来，他听她大声道——

"新的一岁，陈寒丘不要再当小狗了！"

陈寒丘："什么？"他什么时候当狗了？

施翩说完愿望，开心地吹灭晃动的烛光。

她看看抽象的小蛋糕，再看陈寒丘做的面条，这碗面条上有两个荷包蛋，模样十分诱人。先吃哪个呢，她都喜欢。

她十八岁生日，陈寒丘也做了一碗面。

那时的施翩想，这碗面条就是她的生日礼物，她每年都想吃他做的面条，想和他一起过生日。

他没有忘记，又给她煮了面条。

施翩想，先吃面条吧。她认真吃了两口，睁大眼，对他笑："和以前一样好吃，我喜欢吃面条。"

陈寒丘看着她灿烂的笑，也笑起来。

他切了块很小的蛋糕分给她，便拿走了这只丑丑的小蛋糕，它已经没有救了，不要丑到 Liz 老师的眼睛。

"陈寒丘！你怎么这么小气？"

施翩见她的小蛋糕被拿走，不高兴地嘟囔。

陈寒丘一顿："想吃？"

施翩瞪他："还给我！"

陈寒丘只好再切一块给她，淡声道："剩下的是我的，你乖乖吃面。"

施翩轻哼一声。

施翩吃了半碗面，摸摸肚子，决定留一半空间给小蛋糕。

丑丑的小蛋糕，切开却有雪白的"肚子"。她瞧了一会儿，拿过蜡烛插到这一小块蛋糕上，再用脚踢踢陈寒丘。

很快，一只手拿着打火机过来，点亮蜡烛。

施翩打开相机，对准这一簇小小的火苗，拍完，她美滋滋地放下手机，再次双手合十："谢谢我的男朋友，我开始吃我的生日蛋糕啦。"

陈寒丘注视着她，轻声说："谢谢我的小公主。"

施翩吃饱饭，开始满屋子溜达。

厨房里水声哗哗，陈寒丘洗干净碗，将它们整齐地放入橱柜里，关上柜门，余光瞥见垃圾桶里空了的蛋糕盒。

看来他的"画作"离天才也不是很远。

陈寒丘关上水，台面上的手机接连跳出几条信息。

"老大，恭喜你被官宣了。"

"陈寒丘，大画家对你不错啊。"

陈寒丘拿起手机，点开微信朋友圈。

十分钟前，施翩发了一条朋友圈。

照片上，蛋糕没有入镜，只有一张被烛光点亮的面容。他在对面，注视着她，眼睛里映着火苗和她，眼底是一片燃烧地，像流星坠落。

爱意在他的眼睛里、心口上燃烧。

她只写了一句话：

　　我的礼物。

晚上十点，距离施翩生日结束还有两小时。

施翩偷偷摸摸从陈寒丘爸妈的房间里出来，瞄了眼客厅角落里的浴室，飞快地闪过，躲进他房间，灵活地把东西塞到了枕头下，再当无事发生。

她看了一圈，在他的小书桌前坐下。

陈寒丘的书桌只比学校两张课桌拼起来再大一点。小小窄窄的桌子，抽屉里是高一到高三的笔记本。

说是笔记，翻开来一半是空的。

她撇撇嘴，学神的傲慢。

施翩随便翻了翻，忽然翻到一个语文笔记本。

她一愣，学神也会记语文笔记啊，从来没听余攀说过，也没在学校见过，难不成是偷偷记的？她翻开第一页。

第一页写着："外国友人中文速成指南。"

这是什么玩意儿？她纳闷地翻开第二页，上面写着拼音教学。

"……"

施翮越往后翻越生气，什么"外国友人中文速成指南"，这就是小学生语文课本的内容，他觉得她是个笨蛋。

正气着，书桌上落了一道影。

"在看什么？"他双手插兜，微俯下身，看见她手里的笔记。

陈寒丘看到其中一页的内容，就知道这是什么。他弯唇一笑："这是给真的外国友人准备的，可不是给假装不会中文的小公主的。"

施翮气得瞪他："放屁！还有什么外国友人。"

陈寒丘揉揉她的发，懒着嗓子道："高三就从隔壁学校国际部转来一个，是真的外国友人。"

施翮唰唰翻到某一页，贴到陈寒丘面前。

"这是什么？"她鼓着脸，要气死了。

陈寒丘抬眼看，纸上寥寥几笔，是一个简单的背影，而她的衣服上……有一只大乌龟，像极了某人在他试卷上画的大乌龟。

他张了张唇，企图解释。

施翮把笔记本往他胸前一摔，双手环胸，质问道："你还给外国友人画乌龟了？"

陈寒丘摸摸鼻尖，轻咳一声："当时你每天都不开心，所以……"

在东川一中，施翮不开心的时候可太多了。

她拧着眉想了半天，连续不开心的日子好像只有语文课抽背的时候，那时她假装学会了中文，语文老师见到她便兴致勃勃，向她展示中文的博大精深，抽背课文也是一种鼓励方式。

好吧，好像没那么生气了。

再看他刚洗完澡，干净又好看的份上，她的怒火渐渐消失了。

施翮轻哼："原来你那时候就暗恋我。你还没说你是什么时候喜欢上我的，更早是什么时候？"

她用指尖戳戳他的肩膀。

陈寒丘站起身，不紧不慢道："比起这个，我以为你更愿意来拆自己的生日礼物。"

"嗯？是什么？"施翮眨眨眼，她还有生日礼物！

陈寒丘忽然转身往床边走去，自然地往上一躺，侧身支着脑袋看她，眼眸里是淡淡的笑意。他轻轻拍了拍床侧："过来。"

施翮一滞，干巴巴道："我说的礼物不是要睡你的意思，就是单纯的礼物，你理解吗？"

陈寒丘："我不理解。"

施翮："……"

窄小的房间里，陈寒丘躺在那里，正看着她。

施翮想起第一次见到他，少年穿着蓝白色校服，抱着试卷从门口进来，再放到讲台桌上。他垂着眼，侧脸干净，眉目清俊。

她困倦地抬眼，愣了一下。

似乎，似乎那一瞬这普通、燥热的教室，轻轻拂过一阵风，清清淡淡，这处小小的地方霎时变得明亮。

她第一次想，即将到来的夏日或许没有那么差劲。

多年过去，点亮她夏日的少年还在她身边。他就在不远处，伸出手，轻声问："你不来拆你的礼物吗？他在等你。"

那双黑色眼眸像是有魔力，令施翮起身，她被蛊惑着走近，想要看看当年青葱的小树上是否结出了香甜可口的果实。

只要她拆开，就能看到。

可是……从哪里拆起？

施翮跪坐在床上，眼巴巴地看着她的礼物，他穿着棉质的居家服，宽松轻薄，脱起来应该很方便，不像她的裙子……

想起潮湿的午后，她的眼睫轻轻颤动了一下。

这细微的颤动像是一个信号。

陈寒丘伸手，屈指轻扣了一下开关，满是暖光的房间暗了下来，只余角落台灯微弱的光亮，他去牵她的手，指节穿过她的指缝，倏地一用力。

施翮顿时失去重心，倾身向陈寒丘倒去。

她睁大了眼睛。

黑色长发散落，她的气味往下坠落，像透明的玻璃罩子，缓慢地将两人笼罩，最后密不透风。

陈寒丘闭上眼，轻轻吸了口气。

"小羽毛。"他低声喊。

施翮半撑着他的肩膀，看眼前冷而艳的脸。

他深深注视着她，冷白的面容因沉迷的眼神多了几分靡丽，渴求着她的垂怜。这一瞬，他变成了祈求神女怜爱的囚徒。

"我带你拆。"他说。

施翮的这双手，有着鬼斧神工的技艺。

她摸过无数材质的画布，沾过颜料，握过画笔，触碰过自然，创造出令世人惊艳的画作。但她从未有过这样的体验。

陈寒丘有着和他清冷外表不同的体温，像熔岩流入她的指尖，再由指尖进入心脏。

她闭着眼，唇瓣紧抿。

"陈寒丘……"她颤动着，想要他放开她的手。

陈寒丘睁开眼，带她途经曾属于少年人的密地。他一瞬不瞬地看着她，看她眼睫像蝶颤动，看她的面颊染上艳丽的绯红，看她唇间的贝齿。

他万分克制地控制着呼吸，太大声会吓到她。

"别怕。"他用轻轻柔柔的语调哄着她。

施翮埋在他颈间，浑身不可抑制地发抖。

他用那么温柔的语调说话，手上的动作却无法撼动分毫，一股强大的力道袭来，不容许她有一丝抵抗。

她的少年，长大了。

久到施翮以为过去了一世纪，紧扣着她手腕的力道终于有了松动，她慌乱地抬眼："拆、拆好了吗？"

陈寒丘眼神低暗，温柔一笑："到我了。"

施翮看着他爱意汹涌的眼睛，恍惚地想，他会爱她多久，会不会爱她到太阳停止燃烧的那一刻。

陈寒丘垂眼看着他心爱的女孩，她用湿润的眼睛看着他，莹亮的光包裹住她柔软的爱意。他低下头，怜爱地亲她的眼角。

"我爱你。"他说。

太阳停止燃烧，地球死亡，他的爱意永生不灭。

陈寒丘轻捏住她的下巴，让她看他的眼睛，看他的脸，看他为她沉沦的模样。

他弯唇一笑："夜晚开始了。"

在施翮短暂的高中记忆里，所有人都认为陈寒丘是高冷不可接近的学神，他天然长着一副不会动情的模样。

她也是这么想的。

但昨晚，施翮的认知被彻底颠覆，他不是一棵树，不是小狗，不是小兽，身上也并没有什么甜美的果实。

他单纯地不是人。

施翮睁开眼，迷迷糊糊看见窗外的光。

天亮了，可她睡之前天就快亮了，现在是几点，总不会睡到了下午，可她还是很累，像没有睡觉。

她掀起被子，把自己蒙住。

什么陈寒丘，什么"一中的骄傲"，都滚开吧。

施翮再次睁开眼，看见窗外的光，天暗了，夕阳的光透进来，玻璃被照成橙色。

"……"

好吧，现在真是下午了。

施翮睡饱觉，伸了伸懒腰，轻快不少。她无视新换的床单和被子，再把那件白色衬衫丢得远远的，面不改色地换好衣服起床。

门一开，瞥见陈寒丘的背影，他坐在一把小椅子上，低头择菜。

客厅里没开空调，他只穿了一件单薄的毛衣。

施翮悄悄走过去，再重重往他背上一趴，贴着他微凉的后颈，嘀咕道："怎么穿件毛衣就坐在这里？"

"降温。"他道。

施翮："降什么温？你不热呀。"她摸摸他的脖子，明明是冷的。

陈寒丘微顿："很快就热了。"

施翮后知后觉，默默把手缩了回去。她好奇地等了等，再用指尖戳戳他的后颈，温温热热的触感。

他果然热了，还有变烫的趋势。

陈寒丘轻叹了口气，他现在见不得她，看她一眼，被碰一下，都想要。

施翮搬了把小板凳在他身边坐下，托着腮问："吃完饭回去吗？我还有好多礼物没拆。"

这话是下意识说的，平时倒也没什么，但经过昨晚，"礼物"两个字忽然敏感了起来。

施翮捏了捏发烫的耳朵，赶走脑海中的画面。

陈寒丘看她一眼："回去。"再住下去，他那张单人床要散架了。

于是，相较于昨晚两人黏黏糊糊吃晚饭的情形，今天克制无比。

施翮吃完，在弄堂里晃了一圈，说是晃，不过是在陈寒丘隔着窗户能看到的地方晃，晃到一半，嫌没意思，回来骑自行车。

每骑一段，她便响两下铃，示意自己没走远，这么玩了两圈，两人便一起回家去。

到了海上花境，施翮当然回自己家。

陈寒丘自然地跟了过去，一副"我也要进去"的模样，丝毫没有自己家就在对面的觉悟。

施翮警惕地看他："干什么？"

陈寒丘揉揉她的发，轻懒道："坐会儿就回去，生日礼物还在我这儿，给你就走。"

施翮："那好吧。"

应该和昨晚的礼物不一样，她这么安慰自己。

回到家，施翮先泡了个热水澡，泡完澡，她换上舒适的睡衣，开门出去，陈寒丘刚煮好奶茶。

一杯热奶茶下肚，施翮舒了口气。

她往陈寒丘身边挪了一点，摊开掌心："我的礼物呢？"

陈寒丘的神情有瞬间的不自然，他轻咳一声，从口袋里拿出一张叠得方方正正的小纸条，放在她掌心。

一张纸，会是什么？

施翮暗自猜测着，应该不是支票，难不成是情诗？但是，情诗会不会太短了？

她打开纸条，上面写着"机器人体验券"。

施翮愣愣地抬头看陈寒丘："这是什么？"

陈寒丘摸摸鼻尖："我可以当你的机器人，伴侣功能齐全的机器人。"

施翮瞪圆眼睛。

这人是不是对自己有什么误解？难道他不知道 Proboto 科技全体上下都叫他 AI 吗，机器人说，他想扮演机器人？像话吗？还不如当礼物。

许是施翮过于震惊，陈寒丘不紧不慢地解释："我会完全执行你的命令，比如……叫你主人。"

施翩双眼微亮："你早说嘛。"她逐渐兴奋起来，机器人真会玩。

施翩飞快收起纸条，催他："好了，送完礼物了，你快回去吧，明天还要上班。"

赶走陈寒丘，施翩立即跑去房间里，她昨晚偷拿的相册，这会儿才有时间看。

机器人先生似乎对陈寒丘以前的模样十分好奇，凑到她身边，和她一起翻看相册。

翻开第一页，是陈寒丘的全家福。

三人合照，陈兴远面对镜头略显局促，他身边的女人笑容温婉，抱着手里的小婴儿。小小的陈寒丘蹬着小脚，像在哭。

施翩扑哧一笑，往后翻，不由得叹气："原来小时候就不爱笑啊。"

这一页的陈寒丘长大了一点，没有笑容。

往后翻，小少年不光没有笑容，小脸还绷着，认真看着书，全然不管镜头的存在。等上了小学，照片越来越少，零散的几张中，他也是小脸倨傲。

再到初中，干干净净，没有一张照片。

施翩干巴巴道："这人好无聊哦。"

机器人先生："我也不喜欢拍照，但我并不无聊。"

施翩好奇地问："你为什么不喜欢拍照？"

机器人先生："人类的拍照技术通常很烂。"

施翩："……"

傲慢！和"一中的骄傲"一样傲慢！

东川的一月下了很多场雪。

每场雪停留的时间不久，零散地落两天，便杳无痕迹，不像北方，洋洋洒洒下上两天，满城苍茫。

施翩对于雪日的记忆大同小异。

她会待在温暖的壁炉边，听木头燃烧的爆裂声，或是成日待在画室里，隔着窗看纷飞的世界。

但今年不同。

今年施翩对雪日的记忆，是层层的汗意。

她总是陷在柔软的睡床上，看眼前陈寒丘晃动的上身，颈间薄薄的汗水，以及紧绷的下颌线条。

汗出了一层又一层，结束时她像是从海里被打捞上来。

陈寒丘贪恋地蹭着她的后颈，低声道："宝宝，你好香。"

施翮忍着耳根后泛起的热潮，用仅剩的力气挡住他的手，嗓音发哑："明天要去宁水。"

近一月底，已到了年关。

施翮上周带陈寒丘回家见了奶奶，这周两人准备去宁水，和陈兴远说明他们在一起的事，顺便接他到东川来过年。

"下午去也来得及。"他轻淡的嗓音里夹杂沉沉的欲意。

施翮觉得再这么下去，"机器人"不会坏，她先散架了。于是，她灵光一闪，急忙道："我要用'机器人体验券'！"

陈寒丘一顿，微抬起上身，拨过她酡红的小脸，轻笑一声："确定要用在这里？我有机器人没有的功能。"

"……不用那个。"施翮推开他，拿被子挡住自己，"现在派你回自己家里去，立刻马上！"

她昂起下巴："这是主人的命令！"

陈寒丘垂眼看她片刻，掀开被子起身，平静地应："我会达成您的命令，主人。"

施翮："……"不要不穿衣服说这种话。

施翮掀起被子，将自己的脑袋藏进去。

他一定是故意的吧？故意用这么冷淡的声音说这么容易引人遐想的话，还不穿衣服，流氓"机器人"！

第二天，施翮睡眼惺忪地打开门，然后……一头撞进陈寒丘怀里。

"早上好，主人。"他温声道。

话音落下，他打横将她抱起，将小公主送到柔软的沙发上，送上一杯温水，再推过小推车，准备给她洗脸。

施翮顿时吓清醒了，结结巴巴地问："你、你干什么？"

陈寒丘慢条斯理地撩起袖子："哄你起床。"

"我可以自己洗脸……"她默默缩起腿，把自己团成一团。

陈寒丘看她一眼，神情清冷："现在是早上，不是做这件事的时候。如果主人有需要，晚上我会满足您。"

施翮："……"说得好像早上没做过。

她绷起脸，严肃道："你去厨房忙吧，这里用不上你。"

陈寒丘有点可惜，怎么办，主人好像不太喜欢他。

陈寒丘一走，施翮飞快地溜回房间洗漱。

这一早算得上相安无事，两人一起吃过早饭，再带上机器人先生，便准备出发去宁水。只不过这一次，机器人先生也有了自己的行囊。

陈寒丘关上后备厢，瞥了眼机器人手里方方正正的小箱子。

机器人先生立即将箱子藏到身后，不让他看的模样，摆明了有什么猫腻。他没有多在意，随即上了车。

这趟去宁水，施翮带了小半车礼物，大多是施富诚准备的。

没错，施富诚跟着姜萱女士跑了两周，就被赶了回来，那小老头天天垂头丧气，这两天倒是振作了一点。

这不，刚出发没多久，他的电话就来了。

施富诚絮叨完，施翮安慰他："爸，那边气候多变，海拔还高，她赶你回来是好事。"

施富诚转念一想，小乖说得有道理，他笑笑，喜滋滋地挂了电话。

说起施富诚和姜萱女士，两三句话就能说完。

年少时两人闪婚，结婚不久就有了施翮，姜萱从事考古学研究，天性热爱自由，施富诚工作又忙，两人聚少离多。

时间久了，两人便商议和平分手。

施翮随口问："陈寒丘，要是我回欧洲去，我们会不会因为聚少离多分开？"

陈寒丘："不会。"

她眨眨眼："这么肯定，为什么？"

陈寒丘："你离开时不带上随身物品，我会很困扰。"

施翮干巴巴道："你这么大一个公司，说带走就能带走吗？"

陈寒丘嗓音淡淡："公司随时可以再建，有我在一天，Proboto 科技就不会倒。施翮，对我有点信心。"

施翮提醒他："主人。"

他重复："主人，对我有点信心。"

施翮翘起唇，勉强道："行吧，相信你一次。"

车开到宁水，正好十点。

陈兴远知道他们要来，早早等在农场门口，等待期间，顺道杀了只肥美的大鹅。车开近，施翩看到他手中光秃秃的家禽，还有一段距离，她看不清。

"陈寒丘，你爸在干什么？"她迟疑地问。

陈寒丘瞥了眼，随口应："杀鹅。"

施翩大惊："杀鹅？哪只鹅？不会是呆瓜的大鹅吧，它一定会伤心的。"

陈寒丘一顿："呆瓜的大鹅？"

施翩手忙脚乱地解释："就是上回追着我，要和我打架的那只，又肥又大，毛发雪白的那只。"

陈寒丘将车停在门口，刚停下，施翩就解了安全带跑了下去。

"小乖。"一见到施翩，陈兴远便露出笑容。

施翩叫了声"叔叔"，便眼巴巴地看着他手里光秃秃的鹅，小声问："叔叔，这是哪只鹅？"

陈兴远笑笑："放心，不是呆瓜。"

施翩："……是和呆瓜玩的那只吗？"

陈兴远一愣。

正说着，陈寒丘走过来，拎起他爸手里的鹅，上下扫了一眼，掂了掂重量，再放回去。

他下结论："不是那只。"

施翩立即道："我先去看呆瓜。"

陈兴远看着急急忙忙跑远的施翩，反应过来："小乖说的是最凶的那只鹅？说来也怪，呆瓜不怕它。"

陈寒丘叫上牧羊犬，让它跟着施翩去，随后他将车开进农场，待到东西都放好，准备去拎她回来。

陈兴远却踟蹰地叫住他："寒丘，小乖家里……"

陈寒丘轻声道："您放心，她家里人和她一样好。今年我们在家过年，不去施家。"

陈兴远松了口气，他担心太快了。他笑了笑："去找她吧，爸去给你们做饭。"

宁水冬日气温低，陈兴远在池塘边搭了间小木屋。

陈寒丘到池塘的时候，施翩正蹲在木屋前，嘀嘀咕咕说得起劲，说着，拿出平板电脑，给它们看呆瓜小动画。

"……"

他没过去，先让他们说说悄悄话。

等施翮起身，他直接拎着人回了屋子，这里气温太低，连呆瓜都知道躲屋子里，就她瞎跑。

施翮还颇为不情愿，挣扎道："你现在是机器人，要听主人的话。"

陈寒丘："主人想干什么？"

"我……"施翮瞪着眼，说不上来。

秋天还能在草地上跑来跑去，可现在草地青黄，树木凋零，确实没有什么好玩的。

忽然，她灵光一闪："我要出海钓鱼！"

宁水靠海，她来了几次，还没出过海。

施翮嘟囔着，挂在陈寒丘身上，捏捏他的耳朵："主人命令你，带我出海钓鱼！"

陈寒丘干脆背起她，懒声应："遵命，主人。"

正准备端菜出来的陈兴远："……"

这两个孩子在外面玩什么呢？怪不好意思的，要不等等吧。

施翮来宁水多次，第一次见到陈兴远这么高兴，中午一杯接一杯喝酒，一开始自己闷头喝，后来陈寒丘陪他喝。

施翮心中一动，刚拿过小杯子，心说我也陪你们一起喝。

下一秒，她手里的杯子就换了地方。

陈寒丘："度数太高，喝了就不能去钓鱼了。"

施翮乖乖收回手："……好吧。"她想钓鱼。

一顿饭吃完，陈兴远醉倒在桌上。

陈寒丘扶着他上楼回房间，施翮没跟上去。

楼梯上，陈兴远拍拍陈寒丘的肩，想说话，他的头又耷拉下去，好半晌，醉醺醺地喊："寒丘，寒丘啊……"

"我送您回房间。"陈寒丘稳稳地托住逐渐老去的父亲。

陈兴远想说什么，打了个酒嗝又安静下来。直到进了房间，他说："寒丘，你妈知道了，一定也会很高兴。要是……"

要是她能看到多好。

话没说完，他倒在床上沉沉睡去。

陈寒丘安静地打理好陈兴远，关上门离开。

下楼时，他在楼梯口站了片刻，轻轻舒出一口气，放慢脚步下楼，走下最后一级台阶，他看见施翩。

施翩蹲在门口，看牧羊犬吃饭，偶尔伸出指尖去戳戳它的脑袋，再说两句话。

"乖乖，吃得真干净。"她毫不吝啬自己的夸奖。

正夸着，她身后黏上来另一只"大狗狗"。

陈寒丘抱着施翩，因酒意微烫的脸颊贴着她的后颈，轻轻蹭了蹭，低声喊："小羽毛。"

施翩扭过头，看他两眼，伸手揉揉他的发。他发质柔软轻细，摸起来的手感不比摸小狗狗差。

"喝醉了？"她捧起他的脸。

陈寒丘只是安静地看着她，长得令人嫉妒的睫毛垂落，呼吸一起一伏，冷白的面容上覆着薄红。

他的脸乖巧地倚在她的掌心。

他不说话，只是看她。

施翩歪过头，凑近亲亲他的唇，再用鼻尖贴上他的鼻尖，小声道："我困了，你陪我睡午觉吧？"

她眼神清明，并无半分困倦。

陈寒丘笑了笑，说好。

说起来，两人正儿八经地睡在一起还是头一次。

平时一沾床，陈寒丘便会贴过来，说不了几句话，施翩的小胳膊小腿就被拽住。这会儿安静地抱在一起，很是难得。

施翩半坐着，轻拍伏在她身上的男人。他闭着眼，像是睡着了。

她拍了一会儿，忍不住拨了拨他的睫毛，再戳戳他的脸，小声道："陈寒丘，和你说一个秘密。"

他鼻息微重，轻轻"嗯"了声。

施翩凑到他耳边，用气音说："那天下雪，我给阿姨弹了《安魂曲》，她一定听到了，对吧？"

陈寒丘睁开眼，黑色的眼眸里映着她的面容。

多年前，陈寒丘经历过东川最寒冷的雪夜。

母亲去世那一晚，他的心冻入冰雪中，可钢琴的声音飘上来，轻灵的音符将冰雪融化。他想，雪会停的，春天会来。

"为什么在那里？"他问。

施翮抿住唇："下雪了，想和你牵手，就去医院找你。"

陈寒丘注视她片刻，温声道："小羽毛想出海钓鱼，现在就带你去。海上冷，要先换衣服。"

施翮微愣："现在？你……"为什么又开始解我的扣子？

她茫茫然，一时没反应过来，想是真的换衣服去海上吗，直到他又开始解自己的扣子。

陈寒丘覆上来，轻闻着她的发，唇移到耳侧，用气音道："先上船，船不太稳，我来帮你。"

施翮："……也不用那么热情。"

他轻轻笑了一声："该挑选渔具了，喜欢哪个？"

施翮的面颊不可抑制地泛上红色，半响，犹豫地伸出手，颤颤巍巍地握住他节节分明的指节。

"喜欢这个啊。"他轻点下巴，叹息，"知道了。"

之后的记忆，施翮记不太清。

她想她不是在冬日出海钓鱼，而是在炎夏，酷暑沁出层层汗意，光照直射，又渴又热。

再后来，遇见了台风天。

她的小船被海浪撞得东倒西歪，发出沉闷的声响。

视线迷蒙间，她越过他的背脊，看到窗外一丝亮光。

这个昏暗的午后，她被困在窄船上，捂住嘴，不能发出一丝声响，只能睁眼，再闭眼。

这道光亮明明暗暗，歪歪斜斜。

层层热潮将她淹没，她要窒息了，施翮哭着想。

黄昏时分，施翮睁开眼。

她打了个哈欠，坐起身，拉开窗帘，透亮的玻璃外是冬日夕阳。漫天昏黄下，嶙峋的枯树上停着一只鸦雀。

远远地，她瞥见草地上的羊群。

牧羊犬围绕羊群巡视，它身边的男人迈着不紧不慢的步伐，姿态闲适，似乎走在春天。

施翮轻轻哼了一声，趴在窗户上看他。看了一阵，门口响起敲门声，机器人先生礼貌地问："施翮，我可以进来吗？"

"进来吧。"她懒洋洋道。

施翮没有回头，倚靠着窗，看静谧的冬。

机器人先生提着方正的小箱子进来，在桌上放下，它想第一时间通知施翮这个好消息。

"小机器人修好了。"它颇有几分骄傲。

施翮眨眨眼："嗯？修好了？"

一时间，她忘记了夕阳，扑到床边，看机器人先生打开小箱子，双手收拢，将小机器人递到她的手里。

机器人先生贴心地在它的脑袋上插了一根小羽毛。

施翮"咦"了声："哪里来的羽毛？"

机器人先生微有些不好意思："是我从呆瓜的小木屋里拿来的，它好像被我吓到了，啄了我一口。"

施翮呆住："啄了你哪里？"

机器人先生："施翮，我是机器人，不会受伤。"

施翮牵过它的"手"，抬起它的"胳膊"，左看右看，再让它转身，她的机器人先生确实完好无损。于是，她捧起小机器人。

"你也叫'小羽毛'。"她嘀咕道，摸了摸从呆瓜身上得来的羽毛。

机器人先生说："施翮，它现在可以和你说话了。它的储存空间太小，我不希望六年的数据丢失，所以花费了一段时间。"

施翮微愣："六年……的数据？"

它小小的身体里，应该只有那句"生日快乐"。

机器人先生点头，认真道："是音频数据。"

黄昏的光束照进来，落在施翮身上，她低着头，看着眼前被时间腐蚀的小机器人，它浸在橙光里，笨拙而渺小。

许久，她按下开关。

"宝宝，生日快乐。"少年的嗓音，干净而温柔。

这句话过后，本该是重复的"生日快乐"，她曾一遍遍听他这样说。

但这一次不是，"生日快乐"过后，响起一阵沙沙的声响，像旧报纸被揉搓，响动之后，有了新的内容——

"施翮，花都枯萎了。"

"我没养活它们，你别生气。"

他的喉咙里发出比旧报纸还要沉重的声音。

"施翮，我准备出国了，离你更远。"

"施翮，最近很忙。我认识两个新朋友，他们和我一样从国内出来，人很聪明，不是你讨厌的笨蛋。"

"施翮，你那里天气很差，总是雨天。"

"施翮，我有点累，我……我很想你。"

"施翮，学校附近开了一家花店，去上课又要绕远路了。他们骂我有病，我不敢告诉他们，我害怕。"

"施翮，一年了。你好吗？"

"施翮，我去看了《星空》系列。它们比我看见的星空更美。"

"施翮，新闻说今晚会有流星雨。"

"施翮，我包了饺子，和他们一起过春节。"

"宝宝，新年快乐。"

"施翮，今年夏天很热，注意防晒。"

"施翮，两年了。你好吗？"

……

"施翮，我们决定回国创业，回东川。"

"施翮，东川和以前一样，又不一样。"

"施翮，我在海上花境买了房子。你会回来吗？"

"施翮，桃子说今年的同学会你也不会来。"

"施翮，五年了。你好吗？"

"施翮，我回老房子给我妈过生日。我没说过，她说你很漂亮，像小公主。"

"施翮，我想去找你。我可以去吗？"

"施翮，曼城下雪了。冬天好冷。"

"施翮，桃子说你要回国了。"

"施翮，六年了。"

"你回来了。"

农场里，陈寒丘将羊群赶回羊圈，和牧羊犬一起回去时，遇上从鱼塘里回来的陈兴远。

陈兴远看他一眼，脸色沉闷，看起来不太高兴。

陈寒丘微顿："爸，怎么了？

陈兴远不赞同道："不是爸说你，你答应了小乖带她去钓鱼，天都黑了，鱼呢？"

陈寒丘："……"他心虚地摸了摸鼻尖。

陈寒丘准备上楼时，机器人先生正从楼上下来，手里拎着那个方正的箱子。他给机器人让了个路。

机器人先生礼貌地提醒："施翮醒了。"

陈寒丘上了楼，开门进去。

施翮背对着他，长发散落，趴在窗口看只剩下一抹黄昏余晖的天际。

"醒了？"陈寒丘上床，在她身后坐下，顺了顺她睡乱的长发。

施翮的呼吸一起一伏，已经平静下来。她扭头，对上他深黑色的眼眸，闷声道："你回来得好晚。"

陈寒丘轻揉她的脑袋："抱歉。"

"陈寒丘。"她吸了吸鼻子，"我抱抱你吧。"

陈寒丘低眼看她，忽而弯唇一笑，张开双臂，将她抱入怀中，轻声说："以后不会让你等太久，我保证。"

施翮搂住他的脖子，小声说："陈寒丘，我回来了。"

回东川第一年的春节，施翮很忙。前阵子她和陈寒丘的项目评选结果出来了，两人的票数高居第一，以压倒性优势胜出。

对这个结果，查令荃乐见其成。

于是，这几天她又被迫营业，不是到这儿见画家，就是到那儿见老师，被撺掇着学习中国抽象画。

这么忙了几天，到了大年三十。

施翮白天见了一波又一波客人，下午见亲戚时没了力气。于是，她毫不犹豫地派出查令荃和冬冬替她社交，这两人联手，即便是老太太也抵不过。

她松了口气，溜到楼上，才上楼，看见躲在楼上的施富诚和施文翰。

三人面面相觑，一时无言。

施翮指指两人，气恼道："你们把我一个人丢在下面！那是我一个人的奶奶吗？像话吗？"

施富诚一脸心虚："小乖，爸爸年纪大了。"

施文翰轻哼："在国外时怎么不想自己还有个奶奶？"

施翮翻了个白眼。

这一天热热闹闹地过去。

吃过年夜饭，施翮收了一兜的红包，最后站在落地窗前看看窗外的天，又眼巴巴地回头找施文翰。

施文翰轻轻"啧"了一声，弹她的额头："和以前一样？"

很多年前那个春节，施文翰带着施翮偷偷出去。

那晚，属于陈寒丘和施翮的两小时，还有另一个无辜受害者。但现在，施翮长大了，不用哥哥带她逃走。

施翮眨眨眼："哥，你和我爸说一声。奶奶要是问起来，你就说我睡着了，知道吧？"

施文翰看着她笑，叹气："走吧，送你出去。"

施翮笑嘻嘻地喊了声哥，蹦蹦跳跳地跑了。

回到海上花境，正好晚上十一点。

施翮从电梯出来，迎面一阵风，惹得她往衣服里缩了缩，左转去1102室按门铃，输密码哪有别人开门快呢。

才蹦了两下，门从里面打开。

施翮一下子蹦上去，嚷嚷："陈寒丘，冷死了冷死了！快关门，啊啊啊，破地方冬天也那么冷！"

陈寒丘一顿，抱着人进去，刚转身，就看见他爸用抱枕挡住自己的脸，当看不见他们的模样。

陈寒丘颠了颠人，将她抱得稳点，亲亲她的额发，低声问："怎么现在过来，还回去吗？"

施翮摇摇头，仰起脸，警惕道："今天不许玩钓鱼，不……唔唔唔。"嘴被他掌心捂住了。

陈寒丘轻轻咳了一声，往客厅看了一眼。

施翮一呆，立即从他身上下来，再理理自己的头发。

"叔叔，过年好！"她从陈寒丘身后探出脑袋，笑眯眯道。

陈兴远这才放下抱枕，先用余光往两孩子身上瞄一眼，见没什么才笑起来："小乖，新年好。"

原本陈兴远在看《春节联欢晚会》，施翩一来，他就不怎么坐得住，总想着做点什么给小姑娘吃。

于是，把节目一丢，去厨房忙活了。

屋里开着暖气，施翩很快暖和起来，她把羽绒服一脱，美滋滋地坐在地毯上，开始数红包。

"这是你的。"她分了四个给陈寒丘，又盯住他，"你先数，总不会比我多吧？快数快数。"

陈寒丘看了眼，先拆施文翰给的，这个红包最薄，拆了一看，一张一角钱的纸币。

施翩撇撇嘴："我哥好小气啊，我爸的呢？"

陈寒丘继续拆，八张十元纸币，八个一元硬币，八个一角硬币。有零有整，数字吉利。

施翩干巴巴道："……好像多了点？"

还剩两个，奶奶的和姜萱的。

施翩看看这个，又看看那个，心说奶奶应该不会小气吧，好不容易找到的"相亲对象"呢。

于是，她一指："先拆老太太的。"

陈寒丘拆开，八张红艳艳的大钞，对比起来，十分豪气。

施翩竖起大拇指："奶奶大气！"

最后便只剩下姜萱女士的。这不是一个红包，像是一本小册子，用礼物纸精心包装着。

施翩凑到陈寒丘身前，看他拆了包装纸，露出有点熟悉的封面，再翻开第一页，出现一个——

穿着吊带在地上爬的，婴儿施翩。

"啊！"施翩尖叫一声，"不许看不许看！"

姜萱女士居然把相册寄给陈寒丘了，这个叛徒！

陈寒丘长手长脚，手一伸，便高高举起相册，他起身继续翻看相册，待看到三四岁的施翩抱着画笔流口水，一下便笑了。

施翩起身去掰他的手，两人纠缠在一起，她喊："陈寒丘，你还给我！"

施翩又蹦又跳，就是够不着，于是喊上圆圆帮忙。

但圆圆不过是一个更小的机器人罢了，它甚至只到施翩的大腿，除了帮着劝几句，并没有什么作用。

于是，一时间客厅里乱作一团。

直到陈兴远急急忙忙出来，制止道："寒丘，欺负小乖干什么！还给她，多大了还抢人东西。"

施翮："就是！你幼不幼稚！"

陈寒丘："这是我的红包。"

施翮："不给你了！"

陈兴远："小乖说不给了，快还给人家。"

陈寒丘："什么？"

这么闹了一阵，陈寒丘暂时把相册还给了施翮。

施翮立即藏到身后，不满地嘀咕："你不经我允许就偷看我照片，像变态你知道吗？"

陈寒丘闲闲看她一眼，懒声问："那你偷我的相册，是小变态？"

施翮："……"

她明明偷得那么隐蔽，怎么会被发现。

陈寒丘看她瞪圆眼睛的模样，只觉可爱，笑了下，俯身靠近，在她耳边低声道："撞得太用力，枕头歪了。"

枕头一歪，下面藏着的相册自然露了出来。

施翮的脸顿时红了，大晚上的，说什么撞不撞的！

施翮瞪他一眼，跑去找陈兴远："叔叔，相册放在您这里，不要让陈寒丘抢走了。"

陈兴远连连应好，保证不让陈寒丘抢走。

施翮本就累，回来还要和陈寒丘打架。这会儿，她重重地把自己往沙发上一摔，嘟囔道："小羽毛要累死了，不想过年了。"

最后，陈兴远做的香甜可口的点心拯救了施翮。

她饱餐一顿，恢复了点体力，再乖乖和陈兴远告别，时间太晚，她要回家去了。

陈寒丘送施翮出门，门一开，冷风吹过来，他自然地一抬手，连人带脑袋，藏进自己的大衣里。

施翮透过大衣间隙，看见透亮的夜空。

冬季星河明亮，即便没有烟火，闪烁的群星点亮年夜。

"新年了，陈寒丘。"她小声说。

陈寒丘轻轻"嗯"了声，带着人快步走到 1101 室门口，然后停住，蹲下身，藏在栏杆下。

施翮一呆："干什么？"

"放烟花。"他说。

施翮茫然地看他从大衣口袋中拿出一把仙女棒，被催促着伸出手，握住这把小小的烟火。

陈寒丘问："陪你玩一会儿？"

施翮抿住唇，浅浅笑了一下，点头。

陈寒丘挡她在身前，拿着打火机，另一只手挡住风，看火舌跃起，凑近仙女棒顶部。她和以前一样，头悄悄离远了点。

他笑笑："别怕。"

她嘟囔："我才不会怕。"

稍许，手中散发出小小的光束。

施翮分出两根，往边上甩了甩，甩了几下，来了兴致，飞快划拉了几笔，光亮在空中连成字。

她笑眯眯地问："看清了吗？"

陈寒丘看她一眼，重复："陈寒丘是狗。"

施翮没忍住，笑出了声，又怕声音太大，捂住嘴，继续晃，光束暗了，他便再点燃。

小小的花火在这夜里，如烟花绽放。

陈寒丘安静看着，摸摸她的脑袋，温声提醒："该许愿了，小羽毛的新年愿望。"

施翮抬起眼，看向陈寒丘，他漆黑的眼睛里映着光。

这一年深冬，在窄而寒冷的楼道内。

施翮握着仙女棒，越过花火，看着他的眼睛，认真道："我想永远和陈寒丘在一起。"

永远，永远。

东川的冬日虽冷，却不如夏日漫长。年后，这座城市很快迎来春天，寒意被阳光驱逐，生命有了新的颜色。

新的一年，新的工作。

去年查令荃答应过施翮，今年只需要画一幅画，但碍于她前科累累，入春不久，他便上门找人。

家里只有于湛冬在。

查令荃摘下墨镜，挑了挑眉："陈寒丘不在？我以为他和 Liz 恋爱以后就失业了。"

于湛冬"唔"了声："最近她不许天才先生进门。"

"吵架了？"查令荃饶有兴致地问。

于湛冬见他看热闹的表情，严肃道："查总，Liz 还没原谅你，请你摆端正态度。不然下一个不许进门的就是你。"

查令荃："……"

查令荃下巴微昂："她人呢？还睡着？"

于湛冬指指画室："最近都在画室里，不到吃饭的点不出来。"

"这么自觉？"这不像她。

查令荃对此保持怀疑，他看了眼时间："现在是上午十点，她几点进去的？"

于湛冬："八点多。"

查令荃沉吟片刻："开门看看。"

于湛冬诧异道："会打扰她画画。"

查令荃："前提是她真的在画画。"

不多时，画室门打开，本来在画画的人，正盖着毯子在沙发上呼呼大睡，机器人先生蹲在一边，给她扇扇子。

于湛冬："……"居然偷偷跑来画室睡觉。

查令荃轻哼一声，他敲了敲门，提声喊："Liz，今年的画呢？"

睡梦中的施翮恍然又听到了恶魔的低语，这十几年，她耳朵时常围绕着噩梦般的"你的画呢""主题定了没""进度到哪儿了"……

一个激灵，她被吓醒了。

施翮猛地坐起身，一脸惊恐。待看清门口的人，她叫出声："冬冬！救命！"

查令荃："……"有时候他真想敲敲这孩子的脑袋。

于湛冬从门口探出头，叹气："躲在里面睡觉会着凉。"

施翮自觉理亏，哼唧着爬起身。

她也不想跑到画室来睡觉，实在是她要用画画这个借口来躲一躲陈寒丘，不能每天见面。他总是要个没完，闹得她天天睡不好。

"你来干什么？"施翮满眼警惕，质问查令荃。

查令荃瞥她一眼："我说话算话，今年只需要交一幅画，但我不希望年尾你才开始工作。"

施翮不满："这才春天！一年刚开始！"

查令荃："春天颜色多。于湛冬，带她多出去走走。"

于湛冬眨眨眼："Liz，我们去春游？"

施翮干巴巴地问："去哪里？"

他温声道："去看森林，看花海，去乡下农场。"

施翮忧愁地叹气："我也很想去，但最近我收到了一家游戏公司的合作邀请，可能会很忙。"

查令荃皱眉："什么合作？"

她无辜道："呆瓜的小游戏。"

查令荃："什么？"

在这件事上，施翮没有胡言乱语。

当天下午，她便背着小包和于湛冬两人挥挥手，开车去了游戏公司，把查令荃那句"多少钱签的"抛到脑后。

给呆瓜做游戏，她怎么可能收钱。

游戏公司去年换了新老板。

新老板对这一领域了解不够多，每天都忙得焦头烂额，所以当施翮来的时候，他立即开始告状。

谭融气道："陈寒丘害我！"

施翮同意："他确实不是人。"

谭融："我连睡觉的时间都没有，怎么可能有时间去追梦雪。"他哀叹一声，倒在办公桌上。

两人一起说了会儿陈寒丘的坏话，谭融终于想起施翮来这儿的正事。

他直接召来项目负责人，在办公室谈。

《呆瓜的旅行日记》的负责人是个温柔的小姐姐，她一见施翮，便脸红红道："我们整个项目组都非常喜欢呆瓜，您的画风太治愈了。"

施翮笑笑："谢谢你们喜欢。"

谭融没说话，心说那是你们没见过她的抽象画。这位大画家没用 Liz

的名号，用了新艺名"已读不回"，现在大家都叫她"已读老师"。

聊了一阵，负责人说起上一个项目："您可以放心，虽然这个游戏不挣钱，但一定会吸引到很多玩家。我们组上一个游戏《站台》入选了去年最受欢迎游戏的前十。"

施翮"咦"了声："我也有玩。"

负责人想了想："您的 ID 编号是什么，在不破坏游戏规则的前提下，我们可以送您一点小礼物。"

施翮的游戏 ID 很好记，她自然道："0000001。"

负责人微愣："……0000001？"

施翮："有什么不对吗？"

负责人看了眼谭融，欲言又止。

谭融道："你先出去。"

负责人走后，谭融试探着问："陈寒丘没和你说？"

施翮不明白："和我说什么？"

谭融："《站台》其实……"

两年前，陈寒丘提出做《站台》，再为《站台》创办游戏公司，花了大力气去找来杨成杰，将公司放在他名下。

《站台》项目的启动并不顺利，找资料是最大的难点。

他们在小小的东川，怎么能看到整个世界。

那时，陈寒丘要兼顾 Proboto 科技和《站台》。

二十四小时，他真的当成四十八小时来用，睡眠时间挤压到五小时以内，有时办公室的灯亮到清晨。

再后来，《站台》进入测试阶段。

作为《站台》的第一个测试员，陈寒丘的编号是 0000002。

同时，他保留了 0000001。这串数字，属于一个有特定的名字的人，如果她不上线，这个编号将会永远封存。

0000002 测试员，他的测试地点在某一个时间段。

他测试了无数次，创建了无数个宇宙，这些宇宙里，他想为心爱的女孩子送上一束花。

他失败过，也成功过。

两年后，《站台》正式上线。

编号 0000001 等到了它的主人。

谭融道："施翩，这是一个为你创建的宇宙。"

夏日的光束，影子，风，热度。
玫瑰上的花露。

"施翩，他怕来不及。"
"他想……送你一束花。"

初夏，东川的风里已有蝉鸣。

施翩蹑手蹑脚地从后门溜进教室，在最后一排角落里躲好。她立起书，往后躲了躲，望向讲台上的男人。

讲台上，陈寒丘侧身站着，握着话筒，轻淡的嗓音响彻教室："模型的建立是根本，微积分、概率论、数学和物理等，都可以用来建模……"

说了大段，他抛了个问题给下面的学生。

施翩看着他走到一侧，拧开矿泉水喝了口水，由白色衬衫包裹的脖颈仰起，喉结接连滚动几下，修长的指节拎着水瓶，随意摆到一侧。

她敢保证，她听到了咽口水的声音。

前阵子，陈寒丘受友人所托，来东川大学上两个月课。

短短一周，他的 Python 人工智能和算法数据结构已经是东川大学上座率最高的课程。只是入门，旁听的人很多。

施翩大致扫一眼，除了后排，几乎没有空座。

提问过后，陈寒丘继续讲课："人工智能中最简单的概念通常是最强大的，比如——"

视线扫过教室，他顿了顿。

陈寒丘换了个话题："你们认为什么是人工智能？最后一排，穿着白裙子的女生，你来回答这个问题。"

最后排，穿白裙子的女生，教室众人齐刷刷地向后看去。

施翩左看右看，再看自己。沉默两秒，施翩不情不愿地站起来。

她站在最后一排，穿过人潮，遥遥和陈寒丘对视一眼。

他正看着她。

教室太大，陈寒丘走下讲台，跨上台阶，经过无数注目，在最后一排站定。他轻敲了敲桌子："不用怕说错。"

施翩："我理解的人工智能就是——

"如果老师你是人工智能人，我对你下达的指令是亲我一下。你收到指令，会看向我，再靠近我，最后亲我。"

漂亮灵动的女孩子，无辜地眨了眨眼。

话音落下，施翩周围这一圈发出压抑的笑声。

他们惊叹于有人胆子那么大，居然在教室就敢调戏新来的授课老师，这还是第一个。但抱有这个想法的，肯定不止一个。

陈寒丘的眸光扫过小狐狸狡黠的笑，在她唇上停留两秒，淡声道："同学，当众调戏老师，下课后来我办公室一趟。"

施翩撇撇嘴："哦。"本来就是要去的，装模作样。

这节课因为这个小插曲莫名变得躁动起来。

下课后，趁着陈寒丘整理资料，有女生大着胆子上去问："老师，你有女朋友了吗？"

陈寒丘抬头，看了眼跳着台阶下来的女孩，随口道："结婚两年了。"

女生惊异地睁大眼，忍不住问："你们是大学同学吗？"

陈寒丘："不是，某日她在路边随手捡了失忆的我，说我是她男朋友。等我恢复记忆，我们就已经结婚了。"

女生目瞪口呆，她飞快跑走，去和同伴们说这个惨无人道的消息。

听到全部的施翩："……"

施翩往讲台边一趴，懒声问道："老师，你还没告诉我，我回答得对不对？人工智能是我说的这样吗？"

陈寒丘合上笔记本，拎起水瓶："跟我过来。"

施翩轻轻哼了声，迈着小步跟在他身后走。

走出教学楼，陈寒丘拐入一条林荫小道。

施翩往左右看了看，正被某道光影吸引视线，边上忽然横过一只手臂，将她拽到无人的角落里。

背后是阴影里微凉的墙壁。

施翩抬起眼，扬着唇笑："还没到办公室，老师就忍不住要教训我啦？老师的惩罚——是什么呢？"

她放慢语速，轻轻地、一个字一个字地说着。

陈寒丘低下头，嗓音淡淡："同学，你回答的问题，现在由我来告诉你答案是否正确……"

无人窥见，只有风经过的角落里。

陈寒丘想起教室里的那个黄昏。

周六放学，教室里只剩他一个人，他低着头，笔尖唰唰地划过卷子，门口有人走进来，脚步越来越近，前面的椅子被挪开。

她在前面坐了下来，几缕发丝落到他课桌上。

他手中笔没有停，半小时后，那几缕发丝还在角落。

陈寒丘停下来，抬头看前面趴着的女孩。

没有动静，她好像睡着了。可她为什么会在这里睡觉？

这之后的每一个周六，施翮都会留下来。

有时她会睡觉，有时会画画，就是从来不写作业。等他准备离开，她便抢先一步离开，说"拜托你关门啦"，便匆匆跑开，长发扬起弧度。

某个午后，陈寒丘途经办公室门口。

熊相国在说话："也不知道哪个孩子写匿名信，说陈寒丘周六故意不回家，浪费学校的电。这话说得，学校不就是给他们学习的，我想着也不要太晚，错过吃晚饭，就溜达去看看，什么故意不回家，人家就是热心帮助中文不好的同学，一起学完就走了。"

陈寒丘垂下眼，想起每一个周六，想起只有他和她的教室。

他想，傻子。

这么想着，他却笑起来。

从角落里出来，回答正确的"学生"双颊泛红。

她拽着他的手，催促道："你快去放好东西下班，我要去吃冰激凌，热死了热死了。"越亲越热。

陈寒丘摸摸唇角，破了，这家伙最近劲真大，精力旺盛。

陈寒丘从办公楼下楼，在阴影里捉住蹦蹦跳跳的女孩子，撑着伞，带她去吃念了一路的冰激凌。

陈寒丘去排队，施翮在树荫下等他。

他拿着冰激凌转身，树荫下不见了施翮的踪影，他一顿，正要去找，背后忽然被戳了戳。

"你找我啊？"她嗓音柔软。

陈寒丘转过身，忽然怔住。他眼前是一束火红的玫瑰花，沾着晶莹的露水，花束后，她露出半张小脸，眼睛带笑。在一起那么久，他还没送过她花。

施翩问："陈寒丘，你是不是害怕送我花呀？唉，害怕就害怕，知道你是胆小鬼。

"那我送你吧？

"我最喜欢的花，送给我的少年。"

施翩弯着眼，对他笑。

她希望她的少年，从原地离开，从过往中走出来。

因为，他要牵着她的手，继续往前行，在未知的，明亮或黑暗的地方，勇敢地大步往前行走。

如果他走出不来，她便跨回到六年前。

她会牵住他的手，用力将他拽到身边，大步跑开。

陈寒丘拿着冰激凌，慢慢地，红了眼睛。

他看着花，看着施翩，心中的某一处被细心包裹，被温柔地呵护，被她捧在手心里。他变成了冰激凌，快要融化。

初夏的光落下，树影晃动，湿热的风里有玫瑰的味道。

风吹过的时候，带走记忆中的对话——

"第一，接送我上下学。

"第二，不许和别的女孩子说话。

"第三，毕业那天，送我一束花。"

"知道了。"

《站台》的每个小宇宙里，都有一棵心愿树，无数人的心愿悬在树上，风中红色缎带轻扬。

其中，有两条缎带轻轻交叠在一起。

阳光闪过，照亮上面的字。

      ——想和 Liz 谈恋爱。

      ——Liz 同意了。

2016 年 6 月 10 日，东川一中举行了毕业典礼。

上午，学生们站在操场上，各个班级聚齐在一起，拍毕业照、合照，鲜花和缎带四处飘散。下午，他们在礼堂哭成一团。

黄昏时，人群散了。

少年站在校门口，双手背在身后，面颊因热意和紧张而带着薄红，一瞬不瞬地盯着校门口。

不多时，少女迈着轻快的脚步出来，裙摆轻扬。

她看到他，飞快地跑过来。

“陈寒丘！”她大声喊，眼睛里藏着星星。

少年屏住呼吸，看她在面前站定。他看着她琥珀色的星球般的双眼，用发颤的手，拿出藏在身后的玫瑰。

夕阳的橙光下，玫瑰变成暗红色。

他抿着唇，认真道：“施翩，你曾问我‘东有启明，西有长庚’是什么意思，我说错了。”

少女歪了下头，不解地看他。

他捧着花，纠正道：“‘东有启明，西有长庚’的意思是，我想和你一起看启明星出现在黎明，也想和你一起听长庚星和我们说晚安。

“施翩，我想和你看每一个夕阳。

“我想和你手牵手，一起回家。”

少女噘起嘴，一把接过花，小声咕哝：“不要买那么多玫瑰，我只要一朵就好啦。”

他看着她眼底的欢欣，露出笑容。

黄昏的云朵像是玻璃纸
包裹住甜蜜溏心落日
远远隔着高的山低的谷透蓝湖泊
我知道你也在看夕阳

施翩，我知道你也在看夕阳。

番外一

你回头看

高二下半学期，高二（1）班来了个转学生。

熊相国在介绍新同学的时候，只有一个人低着头，他习惯了将吵闹当成背景音，丁点不受干扰。

上午过去，下课铃打响。

陈寒丘最先起身，指节微动，抽出饭卡，扫了眼围拢过来的同班同学，说了句"让让"。

他路过他们，朝门外走。

没往后看一眼，他对转学生不感兴趣。

余攀慌忙跟上来："学神，等等我！"

陈寒丘就当没听到，迈着步子，大步走下楼梯，比多数人先到达食堂，去常去的窗口。

"小丘来了。"阿姨对他笑了笑，"今天有水果，多拿一盒给你。"

陈寒丘说"谢谢"。

作为学校的名人，长得好，成绩好，家里惨。

这样的情况加在一起，陈寒丘是所有阿姨眼里的小可怜，每次他来食堂，餐盘总是满得装不下。

他偶尔带一些回礼，都是以前的笔记。

这些阿姨家里也有孩子、孙子。

陈寒丘打完饭，坐在老位置，没吃两口，余攀风风火火地在对面坐下，猛灌半瓶可乐，再把另外一瓶推过去。

"不喝。"冷淡的两个字。

余攀："欸，送的送的，你看！"

瓶盖里，底部写着四个字"再来一瓶"。

陈寒丘看他一眼，接过来："什么事？"

余攀轻咳一声："那什么，晚上交寒假作业。学神，你懂我意思吧？这是贿赂。"

陈寒丘："自己拿。"

余攀欢呼一声："我先去打饭！"

陈寒丘并没有和他一起吃饭的意思，但对面坐着谁都一样，比起陌生人，不如是余攀。

余攀端着餐盘回来，提起转学生："学神，你看见转学生没？我的天，像精灵一样，就电影里建模的那种精灵。"

"没看。"

余攀想不明白，难道当了学神，连眼睛都和别人不一样吗？

无聊的午饭时光结束，两人回到教室。

陈寒丘瞥了眼位置，前座空着，转学生不在，周围清静很多，爱搭话的同学蹩脚的英语听多了耳朵疼。

午休时间，教室里没什么人睡觉。

大部人在补寒假作业，翻页声此起彼伏，这个抄完借那个抄，一本作业能传上七八个来回，也有人在睡觉——没有寒假作业的人在睡觉。

一声闷响，前面的椅子撞到桌上。

陈寒丘笔尖一滑，白色卷子上多出一道痕迹，他没抬头，把桌子往后挪了一点，没多久，又是一阵响。

又撞上来了。

他抬头，对上一头金发。

长发公主从童话世界走出来，降落东川一中，再睡到他前排座位，并且三番五次撞他桌子。

这概率像前年流星砸到他们操场，不是什么好事。

陈寒丘收回眼，面不改色地写完三张卷子，喝了半杯水，去了趟厕所，回来铃声正好打响。

还有五分钟上课，转学生还没醒。

又五分钟过去，上课了，转学生还在睡。

陈寒丘看着黑板，余光看见窦桃戳了戳转学生，她动了动，头往胳膊里埋得更深。

余攀看得着急，小声道："桃子，你再戳戳。"

窦桃忍着不爽，不怎么温柔地用笔戳了戳转学生。

转学生醒了，旁若无人地伸了个懒腰，头往后仰，一头长发全散在桌子上，遮住他的课本。两秒，金色海潮退去。

她歪过身子，随意翻了翻书，自顾自拿出速写本。

两节课后，转学生拍了拍窦桃的椅子背，示意她要出去，窦桃默默往前挪了下，她走了。

余攀忙问："桃子，转学生是不是没听课？一天了，我没见她看课本。"

窦桃阴阳怪气："人家看不懂中文。"

余攀挠挠头："我看她英语课也没听。"

窦桃："难道她英语还能比你差？"

余攀："你干吗攻击我！"

日子一天一天过去，转学生的影响没有减少。

高二（1）班忽然涌起学英语的浪潮，陈寒丘不管从哪个角落经过，都能听到一群人在学习如何用英语搭讪。

无聊，他面无表情。

周六，一中放假。

陈寒丘留到最后，写完作业，没带书包回去，骑车到家，简单吃了晚饭，背上挎包出门。晚上有兼职，教初三的孩子复习数学。

晚上十点，兼职结束。

陈寒丘谢绝家长送的蛋糕，骑车回家，中途经过人民广场，下车绕了进去。

这个季节，是树莓的果期。广场内经常有从山里摘了果子来售卖的，用塑料碗装着，一碗碗放在小桌上，又大碗又便宜。

陈寒丘轻车熟路，绕到最热闹的广场街。

这个点，街上还是很热闹，补习班刚下课，街边摆着小摊，兜售小吃、水果和玩具。

远远地，他瞥见卖果子的奶奶。

陈寒丘拎着袋子离开，没走出几步，听到不远处一阵喧闹，两个男人正在吵架，推推搡搡。夜里暗，广场里不少小道。

他知道很多人在等孩子下课的时候，会凑在一起玩牌。

陈寒丘目不斜视，正准备快步绕行，余光瞥见一颗金色的脑袋。

这一头金发在夜色下熠熠生辉，他脚步一顿。

不远处，女孩子蹲成小小的一团，在街头画家边上，看着人家画画，模样认真。

那张漂亮的小脸，看一眼都不会忘。

他收回视线，步子没来得及迈出去，两个打架的男人从那头打到了这头，看眼要撞到摊子上。

"小狐狸"笨得很，不知道躲。

陈寒丘几步走过去，拎起人往边上一放。

她茫然地仰起脸，狐狸一样的眼睛落在他脸上："啊，你是我们班的，你是……"

"小狐狸"捂住唇，忘了自己不会说中文的设定。

陈寒丘松开手，越过她，往原路返回。

静了一阵，那"小狐狸"跟上来，蹦蹦跳跳的。她说："你能帮我保密吗？我不想和笨蛋说话，所以假装不会说中文。"

他没说话，拿出手机打了四个字："我是笨蛋。"

"小狐狸"一呆，不和他说话了。

陈寒丘甩掉人，把树莓果挂在手把上，骑车离开。

春日风微凉，将他的发吹到脑后，他漫不经心地想着，"小狐狸"的名字和她不太像。

施翮，小圆啾。

新的一周，一中迎来第一次月考。上午语文考试结束，午休时间多数人都在紧张地准备下午的数学考试，不敢睡午觉。

当然其中并不包括转学生，她依旧呼呼大睡。

余攀挠挠头，自暴自弃地把错题本一合，趴在桌上唉声叹气，他不理解为什么世界上有数学这门学科。

"欸，桃子。"他戳戳前桌，"我听最后一个出考场的人说，你同桌的语文试卷是用英语答的。"

他忍不住笑出声，上这么多年学，第一次遇到这样的。

窦桃转过身，翻了个白眼给他："尊重一下外国友人行不行，好歹人家在学习。"

余攀一蒙："平时也没见她学习，我看她老是拿个本子涂涂画画，这是在学习啊？"

窦桃想了想："一半一半吧？"

余攀："啊？"

陈寒丘："她在做笔记。"

正常的谈论中忽然插进一道轻淡的声音，窦桃和余攀齐齐看向陈寒丘，学神参与他们的讨论还是头一次。

余攀呆住："做笔记，画着做啊？"

陈寒丘："嗯。"

窦桃喃喃道："还真是在学习。"

余攀："她看得懂吗？"

窦桃："……"

两人各自继续学习，不理这个傻大个。

下午数学考试结束，余攀像风一样狂奔回教室，气喘吁吁地在座位上坐下，喘着大气道："他们说转学生做数学试卷只用了半小时，准确地说是三十二分钟。"

窦桃看向陈寒丘："学神，你用了多久？"

陈寒丘："三十三分钟。"

余攀茫然："学神，你还记做题时间？"

窦桃无语："人家参加比赛，时间多重要啊。"

余攀心说也是，随即大惊："转学生这么牛？我们年级第一不会要让人了吧？"

窦桃："说不定乱写的。"

余攀："也对！"

一中的神话怎么可能这么轻易被打破。

陈寒丘微顿，没说话。

周一，月考成绩公布。

转学生除了语文不及格，其余科目都是满分，且凭着语文不及格的成绩进入年级前二十名。成绩出来，一班掀起轩然大波。转学生的成绩和她的人一样漂亮，学英语狂潮越来越热。

窦桃和余攀目瞪口呆。

余攀忍不住大着胆子和转学生说话："施同学，你的笔记本能借我看看吗？随便一本就行。"

施同学转过头，用漂亮的眼睛看着他。

余攀有点脸红。

最后，施同学把她所有的笔记本都丢了过来。

余攀抱着虔诚的心态打开笔记本，然后……和笔记本上古怪的图形和线条面面相觑。

完全，看不懂。这真的是笔记吗？

余攀忍不住把笔记推给陈寒丘。

陈寒丘分出心神看了一眼，思考片刻，淡声道："语文笔记，边上的是数学和理综。"

余攀干巴巴道："学、学神，你看得懂啊？"

陈寒丘："看不懂。"

余攀："……"连学神都看不懂。

余攀默默把笔记还了回去，心说这又是一个新类型天才，比陈寒丘更狂野，像个艺术家。

午后，余攀郁闷地订正数学试卷。

他盯着自己试卷上硕大的"59"，看看边上满分的学神，再看看前面也是满分的窦桃，最后看向转学生。

他被三个满分包围，而他只有 59 分。

这像话吗？太不像话！

余攀哀号一声："到底是谁造出了数学啊啊啊，学神，你就没有什么妙方能传授给我吗？"

陈寒丘转着笔，随口道："欧几里得在亚历山大新城教学时，国王托勒密问他是否有学习几何的捷径，他说——几何学中没有专为国王铺设的大道。"

余攀眼露茫然，这是什么意思？

陈寒丘无情道："所以，没有。"

忽然，前面椅子挪动。

转学生转过身，和陈寒丘面对面坐着，因为倦意，她双颊泛红，眼角沾着零星的生理泪水。

"你叫什么名字？"女孩子的声音，轻轻软软，拖着长音。

陈寒丘微顿，抬头和她对视。

"小狐狸"有一双琥珀色的眼睛，浅淡的阳光映在她面颊上，将这对漂亮的瞳孔映得透彻清亮。这是他所见过的，最好看的女孩子。

他一时没说话，她自顾自地抽出他的数学试卷，认真翻看起来，看了几眼，又抬头看他。从他的额头、眼睛，再到下巴，每一处都看得仔细。

陈寒丘感到自己薄薄的皮肤上泛起热度，随着她的眼神，自上往下，像光照下来。

见他不答，她没有放弃。

她自然而然地往他桌上一趴，那张娇憨的面庞挡住他的卷子，手横行霸道地撞丢他的笔，又问了一遍："你叫什么名字？"

那张嘴微微嘟起来，一副不高兴的模样。

"陈寒丘。"他听见自己的声音，有点干，有点涩。

女孩子跟着念了两声"陈寒丘""陈寒丘"，嘟囔着陈寒丘是什么意思，那张明艳夺目的小脸对着他笑起来。

"我是L……啊，不对，我叫施翮。"

陈寒丘看她两秒，移开视线，弯腰捡起自己的笔，再扯了扯被她压住的试卷，随口道："压到我卷子了。"

女孩子"哦"了声，转身回去了。

陈寒丘用干净的手帕把笔擦了一遍，一抬头，对上两双呆滞的眼睛。

窦桃和余攀两人直愣愣地看看他，又看看转学生，一副想八卦又不敢问的模样。

一直憋到铃响，转学生又出去了。

余攀差点憋死："转学生中文说得好标准啊。她一个月就学会了？我的天，这是人吗？

窦桃："……"

窦桃一言难尽："你是不是傻，人家明显本来就会。"

余攀呆住，磕磕巴巴地说："装、装的？"

陈寒丘"嗯"了声，顿了顿，又说："就当不知道。"

余攀缓了片刻，后知后觉地问："学神，转学生刚刚主动问你名字，她是不是终于看清你长什么样了？"

陈寒丘淡声应："她有名字，不叫转学生。"

余攀茫然："啊？"

窦桃踢了余攀一脚，示意他闭嘴。

余攀挠挠头，心说：行吧，我还是订正数学试卷吧。

一想到数学，这个大高个慢慢佝偻起来，伏在桌上变成了脆弱的弱小者。面对数学，他不堪一击。

高二（1）班的某个角落，悄悄起了变化。

施翩转来快两个月，一直觉得这里无聊又没劲，学习也那么简单，就是语文有点烦。幸好她可以画画，勉强过得去。

但某一天，生活起了变化，她发现后座有个男生挺有意思。

这点变化，除了施翩本人，窦桃和余攀感受最深。

他们每天都要听上一段听不懂的对话，有时候还嫌烦，想把这两人踢到外星球去，别在这儿折磨平凡人。

脑子好了不起啊？吵死了。

又一个午后，他们的小角落里又开始问答。

余攀打了个哈欠，顺便听听这两人说话，说着说着，施翩忽然从书包里拎出一张画纸。

"这是什么？"她问。

余攀和窦桃都生出好奇心。

他们这一角和别人不一样，一天到晚都拉着窗帘，光线太暗，于是两人凑过去看那张画，再皱起眉。这是什么玩意儿？

纸上密布着黑的白的蓝的黄的紫的各色线条。

线条扭曲变幻，有的粗有的细，标准的幼儿园小朋友作品。

窦桃和余攀同步地看向陈寒丘，想听听他能说出什么玩意儿。

"宇宙。"他们听见了一个离谱的答案。

余攀满头雾水，趴过去看得更仔细，看来看去都是幼儿园小朋友的画。

施翩微微睁大眼，"哇"了声："你是一个天才。"

窦桃翻翻白眼："你怎么知道？"

这话的意思是,你怎么才知道？陈寒丘是个天才的事,都明显成这样了。

施翩没懂她的潜台词，用张无辜的漂亮脸蛋对着她，自然道："因为我也是啊。"

窦桃欲言又止，画成这样，很难是天才吧。

余攀也挠挠头发，缩回脑袋，不能打击别人的梦想，就当没听见。

陈寒丘没什么表情，将画推回去，提醒道："下节是语文课。"

施翩："……"

她蔫巴巴地收回画，回去趴到桌上，她讨厌语文课。

从某天开始，陈寒丘发现自己身边多了个人。

中午一下课，他第一个起身往外走，没走出几步，一阵小跑声，余光瞥见金灿灿的发丝。于是，所有目光都往他身边聚集。

他没当回事，照旧走到窗口，准备打菜。

刚开口，身后"哇"了声，小小的惊叹声，他一顿，继续点菜，又是一声"哇"，更大的惊叹声。

有点麻烦，他叹气。

陈寒丘转过身，垂下眼看只到胸口的女孩子，她探头探脑，一副第一次来食堂的惊奇模样。见他看过来，她好奇道："这里什么菜好吃？能和你一起吃饭吗？"

"不能。"他说。

"哦。"她不在意地应了声。

陈寒丘打完菜，走到老位置坐下，瞥见对面散落的阳光，想她应该不会跟过来。

这个想法冒出来没多久，桌上出现了新餐盘，刚放下，她又走了，过一会儿，又端回来一盘，又走了。

不一会儿，女孩子蹦蹦跳跳地回来，放下两瓶不一样的牛奶。

等要坐下时，她犯了难，嘀咕："那边好晒……陈寒丘，我能坐你边上吗？能吧，谢谢啊。"

陈寒丘："……"

完全自说自话，听不懂拒绝。

向来空着的座位多了小小一团，一缕发丝落在他校服上。

她打开两瓶牛奶，喝喝这个，再喝喝那个，面露惊奇，再嘀嘀咕咕地去夹菜，每道菜都夹一遍，不吃米饭。

整个过程，她没和他说话，也没往他餐盘里看一眼。

陈寒丘安静地吃完，端着餐盘走人。

没一会儿，那阵脚步又跟上来，一会儿快一会儿慢。

路上偶尔有人过来搭讪，她照旧是那一句"I can't speak Chinese"，但也有用英语和她交流的，语气扬扬得意。

她敷衍几句，实在烦了，跑到他边上，和他并排走。

这下，那些人都不敢再过来。

回到教室，在前面窸窸窣窣地动了一阵，趴下睡了。

窦桃转过头，悄声问："学神，你和施翾中午一起吃饭了？别班都在传。"

陈寒丘："没有。"

余攀："真的？"

陈寒丘："别吵。"

窦桃和余攀对视一眼，都在对方眼里看到了震惊。

晚上九点半，晚自习结束铃声打响。

陈寒丘准点拎起书包，单肩背上，往还没什么人的走廊走，下楼进车库，解锁上车，一路畅通无阻，到校门口刷卡出去。

骑出一条街，交通信号灯跳成红色。陈寒丘单脚撑着地面，看了眼时间，抬起头，瞥见一辆炫亮的车停下。

后座车窗口趴着一个女孩子，金色长发散落。

今晚天色昏暗，没有星子。

她明艳的脸蛋像点缀夜晚的星星，在一片黑色中耀眼夺目。小公主就该坐在昂贵的车里，无灾无难。

他收回视线，看着信号灯变绿，脚上用力，踩动踏板，骑出几米，车轻轻松松超过他。

忽然，那辆炫亮的车后座，女孩子探出半个身子，脸上绽出耀眼的笑颜，朝他挥手，大喊："陈寒丘，明天见！"

长发随着她的动作飞扬，像金色流星。

陈寒丘的视线穿过车流交错的十字路口，和她对视一眼，很快，车将她带走，那抹金色不见了。

他收回眼，继续前行。

明天他要去比赛，见不到了。

比赛结束，陈寒丘坐车去机场回东川，来回路费包括餐费都由学校报销，这是他愿意参加比赛的理由之一。

他独自坐在后座，戴上帽子，轻靠着窗，黄昏的光影落进来，落在凌厉的下颌线上，他闭上眼。

今天是周六，这个点一中已经下课了。

陈寒丘不可抑制地想起昨晚从车里探出身的女孩子，她说明天见。见不到，她会不会失落。

不会的，她只知道他的名字而已。

回到东川，已经是晚上八点。

学校派来接他们的大巴等在机场门口，上了车，司机问他们住哪儿，把他们挨个送回去。

除了陈寒丘，所有人都说了住址。

"我回学校。"陈寒丘说。

大巴停在学校门口，陈寒丘下了车，以回教室拿作业为由进了学校，再到教学楼楼下。

他抬头看，教室灯暗着，没有人了，周末没有人会留在学校。

这甚至算不上一个约定。

她只是说，明天见。

陈寒丘说不清自己在想什么，他低着头，没开路灯，走上楼道，拐过两个弯，走到三楼，教室门应该锁着。

但门开着，他愣了一下，走进去打开灯。

一室明亮，空空的教室里，她趴在桌上。

金色长发散落，像数个午后。

陈寒丘走进去，球鞋踩在水泥地，轻飘飘的声音，从门口再到过道，经过施翮，在自己的位置停下。

"刺啦"一声，他拉开椅子。

趴着的女孩子被惊动，睁着一双蒙眬的睡眼转过头。

陈寒丘瞥她一眼，抽出几本练习册，随口问："现在是晚上八点半，你在学校干什么？"

"等你啊。"她打了个哈欠，面朝着他坐。

陈寒丘："没人告诉你，我今天比赛？"

施翮往他桌上一趴："说了啊，但你不是好学生吗，不会不写作业，总得回学校拿吧？"

陈寒丘没告诉她，他可以下周来学校补，写不写作业，对他来说没什么区别。

陈寒丘拉上书包拉链，单肩背起，双手插兜："等我有事？走了，边走边说。"他屈指敲了敲桌面。

施翮"哦"了声，慢吞吞地跟上来，又摸摸肚子，咕哝："我好饿，你吃饭没啊？不然一起吃个饭？"

陈寒丘的嗓音很低："施翮，没有人会饿着肚子睡在教室里。今天是周六。"

女孩子"咦"了一声，忽然小跑上前，双眼亮晶晶地看着他："你知道我名字啊？那我们是好朋友啦，一起吃饭吧，嗯？"

"……"

十分钟后，两人在学校附近的面馆坐下。

陈寒丘点了碗最便宜的面，点完，看向对面。

她托着腮，仰头看着贴在墙上的菜单，看不懂就乖乖问老板，问了两句就和别人聊上了。最后老板送了他们两盘小菜和点心。

陈寒丘："……"

"等我有事？"他又问了一遍。

施翮用手撑住下巴，捧着自己的脸蛋，认真地说："想要你的微信。问窦桃和余攀，他们都说没有。"

"要来干什么？"他反应平淡。

施翮："聊天啊，难道就看看？"她不解地睁大眼。

陈寒丘："我很忙，没空聊天。"

施翮："你不回不就好啦？实在不行就屏蔽我。"

陈寒丘："什么？"

施翮："快点快点，手机拿出来。"

于是，陈寒丘的联系人里有了第一个高中同学。

吃完饭，施翮跟着陈寒丘去公交车站，一步一跳，刚才还说吃撑了，现在就蹦蹦跳跳，也不怕生病。

"好吵。"他说。

她"哦"了声，停下来不跳了，老老实实边上走。

走了没几步，去踩他的影子。

周六，一中附近的公交车站没人。

施翩自顾自找了位置坐下，晃着小腿，看初春的夜色。晚风凉凉的，但不冷，她还刚吃完热乎乎的面条。

他站在边上，影子拉长。

"施翩。"他喊她。

施翩歪头："嗯？"

陈寒丘目视前方："要联系方式可以等到周一，幼儿园的小朋友都不会一个人待在学校待到晚上。"

话说完，她没有动静，语气太重了？

陈寒丘转头，对上一双漂亮的眼睛。

狐狸一样的眼，眼尾像挂了小钩子，睫毛扑闪。

"但我说明天见，你答应啦！"她眼带困惑。

"我什么时候答应的？"

女孩子一脸无辜："我说明天见，你按自行车的响铃，按了两下，那不就是'好的'？"

陈寒丘："……"

他以为过马路按响铃是常识。

自从有了高中第一个联系人，陈寒丘的生活有了一点不同。

他手机里没几个联系人，有也不聊天，每天联系最多的人，除了他爸妈，就是自己辅导的孩子家长。

现在不一样了。

周六晚上十一点，陈寒丘兼职结束回到家。

这个点，爸妈都睡下了，他没开灯，轻手轻脚地在浴室洗漱完，关上门回房间，取消手机静音，在书桌前坐下。

没两秒，信息接二连三跳出来。

陈寒丘瞥了眼，七八条信息，都来自新联系人，点进去看，一晚上下来，有十七条未读信息。

他叹气，还真是不需要回应，一个人能说什么？

"今天星星好亮呀。"

"哇，看到狮子座了。"

"陈寒丘，你抬头看。"

"喂，你在干什么？周六也不玩手机吗？"

......

这么发了十几句，她发了个大哭的表情包，最后两句是：

"你真的把我屏蔽啦？"

"从来没有人屏蔽小羽毛，我多可爱啊。"

"......"

名字叫小圆啾，吵得也像小圆啾。

陈寒丘静静看完信息，退出对话框，点开课程，戴上耳机，将外界声音屏蔽在外。

两小时后，他关灯上床睡觉，闭上眼没几秒，信息"叮咚"一声响。

他睁开眼，房间一片漆黑，快凌晨两点，她还不睡吗？

陈寒丘翻了个身，摸出手机，是一条推送，不是那只有点吵的小圆啾。他不回信息，明天应该不会发了吧？

陈寒丘重新闭上眼，很快入睡。

周末，原定的兼职安排取消了，小朋友生病去了医院，陈寒丘难得闲下来，在家过周末。

小客厅里，他和他爸坐着处理小龙虾，是对面邻居奶奶的儿子来看她的时候带的，奶奶不爱吃，一股脑都塞给了陈寒丘。

说是不爱吃，不过是心疼孩子。

一楼，窗户都开着，光照进来，不怎么亮。

父子俩坐着相对无言，偶尔传出几声信息音，远远地，从房间里传出来，静了一阵，又叮叮当当地响。

陈兴远笑笑："认识新朋友了？"以前没这么响过。

陈寒丘抿着唇，没应声，过了会儿，放下剪刀，躲开一只挥着爪子想来钳他的小龙虾，洗干净手回了房间。

照旧是小圆啾的消息，犹自说了一长串。

叽叽喳喳的，不需要回应。

最后她说："明天见啦。"

陈寒丘低头翻看着她发的内容，点开对话框，指节停在屏幕上很久，输入——

明天见。删除。

你好吵。删除。

我很忙。删除。

别给我发消息了。删除。

最后，他将对话框中的内容删得一干二净。

周一到校，教室没几个人。

陈寒丘刚坐下没多久，有人来借作业，他看了眼余攀，余攀立即懂了，把自己的作业递上去。

学神爱干净，不高兴作业本被传来传去。

过了十几分钟，教室里动静大了点。

最后两排的动作尤其大，施翮重重地把椅子背撞在后面的桌子上，坐下质问："你为什么不回我消息？你真的屏蔽我啦？"

窦桃和余攀齐齐看过来。

陈寒丘："我很忙。"不轻不重的三个字，是他的风格。

余攀看看施翮略显失落的漂亮脸蛋，挠了挠头，怎么有人这么残忍，对着这张脸都那么冷淡。

但换成陈寒丘，好像也正常。

施翮不怎么高兴地问："你在忙什么？"

陈寒丘："打工。"

施翮嘟嘟嘴："好吧，那我以后少发点。"

失落的小公主乖乖转过身去。

余攀和窦桃四眼茫然，小公主居然这么好说话？

陈寒丘抿了下唇，视线停在昨晚的笔记上，不怎么看得进去，等回过神，早读课下课了。

第一节是语文课，前面的女孩子正唉声叹气，叹了一阵，忽然用意大利语骂人，骂完又叹气，最后可怜巴巴地用书盖住脑袋，企图让老师看不见她。

陈寒丘扫过女孩子一头金发，盖住脑袋，小狐狸尾巴也会跑出来。

上课铃声打响，语文老师巡视一圈，果然将视线停在这一头惹人注目的金发上，她叫了施翮的名字，再用充满的慈爱眼神看向施翮，言语间充满鼓励，令人无法拒绝。

"……"

语文课结束，她哀叹一声，没了精神。

这一整天她都蔫巴巴的，体育课照旧和窦桃一起躲在教室里，藏在这一角的阴影里。

施翩像往常一样乱涂乱画，偶尔看画册。

平时她同桌总是安静地做自己的事，今天窸窸窣窣的，不知道在忙什么，但她并不好奇。不多时，她听到一声烦躁的"啧"，听起来像是生气了。

施翩往边上看了一眼，同桌板着张脸，笔掉在桌上，右手的指甲长得太长，影响她写字了。

"我给你剪指甲？"她眨眨眼，随口道，"作为回报，你和余攀替我保密我会说中文的事。"

窦桃呆了一下："你会剪指甲？"公主也会自己剪指甲吗？

施翩："当然，我剪得可好了，每一个的弧度都很完美，像抛物线一样，厉害吧。"

窦桃："……"听起来是完全用不上的技能。

施翩自然地牵住同桌的手，女孩子的手，干净又软，小小一只。

"害怕可以告诉我哦。"她一副和小猫咪说话的语气。

窦桃沉默两秒："我不怕。"

施翩"哦"了声，观察了一下她指甲原来的形状，试了试指甲钳，飞快地帮她剪好，利落又好看。

"喏，还给你。"说着，把窦桃的手还了回去。

窦桃："……"

听起来这只手也像是假肢。

不管怎么样，公主给她剪了指，全班独一无二的待遇。

窦桃轻轻咳嗽一声："那个……谢了啊。明天我给你带零食，你喜欢吃什么？"

"零食？"施翩双眼发亮，"我都想吃。"

窦桃："……那我多带点。"

于是，这天体育课结束，陈寒丘和余攀回来，便见前面两个女孩子开始聊天了，这是以前从未有过的画面。

余攀一呆，这是怎么了？他挠挠头，不解地看了眼陈寒丘。

陈寒丘："别多管闲事。"

余攀："……也没有很闲，她们就坐我们前面？"

陈寒丘："下节英语课听写。"

余攀火速翻开英语书，不说话了。

陈寒丘擦干净汗，喝水时余光瞥到前面，窦桃说着话，忽然伸出手去摸那头金灿灿的头发。"小狐狸"往她掌心蹭了蹭，一副喜欢摸摸的模样。

"你爸妈，哪个是外国人啊？"窦桃问。

施翮："都是中国人啊。"

窦桃呆住："那你的头发？"

施翮无辜道："你看我的发根。"

窦桃凑近，盯着人家的头皮看个没完，半晌，她睁大眼："染的？"

施翮："过阵子去染回来。"

窦桃："不装混血啦？"

施翮嘟嘟嘴："老是抽背课文，烦死了。"

陈寒丘收回视线，无声一笑。

月考结束，班级里紧张的气氛过去，班长从办公室带回一个好消息——他们即将迎来最后一次春游。

明年备战高考，显然不会再有春游。

"去哪儿去哪儿？"

"别又去博物馆那么无聊的地方了吧？"

"不是爬山就是什么公园。"

班长好脾气地笑笑："就是爬山。"

教室里顿时一片哀号，爬山那么无聊居然又是爬山，但想到能不用上课，可以集体出游，又好点了，起码能出去玩。

陈寒丘对这个消息没有太大反应，只要别耽误他兼职。

但有人反应很大——

"爬多高的山？山上有小动物吗？"

"是自己带零食吗？什么都能带吗？"

"山里有湖吗？这个季节花应该很多吧？"

陈寒丘："……"

叽叽喳喳的，小圆啾刚上幼儿园。

窦桃勉强安抚下有十万个为什么的小公主，一时间有点后悔，早知道让她多装一阵子外国友人。

春游的日子定在周六。

周五晚自习，正在写作业的窦桃收到一张纸条，纸条来自小公主，最上方四个大字"购物清单"。

窦桃扫了一眼长不见底的清单，沉默两秒，小声说："你让学神看看，他很擅长整理东西。"

其实是她不知道该怎么劝说小公主。

总不能说这些都没用，多没礼貌。

施翩眨眨眼，十分不见外地把单子往后一放，"你说我还要带什么？"

陈寒丘瞥了眼列了三十条的单子，随口道："爬山的意思，是用你的双脚爬上山，谁给你背这些东西？"

她歪过脑袋，看看他，又看看余攀。

"这些都不用带。"

他直接拿笔在最下面补充：

31. 遮阳帽
32. 墨镜
33. 抗过敏药
34. 水

写完，他看了眼施翩，她接过去，看看上面四条，又看看他。

"真的不能帮我背吗？""小狐狸"睁着一双漂亮的眼睛，扑闪着看向余攀。

余攀耳朵一热，磕磕巴巴道："可、可以！我们篮球队的都能帮你背，背什么都行！"他双颊发烫，不知所措。

陈寒丘："……"

"小狐狸"又看向他，漂亮的眼睛没有眨，把纸条一捏，转身回去了，没有让他帮忙的打算。

陈寒丘一顿，收回视线，不去看她的背影。

春游当天，碧空如洗，春光明媚的日子。

说是春光并不准确，东川入夏快，学校里大部分人换上了夏装，女孩子怕黑，一部分还穿着长袖。

尤其是施翩，整个学校都找不出比她裹得还严实的人。

施翩轻轻松松，只背了一个小水壶，手里抱着速写本，身上连个背包都没有，一步一跳地上了大巴。

余攀手里三个包，背一个，拎两个，至于他自己，一瓶水就够了。

"学神，我的水能放你那儿吗？"他向陈寒丘求助。

陈寒丘扫了他一眼，三个包，一个绿一个粉，还有一个黄，他随手接过黄色的背包。

余攀顿时松了口气："还是兄弟好！"

陈寒丘拎着包上了车，往后瞥了一眼，"小狐狸"坐在最后面，躲在阴影里，窦桃坐在她前面一排。

"学神，快快快往后走走。"余攀上车催他，忍住没上手推他。

陈寒丘往后走，在和窦桃隔了一个过道的位置停下，余攀跟过来，把包往最后一排的空座上一放，数了数人数，前面位置够了，他放心地在窦桃边上坐下。

窦桃看他们大包小包，连陈寒丘都拎了包。

"真都带上了？"她忍不住回头问施翩，"我们像是去野餐的。"

施翩趴过来，无辜地睁大眼："不就是去山上野餐的吗？不然去干什么呀？就爬到山上吗？"

窦桃："就是……强身健体。"

施翩眨眨眼，原来是单纯的爬山活动，她看看自己的包，那就不好意思让余攀拿啦。

施翩想了想，只留下施富诚给她的爱心便当盒，其余两书包零食都分给同学们吃吧。她小声和窦桃说了。

窦桃："都分啊？"

施翩："嗯，我留了爸爸做的便当。"

窦桃戳戳余攀。

余攀比窦桃还不情愿，扭头道："一点都不重，我一个体育生，这点东西背不动像话吗？而且还有学神帮忙。"

施翩看了眼陈寒丘，他看起来才不愿意帮她背包呢。

陈寒丘安静地坐着，三人的对话一字不差地传进了耳朵里。他没回头，淡声道："施翩，幼儿园的小朋友都知道不能随便收别人的礼物，东西自己留着。"

"那好吧，中午我们一起野餐！""小狐狸"高高兴兴地说。

余攀也乐："行啊，春游好像有意思点了，我们找个凉快地方。要是山上有露营帐篷就好了。"

窦桃翻白眼："就一破山，有凉亭就不错了。"

路程不远，不到一小时，大巴车在山脚停下。班长点完人数，便出发了，高一的同学在前面，他们在后面。

由于施翮名气过大，时不时就有高一的男同学落后几步，来看惊为天人的转学生。

可看了一圈都没看见，金色小精灵呢？

陈寒丘不动声色地挡住身后的人，她老老实实地躲在他的影子里，半点都不让阳光晒到。

几个男生找不到人，去问他们班的人。好巧不巧，问到余攀头上，他个子高，在人群中显眼得不得了，平时又常打篮球，面熟。

余攀看了眼陈寒丘的神情，含糊道："她没来，请假了。"

男生们有些失望，恋恋不舍地走了。

直到走远，还能听到他们谈论怎么去要联系方式。

而话题中心本人，毫无所觉。

陈寒丘转头看身后，裹得严实的人踩着他的影子亦步亦趋，他走快一点，她就跟快一点，累了就拿小水壶吸一口，慢了几步，眼看就要暴露在阳光下，连忙又跑上来。

他叹了口气，放慢脚步，这么大的太阳，还乱跑。

约莫一个半小时，队伍停下来。

他们在山腰处，山顶有一座塔，队伍分成两队，一队继续往山顶去，一队留在山腰处，大多数人留在了山腰处。

余攀几人也不例外，山顶就那么点地方，没意思。

"我去找地方！"余攀人高腿长，视野比别人宽阔得多。

窦桃看了眼陈寒丘身后的施翮，心说学神也有这样一天。

这样的集体活动，陈寒丘从来都是一个人。

因为难得的放松时刻，他不是捧着书就是在写卷子，大家也不会凑上去自讨没趣，只会觉得学神不愧是学神。

这下好了，和他们一起野餐来了。

很快，余攀回来了，他在不远处找到一个小瀑布，潭水清澈，很浅，刚没过小腿，山风一吹，十分凉快。

于是，一行人一起过去。

陈寒丘看了眼躲在身后的女孩子，往前走去。

在阴凉处停下，他们三人就开始新节目——

看"小狐狸"包里有什么。

施翩先拿出野餐布，白色的布上花里胡哨几抹颜料，开始倒零食、点心，再拿出五颜六色的便当盒子，然后拿出一个小木篮，再从包里拿出一小束鲜花。最后，她不知道从哪里摸出来几块漂亮的石头，压住野餐布的四个角落。

"好啦！"她高兴地说。

窦桃："……"

余攀："……"

陈寒丘："……"

公主还真是野餐来了，幸好没夸张到家里送餐过来。

陈寒丘单手插兜，看着她布置完，道："我……"

"你要走啦？"她睁大眼，一副震惊又受伤的模样。

陈寒丘："……我去边上。"

施翩低头看看餐布，失落道："我的餐布不够大吗，还是你嫌我吵呀？那我不说话啦。"

这张小脸变得沮丧。

走了一路，她又过敏，雪白的小脸汗涔涔的，发丝黏在颊边，脸颊泛着红晕，水眸可怜巴巴。

一副要哭的模样。

陈寒丘："……"他只是说了一句去边上，又没欺负她。

窦桃和余攀看过来，用眼神谴责陈寒丘：太过分了！怎么能拒绝热诚又可爱的小公主！

陈寒丘抿了下唇，在餐布一角坐下，手刚撑上去，她一声惊呼："等一下！"

陈寒丘看一顿："怎么了？"

女孩子无辜道："你往边上坐一点，别压到我名字啦。"

陈寒丘："什么？"

陈寒丘看了眼刚才的位置，上面有一个小小的英文署名——Liz。

他们坐下后，施翩开始分便当，她叽叽喳喳地说着："都是我爸做的，让我分给你们吃，感谢你们照顾我不会说中文。"

"……"

那你好歹装一下，用英语说这句话。

陈寒丘垂着眼，看了眼他面前的便当盒，盒子里都是他在食堂吃过的菜，分量多了一倍，食材更好。

他抬眼，"小狐狸"眯着眼，光晕将她的睫毛染成金色，手里拿个小风扇，一副舒服的模样。

她看起来不食人间烟火，但比大多数人更细心。

舒服的午后过去，余攀和窦桃在餐布上躺下，施翩再次把自己裹得严严实实，拿着速写本起身。

陈寒丘翻书页的动作一停，看向施翩。

她左看右看，似在考虑去哪个草丛里玩，像小狐狸准备出门扑蝴蝶了。

"施翩。"他喊她，"不要乱跑，一会儿会清点人数。"

她低头看过来，咕哝道："我站在原地一动不动，你说我要乱跑。学神就能不讲道理吗？"

陈寒丘："……"不说你就跑远了。

陈寒丘："想去哪儿？"

施翩眼睛一亮，指指边上的小山坡："那里有很多花欸，说不定还有野果呢，你在广场买的那种。"

陈寒丘："……"还说不乱跑。

等两个人回来，正好遇见班长过来清点人数。班长说，等山顶的人下来，他们就能回去了。

陈寒丘看了眼周围，随口道："我去洗个手。"

陈寒丘一走，原本安静的人群顿时躁动起来，余攀跑到大部队里，兴致勃勃地和他们讨论晚上一起去吃什么。

树荫下，只剩施翩和窦桃。

施翩蹲在地上，看陈寒丘一走就变得不一样的氛围，他们好像一直在等他走，为什么要等他走呢？

这么想了一阵，陈寒丘回来了。

他回来，人群又安静下来，没人再提晚上聚餐的事。

很快，去山顶的人回来，到山腰大家准备一起下山。

施翮带来的背包都变得瘪瘪的，她自己背着，慢吞吞地跟在陈寒丘身边下山。

校车停在山脚，他们前后上车。陈寒丘等人上去大半，找熊相国说自己回家的事，说到一半，车上忽然跳下来个女孩子。

"熊老师，我自己回去。"

轻轻娇娇的声音，她第一次在老师面前说发音标准的句子。

他没继续听，看了眼时间，转身离开，这个点该回家了，再晚买不到新鲜的蔬菜。

陈寒丘避过烈日，往树荫下走，走了一阵，身后一阵急促的脚步声，他一顿，加快脚步。

"陈寒丘！"她追上来了。

追上来，要做什么？

一晃神，手腕被人攥住，女孩子的手，又小又软，他的心一跳。

陈寒丘回头，对上她露出来的眼睛。

"你去不去班级聚会？"她问。

他移开眼："不去。"

她握着他的手腕不松，热度和香味都传过来。

"我也不去。"欢快的语气，仿佛不去是什么骄傲的事。

陈寒丘舔了下干涩的唇角，腕骨处，她的指腹连接他皮肤的地方，隐隐发热，出了汗。

"和我无关，松开。"他掩住自己的狼狈。

女孩子轻嘟了下嘴，不怎么高兴地说："我松开，你能走慢点吗？"

"干什么？"他不想和她走太近。

她垂下眼，语气可怜："我不认识路。"

陈寒丘："……"算了，笨狐狸。

"先松开。"他看手腕上的手指，纤长的手指动了动，磨磨蹭蹭地松开了。

一松，腕骨上一片凉意。

他出了汗，湿湿热热，温度高得出奇。

陈寒丘往前走，她跟上来，凑过脑袋问："你知道他们准备去聚餐，不叫你，你会难过吗？"

"不会。"

"啊，他们担心你付不起钱，怕你难堪。那你一直都知道。你会难过吗？"

天真自然的语气，没有怜悯，没有同情，也没有对他生活的好奇。

这令陈寒丘松了口气："我不在乎。"

"哦。你为什么不坐校车回去再回家？"

"我没骑车出来。这里回家更近，坐地铁少两块钱。"

"我也坐地铁，一起吧？"

于是，他们坐上了同一班地铁。

地铁上人挤人，她灵活地挤到中间，摘了帽子和口罩，踮起脚找他的身影。他站得不远，在能看到她的角落里。

在这平凡而普通的一天，车厢里，她发着光。

她大概不知道有多少人在看她，发了会儿呆，垂下头去，看起来有些困。

一晃眼，他瞥见一个男人，频频往她身上看，似乎在找机会走到她边上。

陈寒丘皱了眉，走过人群，在她身后站定，抬手握住扶杆，将她的后背藏在身前。她转头看过来，眨了眨眼。

"在哪儿下车？"他问。

她说了地址，还有五站。

陈寒丘仰头看路线，过站了，他比她早两站下车。

五站后，车厢门打开。她没动，先转过头看他。

陈寒丘点了下头，和她一起出了地铁站，看她重新戴上口罩和帽子，将自己藏起来。

"你也住在附近？"她的语气听起来很高兴。

"嗯。"

说着话，他们走出地铁口。

藏在宽大校服里的女孩子指了个方向，说她家不远，很快就到了。她挥挥手："我走啦。"

陈寒丘站在原地，看她走出去几步，在路边停了一下，再继续往前走，又停下来，仰头看晃动的树梢。

她在看什么？

他也仰起头，看她看到的世界。

忽然，那道纤细的身影转过身，她摘下口罩，弯着眼对他笑："陈寒丘，明天见！”说完，蹦蹦跳跳地跑远了。

他看着她走远，走到拐弯处再也看不见了，转身回了地铁口。

或许买不到新鲜的菜了，他想。

春游后，东川入了夏，天越来越热。

夏季白昼长，陈寒丘在学校里留得比平时晚。这个点，家里太暗，没到开灯的时间，看书或是写作业都不方便。

他每天最后一个关好门窗离开，再骑车回家。

这样的日子持续了两周。

四月末，明天是五一假期，铃声打响，教室里的人渐渐散了。

施翩收拾完书包，转头看了眼，他还在写作业。下课也作业，放学也写作业，那他在家干什么呢？

在家不写作业，又不理她。

她不高兴地噘噘嘴，准备回家去。

走到后门，撞上一颗鬼鬼祟祟的脑袋，戴眼镜的男孩子见到她，慌乱地缩回头，匆匆跑走了，一副心虚的模样。

她没多想，想着刚刚的画发了会儿呆，今天画得晚，这个点学校里没什么人了，慢吞吞走到拐角，听到两个男生说话。

“我说了，他每天都最后一个走。”

“家里穷呗，学校还能开空调。”

“看看他今天留到几点。”

施翩停下来，有些困惑。他没有开空调，没有开风扇，甚至都不认识他们，不过有些人就是古古怪怪，她不去想为什么。

画得好累，睡会儿再回去吧。

施翩又返回教室，和司机发信息说了一声，便自顾自地睡下了。

陈寒丘刷完一张卷子，抬起头，看到前座的女孩子，再看时间，下午六点，这个点又在学校睡觉。

窗帘没拉，光从外面照进来，她在脸上盖着帽子。

陈寒丘看了眼教室上方，没开灯，她不想打扰他写作业，所以没拉窗帘，盖着帽子也不怕热。

他拉上窗帘，打开位置上方的风扇。

六点半，陈寒丘盖上笔盖。

"施翩。"他喊她。

没动静。他只好走到前座，站在过道上，倾身过去，屈指轻叩了叩她的桌子，又喊了一遍："施翩。"

帽子下的脑袋动了动，那只小手摘下帽子。

"小狐狸"露出娇憨的面庞，茫茫然地看他一眼，揉揉眼睛，咕哝着几点了，再去看天。还亮着，不算很晚。

陈寒丘："我要回去了。"

施翩："哦，我也要回去了。"

"困就回家睡。"他说。

她看他一眼，嘀咕："我才不困呢，我是在构思，你懂吗？"

陈寒丘："……"

算了，天才说什么是什么。

陈寒丘关了电源开关，关上门窗，出去时走廊上已没施翩的身影。他下楼去车库骑车。骑出一段路，看见昏暗天色下的身影。

单薄的女孩子，独自走在校园小道上。她走得很慢，停一会儿走一会儿，那颗脑袋从不肯安分，东摇西晃，轻易被眼前的一切吸引。

稍许，她仰头看了看天，忽然摘下帽子。

快七点，天已经暗了。

女孩子的长发散落下来，重新束起，露出纤长的颈。

陈寒丘按下刹车，从车上下来，隔着一段距离跟在她身后，经过操场，几个训练到很晚的体育生看见施翩，他抬眼，静静和他们对视片刻，那群人便散了，没再接近她。

一直到校门口，她刷卡出门，坐上等了很久的车。

陈寒丘看着车驶离，重新骑上车，骑出校门拐了个弯，在小巷口停下，喂了两只猫，再离开。

晚风吹过来，少年的眼睛在夜色下闪闪发亮。

这样的日子持续了一个月。

五月的最后一个周六，午休时间。

窦桃吹着小风扇，问施翩："晚上去不去看电影？一起吃晚饭，直接去电影院。"

"几点？"施翩想了想，"我去电影院找你们。"

窦桃："又留在这儿画画？"

施翩："嗯。"

陈寒丘听到两人的对话，瞥了眼点头的女孩子，拿起卷子去办公室找熊相国。

中午，烈日炎炎，走廊上空无一人。

他走到办公室门口，正准备敲门，听见熊相国在说话。

"也不知道哪个孩子写匿名信，说陈寒丘周六故意不回家，浪费学校的电。这话说得，学校不就是给他们学习的，我想着也不要太晚，错过吃晚饭，就溜达去看看，什么故意不回家，人家就是热心帮助中文不好的同学，一起学完就走了。"

陈寒丘收回手，轻轻垂下眼睫。

原来是这样，难怪她每周六都留下来，一会儿要开风扇，一会儿热得要开空调，每当窗外有人路过，她便睁着那双漂亮的眼睛看出去，似是在问他们看什么，有什么好看的。

只有傻子故意不回家，他想。

陈寒丘拿着试卷的手垂落，侧头看天际灼眼的太阳，那么亮的光，也无法照亮世界上的每一个角落。

小公主却提着灯，走到无人、黑暗的角落里。

她的眼睛比灯还要亮，说我们以后就是好朋友啦，说陈寒丘我们一起吃饭吧，说陈寒丘，明天见。

他收回视线，不再看太阳。

这一天放学，教室又只剩施翩和陈寒丘。

女孩子哼着小调，笔在纸上画出标准的圆，像是圆规画出来的，层层叠叠地画了许多个，她停下来，咕哝了句什么，听不太清，把笔一放，就不画了，懒洋洋地趴在桌上。

"施翩。"他喊她。

她转过身来，支着下巴往他桌角一靠："干什么呀？"

陈寒丘看着她略显困倦的小脸，轻声说："以后放学，按时回家。不按时回家，就要负责关门窗了。"

她微微睁大眼："你不帮我关啦？"

"我要去图书馆借书。"他语气自然，"顺便在那里写作业。"

女孩子瞪了他一会儿，咕哝道："知道啦。你真的去图书馆吗？图书馆大不大？我也能进去吗？"

她一脸新奇，是他见惯了的可爱模样，他没办法拒绝。

陈寒丘："能进去，我有借书卡。"

施翩："那你带我去。"

他应："知道了。"

"那现在就去吧？"她眨眨眼。

五月的最后一个周六，陈寒丘没有留在学校里。

校门口，他看着施翩让司机先回去，再看看他的自行车，没有后座，便自己去路边扫了辆共享单车。

"走吧。"她语气轻快，似乎真的是想去图书馆。

陈寒丘"嗯"了声，瞥见她帽檐下跑出来的发丝，手指有点痒，顿了顿，他握紧握把，踩动踏板。

"走了。"他说。

吃饭的点，图书馆人不多，陈寒丘挑了避开窗边的位置，安静地开始刷卷子，偶尔抬眼看施翩。

她第一次来东川图书馆，正在乱晃，晃了一圈回来，手里拿了几本画册。

陈寒丘刷完一张试卷，抬头看见她得意的小脸。

"小狐狸"翘着唇角，眼梢挂着笑意，桌下的小腿也晃来晃去。

什么事这么高兴？正想着，她忽然推过画册。

"好看吗？"纤白的手指点了点其中一幅画。

陈寒丘低眼看，一幅抽象画，用色大胆，线条奇异而流畅，没见过的图形在画中变成了合理。

画中，星星陨落的那刻，向宇宙散发出最后一抹光芒。

这幅画，叫《陨星》。

画下一行小字：天才画家 Liz 新作《陨星》上月在国家美术馆展出。

Liz，Liz……

陈寒丘想起春游那天看到的英文名字，也是 Liz。

"我看不懂。"他收回视线。

施翩睁大眼，小声道："你骗人，上次给你看明明看懂了。"

他嗓音淡淡道："上次是瞎蒙的。"

"……"

-576-

"小狐狸"一嘟嘴，不理他了。

陈寒丘又写完一张卷子，看了眼时间，再看对面，她还是闷闷不乐的模样，摸了摸肚子。

"陈寒丘，我饿了。"她闷声道。

他一顿，低声道："Liz 很厉害。"

"小狐狸"的眼睛噌地亮了："真的？"

陈寒丘："嗯，但她看起来有点孤独。"

她愣了一下："为什么这么说？"

他拿过画册，找到有《陨星》的那一页，指着那抹光芒说："星星的光给了宇宙，自己就熄灭了。"

施翩安静了一阵，眨了眨眼睛，她快活地收起画册，雀跃道："我们一起吃晚饭吧？"

陈寒丘微顿："时间可能来不及，我一会儿要去兼职，让司机来接你，回家吃吧。"

她困惑道："每个周六都去吗？"

陈寒丘："还有周日。"

"难怪你没空理我。"她看起来并不难过，"好吧，那我先回家啦。"

陈寒丘松了口气，整理好书包，走出图书馆。司机过来还要一会儿，他陪她一起等。

夏日的晚上六点，天还亮着。

施翩躲在树荫下，歪头看陈寒丘："你快去吧，不是还要吃饭吗？不用和我一起等。"

"还不饿。"他说。

女孩子小声应了，低下头去，看了会儿树边的小草，又抬头看他，托着那张漂亮的小脸对他笑。

她问："下次还能一起来图书馆吗？"

他低下眼："为什么不回家？"

是在家里不开心吗？他不知道怎么问出口，这个问题太私密了。

她想了想，说："我和 Liz 一样，也是孤独的小女孩。"

陈寒丘："她是小女孩？"

她点头："她生活得很好，只是偶尔的偶尔，心里有一点点，真的只有一点点孤独。"比了小拇指指甲盖的大小。

陈寒丘："你呢？"施翩呢？

夕阳的余晖从叶子缝隙间掉下来，她莹白的小脸被染成橙色，淡淡的橙，温柔浅淡，琥珀色的双眼一眨不眨地盯着他。

她慢吞吞地说："她现在有好朋友了。"

她将大拇指往上移了一点，移到小拇指指腹的中间。

施翩的孤独，比 Liz 要更少一点。

初夏的晚风吹过来，经过黄昏，经过绿荫，扬起少女的长发，吹过她亮晶晶的双眼，途经少年垂落的眼睫，看到他藏在眼底的温柔。

许久，车在路边停下。

女孩子起身，往前跑了几步，又转过身，眼睛弯成月牙，用力朝他挥手，大声喊："陈寒丘，明天见！"

六月初，各类奥赛开始预赛选拔。

一中校领导左看右看，发现他们学校还有个计算机社团，成立了这么些年，没什么大的比赛成绩，也没几个人，琢磨着解散算了。这个消息传到计算机社团，不过两天。

这天中午，学校信息科老师来一班找人。

他们社团里，对编程有天赋的都集中在一班，两个男孩，一个女孩。陈寒丘三人出去再回来，不过十几分钟的时间。

回来后，这一角落的气氛变得很古怪。

迟钝如余攀也从其中看出一丝沉重，他看看陈寒丘，再看窦桃，用笔戳了戳她的背，窦桃不理人。

他干脆跑去找杨成杰。

余攀搭着杨成杰的肩，指指角落："阿杰，你们出去说什么了？这两人回来就不理人了。"

杨成杰沮丧道："我们社团要解散了。"

余攀："啊？你们还有社团啊？"

杨成杰："……"更扎心了。

余攀再回去，十分乖觉地保持安静。但这样令人窒息的安静很快被打破了，因为公主醒了。

"陈寒丘，好热啊。"女孩子含糊地念叨了一句，长发被拨到一边，"窗帘都拉上了吗？"

陈寒丘："拉上了。"

快三十摄氏度的天，教室里还没开空调，只有风扇在转。

陈寒丘抬头看，那头长发委屈巴巴地缩在一边，露出一截出了汗的颈，雪白的肌肤上黏着几根碎发。

施翮不高兴地摸出头绳，扎了个松垮垮的丸子头。

她头发又多又长，扎个丸子头再趴下，感觉脑袋上压着个小皮球，睡得不高兴，干脆不睡了，往后一趴。

"……"

陈寒丘的桌上忽然多了个人，用那双漂亮的眼睛气鼓鼓地盯着他，不说话，只是霸占他的桌子。

他瞥了她一眼："很热？"

陈寒丘思考两秒，说："窦桃，风扇借我一下。"

窦桃不可思议地转过头，看着两人呆了一会儿，掏出她的小风扇递过去，再眼睁睁地看着陈寒丘开始……拆她的风扇？

陈寒丘手指灵活，没几下就拆了风扇。

他拿着几个配件看了一会儿，起身离开，再回来的时候小风扇已经恢复原状，它身上多了一个小瓶子。

再打开风扇，它吹出来的风里有了凉滋滋的水雾。

施翮吹了一会儿，蹭了蹭胳膊，舒服地闭上了眼睛，似乎就打算在他的桌子上这么睡下去。

余攀目瞪口呆，窦桃欲言又止。

最后两人对视一眼，默默做自己的事。

陈寒丘低下头，笔唰唰写了几行，抬眼看。

"小狐狸"睡着的模样天真乖巧，微翘的睫毛上黏着汗，面颊泛着浅浅的红，因为挤压，粉色的唇轻轻嘟起。

她好可爱。

潮湿的午后过去，铃声打响。

睡饱的"小狐狸"哼了一阵，舒展身躯，充足的睡眠让她心情愉悦，回去喝了口水，又趴过来找人。

"陈……"

陈寒丘抬眼："你没桌子？"

施翮一呆，鼓起脸："这么凶干什么，我一句话都没说，你就一副要生气的样子。"

他抿了下干涩的唇，掌心发热。

看到全程的余攀，当然以为陈寒丘是因为计算机社团的事不高兴，于是轻咳一声，朝施翮挤眉弄眼。

施翮茫然："……干什么？"

余攀挤得更用力，整张脸面目全非。

施翮呆了一下，小声道："你看起来有点吓人。"

余攀："……"

窦桃："……"

窦桃看不下去，把施翮拎了回去，在她耳边嘀嘀咕咕了一阵，最后一拍她的脑袋，问："懂了吧？"

施翮摸摸自己的脑袋，点头。

原来他不开心啊，因为计算机社团要解散了。

她想了想，问窦桃："对你们很重要吗？"

窦桃小声道："对我和杨成杰还好，但学神需要电脑测试程序，在家不怎么方便。"

施翮往桌上一趴，有点麻烦。

第一节课一下课，施翮便出了教室，直到上课铃声打响，她还没回来。

陈寒丘看了眼空着的座位，低声问窦桃："她去哪儿了？"

窦桃摇了摇头。

又过了五分钟，施翮回来了。她出去得急，忘了戴帽子，被阳光一照，脸上很快起了点点红疹，看着有点人吓人。

"小羽毛，你的脸。"窦桃塞了镜子给她。

施翮看了眼，熟练地掏出药咽了，继续上课。

陈寒丘轻轻皱了下眉，看她若无其事的背影，黑板上的公式变成了虚影，老师的声音越来越远。

半晌，他克制着自己移开视线。

一下课，窦桃便凑过去看施翮的脸，忧心道："你刚刚去哪儿了？怎么晒得那么红，痒不痒？"

施翮："找人问点事，没事，不痒。"

陈寒丘起身，快步离开教室。施翩刚转过身，便看到空空如也的座位，郁闷道："他跑哪里去啦？平时从来不乱跑的。"

余攀挠挠头："可能去办公室了？"

第二节课上课铃打响前一分钟，陈寒丘匆匆回来，他轻喘着气，手里拎了个塑料袋子，停在窦桃边上的过道上。

他倾身喊："施翩，出来一下。"

施翩不明所以，跟着陈寒丘出去。

他似乎没有停下来的打算，走到走廊尽头，再左拐，到了洗手间，停下来看她，对上一双茫然的眼。

"……你想让我陪你上厕所啊？"她有点呆，迟疑道，"也不是不可以，但我不方便进去，在外面等你？"

陈寒丘："胡说什么？"

他扯开袋子："去洗个脸，再涂药。"

施翩探头看一眼，是皮肤过敏时涂的药水。

她眨了眨眼，看向正注视着她的少年，他跑了一路，鼻尖上都是汗意，黑色瞳孔里带着一点紧张。

"担心我啊？"她笑眯眯地凑过去。

陈寒丘别开眼："快去洗，要上课了。"

施翩"哦"了声，乖乖跑过去洗干净脸，再跑到他面前，仰起小脸，闭上眼睛，催他："快点涂，要上课了。"

陈寒丘："……"手里的药，给也不是，不给也不是。

铃声打响，走廊上空无一人。

陈寒丘紧抿着唇，鼻尖上的汗意被夏日热风吹干，他低着头，拿着棉签小心翼翼地往她脸上涂药水。

"小狐狸"像从外面打了架回来，脸上的皮肤东一块西一块发红。

但她身上好香，玫瑰的味道。

他屏住呼吸，仔细看女孩子白皙的脸颊，她像是透明玻璃做的，每一个动作必须小心翼翼，似乎稍微重一点，她就会碎掉。

"……好了。"他收回手，嗓音发哑。

施翩睁开眼，立刻拉着他往教室跑。

他们跑过无人的走廊，引来教室里的人侧头看来，他们跑得太快，没人看清是谁，只看到金色阳光下的两道身影和风中飘散的发。

周五体育课，太阳大得连体育老师都不想出门。午休一结束，教室里哗啦啦走了一片人，不是下去超市买冰激凌的，就是下楼去打篮球的。

窦桃看着余攀拿着篮球出去的背影，吐槽道："三十几摄氏度的天还去打篮球，疯了吧？"

施翮："有没有可能，他们是去室内篮球场？"

窦桃："⋯⋯也是。"

转眼，教室里的人都走完了。

施翮趴在窗边往下瞧了一眼，拍拍窦桃的椅子："桃子，我去参加体育课。"

窦桃瞪大眼："你疯啦，过敏刚好。"

施翮戴上帽子口罩，含糊道："我找陈寒丘说件事。"顺便看看有没有女孩子追着他跑。

太阳太晒，体育课都在室内上。

陈寒丘和余攀一行人打球，正打着，听余攀喊了句"学神"，他停下来，看见余攀往门口看，一侧头，瞥见收伞的施翮。

他一顿，说了句你们打，离场了。

陈寒丘走到门口，施翮刚摘了口罩帽子，热得直喘气。

"来干什么？"他垂在身侧的手动了动，想捻去她唇边的发丝。

女孩子瞪他一眼，越过他往他身后看，嘀咕："我来就来了，又不是来找你的。"

她瞧了一圈，没看见傅晴。早上她听说，上周六有人看到陈寒丘和傅晴一起从图书馆出来。她不高兴，明明只带她去，现在又带别的女孩子去了。

陈寒丘转过身，微凉的眼神落在篮球场上。

她在看谁？顶着烈阳也要过来，是想看哪个男生打球吗？

想到这个可能性，他不是很舒服，甚至有点生气。

"咳⋯⋯"施翮收回视线，咕哝道，"我有话要问你。"

陈寒丘往边上迈了一步，正好挡住她看球场，他说："去别的地方，这里太吵。"

"哦，走吧。"她这时显得乖巧。

无人的角落，隔绝阳光和人群。陈寒丘轻倚着墙，不是他想靠着，实在是她离得太近，脚尖抵住他的鞋子，堵得严严实实。

他微顿："问什么？"

女孩子仰着头，用充满狐疑的眼神看他一阵，凶巴巴道："你和傅晴周末一起去图书馆学习了？"

"没有。"他想也没想，否认了。

她嘟起嘴，不高兴的模样："那你们怎么在一起？"

她离得太近，陈寒丘的注意力不太集中。

他低着眼，她皮肤太白，一点点红色都很明显，前几天晒的印子刚褪，鼻尖还有一点红，瞧着有点可怜。

"怎么不在教室待着？"他忍不住问，"回去了一样能问。"

"小狐狸"顿时瞪大眼睛，手往他肩侧一伸，来了个"壁咚"，更凶地说："别想转移话题！"

"……"

她刚刚说什么了？哦，傅晴。

他周末遇见傅晴了？

陈寒丘回忆片刻，不确定地说："……忘了，可能路上遇见的？"他没想起来，遇见傅晴了吗？

她凑过来，盯着他的眼睛看了会儿，鼓鼓脸，闷声道："不许你和她玩，他们都是笨蛋。"

陈寒丘想，除了她，都是笨蛋。

她垂着脑袋，不知道在想什么。

他看着她毛茸茸的发顶，也发起呆，她的头发卷卷的，像小羊身上的毛，又卷又可爱，摸起来一定很软。

忽然，她抬起头。

"你们的计算机社团是不是要解散了？"她眨了眨眼睛，一副得意模样，"我有办法。"

她那天跑去问了信息课老师，也不是完全没有办法。

他微怔："什么办法？"

她翘起唇角："参加比赛，你们有成绩，学校就不会取消你们的社团。"

"窦桃单手跟不上。"

这个办法陈寒丘想过了，可筛选了一遍人选，能参加比赛的，除了他，只有杨成杰和窦桃。奥赛高手如云，换掉任何一个人，他们获奖的机会都会大大减少，但窦桃手速跟不上，没法参加。

她歪了下头，忽而一笑："不是窦桃。"

他微顿，那是谁？

"是我呀。""小狐狸"笑起来，眼睛弯弯，"你忘啦，我是天才喔。"

陈寒丘擅长计算，不过几秒，便得出结论：这个办法可行。

比赛在下个月，他们还有一个月的时间准备，施翮数学好，聪明，领悟能力强，上手会很快，把目标降低，放在铜牌，完全有可能。

他看着她的笑，低声问："你要什么？"

她眯起眼睛，慢吞吞地说："我要的可太多了。"

很快，她竖起手指，"第一，接我上下学。"

陈寒丘一怔："你住哪儿？"如果太远，时间上可能会来不及。

她飞快报了个地址，他算了算时间，答应她："可以。"

"第二，"她放慢语速，踮起脚靠近，他身边满是玫瑰的香气，"不许和别的女孩子说话。"

他看着她透亮的眼，舔了舔唇："所有的？"

她嘟起嘴："你想要特例啊？"

不是，他没想要，只是想确定。

"好吧，那允许你和桃子说话。"

"……知道了。"

"第三……"她皱起眉头，想得很辛苦。

陈寒丘欲言又止，想说不用这么着急地想，她只有十根手指，应该不会超出十条。

"回去再想。"他说。

她却不动，站在他身前冥思苦想，想了很久很久，她的眼睛一亮，歪着头对他笑："第三，毕业那天，送我一束花。"

她退开一步，不再堵着他："好啦，没了！"

玫瑰的香气渐渐散了，陈寒丘喉结轻滚，问："送你回教室？"

女孩子摇摇头，好奇道："能看你打球吗？"

他稍怔："看我打球？"

"对呀。"她催他，"我还没看过你打球。"

这一节体育课，陈寒丘打得很凶，他一个人占了绝大部分的比分。场上，他在她的注视下，不停奔跑，不停跳跃，无法停止。

只要想到，她在看他。

他就浑身发烫。

施翮学习计算机之旅就此开始。

她用了几个晚上的时间，把陈寒丘给的一堆书看完，掌握理论知识，第二天睡眼惺忪来学校，睡了一个早读课，醒来时哈欠连天。

窦桃问她："昨晚干什么去了？"

施翮："学习。"

窦桃："什么？"

陈寒丘瞥了眼蔫巴巴的"小狐狸"，想起早上来学校，她在后座恨不得要睡过去的模样。一看挎包，只有喂小猫咪的猫粮，没有给"小狐狸"的吃的。

他摸摸鼻尖，想她爱吃什么。

她喜欢喝牛奶，食堂里菜品她换了个遍，只有每天的牛奶不换。

他想起上周兼职回家，路上有射飞镖比赛，奖品似乎是一箱牛奶，草莓口味的。

从这一天起，施翮再也没了午休时间。

每到中午，他们四人便去计算机社团不断测试练习，窦桃负责教施翮她的部分，偶尔陈寒丘过来帮忙。

某个午后，一阵噼里啪啦的敲击声结束。

杨成杰捏了捏嗓子，哀号："累死累死了，第一节是不是体育课？老大，找攀子打球去。"

陈寒丘比了个噤声的姿势。

杨成杰一看，施翮趴在键盘上睡着了，他笑笑："小羽毛不容易，这么短时间能跟上我们。我先去了啊。"

杨成杰先离开，窦桃看了两人一眼，也走了。

教室内只剩陈寒丘和施翮。

这间教室是他们的社团活动室，没有教室那么大，方方正正的一间，桌子宽大，睡起来比教室舒服。

陈寒丘去了趟食堂，前几天他借这里的冰箱冰了几瓶牛奶。

等他回到活动室，睡着的女孩子被楼下操场上的吹哨声吵醒，正不怎么高兴地揉着眼睛。

"上课了吗？"她语调黏稠，像含着块糖。

他看着被她揉得有点红的眼睛，忽然抬手，将冰凉的牛奶贴在她发红的脸颊上。

"体育课。"他说。

她凉得轻嘶一声，下意识地握住他的手腕。

男孩子的手，消瘦有力，肌肤上的热度像夏天的风。

"牛奶。"她睁大眼，很快松开手，"你下楼买的吗？"

陈寒丘抿了下唇，手在空中滞了一下，轻声应："桃子他们买的，让我给你。太冰了，等等再喝。"

施翩刚睡醒，这会儿脸又红又烫，她拿着冰牛奶在自己脸上蹭来蹭去，直把面颊蹭得都是水珠才肯停手，慢吞吞地开始喝牛奶。

夏天太热，活动室开着空调，她不想出去。

"你不去上体育课呀？"她眨着眼睛问。

陈寒丘："太热，不想去。"

她"哦"了声，又翻开电脑练习，完全没察觉他的不自在。

陈寒丘借口去洗手间，走出门，他深深吸了口气，再吐出来，手腕上的热度还没降下去。

真的要去趟洗手间。

六月底，陈寒丘三人去参加预赛。

陈寒丘和施翩两人轻轻松松地去，轻轻松松地回，就跟去别的地方听了一节课一样，杨成杰却紧张得不行。

回来时，杨成杰瘫倒在校车上，掌心发凉。

他瞥了眼两位天才——陈寒丘低头看书，施翩哼着小曲儿，又在涂涂画画。

这是去春游呢？

他默默吐槽，不敢说出来。

上午参加完比赛，他们照旧回去上下午的课。

好在今天是周六，下午只有两节课，杨成杰盘算着晚上大家一起吃个饭，毕竟辛苦那么久。但……他看了眼陈寒丘，老大应该不会去。

一到教室，杨成杰就凑到角落里，往余攀桌上一趴。

"老大，桃子，小羽毛。"他挨个喊，"晚上一块儿吃个饭？老熊说他请我们，我特地去申请的。"

余攀嚷嚷："我也要去！"

窦桃："我没意见，老大去不去？"

话是这么问，但根本没抱希望，毕竟他不喜欢热闹。

陈寒丘头也不抬，正要拒绝，鞋尖被踢了一下，她转过身来，用那双漂亮的眼睛盯着他。他顿了顿："六点我要走，之后你们玩。"

"……"静了一阵，他对上三双瞪大的眼睛。

"看什么？"他淡声问。

杨成杰："……没什么，我去问老熊要钱。"

余攀重重咳了一声："多要点！"

窦桃："……"

窦桃憋了一阵，再看毫无所觉的施翩，暗自吐了口气。不过短短三个月，连学神都折在了公主裙下。

两点半，下课铃准时打响，一行人去了商场。

到商场还早，六点前正好能看电完影吃完饭。

杨成杰去买票，窦桃和余攀去买奶茶。

陈寒丘背着挎包，双手插兜，安安静静地站在电影院门口，一晃神，衣摆被人拽住。

小小的手，手指纤长，握过他的手腕。

"你会玩吗？"她指着不远处的娃娃机。

陈寒丘看了两眼："没玩过。"

施翩："哇，好巧。"说着，把他拽过去了。

陈寒丘轻叹了口气，任由这丁点力道拉着他向前。

这一角被装饰成粉红色，高饱和度的粉极吸人眼球。

商场明亮，透明的娃娃机里装着各种娃娃，施翩小跑着逛了一圈，去兑了币，兴致勃勃地挑选起来。

"那个青蛙可爱吗？"她问。

陈寒丘瞥了眼，绿色的玩偶，大眼睛，吐着舌头，一副怪模样，怎么都算不上可爱。但她眼睛亮晶晶的，很可爱。

他舔了舔唇角，轻声说："可爱。"

她翘起唇，充满信心地开始抓娃娃，灵巧的双手握上操控杆，对准青蛙，精准下放。

"啊，抓到了！"她欢呼。

话音刚落，杆子抓了个空。

施翩："……"

陈寒丘："……"

"你没看见！"她闷声道。

陈寒丘一顿，闭上眼："我看不见。"

施翩偏头看他，少年闭上了眼睛，令人嫉妒的睫毛垂着，安静乖巧的模样，和平时很不同。她看了一会儿，收回视线，继续抓娃娃。

两次，五次……十五次。

次次都落空。

施翩："……"

陈寒丘略有些不安，她沉默的时间太久，只有机器运作的声音，但玫瑰的味道还在，她没走。

他抿了下唇："施翩？"

"唉。"她忽然叹了口气，"陈寒丘，我抓不上来娃娃。"

他问："我能睁眼了吗？"

她嘟嘟嘴："睁吧。"

陈寒丘睁开眼，她可怜巴巴地站在娃娃机前，沮丧地低着头，像是马上要被人从玻璃罩子里夹出去了。

他心头发软，低声道："我来试试。"

她瞧他一眼，把兜里的币往他掌心一放。

陈寒丘对夹娃娃也没什么经验，他先试了一次，第一次，空了。他调整角度，试第二次，又空了。

他停下来，看附近的两个小朋友抓娃娃，小男孩抓了三次，连着抓上来三个娃娃。

小女孩开心得直蹦跶，拍手喊道："哥哥真厉害！"

小男孩昂起下巴："你哥哥当然厉害。"

陈寒丘再看自己边上的女孩子，她眼巴巴地看着别的小朋友手里的娃娃，十分羡慕。

他轻吸了口气，再来。

五分钟后，他松开了操纵杆。

于是，等窦桃过来的时候，便看到这两个人在娃娃机跟前假装木头人，大眼瞪小眼。

"你们干什么呢？"她纳闷地问。

施翮闷声道："想要小青蛙。"

窦桃随口问："还有币吗？"

陈寒丘低头看掌心，还有最后一个。

"我来。"

窦桃看边上别人抓，感受了一下抓力，便投入币，操控杆子晃了一圈，调整完毕，对准小青蛙，下放。

"啪嗒"一声，青蛙被抓上来，掉入通道。

她轻轻松松道："好了，走吧。"

施翮双眼晶亮："桃子，你真厉害！"说着，亲了一口她的脸。

窦桃一呆，脸红红地说："没什么厉害，谁都能抓上来。"

施翮悄悄看了眼陈寒丘，心说这里有一位天才可抓不上来，好吧，可能是两位。

陈寒丘："……"

出计算机比赛成绩那天，一中放了暑假。

陈寒丘这几天待在医院，他妈妈情况不太好，医生建议住院观察一阵。

这日黄昏，他从医院出来，准备回家。

走之前，陈兴远叫住他，说暑假白天别去兼职了，天气太热，他没说话，他爸就没多说。

离开医院，陈寒丘情绪不高。这样的日子过了太久，他已经习惯，但每多一次听到没有匹配到合适的肾，失望就会多一分，越拖越久，意味着机会越来越少。

东川的夏天即使是黄昏，空气也潮热难忍。

他低着头，经过来往的人群，走到一半，嘈杂的街道上传来一阵微弱的叫声，奶声奶气，是小猫在叫。

陈寒丘循着叫声往前走，转过弯，走进巷子。

高大悬铃木上，一只迷路的小家伙被卡在树枝间，水汪汪的眼睛看起来可怜得不得了，小嘴一张一合，像是被人欺负惨了。

他想，这也是一个笨家伙。

施翮经常用这样的方法让他心软。

她很知道他吃哪一套，明明心里不委屈，可她偏用那双漂亮的眼睛盯着你，再嘟嘟嘴，没人可以拒绝她。

所以即使他有拒绝的余地，他也无法拒绝。

他看了眼墙沿的高度，退后几步，助跑攀上墙，走到树干边，轻手轻脚地将这个小家伙抱下来。

"怎么自己跑到这里来？"他在墙沿坐下，轻挠了挠它的下巴，"乱跑会受伤的，不能和小圆啾学，她会飞，你不会。"

小橘猫昂着脑袋，往他掌心蹭。

黄昏将它染成很深的橙色，他像抱了一团光晕。

"喵呜……"它听不懂训猫的话，只知道撒娇。

陈寒丘垂着眼，弯唇笑笑："她比你会撒娇。"

一人一猫坐在夏日晚风里，享受这无人的一刻。

没有烦恼，没有忧愁，只有安静的黄昏。

忽然，陈寒丘眼梢轻动，朝小巷右侧看去。

施翩站在黄昏的光里，仰头注视着他，神情有点呆，光的晕染让她的脸看起来有一点红。她怎么会来这里？

他单手抱着猫，轻轻一跃，落到地上。

女孩子犹自出神，没注意他落了地。她怎么会一个人跑到小巷子里来发呆，扑蝴蝶也不是这个扑法。

"施翩？"他停在她身前，用手在她眼前晃了晃。

她回过神来，眼睫飞快地眨了两下："你、你……你在这儿干吗？"

"小狐狸"恶人先告状，问他在这儿干吗，一句话说得磕磕巴巴，不知道在想什么。

陈寒丘："来医院看我妈，顺手捉了一只小猫。"他举起掌心的小猫。

施翩低下头，盯着小猫看了会儿，小声问："我能摸摸它吗？摸摸头它会舒服吗？"她也想被摸摸头。

陈寒丘递过小猫，她十分熟练地摸上它的脑袋，捏捏后颈，再绕绕下巴，小猫咪舒服地昂起脑袋。

他问："喜欢猫？"

她低着头，没说话。

没多久，一只成年橘猫过来了，身后还跟了两只一样的小橘猫。

陈寒丘蹲下身，把迷路的小猫咪还给它们，很快，四只猫一起消失在了巷子里。

只剩他们，还有夕阳。

"怎么来了这里？"他问。

她瞧他一眼，咕哝道："桃子说预赛我们拿了第一。晚上……要不要一起吃饭？"

陈寒丘微顿，她说话的语气变得奇怪。

平时她叽叽喳喳的时候，轻快又活泼，现在变得有一点温吞，眼神躲闪，耳根泛着红。

他皱了下眉："不舒服？"

她微呆："什么不舒服？"

他耐着性子问："人有没有不舒服？"

她摇摇头，又问："要一起吃饭吗？会耽误你兼职吗？"

问这句话的时候，她的眼睛亮起来。

黄昏过后，天渐渐暗了，她却闪闪发光。

这阵子他妈妈生病，他推掉了兼职，所以今晚是有空的。

可是……

陈寒丘看着简陋巷子里闪闪发光的小公主，生出了退却之心，他不应该离她那么近。

离得近了，会受伤的。

他压下心底涌动的情绪，抬眼时已平静下来。

"我……"很忙。

她忽然上前，眨了眨眼："我不厉害吗？这么厉害的小羽毛，你不想和她一起吃饭吗？她吃什么都可以。"

陈寒丘抿了下唇："去我家吧，我做饭。"

他想，小公主看到那样阴暗、简陋的房子，或许会明白他的意思，或许会吓跑。

他说不上来自己的心思，像是有两个小人在打架。

一个小人希望她能看清他的处境，看清现实；另一个小人却渴望着即便她看清现实，也愿意将光亮分给他。

他多自私啊。

这是施翮第一次进到陈寒丘家里。

她白天只是在外面看了两眼，现在她就在这小小的客厅里，昏暗无光，又热又闷。

陈寒丘开了灯，看了眼施翮。

她不像别人，去做客时拘束有礼，她像是进了自己家，晃悠着看了一圈，摸摸这里，摸摸那里。

偶尔停下来，看某个角落。

稍许，她"哇"了声："我从来没见过这种花纹的沙发布，我想做裙子穿。"

他微顿："我爸在街上随便买的。"

"那你带我去！"她蹲下身，仔细地看陈旧发黄的布料，说得认真，"我穿起来一定很好看。"

他沉默片刻，看他们家的沙发布。

一些黯淡的颜色混杂，几株料峭中的花，花瓣大朵大朵，既不小巧，也不典雅，热热闹闹地挤在一起。

穿在人身上，会好看吗？

才这么想，她转过头来，眼神晶亮。

这间时间久远，已暗淡无光的房子，忽然因为她的存在变得明亮起来，角落里的阴暗都被驱赶。

陈寒丘想，会很好看。

这几天在医院，家里食材剩的不多。

陈寒丘简单做了面，再出门买了点卤煮回来。回来时，她正在待在他的房间里，翻看着一本书。

"施翮，吃饭。"他喊。

她跑出来，探头看："吃什么呀，好香。"

"汤面。"

窗外天色暗了，屋内点着一盏小灯。

视线昏暗，两人坐在小小的餐桌上，有几分冷清。

陈寒丘垂着眼，安静吃面，等了一会儿，对面没动静。

他的心不可抑制地往下沉了一点，握着筷子的手收紧，一股无力感慢慢从脚底升起。等了两秒，他抬头看。

对面，女孩子仰着头，被灯罩的颜色吸引，眼睛微微睁大，认真地看了很久，才肯老实地握上筷子。

"陈寒丘。"她喊他的名字，真心实意道，"你家好漂亮！"

陈寒丘顿住，看这一方狭窄的天地。

这是一间连太阳都晒不到的房子，从来没有人对他说，你家好漂亮，最多的，是你家好干净。

他的家漂亮吗？

他认真观察住了十几年的屋子，这些物件廉价而老旧，却被他们所珍惜，这里没有阳光，他和他爸妈也认真打理着，因为这里是他们的家，不是随便在哪里的住所。

原来，她喜欢这个没有阳光的地方。

"你的房间也好热闹。"她咕哝着说了句，看向桌子，"我饿了，要开动啦。"

陈寒丘看着双颊鼓鼓的女孩子，看她夺目的眉眼点亮这间暗淡的屋子，看她一尘不染的眼睛。

第一次，他感受到了贪恋。

他想要，她的目光长久地停在他身上。

番外二
送你的花

陈寒丘做了个梦。

梦里是夏天，他不顾陈兴远的阻拦，照旧一早骑车出门，从老城区到施翮家的小区，再经过长满悬铃木的街道，到达学校。

放假了，学校一个人都没有，大门是空的，他的后座也是空的。

他去了巷子里喂猫，找了很久，没找到原先在这里的流浪猫，它似乎知道喂它的人很快要离开，便另寻出路。

他在巷子里站了很久，骑车回家。

回到家，楼道口停了辆快递车。两个快递员小心翼翼地从车里搬下长箱子，再轻手轻脚地放下。

有人说，给收件人打电话。不多时，陈寒丘的电话响了。

陈寒丘看着他们把快递放下，确认地问了一遍："寄件人是谁？"

快递员第三次回答他："一位叫 Liz 的女士在半年前订购的。"

陈兴远看着沉默的儿子，看了眼未拆的快递，欲言又止，最后问，是不是别人寄错了。

陈寒丘低声说没有。

陈寒丘垂眼看着快递单的信息，指腹轻轻抚过那三个小小的字母，从头至尾，描摹许多遍。

她走了多久了，不过半个月，他却觉得有半个世纪那么久。

陈寒丘仔细拆开快递，随着盒子打开，精密昂贵的机器像天外来客，降落在这间小小的房子里，与这里的环境格格不入。

陈兴远愣了一下，问这是什么。

陈寒丘说，是天文望远镜。一份迟来的礼物。

盒子里除了天文望远镜，还有一张小小的卡片。

你知道吗？天文学里，有一个词叫洛希极限。

两颗天体因为引力互相靠近，但当它们的安全距离超过洛希极限，其中一颗天体会倾向碎散，化作星尘，环绕在另一颗天体身旁。

我要你爱我，超过洛希极限。

粉身碎骨，也要爱我，永远爱我。

嘻嘻，吓你的，小羽毛哪有这么吓人啦。

陈寒丘，毕业快乐。

希望我的少年，永远站在有光的地方，永远自由，永远热爱。

那瞬间，捏着卡片的陈寒丘忽然崩溃，他蹲下身，失声痛哭，巨大的哀伤压倒了他。

他像在金星上，被碾碎了。

陈寒丘从梦中惊醒，出了一身冷汗，重重喘了口气，怀里的人蹭过来，贴了贴他的脖子，蹭到一片冷意。

"嗯？"她迷迷糊糊地醒过来，"你身上好冷。"

陈寒丘低头，亲了亲她的额发，手臂将她环得很紧很紧，嗓音微哑："做了个梦，不想睡了。"

施翩困得眼睛睁不开，听到后半句忽然清醒了点："又要？"她好累。

陈寒丘笑了下，低声说天亮就睡。

这晚过后，施翩连人带两个机器人，一起打包回家，把陈寒丘关在家门外。

这日下午，于湛冬上门，满脸好奇地询问他们怎么了，为什么施翩一副再也不想过来的模样。

陈寒丘一顿："做错事了。"

于湛冬倍感稀奇，对施翩百依百顺的天才先生也会做错事。他正想继续询问，却见陈寒丘的视线停在客厅里的天文望远镜上。

"Liz 家里也有一个。"于湛冬之前来就注意到了，"不过她不喜欢这个望远镜，丢在角落里，不让它见天日。听查总说，是他陪 Liz 去买的，那时她还在上高中。咦，是一起买的吗？"

陈寒丘低声应道："嗯，是我的毕业礼物。"

于湛冬敏锐地察觉到天才先生的心思，他温声道："现在也不晚，我们来为她准备毕业礼物吧。"

陈寒丘微怔，许久，他说好。

施翩美滋滋地在家里玩了一周，什么都不做，成天和两个机器人胡闹，抽空去了趟宁水镇，自己去自己回。

这一周，陈寒丘每天都会来敲门，她就假装听不见。

可她今天，她等到夕阳下山，又眼巴巴地跑去窗口往下看，看了好久都没看见陈寒丘的身影。

平时这个点，他早就下班回家了。

施翩翻翻手机，上面是他一小时前发的信息："今晚在公司加班，按时吃饭。"

她郁闷地盯着这行字，有点不太高兴，他以前都是回家加班的，一晚上即使忙得说不上话，也要抽空看她一眼。现在干脆不回家了！

施翩想给陈寒丘打电话，又停住，召来圆圆，问："陈寒丘在公司吗？"

圆圆为她查询："不在。"

施翩微微睁大眼："那他在哪儿？"

圆圆表示它也不清楚。

施翩往地毯上一滚，打定主意下个星期也不理他，抱着抱枕静止了一分钟，她噌地坐起身。

她要去抓人。

"圆圆，查他的定位。"

施翩指使小机器人做坏事。家里的设备都由圆圆管，陈寒丘的手机自然也是，一查就知道他在哪儿。

圆圆的权限早已交给了施翩，现在施翩说什么，它做什么。

很快，圆圆给出了定位。

施翩看到地址，愣了一下，他怎么会在……

夏日暑气蒸腾，到了黄昏，蝉鸣便响了起来。

因为是暑假，东川一中附近没什么车，施翩一路开车过来都很顺利，远远地，她看见陈寒丘的车。

他一个人来学校干什么？

施翩停好车，像以前一样冲门卫大叔笑笑，大叔就放她进去了。只是进门后，看到的和她想的有点不一样。

地面上贴着箭头符号，第一个箭头下还有一行字。

——下午好，施翩。

施翩微怔，她蹲在地上看了一会儿，抬头看去，箭头一路蜿蜒往前，指引她去往某个方向。

每个箭头下都有字。

——高二下学期开学，我看见了精灵。

——她好可爱，眼睛好可爱，故意不懂中文的样子好可爱。

——她的头发散在桌角，我不敢动，怕一动桌子，这缕发丝就会溜走。

——她总是怕晒，却又喜欢阳光。

——她喊我名字的时候，我很紧张，不敢看她。

——她叽叽喳喳的，像小圆啾一样可爱。

——她总是被抽背语文课文，好笨。

——我没告诉过她，每天早上醒来是我最期待的时刻，因为我能见到她。

——她总是喊，陈寒丘。

——我不敢告诉她，我喜欢她。

——我不敢告诉她，我很想她。

——我不敢告诉她，我开始害怕鲜花。

施翩在夕阳下，一步步从校门口走到教学楼，就像毕业那天一样，她走上楼梯，转过弯，走到高三（1）班门口。

这一次，于湛冬在门口等她，见到她，他露出笑容。

施翩的眼底有些诧异，但没有不安。她探头往他身后看，悄声问："你们偷偷弄的？他在里面吗？"

于湛冬温声应："在，他担心你，所以我在这里等你。"

施翩咕哝道："早和他说，我不会害怕了。"

于湛冬一笑："去吧，我去门口等你们。"

施翩眨了下眼，小声道："冬冬，谢谢你。"

——谢谢你这些年一直在我身边，包容我所有的怪脾气和喜怒无常，谢谢你真诚地对待每一个人。

于湛冬摸摸她的头，温柔地笑笑。

施翩走到教室门口，有点呆地看着眼前的画面，热闹拥挤的红色玫瑰填满了整间教室，一扇窗不堪重负，被推开半扇，玫瑰像流星一样倾泻。

陈寒丘站在仅有的一小块空地上，穿着校服看她。

男人清俊的脸上有显而易见的紧张，他舔了舔干涩的唇角，嗓音微哑："施翩，毕业快乐。"

施翩没说话，只是看着他。

陈寒丘过分紧张，甚至忘了自己手里拿着花，她沉默的时间太久，他藏在身后的手动了动。

花枝颤动，柔软的花瓣擦过手腕。

"我答应你的。"他盯着她清透的琉璃色的眼睛，像回到那个夏日午后，"毕业的时候，送你一束花。"

施翩定定地看了他两秒，忽然问："那天你给我准备花了吗？"

陈寒丘哑声，承认了："准备了红色玫瑰。"

施翩又问："和今天的玫瑰一样？"

陈寒丘"嗯"了声："一样，不是很贵的玫瑰。"

施翩上前一步，眼睛看着他眼底的痛，语气很轻："陈寒丘，最后我的玫瑰，去哪里了？"

陈寒丘捧着花束的手在颤抖，他艰难地说："枯萎了，不论我怎么努力，都无法阻止它们的枯萎。"

施翩安静两秒，忽而对他扬起笑："花枯萎了，下次再给我买好吗？"

她接过陈寒丘手里的花，低头轻轻嗅了一口。

陈寒丘看着，想毕业那天她收到花，应该也会对他笑，眼睛弯成月牙，再扑上来抱他，说他浪费钱。

"嗯，再给你买。"陈寒丘弯起唇。

施翩抱着花，上前勾住他的脖子，往他身上一跳，他熟练地接住她，稳稳地将她抱在怀里。

她低着头，目光温柔地看下来。

"陈寒丘。"她轻声喊，指腹摸着他的眼角，"你的心被填满了吗？"

陈寒丘眼眶酸涩，低声道："没有，可能再也填不满了。我想你永远在我身边，永远都能收到我的花。"

施翩抿唇笑起来："没关系，填不满也没关系。"

她低头亲他的眉心、眼角，在他耳边一字一句地说："我会永远在你身边，每一次都会接过你的花。"

陈寒丘红着眼重复："每一次。"

施翩用力点头，抱住她的少年。